御製

佛光恩照　三千大千　隨緣偏滿
恒沙法界　普度衆生　悉證菩提
身心安泰　年時豐稔　風雨調順
日月升恒　乾坤清寧　百昌蕃熾
上下樂利　中外協和　庶物咸亨
萬善圓成　情與無情　同登正覺

大清雍正十三年四月初八日

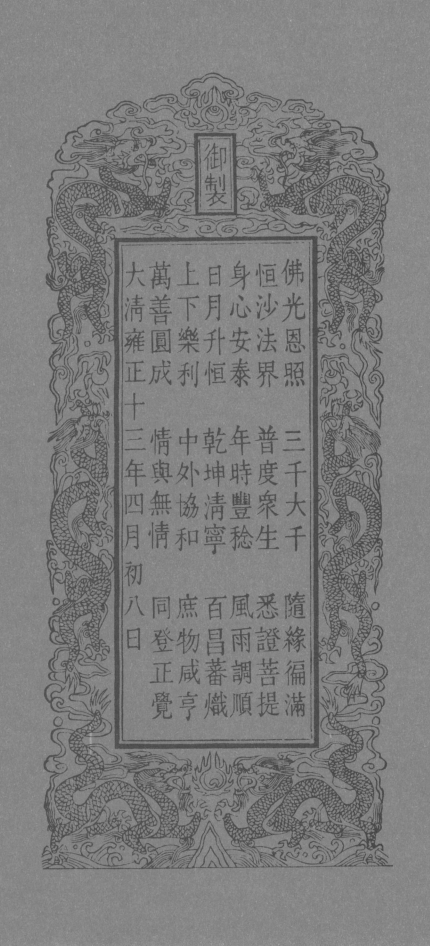

第五七册 小乘經 單譯經（二）

正法念處經

元魏婆羅門瞿曇般若流支譯

清刻龍藏佛說法變相圖

正法念處經卷第五十六

元魏婆羅門瞿曇般若流支 譯

觀天品第六之三十五 夜摩天之二十一

復次比丘知業果報觀夜摩天所住之地彼以聞慧或以天眼見夜摩天復有地處名曰常樂衆生何業而生彼地彼見若人不殺不盜如前所說常離邪婬乃至見畫女像不念欲想於彼畫女不生勝相見畫女時不生念想似其女人心亦不生可愛之想彼如是觀不以欲心觀畫女像心不迷惑心依正法以正念故捨離欲心遠避女人自毀其身既自思念不邪婬已心生歡喜未生欲心常作方便令使不生勸邪婬者令住正道爲說欲過不可愛樂若能如是捨離邪婬則是第一清淨身業正見不貪身壞命終生於善道天世

界中在夜摩天常樂之地彼在中陰乃生天處皆因善業五根受樂色聲香味觸皆悉具足次第生天於彼天中三處化生一者生於蓮華臺中二者生於拘婆羅耶鬚中三者生於曼陀羅華若於拘婆羅耶鬚中生者光明及色亦如其華或赤或青或種種色七寶莊嚴亦如拘婆羅耶之鬚云何七寶雜色莊嚴青毗瑠璃以爲其鬚目睫眼瞼皆亦如是銀色爪甲赤白紅色齒如眞珠其身猶如閻浮檀金臍下毛色如因陀寶自餘身分處處雜色心之畫師如畫所作若在蓮華臺中生者色亦如是如閻浮檀眞金之色髮青寶色脣色猶如赤蓮華寶或硨磲色其甲猶如蓮華寶色臍下毛色如紺硨磲唯說少分若於曼陀羅華中生者其身衣服有種種色在中生故還似其色謂相似者如現見法隨何色草其中生物所生之物即同其色在中生故相類亦然隨其生處即同其色亦復如是以在華故一切相似天子生已常具衆樂不斷不絶常受天樂不可譬喻於彼樂中但說少分譬如海中一滴之水此所說樂亦復如是若於人中作善業者聞此天樂心則精勤何以故知業果故望此樂報勤修善業如爲解脫勤精進者爲破有中無量苦故破壞愛毒彼見有中無有少樂以是因緣說善業果此說天樂不爲有果爾時天子既生此天常樂地處常於其中五欲功德遊戲受樂百千天女歌詠讚歎而供養之於園林中蓮華河池在如是處種種歌舞共相娛樂不相妨礙自業受樂在園林處平地山峯蓮華林中常受天

樂時諸天子爲天女衆之所圍繞於一一處一一園林一一可愛遊戲之處一一七寶山峯之中受天欲愛不知猒足見諸可愛妙蓮華池聞妙音聲食天上味服於細軟上妙天衣所愛之香久受五欲共相愛樂爾時有鳥名曰覺時爲於放逸諸天衆故以偈頌曰

於三有聚中　一切皆當死　愚者於生死
不能生猒離　一切必有死　皆當勤方便
死怨既來至　無有能救者　能斷一切樂
能加衆苦惱　離別一切愛　是故名爲死
能與衆生畏　能與大苦惱　能令意迷惑
是故名爲死　能斷保命心　能破壞諸根
衆生不能救　是故名爲死　衆生不能壞
諸業不能勝　令衆生失壞　是故名爲死
衆生皆悉有　決定能殺害　能令愛別離
是故名爲死　天夜叉樂神　鬼龍羅剎等
時輪皆能殺　是故名爲死　惱亂難調伏
於一切如火　堅强不可避　是故名爲死
能壞於陰入　命氣及心意　時法大勢力
是故名爲死　其行甚迅速　破壞諸衆生
當勤修福業　勿得行放逸

此覺時鳥爲放逸天說於死法決定無疑時諸天衆以放逸故雖聞此法不生猒離諸根自體性輕動故受樂多者諸根輕動則亦難伏以樂勝故諸根輕動不可調伏以此因緣此諸天衆雖聞眞實堅固利益然於此義不覺不知設有覺知愛毒所害雖覺不受以此因緣雖聞實語利益眞語而不攝受不受法故初著美境受諸欲樂五樂音聲嬉笑歌舞種種遊戲於園林中蓮華池處共諸天女以

善業故在於無量七寶莊嚴可愛山峯常受快樂不斷不絕一切天欲功德具足共相娛樂種種珍寶莊嚴之地常受快樂如是遊戲種種受樂次第遊行到於廣池其池縱廣一百由旬有一蓮華其華柔輭七寶間錯毗瑠璃莖金剛爲鬚其華開敷徧覆大池此諸天衆本未曾見既見此華生希有心令此天中甚爲可愛所見之處皆可愛樂諸天見之百倍歡喜迭互相示皆共瞻仰圍繞一面共行遊戲心生歡喜觀此蓮華一切皆生希有之心共相謂言汝觀汝觀可愛蓮華昔所未見有大光明多有無量七寶衆蜂莊嚴如是大寶蓮華此大蓮華徧覆大池周帀繞華少分見水於廣池岸眞珠間錯青因陀寶赤蓮華寶白銀色寶間錯莊嚴大蓮華臺高五由旬廣十由旬隨天所念善業力故於天遊戲受樂之時隨天心念若大若小如天心念於大池內蓮華之中皆悉具足是故此池名隨念池其華名爲隨念蓮華如是二事同名隨念爾時天衆初始見時心生歡喜足一百倍以善業故在彼池岸歌舞戲笑五樂音聲一切共受如是天樂時諸天衆既遊戲已復飲諸天上味之酒離於醉過既飲上味受樂功德如念即得如意念香如意念色如意念味如其憶念種種寶器於彼池中即有寶器上味充滿從池而出美妙天酒從池流出此諸天衆飲斯上味飲上味已復向異處遊戲而行見蘇陀聚色香味觸皆悉具足意欲食之歡喜往趣既至食所皆共食之或以手食或用寶器如業相似食須陀已隨其來處還向廣

池彼此迭共生歡喜心天衆圍繞五樂音聲歌舞喜笑遊戲而行到廣池中見大蓮華光明殊勝過百千日彼一切天妙寶光明於華光明十六分中不及其一爾時天衆見大蓮華心極歡喜天衆圍繞五樂音聲歌舞遊戲圍繞大池皆共循行如是如是隨其繞池周徧循行復見池中希有之事於華池上多有種種可愛妙色七寶衆蜂雄雌娛樂而受快樂共飲華汁華汁美味不可譬喻並飲華汁以偈頌曰

若作種種業　則生種種果　種種受生者
以業種種故　心雜故種種　造種種依處
種種業盡故　不久則失壞　此所受天樂
不可具足說　無常力自在　不久須臾至
樂如水泡沫　如陽燄非水　諸樂亦如是
一切必破壞　極惡不可遮　衆生皆怖畏
死王將欲至　其力不可壞　破壞一切樂
及斷於命根　業鎖所繫縛　將至於餘世
若樂已過去　是樂不可念　若樂在未來
亦不名爲樂　若樂住現在　與愛境界雜
無常所遷動　一切皆破壞　若樂屬三界
智者所不讚　云何諸天衆　愛樂如是樂
此身不久停　死火必來至　能燒滅一切
如火焚乾薪　諸樂速遷滅　莫行於放逸
勿於臨終時　而生於悔心　無量百千生
業樂皆已過　如夢至何所　如風念不住
愚者樂無猒　如火得乾薪　是故所著樂
則非爲常樂　解脫渴愛者　能離於欲過
修禪不放逸　得無垢淨樂　得如是樂者
乃可名爲樂　諸有雖名樂　猶如雜毒蜜

如是著樂者　心恒求欲樂　欲樂非常樂
是故非寂靜
如是衆蜂以善業故爲諸天衆説如此偈時諸天衆雖聞此法而不攝受復觀此池心生愛樂共諸天女遊戲歌舞處處徧觀久於此處遊戲受樂復欲觀彼池中蓮華輕便四大自在力故業勢力故蓮華池中自在遊行或有天衆入華葉中遊戲受樂或有入於種種妙寶間錯華臺共諸天女而受快樂於華臺中隨心所念昇華葉上時蓮華葉如是如是轉更增長以善業故蓮華增長二百由旬三百由旬乃至千由旬以天善業意念力故臺亦如是漸更增長二百由旬其大蓮華光明亦爾漸更增長爾時天衆各各在於餘華葉中共天女衆遊戲受樂此諸天衆既上華葉葉即增長爾時天衆遊戲受樂作如是念我今於此遊戲止住應生酒河及蘇陀食即於念時蓮華葉中即生酒河及蘇陀食皆悉具足復作是念我今飲酒食蘇陀味即共天女飲於天酒食蘇陀味爾時天衆久受樂已復作是念我於此處止住遊戲此華葉中應生園林以善業故隨其所念即生園林七寶雜樹有種種鳥種種音聲寶樹蔭覆猶如宮室華果具足所念華果隨時皆得有種種河泉池流水勝妙可愛種種妙聲寶鈿地處多有妙華色香相貌皆悉可愛華有三種所謂青色優鉢羅華拘物陀華菴摩羅那華蘇文羅華香葉華離泥華具足欲華羅娑羅華君荼羅華有如是等水生之華於華光中多有衆蜂如是等華隨念雜色有青寶色周徧皆生

如是天華莊嚴其林復於陸地生種種華其華種種色貌相類甚可愛樂生此林中彼諸天衆住在如是蓮華葉中所謂樂光明華天子天女喚之即來復有一華名曰見樂復有一華名種種色歡喜開敷柔輭葉華一切光明勝莊嚴華朱多藍華無猒足華憶念樂華有如是等陸生之華隨天念時一切現前於樹林中復有諸華所謂曼陀羅華與喜樂華香觸愛華香味可愛華吱多羅華五葉之華龍林舌華遮株羅華林髻之華須摩那華光明之華聞香飽華一切愛華山鬘之華山峯鬘華如是等華有生樹下有生榛林此諸天等蓮華中住遊戲之時善業力故生此諸華爾時天衆共諸天女住蓮華林遊戲華葉受種種樂彼大蓮華隨念廣池勢力如是時諸天衆蓮華葉中作是思惟今於此處應有衆山種種寶峯從此出生光明具足種種鳥衆種種妙聲在山峯中巖窟河池平處嶮岸寶鈿之地如是等處我應遊戲復作是念我今住此大蓮華葉此處若有巖窟河池平地流泉我當於中遊戲受樂善業力故即於念時多有園林華池山峯巖窟平頂皆可愛樂七寶光明而爲莊嚴種種樹枝甚可愛樂見之心樂過一百山天華果樹枝條蔭覆猶如宮室甚可愛樂百千寶窟生在山中以爲莊嚴時諸天衆離蓮華葉與千天女而自圍繞上妙天華色香觸等皆悉具足無有萎變莊嚴天女美妙歌聲音曲齊等聞者心樂如天所應五欲具足安詳徐步而昇大山顧目徧觀時諸天衆遊戲受樂飯於食河飲於流味既

食無量諸飲食已即於河邊取曼陀羅華俱施耶舍華莊嚴其身復嚴天女歌舞遊戲於五欲中久受樂已於可愛境界受諸欲樂不知猒足愛河所漂復向廣池大蓮華中此諸天衆或百或千諸天女衆而爲圍繞種種莊嚴到於大池各至所住蓮華葉中各各遊戲受於可愛勝妙之樂如印所印各如自業受相似樂爾時天衆復作是念此處應有種種山谷種種衆鳥種種色貌行食相類見之心樂七寶之身出妙音聲一切處行皆無障礙或在水中或在陸地或行空中而無疲倦若有此鳥來至此處我當乘之行虛空中與諸天女遊戲空中下覲常樂地處諸天歡娛受樂徧觀察已共諸天女復受勝樂時諸天衆作是念時有種種山種種山峯種種山谷種種山窟種種樹林種種鳥衆善業力故隨念即來種種相貌種種莊嚴種種勝妙跂求之聲種種七寶雜色衆鳥天女見之一切皆生希有之心其音美妙徧滿虛空皆來向此蓮華葉中天遊戲處徧覆虛空爾時天衆及諸天女既見彼鳥心轉歡喜以歡喜故共天女衆欲昇虛空爾時諸鳥知天所念來近天衆時諸天子共諸天女昇於鳥上鳥即飛行徧於虛空手執箜篌歌衆妙音笙笛鼓吹甚可愛樂聞之心樂復觀自地天衆受諸欲樂喜愛著心不念退沒以善業故唯受天樂爾時有鳥名曰實語爲調放逸諸天衆故以偈頌曰

暴風鳥隼飛　其行甚速疾　一切衆生命
速疾過於此　風行或迴旋　鳥去時有返

命根既壞已　則無有還期　以業速盡故
速到於死時　必定離天處　愚者不覺知
大力不可遮　極惡憎衆生　死王甚勇健
必定須臾至　天多行放逸　爲樂之所誑
不覺必當得　無量大苦惱　一切法無常
畢定當破壞　諸有法如是　是最可怖畏
老能壞壯色　死能喪身命　敗壞破資具
相對治如是　於如是大惡　衰惱大怖畏
汝猶行放逸　是名無心人　若畏未來世
則名有智眼　若與此相違　是爲大愚癡
一切心所誑　令意皆迷亂　業盡則失壞
如油盡燈滅　無量境界樂　此樂皆無常
本作業盡故　必當歸磨滅

是實語鳥以善業力爲令諸天心調伏故說如是偈時諸天衆以放逸故愚癡不覺心不信解亦不攝受復觀如是常樂地處可愛山谷河泉流水華池園林一一華林山峯溪谷天衆充滿遊戲空中聞諸歌音徧滿虛空時諸天衆復見異處衆多天子及天女衆在華池岸飲天上味於如意樹五樂音聲而受快樂復行異處見有宮殿在於虛空天子天女天鬘莊嚴天之五欲皆悉具足遊戲受樂見二天衆合爲一會在虛空中遊戲受樂乘於七寶莊嚴之鳥那羅林天住於宮殿此二天衆一切和合在虛空中共相娛樂於虛空中久遊戲已復昇山峯久於山峯遊戲受樂復向廣池念華而去或有乘鳥滿虛空中騰躍而行歌天妙音是諸天衆念勝樂故復向廣池既到池已從鳥而下入於廣池蓮華葉中如前所說種種遊戲而受快樂爾時天衆在

於廣池大蓮華中久受樂已復作是念今我此處應生枝葉蔭覆宮室俱翅羅聲種種妙寶華林莊嚴種種寶色枝葉蔭覆以爲宮室我當於中遊戲受樂以善業故即於念時種種妙寶光明莊嚴第一妙華色香具足以覆其上所謂白銀毗瑠璃寶大青寶王赤蓮華寶玻瓈色寶如是乃至金色寶等微妙第一見之悅樂如是種種衆寶枝葉蔭覆宮室善業力故隨念而生爾時天衆見此枝葉蔭覆宮室心生歡喜入此宮室歡娛受樂一切天女而爲圍繞天衣天鬘莊嚴其身一切天欲皆悉具足其心和順不相妨礙離於妬嫉鬪諍瞋恚而受樂行以善業故受此天樂五樂音聲一切齊等於枝葉蔭覆宮室之中共諸天女而受欲樂心無猒足愛毒所燒受五欲樂不知猒足不可譬喻枝葉蔭覆宮室之中受天勝樂湙樂成就如是枝葉蔭覆宮室衆寶所成毗瑠璃樹眞金爲葉赤蓮華寶以爲其果青因陀寶以爲其枝或白銀葉玻瓈爲果或青寶葉蓮華爲果或雜寶葉雜寶爲果或眞金葉白銀爲果金葉金果亦復如是種種枝葉蔭覆宮室以善業故隨天所念皆悉具足爾時天子共諸天女心生歡喜入於枝葉蔭覆宮室晏然而住共衆天女遊戲受於種種之樂如魚處水不知猒足於此枝葉蔭覆宮室生希有心在宮室中嬉戲歌詠娛樂受樂既受樂已復作是念我今此處枝葉蔭覆宮室之内應生第一色香味觸天之上味從葉流出共天女衆飲之快樂以善業故即於念時天上味飲色香味觸最爲第一從葉

流出共諸天女飲之受樂心不知足以愛欲心久時歌舞遊戲受樂以放逸地不知猒足先所作業臨欲退時遊戲受樂渴愛境界不知猒足復作是念今我此處華葉之中應生第一須陀之味具香味觸以善業故即心念時第一須陀具香味觸從葉中出出已食之時諸天衆久受樂已復作是念今我此處寶樹枝中應生寶珠瓔珞莊嚴勝妙天冠光明具足臂莊嚴等諸天種種嚴飾之具光明莊嚴從樹枝出作是念時善業力故出生種種天莊嚴具光明嚴飾爾時天衆著莊嚴具久受天樂不知猒足共諸天女受五欲樂不知猒足雖久受樂於境界中轉增渴愛以心不定復生異念今於此處應有香風來吹樹葉互相振觸出妙音聲勝於歌音作是念時以善業故種種香風吹動樹葉互相振觸出妙音聲天女歌音十六分中不及其一時彼天衆共諸天女歌舞遊戲久時受樂猶不知足爾時天衆復作是念我今於此所住之處應生種種七寶雜色莊嚴宮殿一切天欲皆悉具足隨念出生如是生已於此廣池周帀普徧在虛空中共諸天女歌舞遊戲喜笑受樂作是念時即有種種七寶宮殿雜色莊嚴眞珠瓔珞以爲莊嚴其殿四面種種衆寶勝妙欄楯觀之可愛其欄楯上或有鵝鳥或有孔雀或命命鳥種種衆鳥住在其上處處皆有衆鳥止住如心所愛種種衆鳥而現其前天衆見已共諸天女昇此宮殿遊戲歌舞一切皆往向廣大池在宮殿中下觀大池見諸蓮華生希有心此大蓮華種種寶葉種種光明

種種妙色以爲莊嚴所謂金剛青因陀寶赤蓮華寶毗瑠璃寶大青寶王金光明葉見之愛樂時諸天衆在於虛空宮殿之中復有餘天住於廣大蓮華葉中共諸天女歌舞遊戲互相娛樂或有在於虛空宮殿或有在於大蓮華葉是諸天衆作無量種不可譬喻遊戲受樂如是種種遊戲歌音其聲徧滿五百由旬五欲功德皆悉具足五樂音聲受無量樂自作勝業所集業盡猶不覺知善業將盡退時欲至行於異處當生何道受何等苦受何等樂善不善業今當將我至何等處示我何道爲在地獄爲在餓鬼爲在畜生爲在人中爲生畏處爲不畏處以没放逸黑闇中故於如是等不覺不知若至覺時善業已盡無常大風吹令墜墮如是天衆多行放逸如怨詐親非實利益詐爲利益善業既盡將受異果爾時乃覺作如是念我作不善多行放逸如是終時爾乃覺知以多習行此放逸怨不生畏難復於華池遊戲歌舞善業力故極生愛樂而復樂觀蓮華葉中遊戲諸天及住虛空宮殿天衆彼此和合而共受樂爾時有鳥名水波輪以善業力爲於放逸諸天衆故以偈頌曰

衆生命不住　猶如水濤波　無堅如水沫
而天不覺知　若無風吹鼓　水沫或久住
無常天福盡　速滅不久停　譬如燈油盡
光明亦皆無　業盡亦如是　天樂則隨滅
無有所作業　而不失壞者　如是諸衆生
愚癡不覺知　凡諸有生類　有生必歸滅
一切有爲法　皆亦復如是　衆生自業故

流轉於生死　云何此世間　放逸所破壞
放逸失善法　放逸爲堅縛　以其放逸故
退墮於地獄　苦有一因緣　謂從放逸生
是故求樂者　應離放逸行　若離放逸者
則得不死處　以不放逸行　則近於涅槃
以不放逸故　得至涅槃處　是故智者身
放逸爲苦因　一切放逸者　猶如狂病人
現爲他所輕　死則入惡道　一切放逸者
於業果報中　及以生死處　無不顛倒行
放逸火熾然　燒地獄衆生　若欲脫地獄
當離放逸行　若欲離放逸　當樂修智慧
則脫煩惱縛　常得安樂處　五根生三垢
心流轉三界　已離放逸者　說放逸如是
放逸藏甚苦　不放逸藏樂　是故求樂者
應離放逸行

如是水波輪鳥爲彼天衆捨離放逸善調伏故說如是偈時諸天衆以放逸故於如是等眞語實語雖聞此法不能聽受復於虛空廣池之内蓮華葉中共相娛樂遊戲受樂作天妓樂天妙音聲及餘境界堅著色聲香味觸等不知猒足如飲鹹水雖復數飲不能斷渴此諸天衆亦復如是雖受無量種種天樂而不知足爾時天衆於虛空中久受樂已復於廣池與彼天子及諸天女於大蓮華葉中遊戲受樂五樂音聲彼此和合一處同心同欲共相娛樂其心堅著六欲境界久於此處歌舞喜笑以無量種無量差別而受天樂如是等樂隨心所念具足成就以善業故隨其所念一切諸樂隨念差別皆得成就是諸天衆爲無量念覺觀波輪大河所漂生歡喜心一

切天衆久在大池大蓮華中成就天樂受天無量放逸之樂時夜摩天王牟修樓陀知諸天衆著放逸樂生憐愍心欲除諸天放逸行故爲之現化斷除色慢去廣池不遠化作大山名曰清淨猶如善淨眞毗瑠璃無量金銀種種雜寶而爲莊嚴徧於彼山有遊戲林周帀圍繞多有無量百千流泉水皆清涼其山寶峯光明普照一切林樹以爲莊嚴多有華池無量種華以爲嚴飾無量千數枝葉蔭覆猶如天宮如是勝山周徧莊嚴夜摩天中常樂地處所住天衆皆悉見之夜摩天王牟脩樓陀復更思惟化作天衆如天怨家顔色端正其行速疾歌舞戲笑勝常樂地過踰十倍或復化作勝妙天女勝常樂地一切天女亦過十倍此地天女一切不如何等一切所謂相貌端正顔色殊妙嬉笑歌舞種種遊戲皆悉殊勝其清涼山一切皆是毗瑠璃山如前所說爾時勝天在於化山住於第一最高山峯於此峯中化作天子及化天女歌詠妓樂音聲美妙聞者愛著彼化天衆及化天女從化山峯次第而下遊戲歌舞來向實天爾時實天聞諸化天歌詠之音如前所説十倍殊勝美妙音聲共天女衆歌詠遊戲時諸化天亦復同作一類詠歌漸漸來下近實天衆爾時二種天衆既相見已化天歌詠漸增轉勝時實天衆見勝色故即離色慢既破實天形服色慢爾時化天即出音聲而歌詠頌時諸實天爲於化天歌詠所覆化天香氣色量形貌及化天女量色形貌一切皆勝時諸實天五欲境界一切欲樂爲彼化天五欲境界欲

樂所覆以夜摩天王方便力故令諸實天諸慢漸薄爾時化天與實天衆共集一處令實天衆威德光明皆悉隱蔽如閻浮提日光既現星宿月光一切皆滅化天威德令實天衆光明悉滅亦復如是時化天衆出勝歌音令實天音隱蔽不現於化天音如閻浮提人中歌音比於天聲量色形貌所有勝相亦復如是如夜摩天勝人色相時實天衆羞覆心故向廣池岸時化天衆在彼池中大蓮華上歌舞嬉笑天中所有五欲功德皆悉具足樂事成就於廣池上大蓮華中歌舞戲笑共相娛樂時化天衆一切樂具皆勝實天以雜歌頌爲實天衆而說偈言

一切業相似　得天中樂報　天命及樂受
業盡則失壞　是故諸未失　天中種種樂
皆由福德因　無福則大苦　命速不暫停
上色亦如是　死來甚迅速　勿行於放逸
放逸能破壞　衆生一切樂　命爲死所滅
勿得行放逸　諸根不可制　境界不可遮
智者於境界　則能得自在　故應捨愚癡
常修行智慧　常遠離諸過　無利之根本
放逸生諸欲　由欲造苦因　生死皆是苦
生滅法如是　若捨離放逸　則不樂境界
能離於諸過　則得解脫樂　放逸是苦樹
是大苦之根　放逸能破壞　一切諸衆生
是色等無常　非樂非和合　得已而復失
諸有皆如是　隨有樂境界　皆是繫縛因
隨得轉增長　如火得乾薪　如是無猒足
則不名爲樂　若得離愛樂　乃可名爲樂
若離生死樂　爾乃得常樂　若爲欲所使

則不名常樂
如是夜摩天王牟脩樓陀以方便力壞彼天慢如是歌詠第一妙聲昔所未聞誘諸天衆欲令實天聞其歌聲因得聞法時諸天衆既得聞已本修心力之所熏故即便覺知如斯歌義既覺知已心生猒離作如是言彼天於我一切皆勝自離放逸而説偈頌況我畢劣而行放逸時夜摩天王牟脩樓陀以方便力令諸天衆生猒離心斷除放逸第一方便爲作利益以此天衆色樂憍慢是故不知天當退没至後退時悔火自燒後爲地獄大火所燒夜摩天王以是方便令實天衆心生猒離而得利益

正法念處經卷第五十六

音釋
睫即涉切目旁毛也　瞼居奄切目上下瞼也　娛元俱切樂也　鬘莫班切與鬘同　鈿堂練切以寶飾物也　萎邕危切鷲也　隼聳尹切鷙鳥也　振直庚切挨也

正法念處經卷第五十七

元魏婆羅門瞿曇般若流支譯

觀天品第六之三十六 夜摩天之二十二

時夜摩天王牟脩樓陀知諸天衆心生猒離復爲現化令增猒離化作天衆於華葉中遊戲歌舞諸實天衆本未曾見如是天衆遊戲受樂有無量種無量差別爲實天衆得離慢故時實天衆聞諸化天歌樂音聲心生羞恥止不歌舞不能遊戲不受欲樂一心正住觀化天衆見化天衆作無量種歌舞戲笑無量差別無量可愛更無相似可以譬喻時諸化天蓮華葉中歌舞遊戲種種受樂爾時天王牟脩樓陀見實天衆心離憍慢善調伏已復於蓮華葉中化天歌舞有一華葉滿中化天忽然墜落墮大池中或有深沒更不復出或有湧出在於水上或如死屍浮在水上或有相抱二俱沉沒皆唱是言救我救我遞互相喚或有相抱發聲大叫或有相抱而便沉沒諸實天衆在大池岸觀諸化天見化天衆退沒亂壞極生怖畏極大愁惱爾時池中一蓮華葉既墮落已復有一蓮華葉化天滿中而復墜落墮大池中或有沉沒或有少力浮在水上發聲大叫或有沉沒不知所在或有死已沒於水下或有死已浮在水上猶如船栰或有叫喚或共天女相抱大叫或爲天女兩手急抱而沒水中猶如人間在惡水中船栰壞時人皆沉沒此化天衆住華葉中與葉俱墜清淨水中沒在大池亦復如是爾時復有一蓮華葉化天滿中而復墜落墮大池中如石墮水不復更出爾時復有一蓮華葉多有

化天住在其中而復墜落墮大池中遆共相抱皆大叫喚或沒半身久時叫喚然後盡沒如是百百千千有無量種安詳徐墮大池水中猶如沉石令實天衆皆悉見之無量天衆沒已不出爾時復有一蓮華葉滿中化天臨欲墮落發聲大叫如大山崩或如地動或如大海潮波之聲化天墮時出大音聲亦復如是時實天衆在彼岸上聞化天衆如是音聲見如是等諸衰惱事皆生猒離心大恐怖周帀繞池觀此化天心極猒離共相謂言如此之事本所未見有如是等一切天衆極大衰惱昔所未聞昔所未見此大怖畏作是語已或有思惟極生猒離爾時復有一蓮華葉滿中天女而復墜落墮大池中驚怖求哀唱如是言救我救我復相謂言若天放逸則得如是衰惱殃禍墜落退沒互相告已時諸實天心得調伏皆生猒離不行放逸心得隨順時夜摩天王牟脩樓陀見實天衆心調伏已爲利益他自隱其身入蓮華臺共諸調伏不放逸天入蓮華臺令實天衆不見天王王及天衆第一善心爲利天衆皆共入於蓮華臺中餘實天衆不見其身觀諸實天作如是念彼天云何爲調伏不爲離慢不爾時天王知諸天衆心善調伏乃至心中不念放逸皆生怖畏令正是時應爲說法而攝取之知此事已於大池中大蓮華內復作變化令生怖畏化作蓮華有無量葉及諸化天在蓮華葉墜於大池墮於水時出無量種怖畏之聲而復化作無量天衆死屍狼藉夜摩天王牟脩樓陀心自思惟如是天衆極大怖畏或當馳走奔

於餘地即復化現令其不去唯觀化天轉轉復生大猒離心如是一切種種化現皆悉作已與其天衆入華臺中復更觀察徧觀察已第一悲心爲利天衆出蓮華臺共諸天衆出華臺已即攝神力化事皆滅安慰天衆作如是言若天放逸一切皆當得此衰惱一切怖畏放逸爲本不放逸天則不怖畏不得衰惱爾時天王牟脩樓陀爲諸天衆以偈頌曰

愚癡樂放逸　常受諸苦惱　若離放逸者
則得常安樂　一切諸苦樹　放逸爲根本
是故欲離苦　應當捨放逸

爾時實天見夜摩天王牟脩樓陀心皆安隱歡喜馳趣夜摩天王共相謂言我今得主夜摩天王今者坐於大蓮華臺天衆圍繞能救護我能攝受我如是各各共籌量已一切皆走向大蓮華上蓮華臺牟脩樓陀天王住處師子之座與蓮華臺二俱同色夜摩天王共餘天衆住華臺中天衆到已白天王言誰令天衆如是破壞如是衰惱如是墜墮沉沒水中唱聲叫喚誰能如是與諸天衆種種苦惱爾時天王牟脩樓陀告天衆曰此放逸過一切衆生必定皆有汝等天衆皆悉未知爾時天主牟脩樓陀爲諸天衆以偈頌曰

一切諸衆生　皆悉不能破　一切諸業行
無有能勝者　能令諸世間　一切皆失壞
以有如是力　是故名爲死　彼能壞世間
能破陰界入　死王從此世　將至未來世
無力能抵捍　無有能救者　唯有法能救
是故法名救　命速不久停　壯色亦如是
死來甚迅速　不應生放逸　一切衆生樂

皆爲無常壞　命爲死所滅　不應樂放逸
若善業盡時　必至三惡趣　既知如是過
不應樂放逸　世間屬無常　皆有三毒刺
有生故有死　不應樂放逸　死能破壞命
老能令衰變　病能壞安隱　不應樂放逸
業繩縛衆生　心依繩闇道　流轉三有中
不應樂放逸　樂者必受苦　苦者苦轉勝
公夫爲妻子　不應樂放逸　母亦爲妻室
妻亦爲怨家　此等輪轉行　不應樂放逸
於園林山谷　天女衆圍繞　世間皆當盡
不應樂放逸　一切天受樂　皆當歸破壞
虛妄不可信　不應樂放逸　有生皆是苦
是老死之器　決定必當得　不應樂放逸
諸根難調伏　無有能調者　一切樂皆盡
不應樂放逸　少年必當老　諸欲猶如夢
是故有智者　不應樂放逸　猶如芭蕉葉
如電不久住　一切皆破壞　不應樂放逸
諸根難調伏　樂著諸境界　唯有智慧者
能住自境界

如是天王牟脩樓陀以諸天衆心得猒離爲利益他說如是偈爾時天王牟脩樓陀復爲天衆說放逸過作如是言汝等天衆云何沒在放逸闇中不見大惡不見大畏汝等皆見如是等天以放逸故皆悉破壞歸於死滅無能救者彼諸天衆一切樂具皆悉勝汝色量形貌富樂光明天女詠歌舞戲皆勝汝等現見彼諸天衆以放逸故一切摩滅汝等天衆皆應思惟遠離放逸一切世間惡龍池中放逸池中境界惡龍最爲大惡諸風火惡中放逸之火與憶念風最爲甚惡一切闇聚無量

時集無始來集放逸闇聚最爲闇冥一切求便諸惡怨中放逸大怨求境界便最爲大惡諸利刀中放逸利刀最爲傷害墮惡道刀一切大惡毒蛇之中放逸毒蛇貪欲之毒蛇殺一切愚癡衆生毒中最惡一切怨家詐親善中放逸怨家詐現親善最爲大惡以起一切親故愛故一切杻械枷鎖及以繩索繫縛之中放逸繫縛最爲堅固過堅難故一切曠野無水無樹無果無蔭無量衆生於中遭苦諸曠野中放逸曠野最爲大惡以離樂水離善人樹離持戒蔭能與世間一切衆生無量苦惱一切不實虛妄見中妄見爲實如旋火輪乾闥婆城鹿愛燄中放逸虛妄最爲不實境界樂動不停不住無有如實唯虛妄見如旋火輪乾闥婆城鹿愛燄中放逸最爲虛妄不實一切嶮岸顛墜之中放逸嶮岸最爲可畏必定當墮大惡道故汝等天衆當知如是一切五道所攝衆生以放逸故三趣衆生得惡業故墮大惡道是故一切畏苦惱者應當勤心捨離放逸此放逸者一切苦本爾時天王牟脩樓陀爲諸天衆以偈頌曰

不放逸得脫　放逸常受苦　放逸不放逸

已略說其相

如是天王牟脩樓陀調伏諸天爲說正道時諸天衆一心諦聽心調伏故折伏諸根諸根寂靜夜摩天王牟脩樓陀於蓮華臺坐師子座時諸天衆白天王言願爲我說畢竟利益畢竟安樂令我得此畢竟利益畢竟安樂我云何行爾時天王告諸天曰有佛世尊具一切智解脫之師一切諸過皆悉解脫一切功

德皆悉具足於一切衆生中最爲殊勝若能歸依則能斷除汝等苦惱佛無放逸汝當歸依能救汝等無量無邊生死怖畏爾時天衆聞天王教一切胡跪及諸天女生敬重心攝伏諸根於佛世尊生敬重心合掌頂禮受三歸依一切天衆以誠實心歸依佛歸依法歸依僧以善淨心毀呰放逸誠心悔過以見化天有無量種衰惱滅壞不能堪忍無量苦惱爾時天王牟脩樓陀見諸天衆心生猒離復爲化現無量神通於須臾間能示一身以爲千身於千身中現百千身於須臾間於一形相現於無量種種形相於須臾間飛昇虛空種種妙寶嚴飾其身種種形服於須臾間沒於水中現一千頭種種寶冠種種寶印莊嚴其臂其身光明勝於千日於須臾間化作大山園林具足在園林中一切天衆之所圍繞天衆皆見或見在於大蓮華中無量百千光明天女之所圍繞是諸天女身出光明時實天衆皆不能觀天王之身及天女衆爾時天王牟脩樓陀復現神通爲令天衆離放逸故從其口中出於百千諸天大衆或有坐於七寶宮殿種種妙寶光明之身種種容服共諸天女莊嚴端正詠天歌音以爲圍繞一切皆從牟脩樓陀天王口出或有坐於蓮華之中如蜂歌音飲於天酒香味相應共諸天女或百或千以天衣鬘而爲莊嚴身出光明皆從天王口中而出時牟脩樓陀復現神通從口而出或有天衆乘七寶鳥遊戲歌詠五樂音聲共諸天女歡娛受樂從於天王口中而出天之莊嚴不得爲比光明功德皆悉具足爾

時天王牟脩樓陀復以神力從其口中化天踊出坐於拘婆羅耶中作天妓樂出妙音聲諸天女衆之所圍繞皆飲天酒歌頌戲笑共諸天女或百或千或億百千不可喻色殊勝天女而爲圍繞種種遊戲天園林中遊行空中行如道路歌頌音聲勝於實天足一百倍歌音色樂種種功德皆悉具足令天衆聞時實天衆未曾見此希有之事見已皆生希有之心或生歡喜或有生疑作是思惟此天云何從於天王口中而出甚爲希有時實天衆如是思惟或共論說不知云何爾時天王牟脩樓陀復現神通從其口中出化仙人種種容貌或有長髮或作螺髻或有身著樹皮之衣或有手中執持澡瓶或著天衣華鬘莊嚴或著黒色鹿皮之衣有如是等種種色貌諸大仙人從口中出或百或千出已住於虛空之中而說偈言

一切衆生心　如幻法不住　一切必歸死
有中莫放逸　一切可愛中　處心轉增長
終必歸破壞　有中莫放逸　有中更無處
有生而必滅　一切樂皆畏　有中莫放逸
一切所見中　謂五欲可愛　一切皆如夢
有中莫放逸　喜愛難調伏　常爲衆生怨
速將入地獄　有中莫放逸　雖數受欲樂
得已而復失　必當皆壞滅　有中莫放逸
初中後不善　能壞於世間　業鎖所繫縛
猶如鉤釣魚　雖種種方便　欲斷於業鎖
一切天非天　不能斷業鎖　生死鎖極長
首尾不可見　是愛甚堅牢　以縛愚癡人
我及餘天衆　若人阿脩羅　一切皆無常

癡盲不能見　業身徧一切　常流轉諸有
一切愛縛心　智慧乃能斷　從於愛木中
生於五鑽燧　覺觀風力故　爲時火所燒
愚癡無智慧　貪苦中妄樂　迷故顛倒取
流轉五道中　喜樂於妻子　及種種富樂
常保此妄樂　爲死王將去　如虎狼殺鹿
害之不疲猒　死王大勢力　殺害亦如是
一切諸有中　無量多種苦　爲癡所迷惑
而心不疲倦　若人依止惡　不名自愛身
既不自愛身　世間更何愛

如是天王牟脩樓陀從口所出變化仙人爲實天衆除放逸故說如此偈畢竟利益爾時天王牟脩樓陀復爲利益神通變化從其胷中示現踊出大蓮華池甚可愛樂其池多有鵝鴨鴛鴦而爲莊嚴第一清淨八功德水其蓮華池有百千億七寶蓮華以覆其上其華香氣滿百由旬其蓮華臺王在其上種種妙寶莊嚴天冠種種光明種種寶衣莊嚴其身種種寶印莊嚴其臂種種婇女而爲圍繞坐師子座其諸婇女手執白拂立侍左右復有諸人讚歎王言勝妙增上猶如帝釋第二天王有如是等百千化王夜摩天王以憐愍心利益他故爲令一切諸實天衆離放逸故化作帝釋轉輪聖王及餘無量百千諸王爾時天王牟脩樓陀爲利益故復示變化從其臍中出大蓮華廣百由旬百千億葉七寶蓮華種種寶葉多有衆蜂出歌詠音聞者心悅見之愛樂夜摩天王從其臍中所化蓮華其蓮華莖長五千由旬毗瑠璃莖金剛間錯青因陀寶所共集成而以莊嚴勝天虹色甚可愛

樂大蓮華内有諸化人種種衣服莊嚴其身第一勝樂執犂耕地而説偈言

一切犂地者　心皆希望果　癡心希利故
不觀當有死　愚者希利心　念念常增長
而不覺諸行　念念歸滅盡　老罰時欲至
能令少壯盡　病苦若來至　能壞於安隱
此三種惡罰　破壞天非天　速來時欲至
愚者不覺知　天龍阿脩羅　揵闥緊那羅
羅刹毗舍闍　皆爲老死壞　能令貪愛者
捨離於親里　癡愛相繫縛　輪轉於諸有
子孫及孫子　如是種子等　人爲愛所誑
一切皆當失

如是化人爲利益他説如此偈時實天衆聞是偈已心念思惟於境界中不多愛樂爾時天王牟脩樓陀爲利天衆復作現化於其一切身分之中種種莊嚴種種容貌種種寶冠無量種色無量種形無量種相天乾闥婆若人若龍阿脩羅等各以自法衣服莊飾莊嚴從天王身毛孔中出各如本色如其形相如其自法自共婇女歌舞嬉笑娯樂受樂天王受樂與人相似富樂歡悦自相愛樂歌舞嬉笑歡娯受樂復有諸龍種種莊嚴或有一頭或有二頭乃至七頭有種種色種種形相勝妙寶冠莊嚴其首種種音聲歌詠遊戲生歡喜心娯樂受樂如是勇健羅睺阿脩羅等皆盡化出天帝釋樂減夜摩天共諸婇女圍遶供養第一莊嚴阿脩羅女圍繞供養五樂音聲聞之可愛阿脩羅王住在宮殿從於天王牟脩樓陀身分而出受第一樂又復化現鬱單曰人住雲鬘等十大山中富樂自在少減

第二三十三天園林華池多有種種諸飲食河種種歌舞遊戲受樂從於天王牟脩樓陀身中而出復化瞿耶尼人自樂成就歡喜遊戲亦復如是時實天衆見如是等無量種類無量差别夜摩天王成就如是第一神通爲除放逸勝利益故作如是化非不利益令放逸天現見無常心則柔軟是故示化種種具足先示欲味後示其過令其猒欲以是因縁夜摩天王爲實天衆示化欲味受種種樂歌舞遊戲衣服莊嚴飲食婇女親近供養五根受樂如心所念具足皆得是名欲味云何欲過若得欲已心生愛樂求之不得共他而有非獨屬已愛别離苦無量種苦爲强力者之所侵奪復有五種强力所奪所謂王賊水火怨家復有餘苦常爲怨侵常畏他奪守護怖

畏或心憂愁死生貪樂身心常苦如是欲過終至於死有無量種衰惱諸苦愚癡之人於此欲過衰惱苦中不生猒離復有欲過有何等過爲欲因縁母子鬪諍住不同處一切皆由欲因縁故若兄弟鬪諍互相憎嫉若打若縛一切皆由欲因縁故是爲欲過若王者共諍無量國土互相攻伐互相打縛若殺若害加種種苦一切皆由欲因縁故是爲欲過是故當知皆由於欲繫縛一切在於生死爾時天王牟脩樓陀爲實天衆化作如是無量差别人中欲過王者共諍無量方便及以餘人以欲因縁入於海中若共鬪諍若繫若縛憂悲苦惱怖畏鬪諍不饒益事一切皆由欲因縁故一切人中皆因欲過不得安隱云何天中因於欲過所謂諸天共阿脩羅鬪戰相壞

一切皆由欲因緣故若阿脩羅共天鬭諍亦復如是由欲因緣有如是等是爲欲過以此因緣牟脩樓陀夜摩天王爲實天衆除放逸故示如是化若諸龍等共龍鬭諍國土失壞震雷放雹一切皆由欲因緣故若諸畜生互共鬭諍殺縛捕得一切皆由欲因緣故是名欲過於鬼神中以食因緣或欲因緣互相撲打以刀相斫一切皆由欲因緣故是爲欲過以此因緣夜摩天王爲實天衆除放逸故示如是化於地獄中互相燒打互相殺害受諸苦惱於人中時由欲因緣造作惡業鬭諍憎嫉以其念本女色因緣共相憎嫉以是惡業墮地獄中身體裂壞如是地獄皆由欲過以此因緣夜摩天王爲實天衆捨離欲故示如是化徧於五道示欲過患令猒生死示於人中所有欲味一切皆失夜摩天王爲示天衆欲味欲過化作蓮華百葉墮落破壞摩滅復廣示現天人之過既示過已復示出離解脫種子利益安樂諸天衆故夜摩天王復爲饒益諸天衆故示於欲過何以故聞異欲過則於生死生猒離心以異見故以此因緣爲諸天衆復示欲過若天若龍阿脩羅等示欲味已復示欲過於退沒時得諸衰惱是諸天人龍阿脩羅於一切處受無量種諸欲樂已至於退時隨諸天等所應受者皆悉示其種種退法所謂高山嶮峻崖岸有無量種師子虎豹野狐猪兔牛驢象馬駱駝犛牛失收摩羅魚摩伽羅魚黿鼉之屬或有一頭或有二頭或復多頭口中含土手中執火復有徧身煙炎俱起或有雨火或有放於金剛惡雹徧衆

多處其聲爊呴甚可怖畏如一百山同時俱崩無量種類身色黧黮頭如大山色相可畏舉身髦髮炎火熾然或有百臂或有千臂於其手中或有執羂或執刀杖或執金剛見者大怖滿大山谷如是等衆從大山出走趣化天奮目大怒眼赤如血從其口中出諸火炎黃赤朱紫無量種色如黑雲中電光亂起復化死王閻羅伺命色貌可畏走向化天手捉赤繩及諸器仗所執器仗頭皆火然發大惡聲猶如震雷其身熾然滿十由旬或有伺命有一百眼或四百眼乃至千眼眼皆燄出青赤黃鴿種種雜色其火熾然至於十里種種相貌一切衆生之所怖畏醜陋可惡從化山中爊呴而出凸腹下垂脇如山谷頭如山峯或有縮咽入兩肩中或有長髮髮皆直豎咽火燄起或有長爪火燄熾然或有身毛燄然火起或有徧體大火猛熾如燒大山皆從大力化山中出放金剛雹復有死王閻羅伺命其頭狀如烏鷲鵄鵰野干狐狗駱駝之面徧身火然惡蟲覆身以怖天衆從於大黑化山中出一切疾走猶如猛風吹大黑雲熾電俱起走趣化天爾時死王閻羅伺命漸近化天捉得化天燄火鐵繩返縛其手縛已牽挽爾時化天見餘化天身被繫縛極大怖畏各各散走時死王使尋逐捉之舉置頭上昇空而去不復可見過眼境界爊呴之聲甚可怖畏或有伺命捉得化天以燄鐵繩而繫其頸入地而去復有死王閻羅伺命捉餘化天擲著水中呴喊唱叫喊諸化天其身不沒住在水上爲諸化天而說偈言

愚癡憍慢心　爲放逸所使　樂時旣已過
今當就死苦　無量境界林　惡毒滿其中
愛牙甚廣大　求善應捨離　不作衆善業
而常癡放逸　死時旣已到　竟爲何所作
沒在愛水中　不能度衆苦　以沒生死故
永無有安樂　一切有生者　死常隨其後
云何愚癡人　而樂放逸行　雖知不可遮
常有大勢力　是大力死軍　世間不覺知
非是鬪戰力　無方能捨離　衆生放逸故
不覺死怨至　死使有三種　徧行於世間
謂老病衰壞　愚癡不覺知

如是死王閻羅王伺命說此偈頌呵責天衆百返千返加諸苦惱時實天衆見衰惱已得離一切放逸之心受三歸依時夜摩天王知諸天衆心已調伏復示變化令實天衆心得猒離是等化王所著天冠一切欲具皆從天王牟脩樓陀身中而出共諸婇女隨順供養如前所說上色具足復爲衰老之所毀壞髮白面皺徧身脉現拄杖而行羸瘦顛頟一切諸業皆不能作依他而行爲諸愚人輕弄戲笑上氣不樂諸根變熟一切力盡衆所輕賤行步數倒死時將至近他而行身極羸瘦依他扶持身色醜惡行於他側未經幾時身中多有種種病起所謂熱病下利咳嗽盛氣噎病水腫疽瘡癩病垂近死地身大穢惡是大惡病不可療治死相已現其王具嬰如是諸病得如是等極大苦惱然後命終既死之後膖脹臭爛多有無量百千種蟲時諸天衆見此死屍復有鵰鷲諸惡貪鳥從山飛來取諸死屍而噉食之或有取屍騰空而去時諸天

衆見是事已其心猒欲一心正念爾時天王爲利天衆復示神化示於羅睺阿脩羅王勇健阿脩羅王等一切皆在大海水下至夜摩天住天王所去王不遠住在一面大聲叫呼既叫呼已顛墜墮地尋即命終如木如石不動不覺諸阿脩羅王諸婇女等見是事已極生苦惱皆悉圍繞叫喚啼哭於啼哭時有鳥飛來取諸死屍猶如木石衆鳥取之不覺不動阿脩羅女既啼哭已一切皆死復爲鵰鷲烏鵄衆鳥競共取之從空而去令諸天衆不復見之夜摩天王爲利天衆示化如是啼哭悲泣爾時夜摩天王復化龍王如前所說復示無常或有龍王熱沙所燒猶如焰火如佉陀羅炭入乾草聚是諸龍王熱沙所燒亦復如是復有龍王龍女圍繞爲金翅鳥搏撮將

去諸龍女衆發聲大叫復有龍王爲鋸所解悲聲唱叫怨心相斫互相加害如是化龍爲死將去時諸天衆見是事已心極猒離時夜摩天王復化弗婆提人瞿陀尼人無量百千皆悉衰惱及諸天人亦復如是老極須臾皆歸於死既死之後多生諸蟲偃卧於地甚可惡賤時實天衆見此諸事無量差別大惡有過見死苦已皆生猒離互相謂言此諸衆生有苦而死此諸衆生老病死盡終竟不知當詣何處爲誰將去一切資具皆悉無常一切諸樂皆雜有過無常不住敗壞之法不可保信一切諸法皆悉破壞無有少樂如是實天互共論說皆生猒離時夜摩天王知諸天衆心生猒離復化丈夫自在離慢決定上生謂欝單越人少減天福受第一樂復化令作老

病身死身既死已無量百千諸蟲暰食其屍若有見者皆生猒惡猶如屎聚夜摩天王爲利放逸諸天衆故示如是化欝單越人爾時天王復作化示令實天見謂中陰有無量有網化中陰有如衆生死以業因緣生於地獄餓鬼畜生人天之中化中陰有令諸天衆皆得現見無量種種心行之業有因緣生無量百千五道生死爲諸實天得猒離故於大池中示如是化不可思議希有之化無等無比令天現見於池水中具見一切五道衆生以業煩惱因緣力故流轉而行從一道死復生一道輪轉生死無救無歸無有伴侶輪轉諸有輪迴地獄餓鬼畜生及以人天令實天衆見於種種生中陰有見已驚怖極生猒離復見夜摩諸天中陰之身見夜摩天以業盡故從天退墮悔火所燒貪放逸故天身則滅中陰身生足上頭下如印中陰以惡業故生地獄陰見生死業故極大怖畏共相謂言是業因緣甚大戲弄夜摩天衆時實天衆見是事已生猒離心是名見地獄中陰非生有陰牟脩樓陀示如是化以何義故不示生陰以天心輭不能堪忍若見生陰不可譬喻不可說苦即失身命是故示化不示生陰是名實天觀夜摩天退欲入地獄中陰之身時夜摩天王復以希有神化中陰示夜摩天放逸過惡之所傷害以業盡故欲墮餓鬼足上頭下如印相似業繩所牽隨所作業如是成熟時實天衆復見如是第二中陰復次第三見化中陰如夜摩天復爲放逸之所傷害業盡還退惡業所縛欲墮畜生足上頭下如是中陰如

印所印生畜生中無量種類相似中陰是名第三道中陰有相見之怖畏復生猒離驚愕惶怖互相觀視以偈頌曰

微細難解知　徧行一切處　是業使衆生
流轉於諸趣　若人謗賢聖　好行邪見業
不信於業果　死則入地獄　若人內懷惡
以法諂誑人　世間所不愛　死則入地獄
若人著欲樂　常行於惡業　以樂誑其心
死則入地獄　若得畢竟樂　乃得名安隱
若樂有苦報　是不名爲樂　放逸諸天衆
退失夜摩王　若法具足者　智者所讚歎
遊戲園林中　樂見諸天女　欲境無猒足
以是故退沒　以樂增長故　渴愛轉增長
智慧人所說　斷愛爲第一　我見世中陰
今生大猒離　誰當救護我　令我得解脫

時諸天衆見如是等種種中陰生猒離心時夜摩天王牟脩樓陀知諸天衆心調伏已皆滅化天示以自身寂滅莊嚴諸天見之其心安隱往詣天王到已圍繞住在一面心生敬重歡喜踊躍作如是念我今得生時實天衆見無量惡皆生猒離

正法念處經卷第五十七

音釋

抵捍 抵典禮切拒也捍侯旰切衛也
鑚燧 鑚祖官切燧徐醉切鑚燧穿木取火也
犛 謨交切長髦牛也
虓呴 虓虛交切呴音吼虓呴虎怒聲也
黲黮 黲鳥感切黮徒感切黲黮黑也
凸 徒結切高起也
鵄 處脂切惟鳥也
鵰 丁聊切鷙鳥也
㖃 許戒切怒大聲也
顦顇 顦慈消切顇秦醉切顦顇憂瘠也
搏撮 搏伯各切翅擊也撮麤括切爪取也

正法念處經卷第五十八

元魏婆羅門瞿曇般若流支譯

觀天品第六之三十七夜摩天之二十三

爾時夜摩天王告天衆曰：汝今何故不於園林華池無量衆寶莊嚴山峯歌舞戲笑？天王如是觀諸天衆爲生猒離不猒離耶？時諸天衆聞夜摩天王說此語已，白天王言：當於何處園林七寶山峯之中而有樂處？我見無量生死衰惱無量差別不可堪忍，我自目見一切諸欲皆悉無常，後皆致苦，此欲無常不住不久敗壞，無堅無樂。爾時夜摩天王聞天衆說而告之曰：汝今當知一切欲樂後皆致苦。時諸天衆白天王言：我今已解欲爲大苦。時夜摩天王告諸天衆：我能宣說一切生死無量諸苦，今當爲汝略說少分，令億千劫不復放逸，常行人天二種善道。若斷放逸，是爲智慧。若放逸緣來，即應遠離。若不爲放逸之所使役，則不墮地獄餓鬼畜生。復告天衆：今當爲汝說三惡道二種善道。二善道者，天之與人；三惡道者，所謂地獄餓鬼畜生。如是五道大勢力苦，我能宣說，不可廣說，今當略說。以要言之，於天人中有十六苦。何等十六？天人之中善道所攝：一者中陰苦，二者住胎苦，三者出胎苦，四者希求食苦，五者怨憎會苦，六者愛別離苦，七者寒熱等苦，八者病苦，九者他給使苦，十者追求營作苦，十一者近惡知識苦，十二者妻子親里衰惱苦，十三者饑渴苦，十四者爲他輕毀苦，十五者老苦，十六者死苦。如是十六人中大苦，於人世間乃至命終，及餘衆苦，於生死中不可堪忍，於有爲中

無有少樂一切無常一切皆盡一切敗壞初生中陰識如香氣有何等苦業風所吹非肉眼見天眼所見而無所礙若生人中生種姓家有下中上以布施持戒智慧果報而欲生者此識香氣中陰亦得如是之食若欲生於貧窮種姓所食麤澁色香味觸皆悉麤惡身量減劣少布施故不得勝報是名人中生初中陰苦復次第二苦若生胎中以業煩惱因緣故住生貧窮家母食麤澁苦酢之食膜衣篅中薄少食味入其臍中令胎中子身羸惡色氣力劣弱母疲極故子於胎中則受大苦轉向兩脇走避苦惱母食冷熱則受痛苦無力無救不能呌喚沒屎尿中受無量苦是爲善道人中第二大苦何況地獄餓鬼畜生復次第三苦從胎出生胎藏逼迫猶如壓油嬰兒出胎欲墮逼迫亦復如是是爲大苦復次以初生時其身柔軟如生酥摶亦如芭蕉又如熟果母人瞻產以手捉之其手堅澁皴裂劈坼猒惡顣面指甲長利面目醜惡以手捉之猶如火燒亦如刀割如是嬰兒身體細軟母人觸之得大苦惱若得新衣麤澁厚重或得故衣補納破裂孔穴穿露狹小單薄止於草蓐寒時大冷受大寒苦熱則大熱猶如火燒以本布施不清淨故受斯苦惱從胎而出受大苦惱復以不淨布施因緣令母少乳所食苦澁母食劣故其乳則少或母食麤惡故令乳少羸瘦惡色唯筋皮骨以爲其身饑渴病故身體無力若無所食噉從他乞求人所輕賤少得飲食色香味薄依他而食辛苦繼命如是之食令身苦惱以本所行不善施故

乃至命盡常不充足以乏食故常受苦惱復次第四苦惱以希望食而得苦惱饑餓所惱或作盜賊作諸惡業作無利益或作勇健因致失命或次死苦諸苦之重所謂饑渴爾時夜摩天王牟脩樓陀爲諸天衆以偈頌曰

生死大苦惱　無與饑渴等　衆生以饑苦
作諸不善業　從自身起火　故名饑渴苦
饑渴燒三處　如劫火燒林　世間大炎火
不能至後世　饑渴火難斷　至於百千劫
愚人造不善　行於嶮惡道　皆爲飲食故
智者如是說　饑渴有大力　過於大猛火
一切三界中　以食因緣轉　若於人世間
有種種財物　一切以食故　成就三有海

如是夜摩天王牟脩樓陀爲諸天說復次天衆於人世間有第五苦謂怨憎會有六種苦何等爲六謂眼見怨等心不愛樂心不憐愍見其身色心意惱亂於心心數而起怖畏生不利益心心數中而生苦惱一切惡中初第一惡所謂見怨家色及惡知識復次第二怨憎會苦若聞其聲不得利益不愛不順心生惱亂是爲怨憎會苦第一惡聲謂所聞攝不正法聲憎惡聲故身壞命終墮於地獄餓鬼畜生若聞不愛不利益聲聞已生於惡心惱亂不愛不樂心不憐愍是爲人中怨憎不愛合會之苦復次第三怨憎不愛會苦謂鼻聞香不愛不樂心不隨順聞之心惱或生染苦是爲大惡不愛合會諸天子等是名人中不愛合會若人愚癡無有智慧或行或住心生貪著輕慢不敬若人以香供養法僧其人便以欲心齅之身壞命終墮於地獄餓鬼畜生

如是惡人以身因緣以貪身故身心不淨身壞命終墮於地獄諸天子是爲人中不愛怨憎合會之苦復次第四不愛會苦所謂世間愚癡惡人因於味故而作惡業以惡業故身壞命終墮於地獄若非沙門現沙門像内懷腐爛猶如蠡聲或在僧寺或白衣舍實非沙門著沙門服常貪美食爲味所縛以是因緣身壞命終墮於地獄復有懈怠比丘捨離禪味爲美食故處處遊行心常樂食以懈怠故身壞命終墮於地獄諸天子是爲人中以著味故不愛合會而生苦惱復次諸天子人中第五不愛會苦所謂身觸以此縛心不善思惟不順法行意不正念如是惡人惡境所縛身壞命終墮於地獄諸天子是爲人中不愛合會而生苦惱復次天衆人中第六不愛合會而生苦惱所謂有人心意躁動不能止住心意不正多有散亂常思惡業不樂善法樂不善法無利益事以是因緣身壞命終墮於惡道生地獄中諸天子是爲人中不愛合會而生苦惱及餘種種無量諸苦人中具受復有三種怨憎會苦謂近怨家怨害其命如眼中刺常不隨順是爲第一怨憎會苦復次第二怨憎會苦與惡知識共同事業是名第二怨憎會苦復次第三怨憎會苦内懷瞋恚得便傷害是名第三不愛怨憎會苦諸天子是爲人中無量種苦時夜摩天王牟脩樓陀復爲天衆得猒離故說於第六人中大苦所謂愛別離苦二世利益是名爲愛善友別離是爲大苦若離父母兄弟姊妹妻子親里及餘所愛有恩之人别離大苦如墮刀火燒其身

心受大苦惱是爲愛別離苦夜摩天王爲利天衆演說此法時夜摩天王復爲天衆說於第七人中大苦所謂寒熱二苦諸天子云何人中寒熱二苦以於人中飲食不調應冷而熱應熱而冷久坐則苦久立亦苦多飮亦苦不睡亦苦若於昏夜右脇而卧久眠亦苦左脇亦爾初樂後苦於人世間以貪樂故爲樂所誑而修善業以樂誑故入於地獄諸天子人中之樂如苦無異如是夜摩天王牟脩樓陀爲利益諸天衆說如是法汝等天衆勿生此意謂人中樂應生猒離爲離生死說法利益除天放逸故復次夜摩天王爲夜摩天衆復說第八人中大苦所謂病苦無量差別無量病起所謂熱病下利上氣嗽逆四百四病害諸衆生復有病苦害諸衆生憂悲愁惱等病人中大苦時夜摩天王牟脩樓陀爲利益天衆復說第九苦令離生死示於人中生死大苦所謂人中爲他所使是爲大苦同道同生同根同歲同力以業劣故爲他所使若晝若夜不得自在常受大苦是名人中使役之苦復次爲他使苦若人第一種姓精勤色力讀誦智慧具足無乏以貧窮故爲下賤人之所使役時夜摩天王牟脩樓陀爲夜摩天衆得利益故復爲說法以當下劣無布施業人所輕毀晝夜辛苦爲人所使無施因緣常受苦惱手足破裂貧窮無食衣服垢壞饑渴所惱寒熱辛苦如是無量苦惱不可堪忍晝夜使役不斷不絕人中復有種姓色貌勢力下劣而多財富復有種姓色力智慧一切皆勝而常貧窮以貧窮故親近賤人爲業所誑爲

心誑故受大劇苦諸天子是爲人中使役之苦復次爲他使苦若貧窮人順法而行以貧窮故親近惡行不善之人近不善故同其惡業雖不喜樂爲他所使而造惡業身壞命終墮於惡道生地獄中爲他使故二世受苦復次天衆人世界中第十受大苦惱所謂第一追求大苦無量苦惱爲求財故入於大海入敵鬬戰經營造作言辭辯說親近下賤耕田種植商賈販賣畜養畜生遊方行使爲他所使昇大山巖處處遊行依附他人如此所作一切追求皆爲財物嚴飾衣服或貧窮人或愛著人如是追求愛網所縛乃至命盡或作惡業或作妄語誑惑他人輕秤小斗欺誑於人酤酒販賣糶賣胡麻及以賣毒作如是等惡律儀行治生販賣或破國土城邑聚落軍營人衆及餘種種衆惡之業以妻子飲食敷具財物故追求之苦無量百千乃至千歲說不可盡諸天子是名人中追求之苦如是夜摩天王爲利益天衆猒離有故說究竟法諸天子勿於人中起希望心當生猒離若貪諸有不得利益以是因緣說於人中一切衰惱若生人中以追求故作不善業以是因緣或墮地獄或墮畜生或墮餓鬼既生惡道受種種苦如是夜摩天王復說十一人中大苦告諸天衆人中大苦所謂近惡知識皆無利益一切苦因近惡知識無惡不得造身口意一切惡業以是因緣身壞命終墮於惡道生地獄中受無量苦於未來世或墮餓鬼畜生之中受無量苦觀於人中地獄餓鬼畜生過已進於天衆希望人有說一涅槃寂滅之處復

次夜摩天王爲欲利益夜摩天衆說人中苦所謂人中第十二妻子親里衰惱大苦所謂妻子親里殺縛鞭打饑渴貧窮種種苦惱所愛之人受苦惱故亦得苦惱是名衰惱於人道中以妻子親里眷屬因緣而得苦惱以是勿樂生於人中一切有生必歸於死隨有死處皆是苦惱於生死中最大苦者謂生老死人中具有諸天子既知人中如是大苦不可堪忍勿生欣樂以如是等無量善寂滅無上道義示諸天衆於人道中無利益事種種有網不可譬喻況三惡道無量百千億不可譬喻大苦充滿不比人中若天退時少放逸天爲之說言汝當生於人善道中若人臨終親里知識願其生天善道之中二種善道猶尚如是況三惡道受大苦惱如是利益攝他常不放逸夜摩天王說無量種無量差別無量方便無量種法涅槃勝法說妻子苦已復爲夜摩天衆說第十三人中大苦所謂饑渴苦由饑渴故作無量惡其餘衆苦無如饑渴以饑渴故入衆惡處大種姓人爲飲食故合掌垂淚哀聲親近下賤小人說慈愛語如是一切皆由饑渴畏饑渴故不顧其命入危嶮處刀刃之間及惡象敵一切皆由饑渴苦故或入大海經於無量百千由旬無量惡魚堤彌鯢魚洪波惡處自捨身命乘於艫舟而沉大海如是一切皆由畏於饑渴之苦復有無量種種差別不可具說如是諸苦爲口腹故若人執縛從右門出打惡聲鼓嚴以死鬘尖標在前怖畏愁惱將詣殺處命在須臾雖復大苦未過饑渴是故應當以淨善心於福田中

以好財物而行布施時處具足於生死畏中勤脩精進善心布施天中少饑一切生死皆依飲食以除饑渴是故一切應行布施諸天衆是名人中饑渴苦惱無量差別於天道中苦微而軟天樂覆之福德多故飲食易得而天不覺徧於欲界饑渴炎火之所覆蔽畏於苦火諸天子如是觀於人中種種生老病死之苦勿生欣樂如是夜摩天王牟脩樓陀見夜摩天衆其心調伏多調柔軟既觀察已復爲天衆說人中苦勤脩利他自利則易牟脩樓陀以不斷力爲利他故爲夜摩天衆數數宣說無量種法說第十四人中大苦所謂他輕賤苦不可堪忍種種差別於貧窮人輕毀偏多有十種苦種姓親族兄弟富人之所輕賤以貧窮苦依位而食綺語不實親族空語無義之語依他住食衣服塵垢他人輕毀若入城邑若節會日人見輕毀人道之中有如是等無量輕毀大苦世間之人無薪之火住在心中謂輕毀火親里知識兄弟火燒最爲尤甚無福德故得此十苦徧燒其身大惡怖畏以燒乾身氣如烟起諸天子應生知足勿於人中而生欣樂人中少樂甚大苦惱衰惱短壽輕毀坊汙唯於人中多有輕毀非四道中於人道中輕毀最重得他輕毀一切身分猶如中毒隨本所得供養之處後更輕毀若人先常得好供養後得少利得少時供若善男子如是輕毀過於死苦諸天子是爲人中難忍大苦復次第十五人中大苦所謂老苦當爲汝說人中老苦老者能令一切身分羸瘦滅劣諸根皆熟破壞少壯拄杖而行無有

氣力輕毀住處背傴鼻戾髮白死使身意滅劣雖未命終猶如畜生諸天子是則名爲人中老苦名色戲弄不久必死若見老苦而不怖畏當知是人名爲無心猶如木石以無心故雖復人身猶如畜生諸天子於人道中生爲大苦以有生故是故老苦既知老苦勿於人中起欣樂心復次第十六人中無量種受生生則有苦何等苦也所謂死苦死已復生身根入壞命根斷滅不復見於兄弟知識色身滅已復行異處以自業果而爲資粮一切衆生必歸終盡命盡棄身受中陰有是名爲死一切有生皆歸於死若死而不生生而不死無有是處諸天子勿於人中而生樂心爾時夜摩天王牟脩樓陀以偈頌曰

於人世界中　有陰皆是苦　有生畢歸死
有死必有生　若住於中陰　自業受苦惱
長夜遠行苦　此苦不可說　没於屎尿中
熱氣之所燒　如是住胎苦　不可得具說
常貪於食味　其心常希望　於味受大苦
此苦不可說　小心常希望　於欲不知足
所受諸苦惱　此苦不可說　怨憎不愛會
猶如大火毒　所生諸苦惱　此苦不可說
於恩愛別離　衆生起大苦　大惡難堪忍
此苦不可說　寒熱大苦畏　生無量種苦
大苦甚暴惡　此苦不可說　病苦害人命
病爲死王使　衆生受斯苦　此苦不可說
爲他所策使　常無有自在　衆生受斯苦
此苦不可說　愛毒燒衆生　追求受大苦
次第乃至死　此苦不可說　若近惡知識
衆苦常不斷　當受惡道苦　此苦不可說

妻子得衰惱　見則生大苦　出過於地獄
此苦不可說　饑渴自燒身　猶如猛火燄
能壞於身心　此苦不可說　常爲他輕賤
親里及知識　生於憂悲苦　此苦不可說
人爲老所壓　身羸心意劣　傴僂拄杖行
此苦不可說　人爲死所執　從此至他世
是死爲大苦　不可得宣說　衆生莫能見
諸業不能遮　能壞諸衆生　是故名爲死
大力難堪忍　能令諸衆生　獨行大怖畏
是故名爲死　衆生畢竟有　時火不可避
能斷衆生命　是故名爲死　死王所破壞
能斷人命根　盡於陰界入　是故名爲死
生必有別離　知識及兄弟　別已不復合
是故名爲死　及死未至時　應當脩善行
死惡無慈愍　未至應修善　是死甚卒暴
極惡無慈愍　未至能修善　乃爲天中眞
若法中生慧　是名善命人　若人不離法
是爲命中命　若人心念佛　是名善命人
不離念佛故　是爲命中命　若人心念法
是名善命人　不離念法故　是爲命中命
若人心念僧　是名善命人　不離念僧故
是爲命中命　若人心念實　是名善命人
不捨離實故　是爲命中命　若人心念道
是名善命人　不捨離道故　是爲命中命
若人常憶念　趣向於涅槃　爾乃得名天
非樂欲樂者　若常一心念　樂修禪定業
此樂能離有　非謂著欲樂　既知此有過
於欲生猒離　精勤求涅槃　是名眞實天

如是夜摩天王以無量種利益諸天令諸天衆心得清涼斷除惡道爾時天衆白天王言

天主如天王說我等現見色力形貌十倍勝者皆受衰惱而況我等夜摩天王聞此語已而告之曰如汝所見此諸天眾少衰惱耳汝等夜摩天眾當墮地獄餓鬼畜生百倍過此以汝天眾行於非法放逸行故若諸天眾順法而行遠離放逸則閉一切惡道之門常於天人受種種樂當離憂悲老病死苦得常住處永無如上所說諸苦以是因緣勿行放逸如是欲樂比無漏智禪定之樂百千分中不及其一爾時天眾聞天王說現見諸過復作是言天王說法利益我等我今攝受令我不受如是生死衰惱之苦爾時夜摩天王牟脩樓陀以偈頌曰

若有自作業　非是他人受　若自善調伏
是則得常處　若有作異業　無及善業者
無量百千生　業常隨順行　廣作諸福德
修行於善法　則得最勝處　永離老病死
如是自善業　天眾應思惟　若修行善業
此是勝資粮

如是夜摩天王牟脩樓陀說是偈已告諸天眾自今已去勿為貪著色聲香味觸故而起放逸遊戲園林時諸天眾聞此語已白天王言願我未來見彌勒佛無上士調御丈夫天人導師出興於世我生人中見彼世尊在初會數得聞法已盡諸有漏復有天眾願求阿耨多羅三藐三菩提作是願已歸佛法僧七萬天子及餘天眾必生人中見彌勒佛得聞法已諸漏永盡復有餘天先見佛塔發阿耨多羅三藐三菩提願復有餘天發緣覺心一切皆願當來得果爾時夜摩天王作如是念

我已爲他作大利益令諸天衆離放逸行時夜摩天王知諸天衆意善調伏各令還宮時諸天衆恭敬圍繞夜摩天王捨池而去夜摩天主牟脩樓陀爲諸天衆作利益已復詣餘地爲餘天衆而作利益夜摩天常樂地第八牟脩樓陀大化經具足竟復次比丘知業果報觀夜摩天所住之地彼以聞慧見夜摩天處名增長法衆生何業生於此地彼見若人善心持戒不殺不盜如前所說復離邪婬微細亦捨乃至見畫男女不生憶念如是之人不觀不念不味不著不濁心念恐犯淨行亦不思惟不念不善遮於心過爲他人說邪婬業果以遮其心令其不喜不愛不樂此邪婬果不應習近非寂滅道不可愛樂行善之人不應喜樂爲他宣說微細之果持戒梵行於微塵惡見之生怖如是之人身壞命終生於善道天世界中增長法地生彼天已善業行故愛果成就所謂園林金山峯中流泉河池衆寶莊嚴衆鳥妙音其池四岸七寶莊嚴青毗瑠璃青因陀寶間錯其地多有衆蜂種種色聲相類各異見之可愛其聲美妙聞之悅樂於園林中增長愛樂復於異處金剛青寶玻瓈爲石莊嚴山谷於光明山聞流水音而受快樂如意所作皆悉自在受無比欲無量百千天女圍繞常受欲樂增長欲樂受於無量差別不可喻樂種種金山毗瑠璃峯行虛空中種種衣服嚴飾其身戲笑歌舞種種妙色諸天女等以爲圍繞具天五欲若見天色無量差別生無等樂隨意遊戲是名色欲若聞音聲隨其所念共諸天女戲笑歌舞所聞

諸香無量差別風吹華池蓮華之香及餘異華山谷風吹種種華香以悅其鼻舌得無量種種天味隨念具足鹹淡苦甘辛酢等味有無量種不可譬喻如意之味如是身觸無量種業如意即得冷煖温涼柔軟細滑衣無縷線種種色寶而以莊嚴無量寶光照十由旬二十由旬乃至百由旬光明寶珠而受觸樂天園林中或有華香天子聞之以善業故愛樂希有非不作生非無因生所作不失非是意生非是他與亦非他作而我受報以因緣故而生果報業果成就是持戒人隨心所念愛心希望天衆妙色天之細色中色近遠時生遠時中時隨念成就無量樂法以是丈夫善持戒故如是天衆其心著於六欲境界欲河所漂而行遊戲一一園林一一山峯七寶莊嚴園林流泉出妙音聲百色衆鳥出衆異音是善業者遊戲其中種種妙色種種相貌種種功德種種嚴飾令生欲火天女圍繞種種山峯天鬘天衣莊嚴其身塗香末香以嚴其身共諸天女於山峯中遊戲受樂隨其所念生無量欲復與天女而共往詣等不等地其地可愛眞金白銀青毗瑠璃青因陀寶硨磲爲地鈴網音聲衆鳥莊嚴爾時有鳥名不放逸見此天子行放逸處說偈呵責

但受故業　不作新業　業盡則墮　諸法如是
業將欲盡　壽命念念　死來卒暴　愚者不覺
天子天女　不覺欲染　念欲時過　退時將至
得失多返　因欲境界　於衰惱中　云何惡意
汝以善業　成就受樂　復作善業　將至善道
若樂境界　則沒有海　若離境界　則得解脫

境界波力　起於愛河　智者捨離　趣涅槃城
勇人捨欲　而求眞諦　能知愛境　三有迴復
捨離境界　勿生心念　如甄波迦　果報甚苦
人心著樂　貪馳境界　集不善業　流轉惡道
常應護心　輕動麤獷　常著境界　愛境所覆
心馳諸境　不覺衰惱　衰惱既至　乃知業果
既知此業　及境界過　常應捨離　世間諸縛
如是不放逸鳥說此偈頌而此天子不聽不
受與天女衆共受欲樂此諸天女生死因緣
生大苦因於無識者與之共遊常行嶮惡愛
心不停常求男子心如惡毒如惡嶮岸能然
一切男子心火與如是等可畏天女共受天
樂以愚癡故而不遠避若有智者怖畏生死
欲求樂者離諸天女愚癡迷惑欲覆心故雖
知因於女人而得苦惱不能捨離與諸婇女
共受欲樂貪欲愚癡瞋恚所覆没生死泥與
諸天女遊戲受樂而不攝受無量利益遮於
惡道爲心所誑於法不覺遊戲園林與不正
行諸天女衆愛網受樂復詣異地金毗瑠璃
青因陀寶大青寶王周徧莊嚴遊無量處聞
歌詠音解其章句言音美妙五樂音聲勝德
具足無比妙音昔所未聞新生天子既聞此
音與諸天女馳往趣林其林無量寶樹具足
林名大歡喜長百由旬廣三十由旬如是大
林衆寶具足具大功德無量天衆百百千千
歌舞遊戲娛樂受樂時新生天子見此大林
毗瑠璃樹有大光明無量香華功德華鬚無
量種色種種相貌見此事已復見異樹毗瑠
璃樹眞金爲葉青寶爲枝白銀爲果天味功
德皆悉具足青因陀寶校飾其樹種種色華

以嚴樹枝復見異樹青寶爲樹眞金爲枝毗瑠璃葉無量衆蜂種種色貌出美妙音以爲莊嚴見之悅樂時新生天子復見寶華猶如開目觀之可愛華中衆蜂出妙音聲復見黃金枝葉蔭覆猶如宮室百千衆蜂其音美妙甚可愛樂復見毗瑠璃枝青寶爲葉蔭覆宮室第一寶珠種種色鳥而以莊嚴其地柔軟寶鈿莊嚴熏以天香多有天女新生天子復見虹色以嚴其地觀之可愛覆以七寶平正可愛及見天女新生天子所見諸色皆悉可愛所聞音聲皆可愛樂其所聞香有無量種皆亦可愛隨所得味令心愛樂無量種味天味具足隨其所觸無量諸觸令心愛樂隨其所念種種諸法隨念即得如是天子一切欲縛欲樂不斷無量可愛無量寶地寶鈿莊嚴

天鳥音聲共諸天女入大林中復見華池種種莊嚴分分差別或有蓮華毗瑠璃莖眞金爲葉金剛爲鬚青因陀寶以爲其臺華皆柔軟復有蓮華眞金爲莖毗瑠璃葉白銀爲臺赤蓮華寶以爲其鬚種種衆峯出妙音聲復有蓮華七寶合成眞金爲葉七寶廁塡以爲其臺所謂因陀青寶赤蓮華寶毗瑠璃寶紅蓮華寶硨磲之寶大青寶王如是種種衆色光明以爲其臺如一華臺無量華臺皆亦如是天子見之觀無猒足隨其所見種種境界轉轉增長如以酥油灌於大火不知猒足不知猒足云何有樂以非樂故亦非寂滅非愛心者得寂滅心隨所得樂愛心增長隨愛增長不知猒足以無猒足則入近苦以於苦中而生樂想愛火所燒復入林中見山谷中無

量林樹無量種光見之諦視於五境界欲火之中不知猒足復入摩尼寶石之池眞金玻瓈色觸柔軟五種柔軟無有水衣衆鳥音聲澄靜淵深復見異處有蓮華池玻瓈色水充滿其中周帀寶石以砌四面光明普徧鵝鴨鴛鴦以爲莊嚴蓮華嚴飾林樹圍繞林中多有美音之鳥如是種種莊嚴其池新生天子見此池中種種衆蜂七寶爲翅岸生香樹色貌具足以爲莊嚴新生天子復前入林見有大河須陀充滿新生天子復見異處有乳粥河清淨飲河河流之聲如琴樂音或百或千處處流行多有衆鳥飲上味酒出妙音聲時新生天子復見陸地種種衆華色貌具足香蜂徧滿衆華之中莊嚴大林其林先香以華香故轉增百倍新生天子與諸天女復見林

中有大山峯衆寶莊嚴無量流水以爲嚴飾樹枝蔭覆猶如宮室種種寶光無量百千衆鳥妙音見之可愛俱翅羅音無量百千衆華普熏光明端嚴如閻浮提日月光明在於虛空無量光明莊嚴天處光明殊勝無量光明莊嚴山峯天子見之復共天女入山峯中隨入山峯觀林轉勝歌音齊等漸近轉勝聞此歌音速疾往詣昔所未見如斯天衆舉目視之復見可愛笂䈁林樹毗瑠璃樹青因陀樹皆悉端嚴新生天子復入七寶蓮華笂林於此林中多有天子及諸天女妙色具足嚴身之具隨念而生一一天衆各各異住共諸天女飲天上味離於醉亂種種寶林笂䈁之中遊戲受樂入七寶池共諸天子五樂音聲歌舞戲笑歡喜受樂以愛覆心不知猒足樂著

五欲入蓮華林以蓮華葉飲天上味而不醉亂復有天子心樂色聲香味觸等復有天子住河兩岸而共遊戲新生天子復見寶殿筅笰如林毗瑠璃寶以爲欄楯皆同欲心以上中下善業力故得上妙色五樂音聲受無等樂不可譬喻爾時新生天子本未曾見如此天衆遊戲受樂旣見此已與天女衆以歡喜心向天衆所爾時天衆見此天子衣服嚴飾上妙色身得未曾有生歡喜心亦向天子二衆和合心無妨礙共天女衆一一筅林一一金峯一一華池一一酒河一一流水如是愛樂不可具說如是一切天衆受樂時諸天衆久受樂已復向一切堅固之山其山七寶無量河池流泉具足新生天子天女圍繞共諸天衆常樂音聲山河流泉周徧充滿無量百千筅笰宮殿甚可愛樂周徧蓮華而以圍繞猶如燈樹如意之樹以爲莊嚴天衆見之生希有心其山一面毗瑠璃寶其第二面眞金所成其第三面因陀青寶其第四面大青寶王四面嚴飾皆悉平等於平正處峯谷筅林皆悉具足若念觸樂欲遊戲時便上此林百百千千一一天子有千天女以爲眷屬天五樂音無量音聲無量和合歌舞遊戲百百千千共新生天子於園林中華池流泉所見勝上百千億樹以爲莊嚴七寶光炎蓮華林筅此諸天衆於此諸處歌舞戲笑安詳徐步向彼大山互相愛樂善業爲伴善業所資以善業故無有骨肉及以垢汗共遊須陀食河之上及遊飲河以善業故色香味觸皆悉具足天子食之樂五境界食之發欲處處受樂衆

欲具足受於無等無量之樂欲昇彼山見其大山殊勝之處歎未曾有久乃至此大山之頂遊戲山處甚可愛樂於此山頂多有無量遊戲之處衆寶莊嚴林樹河池拘物陀華徧於香林滿山頂上諸欲具足隨心所念無量種愛皆得如意皆可愛樂他不能攝如是天子久受天樂如是受樂處處徧觀復往詣於七寶山谷七寶枝覆光明善樂見衆天鳥出妙音聲寂靜之窟圍繞華池池名靜寂行處以於先世不具持戒生此池中於先世時其心堅固能說法要而身不能如說修行猶如技兒說業果報從於地獄餓鬼中出生此池中多作鵝鳥以本生處寂靜行故生寂靜池七寶爲翅身出光明其音美妙食於蓮華雄雌相隨以自娛樂菩薩鵝王名曰善時多住此池夜摩天王牟脩樓陀多住於此山窟之中爲天說法鵝王在池爲鳥說法爾時諸天衆遊戲歌舞分爲二分一分天衆以善業故至此池所一分天衆入放逸林遊戲歌舞歡娛受樂有善業者往至大池鵝爲說法見諸天衆爲說偈言

若人雖說法　不能如說行　此愚人空說
常受諸苦惱　若但爲他說　不能如說行
語堅而無義　名爲空無心　放逸故生欲
因欲故生瞋　斯人入惡道　馳赴於地獄
若樂已過去　非現前可得　若現受當受
是亦不名樂　愚人樂放逸　愛於現在樂
自業果所誑　則入於地獄　三世愛所誑
常作無利益　生死縛衆生　智者不應信
愚者所親友　被害如大怨　縛世間衆生

智者不應信　若爲枷鎖縛　猶尚可斷壞
常求欲愛人　不能斷愛縛　若人斷愛縛
而愛於常樂　斯人離愛境　行智慧境界
智觀樂光明　說愛大闇苦　智者持光明
則能破諸闇　以智慧利刀　斫伐於愛樹
能伐愛樹人　得無上樂處　斷伐愛過林
及以多流泉　既斷愛林樹　得脫於諸有
三道大愛河　放逸水洄澓　若昇智慧舩
到安隱彼岸　昇智慧山峯　持戒谷莊嚴
以無量智眼　悉見諸有過　若人遠離法
斯人內外空　若人不樂法　不堅如水沫
若有人堅實　內外如金剛　以法行寂靜
益利他衆生　若沒放逸泥　樂於境界樂
境界虵所螫　常受諸辛苦　是故求樂者
不應行放逸　若脫放逸有　則近無量樂
若有智慧人　不信於放逸　若爲放逸螫
流轉於五道

如是鵝鳥爲調諸天說此偈頌時諸天衆以著欲樂而不聽受亦不攝取復作歌舞遊戲受樂

正法念處經卷第五十八

音釋

酢倉故切與醋同　筩徒紅切　摶徒官切猶團也　皴七旬切皮細起也　劈匹歷切破也　坼恥格切開也　顣子六切與蹙同　躁則到切不安靜也　鯢研奚切　舲盧經切舟名　傴僂傴於武切僂隴主切傴僂脊曲不伸也　笐合浪切　箣邦別切　螫施隻切蟲行毒也

正法念處經卷第五十九

元魏婆羅門瞿曇般若流支譯

觀天品第六之三十八（夜摩天之二十四）

爾時菩薩鵝王名曰善時攝諸鵝衆以正念心利益一切衆生之心觀諸鵝衆心受快樂獨在一窟思惟念法如是善時鵝王受念法樂爲他說法以爲悅樂復有餘鵝亦思念法爾時天衆以歡喜心爲求樂故來向此處觀此大池周徧可愛一切時樹華果具足天衆觀之及天女衆歡喜歌舞遊戲受樂百倍增長圍繞大池爾時菩薩鵝王見天衆已以成就慧而說頌曰

智者不放逸　能斷於放逸　則昇智慧臺
得無上安隱　若斷於放逸　得勝寂滅道
入此廣大道　智慧到涅槃　放逸能障道
令心過相續　以是放逸故　破壞法橋梁
能壞於善念　失於解脫道　以是放逸故
將人至惡道　以放逸亂心　不覺時利益
不知語作法　不覺如死人　雖住於天身
如畜生無異　放逸癡所壞　或舞或歌笑
或生或退沒　當生已復滅　三界諸衆生
放逸故轉行　造作一切過　惡業之所縛
迷惑一切法　放逸怨所轉　以放逸所害
不知於內法　亦不知外法　不覺失其心
智者所輕笑　而天子行之　無羞無人罰
爲放逸所害　心樂於遊戲　亦常樂歌舞
於境界無猒　退失於天處　爲放逸所誑
於怖處而笑　猶如盲冥人　不知道非道

如是善時菩薩鵝王利益他故觀天衆已住於第一可愛說法鳥衆之中說調伏偈而諸

天衆雖聞其說而不聽受歌舞戲笑受五欲樂繞池而住樂觀境界夜摩天中有三大士常爲放逸行天夜摩天衆而演說法何等爲三一者夜摩天王牟脩樓陀二者善時鵝王菩薩三者種種莊嚴孔雀王菩薩是三大士常爲利他而演說法或有令得聲聞菩提或有令得緣覺菩提如是大士超魔境界時魔波旬作如是念此諸大士空我境界欲捨我去人中沙門四天王中四大天王三十三天中憍尸迦夜摩天中牟脩樓陀善時菩薩種種莊嚴菩薩兜率陀天寂靜天王及其眷屬此等諸人雖住我境而不屬我六天及人我使能敗除化樂天雖我境界而有大力我不能亂我今當遣智慧大臣至夜摩天往亂其法作是念已即與大臣而共籌量汝當往詣夜摩天王牟脩樓陀善時菩薩種種莊嚴菩薩所而敗壞之汝等三人善能言語善能變化有大勢力其三人者一名歡喜二名放逸三名欲迷汝去當至夜摩天王牟脩樓陀善時菩薩種種莊嚴菩薩所說法敗之時三大臣聞是語已即下往詣夜摩天衆至善時鵝王所到已見此鵝王威德勇健勝相無畏其聲調伏爲諸天衆說偈頌曰

此非放逸時　不應生歡喜　此二法生癡
死時有大力　喜烟放逸火　燒無量大衆
境界所迷惑　無目不覺知　能斷於相續
及以衆生行　爲境界所迷　不覺知利益

時三大臣聞是語已而說偈言

放逸最歡喜　一切樂緣轉　放逸故生愛
云何如是說

善時鵝王以偈答曰

無放逸歡喜　一切樂緣轉　放逸生苦惱
故說蓮華池

時魔大臣放逸復說偈言

樂及於境界　放逸諸天女　及以諸技術
爲第一可愛

善時鵝王復以偈答

若法生放逸　一切皆是苦　能失諸善根
行於三惡道

爾時放逸復說偈言

或處於園林　若在蓮華池　或於重閣處
放逸故受樂

善時鵝王復以偈答

於山園林中　曠野寂靜處　無放逸寂靜
能斷於魔縛　放逸入地獄　或墮畜生中
復生於餓鬼　放逸癡心故

如是善時鵝王說是偈頌答放逸時牟脩樓陀於金窟中遠離放逸而修禪定及餘天子遠離放逸亦修禪定牟脩樓陀既知此事來向大池無量百千天女圍繞徧滿虛空歌舞作樂出衆妙音近於天王不放逸天不歌不舞於答難時忽然而至爾時牟脩樓陀聞鵝王說一切偈頌憶念知已魔王大臣名曰放逸三人同侶我於餘天聞其至此一名放逸二名歡喜三名欲迷於癡人所增長重惑我當爲此放逸大臣說十一法答難法門破此魔衆爾時夜摩天王思惟此事與善時鵝王共籌量已從空而下坐蓮華臺與無量放逸行天而自圍繞說此十一種勝上答難法門告諸天衆汝今諦聽放逸之過我從往昔曾

見無放逸天子名曰安隱爲我宣說令我得聞如此之法乃是迦葉如來之所演說汝今諦聽善思念之一切天衆說法鳥衆善時鵝王及魔王衆放逸大臣顛倒說者爲諸世間作無利益住魔伴黨一切諦聽十一問難勝上法門所謂十一白法斷於十一垢染之法欲求眞實欲求涅槃欲離魔界畏生死縛住於寂靜阿蘭若處獨一無侶欲求實諦欲滅黑闇一心諦聽何等十一勝上法門斷十一法一者以調伏斷於憍慢二者正心不亂斷除二種破戒三者精進能滅懈怠四者白法能斷垢法五者白法能斷惡法六者以少欲斷於多欲七者以遠離住斷近親里八者以正語斷無義語九者正住斷於輕掉十者布施斷於貧窮十一者智慧斷於無知如是十一垢染之法縛人著於放逸樹枝欲離魔境應當斷滅畏生死者應斷放逸夫放逸者是生死本不放逸者是解脫因爾時迦葉如來欲令一切諸衆生等離生死故說如是法我昔從於先舊天子聞說此法如是天子亦從迦葉如來聞如此法爲我宣說次第傳聞我爲汝說以何等法調伏憍慢調伏之人一切衆生之所愛重住調伏故斷此憍慢麤惡之法憍慢有五何等爲五所謂若入聚落城邑或行道路其行速疾不慎威儀或行道路或行非道或抖擻衣或揚跛行正心之人見之生瞋云何此人行不順法爲醉爲狂是則名爲第一憍慢如是憍慢云何而斷應正直行不轉不顧直視一尋威儀齊整不抖擻衣不高舉足限齊四指不通肩被衣袈裟齊等行

不掉臂此不放逸能斷放逸復有四種放逸諸比丘比丘尼等應當斷離所謂說無益語心不思念不知多少至施主家不喚突入亦不彈指在上而坐說於無量無義之言而不覺知於靜坐處發大音聲觀衆女人無緣而瞋左右顧視不觀前後眷屬憍慢盜入他家如是比丘一切世人皆悉不愛寂靜行者說此比丘名爲憍慢在家出家皆亦如是如斯等過云何斷除若於施主及以餘人說正法語前後相應觀人而說觀心而說依時處說不相違說輭語而說令易解說法相應說如說如行不觀女人彈指而入知時出入亦知其相不抖擻衣不掉臂行不作高唾不大音聲美語說法待問而說不斷他語少言美語以法語說是名毗尼斷於憍慢復次第二調伏能斷憍慢云何調伏所謂比丘及比丘尼等入於他家若聞歌妓作樂戲笑遊戲之中於他言笑不聽不樂不味不願不作多語不說他惡不自嚴飾而至他家不數數入不常乞求如是比丘入於他家若本施主若至異家以此調伏而斷憍慢復次第三比丘至施主家離說法語說世俗語說國土論說生天論說於遊戲歌舞之論說於過去染愛之事近女人坐著雜色衣而入他家若比丘等如是憍慢熾然增長何等毗尼能斷滅之所謂若比丘比丘尼等入於他家說出家法說布施論說持戒論讚智功德說於無常敗壞之法說老說病說愛別離說自業作說死離別說知足法說調柔法說苦說集說滅說道說他進退說破戒過說猒離法說斷慳法色憍

慢人爲說色過爲說食過無常破壞說少壯過必歸老壞觀人深心相應而說如是比丘以調伏故破壞憍慢復次第四調伏斷除憍慢不數受於多請飲食若更有人貪著食味不知猒足喜至他家亦不親近隨其所得衣服飲食卧具醫藥若多若少知足受畜不念他樂亦不味著不生覺觀一心而行調伏而行正威儀行調伏比丘及比丘尼等調伏之法如是憍慢以調伏法而斷滅之一切憍慢放逸故生放逸爲本於諸功德皆無利益是故欲求涅槃應斷放逸如是夜摩天王牟脩樓陀善時鵝王爲魔王大臣名放逸等現前爲說往昔天子從迦葉如來三藐三佛陀次第傳聞爲魔衆說云何第二問答所謂於不持戒正念現前而斷滅之戒有二種世間出世間略說心爲能持戒有多種略說二種一者性重戒二者離惡戒若破性重戒則非迦葉如來弟子性重戒者所謂殺生非梵行偷盜具滿三鉢梨沙槃或盜佛物或盜法物盜已食之心不悔過亦不還償覆藏不說如是比丘則非迦葉如來弟子腐爛敗壞不名法器但以妄語莊嚴衣服是名破於性重之戒以放逸故是故迦葉如來告諸比丘應離放逸如是夜摩天王爲善時鵝王菩薩說法鵝衆及魔王衆放逸臣等坐蓮華臺牟脩樓陀說如是法復次第二離惡略說九種何等爲九一者淨修一行二者常速悔過三者順行四者半行五者多行六者輕犯即悔七者說道盡行八者破壞行九者一切行是名九種離戒一切愚癡凡夫或沙門沙門等以放逸

故名不覺者名無智者惡不淨行云何一行云何離惡輕慢惡見以放逸故毀破輕戒破已復悔所謂掘地斷草是名一行若沙門沙門等若放逸行毀破輕戒還復悔過如是沙門破一行戒或一或二或三破輕戒已我還悔過如是數作數悔是名捨離惡戒非敬重法非離放逸心常散亂是名破戒悔過行云何順行放逸增長輕心輕戒不勇猛學戒能說能知破戒因緣知實不實於戒法中知破重戒得大重罪堅持不犯若有難緣破於輕戒不持不敬不重正法是名破戒悔過比丘若沙門沙門等云何半行唯學戒法知重知輕或持不持其心思念護餘戒衆如是攝心行於半戒餘戒不行是名半行比丘行放逸行放逸所使住放逸境不能速得涅槃云何多行若比丘比丘尼或沙彌沙彌尼優婆塞優婆夷具足持戒如是順法多行多持離戒不缺不穿不虛雖堅固持不能盡護是名多行若沙門沙門等云何輕犯速悔如是比丘或放逸故或近惡友於戒慢緩速悔令淨或畏地獄惡道之苦尋則悔過令心清淨於僧前說我作不善心不覆藏悔已不作是名比丘犯已隨悔云何比丘說道盡行若比丘比丘尼等或於重戒中或破或緩或以放逸或近惡友速向師悔或布薩時向衆僧說心不覆藏衆僧示導得聞道故不復更作畏三惡道不破不緩是則名爲善時鵝王說道盡行云何破壞行盡形慢緩離於禪誦心不愛樂遊天廟中爲求衣服飲食處處遊行施主之家親近俗人爲其騁使以求安樂是名破壞

行如是比丘身壞命終墮於地獄善時云何一切行信一切法毗尼爲他人説於輕戒中或不能持一戒二戒或以性故或無習故不能具持非不敬重作已悔過善時是名一切行其惡薄少若比丘比丘尼等少惡破戒一切皆由放逸過故如是夜摩天王住蓮華臺爲善時鵝王説法鳥衆魔王大臣名放逸等説如是法爾時夜摩天王牟脩樓陀以偈頌曰

爲放逸所盲　飲於放逸毒　放逸之所縛
將入於地獄　若人放逸行　世間所輕賤
現得不利益　命終入地獄　癡人於晝夜
或住或道行　一切放逸者　不得一念樂
以其放逸故　流行於欲界　輪轉五道中
或從禪中退　若得世間定　生於無色處
輪轉於諸有　皆由放逸故　一切三界中
爲於愛網罥　放逸之所縛　癡人不覺知

如是夜摩天王於往昔時從舊天子次第得聞迦葉佛經爲善時鵝王説法鳥衆及魔大臣放逸等説於十一法中已説三法何等爲三一者調伏斷於憍慢二者正心不亂斷除二種破戒一者性戒二者離戒若種善根親近善友破性重戒近善友故得脱生死何況離戒是故智者應當勤求近善知識三者捨離一法云何一法所謂懈怠捨離懈怠勤行精進若能精進則能滅於一切懈怠猶如放逸於一切法能作無益一切善法親近善友以爲根本復次第四白法能斷垢法何等白法以勤精進斷於懈怠譬如光明滅一切闇以勤精進斷除懈怠亦復如是夫懈怠者害

一切法隨生懈怠轉轉增長能壞世間出世間法現在未來不可稱説無量諸法懈怠之人勢力薄少人所輕賤亦復不能修理家業貧窮下賤不能營作治生貿易耕田種殖及以餘事悉不能作不能親近善友知識以懈怠故人所輕賤皆共指笑不學智慧癡無所知不知時處不知自力不知他力若依時節應有所作現在未來一切應作皆不成就若人精進則能斷除如是懈怠衆人所愛衆所敬重初夜後夜心不疲倦雖睡易覺知時而起知時而卧知時柘應思惟而作堅固精進精進爲伴以精進水澡懈怠垢一切所作離垢成就有所作業或得衰惱精進不退不怯不倦不間不息若作大事精進伴故則能成就而不毁壞凡所造作不假他人識好惡人

知自他力善人所讃衆人供養或王大臣之所供養大富大力一切鬬諍無敢爲敵諸大力人不能破壞善友爲伴知識增長多善友故有大勢力多受安樂隨所行處若至異方常得安隱若遊餘方善人親近隨所有人親近其人致敬供養以禮待之離懈怠故得如是等無量功德被大堅固精進之鎧離懈怠垢能破魔軍能出生死一切善人之所愛敬發勤精進爲同伴故復得出世間無漏無垢得涅槃道初堅牢惡塵垢之處緩而難脱以此家宅縛諸世間妻子眷屬姊妹兄弟奴婢田宅財物倉庫大愛瀑河精進爲伴則能離於生死怖畏捨家出家服三法衣精進爲伴於家縛中勤精進故而得出離得無住道勤修禪定習誦正法欲入涅槃而得解脱知時

所應發勤精進如實知於身口出没諦知自相如實知於陰界諸入生滅等相晝夜不息精進不懈親近善師以智方便發勤精進習道盡過斷無始流轉生死之縛如是懈怠一切無利猶如闇冥一切衆生不利益事是堅固惡以精進故則能滅之其人如是隨所得道隨其所得發勤精進則能散滅一切和合不樂煩惱染縛境界誑惑一切愚癡凡夫愛詐親善是色香味觸境界之中猶如惡賊刼善法財破壞善法能作一切無利益事不愛果報非愛財物惱亂一切愚癡凡夫能令迷亂是故應當捨離境界不應味著修解脫道令心清淨隨心清淨則能精進正念無疑以正修行破壞怨家復以精進爲伴侶故能斷貪欲瞋恚愚癡正觀察斷不受諸有殺怨家已如閻浮提中觀於虛空淨無雲翳日月清淨光明顯耀其人清淨亦復如是如病得差如貧得財猶如盲人行大曠野失於正路得道得眼其人如是以持禁戒正修行故修行現證我生已盡梵行已立所作已辦不受後有如是離於塵垢於一切縛而得解脫度於彼岸智慧勇猛離於塵垢一切皆由精進伴故是故發大精進能斷懈怠及以放逸生死諸縛爾時夜摩天王牟脩樓陀以迦葉佛偈而說頌曰

發於精進念　常樂獨靜處　得脫於惡業
智慧得涅槃　發精進爲伴　離於懈怠垢
得脫曠野怖　是人得常樂　懈怠及放逸
能障一切法　以此大過故　令衆生苦惱
若求現未樂　應離於懈怠　放逸懈怠人

如狗等無異
如是夜摩天王爲善時鵝王說法鳥衆魔王大臣放逸欲迷等說彼迦葉如來經典從昔天子傳聞而說復次第五白法能斷惡法何等惡法所謂樂入城邑聚落常習憒閙不樂住於阿蘭若處壞沙門法云何壞法如是比丘離於修禪及以讀誦或入聚落或入城邑處處樂住白衣之家或共男子或共女人多有言說若共女人言語談說能繫縛人失一切利益或生欲心何以故女人如火近之轉近若近女人漸令心亂以是義故比丘不應入於聚落城邑之中若共丈夫言語談說失於一切自利之事於無漏法心不清淨如是比丘自壞其法復次若有比丘樂入聚落及以城邑得多過咎得何等過以入他家令心惱亂見白衣舍富樂飲食牀褥卧具心生貪著猶如食吐離阿蘭若遊於人間捨道入俗捨閑靜樂爲家所縛行貪瞋癡以是過故復墮地獄餓鬼畜生以何因緣得如是苦由其樂入城邑聚落是故比丘若欲得地應離此過云何捨離以住阿蘭若故能攝一切無住功德無住所攝第一安隱若有比丘獨住在於阿蘭若處諸根寂靜其心清淨意如鍊金第一寂靜善護諸根離於怖畏離於垢汙第一安隱得無漏樂六欲天中一切欲樂作善業故一天之樂可愛無等況復六天一切諸樂若得盡漏一念之樂無分譬喻一切思量筭數不能譬喻是故若求第一義樂應離憒閙不入聚落以求禪定三昧正受常獨行於山谷巖窟阿蘭若處若草聚邊獨一而行求

無漏樂遠離知識親里眷屬當觀知識親里之樂無常無住是別離法非無住處濁垢惱亂無有自在多懷怖畏是故若有愚人智慧薄少捨第一義樂求有漏樂名相似樂其人則爲遠離光明而求黑闇癡人退没以其不知功德過相是故應當捨離聚落城邑之樂常獨住於阿蘭若處如是離於聚落城邑住林樹間得無住樂是名第五以白淨法斷於垢業若欲求樂欲離魔境以白淨法斷除垢法如是牟脩樓陀知説法鳥衆其心調善善時菩薩利益他心爲説迦葉佛經從昔天子次第傳聞爲魔王大臣放逸等説十一法中已説五法餘有六法今當次説汝集一心令正是時汝今已得離難具足若不説法若不聽法是大欺誑是故已得離難具足諸根具足當爲説法三種惡道地獄餓鬼畜生之中云何説法云何聽法畜生之中互相殘害餓鬼饑渴地獄苦逼云何聞法若人天中不放逸行則能聞法我離放逸汝善信心汝今諦聽當爲汝説法難得聞離難具足亦復甚難

復次第六垢濁欺誑云何垢法所謂多欲夫多欲者第一垢涂惡貪住處云何而滅當以知足則能滅之若多欲者在家出家不得安樂若在家出家其心多欲常於晝夜不得安樂若得物已心不寂靜所得財物不知猒足在家多欲未足爲妨如出家人若出家多欲不名在家不名出家云何名爲出家人也斷除憍慢嫉妬多欲以要言之若多欲者一切輕毀若有比丘意多所欲常希財物如是比丘於善法中心不清淨心不淨故諸根不淨

行亦不淨若以憍慢經行僧地乃至一步則入地獄何況卧具病瘦醫藥而無罪過純地獄行若破戒多欲而行惡法實非沙門自稱沙門猶如野干著師子皮如虛僞寶聲如蠡聲內空無物若多欲比丘自稱我是迦葉如來聲聞弟子迦葉如來法中出家多欲所燒過於大火多欲迷悶過毒入身多欲傷人過於衰老多欲利刀伐於善樹過於刀害多欲之患過於惡病多欲之心常求人便欲斷人命過於怨家求便害人定故當知此多欲過破壞二世應當捨此多欲垢穢晝夜思惟終不得樂爾時夜摩天王牟脩樓陀說迦葉如來所說偈言

多欲如利刀　斬害愚癡人　捨之如刀劒
殺害盲冥人　多欲大惡瘡　若生於心中
其人貪欲故　晝夜不得樂　欲火憶念薪
愛風之所吹　猛火大熾然　焚燒衆生心
以貪覆心故　令人心輕動　愛著財物故
而喪其身命　若人於世間　造作諸惡業
皆由貪慢故　智者如是說　若人心勇決
能入大火中　皆由貪心故　自作無利益
若刀惱亂苦　若種種鬪諍　皆由心因緣
親近愚人故　當知此衰惱　皆由貪過故
不應親近貪　智者如是說

如是牟脩樓陀爲善時鵝王說法烏衆魔王大臣名放逸等說此大過云何斷除當以白法云何白法所謂少欲夫少欲者名曰一切安樂之法若人少欲常得安樂其人不畏王賊水火多欲之人愛財物故親近他家以求財物近於小人以求財物若人少欲則不至

於惡人門下不作妄語不作虛誑歌舞戲笑不作綺語不作惡業不爲貪財欲火所燒見他得樂不生憂惱不爲貪財近惡知識不生疑慮若行道路不畏盜賊離於怨家人不求便不畏罰戮在家之人若能如是則無所畏離諸怖畏一切安隱何況出家遠離過畏離在家法住林樹間若復來至在家人所多有所求當知是人食吐無異於沙門中第一供養所謂少欲少欲比丘知足清淨名稱普聞唯受一食唯著糞掃衣唯獨無侶遊於山谷巖窟草聚唯處塜間於食三分唯食其二若乞食時遠避知識不近親里唯畜一鉢執持錫杖隨得供養以智思惟捨之而去若行道路前視一尋不左右顧眄捨離美味不食宿飲於聚落中限至三宿於城邑中乃至七宿不坐寶飾莊校之座於本親里眷屬知識捨之不往不念王者甘味美饍牀褥卧具不說勝姓親近善友性行同類與同戒者言談語論如是比丘離惡離濁少欲知足能斷魔縛若有多欲破戒比丘而所著袈裟天及世間無間大惡如病如賊知足比丘諸根不行色聲香味觸境界之中住於露地則能利益一切衆生攝持心意循於身法受心念處攝持心意於生死中守護諸根以知足故名爲比丘若有比丘欲行少欲不放逸故則能少欲以放逸故則生多欲在家出家皆亦如是爾時夜摩天王以偈頌曰

若不放逸者　則得解脫果　若其放逸者
則墮於地獄　放逸不放逸　此說其勝果
若日若闇冥　若解脫若縛　放逸不放逸

其義亦如是　少欲則安樂　多欲則苦惱
如斯苦樂相　智者之所說　若多欲衆生
其心常如火　少欲如涼池　澡浴離貪人
如火得乾薪　燒之無猒足　多欲人貪財
無猒亦如是　貪人於晝夜　常無有安樂
以其多樂欲　愛箭射其心　過去無量王
貪財無猒足　未來亦如是　一切皆磨滅
是故智者說　少欲最爲樂
如是夜摩天王住蓮華臺爲善時鵝王說法
鳥衆魔王大臣名放逸等說迦葉如來第六
經法

正法念處經卷第五十九

音釋

掉（徒弔切搖也）抖擻（抖當口切擻蘇口切抖擻振舉之貌）騁（丑郢切走也）憒閙（憒胡對切心亂也閙女教切不靜也）眄（彌箭切視也）

正法念處經卷第六十

元魏婆羅門瞿曇般若流支 譯

觀天品第六之三十九 夜摩天之二十五

復次夜摩天王善時鵝王及說法鳥衆現前爲令魔王大臣放逸等得調伏故說迦葉如來修多羅從昔天子傳聞而說已說六種白法斷除塵垢我今當說第七垢法白法能斷何等垢法所謂見本生處而生樂心樂見親里遠離斷之知識親里心常樂見常念親近晝夜不離不樂修禪習業不近善師供養三寶不念未來業於三業中不爲他說亦不自作但念親里欲見親里知識親舊云何修理生業以何自活作是念已憂愁所覆雖爲解脫住林樹間不隨順行是爲無智心入憂海旣入憂海復入無等生老病死大憂海中欲見親里親舊知識入魔網中見親里故增長愛心家家請食便生貪心隨俗所作聞在家者有所言說心則樂著以心樂故如其所作失自利益愚癡故退不畏未來惡道之苦亦不思惟地獄餓鬼畜生及餘生處亦不思惟現在怖畏老病死苦愛別離苦怨憎會苦亦不思惟一切所愛皆當別離以怖親里知識親戚而行出家還復習近樂於親里知識親舊愛他飲食數至他門身壞命終墮於惡道或生地獄或生餓鬼或生畜生所爲出家皆悉退失即墮地獄餓鬼畜生受大苦惱親里知識莫能救護是故一切比丘若畏地獄餓鬼畜生不應樂見生處親里及諸知識以近此故得無利益爲念愛盡義故而行出家斷除愛網以愚癡故習近愛網如人畏火捨之

逃走更入大火如是畏家捨家出家還入畏處亦復如是捨離親里入林樹間還復習近是爲無眼無知所閉諸根不調是名染法云何而斷若不能以智慧斷除或不能遮或不能持應當長久遠避遮之若無智人不能以餘方便斷愛當遠避之一切人愛以不見故斷一切愛法皆當別離至於死時無人能救唯除善業無量百千生處善法之業最爲能救非諸親里能救於人亦非兄弟如是比丘捨離親屬獨處閑居能斷垢法老病死時非諸親里而能救護比丘如是思惟斷一切愛或得微薄是名比丘斷親里愛復次在家出家斷於第八染法何等染法所謂無義語以正語斷之若在家人空無義語衆人輕賤猶如草芥有義之言第一財物諸餘財物所不能及無義之言雖復富樂猶名貧窮空無義語空而無實人所輕賤猶如白羊無言說財智人視之猶如畜生第一輕毀如是等法云何而斷空無義語所謂正語正語有二何等爲二一者嘿然二者四種正語何等爲四一者不妄語二者不惡口三者不兩舌四者不破壞語是名正語在家出家若能如是則不輕毀在家出家有六因緣速爲人輕何等爲六謂無義語突入人家貪愛他食坐於尊處虛誑無實如是六法人所輕笑在家出家應離此法復次第九垢染白法能斷云何白法斷於垢法謂輕掉法正住能斷輕掉法者障一切法心性輕掉以掉動故不信不覺不知世間所作不知言語不知時節不近善友以輕掉放逸故於世間法不能了達如是輕掉

惡垢能敗現在及未來世不得利益在家出家應以正住白法斷除輕掉在家出家若身口意離掉正住衆人供養正戒正智正意離魔境界善法滿足終得涅槃於世間法智者讚歎世間所作皆能成就衆所供養所至之處常得安樂所作成就如是在家出家離於輕掉爲一切人之所讚歎復次夜摩天王牟脩樓陀爲說法鳥衆善時鵝王及以魔王放逸大臣等以本曾從舊天子所次第傳聞迦葉佛經爲天衆說復次第十垢法可輕可毀智人所捨何等垢法所謂貧窮貧有二種一者貧戒二者貧智復有二種一者貧施二者貧慧復有二種一貧種姓二者貧見復有二種一貧寶物二貧師尊復有二種一貧親族二貧親舊一切貧窮皆可輕毀若男若女云何而斷所謂布施一切貧窮布施能斷譬如燈明能滅諸闇一切愚癡智能滅之一切異見正見能斷如是非法法能斷之第一最勝一切智者之所愛攝斷衆惡道現在未來二世安隱云何布施施有多種所謂智施戒施法施安慰施示正道施失道路者示道路施於道行者示以水施命施資具施無畏施實語施斷疑施五戒施出家戒施具足戒施病醫藥施眼目等施如是等種種布施能利現在及未來世猶如父母常思修已斷諸貧窮斷於惡道於天人中而受安樂既受樂已終得涅槃如是布施能斷貧窮是故智者應行布施復次第十一闇法能縛生死闇障諸法何等闇法所謂無智無量無知乃至無明闇縛一切生一切闇聚以縛其頸無知如刀如

火如毒無知亦如一切無明一切無明因緣而起能令流轉一切地獄餓鬼畜生能縛衆生令其流轉如是怨垢云何斷除謂無漏智猶如明燈爲救爲歸於諸衆生如父如母猶如醫師亦如良藥斷無知縛更不復生如斷樹根樹則不生如火燒薪不復更生亦如流水不復更返以無漏智燒於無知亦復如是不復更生是故應當於一切時勤修精進以無漏智斷除無知如此所說十一種法放逸根本隨逐放逸放逸故生是故應斷一切放逸一切放逸根本皆無利益能成放逸譬如依大地故故有一切藥草樹木叢林流水河池堤塘城邑聚落園林及須彌山王皆依大地一切地獄餓鬼畜生亦復如是皆依放逸是故智者應當捨離爾特夜摩天王以偈頌曰

老人身皮皺　無力拄杖行　老而不知法
皆由放逸故　以病破壞身　偃卧於牀席
而不生猒離　皆由愚癡故　若遇於饑渴
若入嶮惡道　而不生猒離　皆由放逸故
若得愛別離　而生於苦惱　一切放逸故
如來如是說　若於五道中　具受種種苦
衆生常苦惱　以其愚癡故　嗚呼不猒離
生死諸世間　諸業大輪轉　循環不暫停
三界皆無樂　亦無有少常　如是愚癡人
不知生猒離　境界皆虛空　三界猶如夢
一切皆悉苦　無目不見知　如是愚癡人
爲放逸所害　死畏欲至時　無有能遮救
爲於不善觀　惱亂其心意　死王欲將去
而人不覺知　死王將欲去　奪人保命心

三種無利益　惱害諸衆生　老病死等苦
以放逸故生　追求惱人中　放逸害諸天
饑渴惱餓鬼　地獄苦所惱　畜生多愚癡
迭互相殘害　如是衆苦惱　惱害諸衆生
以順非法行　放逸愚癡故　猶如依大也
生諸藥草等　放逸亦如是　增長諸煩惱
此魔王軍衆　第一大臣等　摧以智金剛
如日光除闇　於此所說中　知功德及過
放逸畢受苦　無放逸畢樂　如是夜摩王
無量分別說　放逸之過惡　不放逸功德
老病死諸苦　愛別怨憎會　無量諸衰惱
徧滿生死中　若人知方便　遮於未來苦
惡業是苦因　不作惡業樂　滅煩惱最樂
智者如是說　此是涅槃道　眞智所演說
調伏不放逸　住於閑靜處　勇猛離貪心
去涅槃不遠　離怨及親友　滅除於有欲
境界不放逸　去涅槃不遠　若人捨離惡
修行慈悲心　怖畏生死者　去涅槃不遠
以智斷煩惱　智慧心清涼　度於懈怠垢
去涅槃不遠　與四諦相應　斷於三種過
於諸根自在　去涅槃不遠　知阿那般那
修行二種相　解了智所知　去涅槃不遠
若脫於過畏　若樂不縛心　以能度彼岸
是故名牟尼

如是夜摩天王爲說法鳥衆善時鵝王說迦葉如來正法經典離放逸故如是無量正法調伏妙音勇勝說法爾時魔王軍衆放逸大臣聞正法已作如是念我今不能轉動夜摩天王如此之法難知深法不可迴轉作是念已具告同伴今此牟脩樓陀此法道中不可

轉動乃至一句如是魔臣共思惟已勢力劣弱本念破壞失大威德飛昇虛空於須臾頃還至他化自在天宮魔波旬所到已時一切魔問使臣言汝所作事如憶念不事究竟不時三大臣聞是語已白魔王言天王我失勢力夜摩天王牟脩樓陀有大智慧於正法中乃至一句不可動轉及其天衆亦復如是我不能亂時魔波旬聞此語已作如是念放逸行天我能令其住於欲中雖有大力以放逸故住我境界作是念已告天衆言卻後我能破夜摩天汝勿急速我有大力悉能壞亂一切天衆後當破之時魔波旬說是語已復受無等六欲之樂於放逸地轉增無量成就大樂夜摩天王共善時鵝王及説法鳥衆説無量種法魔軍放逸既已退還時諸天衆所作已辦爾時新生天衆遊戲歡娛於園林中來向天王説法之處及善時鵝王説法鳥衆爾時夜摩天王見此天衆告善時言汝觀如是放逸行天今來向此我今當遊寂靜園林説是語已飛昇虛空入寂靜林此諸天衆放逸遊行五欲具足園林池中娛樂乃至愛業所集業盡隨業流轉墮於地獄餓鬼畜生若有餘業生於人中財富具足爲世大人或爲大王或爲大臣大樂之處衆人所愛以餘業故復次比丘知業果報彼以聞慧見夜摩天所住地處名一向樂衆生何業生彼地處彼以聞慧見有善人持戒不殺不盜如前所説復捨邪婬不犯邪行第一難持能捨不作若見禽獸牝牡和合不生心念捨不欲見亦不思惟於邪行報生怖畏心是故捨離見邪行者

勸令不作說邪行報令住善道以此因緣說如是法言是邪婬得不愛報畢定墮於地獄之報既自不作教他不作如是之人自利利他身壞命終生於善道夜摩天中一向樂地以善業故樂常不斷無量諸樂皆悉增長於此地中有諸園林見之愛樂如意之樹一切欲樂隨念皆得於園林中愛樂受樂新生天子有諸園林一名光明樂二名流水樂三名山聚樂有蓮華池名曰雜池有名香流復有園林山池復有異山天之功德無數具足林池可愛新生天子遊戲受樂千倍功德所謂摩尼欄楯池次名衆鳥音樂池次名天歡喜池次名常遊戲池次名受樂池次名無濁池次名實有池次名見當有池此池周徧有諸天鳥出妙音聲色量具足充滿池中如意之樹徧於池側無量功德皆悉具足以善業故與無量天女受五欲樂諸天之色隨念順行樂觀不離次第觀之受五欲樂以其持戒集善業故得如是報於華池中遊戲歌舞受五欲樂如是五欲渴愛剌林復以天女而自圍繞於摩尼莊嚴間錯之池復往詣於餘蓮華池莊嚴之山遊戲受樂天髻天衣五境界樂目視可愛昇此山上欲受快樂所上山峯名曰山谷甚可愛樂於彼山上復有餘天天髻天衣以自莊嚴從金山下天衆圍繞遊戲而來百百千千相隨而下新生天子見諸天衆問天女言如彼天衆共諸天女遊戲受樂我亦如是遊戲受樂諸天女言願隨其意時初生天子知天女心共諸天女圍繞遊戲第一歡喜五樂音聲以爲歌頌二衆共集遊戲受

樂不知猒足山上有鳥名曰山冠孔雀王爲諸天衆以偈頌曰

世間業莊嚴　天亦業莊嚴　天處無常故
業盡還破壞　世間愛和合　不愛於別離
和合必有離　世間法如是　心愛樂諸樂
爲境界所誑　諸天命速盡　如心之生滅
老病死破壞　離別一切人　常有此死法
愚者不覺知　老使次第來　死時垂欲至
爲病軍能破　愚者不覺知　六種失人身
五根能破壞　如人失正道　處處皆障礙
若人念因果　常念而不失　是人見實果
於後不生悔　若人於境界　實見不貪著
此人於愛境　則能速得脫　若脫於愛網
則度惡曠野　能遠放逸火　是人大智慧
五種大怖畏　壞一切世間　以其自業故
老病死別離

如是山冠鳥種種莊嚴孔雀王菩提薩埵以願力故受孔雀身利益他人及利孔雀爲天說法斷除放逸爾時天衆見新生天子心生歡喜以放逸故於善法語心不信受或歌或舞遊戲受樂五樂音聲於山峯園林有無量種不可譬喻金光明窟如意之林莊嚴此山無量衆鳥百千山河華林莊嚴共諸天女具一切欲天樂具足無量遊戲如是天衆遊戲次第昇雜摩尼間錯之山於此山上有七寶樹如意之樹莊嚴其山縱廣五由旬於其林中有孔雀王名種種莊嚴住在此林爲天說法爲令天子諸天女等離放逸故愛說法故遊園林中蓮華林中種種雜林河泉流水山峯之中寶莊嚴處百千衆鳥妙音之處一切

天眾莊嚴之處諸天女眾莊嚴之處多有天子天女和合受樂此孔雀王則至其所以善業故受種種樂一切遊戲如是遊戲無量差別不可譬喻隨念皆得爾時孔雀王於摩尼間錯山峯之中見諸天眾受放逸樂為令天眾離放逸故以偈頌曰

現在若未來　色境無猒足　憶念火所燒
數數求境界　雖得生天上　生已還歸滅
為業網所縛　復墮於地獄　出受鬼畜生
受無量苦惱　眾生行五道　以業因緣故
眾生種種業　甚多不可量　故得種種果
天中無量樂　業盡故還退　有生則有滅
見於真諦者　能見天退滅　此死時欲至
其命則破壞　一切能惱亂　愚者不覺知
以種種調伏　種種說利益　天眾樂所迷
而不生猒離　善語法相應　二世得安樂
愚者不攝受　後則生大悔　以多法調伏
語真義亦明　而天著放逸　不知真利益
死怨害天命　大力無能救　大力速馳奔
死時欲來至　諸天龍夜叉　乾闥毗舍闍
一切無能敵　是故死力大　若知力無力
是人真知業　不為惡業汙　不行於惡道
常修行諸善　離不善境界　如是作業人
則無眾苦惱　隨順於法行　增長信精進
三昧力相應　如母利益子　善法於五道
一切能救護　非父非母力　能行於彼處
信順於正法　能救惡道苦　隨其所至處
信常有大力　如燈能除闇　如病得良藥
如盲者得眼　如貧人得財　如水漂溺人
信為大船栰　若人放逸行　信為能除滅

死時得信故　能除生有海　則得寂滅處
古世牟尼說　以得信力故　名正智修行
信及不放逸　精進知止足　集智近善友
此六解脫因　施戒善寂滅　慈心利衆生
及行悲喜捨　此法得因緣　輕躁近惡人
麤獷喜妄語　邪見放逸行　此法地獄因
慳悋苦惡語　放逸行離善　心常貪他物
聖說餓鬼因　近癡離智慧　愛欲遠正法
貪食樂睡眠　佛說畜生因　若人身口意
作三種不善　如是無智人　則墮於地獄
若作如是因　受果則不差　如種穀得穀
善惡業如是　見此衆多人　作生死苦因
如是愚天衆　而猶不覺知　放逸初雖樂
後則大苦惱　若法後時苦　智者應捨離
乃至未解脫　終無有少樂　若得解脫者
常樂得成就　無常放逸樂　智者所不說
若得常樂者　智者說爲樂　上下次相續
諸業皆如是　其果亦如是　上下而不斷
既知業果已　應捨離放逸　當起智慧心
此樂爲無上

如是孔雀王菩薩種種方便爲天說法斷除放逸種種無畏美妙音聲悉蔽諸天歌詠之音以善業故其聲徧滿二萬由旬聞者悅樂法樂相應爾時諸天衆爲求樂故空中旋轉如四天王行使天等或去或來此諸天衆亦復如是爾時兜率陀諸天衆聞此聲已七萬天衆從上而下敬重正法放逸薄故向夜摩天種種莊嚴孔雀王所時種種莊嚴孔雀王菩薩知兜率陀天以心歡喜告諸天子善來眞人少放逸故能來至此求未來果若欲得

聞種種法要汝當速下如我所聞寂靜之法當爲汝說我已修集能至涅槃我於往昔所聞之法一切師等本所不聞我於迦羅村陀佛所得聞此法生生之處以願力故常不忘失爲他人說爾時兜率陀天聞孔雀王說是語已從空中下敬重正法於山峯中大衆共會山峯之中無量蓮華池無量流泉無量寶性無量衆鳥出妙音聲於摩尼間錯山峯之中圍繞孔雀王四面而住威德殊勝色相具足一切光明勝夜摩天如夜摩天比閻浮提人兜率陀天勝夜摩天亦復如是時夜摩天見兜率天破壞色慢及自在樂往詣孔雀王菩薩所有樂遊戲入於林中未曾見於兜率天故瞻仰而住或上山頂欲求遊戲復有諸天圍繞孔雀王四面而住爾時孔雀王菩薩告諸天衆有二十二法我今當說我所敬習利益天人第一安樂一切衆生今得正行此二十二法利益安樂天人愛法現在未來天人愛法能斷放逸滅令不生若諸天人能離放逸常得安樂乃至涅槃此法利益父母利益所不能及何等二十二一者悔心二者畏惡道三者忍四者精進五者說法六者悲心七者軟心八者調伏九者信業十者不住壞處十一者住心十二者畏惡名十三者不樂著十四者獨行十五者心不散亂十六者念死十七者離色富財種姓憍慢十八者軟語十九者於一切衆生起平等心二十者知足二十一者畏於境界二十二者捨不信心此二十二法若天若人如實修行不墮惡道速得涅槃云何名悔云何悔已而得安隱既生

悔已斷不善法云何生悔若見他人造作不善身口意業他作身業而呵毀之應生悔心不共同住若有因緣自起不善覺觀之心隨生即捨不生憶念不味不著内心生慚愧於他人勤修精進令其不生不受覺觀心呵惡覺觀譬如大坑滿中糞屎死狗不淨有清淨人入中求淨既入坑中不淨没胭爾時其人心生猒惡若有起於不善覺觀其心生悔亦復如是譬如異人常求淨行以不知故誤食糞穢或有强力怨家强令食糞食已惡賤心生悔恨後更不食若有行於善業之人慚愧呵毀不善覺觀亦復如是勤修精進斷除覺觀是名初法不生放逸斷除放逸破壞放逸是故天人應當修學若有善人欲求眞諦怖畏生死若生微少不善覺觀應生悔心不生

顑心不生放逸不放逸人能起悔心放逸之人則不能悔如是一法諸善業之根本也所謂斷除不善覺觀而生悔心是名初法復次第二善法增長善法所謂畏於惡道名大出法滅於放逸能斷放逸一切人天畏惡道行若有沙門若婆羅門若復餘人若畏惡道不作惡業若見他作亦不隨喜知不善業墮於地獄餓鬼畜生是故不作惡不善業惡業之因墮於惡道何以故於少惡業習近喜樂令惡增長墮於地獄餓鬼畜生是故沙門若婆羅門及餘畏惡道者應如是學常應怖畏不善果報甚爲大惡成就地獄餓鬼畜生放逸行人少智之人若能如是畏惡道者不作放逸不作身口意三種惡業如是之人常修善業捨不善業是名畏惡道譬如有人知自他

力畏於毒蛇及以刀火能斷人命畏惡道者怖畏惡業亦復如是如是之人於微細業捨而不作不行放逸捨放逸故生天人中受大富樂受富樂已後入涅槃以勝樂故無死無變無退無盡是故常應怖畏惡道若有沙門若婆羅門及餘行者能如是行得無上處彼時世尊說此偈言

若人畏惡道　應捨放逸垢　修善求功德
則到涅槃城　若人畏惡道　其人心正直
以其正心故　從樂得樂處　若不畏惡道
則多造惡業　爲惡火所燒　將入於地獄
譬如微少火　雖小亦能燒　惡道亦如是
經劫猶得報　若人欲得樂　應畏於惡道
怖畏救惡道　則能得安樂

如是法中若天若人若沙門婆羅門及餘善人若畏惡道於少不善尋即悔過心不隨喜亦不思惟心念地獄餓鬼畜生怖畏苦果念已畏於三不善道捨十惡業止而不作不教他作亦不隨喜不近如是惡業之人修行善業捨一切惡行淨無垢捨離放逸止一切惡於不善法流轉有中而得解脫於一切法得解脫已解脫諸過則能安隱度有彼岸是故應當常畏惡道當如是學一切天人若愛此法能至涅槃復次彼佛世尊說離放逸能至涅槃利益安樂一切天人我於先世人中得聞憶念不忘我今當爲諸天衆說云何名爲第三忍法如是忍者第一善法第一清淨佛所讚歎忍有二種一者法忍二者生忍云何法忍緣法道行思惟白法忍堅固法思惟善道勝故能忍故名爲忍譬如大地忍諸世間

山河園林無量種類忍之不疲一切法忍亦復如是能到涅槃一切法忍堅固最勝白淨善法涅槃道攝故名法忍如是之人堅固世間忍故能至涅槃復次第二忍所謂若沙門婆羅門若復餘人欲起瞋恚忍令不起知瞋過故作是思惟若起瞋恚自燒其身其心噤毒顏色變異他人所棄皆悉驚避衆人不愛輕毀鄙賤身壞命終墮於地獄以瞋恚故無惡不作是故智者捨瞋如火知瞋過故能自利益爲欲自利利益他人應當行忍譬如大火焚燒屋宅有勇健者以水滅之智慧之人忍滅瞋恚亦復如是能忍之人第一善心能捨瞋恚衆人所愛衆人樂見人所信受顏色清淨其心寂靜心不躁動善淨深心離身口過離心熱惱離惡道畏離於怨憎離惡名稱離於憂惱離怨家畏離於惡人惡口罵詈離於悔畏離惡聲畏離無利畏離於苦畏離於慢畏若人能離如是之畏一切功德皆悉具足名稱普聞得現在未來二世之樂衆人視之猶如父母是忍辱人衆人親近是故瞋怒猶如毒蛇如刀如火以忍滅之能令皆盡能忍瞋恚是名爲忍若有善人欲修行善應作是念忍者如寶應善護之如是忍者能破瞋恚正法忍光猶如炬火能滅瞋闇如盲者眼獲正法者之財賄除邪見之貧窮猶如父母利益其子瞋恚沒溺忍爲大船墮惡道者忍爲救拔忍爲大水滅地獄火忍力能斷餓鬼慳嫉饑渴之惱若墮畜生互相殘害忍力則能施其身命應樂行忍常習不捨若畏惡道當勤精進思惟忍力爾時孔雀王菩薩以偈

頌曰

若人忍莊嚴　諸莊嚴中勝　財物可劫盜
忍則不可失　若人修行忍　一切衆所愛
後時得安隱　忍爲第一戒　若人修行忍
捨一切瞋恚　現在及未來　常得安隱處
忍辱戒智慧　如是三種財　此財最第一
非珍寶能譬　若人修行忍　一切應供養
善人所讚歎　是故應行忍　忍樂爲第一
能除於瞋恚　忍能滅瞋恚　令其不復生
闇覆愚癡人　忍爲勝光明　如燈能除闇
忍示於正道　若離正法財　流轉於五道
若有忍財物　於世最豪富　瞋恚大曠野
黑闇甚難度　忍資糧具足　能過無留難
若迷正法路　忍能爲正導　怖畏惡道者
忍力爲救護　常令衆生樂　能滅於苦惱
常得安隱樂　永離諸怖畏　善人之所愛
能生信功德　和集善吉祥　捨離不善法
示人正解脱　能滅生死畏　昇天之階陛
滅除地獄火　餓鬼畜生界　忍爲能救護
忍能滿功德　令衆生寂滅　欲得吉祥樂
常修行忍辱

如是忍者名第一法以修行故現在未來常得安樂身壞命終生於天上後得涅槃是故爲不放逸生天人中當修行忍復次第四善業能離放逸若沙門婆羅門及餘善人作何等善業所謂精進勤求善法與善相應道法精進正時相應時處寂靜修習世間出世間法相應寂靜非不相應若沙門婆羅門於世間出世間法初夜後夜知時止息知時知處及知方便如是則得安隱而住精進能破一

切懈怠若沙門婆羅門爲破煩惱勤修精進既生精進於色聲香味觸境界不起著心若得因緣持心令住正心精進二法爲伴攝心令離一切境界若不善力起精進遮之正念斷除一切法中精進第一以此二法爲同伴故令諸善法堅固不壞而得果報正心精進功德力故終得涅槃若沙門婆羅門及餘善人知此功德當勤精進於世間中精進最勝若世間業以勤修故而得堅固以勤修故而得果報久住於世他不能壞若人精進於命終時其心清淨亦不怯弱心不散亂不恐不怖雖得衰惱不休不息常勤修習諸善增長怨不能壞無有人能說其過惡隨所作業具足成就如是世間善業精進智者所讚何況出世正智精進而不勝妙是故一切法一切時一切智有智和合現前精進知時知處正見勤修發精進故得一切樂若行顛倒則得無利衰惱憂患若無智慧雖復勤苦不名精進爾時孔雀王菩薩以偈頌曰

時處相應故　令作業增長　如法勤精進
則得善果報　雖法處作業　捨離於正法
作業不成就　以離精進故　如法勤精進
智慧得涅槃　如空中投戟　即生於天上
若人勤作業　而修行精進　所作皆和合
得廣大成就　若於世間義　若出世間義
皆由精進力　一切得成就　若離精進力
及離於正法　彼人無富樂　如求月中垢
賢聖八分道　念爲能守護　精進大力人
能到第一道　精進得菩提　精進故生天
一切諸道果　無非精進得　既知此功德

精進調諸根　意發勤精進　無與精進等
如是孔雀王菩薩爲兜率陀天衆夜摩天衆
說於本生所持經法時諸天衆皆悉聽受離
於放逸諸根調伏一心諦聽時孔雀王知諸
天心生大歡喜發勤精進以清淨心爲之說
法令集安隱寂滅涅槃利益安樂一切諸天
一切菩薩法利衆生

正法念處經卷第六十

正法念處經卷第六十一

元魏婆羅門瞿曇般若流支譯

觀天品第六之四十夜摩天之二十六

復次第五聞法利益安樂一切人天謂何等法所謂說法說於一切布施之法說諸善法一切尊中聞法最勝能斷一切憍慢根本所謂說法能調憍慢說法聞法尊敬重法說於信法說受持法說修行法不離說法諸佛如來以法爲師何況聲聞緣覺說法有十功德多所利益何等爲十時處具足分別易解與法相應非爲利養爲調伏心隨順說法說施有報說生死法多諸障礙說天退沒說有業果若說法人有此十法令聞法者得多功德利益安樂乃至涅槃是聽法者及說法人隨所作願各得成就一切種種布施之中法施最勝乃至能令一切衆生得涅槃樂復次聞法功德成就深心信根清淨一向淨心信於三寶詣聽法處爲聞正法隨舉一足皆生梵福若人供養說法法師當知是人即爲供養現在世尊其人如是隨所供養所願成就乃至得阿耨多羅三藐三菩提以能供養說法師故何以故以聞法故心得調伏以調伏故能斷無知流轉之闇若離聞法無有一法能調伏心如聞說法有四種恩甚爲難報何等爲四一者母二者父三者如來四者說法法師若有供養比四種人得無量福現在爲人之所讃歎於未來世能得菩提何以故以說法力令憍慢者得調伏故令貪著者信布施故令麤獷者心調柔故令愚癡者得智慧故以聞法力令迷因果者得正信故以聞法力

令邪見者入正見故以聞法力令樂殺生偷盜邪婬業者得遠離故以此說法調伏因緣令得涅槃以此因緣說法法師甚爲難報父母之恩難可得報以生身故是故父母不可得報若令父母住於法中名少報恩如來應等正覺三界最勝度脫生死無上大師此恩難報唯有一法能報佛恩若於佛法深心得不壞信是名報恩以此供養亦自利益爾時孔雀王菩薩說經偈曰

以說法因緣　得安隱涅槃　能斷一切縛
衆生之大師　以說寂靜法　能斷愚癡網
如是眞導師　能示衆生道　若法令衆生
超度諸有海　此法最殊勝　世法莫能及
若人能供養　此四種福田　斯人得善果
導師如是說　既得具諸根　亦得聞佛法
若行於非法　後悔無所及　處處生愛著
常求於欲樂　恒貪愛妻子　不覺死來至
念念多諸惡　種種過所亂　以心縛衆生
將趣三惡道　是惡難調伏　當求天人便
是心不可信　衆生之大怨　以善聞善見
無量種修習　以法調伏心　如馬得銜勒

如是第一深厚福田具善功德應修供養利益天衆說如是法及說業道尊重讚歎說法之師孔雀王菩薩以願力故生彼天中利益諸天時諸天衆既聞法已心得清淨皆悉一心聽其所說作如是言此孔雀王所說相應非不相應與兜率陀寂靜天王所說相應無異無別思惟此法初中後善第一清淨第一善法第一安隱利益安樂一切天人令得寂滅爾時孔雀王聞兜率陀天說是語已心淨

歡喜一切悲心安忍利益一切天衆乃至涅槃復說第六深勝法門能至涅槃如是之法第一安隱第一最勝衆人所愛所謂悲心一切人愛令人生信安慰生死怖畏衆生心不安隱令得安隱於無救者爲作救護若有悲心是人則去涅槃不遠悲心柔輭無欺誑心無麤獷心能斷瞋心悲潤心故又悲心者名大莊嚴於五道衆生若起悲心能破瞋惱云何於地獄衆生而起悲心此諸衆生云何爲於自業所誑由心怨家之所造作得不可喻種種大苦鐵鉤鐵杵鎔銅熾然惡蟲所噉難度暴河漂沒衆生鵰鷲烏鵲之所啄食入劍樹林及灰河中受種種苦不可具說所謂活地獄黑繩地獄衆合地獄叫喚地獄大叫喚地獄焦熱地獄大焦熱地獄乃至阿鼻地獄及其隔處大地獄等一百三十六處衆生墮中把裂劈坼斷截燒煑自心所誑業繩所縛愛火所燒無救無歸東西馳走求哀自免以求救護我當何時得度如此大苦惱海於此衆生而起悲心若種如是悲心種子則爲天王或作轉輪聖王一切衆生之所愛重悲心之人愛樂善業是名觀地獄衆生受大苦惱而起悲心則得增長無量梵福復次若沙門婆羅門及餘善人利益衆生觀諸餓鬼當起悲心云何衆生墮餓鬼中種種飢渴自燒其身如燒叢林四面馳走互相搪突炎火焚燒遍體熾然無救無歸處處遍走以求救護無能救者此諸衆生何時當離種種苦惱何時當斷飢渴之苦是名觀餓鬼苦而起悲心復次若沙門婆羅門及餘善人觀於畜生而起

悲心畜生之中無量苦惱互相殺害畜生三處所謂空行水行陸行死法無量互相殘害互相食噉此諸衆生何時當脫是名觀畜生苦而起悲心若有能生如是之念則生梵天以悲心念諸衆生故悲念衆生於三惡道大苦惱處於最大惡業果之地與悲心已復於六欲諸天而起悲心於六欲天受天之樂不可譬喻種種山谷山峯園林而受快樂蓮華林池共諸天女遊戲受於百千種樂旣受樂已業盡還退生在苦處受大苦惱墮於地獄餓鬼畜生此生死處戲弄衆生愛鏁所縛東西馳走迷亂無知受大苦惱是名觀諸天苦而起悲心復次若沙門婆羅門及以餘人觀於人中而起悲心以種種業生於人中受苦樂果上中下衆生種種作業種種心性種種信解或有貧窮依恃他人憎嫉妬礙畏他輕賤追求作業以自存活如是觀人世間而起悲心如是悲心第一白法能得涅槃如是觀五道衆生五種苦已而興悲心如是之人得勝安隱則得涅槃爾時孔雀王菩薩説迦迦村陀如來頌曰

若人心柔輭　悲心自莊嚴　爲一切所護
衆人所稱歎　如是柔輭心　諸根常悦豫
此正見善人　去涅槃不遠　若悲心莊嚴
則爲人中天　若人無悲心　是則常貧窮
若人柔輭心　調伏如眞金　若悲在心中
此寶無窮盡　若人常精進　恒修行正法
此人心智光　猶如大明燈　若人於晝夜
心常住於法　斯人之悲心　晝夜常不離
其人心清淨　利益諸衆生　旣受安樂已

後得於涅槃　悲心清淨池　牟尼所讚歎
能斷一切過　悲財無窮盡　功德勝莊嚴
能斷一切過　牟尼悲潤心　故至不滅處
悲因隨所在　如蜜乳和合　瞋恚及熱惱
不能住其心　既昇悲心栰　哀矜心勇健
能度於有海　三毒大洄澓　功德勝營邑
無勝此莊嚴　善人之所愛　故名爲悲心

如是孔雀王菩薩爲天說法初中後善相應寂滅一切天衆樂集聽受復次彼佛世尊說第七法謂何等法與之相應而得解脫斷於放逸以何等業謂柔輭心斷輕躁過攝諸功德若有人能柔輭深心離一切垢涅槃解脫猶如在手輭心之人心如白鑞修行善業衆人所信麤獷之心如金剛石恒常不忘怨結之心行不調伏衆人所憎不愛不信若起惡心堅執不捨心不安樂不樂禪誦不近善友不生戒法如沙鹵地不生種子亦如沙中不出麻油麤獷心人亦復如是不生善法如轂角乳如月中暖如石女兒如空中花麤獷惡業誑詐無智自誑誑他五有所沒近不善人捨離三寶此生盲人不覩正法明慧之日甚可哀愍生老病死憂悲苦惱衆苦之聚入大曠野受無量苦遠離柔輭甘露之味如是惡人沒於苦海去涅槃遠何以故不行涅槃道因行故以是義故常不得樂若有人能柔輭其心其人一切定得涅槃譬如麻性出油日性光明月光性冷火熱地堅風動水濕四大各各自相不倒輭心之人調伏其心信心精進不顛倒見信於因果則於涅槃如在現前爾時孔雀王菩薩以佛經偈而說頌曰

若人心柔軟　猶如成鍊金　斯人内外善
速得脱衆苦　若人心器調　一切皆柔軟
斯人生善種　猶如良稻田　一切諸衆生
不能盡斯藏　能破於貧窮　及以多誑詐
利根寂靜人　常修行禪定　不著放逸境
永離諸苦惱

如是孔雀王菩薩說是偈時夜摩天衆兜率天衆樂聞無猒復欲聞法合掌恭敬白言大聖願爲我等具說二十二法我等爲欲自利利他故當至心聽爾時孔雀王菩薩爲諸天衆說二十二最勝法門已說七法今當次第說第八法若有沙門婆羅門及餘善人心生思惟有何等法謂調伏法能與一切作莊嚴法一切調伏毗尼相應若沙門婆羅門若復餘人在家出家若老若少調伏相應以此莊嚴能令端正若離調伏猶如野干烏鵄鵰鷲出家之人云何調伏出家之人初以袈裟而自調伏當行七事何等爲七一者如其國法受糞掃衣隨所住國在家之人所棄之衣若在塚間有死人衣死屍所壓則不應取若於塚間得破壞衣則應受用是名袈裟調伏之法復次第二調伏若入聚落觀地而行前視一尋念佛影像一心正念諸根不亂數出入息係心身念入於聚落不觀一切所須之具不觀種種器物亦不觀他莊嚴幃帳不與女人言論語說不抱小兒不數動足亦不動臂及其牀座不手摩頭不數整衣不抖擻袈裟不按摩手亦不彈指是名第二調伏之法復次第三調伏入施主家於飯食時齊腕澡手若受食時不大舒手當前一肘不滿口食亦

不太少若於食時不輕弄不調戲謂不知足失他淨信令他輕慢當觀他心若所摶飯不大不小不大張口不令有聲不大出氣所應之食但食二分食知止足不觀他鉢而生貪心所受飲食不壞他心自觀其鉢不左右顧視食已離鉢澡漱清淨守攝諸根正心說法心念審諦不遲不速不曲不直不非時說不多不少護施主心不壞其信是名第三調伏之法復次第四調伏若於食時若於聚落或於城邑先所見食不生心念不數言說亦不希望所受敷具如法受畜不求上勝是名第四調伏之法復次第五調伏一切所作不倚不著不惜身命於所用具不多聚積不行邊方危怖之處不異服飾不樂請喚不偏樂於一家往返是名第五調伏之法復次第六調伏不斷草木及掘生地不著雜色華綖雜色衣服若他破戒不謗不說心不希望王者之饍不親近於喜鬪比丘是名第六調伏之法復次第七調伏若有比丘同意同法應當親近利益令有常度欲棄魔境寂滅調伏守攝諸根如此比丘應當親近若於山窟若於山澗樹下露地常修行空無相無願是名第七調伏之法若有比丘能如是行則能捨離一切諸縛而得解脫爾時孔雀王菩薩爲諸天衆以偈頌曰

調伏法相應　修行智境界　怖畏生死過
則不空出家　學處不毀缺　不念於本樂
常觀於諸陰　應住靜林中　輭語寂滅人
現趣於涅槃　持戒莊嚴身　與出家相應
於自他法中　若能不迷惑　業報非業報

道非道亦然　離於惡業行　苦樂不怖畏
於寂得解脫　衆苦不能縛

如是孔雀王說於調伏無量功德令諸天衆皆得信解一切天衆一心諦聽爾時孔雀王菩薩爲夜摩天衆兜率天衆說法心不休息知諸天衆敬重法故復說第九無垢淨法云何名爲無垢淨法若沙門婆羅門及餘世間信於業報信業報故則得大法若沙門婆羅門及餘世間信業果報此人則能知身惡業於身惡業不習增長不愛不樂以其得果在於地獄餓鬼畜生惡境界故如是於口惡業不習增長不愛不樂以其當受地獄餓鬼畜生惡果報故如是於意惡業不習增廣不愛不樂以其當受地獄餓鬼畜生苦故若沙門婆羅門先作惡業念已生悔止不更作親近師長從其聞法云何得脫惡業果報如是師長有智調伏爲說因緣以方便說令悔所作過去惡業則爲盡滅以其如是念善業故不作惡業觀業因緣從何所起如是觀之不作惡業能令一切不善之業漸得消滅或令輕薄現在所作身口意惡不善之業以心輕故作已速悔不復更作如是悔心若業成就一切惡業皆悉消滅若沙門婆羅門及餘世間如是知業作是思惟我以習惡當作身口意惡不善之業報熟之時墮於地獄餓鬼畜生彼於未生惡不善業以正方便令其不生沙門婆羅門若能如是信業果報設有地獄惡業成就應久在地獄受大苦惱或得薄少或皆消滅復次勤精進故若有惡業應墮餓鬼久在餓鬼飢渴大苦或少時受或皆消滅如

是沙門婆羅門及餘衆生若有應墮畜生惡業久在畜生互相食噉或少時受或一切滅唯除作習決定成就隨於何道若於地獄餓鬼畜生境界之中畢定受報復次信業果報思惟難解微細業果於三種惡業作已懺悔不復更作以不定業生畜生中如是思惟若地獄業若餓鬼業受畜生身悔心清淨能破重業以心力故或一切滅或斷少分若有應受畜生惡業心悔能滅白業能滅不受長命畜生之身不受大苦或以勝心能斷惡業以此因緣當信業果若沙門婆羅門及以餘人信業果報則能到於生死彼岸何以故一切生死五道之中以善不善業果報故有是故應信實業果報一切衆生一切業果因緣故與是故若男若女應勤精進晝夜思惟業之果報於生死中第一堅牢復次第十若沙門婆羅門及以餘人應當思惟思何等法所謂住處所害若沙門婆羅門及以餘人少智慧者住處所害其心樂著情戀不捨或僧伽藍或僧住處或在聚落或住國土或住城邑及以異處常樂懈怠樂於非處不至寂靜阿蘭若處不行異處不名在家不名出家於非法處乃至命終如是之人爲何因緣而行出家不至一切所應山林阿蘭若處乃於非處而盡身命爲修禪故而行出家不入山林寂靜之處而住非處若沙門婆羅門住於非處爲諸施主之所輕毀不樂親近不修供養亦不樂見若住非處過失彰顯爲諸凡俗之所輕笑互共論說言某沙門某婆羅門及以餘人樂住非處不名在家不名出家不樂山林阿

蘭若處貯畜財物樂見俗人親近在家猶如奴僕爲諸白衣之所輕賤是故此人不名在家不名出家住非處故設令無過爲他所謗無有一人住於非處不爲施主之所輕賤數見白衣或近在家雖不輕慢或生異過若沙門婆羅門住非法處以住非處得無利益是故沙門婆羅門不應住於破壞之處常樂住處常樂獨處樂住樹下樂住塜間樂住靜處以修禪默或在山谷獨一而行乃至盡命應避非處捨離一切非法之處能得解脫住非處者不得解脫爾時孔雀王菩薩而說頌曰

比丘住非處　人視如僮僕　輕之如草芥
亦失自利益　比丘住非處　非在家出家
於禪誦法中　其心不喜樂　比丘住非處
貯積畜財物　貪心著財寶　不覺死時至
身命念念盡　而不能覺知　不知所作業
能受未來報　比丘住非處　常樂見俗人
常行於非處　死則入惡道　心無所樂著
一切不悕望　能脫一切貪　是名爲沙門
若在山樹下　當修習禪觀　則得清淨智
遠離一切過　遠離一切貪　不爲境界惑
則能滅煩惱　如火焚乾薪　獨修行比丘
攝持於五根　如實知身相　則得涅槃道
常念勤精進　遠離一切過　是人到涅槃
如至遊戲處　常求於涅槃　常怖畏生死
如是清淨心　則不樂非處

比丘如是住於非處得衆多過是故比丘應當捨離非法之處若有比丘住於非處凡俗無異若有俗人住於非處得無量惡何況沙門近在家故則與一切善法相違是故應當

遠離非處時孔雀王菩薩復爲夜摩天衆及兜率天說迦迦村陀如來第十一法如是善法甚可愛樂能至涅槃何等善法所謂住心若比丘有住心者能持善法人所讚歎住心之法離一切惡無始流轉心過羅網結使周遍繫縛堅固非是少時少精進少定能斷如是大惡羅網若有比丘薄少住心則不能斷心地過網無有異法能斷生死如住心法唯修行者有住心法若不善法起攝心令伏不樂惡業精勤斷除勇猛精進斷不善法若貪欲心起修不淨觀是名相應是惡欲心不淨能斷不樂不著若起瞋恚攝心修慈若起癡心攝心觀於十二因緣爾時孔雀王菩薩以偈頌曰

若不樂住心　隨樂起諸愛　若爲愛所縛
失於二世利

如是孔雀王菩薩爲夜摩天兜率陀天第十二說不住心無量過惡爾時天衆聞二世利樂聽無猒作如是言孔雀王未曾有也乃能爲我演說深法初中後善能至涅槃於種種生死能生猒離第一安隱唯願爲我次第宣說我等當共一心聽受自利利他時孔雀王聞是語已知諸天衆一心樂聞踊躍歡喜其心怡悅第一利他美妙音聲告諸天衆若沙門婆羅門及以餘衆心念於法既念法已勸修怖畏修何等法所謂畏惡名稱若有比丘畏於惡名則離諸過所謂不入女人戲笑之處不入酒肆不近酤酒不與共語不近嗜酒人亦不與語不近賊人不近先作大惡之人不近好鬬人不近陰惡懷毒人不近無恒數

捨道人不近博戲人不近妓樂人不近小兒不近繫縛女色人不近輕躁人不近不護口人不近貪人不近販賣欺誑人不近巧僞市道世所惡賤人不近決掘河池人不近黃門女人同路一步不近調象人不近魁膾人不近調馬人不近斷見人不近無戒人如是惡人比丘一切不應親近何以故近如是人失比丘法世間之人作如是念如是比丘近如是人必與同行與如是人習近共行生一切人如是之念是故比丘當畏惡名不應與此不淨業人同路行於一足之地爾時孔雀王菩薩以如來偈而說頌曰

若人近不善　則為不善人　是故應離惡
莫行不善業　隨近何等人　數數相親近
近故同其行　或善或不善　一切人求善
當近於善人　如是能得樂　善則非苦因
近善增功德　近惡增尤甚　功德及惡相
令如是略說　常近於善人　則得善名稱
若近不善人　令人近輕賤　常應親善人
遠離於惡友　以近善人故　能捨諸惡業

時孔雀王菩薩復爲諸天說如是言若有比丘有七功德則離惡名何等爲七一者離衆人二者不樂供養之利三者知足能令施主得清淨心四者樂住山谷靜處攝諸善業五者離於多語六者若八聚落不至酒家七者不作販賣貿易比丘若有如是功德正行相應則無惡名衆人所敬是故畏惡名者爲最第一若有比丘不畏惡名所得過惡過於白衣隨意而作隨意而說於所破戒心無慚愧是破戒人身壞命終墮於地獄畏惡名者樂

空閑處不樂近於聚落城邑以知足故不壞他信遠離一切憒閙之處於微小過心常怖畏如是怖畏惡名比丘得世間善復次第十三法能多利益何等善法所謂不樂著法此法可愛若有比丘離著清淨意純無著樂於閑静安住淨命離於憂惱第一安隱攝心一處若遭苦厄心不怯怖若他罵辱不起瞋恚逢喜不喜於苦不畏不親宗族自失利益隨所作事皆悉究竟於先所作諸惡之業不生喜樂不樂觀看遊戲歌舞從一聚落至一聚落從城至城從邑至邑從家至家心不樂著睡安覺安不樂著故清淨正行猶如耆老魔不得便不著於色聲香味觸亦不樂著供養之利得已捨於不善覺觀精勤斷除令其不生若生惡覺尋即除滅令不惱心如是比丘

尚能精勤滅不善覺況復麤過而不斷除有三種法應當修行何等爲三所謂已生不善法妨於悲心爲斷除故勤行精進未生不善法爲不生故勤行精進已生善法念當精勤修習增廣若有比丘心不樂著正意清淨欲求愛盡欲求猒離欲求安樂無得樂著若有比丘心不樂著則得第一最勝之樂爾時孔雀王菩薩以偈頌曰

常修於禪定　心無所樂著　心常清淨故
意正不錯亂　若人正憶念　諸惡不能染
以能離諸過　是名得安隱　一心正憶念
覺觀莫能亂　以離惡覺觀　是名善安住
若人意寂靜　常樂於涅槃　其人諸根中
遠離諸不善　若有修行者　得禪三昧樂
皆由一心念　修行之所得　若樂獨比丘

樂從內心生　此樂於諸樂　第一無等倫
一心係念者　其心則清淨　得脫諸過網
心意常寂滅　常一心係念　攝持於五根
斯人智慧水　能滅愛毒火　解脫愛縛人
常得清淨樂　現前得勝處　無盡亦無壞
覺觀亂其心　處處受生死　一念緣相應
三昧力能持　是故此勝道　能到涅槃城
以一心念故　能破魔王軍　堅固智光明
繫縛心逸馬　到第一彼岸　無垢清淨處
第一勇健者　修行到彼岸　以一心係念
能至不壞處

如是孔雀王菩薩爲諸天衆無量說法利益安樂復爲兜率陀天夜摩天衆不斷法說能至涅槃告諸天衆一切善法中第一眞法所謂第十四獨行比丘好行善業行林樹間善寂滅行所謂獨行比丘寂靜調伏心無所畏一切處樂若在山谷若在山窟若草積邊心無偏著其心正直獨行比丘有七法利益何等爲七一者知足心常歡喜二者心常清淨三者世間所敬諸天所護四者離諸塵垢五者善法增長六者一心正念淨身口意解脫現前七者離於垢法成就白法以獨行故能破無量無始流轉煩惱怨家獨行比丘一心正行怖畏煩惱於微少惡心生怖畏常勤精進威儀寂靜爾時孔雀王菩薩爲利諸天以偈頌曰

輕擾堅牢惡　大力難調伏　勇健調伏心
則得第一樂　如是三種過　破壞諸世間
智水能除滅　則得第一樂　若人不愛法
雖人而非人　不住於眞道　不至涅槃城

既得此人身　功德所依處　云何不昇栰
渡諸有流海　一切衆生命　如電旋火輪
如揵闥婆城　速過不暫停　是身念念壞
常畏於老死　速滅無堅住　如何起身慢
此身爲病城　是大憂悲處　善不善之地
是故名爲身　若人施戒智　而自莊嚴身
於人中最勝　成就善果報　若人有七真
其人與佛等　施戒智精進　悲忍善調伏
若人於無量　不可數時劫　修六波羅蜜
斯人名爲佛　若人捨離欲　三界最第一
以捨諸欲故　常得大安樂　若人貪著欲
衆苦常現前　欲爲衆苦因　是故應捨離

如是孔雀王菩薩爲兜率陀天夜摩天衆說如是法爾時孔雀王復爲天衆說第十五利益之法若沙門婆羅門及餘世間心不散亂則得利益若散亂心善攝心意令心正住常樂親近同梵行者常勤精進以求安隱永離惡道若比丘心不散亂折伏六根不著境界怖畏生死捨離一切不善之法捨離一切不善法故常得安樂若有比丘於色聲香味觸法中心不散亂是名比丘心意正念心正念故善法增長正念之人不樂生死常勤精進樂修三昧以正念故則能得道既得道已勤修衆行以勤修道發起衆行正憶念故而得道果心常正念修習道故斷除衆結滅於諸使斷何等結所謂愛結恚結無明結慢結垢結慳結皆斷此結滅何等使所謂欲染使恚使有染使無明使慢使見使疑使此使皆滅以此結使大力因緣流轉諸道三界所攝若心不散一心念於見道修道皆悉能滅若沙

門婆羅門若復餘人欲得安隱一切善不善法心爲根本是故宜應精進修道怖畏有過攝心正念能滅煩惱無有餘法能滅如是無始流轉煩惱稠林如正念心爾時孔雀王菩薩以一切智偈而說頌曰

一心念現前　怖畏於諸惡　能生無漏法
猶如畦種稻　一心念現前　精勤修習道
斷除不善法　如日除闇冥　若一心現前
常念正寂滅　則不畏衆過　如金翅鳥王
如是散亂心　如風有大力　智者能調伏
猶如調象師　戒三昧智慧　猶如大猛火
與風共和合　焚燒諸惡林　是故應修智
斷除於愚癡　離於老死患　得無上勝處
若能勤攝心　修行於精進　以其攝心故
能斷一切惡　心常緣境界　勇猛能攝持
諸欲不能壞　如毒藥在手　如是勤精進
能調伏其心　三道大愛河　速度勿停住

如是孔雀王爲利夜摩天衆兜率天衆說於善行時諸天衆聞是法已怖畏生死捨離一切境界之樂

正法念處經卷第六十一

音釋

圮（部鄙切毀也）栰（房越切簰也）鹵（籠五切鹹地也）𣫍（居候切取牛羊乳也）鵄（抽知切鳶也）抖擻（抖音斗擻蘇后切抖擻振舉也）

正法念處經卷第六十二

元魏婆羅門瞿曇般若流支譯

觀天品第六之四十一夜摩天之二十七

時孔雀王菩薩知天衆心復爲宣説第十六法告諸天衆復有善法可愛樂法能制放逸猶如鐵鉤應念修行何等善法所謂念死若人念死常勤修習不休不息死等大惡惱亂一切諸衆生等無能逃避決定無免有生必死能令一切恩愛別離令人喪滅生於畏處或有從樂生於苦處業繩繫縛自業所資墮於地獄餓鬼畜生於命終時無有伴侶唯有善業及不善業以爲同伴所作善業猶如父毋將至樂處不善惡業猶如大怨將至地獄餓鬼畜生以是義故應修善業捨離諸惡若能如是修行念死其心則不著於境界不著貪欲瞋恚愚癡怖畏死故不爲妻子眷屬因緣作不善業一切在家若修此念尚得寂靜何況出家若有沙門修於念死則不犯戒不樂境界不處憒閙若處憒閙心則散亂多言之本多見女人能生一切貪欲之處應當捨離思惟念死若處憒閙心意不善於命終時當得一切無利衰惱不得安樂臨死之時刀風劒風之所解截無歸無救業繩所縛將至餘世非父毋兄弟妻子眷屬所能救護若能如是修念死相是人則樂持戒智慧如是修行是則能令善業增長不善消滅以善業故受人天樂後得涅槃若男若女知此功德若在家出家若沙門婆羅門常應念死以念死故其心怖畏不作一切不善之業心作是念一切衆生皆當歸死天人地獄餓鬼境界無

處不死若能如是修行念死畏未來世其心不著色聲香味觸如是境界非常不變非不壞法常念無常苦空無我若心念死不爲諸惡之所惱亂常當數數修不淨觀善觀增長數數念死修習增長係念無常無有常處而不破壞不變不滅可愛山峯百千萬億乃至須彌山王劫火所燒皆當摧滅況人天身大海無邊一切大河一切龍王所住之處一切諸龍及阿脩羅七日既出則皆乾竭何況我身舉要言之欲界色界無色界一切三界無常變動皆當破壞況我身命當是常住不動不破壞法若能如是心意常念意善觀察如是修心無處可樂無處可貪無處可瞋貪瞋淨故癡亦隨滅離三過故得第一處不老不死不盡不滅如是念死無所緣念是故念死於一切念最爲第一修念死相復有功德若沙門婆羅門如是修行諦觀此身猶如虎檻云何觀苦如我此身身心病惱爲老所壞死王將去死網所縛爲何所作不能修行布施持戒及修智慧是故應當於死未至修行施戒及以智慧不久死至壞於一切衆生之命若沙門婆羅門如是係心念於死相所作不空必得涅槃復次念死所謂此身唯有無常一切諸行皆悉無常苦空無我念念變壞速疾不停破壞之法空無所有非堅固法如旋火輪揵闥婆城一切諸行皆亦如是我之身命亦復如是無有堅固猶如水沫揵闥婆城如是死法一切皆有畢定來至甚可怖畏是故當修堅固之法攝三善業捨三不善當作如是念於死想若沙門婆羅門自心修念修

是念故得大利益爾時孔雀王菩薩以先佛
偈而作頌曰
此六惡寃家　破壞於世間　老病死不斷
由於三毒故　五境界大賊　能劫於善財
此惡詐親善　行於險惡處　放逸不善心
堅著於境界　能將諸衆生　疾至三惡道
若有能覺知　苦等真實諦　是人則能得
安隱寂靜處　拔斷諸毒根　增長功德行
應離懈怠心　莫近惡知識　若比丘精進
勤修念死觀　則得無上處　永離老病死
若有能如實　覺知於根塵　依止正智慧
則能度有海　念苦常生怖　離慢及懈怠
親近智慧人　衆惡不汙心　精進心柔輭
修法離衆惡　正見心不動　此人應親近
若近惡知識　則不得善法　若近於勝者
則不畏衆過　一念及須臾　晝夜常不離
智者常念死　無有逃避處　念死最殊勝
諸念無與等　修行得寂滅　永離諸塵垢
若有念死畏　則不起心惡　心離一切惡
常得寂滅處　不放逸勝果　世尊如是說
若常念死畏　則離諸不善
時孔雀王菩薩爲諸天衆說如斯法復次第
十七法能多利益沙門婆羅門有何等法所
謂離於色慢種姓之慢及財富慢若有色慢
種姓之慢及財富慢是愚癡人口行惡業身
行惡業意行惡業以此因緣身壞命終墮於
地獄餓鬼畜生於彼生處處處輪轉無量生
死受大苦惱不可稱說既知過已不起色慢
種姓之慢及財富慢若有人能離於色慢種
姓之慢及財富慢當知是人則不造作身口

惡業如實見色無常苦空無我空無所有無有堅固是不淨器髮毛爪齒皮肉和合無量骨鏁筋髓脂肉屎尿膿血充滿其中我此色身初亦不淨中亦不淨後亦不淨無量業煩惱因緣所生無堅無常無實無我今我此身若至死時不爲我伴乃至一步棄於塜間或以火燒或爲鵰鷲梟鵄狐狗之所敢食若人如是思惟憶念於色慢中或滅或薄復次若沙門婆羅門起種姓慢自言我種姓勝若以實觀於眞諦中無有種姓但妄分別以愚癡故妄生分別此種姓勝此種姓不如如實不然何以故以有生故是故有姓如是變易隨何等人有實布施持戒智慧定心調伏有此功德其人雖生下姓之中名大種姓何以故以有功德勝種姓故非生種姓功德因緣非生因緣若無功德則無因緣是故沙門婆羅門不應起於種姓憍慢復次第十八觀於色慢若沙門婆羅門及餘行人觀我此色於嬰兒時雖有色貌昂面不動非動時色動時之色非匍匐色乃至少年非中年色中年之色非老年色老年之色非死時色如新死色非久死色如我死屍衆蠅唼食蛆蟲所唊風吹日曝雨漬濕爛一切破壞分散狼藉滿於塜間此身分散爲無量分骨節分張髑髏異處咽喉肩臂手指爪甲諸節異處脊骨髖骨髀骨脛骨踝骨足骨指骨以斯如實觀於色故離於色慢云何如實觀財富慢觀已遠離一切世間如實觀知一切世間皆無自在無量種法皆無自在云何此法當有自在以一切有爲諸法因緣所縛不得自在從因緣生譬

如屋宅集衆材木甎墼和合互相依止名之爲屋身亦如是皮肉脂骨筋髓和合名之爲身無有自在是身色相亦無作者如是沙門婆羅門如實觀察色慢種姓慢財富慢一切皆滅或令薄少復次以不實觀故起種姓慢若如實觀如是種姓但有分别無智之人妄生憶念若布施持戒智慧淨行正見和合如是種姓則爲殊勝非如愚癡妄起慢心念種姓勝若沙門婆羅門及以餘人若能如實知於種姓於種姓慢一切皆滅或令薄少爾時孔雀王菩薩以迦迦村陀如來經偈頌曰

若有人常起　色姓財富慢　是人如醉象
不見險惡道　一切諸憍慢　放逸亂諸根
現在人所輕　命終墮惡道　若人起憍慢
色富慢所盲　其人則無樂　命終墮惡道
若恃色富慢　非爲如實見　愚癡無智慧
不能度苦海　色種姓財富　及以諸樂具
一切皆無常　智者不應信　若離施戒智
則無有種姓　若有施戒智　是種姓最勝
愚者不名富　非善道種姓　是故智爲因
離智無種姓　若有持淨戒　猶如清涼池
斯人大種姓　是名勝種子　布施戒及智
勇猛實精進　能與此相應　是名勝種子
若離於正法　非剃髮種姓　名之爲沙門
名爲婆羅門　若修於正法　有施戒智慧
乃名爲沙門　乃名婆羅門　老能奪壯色
死能斷命根　財物必散壞　一切法如是
病能壞強健　令衆生流轉　若有智慧者
應離色財慢　知如是惡已　誰有起憍慢
是故色財慢　智人所捨離　以修行善法

則無諸苦惱

如是孔雀王菩薩爲諸天衆如是説法復次沙門婆羅門復有行法謂第十九於一切衆生起平等心若沙門婆羅門及以餘衆若起平等心得第一樂一切衆生之所愛敬身壞命終生於善道天世界中云何於一切衆生起平等心若沙門婆羅門捨於諍論不與人諍既捨諍論一切衆生得平等心是故沙門婆羅門能捨諍論則於一切衆生得平等心復次有法能令沙門婆羅門於一切衆生得平等心觀一切衆生皆爲衰惱觀於怨家猶如親友此諸衆生生死所攝生死不斷以有生故有老病死憂悲苦惱寒熱飢渴打縛鞭撻怨憎會苦愛別離苦如是觀於苦惱衆生得大衰惱於怨親中修平等觀若沙門婆羅門作是觀已於一切衆生中得平等心若沙門婆羅門復作是念此諸衆生衆苦所惱所謂疾病惱諸衆生身心疾病以病衰惱得大苦惱於怨親中如是思惟作是念故心得清淨以心淨故面則清淨以面淨故顔色清淨一切諸根皆亦清淨如是觀察得現果報一切衆生之所樂見愛敬瞻仰以是因緣身壞命終生於天上復次沙門婆羅門復以異法觀諸親友猶如怨家一切衆生無有不死不離生死生已復死如是衆生以自業故墮於地獄餓鬼畜生此等衆生諸苦所惱如是思惟利益一切衆生心則清淨心清淨故面則清淨面清淨故顔色清淨顔色淨故端正無比一切衆生愛樂瞻仰得現果報身壞命終生於善道天世界中如是比丘修大善業於

諸衆生起平等心復次沙門婆羅門及餘世間次以異法修平等觀此諸衆生業與業藏因緣流轉如業所作或善不善皆悉成就以善業故生人天中以惡業故墮於地獄餓鬼畜生若沙門婆羅門及以餘人如是修行心則清淨心清淨故面則清淨面清淨故顏色清淨顏色淨故一切衆生愛樂瞻仰身壞命終生於善道受諸天身必得涅槃心清淨故於一切衆生起平等心得如是果復次若沙門婆羅門復有異法於一切衆生修平等心何等異法所謂一切衆生共愛別離一切衆生生死所攝無一衆生非愛別離此愛別離甚爲大惡如是修行心則清淨心清淨故面則清淨面清淨故顏色清淨顏色淨故端正無比以端正故一切人見心得清淨愛樂瞻仰以於一切衆生起平等故得現果報身壞命終生於善道受諸天身以餘業故後得涅槃復次若沙門婆羅門及以餘人復以異法於一切衆生修平等心何等異法所謂是心輕轉速行不住若欲心起修不淨觀若瞋心起修慈心觀若癡心起當觀察思惟十二因緣是三種心三法對治於一切衆生起平等心於怨親中修平等心意清淨故一切行處心無疑慮則得第一清淨樂行覺安卧安諸天所護無能得便有大威德以心淨故面則清淨面清淨故顏色清淨顏色淨故端正無比一切衆生愛樂瞻仰於一切衆生起平等心得現果報身壞命終生於善道天世界中受諸天身以是業故終得涅槃爾時孔雀王菩薩以偈頌曰

若於怨親中　其心常平等　知法無偏黨
牟尼說智慧　若人心清淨　不爲過所汙
獨行林樹間　牟尼說無貪　心無希望垢
遠離一切濁　不樂諸境界　牟尼說寂靜
一切無常等　如實諦觀察　知世間明闇
牟尼說勇猛　不猒世間法　而修行善法
於苦樂平等　牟尼說離垢　心常知止足
常遠離諸欲　不悕重供養　牟尼說清淨
不近惡親友　不行非義處　獨行自堅心
牟尼說正業　遠離喜及畏　愛力不能壞
諸根悉寂靜　聖說不希望　平等平等心
境界常平等　於一切平等　牟尼說智慧
了知一切法　善不善業果　捨於善不善
牟尼爲人說　精進斷諸過　常修身念處
如實知受生　牟尼爲說智　若人畏生死
時處常作業　法語攝諸根　牟尼說寂滅

如是孔雀王菩薩爲夜摩天兜率陀天眾以無量種方便說法時諸天眾一心正念捨諸欲樂以柔輭心樂聞說法時孔雀王知諸天眾心調伏故復爲說法復次若沙門婆羅門及餘世間心當念法念何等法所謂第二十知足之法知足法者利益安樂若沙門婆羅門身心知足知足爲伴知足爲救成就安樂知足之人於一切處無所追求第一安樂眼不貪色於無量色不生希望亦不分別若見色相心不憶念不求過去可愛之色不愛不樂亦不希求不生欲心亦不生念不生味著若沙門婆羅門如是知足常得安樂如是耳聞可愛之聲不愛不樂亦不心念於過去境界若起貪欲心不分別如實觀之此聲非常

非樂非我但有分別害諸衆生愚癡凡夫妄念分別聲至耳根令心惱亂如實觀之如是善觀如實知足如實觀聲空無所有無堅無實但有分別如是觀察於一切愛美妙音聲一切愛境不生貪著以知足故得如是樂若沙門婆羅門及以餘人鼻所聞香不生分別不起惡覺亦不思惟鼻聞香已如實觀之如此香者無常敗壞變易不實空無所有若著此香則不能脫惡覺亂心是名知足若沙門婆羅門鼻不愛樂如是境界皆悉觀察以知足故則得第一清淨之樂修習增廣得第一樂復次若沙門婆羅門及以餘人於舌味中心不貪著不念不分別於過去味不念不思惟不善憶念亦不希求非不知足如實觀味此味無常敗壞變易但以分別而生貪著謂爲可取若如實觀於味不樂心不貪著不生味愛若能如是於味知足則得安樂復次沙門婆羅門及餘世間如實觀觸如此觸者非有自性無常敗壞變易之法如是觸者空無所有無堅無實先無今有已有還無若能如是如實觀觸於過去觸不生係念不愛不樂於觸不求不念隨何等觸來觸其身離貪欲觸是名知足復次若沙門婆羅門觀於意法愛以不愛如實思惟觀法無常敗壞變易空無所有無堅無實此法無常苦空無我先無今有已有還無一切磨滅如是憶念愛不愛法則知止足於不愛法不生憎嫉於可愛法不生喜樂於過去法心不係念亦不味著如是善觀意所樂法於一切意法不念不味不愛不樂諸沙門婆羅門以知足故於六愛中

而得解脱爾時孔雀王以偈頌曰
若能觀知足　脱六愛境界　不念不希望
是人常得樂　若以正念心　如實觀於色
其人於色愛　不能亂其心　鼻與境相應
若能不貪著　其人意清淨　鼻過不能亂
智者得舌味　正觀不貪著　其人於味過
不能汙其心　身受種種觸　得之不貪著
其人知觸故　常得安隱樂　於愛不愛法
其意不貪著　善住如大山　是意世所讃
若沙門婆羅門行知足法能離如是六種之
愛佛所讃歎如是孔雀王菩薩爲夜摩天兜
率陀天衆說斯眞法復次若沙門婆羅門思
惟念法念何等法所謂第二十一畏於境界
畏惡境界不實之見不得利益若沙門婆羅
門如實觀色境界如眼緣色而生眼識意識
決了分別觀察若境界來生於貪欲如是貪
欲境界來惱亂我當生恐怖若見境界斷欲
貪愛而不觀視如所分別意亦如是或貪或
瞋皆如實知若煩惱起如實觀起則無利益
現在未來以此煩惱不得安樂一切衆生由
此煩惱不得利益不得安樂如此煩惱悉能
繫縛一切衆生沙門婆羅門若能如是觀境
界者貪欲心生一切能滅或貪薄少如是如
實觀於眼色復觀於耳因緣和合而生耳識
因耳因聲而生於念或生苦受或生樂受如
是觀識或復多生貪瞋與癡或生餘識猶如
然燈觀不善念我生不善念知不善念知不
善念從緣而生當斷滅之若斷不善善法滿
足實觀境界善念增長不善之念喜愛共生
有愛共生皆悉令滅以滅除故而得清淨離

濁惡垢得一切樂是故沙門婆羅門及餘世間初觀境界中若生惡欲即應斷滅觀於善法滅諸不善法如是於耳聲中如實了知應生善念復次若沙門婆羅門及餘世間鼻所聞香云何生識因鼻因香而生鼻識若不善念生知不善念若沙門婆羅門作如是念我今若生不善之念不得利益不得安樂今當斷滅如實觀察則能斷滅不善之念作是念已如實觀香生於善念以善念故則能滅於共喜生愛如是觀已於一切香不生樂著以斷著故而得安樂如是如實知於境界則得如實安隱之處若能如是如實觀香鼻雖聞香於香不樂若沙門婆羅門舌得味時若生不善貪欲如實念知因舌因味而生舌識作是念時於味不樂不貪不著如實知舌識若知舌識喜愛於味於識得脫得第一樂如是如是實知境界如是如是得無上樂不爲喜愛之所壞也於舌味中如實觀已復觀身觸因身因觸而生身識三法和合而生於觸以共觸故生受想思若沙門婆羅門如實觀觸此觸無常動壞變易若生不善覺觀得無利益不得安樂如實知觸善念觀察不爲喜愛之所惱亂不樂境界以諸方便觀身觸已復觀意法云何而生因意因法而生意識或善不善或無記若緣不善起不善念如實了知我緣不善而生意識我生喜愛不得利益惱亂不安如是思惟觀法出沒則順法行順法行故如實見於一切諸法自相同相不爲喜愛之所惱亂以愛薄故而得解脫以解脫愛故得第一樂知一切法皆悉生滅以能如是

觀諸境界則生正智能滅一切諸結煩惱煩惱盡故得無漏智以得無漏智相應故得第一處是故沙門婆羅門莫信境界一切境界猶如怨家一切衆生境界如蛇若人未得無漏智慧莫信境界境界輕動猶如怨賊詐爲親友如此境界悉能繫縛一切衆生爾時孔雀王菩薩以偈頌曰

若實知境界　如以鐵鈎持　馳散輕動故
作諸不利益　希望迷境界　樂於分別心
死網羂欲至　能斷衆生命　爲境界所牽
令人心躁擾　爲愚癡所誑　而不能覺知
境界無定實　如揵闥婆城　能增長衆苦
爲地獄因緣　境界火所燒　愚癡欲所誑
輪轉不停息　不覺燒其身　因念故生欲
因欲生瞋恚　瞋恚覆人心　死則入地獄
是故有智者　離欲滅瞋恚　速遠離愚癡
則能到涅槃　知境界如怨　遮之而不樂
智者猒境界　畢定到涅槃

是爲孔雀王菩薩爲諸天衆說佛經法復次第二十二法得大利益何等法耶所謂不信心若沙門婆羅門及餘善人乃至盡命不應信心如此心者輕躁難攝自性曲戾不住一境樂於異境一切愚癡凡夫以此心故流轉地獄餓鬼畜生此心一切不可親友輕躁緣境迷惑一切愚癡凡夫令其流轉在於地獄餓鬼畜生雖常流轉而不猒離如此惡習於生死中受大苦惱是故不應信此惡心乃至未得聖印所印不得須陀洹閉惡道門若不如是遍行諸道受一切苦一切繫縛一切羂縛諸使和合甚難調伏是故沙門婆羅門不

應信心爾時孔雀王菩薩以偈頌曰

深速而無垢　遍一切衆生　是心猶如王
流轉諸世間　難見甚可畏　輕躁造惡業
若人能攝心　則至第一道　能將至善處
亦至於惡道　若調伏離垢　則至於涅槃
心能作苦樂　心勢力流轉　能作種種業
調伏則得樂　是故應護心　護之則得樂
若人於境界　諸根心寂滅　脫生死憂悲
則到無住處

如是孔雀王爲諸天衆說迦迦村陀如來眞法爾時諸天衆皆悉歡喜敬心圍繞作如是言善哉善哉大士快說妙法初中後善爲天衆說能至涅槃爾時孔雀王復爲天衆說如是言我於迦迦村陀如來所聞二十二法以義利益安樂天人能到涅槃我以此法利益天衆是故宣說時諸天衆歡喜讃歎合掌敬禮供養孔雀王菩薩既禮拜已夜摩天衆入蓮華林遊戲受樂兜率天衆上昇虛空歸兜率天爾時夜摩天衆於園林中遊戲受樂乃至受善業盡隨其自業墮於地獄餓鬼畜生若有餘業生於人中生大姓種常順法行顏貌端正財富具足處好國土或王大臣以餘業故復次比丘知業果報觀夜摩天所住之地彼見有地名曰樂行衆生何業生於彼地彼見若人大心善行直心持戒不殺不盜如前所說復離邪婬若見素畫女人不生邪觀見作勸捨令住持戒常爲衆生數數說法念住法中爲一切衆生說邪婬過說業果報若人邪婬甚爲下賤身壞命終墮於地獄以是業報受大苦惱作是觀已不應邪婬勿於後

悔邪婬之罪受報大苦爲諸衆生説如是法令住正行救惡道行如是之人自利利他持戒依戒盡形持戒不破戒不缺戒不穿戒不外實内空身壞命終生於善道夜摩天中名樂行地生彼天已受無等樂有一大池名曰樂行縱廣五百由旬其池清涼湛然清淨復有摩偷甘美飲樹周遍皆是毗瑠璃樹眞金爲葉青寶玉枝圍繞此池五百由旬蓮華充滿遍覆池水其諸蓮華眞金爲葉毗瑠璃莖瑠璃爲鬚復有蓮華七寶莊嚴種種蓮華遍覆池中種種衆鳥七寶莊嚴出妙音聲無量百千天子天女圍繞此池一一天子無量百千天女以爲眷屬與此天子娛樂受樂自善業故復於池邊有七寶林名曰志樂於此林中有種種鳥一百流水而以莊嚴無量衆寶莊嚴其林天子天女或在樂池或於此林於五根中受境界樂以善業故生此天中聞歌所牽向於岸林復有餘天於此天中命終退没有諸天女天衣莊嚴見新生天子速馳往趣求爲給事是諸天衆不殺不盜不行邪婬善業果報生此天中不邪婬故命未終時天女不捨趣於異天命終乃去四天王天三十三天不離邪婬未命終時天女背叛捨之而去如捨燼燈往趣餘天與新生天子而共娛樂歌舞遊戲時彼天子臨欲命終見諸天女背叛趣他心生嫉妬生大苦惱如地獄苦以心瞋故墮於地獄夜摩天中離邪婬故無此果報以是因緣先退天子諸天女等皆共往詣新生天子到已圍繞入大林中爲受欲樂向諸天衆時諸天衆見新生天子心皆歡喜

與諸天衆及諸天女或萬或億往詣園林其園林中如意之樹以爲莊嚴多有無量種種衆樹無量百千蓮華莊嚴鵝鴨鴛鴦充滿池中無量百千功德大池又於此池作天妓樂受五欲樂久受樂已於境界中不知猒足復與新生天子向普光明山遊戲受樂歌舞戲笑一一華池一一園林一一流泉一一山峯一一山原一一山谷一一榛林一一華林一一河中一一山窟一一如意林中一一樹枝蔭覆宮室一切天衆五樂音聲受五欲樂不可爲喻以其自業相似相應一切往詣普光明山歌舞遊戲互相娛樂於境界樂不知猒足一切歡喜諸欲具足向普光明山爾時山中有舊住天聞歌音聲生希有心觀諸天衆時諸天衆即皆昇於普光明山舊天見之皆大歡喜初來天衆皆昇虛空無量莊嚴威德光明互相瞻仰一切天衆於此可愛山峯之中河泉流水華池園林七寶光明莊嚴宮殿林樹莊嚴諸樂行天而受快樂或在華池或在河岸或在林中或在如意林樹之間或在虛空飛至異處或有歌舞或有無量天女圍繞飲天上味離於醉亂既飲上味轉增歡喜爲如是等二種所轉境界火燒歡喜如煙爾時有鳥名曰實智見諸天衆受放逸樂以偈頌曰

五焰遍熾然　愛風之所吹　諸欲所迷惑
放逸火焚燒　故業將欲盡　而不作新業
業盡故還退　諸天皆如是　若至欲退時
苦惱破壞心　無有能救者　唯除於善業
喜樂於富貴　常愛諸天女　自心之所誑

當至大惡處　爲無常所壞　云何不覺知
終至於命盡　一切皆别離　以心貪境界
爲自業所誑　天命念念過　以愛破壞心
譬如畫壁滅　彩畫皆亦亡　以其業盡故
天報亦隨失　五根貪境界　未曾有猒足
如酥油投火　熾然無猒足
如是實智鳥爲斷天衆放逸心故說偈頌法
時諸天衆以放逸故迷惑不受以放逸心共
諸天女或飛虚空或有昇大普光明山昇彼
山已其身光明勝百千日其山先有十寶光
明以天光故山轉殊勝山中無量衆寶園林
以天光故十倍轉勝復有餘天在園林中或
蓮華中或在枝葉蔭覆宫室衆寶光明莊嚴
之處遊戲歌舞受天之樂見此光明得未曾
有爾時天衆於園林中既遊戲已一切皆向
樂蓮華池遊戲受樂互相愛樂不起嫉妬安
詳昇於七寶光山歌舞戲笑離於怖畏離瞋
憂悲離他所攝隨念而行受第一樂音聲遊
戲歌舞如意所念須陀之食上味美飲第一
歡喜遊戲娛樂受自業樂如是久時受天樂
已向喜見池其蓮華池長十由旬廣五由旬
甚可愛樂多有衆鳥鵝鴨鴛鴦充滿池中金
色蓮華遍覆池水一切皆以青毗瑠璃青因
陀寶大青寶王赤蓮華寶以砌池底於此池
岸周遍生樹黄金爲莖白銀枝葉或青寶枝
赤蓮華葉毗瑠璃樹玻瓈爲枝黄金爲葉大
青寶樹白銀爲枝黄金爲葉青寶爲枝金毗
瑠璃以爲其樹大青寶枝眞金硨磲二寶爲
葉或有金樹金葉金枝勝於日光或有金樹
毗瑠璃枝毗瑠璃葉猶如雲聚莊嚴可愛或

有金樹金枝金葉猶如火聚或有銀樹銀枝銀葉光明端正如月盛滿或青寶王樹青寶王枝青寶王葉如沉水煙色相端嚴或有寶樹種種枝條以爲莊嚴或白銀枝青寶校飾復有寶樹金銀校飾復有寶樹金銀玻瓈三種校飾復有寶樹赤蓮華寶白銀校飾復有寶樹種種諸色衆華具足曼陀羅華俱賒耶舍華以爲莊嚴復有果樹果汁之味天上味酒所不能及復有華樹熏百由旬復有馨樹微風吹動其音勝於揵闥婆音復有衆樹見之悅樂其樹色相彩畫莊嚴所不能及復有寶樹名曰香煙種種香煙從樹而出諸天齅已皆大歡喜多有如是種種寶樹繞喜見池時諸天衆見此池已得未曾有或食其果或飲果汁或共天女採華莊嚴或有入於天園林中食於上味與諸天女戲笑歌舞或有入於蓮華林中遊戲受樂或有食於須陀味食或有天子與諸天女飛昇虛空或有天子共諸天女昇七寶殿受諸欲樂如是天衆於蓮華池受五欲樂於境界中不知猒足以愛心故不知猒足如酥投火如燒乾薪於愛欲境不知猒足亦復如是時蓮華池多有衆鳥有一鵝王名曰善時是大菩薩以願力故生夜摩天無量百千鵝衆圍繞如閻浮提滿月處空衆星圍繞如是鵝王衆鳥圍繞亦復如是爲利天衆以偈頌曰

如是去來住　遊戲歌舞笑　無比最大惡
不覺死欲至　隨其所至處　死怨不可避
如是愚癡人　而猶不覺知　不擇於貧富
少壯及老年　若在家出家　無不爲死壞

樂人及苦人　功德無功德　有戒及無戒
無不爲死壞　若持戒破戒　智慧及愚癡
諸王及庶民　皆爲死所壞　若天若地獄
若餓鬼畜生　放逸不放逸　皆爲死所壞
若生於欲界　色界無色界　如是三界中
皆爲死所壞　業網老所壞　病苦有大力
是死如夜叉　攝縛諸衆生　如是死怖畏
第一大暴惡　天爲欲所迷　應泣而更笑
如是習近欲　欲爲苦惱因　習近轉增長
如酥油投火　欲能壞善法　初味後不安
欲爲衆苦因　後得大衰惱　欲初無安隱
中後亦如是　非希望非得　非爲寂靜因
諸根於塵境　迷著各差別　愚人愛欲樂
是故墮地獄　若共癡受樂　隨受得苦惱
此怨詐親善　能害一切人

如是善時鵝王爲放逸諸天說如是偈時諸天衆爲欲所迷雖聞鵝王說如此法而不聽受於園林中蓮華林中果樹林中樹枝蔭覆香淨之室無量百千衆蜂妙音天衆天女各共歌舞出妙音聲不可譬喻復有天衆坐天寶地觀於可愛蓮華之池愛自業果遍觀天衆菩薩鵝王作是思惟此諸天衆無心識耶不知必定受諸苦惱天中欲退有五怖相何等爲五一者一切可愛可樂愛重天女與天同業不復和合愛別大苦是爲初苦二者可愛可樂天之境界不復和合與之離別是爲第二退沒大苦三者退時見異天衆遊戲受樂自觀巳身如燈將盡業風所吹不知何趣心生苦惱過於地獄是名第三退沒大苦四者欲退沒時隨所生處或生地獄餓鬼畜生

了了自見見生處故心生大悔為火所燒受無量苦是名第四退沒大苦五者退時受大苦惱作如是念我本曾聞知識說法以放逸故貪著境界而不聽受亦不修行以放逸故貪境界故復作是念我作惡法不聽受法不持禁戒不習智慧我從生來放逸所誑今為悔火而燒我心業繩繫縛而將我去由放逸故是為諸天於退沒時五種大苦如是天衆不覺不知放逸所誑貪心所壞善時鵝王一心思惟欲設方便我當以何方便為天說法令得善業爾時菩薩鵝王久思惟已為利他故說偈頌曰

常行於戒施　哀愍諸衆生　成就一切事
是故應持戒　與慈悲和合　遠離於希望
利益諸衆生　所作必成就　勇猛無虛誑
當行於法施　遠離慳嫉妬　所作必成就
持戒寂滅人　尊重供養師　知應作不作
所作必成就　不諂曲憎嫉　常說於愛語
誠實不虛誑　所作必成就　知處及知時
知可作不作　知有力無力　所作必成就

如是鵝王知法修行為說法師以法成就利益衆生此天放逸我當云何為之說法令離放逸久思惟已憶念本生我於往昔生閻浮提於迦那迦牟尼世尊所曾聞之法我今應說我於爾時生閻浮提大長者家作長者子名優鉢羅達多彼佛如來知我命終生夜摩天樂行之地願生鵝王當為放逸諸天子等宣說我法今正是時當為宣說爾時鵝王思惟是已以清淨心利益天衆以慈悲心念阿耨多羅三藐三菩提心故往諸天衆受五欲

處與諸鵝衆圍繞而住見彼天衆遊戲山林或遊華園或遊枝葉蔭覆宮室或於虛空坐寶宮殿或有天子共諸天女食須陀味爾時菩薩鵝王作如是念今正是時當爲放逸諸天說法我今當以美妙音聲演說偈頌掩蔽天子天女歌音天子天女著欲放逸不得聞法聞我音聲耳識愛樂必至我所作是念已出妙音聲念佛功德起慈悲心昇七寶山鵝衆圍繞滿十由旬無等妙音以偈頌曰

及死時未至　應修行福德　勿自保其命
於後生悔恨　若行於放逸　是名爲死處
若不放逸行　第一不死句　若行於放逸
此道非寂滅　依不放逸故　智慧得涅槃
天衆莫放逸　放逸非寂滅　非寂滅行故
則墮於地獄　若已失當失　若今現在失
皆由放逸過　如來如是說　是故一切時
當勤加精進　遠離於放逸　則得寂滅法

如是菩薩鵝王昇彼山上以美妙音說此偈頌令天女歌皆悉掩蔽其聲不美時諸天衆聞鵝王音皆生愛樂遍於山上一切諸天得未曾有謂是歌音以貪著心非敬重法一切皆來向山峯中至鵝王所爾時菩薩鵝王復以偈頌如前所說時諸天衆天子天女聞其音聲心皆隨順如是鵝王於人中時作長者子名優鉢羅達多於迦那迦牟尼佛所得聞正法而來生此今以妙音敷揚宣說勝妙無等天子天女一心諦聽鵝王所說

正法念處經卷第六十二

音釋

憒(古對切心亂也)鏁(損果切與鎖同)匍匐(匍蓬脯切匐墨切匍匐小兒以手行也)踝(户瓦切足骨也)墼(吉歷切未燒磚也)燼(徐刃切火餘也)

正法念處經卷第六十三

元魏婆羅門瞿曇般若流支譯

觀天品第六之四十二夜摩天之二十八

爾時鵝王告諸天衆常當聽法勿行放逸當近善友能利他者詣之聽法聞正法已以敬重故是人善心乃至涅槃漏盡大樂有二種人生於梵福一者善觀察持二者求漏盡復有二種一者常說法二者常聽法如是法師猶如父母爲人說法能出生死得究竟善法如是法師猶如父母說法之人以法布施法之施主令他聞法既聞法已心得清淨直心敬重聽法之人得三十二功德何等三十二法師說法於聽法人猶如父母於生死中猶如橋梁所謂聞所未聞聞已覺知知已思惟既思惟已則修行入既修行已則能安住安立他人共彼思量若得衰惱其心不動未種善根能種善根思量增上令根熟者而得解脫令邪見者入於正見若不善念生能令斷滅增長善心斷不善因緣不放逸行親近善人離慳諂曲供養父母信業果報集長壽業世人稱歎諸天所護所念成就得如法樂離於懈怠發勤精進知恩報恩常修念死於命終時心不悔恨終得涅槃如是聽法三十二功德說法之師猶如父母說法示人畢竟利益不濁心說以清淨心利益衆生通達智慧聞是法已如佛利益於生死中而得解脫是聞法者於無始來流轉生死未曾聞法於法師所初得聞已發希有心如生盲人良醫抉瞙得見世間種種色像本所不見種種妙色見已歡喜如是衆生於無始來流轉生死癡

力所盲得聞正法於覺分地種種善根可愛四聖諦本未曾聞經義光明見之歡喜如生盲人見色歡喜見覺分地心生歡喜亦復如是是名聞法第一功德復次第二聞法功德以聞法故内心思惟法有何義若自不解從他諮問如是法者有何等義是聞法者從他聞法復自思惟以思惟故修習增長說法義故前後相應至心受持數數觀義以觀察故心則歡喜如是如是隨所思惟憶念觀察通達深義是爲聞法第二功德復次第三聞法功德隨所聞法聞已思惟如此之義爲何意說如此之義何因緣說如是之義爲調伏衆生是故宣說復與同心同行之人而共思量思惟前後得大利益終得涅槃是名第三聞法功德復次第四聞法功德思量前後說法

之義了知而受了知受者名曰如所說義身口意業攝受修行作三善業修習增長攝取說法以清淨心既受持已句句思量尋其因緣隨其所思隨思則得未曾有義以得義故則能滅諸煩惱結使悉能攝受無量功德戒施智慧深心勝故戒施智故是名第四聞法功德當樂習行修習增廣復次第五聞法功德善聞善攝三種之業自修堅固聞法安住若沙門婆羅門若在家人說其善男子安住正法如說修行如是修行能知自住又攝受法隨其所住能滅百千億那由他劫百千萬億億億生死能滅無量百千萬億地獄餓鬼畜生之苦是名聞法大功德聚修習親近得多利益說法之人示人涅槃如佛世尊令住法中是爲聞法第五功德聽正法故復次第

六聞法功德何等功德所謂自住法中建立他人令成法器令猒生死示安隱處說苦集滅自他二身俱生福德利益他故得大功德隨所聞法轉轉增長隨滅煩惱亦復如是煩惱滅故而得涅槃以聞正法得此功德是名第六聞法功德復次第七聞法功德修習增廣何等功德所謂若逢衰惱其心不退聞業報故雖逢衰惱心不退沒不作惡業不作惡口不惡思惟不壞勇猛是名第七聞法功德復次第八聞法功德云何功德或見他人或知他人來從求法或求聞法或從求戒或求智慧離於憍慢爲之解釋隨其所說種種分別令其淺易是名第八聞法功德復次第九聞法功德聞正法者種善根子譬如稻田封畔不壞放以清流下種芽生往法師所聽聞正法以善種子種於身田心之封畔亦復如是至於熟時多收果實救於地獄餓鬼畜生飢儉惡怖救三惡故一切衆苦皆得斷滅住於曠野解脫一切怖畏處故得入無上寂滅之處因說法故得入涅槃說法之人猶如世尊是故聽法功德出生死中最爲第一常當親近專心聽法聞已修行是名第九聞法功德復次第十聞法功德云何功德既已種於聞法種子當善護持令其成熟若人聞法善根種子常習行故則得成就譬如稻田以時下種以日光照時至則熟聽法之人種諸善根以智慧日令得成就亦復如是以是因緣常應詣於說法之處聽受正法是名第十聞法功德復次第十一聞法功德何等功德如是成就以心善根常詣法會聽聞正法聞法

受持思惟攝受以是因緣令心調伏能滅煩惱煩惱盡故則得解脱以解脱故猒有爲法應作是念我生已盡梵行已立所作已辦不受後有一切皆由聞法功德是故應當常聽正法是名第十一聞法功德復次第十二聞法功德有異方便是大功德解脱之因何等功德所謂令邪見者入於正見無始流轉在生死中聞於惡法攝受邪見以邪見故墮於地獄餓鬼畜生若聞正法樂習親近修令增廣能捨邪見修行正法增長正智得第一樂無誑之樂以聽法故修習增長是名第十二聞法功德復次第十三聞法功德何等功德修習增廣所謂若生微少不善念心即能除斷若生欲覺修不淨觀而斷滅之若生瞋恚修慈心觀若愚癡覺應當觀察十二因緣對治斷滅以聞法故知對治法非不聞法以聞法故尚滅如是三不善根微細覺觀況隨煩惱是故聞法是大功德是名第十三聞法功德復次第十四聞法功德以聞法故滅於不善覺觀之心猶如日光滅於闇冥智亦如是能滅一切不善之闇令法增長煩惱損減離聞正法則不能滅是爲第十四聞法功德復次第十五聞法功德所謂能令善心增長以此聞法功德力故非唯滅於不善覺觀復增善觀善觀增故則得智慧譬如少火置草木中以風吹故火則增長少善根生亦復如是以智慧故而得增長若聞正法聽受其義生一念善能滅無量百千劫生死令不復生既知如是聞法功德當勤聽法無有異法能作此護以聞法故作大施主行於布施以聞法

故捨離非法以聞法故而得智慧既觀如是聽法功德能出生死應當精勤乃至盡壽勤聽正法如是聽法第一救護第一歸依能出有海是名第十五聞法功德復次第十六聞法功德何等功德所謂能避不善因緣若不善緣生觀惡道畏智慧之人覩已捨離怖畏生死若不善緣生避而不行爲不生故勤行精進持戒智慧若生貪心應行布施若生慳心不貪滅之以智慧心破壞愚癡以如實見滅不善觀以正見心斷於邪見以正覺觀受妄分別若起樂覺當觀衆苦若起實覺當修空觀若起我覺當觀無我是爲如實對治覺觀若因緣生當遠離之若細若麤若中當斷滅之一切不善因緣生者聞正法故能遠避之若不聞法則不能避一切聞法如安隱藏是名第十六聞法功德復次第十七聞法功德何等功德所謂放逸之人以聞法故滅惡覺觀行不放逸不放逸人能攝諸根一切善法皆得增長不放逸人能斷一切不善之法其人則去涅槃不遠得一切安樂以何因緣斷於放逸謂聞正法聞正法故知放逸過則能遠避聞正法故能調諸根調五根故則能攝心善念增長滅惡覺觀以善觀故得第一樂一切煩惱放逸爲本亦如一切善法之中不放逸心以爲根本聞正法故斷除放逸是故衆生常應一心聽受正法聞已修行修習增長是名第十七聞法功德復次第十八聞法功德何等功德所謂聞正法故親近善友供養善人愛重尊敬思惟籌量近善友故得大功德若近惡友多招過咎無有餘法得近

善友如聞正法聞正法故得近善友是故第一梵行謂近善友是名第十八聞法功德復次第十九聞法功德何等功德所謂聞正法故能斷姦詐慳嫉之心若近善友得何功德近善友故得勝功德所謂能斷姦詐慳嫉以聞法故能如實信業及果報若有衆生姦詐慳嫉身壞命終墮於惡道或墮餓鬼或墮地獄若本多行姦詐慳嫉以聞正法即能捨離毀之不行於先所作猒離悔過見他姦詐勸令不作令他猒離悔本所作令住善道以聞正法得此功德於人天中第一堅固謂聞正法是爲第十九聞法功德復次第二十聞法功德何等功德所謂得聞法已供養父母知業果報知於福田是上功德第一福田所謂父母以是知業果報因緣能爲種種供養父母多設敷具病瘦醫藥所須之具隨其所作供養父母能生梵福以福德故後得涅槃又以聞法供養父母衆人所愛於現在世爲一切人之所讚歎命終之後生於善道受諸天身聞法力故終得涅槃是故智者知此功德乃至失命常當供養父母福田正行正意一心敬重是名第二十聞法功德復次第二十一聞法功德所謂知業果報知業報故不樂異法以聞正法能知業果若念不善知不善念若心念善知心念善如實知於業之果報若心緣念不善之法知不善念後得不善不愛果報墮於地獄餓鬼畜生以是知故不復生於不善之心以此不善定知當得不愛果報墮於地獄餓鬼畜生以作如是惡業緣故我身必當墮於地獄餓鬼畜生此三種業以

聞正法而得了知離聞法已餘無能知是故智者乃至失命常應聽法若常聞法修習善業則不造作不善之業是名第二十一聞法功德復次第二十二聞法功德何等功德所謂能集增長長命之業聞正法故信業果報不作殺生偷盜等業隨何善業樂修增廣生天人中壽命延長以聞正法樂修增廣是故復得如此功德壽命延長以此聞法因緣生天人中若生天上於餘天衆最爲長壽飲食遊戲受第一樂以聞法故若生人中種種色力財富長壽生好國土常習正見以聞正法樂習增廣必得出苦若人能以善心聽法第一福德爲聽法故若行一步皆生梵福聽正法者常行聽法得善身業聞已讀誦得善口業聞已心淨得意善業是聽法者三業善故生天人中受於第一最勝富樂壽命長遠終得涅槃如是一切諸大功德皆由聽法非餘能得是故聞法第一安隱是名第二十二聞法功德復次第二十三聞法功德何等功德所謂聞法者一切衆人之所稱歎持戒功德及以多聞調伏勝慧一切世人皆共恭敬禮拜問訊於一切人美言直心如是之人功德相應於微塵惡常生怖畏衆所知識一切讚歎若得惱亂衆人救護是聞法者世所讚歎是名第二十三聞法功德復次第二十四聞法功德何等功德所謂諸天之所護念聞法之人善業相應身行善業口行善業意行善業以此功德諸天所護以此人故衆人安隱此人命未終無量人衆常得利益護此人故魔衆損減正法增長見此因緣是故諸天晝夜

守護常隨其後隨其所作一切成就天恩力故以善業故互相爲因彼所作業既得成就隨所作業轉修增廣一切善業皆得成就如是次第二世利益如是聞法功德即是第一安隱之藏是名第二十四聞法功德復次第二十五聞法功德何等功德所謂一切憶念皆得成就是順法行智慧之人持戒布施現前業報一切憶念皆得成就隨其所作皆得成就無能劫奪若其所作易得成就如法受用離五種難正命清淨不爲他攝身壞命終生於善道受諸天身是名第二十五聞法功德復次第二十六聞法功德何等功德所謂如法富樂同持戒者豪富之人悉來親近同持戒故迭相齎遺所得財物非害人得非壓他人順法得財施法行人其人布施功德上上增長三世利益二世安樂以聞法故得此功德是名第二十六聞法功德復次第二十七聞法功德何等功德所謂智慧遠離懈怠以聽正法聞懈怠過以懈怠故於諸世間出世間法義不得成就以聞法故捨離懈怠一切所作常勤精進正念不亂離懈怠人一切所作方便疾成如時所作如法所作一切成就二世利益若離懈怠常勤精進一切所作皆悉究竟一切發心無不成辦若本懈怠聞正法故知懈怠過速捨離之如捨刀火以懈怠故能壞一切世間作業聞懈怠過一切義利皆得成就以聞正法功德力故是名第二十七聞法功德復次第二十八聞法功德何等功德所謂次第聞法起報恩心知他恩分聞正法中說報恩故思念報恩知恩報故一

切親友悉皆堅固以功德故一切怨家猶如親友若人少恩常念不忘知恩報恩得大功德是名第二十八聞法功德復次第二十九聞法功德何等功德所謂修行念死第一勝念所謂念死以常念死則懷怖畏以怖畏故不造惡業設見美色不念分別聞諸樂音亦不憶念若聞衆香不貪不樂亦不憶念若舌得味不貪不樂亦不憶念若身得觸不貪不樂亦不憶念意思惟法不貪不樂亦不憶念斷離如是一切有網如是之人怖畏死故觀諸世間悉無堅固一切皆苦一切無我一切皆空實見之人於一切處若天若人無有著心何況地獄餓鬼畜生於五道中悉斷希望而得解脫於一切生死苦中不復欣樂怖畏猒離以猒離故而得解脫得解脫智我生已盡梵行已立所作已辦不受後有若離聞法不得如是梵行立等猒離功德是故應勤聽受正法親近師長供養聽法現在未來二世利益所謂近善知識聽聞正法以此二法而得安隱是名第二十九聞法功德復次第三十聞正法功德何等功德所謂以聞正法故死時不悔修念死者若有過起則能速斷若三種垢貪瞋癡起生死因緣以念死故則能斷除以斷三垢不生不死不退不出無有異法能斷此法以得聞法功德力故得如是法一切安隱功德之中聞法功德第一根本爾時鵝王菩薩說迦那迦牟尼所說經法爲天衆說正法相應是爲第三十聞法功德復次第三十一聞法功德何等功德所謂死時心不悔恨若得聞於正法之義行善業故於命

終時心不生悔隨所聞義既得聞已憶念思惟既思惟已於佛法僧增長淨心以心淨故面則清淨面清淨故顏色清淨身心淨故臨命終時見於善道有白光明可愛天處見生處故轉增淨心隨其淨心信佛法僧轉生勝處若作四天王業心淨信故生第二天若有三十三天之業生夜摩天若有夜摩天業生兜率陀天如是展轉乃至第六他化自在天以心淨力故得增勝處如是一切皆由聞法若離聞法終不能得若聽正法於命終時為救為歸是名第三十一聞法功德復次第三十二聞法功德何等功德以聞法故終得涅槃聽法功德於一切功德最勝最上何等勝上所謂涅槃以聽正法修習增長如說修行如實成就其人決定能斷煩惱則於涅槃如是善時鵝王菩薩為斷夜摩天眾放逸行故以無等音說於真法天眾皆生希有之心爾時天眾聞佛法故心得清淨一切天眾白鵝王言於此天中汝是天主以有智慧辯才力故我等天眾猶如畜生以放逸故樂於境界常為欲愛自害心故鵝王音聲我等歌音所不能及爾時鵝王菩薩說於正法相應頌曰

以聞正法故　能止於惡法　以離惡法故
常得安隱處　以聞正法故　其心得清淨
能令心安住　不作眾惡業　聞法能總持
聞法不造惡　聞法知業果　後得於涅槃
聞法故知法　聞法故信佛　智者聞法故
能解脫眾苦　以聞正法故　能知真法相
是故有智者　當勤聽正法　聞如來說法
能離於生死　斷離三種愛　得至無盡處

以聞正法故　知四法因緣　及諸法生滅
聞法皆能知　以聞正法故　了知陰界入
如是二種相　智者應修行　第一大力過
縛一切生死　以聞正法故　一切皆能知
以惡大力故　縛一切生死　以聞正法故
一切皆能滅　於一切轉相　一切不轉相
以聞勝法故　一切皆能知　若死時欲至
則受大苦惱　以念聞法故　死苦不能亂
以聞智慧故　燒諸煩惱樹　以智火燒故
滅已不復生　聞法不放逸　則得一切樂
聞法故安隱　是故應聽法　得聞正法已
近智及耆老　能到無上處　永離老病死
聞故不造惡　聞故順法行　聞法故離苦
聞法最第一　以聞正法故　得三業清淨
若求清淨者　當勤聽正法　以依聞法故
堅固勤精進　是則能速度　廣大三界海
聞法之財富　世間最第一　多財不知義
智者說貧窮　遠離於師長　失聞正法財
是人無命果　爲惡所破壞　放逸懈怠人
親近惡知識　是人無命果　如植種沙鹵
遠離見聞法　是則爲盲人　若人遠離法
而行於非法　是人捨離樂　攝取於疾病
若人近善友　增長無量法　猶如注大雨
河流皆增長　順法寂靜行　夙興念正法
必定得安樂　不爲放逸誑　既知智功德
智者應修行　非是無智者　而得受安樂

如是善時鵝王爲諸天衆種善根故數數爲說利益之法斷無利益說佛經法爾時天衆既聞法已生敬重心生歡喜心放逸薄少天同業故復詣異處而受天樂善時鵝王既以

迦那迦牟尼所說經名集無量功德聞法堅固經爲諸天衆具演說已復詣異處思惟於法樂行地天五樂音聲受五欲樂乃至受善業盡以惡業故墮於地獄餓鬼畜生若有餘業與人同業生於人中大富安樂善持禁戒常樂聞法第一順法智慧正見或爲王者或爲大臣以餘業故復次比丘知業果報觀夜摩天所住之地彼以聞慧見夜摩天名種種雜地衆生何業生此地處彼見有人造作善業身口意善正見正命遍行善行直心樂實不殺不盜遠離邪婬若在夢中見於女人心不親近晝亦不念濁心覺觀如我此身以捨邪婬得善果報離邪婬故得生天上與諸天女圍繞受樂捨離女人希望天女以求天女名濁梵行望生天故捨離邪婬我先與女人歌笑舞戲是爲不善當墮惡道以是義故於本所習不生貪欲覺觀之心不念本習歌舞戲笑若心生念尋即斷除以是因緣命終生於種種雜地既生此地善業果成五欲和合天子生已以善業故一切天處雜寶光明自然而生所謂無量金剛種種山峯種種光色如毗瑠璃因陀青寶大青寶王硨磲玻瓈赤蓮華寶及餘種種百千光明周遍天處初見如是種種光明眼識樂著本未曾見見之樂著種種音聲歌衆樂音不可譬喻復聞種種天之妙香新生天子初爲如是三種境界無等無比心生樂著退光明林諸天女衆見新生天子從林中出其林種種光明莊嚴如是天子以善業價貿得天女時諸天女種種莊嚴皆悉端正種種妙色種種歌詠天樂音聲

爾時天子為諸天女無始愛欲引其心故以歡喜心近諸天女或有天女手執樂器作衆妓樂歌衆妙音復有天女聞妙華香愛眼含笑以視天子復有天女在於地上手執樂器出妙音聲復有天女手執妙華馳赴天子復有天女手擎種種上味天飲色香味具離於醉過到天子所以蓮華葉盛天上味色香味具飲已增悅過踰十倍是為心著第四境界先著妙色次聲香味又復身受種種樂觸隨意所念念之即得是名新生天子著五欲樂爾時新生天子共諸天女往詣一切隨順欲林受五欲樂爾時新生天子天女圍繞觀諸天衆種種遊戲或有遊戲在於榛林或有在於山峯遊戲或有遊戲作五樂音或有天子共諸天女種種莊嚴在虛空殿遊戲娛樂或有天子手攀樹枝歌舞戲笑五樂音聲爾時新生天子見諸天衆如斯遊戲心生歡喜天女圍繞共入天衆和合遊戲新生天子共諸天女遊戲受樂自業相似受五欲樂久受樂已從林中出復昇種種寶莊嚴山共相娛樂遊戲受樂或在流泉或在園林種種寶石莊嚴之山清涼泉水以為莊嚴遊戲其中時諸天衆心行放逸爾時有一天遊戲鳥名流水行為放逸天以偈頌曰

以種種業故　而受樂果報　天中受報已
業盡當還退　愚人現得樂　而不觀怖畏
後得衰惱至　爾時乃知業　放逸之所縛
苦樂等無異　以天業盡故　後生大悔心
放逸如毒害　是故應捨離　放逸害諸天
將入於地獄　和合生欣慶　離別則大苦

和合必有離　一切法如是　世無有一法
有生而不壞　一切生滅法　出没法如是
隨所見諸天　而受於天樂　放逸毒所迷
一切皆歸滅　一切放逸樂　初謂爲可愛
後得衰惱至　乃知爲大怨　放逸著女色
智者説大怨　著色喪身命　脩羅龍亦然
躭酒著女色　貪於境界樂　躁擾懈怠心
是放逸根芽

如是流水行鳥爲放逸天説如是偈爾時天衆雖聞此偈而不覺知境界所害歌笑遊戲入光明林其林可愛枝葉遍覆多有種種樹林鬱茂甚可愛樂時諸天衆共新生天子五樂音聲遊戲受樂於園林中及笎箣樹種種流水蓮華林池種種地處樹枝蔭覆猶如宫室種種林中種種意樹種種山谷七寶光明種種莊嚴殊勝宫殿昔所未見天衆見之生希有心況新生天子如是新生天子皆悉遍觀與天女衆遊於林間於新境界極生渴愛欲火所燒放逸爲煙天女圍繞燒已復燒於園林中處處遊行無量愛力境界所燒久與天女圍繞受樂復向種種雜蓮華池其蓮華池可愛無比所謂種種雜色鉢頭摩華毗瑠璃葉真金爲莖赤蓮華寳以爲其臺白銀爲鬚青因陀寳以爲衆蜂莊嚴華池復有蓮華白銀爲莖青因陀寳以爲其葉真金爲莖青因陀寳以爲其葉赤蓮華寳以爲其鬚白銀爲臺赤蓮華寳蜂以爲莊嚴復有蓮華莖葉鬚臺一切皆赤蜂莊嚴復有蓮華銀莖銀葉銀鬚銀臺銀蜂莊嚴復有蓮華一切青色如青蓮華青葉青莖青鬚青臺青蜂莊嚴復有

蓮華種種雜色一一蓮華七寶間錯種種相貌種種妙香種種色葉而以莊嚴所謂青黃赤白紺色莊嚴種種衆葉衆蜂莊嚴如是種種雜蓮華池其水清涼其味甘美甚可愛樂多有蓮華天色妙香衆相具足新生天子共天女衆五樂音聲受五欲樂種種雜色蓮華池岸有諸林樹園繞華池以樹莊嚴百倍殊勝其樹具足雜華莊嚴其一切華從根至條青黃赤白紺色衆華皆悉具足其蓮華池出大光明滿十由旬多有衆鳥出美妙音蓮華池岸復有林樹名曰宮殿天善業故有大勢力若天昇樹念生宮殿隨念即成以善業故七寶華葉化爲宮殿七寶莊嚴多有河池園林山嶽處處多有嚴飾宮殿昇此宮殿衆寶嚴身共諸天女歌舞遊戲或飛虛空觀夜摩天所住諸地隨意遍觀如是等華岸樹力故復有種種雜色華池於池岸上復有異樹名摩尼音種種衆鳥以爲莊嚴以樹勢力若諸天衆遊戲華池微風吹動互相振觸出妙音聲寶珠如華從樹而墮先遍虛空如閻浮提日月光明於虛空中寶珠光明亦復如是蓮華池岸復有異樹名授飲食若諸天衆遊戲華池以天善業從樹華中出天美酒色香味具天子飲之十倍增悅無有醉亂共諸天女歌舞遊戲復有林樹出須陀食如業所得於池岸邊復有異樹名葉歌音若諸天衆遊戲此池以善業故微風來吹而受快樂風吹樹葉互相振觸出妙音聲如天女音不可分別一切諸樹所出音聲亦復如是於蓮華池岸復有異樹名曰鳥樂以樹勢力鳥在樹上若

天入池遊戲受樂五樂音聲互相娛樂或昇寶樹或乘天鳥爲觀天衆可愛之處隨其所念鳥在其前即於鳥上有大宮殿多有流泉衆蓮華池枝蔭宮室皆悉具足復有異鳥爲諸天衆以偈頌曰

持戒人安隱　破戒勿久壽　寧受下賤身
不欲入地獄　智者次第行　漸漸念念修
淨治我見垢　如工匠鍊金

正法念處經卷第六十三

音釋

抉瞙（抉一決切挑也瞙末各切翳膜也）笎箣（笎合浪切箣邦別切）振（除庚切揬也）

正法念處經卷第六十四

元魏婆羅門瞿曇般若流支譯

身念處品第七之一

爾時世尊遊王舍城在那羅帝婆羅門聚落告諸比丘我今爲汝說身念處初善中善後善善義善味純備具足清淨梵行所謂身念處法門汝今諦聽善思念之當爲汝說諸比丘言唯然世尊願樂欲聞佛言諸比丘云何名爲身念處法門所謂内身循身觀比丘觀已則不住於魔之境界能捨煩惱如實觀身既得知見證如是法我說是人涅槃所攝如是比丘實見身已不爲諸惡之所亂也能斷眼耳鼻舌身意内染及外色聲香味觸法如是循身觀能到涅槃如是比丘眼雖見色不生分別不起染欲歡喜之心如實觀身此身雖有髮毛爪齒薄皮脂血筋肉骨髓生臟熟臟黄白痰癃冷熱風病大腸小腸屎尿不淨肝膽腸胃脂髓精血洟唾目淚頭項髑髏如是觀身隨順係念若如是念則不著色聲香味觸外境界也初觀眼色如實見眼但是肉摶四大所成云何行者如實觀眼觀於眼根此肉堅分内有覺法是名眼根肉摶内地界也復觀眼根肉摶之中内有覺法目淚濕等是名眼根肉摶之中内水界也復觀眼根肉摶之中内有覺法有暖有熱是名眼根肉摶之中内火界也復觀眼根肉摶之中内風輕動是名眼根肉摶之中内風界也於内風界如實觀察耳鼻舌身隨順觀察亦復如是如是觀已於可愛色不生樂著不爲愛境之所破壞復次修行者内身循身觀如此身者念

念生滅生老病死此身如幻空無所有無實無堅如水泡沫衆苦集處衆苦所依衆苦之藏如是身中無有少樂一切皆苦一切無常一切破壞衰變之法磨滅不淨復次修行者觀身循身觀如是身者孰爲其本云何順行誰爲救護云何而住是比丘如實觀察復作是念如是身者以業爲本由業順行業爲能救若集善業生天人中惡業相應墮於地獄餓鬼畜生如是身者不淨不堅無常不住如是比丘如實觀身於愛欲中不復生念復次修行者如實觀眼如閻浮提人所有眼根有虛空處得見色像餘方所見如是不耶若諸弟子或聞我所說或以天眼智慧觀察閻浮提人見色之時有眼有色有明有空無礙有意念心五因緣故而得見色鬱單越人則不如是設無空處亦得見色猶如魚等水中見色鬱單越人於山障外徹見無礙亦復如是復次修行者隨順觀身如閻浮提人耳之所聞愛不愛聲近則了了遠則不了大遠不聞鬱單越人則不如是是比丘如實觀於鬱單越人耳之所聞若近若遠若大若小若愛不愛以報勝故而皆能聞譬如日光近遠麤細若淨不淨光明悉照鬱單越人所聞音聲亦復如是復次修行者隨順觀身如閻浮提人鼻根所聞鬱單越人如是不耶彼以聞慧或以天眼見鬱單越人以報勝故但聞衆香不聞臭氣譬如水乳同置一器鵝王飲之但飲乳汁其水猶在鬱單越人亦復如是但聞衆香不聞臭氣復次修行者隨順觀身如閻浮提人舌所得味鬱單越人如是不耶彼以聞

慧或以天眼見閻浮提人上中下食鬱單越人則不如是鬱單越人無我所心常自行善自然粳米其食一味閻浮提人則不如是復次修行者隨順觀身如閻浮提人種種色身鬱單越人如是不耶彼以聞慧或以天眼觀閻浮提人種種色身鬱單越人則不如是以善業故純一色身道等身等其色猶如閻浮檀金其身圓直柔輭端正其報不比閻浮提人閻浮提人無量種業其行不同是故則有無量種身無量種色如是比丘於二天下人世界中隨順觀已次觀第三弗婆提國如閻浮提人鬱單越人所有諸入與弗婆提人諸入所見爲同不耶彼以聞慧或以天眼見弗婆提人於黑闇中亦見衆色如閻浮提中猶虎兕馬角鵄之屬無光明處能見衆色弗婆提人亦復如是於夜闇中如眼境界能見一切麤細衆色復次修行者隨順觀身云何觀於閻浮提人如前所說如閻浮提人所聞之音弗婆提人如是不耶彼以聞慧或以天眼見弗婆提人聞怖畏聲耳識所緣盡一箭道以福德故不聞遠處怖畏之聲復次修行者隨順觀身已觀三天下衆生住處如閻浮提人鬱單越人鼻識所緣弗婆提人如是不耶彼以聞慧或以天眼見弗婆提人晝所聞香鼻識齅已夜亦如是以報勝故復次修行者隨順觀身如閻浮提人鬱單越人舌識知味如是弗婆提人所得之味如是不耶彼以聞慧或以天眼見弗婆提人一食賒盧迦三日不飢弗婆提人乃至命終身無病惱以法勝故若臨命終過病五日爾乃命終復次修行

者隨順觀身如閻浮提人鬱單越人身之形相弗婆提人如是不耶彼以聞慧或以天眼見弗婆提人其身圓滿如尼俱陀樹復次修行者隨順觀身於三天下如實觀已觀於第四瞿陀尼人所住之處云何瞿陀尼人緣身境界彼以聞慧或以天眼見瞿陀尼人眼識所緣山壁無礙如於玻璨瑠璃之中見衆色像瞿陀尼人亦復如是復次修行者隨順觀身如閻浮提中鬱單越中弗婆提中三天下人聞聲差別瞿陀尼人耳識緣聲如是不耶彼以聞慧或以天眼見瞿陀尼人眼識聞聲如閻浮提中虵虺之類眼中聞聲瞿陀尼人亦復如是如隔障礙聞衆音聲見衆色像亦復如是以法勝故復次修行者隨順觀身如閻浮提人弗婆提人鼻識緣香瞿陀尼人如是不耶瞿陀尼人鼻識緣香法異眼等別緣云何瞿陀尼人鼻識緣香彼以聞慧或以天眼見瞿陀尼人若眼見色即亦知香若眼不見亦聞其香以法勝故復次修行者隨順觀身云何瞿陀尼人舌識緣味彼以聞慧或以天眼見瞿陀尼人食於稗子飲於牛味如閻浮提人飲甘蔗酒蒲萄之酒瞿陀尼人飲牛五味能令昏醉亦復如是瞿陀尼人食於稗子如閻浮提人食粳粮飯充足飽滿復次修行者隨順觀身云何觀於瞿陀尼人身之量耶彼以聞慧或以天眼見瞿陀尼人其身長短半多羅樹如葉相似自業色身復次修行者思惟觀察四天下中何等住處性等相似意等相似行等相似互對觀察彼以聞慧或以天眼見四天下衆生心意無有一人心意相似

無有一人行等相似無有一人身等相似一切無有一人相似是名比丘隨順觀身復次修行者隨順觀身云何四天下人頗有一人無業無因來生不耶無業藏耶無業流轉耶頗有不行習欲法耶如是比丘不見一人無業藏者無有一人無業而生無有一人無業流轉無有一人不習欲法隨所作業或善或不善隨業受報無有一人不爲怨親中人所攝是名修行者隨順觀身復次隨順觀身云何集業而得天身云何天中受五欲樂彼以聞慧或以天眼觀諸衆生生四天王天處受天五欲眼視美色不知猒足或細或麤自以天眼見萬由旬若化神通能見無量百千由旬如是修行者觀天無量善業勢力四天王天所見色貌皆悉可愛心生愛樂不見惡色復次修行者隨順觀身云何四天王天耳聞音聲彼以聞慧或以天眼見四天王天若聞天聲甚可愛樂若以報耳聞三千由旬若化神通則能聞於二萬由旬所聞音聲皆可愛樂復次修行者隨順觀身云何四天王天鼻聞香耶彼以聞慧或以天眼見四天王天自報鼻根聞於衆香二百由旬若化神通聞於百千由旬之香復次修行者隨順觀身云何觀於四天王天舌根充滿彼以聞慧或以天眼見四天王天舌根無猒亦無不愛如業所得以善業故於味不猒復次修行者隨順觀身云何觀於諸天身耶若麤若細若速疾行彼以聞慧或以天眼見諸天身有大勢力神通微細於一手中置五百天在手而住各令諸天身不妨礙亦不迫隘譬如一室然五百

燈其燈光明不相逼迫諸天手中置五百天亦復如是不迮不妨復次諸天若化大身無量由旬若好若醜若有見者或怖不怖復次修行者隨順觀身云何觀於速行天耶彼以聞慧或以天眼見速行天一眴目頃能行無量百千由旬還至本處隨天憶念所往之處無所障礙若有所欲皆悉具足無能奪者於一切處所得之物皆悉自在於他無畏無能為礙天境界樂念念增長以善業故受五欲樂是名行者隨順身觀復次修行者隨順觀身云何觀於三十三天身耶云何緣於境界受樂彼以聞慧或以天眼觀三十三天如四天王天受境界樂三十三天受於愛色聲香味觸勝四天王天足一千倍何以故三十三天所作之業勝受大力可愛樂故勝於四天王天所作業故以三十三天所作業勝是故四天王天不及上天如是三十三天所受樂勝不可具說是名修行者隨順觀身復次修行者隨順觀身云何觀於地獄地獄衆生所受之身謂活地獄黑繩地獄衆合地獄叫喚地獄大叫喚地獄焦熱地獄大焦熱地獄阿鼻地獄彼以聞慧或以天眼見諸衆生所作之業不可愛業不喜樂業不善之業謂三種業於身口意造集業故墮地獄中集惡業故受地獄苦於地獄中受諸劇苦乃至惡業不盡終不得脫是名修行者隨順身觀復次修行者作是思惟作何等業墮於地獄彼以聞慧或以天眼見此衆生習近殺害樂習增長以是因緣墮活地獄又見衆生習近殺生偷盜喜樂習近增長斯惡以此因緣墮黑繩地

獄又見衆生習近殺生偷盜邪婬習近喜樂增長斯惡以是因緣墮衆合地獄又見衆生習近殺生偷盜邪婬妄語習近喜樂增長斯惡以是因緣墮叫喚地獄又見衆生殺生偷盜邪婬妄語勸人飲酒以是因緣墮大叫喚地獄又見衆生殺生偷盜邪婬妄語飲酒邪見以是因緣墮焦熱地獄又見衆生殺生偷盜邪婬妄語以酒飲人邪見不信或破比丘比丘尼戒以是因緣墮大焦熱地獄又見衆生作五逆業五種惡業以是因緣墮阿鼻地獄云何五逆若有衆生殺父殺毋殺阿羅漢破和合僧若以惡心出佛身血如是五種大惡業故墮阿鼻地獄思惟如是地獄業報於諸衆生起悲愍心復次修行者隨順觀身云何衆生墮餓鬼道彼以聞慧或以天眼見無量餓鬼以慳嫉故墮餓鬼中在於地下五百由旬無量餓鬼有食無食或食不淨互相食噉飢渴所逼受大苦惱上雨大火以燒其身此諸餓鬼隨惡業故受如是苦復次修行者隨順觀身彼以聞慧或以天眼見畜生道彼見無量種種畜生略說三處一者水行所謂魚等二者陸行所謂象馬牛羊麞鹿猪等三者空行所謂無量衆飛鳥等復次修行者隨順觀身彼以聞慧或以天眼觀於畜生有幾種生彼以聞慧或以天眼見諸畜生有四種生何等爲四一者胎生所謂象馬水牛豬羊之類二者卵生所謂蛇蚖鵝鴨雞雉種種衆鳥三者濕生蚤虱蚊子之類四者化生如長面龍等是修行者如實觀畜生已若天若人若地獄餓鬼畜生不見一處不爲恩愛別離

所惱一切衆生輪轉生死或作冤家或爲親友無有一處不生不滅如是比丘於生死處不生愛心如是心不喜樂如是猒離不隨如是破壞如是滅法不可久住一切衆生衆苦之處是故比丘生死之中多苦少味無常破壞當應猒離猒離生死便得解脱如是那羅帝婆羅門聚落比丘修行者内身循身觀觀於内身於此身中分分不淨如實見身念念思惟從頭至足循身觀察是修行者初觀頭頂彼以聞慧或以天眼觀頭髑髏以爲四分於頭骨内自有蟲行名曰腦行遊行骨肉生於腦中或行或住常食此腦於髑髏中復有諸蟲住髑髏中若行若食還食髑髏復有髮蟲住於骨外食於毛根以蟲瞋故令髮墮落復有耳蟲住在耳中食耳中肉以蟲瞋故令人耳痛或令耳聾復有鼻蟲住在鼻中食鼻中肉以蟲瞋故能令其人飲食不美腦涎流下蟲食腦涎是故令人飲食不美復有脂蟲生在脂中住於脂中常食人脂以蟲瞋故令人頭痛復有續蟲生於節間有名身蟲住在交牙以蟲瞋故令人脉痛猶如針刺復有諸蟲名曰食涎住舌根中以蟲瞋故令人口燥復有諸蟲名牙根蟲住於牙根以蟲瞋故令人牙疼是名内觀修行者循身身觀是十種蟲住於頭中復次修行者觀身循身觀頭肉中有幾骨耶彼以聞慧或以天眼見髑髏骨頭有四分額骨頰骨合有三分鼻骨一分交牙二骨項有一骨牙齒合有三十二骨齒根亦爾咽喉二骨如是項中有十五骨復次修行者内身循身觀云何頭肉以食增長和合

有覺彼以聞慧或以天眼觀於頭肉則有四分兩頰二分咽喉及舌肉段一分上下兩脣及其兩耳皮肉四分其舌根者名爲脉肉貪嗜上饍樂於六味復次修行者内身循身觀有何等蟲住在何處作何等業或病或安彼以聞慧或以天眼初觀咽喉咽喉有蟲名曰食涎咀嚼食時猶如嘔吐涎唾和雜欲咽之時與腦涎合喉中涎蟲共食此食以自活命若蟲增長令人嗽病若多食膩或多食甜或食重食或食酢食或食冷食蟲則增長令人咽喉生於病疾觀涎蟲已如實知身復次修行者内身循身觀觀於唾蟲能消諸唾或能爲病或令安隱彼以聞慧或以天眼見消唾蟲住咽喉中若人不食如上膩等蟲則安隱能消於唾於十脉中流出美味安隱受樂若人多唾蟲則得病以蟲病故則吐冷沫吐冷沫故胃中成病觀唾蟲已如實知身復次修行者内身循身觀觀於吐蟲云何令人安隱疾病住在何處食何等食彼以聞慧或以天眼見於吐蟲住人身中住於十脉流注之處若人食時如是之蟲從十脉中勇身上行至咽喉中即令人吐令人生於五種嘔吐何等爲五一者風吐二者癊吐三者唾吐四者雜吐五者蠅吐若蟲安隱食則調順入於腹中云何吐蟲生於風吐彼以聞慧或以天眼見食輕冷若無膩食則發風病令人大小便利難通眼不能睡風入咽喉風動吐蟲以此過故是名風吐觀吐蟲已如實知身復次修行者觀内身循身觀云何吐蟲令人吐癊彼以聞慧或以天眼見人食辛鹹熱和合令人發

熱惱於吐蟲從其住處動而上行令人吐癊觀吐蟲已如實知身復次修行者觀內身循身觀云何吐蟲令人吐唾彼以聞慧或以天眼見人食於甜冷重食膩滑之食或食已睡眠令唾增長唾增長故唾蟲增長爲咽喉病令身沉重則有冷唾觀吐蟲已如實知身復次修行者觀內身循身觀云何吐蟲生於雜吐彼以聞慧或以天眼見食輕冷無膩之食辛酢鹹食滑冷重膩能令吐蟲行咽喉中以是三過能令人吐觀吐蟲已如實知身復次修行者觀內身循身觀云何蠅吐令人嘔吐彼以聞慧或以天眼見蠅食不淨故蠅入咽喉令吐蟲動則便大吐觀吐蟲已如實知身復次修行者觀內身循身觀彼以聞慧或以天眼見醉味蟲行於舌端乃至命脉於其中間或行或住微細無足若食美食蟲則昏醉增長若食不美蟲則萎弱此蟲食時如蜂食華微細甜味以用作蜜嗜味蟲食亦復如是然其所食雖復微細亦得充足若蟲得味我亦如是得此食味若蟲憶食我亦憶食若我不食如是醉蟲則亦病苦不得安隱觀醉蟲已如實知身復次修行者觀內身循身觀觀放逸蟲云何此蟲爲我病惱或作安隱彼以聞慧或以天眼見放逸蟲住於頂上若至腦門令人疾病若至項上令人生瘡若至咽喉猶如蟻子滿咽喉中若住本處病則不生是名觀於放逸之蟲觀放逸蟲已如實知身復次修行者內身循身觀觀於貪嗜六味之蟲云何病惱云何安隱彼以聞慧或以天眼見六味蟲所貪者者我亦貪嗜隨此味蟲所不

嗜者我亦不嗜若得熱病蟲亦先得如是熱病以是過故令於病人所食不美無有食味觀味蟲已如實知身復次修行者内身循身觀觀抒氣蟲住於頂下彼以聞慧或以天眼見抒氣蟲以瞋恚故食腦作孔或咽喉痛或咽喉塞咽喉氣噎生於死苦此抒氣蟲共咽喉中一切諸蟲皆悉擾亂生諸疾惱此抒氣蟲常爲唾覆其蟲短小有面有足觀抒氣蟲已如實知身復次修行者内身循身觀彼以聞慧或以天眼見憎味蟲住於頭下咽喉根中云何此蟲爲我病惱或作安隱彼見此蟲憎嫉諸味唯嗜一味或嗜甜味憎於餘味或嗜酢味憎於餘味或嗜辛味憎於餘味或嗜鹹味憎於餘味或嗜苦味憎於餘味或嗜淡味憎於餘味隨所憎味我亦憎之隨蟲所嗜我亦嗜之舌端有脉隨順於味令舌乾燥以蟲瞋故令舌瘖瘖而動或令咽喉即得嗽病若不瞋恚咽喉則無如上諸病觀憎味蟲已如實知身復次修行者内身循身觀見嗜睡蟲其形微細狀如牖塵住一切脉流行趣味住骨髓内或住肉内或髑髏内或在頞内或齒骨内或咽骨中或在耳中或在眼中或在鼻中或在鬚髮此嗜睡蟲風吹流轉若此蟲病若蟲疲極住於心中心如蓮華晝則開張無日光故夜則還合心亦如是蟲住其中多取境界諸根疲極蟲則睡眠蟲睡眠故人亦睡眠一切衆生悉有睡眠若此睡眠蟲晝日疲極人亦睡眠觀睡蟲已如實知身復次修行者内身循身觀見有腫蟲行於身中或住頭中或住項中行於血中或行脂中其身微

細隨飲血處則有腫起瘤瘤而疼或在面上
或在項上或在咽喉或在腦門或在餘處所
在之處能令生腫若住筋中則無病苦觀腫
蟲已如實知身如是那羅帝婆羅門長者聚
落比丘修行者觀蟲種類從於頭中舌耳腦
門毛孔髮中皮肉骨血筋脉之中如實觀之
既觀察已於舌味中生猒離心於後生處不
復愛味於無量無邊由旬愛縛味海能生猒
離以猒離故不爲食愛之所亂惱不復親近
豪貴長者離於多欲於食知足趣得支身以
是義故不嫉他人得供養利不樂多言不樂
住寺不起身慢不生色慢不恃衣服而生憍
慢不恃袈裟鉢盂而生憍慢不恃弟子而生
憍慢不恃聚落而生憍慢不恃親里而生憍
慢獨一無貪遠離塵垢住寂靜處近於涅槃

若貪嗜美味没於味海爲魔所攝去涅槃遠
是修行者觀諸蟲已於味猒離不貪飲食復
次修行者内身循身觀如實觀於脊骨彼以
聞慧或以天眼見其脊有四十五骨胷十四
骨左右脅肋各十二骨節亦如是胞骨亦然
如是分别觀骨節已復觀從肩至髖幾分肉
臠如是左右各十二臠作是觀已如實知身
復次修行者内身循身觀有幾許筋連綴繫
縛彼以聞慧或以天眼見左右脅除於皮肉
一百細筋以爲纏縛觀筋纏已如實知身復
次修行者内身循身觀觀於此身從腨至髖
有幾許脂彼以聞慧或以天眼自見已身以
食因縁脂則增長以食因縁令脂損減極羸
瘦人摩伽陀等有五兩脂既觀察已如實知
身復次修行者内身循身觀觀我此身有幾

許水彼以聞慧或以天眼自見身中有十掬水從毛孔出名之爲汗於諸根中眼則出淚名爲濕界以食因緣脂血增長觀身水已如實知身復次修行者内身循身觀觀其身中幾許糞穢彼以聞慧或以天眼見其身中有七掬屎有六掬唾作此觀已如實知身復次修行者内身循身觀觀我身中幾許痰癊及尿彼以聞慧或以天眼見其身中五掬黄癊尿有四掬除其病時或增或減如是觀已如實知身復次修行者内身循身觀觀我身中幾許脂髓不淨穢精彼以聞慧或以天眼見其身中十二掬脂髓有一掬精有一掬如是觀已如實知身復次修行者内身循身觀觀其身中有幾許風彼以聞慧或以天眼見身空處有三種風如是觀已如實知身復次修行者内身循身觀觀其身中幾脉常流飲食消化彼以聞慧或以天眼見其身中有十三脉若脉流注令身肥悅譬如檊槹汲水流注溉灌令其增長身脉溉灌亦復如是何等十三一名命流脉二名隨順流脉三名水流脉四名汗流脉五名尿流脉六名糞流脉七名十流脉八名汁流脉九名肉流脉十名脂流脉十一名骨流脉十二名髓流脉十三名精流脉觀流脉已如實知身復次修行者内身循身觀如彼流脉與誰爲本令身肥悅復有諸蟲處處遍行彼以聞慧或以天眼見命流脉心爲其本隨順流脉兩脅爲本水流脉者生臟肝心以爲根本汗流脉者毛根及脂以爲根本尿流脉者根胞爲本屎流脉者熟臟下門爲本十流脉者咽喉及心以爲其本汁

流脉者肺爲其本肉脂流脉者筋皮爲本骨流脉者一切續節爲本髓精流脉者卵及身根爲本如是行者觀流脉已如實知身復次修行者觀身循身觀有何等蟲何處流行或爲病疾或爲安隱從於髖骨乃至遍身彼以聞慧或以天眼見十種蟲至於肝肺人則得病疾何等爲十一名食毛蟲二名孔穴行蟲三名禪都摩羅蟲四名赤蟲五者食汁蟲六名毛燈蟲七名瞋血蟲八名食血蟲九名瘤瘤蟲十名酢蟲此諸蟲等其形微細無足無目行於血中痛痒爲相復次修行者内身循身觀觀一一諸蟲在於身中爲何所作彼以聞慧或以天眼見食毛蟲若起瞋恚能致鬚眉皆令墮落令人癩病若孔行蟲而起瞋恚行於血中令身麤澀頑痺無知若禪都摩羅蟲流行血中或在鼻中或在口中令人口鼻皆悉臭惡若其赤蟲而起瞋恚行於血中能令其人咽喉生瘡若食汁蟲而起瞋恚行於血中令人身體作青癍瘢或黒或黄癍瘢之病若毛燈蟲起於瞋恚血中流行則生病苦瘡癬熱黄疥癩破裂若瞋血蟲以瞋恚故血中流行或作赤病女人赤下身體瘙痒疥瘡膿爛若食血蟲瞋而生病惱頭旋迴轉於咽喉中口中生瘡下門生瘡若瘤瘤蟲血中流行則生病疾疲頓因極不欲飲食若酢蟲瞋恚亦令其人得如是病如是一切諸蟲及其種類既觀察已如實知身復次修行者内身循身觀觀十種蟲行於癃中何等爲十一名生瘡蟲二名刺蟲三名閉筋蟲四名動脉蟲五名食皮蟲六名動脂蟲七名和集蟲八名

臭蟲九名濕蟲十名熱蟲復次修行者內身循身觀觀何等蟲住我身中或爲病疾或爲安隱彼以聞慧或以天眼見於瘡蟲隨有瘡處諸蟲圍繞噉食此瘡或於咽喉而生瘡病觀瘡蟲已如實知身復次修行者內身循身觀觀於刺蟲作何等病彼以聞慧或以天眼見於刺蟲若生瞋恚令人下痢猶如火燒口中乾燥飲食不消其身剎剎水入熟臟晝夜不睡於熟臟中𢪁撓臭穢令尿冷等與尿和合住如是處作下痢病令不憶食劣弱不健若人愁惱蟲則歡喜噬人血脉以爲衰惱或下赤血或不消下痢如是觀刺蟲已如實知身

正法念處經卷第六十四

音釋

痰癊（痰徒監切癊於禁切）兕（序姊切似野牛而青者）虺（詡鬼切蝮也）眴（輸閏切目動也）劇（竭戟切甚也）咀（再呂切㕮咀含味也）酢（倉故切）抒（丈呂切）㵶（先入切）髖（枯官切股間也）綴（株衛切連綴也）腨（乳兖切腓腸也）桔槔（桔吉屑切槔居勞切桔槔汲水車也）痶瘓（痶他典切瘓他短切痶瘓病也）𢪁撓（𢪁呼毛切撓爾紹切）

正法念處經卷第六十五

元魏婆羅門瞿曇般若流支譯

身念處品第七之二

復次修行者內身循身觀觀閑筋蟲彼以聞慧或以天眼見閑筋蟲或行麤筋或行細筋若覺蟲行筋則疼痛若不覺行筋則不疼一切骨肉皆亦消瘦筋中疼痛若蟲瞋恚人不能食若住筋中而飲人血令人無力若食人肉令人羸瘦觀嚙筋蟲已如實知身復次修行者內身循身觀彼以聞慧或以天眼觀動脉蟲是蟲遍行一切脉中其身微細行無障礙若蟲住人食脉之中則有病過令身乾燥不喜飲食若蟲住在水脉之中則有病生令口乾燥若在汗脉令人一切毛孔無汗若在尿脉令人淋病或令精壞或令病苦若蟲瞋恚行下門中令人大便閉塞不通苦惱垂死觀動脉蟲已如實知身復次修行者內身循身觀觀食皮蟲彼以聞慧或以天眼見食皮蟲以食過故蟲則瞋恚能令人面顏色醜惡或生惡疱或痒或赤或黃或破或復令其鬚爪墮落令人惡病或皮斷壞或肉爛壞觀食皮蟲已如實知身復次修行者內身循身觀觀嚙脂蟲彼以聞慧或以天眼見動脂蟲住在身中脂脉之內若食有過若多睡眠此蟲則瞋不消飲食或生疥瘙或生惡腫毛根瀌病或得瘻病或脉脹病或乾消病或身臭病或食時流汗如是觀動脂蟲已如實知身復次修行者內身循身觀觀和集蟲於我身中作何等業或病或安彼以聞慧或以天眼見和集蟲集二種身一者覺身二不覺身皮肉

骨血脂髓精等是名覺身髮毛爪齒名不覺身是名和集二身以食過故蟲則無力人亦無力不能速疾行來往返睡眠鼜瞢或多焦渴皮肉骨血髓精損減觀和集蟲已如實知身復次修行者內身循身觀彼以聞慧或以天眼觀於臭蟲住在肉中屎尿之中以食過故蟲則瞋恚身肉屎尿洟唾皆臭鼻中爛膿或眵淚爛臭隨蟲行處皆悉臭穢若衣若敷若食住齒中以蟲臭故食亦隨臭衣敷盡臭舌上多有白垢臭穢身垢亦臭觀臭蟲已如實知身復次修行者內身循身觀彼以聞慧或以天眼見濕行蟲行背肉中知食消已入腰三孔取人糞穢汁則成尿滓則為糞令入下門觀濕蟲已如實知身復次修行者內身循身觀觀十種蟲行於根中一切人身皆從

中生何等為十一名瘄瘄蟲二名惙惙蟲三名苗華蟲四名大諂蟲五名黑蟲六名大食蟲七名暖行蟲八名作熱蟲九名火蟲十名大火蟲此諸蟲等住癊黃中何等蟲為人病疾或作安隱彼以聞慧或以天眼見瘄瘄蟲以食過故蟲則瞋恚食人眼睫令人眼痒多出眵淚此微細蟲若行眼中眼則多病或令目壞若入睛中眼生白瞖其蟲赤色為眼生病若蟲不瞋則無此病觀瘄瘄蟲已如實知身復次修行者內身循身觀彼以聞慧或以天眼見惙惙蟲住在人身行於癊中一切身中行無障礙癊黃覆身如此蟲者若入骨中令人身體皆大蒸熱若行皮中晝夜常熱手足皆熱若入皮裏身則汗出觀惙惙蟲已如實知身復次修行者內身循身觀彼以聞慧

或以天眼見茁華蟲行住癃中利紫短足身如火藏不欲食飲若以食過蟲行異處隨所行處則大熱爛身血增長其身蒸熱猶如煙起身皮破壞如火燒瘡若蟲順行則無此病觀茁華蟲已如實知身復次修行者内身循身觀彼以聞慧或以天眼見大諂蟲住在身中行黄癃中或安不安以食過故蟲則瞋恚從頂至足行無障礙能令身中一切熱血生於熱瘡若血若癃從於口中耳中流出或死或次死或身青黄熱病口苦若蟲不瞋則無此病觀大諂蟲已如實知身復次修行者内身循身觀彼以聞慧或以天眼見於黑蟲住在身内行於黄癃中或安不安以食過故蟲則瞋恚令人面皯或生多黶或黑或黄或赤或令身臭或令雀目或口中生瘡或大小便

處生瘡若蟲不瞋則無此病觀黑蟲已如實知身復次修行者内身循身觀彼以聞慧或以天眼見大食蟲住在身中或作安隱或爲病疾彼以聞慧或以天眼見大食蟲以食過故則生瞋恚住癃黄中隨食隨消身大力故一切身及身分眼耳鼻舌於自境界皆悉減劣見不明了以食過故根不正縁若蟲不瞋則無此病觀大食蟲已如實知身復次修行者内身循身觀彼以聞慧或以天眼見暖行蟲常愛暖食憎於冷食此蟲云何與人疾病云何安隱彼以聞慧或以天眼見暖行蟲若我食冷或以飲冷或食或味蟲則瞋恚口多出水或極或重或麁或睡或心癃薹瞢或身疼腦或復多唾或咽喉病若蟲不瞋則無此病觀暖行蟲已如實知身復次修行者内身

循身觀彼以聞慧或以天眼見於熱蟲住在身內行於癊中作何等病云何安隱彼以聞慧或以天眼見於熱蟲住人身中若食重食以食過故病垢增長妨出入息以食過故令身麤大或咽喉塞令大小便悉皆白色不愛寒冷不愛淡食觀熱蟲已如實知身復次修行者內身循身觀彼以聞慧或以天眼見火食蟲住在身內行住癊中此蟲寒時則便歡喜熱時萎弱寒歡喜故人則憶食熱時火增不欲飲食於冬寒時癊則清涼熱則癊發如是火食蟲如是憎火觀火食蟲已如實知身復次修行者內身循身觀見大火蟲此蟲云何令人疾病或令安隱彼以聞慧或以天眼見大火蟲若人性所不便而強食之以食過故蟲則瞋恚噉身內蟲以是過故令人腸痛或脚疼手疼隨食蟲處則皆疼痛若蟲不瞋則無如上所說諸病觀黃癊蟲已如實知身復次修行者內身循身觀彼以聞慧或以天眼觀於骨中有十種蟲何等爲十一名舐骨蟲二名嚙骨蟲三名割節蟲四名赤口臭蟲五名爛蟲六名赤口蟲七名頭頭摩蟲八名食皮蟲九名風刀蟲十名刀口蟲如是骨蟲云何疾病云何安隱彼以聞慧或以天眼見舐骨蟲住於骨外住多骨處或住髀骨脛骨臂骨脊骨如是一切骨中或行脉中以食過故蟲則瞋恚令骨疼痛或令骨動令人色惡食近骨肉令骨大疼若蟲不瞋則無如向所說諸病觀骨蟲已如實知身復次修行者內身循身觀彼以聞慧或以天眼見嚙骨蟲遍住一切身骨之中若蟲嚙骨諸大乾消其聲

破散下痢不調或兩脅痛鼻塞嘔吐不憶飲食若蟲不嚙一切諸骨其人則無如是等病觀嚙骨蟲已如實知身復次修行者內身循身觀彼以聞慧或以天眼見割節蟲以食過故蟲則瞋恚或身身分頭痛心痛或於城邑聚落多人之處謂爲空廓鼻塞心惱以痛惱故於好色聲香味觸中心不愛樂若割骨蟲調順不瞋則無如向所說諸病觀割節蟲已如實知身復次修行者內身循身觀彼以聞慧或以天眼見於臭蟲住在身中或爲疾病或作安隱彼以聞慧或以天眼見此臭蟲以食過故蟲則瞋恚令身重熱或生赤色黑色[疒*無]瘓身汗多出不能睡眠即成癩病一切身分皆悉爛臭若蟲不瞋則無如向所說諸病觀臭蟲已如實知身復次修行者內身循身觀彼以聞慧或以天眼見爛骨蟲住在身內或爲疾病或作安隱彼以聞慧或以天眼見爛骨蟲以食過故蟲則瞋恚或一歲二歲乃至多年或年少時被傷瘡瘢雖復除差至老猶發如是爛蟲久久乃發令骨壞爛體生赤瘡如優曇鉢羅果臭爛可惡其瘡大痒多有膿血從瘡流出衆蠅封著蚑蟲唼食若爛骨蟲調順不瞋則無如向所說之病觀爛骨蟲已如實知身復次修行者內身循身觀彼以聞慧或以天眼見赤口蟲住身骨中作何等病云何安隱彼以聞慧或以天眼見赤口蟲以食過故則生瞋恚其蟲赤色過於火色令人身體日夜汁流作血癖病若赤口蟲調順不瞋則無如向所說之病觀赤口蟲已如實知身復次修行者內身循身觀彼以聞慧或

以天眼見頭頭摩蟲住在骨中行於骨中云何此蟲令人疾病云何安隱彼以聞慧或以天眼見頭頭摩蟲以食過故蟲則瞋恚能令人身周遍生瘡若蟲行時令人頻伸心動忪忪或如失身或身動摇不能睡眠身體痒相猶如蟲行目視不明作寒熱病或身體腫若頭頭摩蟲不瞋則無如向所説諸病觀頭頭摩蟲已如實知身復次修行者内身循身觀彼以聞慧或以天眼見食皮蟲住在身中或爲病疾或爲安隱彼以聞慧或以天眼見食皮蟲以食過故蟲則瞋恚脣口及眼皆生諸瘡兩脅生瘡若行筋中或復嚙筋能令其人咽喉乾燥或復聾塞耳中膿出或髑髏上剝剝而行或非時頭白咽喉嗽病非時睡眠或憎飲食不樂一處樂行空地心或多亂狂説

是非蟲食皮故一切身分⿰國瓜裂破壞塵土坌身若蟲不瞋則無如向所説諸病觀食皮蟲已如實知身復次修行者内身循身觀彼以聞慧或以天眼見風刀蟲行於骨中以蟲瞋故或爲疾病或爲安隱彼以聞慧或以天眼見風刀蟲以食過故蟲則瞋恚猶如蛇螫痛毒難忍所謂頭頂咽喉心胞大小便處手足甲中亦如針刺以蟲嚙齒鼻不識香舌不知味其目瞤動不憶飲食以蟲瞋故與骨行蟲共害其身以痛多故晝夜不睡若蟲不瞋則無如向所説之病觀風刀蟲已如實知身復次修行者内身循身觀彼以聞慧或以天眼見刀口蟲住在身中此蟲或爲疾病或作安隱彼以聞慧或以天眼見刀口蟲始於母胎初出生時此蟲初生以法勝故始出胎藏飲

毋乳故是時此蟲盡食餘蟲後還雜食以是因緣餘蟲還生觀刀口蟲已如實知身此十種蟲行於骨中如實觀之如實觀已眼離塵垢離凡夫過心生猒惡離我我所離疑清淨離於邪見如實知身乃至涅槃復次修行者內身循身觀彼以聞慧或以天眼見十種蟲行於屎中何等爲十一名生蟲二名針口蟲三名白節蟲四名無足蟲五名散汁蟲六名三焦蟲七名破腸蟲八名閉塞蟲九名善色蟲十名穢門瘡蟲其色可惡住糞穢中作何等病云何安隱彼以聞慧或以天眼見於生蟲行糞穢中若蟲燒熱我身亦熱若蟲冷病我亦冷病下痢白膿令身損減顏色萎黃若此生蟲調順不瞋則無如向所說之病觀生蟲已如實知身復次修行者內身循身觀彼以聞慧或以天眼見針口蟲行糞穢中其身長大從於熟臟行趣生臟一切諸蟲皆不能遮復從生臟上至咽喉唾吐俱出或作心痛或令不安以火弱故與糞俱出須臾即死觀針口蟲已如實知身復次修行者內身循身觀彼以聞慧或以天眼見白節蟲行糞穢中身短白色多蟲相續冷而大臭破壞人力隨糞俱出衆蠅封愛有此病者糞穢益多不憶飲食觀白節蟲已如實知身復次修行者內身循身觀彼以聞慧或以天眼見無足蟲住在身中此蟲云何爲人疾病云何安隱彼以聞慧或以天眼見無足蟲以食過故蟲則瞋恚吹一切風氣塞大小便若塞生臟不能嘔吐亦不能嚏不能頻申疲極不安不能睡眠不耐飢渴以蟲瞋故多生諸病觀無足蟲已

如實知身復次修行者内身循身觀彼以聞慧或以天眼見散汁蟲住在身中爲消食故於汁流處撥令分散於身分中與汁俱行乃至於足從足至頂一切身分汁遍流故衆人説之以爲好色若汁不流色則醜惡觀散汁蟲已如實知身復次修行者内身循身觀彼以聞慧或以天眼見三焦蟲住在身中若我熱病蟲增垢惡生臟不安火大增動以熱病故蟲亦熱病遍身奔走熱惱自焦以蟲瞋故味流之脉皆悉乾燥渴病頭痛觀三焦蟲已如實知身復次修行者内身循身觀彼以聞慧或以天眼見破腸蟲住在身中此蟲云何而作疾病云何安隱彼以聞慧或以天眼見破腸蟲若人多食飲食味故諸蟲逼迫蟲則生瞋齧破人腸或心脹痛或令風脹或令熱脹或令冷脹得如是等種種苦惱是破腸蟲傷害人腸若蟲調順則無如向所説之病觀破腸蟲已如實知身復次修行者内身循身觀彼以聞慧或以天眼見閉塞蟲住在身中此蟲云何爲人疾病云何安隱彼以聞慧或以天眼見閉塞蟲行糞穢中若我飲食其蟲亦食食已閉塞以食過故傷害流脉傷於火大所食腸脹屈腸戾腸或時令人心痛腹痛觀閉塞蟲已如實知身復次修行者内身循身觀彼以聞慧或以天眼見善色蟲住在身中此蟲云何而爲疾病云何安隱彼以聞慧或以天眼見善色蟲若我食時或食好肉或食惡肉或食重食蟲於身中爲作安隱口中取味走遍身中令無病惱氣力增長斷除諸疾住在身中以福德故蟲有大力人則有色

氣力充足若蟲無力人亦瘦瘠色貌憔悴觀善色蟲已如實知身復次修行者內身循身觀彼以聞慧或以天眼見下門瘡蟲住在身中云何爲我而作疾病云何安隱彼以聞慧或以天眼見下門瘡蟲以食相違蟲則瞋恚生種種瘡或生濕瘡或生乾瘡或前生瘡或後生瘡或生熱瘡若蟲瞋恚閉塞穢門糞流之脉若血流脉若汁流脉或以火少不消飲食以火少故穢門生瘡以蟲瞋故作種種病若蟲不瞋則無如向所說諸病觀穢門瘡蟲已如實知身復次修行者內身循身觀彼以聞慧或以天眼見十種蟲行於髓中有行精中何等爲十一名毛蟲二名黑口蟲三名無力蟲四名大痛蟲五名煩悶蟲六名火色蟲七名下流蟲八名起身根蟲九名憶念蟲十名歡喜蟲復次修行者內身循身觀彼以聞慧或以天眼見有髓蟲名曰毛蟲一切身分皆悉生毛若此蟲瞋令髓傷害既與其過便食人髓令人癩病顏色醜惡骨髓疼痛皆失氣力若毛蟲調順不生瞋恚則無如向所說諸病觀毛蟲已如實知身復次修行者內身循身觀彼以聞慧或以天眼見黑口蟲住於髓中一切身中行無障礙若蟲瞋恚能令髓融以傷髓故令人色惡曲脊身傴行步不便拄杖而行顏色憔悴身體振掉若黑口蟲調順不瞋則無如向所說諸病觀黑口蟲已如實知身復次修行者內身循身觀彼以聞慧或以天眼見少力蟲住在身中此蟲食髓若髓不足蟲則無力蟲無力故人亦無力復有餘蟲亦食人髓爲於強蟲之所陵逼人則苦

惱觀無力蟲已如實知身復次修行者內身循身觀彼以聞慧或以天眼見大痛蟲遊行髓中流轉常行遍諸身界此蟲能爲諸病因緣遍諸根中膿汁流出不能睡眠觀大痛蟲已如實知身復次修行者內身循身觀彼以聞慧或以天眼見於悶蟲住在身中行於微細心流脉中與脉爲妨以妨脉故則得心痛心悶欲吐顏色弊惡不欲飲食或熱病心痛猶如刀割見外蟲時心悶欲吐觀悶蟲已如實知身復次修行者內身循身觀彼以聞慧或以天眼見有諸蟲名曰下流行精流脉中若食好食發欲之食令精增長如此蟲等於尿流脉中引精令出觀下流蟲已如實知身復次修行者內身循身觀彼以聞慧或以天眼見起根蟲住在泡中若尿滿泡蟲則歡喜既歡喜已以尿因緣令身根起此是一切愚癡凡夫不善觀門觀起根蟲已如實知身復次修行者內身循身觀彼以聞慧或以天眼見憶念歡喜蟲作何疾病云何安隱若蟲歡喜有力多見諸夢或善不善以蟲過故以蟲流行於心脉故夢見衆相觀憶念蟲已如實知身如是那羅帝婆羅門長者聚落修行比丘作是觀已如實觀身如是身者何者是常不動不壞何者爲樂何者是我何者是淨何者可恃彼以聞慧或以天眼見此身中若麤若細無有一法是常不動不壞若樂若淨若我而可依恃譬如有人求日中闇若麤若細皆不可得身亦如是若有求其常樂我淨亦不可得是名修行者內身循身觀作是觀時遠離魔界近涅槃道愛不能亂及餘煩惱不

能爲礙是名内身循身觀復次修行者内身循身觀有何等風住在身中若調不調作何等業彼以聞慧或以天眼見心轉風住在身中云何心風能運轉身彼以聞慧或以天眼見心轉風以風調故能轉其身或行或住或俯或仰或作衆事以風力故或安或危觀心轉風已如實知身是名内身循身觀復次修行者内身循身觀有何等風住在身中若調不調作何等業彼以聞慧或以天眼見爪甲風住在身中若不調順爲何所作彼以聞慧或以天眼見手足甲以風因緣而得增長乃至老朽是名觀於爪甲之風如是修行者觀身内風以風堅故手足爪甲亦成堅實速得增長比丘如是觀手爪甲如實知身復次修行者内身循身觀有何等風住在身中若調不調作何等業彼以聞慧或以天眼見足下風住在身中若不調順爲何所作彼以聞慧或以天眼見足下風若不調順能生瘙痒既生瘙痒能令人生瘡或於行時蹈地有聲令足骨堅耐於寒熱又此足筋通於眼脉以油灌鼻以油塗足令眼明淨觀足下風已如實知身復次修行者内身循身觀有何等風住在身中若調不調作何等業彼以聞慧或以天眼見不覺風住在身中或調不調爲何所作彼以聞慧或以天眼見不覺風住於皮内令腨瘤瘤以風力故令腨皮内猶如蟻行若以手捺瘡如蟻蟲觀不覺風已如實知身復次修行者内身循身觀有何等風住在身中若調不調作何等業彼以聞慧或以天眼觀見有風名曰破骨住在身中若不調順爲何

所作彼以聞慧或以天眼見破骨風或晝或夜或行或住或在園林或在寺舍或疲極時破骨若痛不得睡眠手足不便不能屈伸觀破骨風已如實知身復次修行者內身循身觀有何等風作何等業彼以聞慧或以天眼見有一風名曰破行住在身中若不調順爲何所作彼以聞慧或以天眼見破行風若不調順此風則發以爲惱亂不能行步去來進趣觀破行風已如實知身復次修行者內身循身觀有何等風住在身中若調不調作何等業彼以聞慧或以天眼見破踝風住在身中爲作何等彼以聞慧或以天眼見破節風若得冷觸令胜骨疼遍於身中觀破節風已如實知身復次修行者內身循身觀有何等風住在身中若調不調作何等業彼以聞慧

或以天眼見破胜骨風住在身中若不調順爲何所作彼以聞慧或以天眼見破髀骨風若不調順令其胜內汁流之脉洪麤甚壯令脚屈伸兩胜相近肉重膇起如是觀破髀風已如實知身復次修行者內身循身觀有何等風住在身中若調不調作何等業彼以聞慧或以天眼見有節風住在身中爲何所作彼以聞慧或以天眼見有節風於兩肩四節咽喉一節頷骨二節鼻骨一節顚骨一節牙齒骨有三十二節上齶一節交牙二節項十五節兩髆一節兩肘二節兩腕二節脊骨數有四十五節胷十四節左右脅肋各十二節兩脅肋端各有脆骨二十四節橫骨一節髂骨二節身根一節兩胜二節兩膝二節兩踝二節足跟二節足趺二節兩手二足上下合

有六十節手足爪甲合二十節此是節風之所依也若我有病或致喪命或致苦惱觀節風已如實知身復次修行者內身循身觀有何等風住在身中若調不調爲何所作彼以聞慧或以天眼見脞頏風住在身中若不調順爲何所作彼以聞慧或以天眼見脞頏風若不調順不能屈伸不能行來以病過故觀脞頏風已如實知身復次修行者內身循身觀有何等風住在身中若調不調作何等業彼以聞慧或以天眼見身行界風住在身中若不調順爲何所作彼以聞慧或以天眼見身界風調順安隱則有氣力氣行出入能消飲食身有顏色眼耳鼻舌身皆安隱所食消化若不調順身色麤惡五根減劣飲食不消顏色不悅眼等諸根於境劣弱不產子孕如是觀身行界風已如實知身復次修行者內身循身觀有何等風住在身中若調不調作何等業彼以聞慧或以天眼見抽筋風住在身中若不調順爲何所作彼以聞慧或以天眼見抽筋風若風調順諸有所作若眠若住一切身色皆悉光澤皆是抽筋風之所爲作若不調順不能修作若眠若住一切不能有所施作觀抽筋風已如實知身復次修行者內身循身觀有何等風住在身中若調不調作何等業彼以聞慧或以天眼觀見有風名曰往返住在身內若不調順爲何所作彼以聞慧或以天眼見往返風若不調順閉身流脉令作淋病一切身分皆悉疼痛腹痛身根疼痛不能飲食精血竭盡不產子孕若風調適則無此病觀往返風已如實知身復次修

行者内身循身觀有何等風住在身中若調不調作何等業彼以聞慧或以天眼觀見有風名節行惱亂住在身中若不調順爲何所作彼以聞慧或以天眼見節行惱亂風若不調順令人生癖或生痔病便痢苦惱四大枯悴或令頭痛飲食不消下風不通身體燋悴生諸瘡病或生熱病若行節風調順則無如上所説諸病觀行節風已如實知身復次修行者内身循身觀有何等風住我身中或調不調作何等業彼以聞慧或以天眼觀見有風名破毛爪糞住在身中若不調順爲何所作彼以聞慧或以天眼見破毛爪糞風若不調順諸根瘦損或復頭痛或一眼一耳半面疼痛或目視䀮䀮或復鼻塞不知香臭面色痿黄咳逆嘔唾見不淨時即便嘔吐其心多亂不能禪思常念身心無病安隱人身之中受想行識四陰住處此身所攝一切無常作是觀已知生死法觀破毛爪屎風已如實知身復次修行者内身循身觀有何等風住我身中作何等業彼以聞慧或以天眼見亂精沫風於小便中能令其人精尿俱出細如芥子與尿俱出或大便疼作如是病惱亂其心不得專一若風調順則無此病觀亂精風已如實知身復次修行者内身循身觀有何等風住在身中或作安隱或不安隱彼以聞慧或以天眼見有老風住在身中隨風轉增漸就衰老氣力微弱不能去來須臾欲起極不從心行住坐卧疲極頓乏猶如他身心睡惛濁若風調適則無此病觀老風已如實知身復次修行者内身循身觀有何等風住我身

中或為安隱或不安隱彼以聞慧或以天眼見塞胞風住在身中若不調順身肉瞤動身羸心痛屎尿閉塞便利澀難妨於修禪得大苦惱心意散亂識不安隱不能觀法以身苦故不能念法若風調順則無如向所說諸病觀塞胞風已如實知身

正法念處經卷第六十五

音釋

瘭布遥切疒病也 瞪瞢瞪都鄧切瞢母亘切 眵侈支切目汁凝也 惙朱劣切 睫即涉切目旁毛也 皯古旱切面上黑也 黶幺琰切面有黑子也 窳勇主切惰窳也 腵居雨切筋節頭也 舐甚爾切以舌取食也 忪諸容切心驚動也 爴俱縛切爪搏也 螫施隻切蟲毒也 瞤輸閏切目動也 嚏丁計切噴嚏也 瘠秦昔切瘦也 齶逆各切齒內上下肉也 髆伯各切肩甲也 髈苦瓦切兩股間也 䀮呼光切目不明也

正法念處經卷第六十六

元魏婆羅門瞿曇般若流支譯

身念處品第七之三

復次修行者内身循身觀有何等風住我身中或作安隱或不安隱彼以聞慧或以天眼見乾糞風若我多食風則不調能令苦惱入於身分筋脉之中令糞乾燥或二日三日四日五日乃一便利乾燥少穢而甚苦痛若風調順則無此病觀乾糞風巳如實知身復次修行者内身循身觀有何等風住我身中或爲安隱或不安隱彼以聞慧或以天眼見兩傍風若不調順爲何所作彼以聞慧或以天眼見兩傍風行於身側血則乾燥以血乾燥受大苦痛若風調順則無此病觀兩傍風巳如實知身復次修行者内身循身觀有何等風住我身中或作安隱或不安隱彼以聞慧或以天眼觀何等風住我身中作何等業彼以聞慧或以天眼觀見有風名塞九孔住在身中若不調適能令九孔閉塞不通頭有七孔及大小便九孔既塞身則病苦入息出息不得安隱若風調順令身安隱乃能行法以風持故身得去來觀九孔風巳如實知身復次修行者内身循身觀彼以聞慧或以天眼見何等風住我身中作何等業彼以聞慧或以天眼見有一風名曰斷身分風若不調順爲何所作彼以聞慧或以天眼見斷身分風若不調不順手指則癵不得造作手足皆癵胜筋急痛九麤筋脉弦弦而急身分摇動疲極無力斷身分風若調順者則無如是所説諸病觀斷身分風巳如實知身復次修行者

内身循身觀有何等風住我身中或作安隱或不安隱彼以聞慧或以天眼見内有風名曰害火住在身中爲何所作彼以聞慧或以天眼見此風力能除火熱令食不消不消食故不復憶食不能食故則無顔色何故無色血乾燥故以血乾燥肉則消盡肉消盡故筋則瘙縮不復生脂不生脂故骨亦乾燥骨乾燥故髓亦乾燥髓乾燥故遍身精盡心中氣力風吹故動若害火風調順安隱則無如上所說病苦觀害火風已如實知身復次修行者内身循身觀有何等風住我身中作何等業彼以聞慧或以天眼見有風名作一切身分冷風爲何所作彼以聞慧或以天眼見一切身分冷風令身臭汗堅澀惡色身體皺減羸瘦毛竪身生黒瘡膿出爛臭搔抓汁流或生赤瘡或大蒸熱或生白瘡遍身麁𪋻大或復其身如白象皮麁𪋻澀生瘡或復口齒稀踈黧黒手足生瘡猶如工師疲極頓乏身生瘡癬手足常熱堅鞕麁惡或生瘡爛爪甲惡色鼻柱萎倒眼睫墮落人所惡賤一切施主之所惡見衆蠅封唼爪甲墮落若睡眠時氣息惛濁鼾睡大聲不欲飲食或食不消舌不得味如是一切身分冷風令身爛壞若一切身分冷風調順則顔色可愛細軟滑澤衆人所敬暖汗津液出於毛孔則無如上所説諸病觀一切身分冷風已如實知身復次修行者内身循身觀有何等風住我身中或調不調作何等業彼以聞慧或以天眼見有一風名破強健住我身中若不調順令心怯怖一切身分皆悉苦痛或身侹直頻伸不樂出息入息

悉不安隱身體振掉不能服衣苦患頭痛若習禪觀不得一心或見惡夢心悶嘔吐於好色中生顛倒見近見爲遠焦渴憔悴若破健風調順和適則無如上所說諸病觀破健風已如實知身復次修行者内身循身觀有何等風住我身中作何等業彼以聞慧或以天眼見身瞤風住我身中或調不調作何等業彼以聞慧或以天眼見身瞤風若不調適耳中鳴喚劈肉瞤動一切身分皆亦瞤動處處逃走不樂一處更無餘病若一切身瞤風調順則無如上所說諸病觀一切身瞤動風已如實知身復次修行者内身循身觀有何等風住我身中彼以聞慧或以天眼見有熱風住我身中或調不調作何等業彼以聞慧或以天眼見此熱風若不調順所食入口咽之則燒以是因縁四大不調不得增長或所食味不作二流濁穢不淨若有淨流四大增長唯有濁穢則無病苦若熱風不調所食皆濁不作清淨是故得病若熱風調順若清若濁二種食流四大平等以平等故則不爲病觀熱風已如實知身復次修行者内身循身觀有何等風住我身中作何等業彼以聞慧或以天眼見有一風名曰集蟲此集蟲風遍身分中能散能集閉塞上下從頂至足有十種蟲一名頭行蟲二名骨行蟲三名食髮蟲四名耳行蟲五名鼻内蟲六名脂内行蟲七名節行蟲八名食涎蟲九名食齒根蟲十名嘔吐蟲復有十蟲在咽骨中一名噉食蟲二名食涎蟲三名消唾蟲四名嘔吐蟲五名十味流脉中行蟲六名甜醉蟲七名嗜味蟲八名

抒氣蟲九名憎味蟲十名嗜唾蟲復有十蟲生於血中肉中而行一名食毛蟲二名孔穴蟲三名禪都蟲四名赤蟲五名食汁蟲六名毛燈蟲七名瞋血蟲八名食血蟲九名瘖瘖蟲十名酢蟲如是十蟲生於血中其蟲形相或短或團微細無眼復有十蟲作苦痛相生於肉中一名瘡味蟲二名惙惙蟲三名閉筋蟲四名動脉蟲五名食皮蟲六名動脂蟲七名和聚蟲八名臭蟲九名汙行蟲十名熱蟲如是等蟲從肉中生復有十蟲行於黃中一名黑蟲二名苗華蟲三名大諂曲蟲四名蘇毗羅蟲五名烏蟲六名大食蟲七名行熱蟲八名大熱蟲九名食味蟲十名大火蟲如是等蟲行於癰中諸身分中有十種蟲一名舐骨蟲二名嚙骨蟲三名斷節蟲四名臭蟲五名消骨蟲六名赤口蟲七名頭頭摩蟲八名食皮蟲九名刀風蟲十名刀口蟲復有十種蟲行於糞中一名生蟲二名針口蟲三名百節蟲四名無足蟲五名散糞蟲六名三焦蟲七名破腸蟲八名閉塞蟲九名善色蟲十名穢門瘡蟲其色可惡是名糞中十種蟲也復有十種蟲行脂髓中何等爲十一名毛蟲二名黑口蟲三名失力蟲四名大痛蟲五名煩悶蟲六名火色蟲七名下流蟲八名起身根蟲九名憶念蟲十名歡喜蟲如是等蟲遍行一切身分之中如意能行一切身中行一切界隨其行處皆作過惡是集蟲風一切身中如意遍行此身如是以風因緣諸蟲流行觀集蟲風已如實知身復次修行者內身循身觀有何等風住我身中作何等業彼以聞慧

或以天眼觀見有風名曰上下住在身中或安不安爲何所作彼以聞慧或以天眼見上下風若不調適行於五處作何等業作出入氣人説爲命行於心頂遍於身中自在無礙是爲風力第一分也若風不調能破壞身是風亦令口中多唾令身羸瘦飲食反胃逆嘔而出是爲風力第二分也住於心胃爲何所作若氣在心或憂或喜若氣從咽喉上至於項下入舌根隨其所念則能有語能説文字思惟諸義是爲風力第三分也復有常爲身火惱亂令身流汗是爲風力第四分也是風遍身斂眼視眴動一切身思惟遍身依男女根能生子息若男女行欲如此風力能集精血能令女人髖骨多力男女精血和合共集鞞羅婆身薄精之時風吹令厚而作肉團作肉團已次生五胞生五胞已或方或圓隨身長短識亦遍滿隨種種相譬如有人鑽酪出酥有酪有水有甕有鑽鑽之出沫知其已熟收取生酥如是風力及業煩惱能集成身亦復如是是爲第五風力分也若飲食噉味於舌根中咽喉脉中飲食充滿乃至遍於毛根爪甲氣力增長作色香味若風不調下風上行作四種惡氣塞難出遍身苦惱若離本處一切諸根一切識中皆得惱亂喪失身命既捨身已失三種法一命二暖三識是故偈言

若捨此身時　失命暖及識　更無所覺知
猶如瓦木石

是則名爲第一惡也若不調適作第二業喘息麤重不能調順一切遍身苦惱所逼逼之苦極則捨身命是則名爲第二惡也是上行

風若不調順作第三惡既惱諸根一切遍身而作惱亂喪失身命是則名爲第三惡也是上行風若不調適作第四惡或大喘息或復微少或致命終或但迂身而不失命是則名曰第四惡也若睡眠時氣息出入以持命根如是觀上下風已如實知身復次修行者内身循身觀有何等風或安不安作何等業彼以聞慧或以天眼觀見有風名曰命風住在身中或令身肥或令羸瘦令心審諦若風不調心則輕動所知皆失曾聞亦悉忘失見境不了於聲不聞如是鼻不知香舌不知味身不覺觸意不知法不識自他觀命風已如實知身復次修行者内身循身觀有何等風作何等業彼以聞慧或以天眼見亂心風住於身中若調不調爲何所作彼以聞慧或以天眼見於此風若我心過風不調順隨心所行或動或頑乾消癡亂或所食味邪流不正如是惱亂其心令於善法不生愛樂流汗多唾不耐冷觸若見色相以有病故不能如本如實見色身重難攝身毛皆竪若風調順則無如向所說之病觀亂心風已如實知身復次修行者内身循身觀有何等風住於身中或安不安作何等業彼以聞慧或以天眼見有亂風住在身中若不調順多見惡夢睡眠驚寤雖住温暖而常覺冷若見城邑村落人民見爲空聚或見黄色少於言語不樂卧處本曾聞法皆悉忘失四大惱亂其所食味住於心中無縁生猒妄見丘聚若風調順則無如上所說諸病觀亂風已如實知身復次修行者内身循身觀有何等風作何等業彼以聞

慧或以天眼見視眴風住在身中若不調適不得眴目更無餘風速於如此視眴風者行一切處悉遍諸根若不調順則生此病若風調順則無如向所說諸病觀視眴風已如實知身復次修行者內身循身觀有何等風或調不調作何等業彼以聞慧或以天眼見有一風名互相閉欲命終時有五風起或調不調爲作何業彼以聞慧或以天眼見眼耳鼻舌身心壞故於自境界色聲香味觸法中不能緣了若風不發命則不斷發則失命觀五閉風已如實知身復次修行者內身循身觀有何等風或調不調作何等業彼以聞慧或以天眼見壞胎臟風住在身中若人初識入於母胎先業因緣歌羅羅時即壞其命若歌羅羅時不壞其命至肉團時乃斷其命冷風入胎令其破壞若肉團時不斷其命身分具足乃斷其命若身分具足不斷其命諸根具足乃斷其命隨其宿世殺業輕重於胎臟中而斷其命若於宿世不殺衆生如所說風不能殺害觀壞胎臟風已如實知身復次修行者內身循身觀有何等風或調不調作何等業彼以聞慧或以天眼見有一風名轉胎臟住在身中或亂不亂作何等業彼以聞慧或以天眼見轉胎風以此衆生先世邪業若是男子轉爲女人或作黃門或胎中死以惡業故若於先世無諸惡業莫能爲害觀轉胎臟風已如實知身復次修行者內身循身觀有何等風住在身中作何等業彼以聞慧或以天眼見去來走擲風住在身中或亂不亂爲何所作彼以聞慧或以天眼見去來走擲風

若不調順手足癴躄身傴曲脊不能行來飲食仰他不能自食身根智慧悉不清淨若風調順身則能行去來進止能走能擲上下騎乘觀去來走擲風已如實知身復次修行者内身循身觀有何等風或調不調作何等業彼以聞慧或以天眼見眼耳鼻舌身五根別風業之所作業風所吹一風與眼共緣四大之中風力強故故名爲風是風能令眼根四大清淨見衆色像一風耳中能令聞聲鼻香舌味身觸亦復如是如是五風如實觀之若風調順於五境界無所障礙若不調順則多障礙不能如實知於境界如是觀於眼耳鼻舌身五種風已如實知身復次修行者内身循身觀有何等風或調不調作何等業彼以聞慧或以天眼見有刀風住在身中或亂不亂作何等業彼以聞慧或以天眼見命終時刀風皆動皮肉筋骨脂髓精血一切解截令其乾燥氣閉不流身既乾燥苦惱而死如千焰刀而刺其身十六分中猶不及一若有善業垂死之時刀風微動不多苦惱觀刀風已如實知身復次修行者内身循身觀有何等風或調不調作何等業彼以聞慧或以天眼見針刺風住在身中或調不調爲何所作彼以聞慧或以天眼見命終時風不調順遍身諸節及一切脉一切筋中一切肢骨一切毛孔一切肉中一切骨中一切髓中如燒炎針遍於身中來逼人身如百千炎針皆刺其身十六分中不及其一若於宿世有善業者於命終時是針刺風則不大苦觀針刺風已如實知身復次修行者内身循身觀有何等風

或調不調作何等業彼以聞慧或以天眼觀見有風名曰惡黃住在身中若調不調爲何所作彼以聞慧或以天眼見惡黃風若不調順則生黃病口中乾燥遍身皆黃面目爪甲一切皆黃腹脹麤大於其腹上青黃脉現其身無力食不能消口苦尿黃身體羸瘦目視衆色皆作青黃不能起止腹中常脹若黃風不調則生此病若黃風調順則無此病觀惡黃風已如實知身復次修行者内身循身觀有何等風或調不調作何等業彼以聞慧或以天眼見有一風名曰破腸或調不調爲何所作彼以聞慧或以天眼見破腸風若不調順若多飲食而復頻伸能破其腸或雜骨食肉入其腸中能破其腸食則流出腹大增長生大苦痛不能飲食食力少故身體微劣手足皆腫下門蒸熱一切身分恒熱不定口中乾燥常見惡夢腹中風動一念不住若破腸風調順和適則無如向所說諸病觀破腸風已如實知身復次修行者内身循身觀有何等風或調不調作何等業彼以聞慧或以天眼見有一風名曰冷唾若調不調爲何所作彼以聞慧或以天眼見冷唾風若不調順口中味甘其心忪忪不憶飲食若欲坐禪則生疲怠舌重語難或咽喉痛氣噎臭惡心中臭氣上衝咽喉氣澀難出不覺飢渴咽喉閉塞若冷風調順則無如上所說諸病觀冷唾風已如實知身復次修行者内身循身觀有何等風住在身中或調不調作何等業彼以聞慧或以天眼見有一風名曰傷髓住在身中若不調順爲何所作彼以聞慧或以天眼見

傷髓風若不調順令身振動身多疲極不能遠行常多病疾顔色醜惡身體瘖瘖不能多語其心怯弱是人晝夜骨髓常疼身毛皆豎諸脉劣弱常患頭痛以此風故常動腦蟲以蟲動故猶如針刺若風調順則無如上所説諸病觀傷髓風已如實知身復次修行者内身循身觀有何等風住在身中或調不調作何等業彼以聞慧或以天眼觀見有風名曰害皮住在身中若不調順爲何所作彼以聞慧或以天眼見害皮風若不調順令我身皮其色醜惡皆悉麁澀身皮破裂設以酥油而塗其身速疾乾燥身體手足皆悉堅直難可屈伸夢中多見垂墮嶮岸暖飲食味口中覺冷舌瘡破裂不能飲食若害皮風調順和適則無如向所説諸病觀害皮風已如實知身

復次修行者内身循身觀有何等風住在身中或調不調作何等業彼以聞慧或以天眼見有一風名曰害血住在身中若不調順爲何所作彼以聞慧或以天眼見害血風住在身中若不調順行於肺中作二種過或上或下若血上行令眼耳鼻血脉不調諸大不安大不安故身體失力顔色麤惡不能去來鼻中常臭同梵行者不與同行同處而坐若血下行至大小便流血而下作三種過一者痔病二者苦惱三者下血若害血風和順調適則無如上所説諸病觀害血風已如實知身復次修行者内身循身觀有何等風住在身中或調不調作何等業彼以聞慧或以天眼觀見有風名曰害肉住在身中若不調順爲何所作彼以聞慧或以天眼見害肉風若不

調順令人身中生諸癰病臭惡遍身破已臭惡多有濃汁耐冷惡熱不耐辛苦宜輕甜冷一切身動臭爛流出若風調順則無如向所說諸病觀害肉風已如實知身復次修行者內身循身觀有何等風住在身中或調不調作何等業彼以聞慧或以天眼觀見有風名曰害脂若不調順作何等業彼以聞慧或以天眼見害脂風若不調順令脂增長身生疱肉高下不平堆阜凹凸或堅或滑或有頑癡無所覺觸若害脂風和順調適則無如上所說諸病觀害脂風已如實知身復次修行者內身循身觀有何等風住在身中或調不調作何等業彼以聞慧或以天眼見害骨風若不調順爲何所作彼以聞慧或以天眼見害骨風若不調順令骨疼痛其聲破散晝夜不睡項頸疼痛一切筋骨皆緩不治筋骨無力身常疼痛疲極苦惱不能起止無一念樂若風調順則無如向所說諸病觀害骨風已如實知身復次修行者內身循身觀有何等風住於身中或調不調作何等業彼以聞慧或以天眼見有一風名曰害精住在身中若不調順爲何所作彼以聞慧或以天眼見害精風若不調順誑惑於人若人眠睡戲弄於人示人種種諸惡之念以妄想心作非梵行風不調故夜行鬼女虛誑破實夢爲其犯令不憶食觀害精風已如實知身復次修行者內身循身觀有何等風住在身中或調不調作何等業彼以聞慧或以天眼見有一風名曰皺風住在身中若不調順爲何所作彼以聞慧或以天眼觀於皺風若不調順若足下足

上若腨若髀若髖若背若脇若乳若咽若項
若肩若臂若耳若眉一切身分皆悉皺減其
身深皺或開或合其足尸破設油塗身尋即
乾燥令如老人觀皺風已如實知身復次修
行者内身循身觀有何等風住在身中或調
不調作何等業彼以聞慧或以天眼觀見有
一風名曰白髮住在身中若不調順爲何所
作彼以聞慧或以天眼觀白髮風若不調順
能令少年髮白羸瘦猶如老人若在家人所
生之子如父速老其子病故無復子孕以風
力故令年少者如老無異是白髮風起於惡
劫隨諸衆生不順法行風則增長若有福德
風則調順若無福德風則不調觀白髮風已
如實知身復次修行者内身循身觀有何等
風或調不調作何等業彼以聞慧或以天眼
見有一風名曰損膩住在身中若不調順爲
何所作彼以聞慧或以天眼觀損膩風若不
調順不憶飲食令人衰弱不喜膩食病之所
起因於晝寢風不調順不樂甜食嗜苦酢味
若不食膩風則調順身不疲極觀害膩風已
如實知身復次修行者内身循身觀有何等
風住在身中或調不調作何等業彼以聞慧
或以天眼見有淋風住人身中若不調順爲
何所作彼以聞慧或以天眼見淋病風若不
調順常多淋瀝不能如意身體無力其出入
息麤濁不調身色痿黄羸瘦憔悴若風調順
則無如向所説諸病觀淋風已如實知身復
次修行者内身循身觀有何等風作何等業
彼以聞慧或以天眼見有一風名食相應若
調不調爲何所作彼以聞慧或以天眼見食

相應風若不調順所食四分五分之中三分嘔吐令人心亂失於食力不能視眴以風力故意法不定若風調順則無如向所説諸病觀食相應風已如實知身復次修行者内身循身觀有何等風住在身中或調不調作何等業彼以聞慧或以天眼見有一風名壞牙齒住在身中爲何所作彼以聞慧或以天眼見壞牙風若不調順牙齒疼痛毀壞墮落齗中血爛脣中生瘡上齶生瘡鼻塞不通若風調順則無如向所説諸病觀壞牙齒風已如實知身復次修行者内身循身觀有何等風住在身中或調不調作何等業彼以聞慧或以天眼見有一風名曰喉脉住在身中若不調順爲何所作彼以聞慧或以天眼見喉脉風若不調順令咽項痛或咽喉腫或其聲歂歂若風調順則無如向所説諸病觀喉脉風已如實知身復次修行者内身循身觀有何等風住在身中或調不調作何等業彼以聞慧或以天眼見有一風名曰下行住在身中或調不調爲何所作彼以聞慧或以天眼見下行風若不調順令食過惡力少不消飲食消故皮肉骨髓精血增長若食不消風冷黄病悉不調順是下行風若不調順則失食力食力少故顔色憔悴若風調順則無如向所説之病觀下行風已如實知身復次修行者内身循身觀有何等風住在身中或調不調作何等業彼以聞慧或以天眼見有一風名曰上行住在身中爲何所作彼以聞慧或以天眼見上行風住於頂上若風調順從頂而出猶如煙氣從上而出若住日中若住陰中

若晝若夜常出不斷凡人皆見若風不調則氣不出若頂氣斷已三日不出決定命終觀上行風已如實知身復次修行者内身循身觀有何等風住在身中或調不調作何等業彼以聞慧或以天眼見有傍風住在身中若調不調爲何所作彼以聞慧或以天眼見於傍風若不調順閉出入息一切筋脉皆令掣縮或聚或散或牽或挽或鼻瞤動或㰦歆作聲後得大苦若傍風調順則無如向所說之病觀傍風已如實知身復次修行者内身循身觀有何等風住在身中或調不調作何等業彼以聞慧或以天眼見有一風名曰轉筋住在身中若不調順爲何所作彼以聞慧或以天眼見轉筋風若不調順令手筋脚筋大小便筋背筋遍身諸筋皆悉捲并合爲一處堅急頑鈍無所覺知若風調順則無如向所說諸病觀轉筋風已如實知身復次修行者内身循身觀有何等風住在身中若調不調作何等業彼以聞慧或以天眼見有一風名曰壞毛住在身中若調不調爲何所作彼以聞慧或以天眼見壞毛風若不調順一切身分所有諸毛皆悉墮落身體痿黃設更生毛即隨墮落若風調順則無如向所說諸病觀壞毛風已如實知身復次修行者内身循身觀有何等風住在身中若調不調作何等業彼以聞慧或以天眼見有一風名似少風若風調順爲何所作彼以聞慧或以天眼見似少風以調順故十時風力形貌色力屈伸俯仰分分相似若風不調於其身中心意流脉則便擾動而發狂癡心亂不正若其心意流

脉調順則不狂亂觀似少風已如實知身復次修行者內身循身觀有何等風住在身中若調不調作何等業彼以聞慧或以天眼見有一風名嗜睡眠若不調順爲何所作彼以聞慧或以天眼見睡眠風若不調順於聽法時令人惛睡聞不善法心則樂聞若晝若夜欲正觀察則爲所亂樂至酒肆若風調順則無此病觀睡風已如實知身復次修行者內身循身觀有何等風住在身中作何等業彼以聞慧或以天眼見有一風名曰瞋風住在身中若不調順爲何所作彼以聞慧或以天眼見瞋恚風若不調順以少因緣而起大瞋爲瞋所使一切世人起大瞋怒身毛皆竪心衝動亂所見不了以近爲遠見於日月生顛倒心謂日爲月以月爲日若風調順則無此病觀瞋風已如實知身復次修行者內身循身觀有何等風住在身中作何等業彼以聞慧或以天眼見有一風名曰名字若調不調爲何所作彼以聞慧或以天眼見名字風若其調順能有言說緣心數法舌風言說隨心而行能說無量名字句義如是舌說名字之風若不調順則少言語或口瘖不語觀舌名字風已如實知身

正法念處經卷第六十六

音釋

癵閭圓切拘攣也　𤸷縮𤸷渠員切縮所六切𤸷縮筋屈病也　鞕與硬同堅強也　鼾許干切卧鼻氣激聲也　團徒官切圓也　躄必益切足不能行也　齗語斤切齒根也　䯇烏沒切咽中息不利也　痿邑危切痺濕也

正法念處經卷第六十七

元魏婆羅門瞿曇般若流支譯

身念處品第七之四

復次修行者内身循身觀有何等風住在身中若調不調作何等業彼以聞慧或以天眼見有一風名曰壞味住在身中若不調順爲何所作彼以聞慧或以天眼見壞味風若不調順令人舌中嗜甜蟲動以蟲動故一切好食美饍悉不能食以不食故身體劣弱不能讀誦修學禪思及修善法身不調故心不樂法名色互相因緣而住猶如束竹相依而住相依力故如是名色各各相依如是行聚食因緣住如水和麨名爲麨漿各各有力名色得住若風調順則無如向所說之病觀壞味風已如實知身復次修行者内身循身觀有何等風住在身中若調不調作何等業彼以聞慧或以天眼見有一風名曰晡過住在身中若調不調爲何所作彼以聞慧或以天眼見晡過風若不調順食欲消時夜則患痛令食酢氣乃至食消一切身體皆悉無力脉如網縛若風調順則無如向所説諸病觀晡過風已如實知身復次修行者内身循身觀有何等風住在身中若調不調作何等業彼以聞慧或以天眼見有一風名臭上行若調不調爲何所作彼以聞慧或以天眼見臭上行風令身鼻口一切皆臭能令臭氣從毛孔出從於熟臟上衝生臟令一切身堅鞕大苦食不消化不能坐禪晝夜不能修行善法若上行臭風和順調適則無如向所說之病觀上行風已如實知身復次修行者内身循身觀

有何等風住在身中若調不調作何等業彼以聞慧或以天眼見有一風名大便處若調不調爲何所作彼以聞慧或以天眼見大便風若不調順於三肉胞則成痔病所下之血如赤豆汁身體燒熱惛嗜睡眠筋脉拘急食不能消舌不得味若風調順則無此病觀大便處風已如實知身復次修行者內身循身觀有何等風住在身中若調不調作何等業彼以聞慧或以天眼見有一風名曰忘念住在身中若調不調爲何所作彼以聞慧或以天眼見忘念風若不調順令念忘失習誦多忘不能憶持於四方面所見顚倒已過之事忘失不憶所食速飢而不能食身毛麤澀爪甲亦然不耐寒熱所念隨忘若風調順則無如是所說之病觀忘念風已如實知身復次修行者內身循身觀有何等風住在身中若調不調作何等業彼以聞慧或以天眼見有一風名曰生力住在身中若不調順爲何所作彼以聞慧或以天眼見生力風若不調順雖復多食美饍飲食身常無力如毒壞身以風不調故有此病若風調順則無此病觀生力風已如實知身復次修行者內身循身觀有何等風住在身中或調不調作何等業彼以聞慧或以天眼見有一風名生身心力住在身中若不調順爲何所作彼以聞慧或以天眼見生身心力風若風調順始從胎中身心漸增令心強健以風調故知作不作久時所作皆能念知去來進止強健不怯耐於飢渴寒熱衆苦身體充滿其身頭髮不非時白若不調順則失此法觀生身心力風已如實

知身復次修行者内身循身觀有何等風住在身中或調不調作何等業彼以聞慧或以天眼見有一風名曰妨咽喉語住在身中若不調順爲何所作彼以聞慧或以天眼見妨咽喉語風若不調順則生身病以餘不調則便失音或時耳聾或手足癵躄或身曲傴僂兩目失明以風不調生如是病觀妨咽喉語風已如實知身復次修行者内身循身觀有何等風住在身中若調不調作何等業彼以聞慧或以天眼見有一風名曰睡風若不調順爲何所作彼以聞慧或以天眼見有睡風若不調順所見顛倒惱亂流脉令其動變一切骨節皆悉疼痛觀睡風已如實知身復次修行者内身循身觀有何等風住在身中若調不調作何等業彼以聞慧或以天眼見有一風名曰持命住在身中若調不調爲何所作彼以聞慧或以天眼見持命風若不調順令人失命捨於覺知一切衆生第二之命能持於身依於識心以不調故能斷人命依持一切衆生命根若風調順則不失命觀持命風已如實知身復次修行者内身循身觀有何等風住在身中若調不調作何等業彼以聞慧或以天眼見有一風名曰損壞一切身分住在身中若不調順爲何所作彼以聞慧或以天眼見壞身風始從住胎以此風力令其身分破壞損傷身曲傴脊凸臆戾髖若風調順則無此病觀壞身風已如實知身復次修行者内身循身觀有何等風住在身中作何等業彼以聞慧或以天眼觀見有風名曰攝皮住在身中爲何所作彼以聞慧或以天

眼見攝皮風若爲外風所觸若冷若熱若香若臭或下或上或大力小力隨時來觸悉能覺知觀攝皮風已如實知身復次修行者內身循身觀復有何風住於身中彼以聞慧或以天眼離於垢濁清淨所緣離疑度疑度於曠野如實不疑於此身中更無異風此風聚集此風和合如此風流緣於根界共業煩惱和合而住能持於身或爲妨害是修行者遍觀一切身內諸風具足見已猒離欲心愛不能壞不入魔境近於涅槃以智慧日破無始流轉貪瞋癡闇離疑曠野不染色聲香味觸等於境界中如實見之一切三界皆悉無常苦空無我如實見之如是那羅帝婆羅門長者聚落修行比丘如實知此樂修身念知生滅法不念餘觀觀一切身知一切縛及以解脫

復次修行者復以異法觀察是身失壞盡滅云何此身當失壞耶於命終時云何風蟲能壞此身云何惱亂於一切界幾時命終云何上下逆順風吹如是比丘內身循身觀彼以聞慧或以天眼見臨終時一切諸蟲先被惱亂蟲既死已人乃命終一切有爲決定失壞如是死法必當有此堅牢大惡如是比丘觀於頭中有十種蟲爲風所殺一名頂內蟲爲足甲風之所殺害二名腦內蟲爲於兩足傍風之所殺害三名髑髏骨蟲爲不覺風之所殺害四名食髮蟲爲破骨風之所殺害五名耳內行蟲爲行蹈地風之所殺害六名流涕蟲爲於跟風之所殺害七名脂內行蟲爲破脛風之所殺害八名交牙節蟲九名食涎蟲

爲破足腕節風之所殺害十名食齒根蟲爲破髀骨風之所殺害十一復有十種蟲行於咽喉下至胷中爲風所殺何等爲十一名敢食蟲二名食涎蟲爲破力風之所殺害三名消唾蟲四名嘔吐蟲五名行十味流脉蟲爲行轉風之所殺害六名甜醉蟲爲害節風之所殺害七名嗜味蟲爲破毛爪甲屎風之所殺害八名抒氣蟲爲正跳風之所殺害九名憎味蟲爲破壞風之所殺害十名嗜睡蟲爲泡中風之所殺害十二復有十種蟲住於血中爲風所殺一名食毛蟲爲乾糞風之所殺害二名孔行蟲爲二傍風之所殺害三名禪都蟲爲六竅風之所殺害四名赤蟲爲斷身分風之所殺害五名蛔毋蟲爲惡火風之所殺害六名毛燈蟲爲一切身分風之所殺害七名瞋血蟲八名食血蟲爲破健風之所殺害九名瘖瘖蟲爲一切身動風之所殺害十名酢蟲爲於熱風之所殺害生於血中其形短促團圓無足微細無眼能作身痒懾懾而動其蟲味鹹於人死時如是等蟲爲風殺已血則乾燥其人即死是故人説死人無血血欲乾故得大苦惱臨命終時心懷大怖受大苦惱恐捨此身行於異處捨離族親知識兄弟妻子財物癡愛無智愛結所縛無有救護無善法伴唯獨一身一切身分血脉乾燥受於身心二種大苦十三復次修行者内身循身觀有何等蟲爲風所殺得何苦惱彼以聞慧或以天眼見十種蟲住在肉中何等爲十一名生瘡蟲爲於行風之所殺害二名刺蟲爲上下風之所殺害三名閉筋蟲爲於命風之所殺

害何故名之以爲命風若出身中人即命盡故名命風四名動脉蟲爲於閑風之所殺害五名食皮蟲爲亂心風之所殺害六名動脂蟲爲惱亂風之所殺害七名和集蟲爲視眴風之所殺害八名臭蟲九名汗蟲十名熱蟲爲於閑風臨命終時五閑風之所殺害十四復次修行者内身循身觀云何死時白汗流出如是諸蟲行於瘮中何風所殺是修行者觀十種蟲行於瘮黄中何等爲十一名瘖瘖蟲爲壞胎臓風之所殺害若男若女欲命終時此風斷脉二名㦝㦝蟲爲轉胎臓風之所殺害若男若女令失氣力或於口中出一掬黄猶如金色三名茼華蟲爲去來行住風之所殺害四名大諂蟲五名行孔穴黒蟲六名大食蟲七名行熱蟲爲壞眼耳鼻舌身風之所殺害如是次第八名大熱蟲爲於刀風之所殺害九名食味蟲爲針刺風之所殺害十名大火蟲爲惡黄風之所殺害十五復次修行者内身循身觀觀於骨蟲臨命終時爲何等風之所殺害彼以聞慧或以天眼見一切身分骨内有十種蟲何等爲十一名舐骨蟲爲黄過風之所殺害二名牙骨蟲爲於冷風之所殺害三名斷節蟲爲傷髓風之所殺害四名赤口臭蟲爲傷皮風之所殺害五名消骨蟲爲傷血風之所殺害六名赤口蟲爲傷肉風之所殺害七名頭頭摩蟲八名食皮蟲爲傷骨風之所殺害九名風刀蟲爲害精風之所殺害十名刀口蟲爲皮皺風之所殺害十六復次修行者内身循身觀觀屎中蟲臨命終時爲何等風之所殺害彼以聞慧或以天眼見

十種蟲何等爲十一名生蟲爲生力風之所殺害二名針口蟲爲傷汗風之所殺害三名百節蟲爲於淋風之所殺害四名無足蟲爲傷汗風之所殺害五名散糞蟲爲破齒風之所殺害六名三焦蟲爲喉脉風之所殺害七名破腸蟲爲下行風之所殺害八名閉食消蟲爲上行風之所殺害九名黄蟲爲二傍風之所殺害十名消重食蟲爲轉筋風之所殺害是風及蟲令糞乾燥惱亂諸界互相動發互相衝擊風皆上行惱身界已破壞斷氣托攪其身令其乾燥奮力殺之人死之時受大苦惱無法可喻一切世人皆當有死決定無疑十七復次修行者内身循身觀觀髓中蟲臨命終時爲何等風之所殺害彼以聞慧或以天眼見於髓中有十種蟲何等爲十一名毛蟲爲害髓風之所殺害二名黒口蟲爲似少風之所殺害三名無力蟲爲睡見亂風之所殺害四名痛惱蟲爲不忍風之所殺害五名心悶蟲爲舌名字風之所殺害六名火色蟲爲於緊風之所殺害七名滑蟲爲於脯風之所殺害八名下流蟲爲臭上行風之所殺害九名起身根蟲爲穢門行風之所殺害十名憶念歡喜蟲爲忘念風之所殺害十八復次修行者内身循身觀已見無常不淨無我前已一蟲爲傷肺風之所殺害如是等蟲臨命終時爲風所殺如是比丘内身循身觀以無漏明斷除無始流轉闇黒畢竟常滅以世間相似業而得此法以其久修七種之念現前見故何等爲七一者念佛二者念法三者念僧四者念戒五者念天六者念死七者念無常

復次修行者內身循身觀觀死幾種壞一切業彼以聞慧或以天眼觀死四種所謂地大不調水大不調火大不調風大不調云何地大不調而斷人命若地大不調身中風氣地大堅故舉身皆閉互相破壞互相逼惱譬如二山堅如金剛於二山間置生酥摶有大黑風吹此二山互共相擊壓生酥摶地大風大如彼二山一切身命皮肉骨血脂髓精氣身篋盛之猶如生酥為地大風大打壓加害破壞身界得大苦惱不能念佛念法念僧現陰將盡為中陰繫相續不斷一切愚癡凡夫之人以心相似相續緣生如印所印死亦如是現陰將盡以相似心生亦相似以心獮猴因緣力故受諸生死復次修行者內身循身觀觀命終時云何水大不調令我及一切愚癡凡夫而喪身命彼以聞慧或以天眼見水大不調舉身筋脉一切皮肉骨血脂髓精氣我及眾生臨命終時一切皆爛膿血流出互相逼迫一切皆動如兩山壓亦如前說以生酥摶置於海中黑風所吹洪波相擊不可止住無堅無牢如是水大破壞其身亦復如是不能復念佛法僧寶餘念之心相續不斷一切愚癡凡夫緣心相似而受生身如印所印於命終時現陰既盡受相似生亦復如是以心獮猴而受生死引入生死復次修行者內身循身觀云何火大不調而斷人命彼以聞慧或以天眼見命終時火大不調一切身脉一切諸筋一切輔筋皮肉骨血脂髓及精一切燒煑熱燄熾然譬如燒於佉陀羅炭火聚如山投以生酥燒之燄起如是身者猶如酥摶

投之死苦亦復如是不能復念佛法僧寶現陰將盡心念相續一切愚癡凡夫以心緣念相似受生如印所印於命終時現陰既盡而心受生亦復如是以心獼猴因緣力故而受生死復次修行者内身循身觀云何死時風大不調而斷人命彼以聞慧或以天眼見臨終時風大不調一切身分一切筋脉一切身界所謂皮肉骨血脂髓精氣皆悉散壞乾燥無臓互相割裂從足至頂分散如沙譬如酥摶黒風所吹散壞失臓於虚空中分散如沙人命終時風大不調死苦所逼亦復如是不能復念佛法僧寶一切凡夫盡有緣心相續而生如印所印於命終時有盡心生亦復如是以心獼猴因緣力故而受生老病死之身是名四大不調有四種死行者見已觀察無常苦空無我如是見已不近魔境近涅槃道於染愛色聲香味觸不樂不著不起愛心離於塵垢離於曠野不著色聲香味觸不起色慢不恃少年不恃命慢不喜多語不入城邑無所偏著常念死畏於微細罪心生怖畏如實知身知生滅法於一切染欲心得厭離樂行正法心不懈怠如是那羅帝婆羅門長者聚落修行比丘觀察修行

復次修行者内身循身觀云何修行觀内外身所謂觀外法已觀於内身循身觀觀察種子如種生芽從芽生莖從莖生葉從葉生華從華生實是名外觀復次修行者觀於内身從前識種子共業煩惱入不淨中名安浮陀從安浮陀名歌羅羅從歌羅羅名曰伽那從伽那時名爲肉團從於肉團生於五胞所謂兩

手兩足及頭從於五胞生於五根如是次第乃至老死復次修行者外身隨順觀云何草木前見青緑後漸變黄終時墮落身亦如是初見嬰兒次至中年漸至於老老則歸死復次修行者外身隨順觀外諸種子云何生耶從地生於一切藥草及以叢林而得增長彼以聞慧或以天眼見是諸法各各因縁各各力生若内若外一切有爲除三種法所謂數縁無爲非數縁無爲虚空無爲云何諸法各各力轉所謂無明縁行行縁識識縁名色名色縁六入六入縁觸觸縁受受縁愛愛縁取取縁有有縁生生縁老死憂悲苦惱如是一切大苦聚集若無明滅則行滅行滅則識滅識滅則名色滅名色滅則六入滅六入滅則觸滅觸滅則受滅受滅則愛滅愛滅則取滅取滅則有滅有滅則生滅生滅則老死憂悲苦惱大苦聚滅如是唯有大苦聚滅如是諸法若内若外互相因縁而得生長如是修行者内身循身觀三種外身界隨順觀觀内如外觀外如内如實觀察如是修行者觀内外法先觀閻浮提爲增長正法修内法觀分別觀察一一觀察人天合觀別觀無覺内因於外一切四大外因於内心心數法有内法外法增長若有内法内法正了若内法增長見外則了云何内法因外增長床褥卧具病瘦醫藥所須之物皆悉具足比丘則能增長善法若無卧具病瘦醫藥不能增長一切善法無心希求如是内外互共相因而得增長非有作者非常不變非無因生復次修行者觀於外身云何一切三界衆生外法因縁而得

增長有一法增長一切有爲所攝衆生有四種食何等爲四一名摶食二名思食三名觸食四名識食欲界之食四大種子因於外食而得增長内善禪樂是名初觀外法增長内法云何外法增長内法彼以聞慧或以天眼觀劫初時衆生所食何因何緣八分具足何等八分所謂愛味色聲愛聲樂輭堅固色貌外法者謂牀褥卧具湯藥能增長身樂修善法如是修行者外身隨順觀若蚊䖟蟻等不惱觸身内法增長若風雨寒熱若不妨礙得求内法若聞不愛不樂醜惡之聲聞之無礙名增内法若聞臭氣不可愛樂不以爲礙名增内法若聞愛香無所障礙名益内法五根皆悉内因外入有五内入是名外身觀賢聖弟子如實知身復次修行者觀於外身云何六識而取於法彼以聞慧或以天眼見於外法無所障礙則能知法何等六識所謂眼識耳識鼻識舌識身識意識是名内法了知外法是内外法互相因緣譬如飛鳥遊於虛空隨其所至影常隨身内外諸入亦復如是若一切身一切内法增長心亦增長心爲一切法之因緣各各相因而有諸法如是修行者不見一法是常不變不破壞者

復次修行者外身隨順觀觀閻浮提人壽命云何減損云何增長彼以聞慧或以天眼見劫初時光音諸天下閻浮提食於地皮如三十三天須陀之味以劫初時人善心故地皮好色好香善觸離一切過衆人食之壽命八萬四千歲唯有三病一者飢二者渴三者希望至第二時如是人等以不善心取於地皮

遂令地皮穢濁不淨所謂飢渴及以希望欲命終時熱病而死如是觀閻浮提人因於外食而得壽命無病無惱復次修行者外身隨順觀云何閻浮提人於第三時一切因食而得色命彼以聞慧或以天眼觀第三時地皮皆滅以食過故風冷熱等皆不調順無量病起一切有為行聚外食因緣內入增長由內因緣外法增長觀外身因內內法緣外復次修行者隨順觀外身云何第四鬬時閻浮提人食何等食彼以聞慧或以天眼見閻浮提人於鬬戰時食於莠子或食鵲豆或食魚肉或食菜根一切好味皆悉滅沒多有病苦非時而老於鬬戰時人無氣力復次修行者外身隨順觀云何劫初時閻浮提人壽命長短彼以聞慧或以天眼見劫初時閻浮提人壽命八萬四千歲身長五百弓（今人身長一弓）復次修行者外身隨順觀云何閻浮提人於第二時壽命色量彼以聞慧或以天眼見閻浮提人於第二時壽命四萬歲人之身量長二百弓復次修行者外身隨順觀云何觀於閻浮提人於第三時壽命色量彼以聞慧或以天眼見閻浮提人於第三時其人壽命一萬歲人之身量長一百弓復次修行者外身隨順觀觀閻浮提人壽命色量彼以聞慧或以天眼見閻浮提人於鬬戰時其人壽命受一百歲身長一弓復次修行者隨順觀外身觀末劫時無十善時一切人民但自擁護無福德時云何壽命壽幾許命彼以聞慧或以天眼見於惡世無法之時一切好味皆悉磨滅所謂鹽酥及安石榴蜜與石蜜甘蔗秔粮六十日

稻如是等味世間勝者一切皆滅一名赤稻次名鳥將來稻次名飛蟲稻次名迦吒波稻次名赤芒黃米稻次名易洛稻次名斑稻次名白眞珠稻次名速稻次名鐵芒稻次名垂穗稻次名赤色稻次名朱吒迦稻次名樹稻次名水陸稻次名陸地稻次名正意稻次名海生稻次名雙穟稻次名等笑稻次名焦熟稻次名鸚鵡不食稻次名日堅稻次名命稻次名一切處生稻次名師子稻次名無垢稻次名大輕稻次名一切生稻次名大力稻次名生香稻次名割地稻次名罽賓稻次名山中稻次名近雷山生稻次名離縛稻次名迦陵稻次名大迦陵伽稻次名如雪稻次名大貝稻次名善德稻次名流稻次名不學稻次名不曲新陀稻次名負黑稻次名波斯主稻次名多得稻次名鴦伽梨稻次名量稻次名長稻次名雜稻次名非人稻次名惠稻次名日種稻次名摩伽陀稻次名水沫稻次名時生稻次名無穢稻次名第一稻次名暖稻次名漢稻次名黃色稻次名婆薩羅稻次名縛稻次名舌愛稻次名澀稻次名堅稻次名須陀稻次名麥色稻十七次名少稻次名六種藏稻次名無皮稻次名甜稻次名黑色稻次名青色稻如是稻中有二種子一者自生二者種植及餘一切香華於惡世時盡皆滅沒以滅沒故閻浮提人皮肉脂骨悉皆減少一切身骨羸陋短小食味薄故一切內外互相因緣皆悉耗減是修行者如是外觀一切無常無樂無淨無我亦無作者非無因生非異因生非是一作亦非二作非三非四非五非六

邪見外道之所造作如是觀外境界隨順身觀如是修行者觀初後時如上廣說如實隨順觀於外身

復次修行者隨順觀外身云何觀四天下山河城邑國土海魚由旬之身須彌山王四面大洲謂閻浮提國鬱單越國弗婆提國瞿陀尼國有八大地獄餓鬼畜生六欲諸天如是隨順觀於外身復次修行者初觀閻浮提東方大海山河國土彼以聞慧或以天眼見有大山名曰無滅高十由旬縱廣三十由旬於此山中有恒伽河有國名迦尸復有二河一名安輸摩河二名毗提醯河憍薩羅國有六國土多他鴦伽國名毗提醯國廣百由旬安輸國廣三百由旬迦尸國一萬四千聚落城廣二由旬金蒲羅國人民衆多林樹具足那梨吱樹多羅樹多摩羅樹莊嚴其城佉殊羅樹波那娑樹多有衆果是修行者復觀異人謂取衣人賒婆羅人穿其脣口以珠莊嚴駱駝面人其國縱廣一百三十由旬觀彼國土隨順觀外身復觀閻浮提山河聚落彼以聞慧或以天眼見盧醯河出佉羅山廣三由旬長百由旬入於東海多有人民城邑莊嚴復次修行者隨順觀外身閻浮提中何等山河彼以聞慧或以天眼見有大山名彌斫迦高一由旬長一百由旬復有一山名爲高山高五由旬長百由旬山上有池池有大石廣半由旬其池有河長二百由旬入於大海復次修行者隨順觀外身閻浮提中何等異河彼以聞慧或以天眼見閻浮提中有一大河名迦毗梨多有大華莊嚴其河謂迦多吱華般

遮華阿殊那華迦陀摩華南摩梨迦華阿提目多迦華以爲莊嚴復有第二河名瞿摩帝以多饒牛故名牛河如是二河廣半由旬長三百由旬入於大海復次修行者隨順觀外身閻浮提中復有何等山河彼以聞慧或以天眼見閻浮提有山名曰生金其山有河名娑羅娑帝河邊有城名俱尸那其河不駛洋洋而流其山方圓三十由旬山中有人名吱羅陀邊地惡人心無慈愍其山復有取衣之人住在其中善能水行於大海水能過能度山水饒魚以宿習故唯食血肉以自存活復次修行者隨順觀外身過閻浮提復有何等山海渚耶彼以聞慧或以天眼見有寶山住於海邊高十由旬種種衆寶之所成就所謂青寶大青寶王金剛硨磲赤蓮華寶以爲莊嚴往昔有諸法行商人入於大海爲大風力將至寶山其大海水廣萬由旬海中多有提彌魚提彌鯢羅魚失收摩羅魚捉影魚不爲其難得度大海至金壁渚眞金爲地諸羅剎等住在此渚其形可畏有大勢力過此渚已復有一海廣二千由旬過此海已復有一山名曰二一其山三峯高七由旬縱廣三百由旬七寶莊嚴青寶金剛青毗瑠璃硨磲諸寶赤蓮華寶莊嚴其山復次修行者隨順觀外身過此山已復有何等山海渚耶彼以聞慧或以天眼見有大海名曰黑水廣一萬由旬諸阿脩羅遊戲其中龍及龍女亦遊其中其黑水海觀之可畏有羅剎鬼名曰捉影攝阿脩羅令其劣弱退入水下其黑水海水下無山水如黑雲多有諸龍住在其中是修行者

既觀察已如實外觀行者復觀過黒水海有何山海彼以聞慧或以天眼見有大海名赤寶水充滿其中海岸有樹名閻浮樹一切樹中最爲高勝樹高九十由旬迦樓羅鳥王金剛爲巢住在其上去閻浮樹一百由旬名青水海於此海中有諸羅刹名曼頭呵身長十里水中有山此諸羅刹住在山中

正法念處經卷第六十七

音釋

傴僂(傴委羽切僂隴主切傴僂脊曲也)呀(虛迦切)攪(古巧切撓也動也)吱(音支)駃(爽士切疾也)毦(莫報切毛鷹鵰鶚也)

正法念處經卷第六十八

元魏婆羅門瞿曇般若流支譯

身念處品第七之五

復次修行者外身隨順觀過青水海復有何等山海渚耶彼以聞慧或以天眼見有大海名曰清淨縱廣五百由旬海中有山名光明鬘高一百由旬縱廣三百由旬白銀所成金華莊嚴有蓮華池名曰善意長三十由旬廣十由旬鬘持諸天樓迦足天諸天鵝鴨鴛鴦莊嚴復次修行者隨順觀外身過清淨海復有何等山河海渚彼以聞慧或以天眼見有大海名曰大波廣五千由旬水下風起衆生因緣一切大海及以洲渚諸海波出過二由旬閻浮提人說名海潮大波海中有六魚住首如狗頭復次修行者外身隨順觀過大波海復有何等大山海耶彼以聞慧或以天眼見大波海北有一大山名阿奴摩那廣十四由旬白銀莊嚴如第二日天曼陀華拘賒耶舍華毗瑠璢華及天園林以爲莊嚴復次修行者隨順觀外身過阿奴摩山復有何等大山海耶彼以聞慧或以天眼見阿奴摩那山東有一大海名曰澄靜去水不遠須彌山側毗瑠璃面有山名憂陀延向弗婆提金色生光閻浮提國毗瑠璃故其影青色復次修行者隨順觀外身過憂陀延山更有何山彼以聞慧或以天眼見有大山名曰善意一切閻浮檀金廣大金華以爲莊嚴廣十由旬高五百由旬多有金樹眞金禽獸紫磨金色波羅賒樹多有諸天揵闥婆王鬘持天三箜篌天如其業相上中下業自業果故至善意山見

閻浮提是名閻浮提東方山海復次修行者隨順觀外身云何閻浮提南方山海彼以聞慧或以天眼見民陀山廣八百由旬有河名曰南摩多廣半由旬長二百由旬有大毒龍住在河中河中多有失收摩羅黿伽羅摩復有大河名曰濤波復有大河名曰鞞伽於此河邊多有林樹復有大河名黒賓拏廣三由旬長三百由旬入於大海復有大河名曰大盧陀有大毒龍住在其中摩羅耶山多有栴檀其山廣長五百由旬高三由旬有一大河名登祇尼出摩羅耶山廣一由旬長一百由旬入於大海復有一河名質多羅種種林樹種種衆鳥以爲莊嚴廣一由旬長五十由旬入於大海復次修行者隨順外身觀閻浮提彼以聞慧或以天眼見有國土名彌佉羅種種樂處其國縱廣四十由旬復有一國名諸迦羅廣五十由旬多有種種芙果之樹吱那迦果波那娑果無遮樹果毗邏樹果迦甲他果不樓迦果婆陀羅果呵殊那華旃吒迦華莊嚴其國次名迦陵伽國其土縱廣九十由旬多有林樹多有稻田次名躭婆娑帝國其土縱廣一百由旬多有樹林多有稻田復有一國名檀荼迦其土縱廣二十由旬空曠無人（昔仙人瞋故今國空）復次修行者隨順觀外身觀閻浮提中於南方面復有何等山河大海彼以聞慧或以天眼見有大河名瞿陀婆利其水清淨廣一拘賒長二百由旬復有一國名曰烏荼其土縱廣二十由旬復有一國名安陀羅其土縱廣四十由旬復有一國名曰雞羅其土縱廣五十由旬其國多有牛及水牛多

有稻田林樹華果近南海濱有國名迦俱羅摩一切林樹皆悉具足其土長三百由旬廣五十由旬有一大河名迦毗梨種種樹林以爲莊嚴其水清淨廣一由旬長五由旬多有可愛迦俱羅樹雞多迦樹莊嚴其河甚可愛樂復次修行者隨順觀外身過閻浮提復有何等山海洲渚彼以聞慧或以天眼見有大海名不梨那蓮華葉覆縱廣一萬由旬風吹不動以蓮華葉遍覆水故過此海已復有一渚縱廣五百由旬有諸羅刹住在其中其形醜惡甚可怖畏過羅刹渚有一大山名摩醯陀縱廣四十由旬高十由旬多有衆樹謂多羅樹婆羅樹諸阿脩羅諸龍龍女遊戲其中或復在於園林遊戲於閻浮提六齋之日四天王天住此山上觀閻浮提何等衆生孝養

父母隨順法行何人齋日受持齋戒有何等人信佛法僧有何等人與魔共戰誰行直心誰行布施何人不慳誰不惱他何人知恩何人信業誰行十善誰近善友何人離於邪見外道如是四天王於摩醯陀羅山觀閻浮提若閻浮提順法修行四天王天至帝釋所白如是言天王應生歡喜破壞魔軍增長正法及諸天衆一切閻浮提人行於善法時釋迦天王及諸天衆聞其所說皆大歡喜若閻浮提人不順法行時四天王天則皆愁惱向三十三天作如是説閻浮提人不順法行增長魔軍減損天衆復次修行者隨順觀外身過摩醯陀羅山復有何等山海渚耶彼以聞慧或以天眼見過摩醯陀羅山見有一渚縱廣一百由旬有一足人住在此渚飲食根果以

自存生壽命五十歲樹葉爲衣不爲屋宅住在樹下於此國中多有師子猛惡之獸其師子身皆有兩翼土田調適無寒無熱一切女人皆如狗面口出妙音過此洲已有一大海縱廣二萬由旬海中有山名摩利那羅金銀玻瓈毗瑠璃寶之所成就多有種種金色之鳥曼陀羅華俱賒耶舍華六時常具有神通力大阿脩羅於此山中遊戲受樂受愛色聲香味觸等山長五千由旬高一百由旬有十五峯皆是白銀諸天女等在中受樂爲諸脩羅之所惱亂以此因緣諸天初共阿脩羅鬬一切天人愚癡凡夫皆爲女人之所使役復次修行者隨順觀外身過多棃那羅山復有何等山海渚耶彼以聞慧或以天眼過彼山已見有大海縱廣五十由旬水中有魚長一由旬於此海中有諸水人身長五由旬或作牛頭或作豬頭或作水牛頭或駱駝頭或師子頭或作虎頭或作豹頭或獮猴頭遍似一切畜生之面如印所印過此海已有一大山名日輪山一切諸欲皆悉具足天蓮華池上味之果若食其果生樂七日緊那羅王住此山中以自業故心常歡喜上中下業互相娛樂遊戲受樂其日輪山縱廣二千由旬過此山已復有一山名軍闍摩其山皆以白銀成就毗瑠璃石如天莊嚴其山有樹名曰女樹於此山中遍山諸樹天欲明時皆生嬰兒日出能行至於食時皆成少年至日中時身色盛壯至日晡時年已朽老拄杖而行頭髮皓白如霜著樹至日沒時一切皆死一切衆生共業而行隨所作業隨業受報復次修行者

隨順觀外身過軍闍羅山復有何等山海渚耶彼以聞慧或以天眼見於南方過此山已有一大海於海水下五百由旬有龍王宫種種衆寶以爲莊嚴毗瑠璃寶因陁青寶玻瓈欄楯七寶莊嚴光明摩尼種種衆寶莊嚴殿堂重閣之殿猶如日光有如是等無量宫殿德叉迦龍王以自業故住此宫殿是德叉迦龍王日夜常修念佛念法念僧過此寶堂五百由旬有大惡海一切衆生見者惶怖多瞋惡龍以爲圍繞過此海已復有一山名曰牛王其山具有一切衆生於此山中出於牛頭栴檀之香第二栴檀名曰黄色其栴檀相如日光明一切凡人不能得見若人順法轉輪聖王出現於世或有如法小王出現於世如轉輪王則能得之犍闥婆王住此山中歌舞

嬉戲以自娛樂過牛王山五百由旬有一大海名大水沫大風音聲過此海已有一大山名曰三峯一曰金峯二曰銀峯三曰玻瓈峯其峯有池名曰沫輪金沙布底天華莊嚴鵝鴨鴛鴦充滿池中風吹海水擊三峯山多殺大魚以自業故被打而死復次修行者隨順觀外身過大海已復有何等山河渚耶彼以聞慧或以天眼過前大海見閻羅王決罪福處一切衆生證業果處是閻羅王所住境界閻羅王法治諸罪人是諸衆生自心所誑住黒闇處過此住處一百由旬但有虚空過百由旬至閻羅王所住宫殿其王宫殿閻浮那提金之所成就一切衆寶以爲莊嚴河泉流水蓮華嚴飾縱廣一百由旬其殿光明如第二日過此住處無日月光一切黒闇海廣大

故日光不現以地獄衆生惡業因故一切黑闇目無所見不知東西

復次修行者隨順觀外身遍觀衆生所住之處若地獄處若河若山若樹若海若諸天處若畜生道若餓鬼道八方上下頗有衆生不生不死不生不滅頗有恩愛而不別離無有一處不壞不變無常恩愛要當別離如是比丘不見一處非愛別離於五道中無一指地非愛別離隨諸衆生所住之處無非生死生滅無常是故於此有爲生死諸行之中應生猒離此是誑惑躁動障礙多有憂悲速疾不停破壞磨滅得已還失如幻如夢得之還失此恩愛處誑惑愚癡無始流轉欲瞋癡處猶如怨家詐爲親友愛欲住處是故應離有爲起猒離心捨於亂心於無常境界勿生喜樂莫與愚癡而共遊戲如是修行者教諸衆生如實隨順觀於外身四十住處無一衆生不依業生無一衆生非業流轉無一衆生不爲業縛如所作業或善或不善而得果報彼比丘如是觀時不見一衆生非業故生無一衆生非業藏者無一衆生非業流轉如所業作或善不善而得果報彼比丘觀察業已如實外身隨順正觀

復次修行者隨順觀外身云何觀於閻浮提中西方國土山河海渚彼以聞慧或以天眼見有大河名曰富那有諸華樹婆鳩羅樹婆籌迦樹佉殊羅果吱多迦華那梨吱羅樹多摩羅樹有如是等種種衆樹莊嚴其河多有山谷河邊有國名吱迦移過此國界名辛頭河河邊有國名蘇毗羅人民豐樂食赤稻米

其國安樂山林流水過此國界復有一國名蘇羅沙吒過此國界復有一國名波羅多其土縱廣二十由旬國中多有石榴蒲萄其國有城名彌多羅蒲伽過此大城有五大河共合而流過從此以西乃有大海多饒種種惡魚惡獸甚可怖畏是修行者見西海中有一大洲名曰迦羅縱廣一百由旬種種衆鳥住在此洲種種園林甚可愛樂是毗荼他之所住止遊戲受樂城名鉢利多第二住處名曰長髮其處可愛此迦羅渚重閣殿堂多有流水過此住處有辛頭河入西海口有一大山名曰蘇蕖住在海中於此山中多有珊瑚若有商人至此寶山多獲珍寶富樂無窮復次修行者隨順觀外身過此山已復有何等山海渚耶諸羅刹等住何等處彼以聞慧或以天眼見有大海多有大魚五千由旬多有螺貝摩伽羅魚堤彌魚堤彌鯢羅魚抯攬海水風鼓大海令魚亂行行者復觀過此海已有一大洲名曰周遍可愛衆師子國其國有蛇身長十里飛空而行無所障礙壽命千歲不相憎嫉行者復觀過此洲已復有一海名曰可愛縱廣五由旬於此水中多有蓮華衆蜂莊嚴華臺廣大有諸羅刹名鳩迦羅住此海中食蓮華臺恣意充足行者復觀過此住處有一大山名曰曠野縱廣一百由旬於此山中多有白象及迦陵頻伽鳥出妙音聲如是美音若天若人若緊那羅若阿脩羅無能及者唯除如來復次修行者隨順觀外身過此大山復有何等山河海渚彼以聞慧或以天眼見有大山高五十由旬其山多有毗瑠璃

林有諸師子羽翼具足守護寶林恐曼提呵羅剎來奪其處復次修行者隨順觀外身過閻浮提復有何等山河海渚彼以聞慧或以天眼復見西海縱廣一萬二千由旬於彼大海無山無城水中唯有象頭魚身豬頭魚身行者復觀過此海已有一大山名曰金山其山光明照大海水令大海水猶如金色莊嚴其山山高三百由旬廣五十由旬有揵闥婆名閻浮摩利住在其上心常悅樂壽命二千歲亦有中夭無量百千揵闥婆衆住此山中身如金色一切色相與天相類食於樹果其性勇健一切阿脩羅住於水下無能奪此揵闥婆衆所有根果復次修行者隨順觀外身過此海已復有何等山海渚耶彼以聞慧或以天眼見此大海過五分已有大輪山眞金所成高千由旬廣五百由旬金剛爲頂於此山中有緊那羅及阿脩羅住在此山是甄那羅園林可愛河流泉池多有華果獼猴遊戲河名金水廣半由旬於此河中多有金魚游洋躍鱗行者復觀過輪山已有一大海縱廣一萬由旬其海有渚名曰寶渚於此渚中種種衆寶無有土石遍於渚上皆是珍寶行者復觀過此海渚復有何等山河海渚彼以聞慧或以天眼見有大山名曰白山多有林樹其色白淨水沫圍繞高一千由旬縱廣五百由旬行者復觀過此山已見有大山名曰善雲高百由旬廣六十四由旬空無人住若夜叉若緊那羅畏阿脩羅悉無住者過此山已有玻瓈山高三千由旬縱廣千由旬河池林果一切具足如天之山過此山已有大清水

縱廣百由旬多有螺貝其水難行過此水巳有仙光山諸阿脩羅住此山中常畏天衆多有婇女種種莊嚴酒河流溢甀波迦果及粘那果生仙光山其味甚美食之殺人復次修行者隨順觀外身復有何等山河海渚彼以聞慧或以天眼見六萬金山紫磨金樹周遍山中禽獸充滿於此山中處處多有金蓮華池出大光明一切金山須彌山王住在其中諸鬘持天樓迦足天三箜篌天四天王大住此山上於此山上有如意樹隨天所念皆從樹生一切禽獸身皆金色多有衆華曼陀羅華拘賒耶舍華於山四埵有四大林一名歡喜林二名雜殿林三名鮮明林四名波利耶多林歡喜園中有大樹王名波利耶多於此樹下夏四月時受五欲樂遊戲自娛四天王天於歡喜園遊戲受樂四天王天於此園中歡娛受樂故名歡喜園鮮明林者衆彩莊嚴故名鮮明林雜殿林者種種雜殿天子乘之遊戲受於可愛色聲香味觸等故名雜殿林波利耶多林歡喜林中一切天衆受五欲樂須彌山王向閻浮提一方之面毗瑠璃寶以毗瑠璃光照力故令閻浮提仰觀虛空皆作青色第三方面鮮明林中諸天欲共阿脩羅鬬於此林中集共議論須彌山王向瞿陀尼一方之面眞金所成令瞿陀尼仰觀虛空皆作赤色第二方面有雜殿林於此殿中盛天鬬具須彌山王向弗婆提一方之面白銀所成令弗婆提仰觀虛空皆作白色須彌山王向欝單越一方之面玻瓈所成令欝單越見空清淨白光明色行者復觀四天王天壽命

幾歲以閻浮提中五十年爲一日一夜如是壽命滿五百歲亦有中夭復次修行者隨順觀外身須彌山上復有何等異天止住彼以聞慧或以天眼見須彌山王有三十三天住在山頂所受樂行不可具說城名善見縱廣十千由旬七寶莊嚴因陀青寶金剛硨磲赤蓮華寶柔輭大寶以爲莊嚴有善法堂廣五百由旬毗瑠璃珠以爲欄楯真金爲壁一切門戸亦復如是以一切莊嚴嚴飾殿堂釋迦天王住善法堂以善業力受相似樂人中百歲爲第二天一日一夜如是壽命滿一千歲亦有中夭須彌西面名曰沒山日至此山閻浮提人謂之日沒故名沒山復次修行者隨順觀外身觀須彌山王其量高下彼以聞慧或以天眼觀須彌山高廣八萬四千由旬阿脩羅王住在其側居此水下以衆生業之所住持令日旋轉有大尊神名曰健疾常在前導於眴目頃能行十千一百五十由旬周帀旋轉以日爲度知諸衆生壽命長短

復次修行者隨順觀外身觀四天下人所住之處閻浮提國弗婆提國瞿陀尼國欝單越國幾許量耶彼見閻浮提國七千由旬弗婆提國八千由旬瞿陀尼國九千由旬欝單越國十千由旬隨四天下地之形相人面亦爾像其地形閻浮提人面之形相上廣下狹像其地形其餘三方弗婆提人面像地形猶如滿月瞿陀尼人面像地形猶如半月欝單越人面像地形其面正方如是外觀觀四天下人之形相如實了知

復次修行者隨順觀外身云何觀於閻浮提

國北方國界山河海渚彼以聞慧或以天眼見閻浮提北方有國名曰婆蹉其土縱廣滿十由旬次第二國名民陀羅其土縱廣二十由旬次第三國名首羅斯那其土縱廣一百由旬次第四國名阿梯棃其土縱廣一百由旬次第五國名曰陀羅其土縱廣一百由旬次第六國名曰鳩留其土縱廣一百由旬次第七國名摩陀羅其土縱廣五十由旬次第八國名揵陀羅其土縱廣一百由旬次第九國名曰賖迦其土縱廣一百由旬次第十國名婆陀羅迦其土縱廣二百由旬次第十一國名陀羅陀其土縱廣一百由旬於此國中多有山嶮次第十二名婆佉邏國其土縱廣一千由旬次第十三名毗師迦國其土縱廣二百由旬次第十四名摩醯沙國其土縱廣二百由旬次第十五名曰漢國其土縱廣一千由旬官屬都合一千由旬真漢唯有二百由旬次第十六名都佉國其土縱廣五百由旬次第十七名跋跋羅國其土縱廣二百由旬次第十八名究頗羅國其土縱廣五十由旬次第十九名鳩留摩國其土縱廣滿五由旬次第二十名甘蒲闍國其土縱廣一百由旬自餘小國及以空地悉不在數復次修行者隨順觀外身觀閻浮提北方國界復有何等山王彼以聞慧或以天眼見有大山名曰雪山種種山峯其山眷屬廣千由旬山中多有盧陀羅樹松樹栢樹天木之樹婆羅樹多摩羅樹多有夜叉多緊那羅多毗舍遮夜叉之屬其山可愛修學禪者多依此山河流甘美大力龍等住在山中多有歧羅多人住在

此山復次修行者隨順觀外身觀閻浮提北方國界復有何等山河海渚彼以聞慧或以天眼見雪山東名懸雪山多有可愛禽獸滿中松栢之樹及天木樹那迷流林婆鳩流樹闍摩迦樹過此山已復有一山名多摩伽羅縱廣二十由旬有一千窟過此山已有百由旬空曠之地多有河池無有藥草及以樹木過此處已有白銀山名雞羅婆金峯圍繞毗留勒天王住在其上於山峯中河池清涼多有蓮華青優鉢羅華池中多有鵝鴨鴛鴦而以莊嚴過雞羅婆山有一大山名曰峯山緊那羅王在其山下歌舞遊戲於此山上有五金峯三玻瓈峯十白銀峯無量天華香氣可愛山中有河名鳩摩羅從山流出多有鵝鴨鴛鴦充遍河中過此山已復有大山名彌那迦縱廣五十由旬多饒阿脩羅住此山中常樂歌詠復次修行者隨順觀外身觀閻浮提復有何等山河海渚彼以聞慧或以天眼過此山已見有大海縱廣一萬由旬多有大龍及堤彌魚那迦羅魚螺貝之類過此海已有一大山名曰善意山中有池名曰凝酥縱廣一由旬其池可愛於此池中多有鵝鴨鴛鴦迦陵頻伽鳥其山縱廣五十由旬山中有河名憍尸迦多有水鳥莊嚴其河過此山已有一大海縱廣二萬由旬甚可怖畏雷聲常吼惡龍瞋恚互相攻戰或雨刀火放大熾電以瞋心故吐毒相殺復次修行者隨順觀外身觀閻浮提過海龍已有一大洲名躭婆迦縱廣一百由旬多有諸大惡羅剎等食魚自活彼有地獄名躭婆迦焚燒衆生有一大河名

憍尸迦滿河流血頭髮骸骨隨河而流地獄縱廣五百由旬受大劇苦過地獄已有一大海狀如地獄縱廣一萬由旬其水青黑無龍夜叉無揵闥婆過此海已北方有海名曰寶滿衆山圍繞林樹無量松栢栴檀如意之樹山中復有無量果樹過此山已有一大山名曰彼岸縱廣五千由旬於此山中多梨那羅果吱羅樹果一切時果六時具足河池充滿鵝鴨鴛鴦諸大仙人住在山中山有千峯種種衆寶莊嚴其山山有種種毗多羅樹皆是金樹種種衆香過此山已有一大河名曰石水於此河中一切衆生若草若木若人非人若禽若獸入者如石其河兩岸生諸竹林名曰吱遮風吹相揩自然出火燒殺無量百千衆生行者復觀過此河已有一大河名曰斯陀廣十由旬長三百由旬無人能度以水鹹故若有入者身即碎裂過此河已有渚名閻浮摩有揵闥婆名曰常樂住此渚上多行布施淨持禁戒心常歡喜離於憂惱欲果具足於此渚上金樹具足毗瑠璃華充滿池中近須彌山以山勢力一切河水及諸禽獸皆作金色多有無量憂鉢羅華拘物陀華處處酒河洋洋溢流自然稻米不須種植其渚縱廣二千由旬過此渚已無有一切山河樹林有一大海名水沫輪海中多有火毒惡龍名曰電光過此海已有一大山名涅蜜沙山中有窟名提彌沙黒闇之窟窟中多有化生龍女初夜化生端正具足莊嚴其身壽命一夜於日出時則皆老死殺生餘業故受斯報過此山已復有一山名曰蘇摩祇利縱廣五百由

旬過此山已有一大山名須彌等縱廣五百由旬於此山北有一大林名吱多迦林有羅刹名曰惡夢住在此林其行速疾於眴目頃能行至於百千由旬爲諸衆生作不利益作不安樂

復次修行者隨順觀外身觀閻浮提鬱單越二國中間復有何等山河海渚何處頗有不生不死非退非滅非業因縁非愛别離非怨憎會是故於生死中得生猒離應離縛著以求解脱猒於生死於生死中勿生貪樂莫與愛心而共遊戲勿以愛網而自纏縛莫樂生死一切生死熾然大苦憂悲苦惱愛别離苦怨憎會苦大火熾然於地獄餓鬼畜生天人之中無常變壞癡人貪著謂之爲樂應生猒離莫住魔境勿與煩惱而共遊戲後生悔心如是修行者隨順觀外身如實見於生死不住魔境離於垢濁離疑曠野復次修行者隨順觀外身觀閻浮提北方復有何等山河海渚彼以聞慧或以天眼見有大山名俱翅羅吱羅縱廣三十由旬高十由旬於彼山中無量百千俱翅羅鳥青無憂樹赤無憂樹七葉華樹軍陀羅樹賢迦曇婆婆華那摩利華金余提迦華蘇摩那華深婆羅華多羅華卑陵伽華鳩迦華瞻婆華軍陀親命華婆利師迦華各隨其時節皆自敷榮或於異時鬘持天衆離本住處遊戲此山有諸夜叉住此山中歡喜受樂不惱天衆於此山中多有俱翅羅鳥過此山已有大海濱名曰鵝住其中多有百千鵝群無量蓮華如是海濱鵝鴨鴛鴦珠紫之鳥民那羅鳥咽喉鳥等其蓮華色如融

金聚十千由旬諸蜂圍繞覆遍其上過此以北有鬱單越有一大海縱廣千由旬多有大魚提彌鯢魚那迦羅魚失收摩羅蘷魚黿等滿大海中其水青色猶如虛空深十千由旬螺貝之毋住此水中身廣十里水下有山螺有大力敵千象力墮山峯上則皆破碎過此海已有一大海名曰乳海縱廣五十由旬洪波常起大惡毒龍常如雷聲復次修行者隨順觀外身觀閻浮提北海有何等山河海渚彼以聞慧或以天眼見諸大山其數五百金銀玻瓈一千由旬近鬱單越多有蓮華如日初出過此山已有一大國名曰乳旋山河園林多有鳥獸夜叉止住心常歡喜多有華樹衆物具足復次修行者隨順觀外身閻浮提北復有何等山河海渚彼以聞慧或以天眼觀閻浮提及鬱單越二國中間更無有國鬱單越國縱廣十千由旬三十六億聚落可愛三十六億所受之樂少減四天王天天無骨肉垢汗天亦不眴鬱單越人有骨肉垢汗目有視眴無我我所亦無我慢死則決定生於天上離慢諂曲不起妬嫉心常歡喜不畏夜叉羅剎毗舍遮鬼鳩槃茶鬼師子虎豹夜叉惡龍惡蟲之類亦無荒儉寒熱飢渴疾病遠離一切怨家怖恐互相愛敬不為妨礙無有王賊水火刀兵之畏金樹光明晝夜不別金鳥銀鳥珊瑚之鳥若樹若鳥種種雜色歡喜如人雖無心識亦如人法

復次修行者隨順觀外身鬱單越復有何等可愛味耶彼以聞慧或以天眼見鬱單越有十大山何等為十一名僧迦賒山二名等峯

山三名陀摩勿力伽山四名白雲持山五名高聚山六名普鬘山七名時節樂山八名持歡喜山九名如意山十名俱賒耶舍山是名十大山鬱單越國大海周帀如閻浮提有四大山何等爲四一名雪山二名民陀山三名摩羅耶山四名雞羅娑山鬱單越國十種大山亦復如是

正法念處經卷第六十八

音釋

跂去智切　鯢五稽切音倪　耗莫報切音冒　紫即委切音觜

正法念處經卷第六十九

元魏婆羅門瞿曇般若流支譯

身念處品第七之六

復次修行者隨順觀外身十大山中復有何等河池流水華果鳥獸彼以聞慧或以天眼見僧迦賒山僧迦賒樹六時之華其樹晝夜光明不斷如閻浮提然大炬火其香普熏滿一由旬如閻浮提所有林樹少分相類如是僧迦賒山有四大林一名青影林二名鳥音林三名温涼林四名鋡毗羅林若至此林其華如雲從空而下合和聚集故名僧迦賒山青影林者隨有一切白色衆鳥住在此林以林力故如瑠璃色故名青影林鳥音林者若入此林如意所念鳥出妙音欝單越人見之生大歡喜故名鳥音林温涼林者若人有寒入則温暖若有熱者入此林中即得清涼林中有鳥名曰風行是命命鳥以鳥力故一念能行一千由旬若人見鳥憶念欲行即乘此鳥一念能至一千由旬其命命鳥能解四天下人所有語言亦能宣説如人受樂如人欲樂其身七寶莊嚴兩翼青寶硨磲玻瓈赤蓮華寶莊嚴其身見者歡喜觀僧迦賒山有第二林名曰鸚䳇林鳥歡喜有蓮華池遍覆其上若閻浮提鵝王中熱而死生此池中如閻浮提鵝王住阿那婆達多池中種種衆鳥住在此林中鵝鴨鴛鴦鵁鶄之鳥怛荼摩那婆鳥黄鳥鳩鴿屯頭醯鳥香鳥三婆闍鳥瞿耶沙吒鳥聲歡喜鳥六時行鳥喜月明鳥月出歡喜鳥日色孔雀鳥若見雷時歡喜出聲生樂鳥少黄色鳥俱羅婆鳥那提背鳥泥均輪

陀鳥陀婆迦鳥雜身鳥衆蜂旋鳥其音能滿至一由旬如閻浮提蜂住於樹林鳥鳥山舞鳥第一音鳥雞鳥婆羅羅鳥華覆身鳥住蓮華鳥青優鉢羅鳥遮沙鳥頻伽項鳥般舟吒鳥樂娑羅鳥常音聲鳥箜篌音鳥見雲歡喜鳥僧迦摩鳥見鬪歡喜鳥白露鳥復有異鳥觀之可愛離瞋恚鳥住林樹間鬱單越人見之歡喜觀彼衆鳥住林中如實知外身復次修行者隨順觀外身僧迦賒山有何等林彼以聞慧或以天眼見第三林名鈴毗羅林枝葉相覆蔭影涼厚鬱單越人爲遊戲故入此林中林名斑葉樹次名龍華樹次名菴婆羅樹次名拘鞞陀羅樹次名婆羅樹次名喜愛樹次名鳥息樹次名娑羅多羅樹次名賒摩樹次名尼沙迦毗陀樹次名周多樹次名迦羅樹次名毗羅迦樹次名辛隣陀樹次名婆鳩羅樹次名喜香樹次名憍樂樹次名奚多羅樹次名多摩羅樹次名鳩羅迦樹次名青荆香樹次名月輪樹次名曜行樹次名常開敷樹次名尼均輪樹次名開樹次名阿濕波他樹次名甄叔迦樹次名賒摩梨樹次名楊柳樹次名毗邏樹次名迦卑樹次名那利吱羅樹次名波那娑樹次名無遮果樹次名阿殊那華樹次名迦曇婆羅樹次名泥周羅樹次名天木香樹次名乘攝樹次名水生樹華次名曼陀羅樹華次名俱賒耶舍樹華次名金色華次名銀色華次名毗瑠璃樹次名孔雀止息樹次名異處行樹次名洲生樹次名迦離賒合樹次名婆迦賒樹次名互相映厚樹次名滑樹次名有生樹次名因陀羅長樹

次名岸生樹次名巷生樹次名珊瑚色樹次名鳩摩鬚樹次名悚樹次名應時生樹次名煙色樹次名燈明樹次名風動樹次名芭蕉樹次名俱翅羅樂樹次名散華樹次名華未覆樹次名開烏彌羅樹次名憶念樹次名如飯樹次名優曇鉢羅樹次名頭頭摩樹次名蜂旋樹次名負峯樹次名涼風樹次名動搖樹次名無憂樹有如是等六十種樹勝過餘樹不說中下鋡毗羅林流水華池甚可愛樂鬱單越人無有怖畏憂悲病苦無有君王亦無熱惱離於怨對妬嫉之患於僧迦賒山鋡毗羅林歡喜受樂觀僧迦賒山已如實知外身復次修行者隨順觀外身觀鬱單越國僧迦賒山第四林名曰温涼彼以聞慧或以天眼見温涼林種種涼池亦如上說華葉果樹

河流具足謂清涼河廣一由旬其水甚深一名清淨河次名無濁河次名乳水河次名蒲萄汁河次名蘇摩河次名美乳泥白水河次名憶念河次名鵝王河次名鴨河次名鴛鴦河次名妙音聲河次名華流河次名弱楊河次名濤波流河次名駛流水樂河次名迦曇波翅河次名珠紫河次名鐃龜河次名赤魚旋行河次名軍毗羅河次名魚旋河次名華流河次名沫輪河次名水笑河次名平岸河次名雨聲河次名音曲流河次名隨時轉河次名無力河次名山峯河次名金色水河次名銀色水河次名銀石河次名眞珠沙河次名山流河次名雲轉河次名硨磲莊嚴河次名珊瑚樹河次名春歡喜河次名秋清水河次名山谷流河次名峯輪笑河次名雪冰河

次名日不照河次名速流河次名洄洑河次名尼均輪陀流河次名香水河次名雞多迦香熏河次名雨歡喜河次名乇頭摩河次名周遍旋轉河次名無量流河次名濆水澆岸河次名婆嶋羅河次名減水河次名歡喜旋流河次名壞山河次名雲行河次名歌音河次名鼓音河次名雷音河次名龍女喜樂河次名夜叉所愛河次名仙人所愛河是名僧迦賒山第四鈴毗羅林有如是等七十大河不說其餘無量小河林樹華果功德具足觀清涼林已如實知外身僧迦賒山第五名震雷雲鬘龍遊戲雲鬘所謂離瞋婆修吉龍王德叉迦龍王齒毒龍耀大電光興雲普覆隨順法行有如是等七千大龍於鬱單越以時降雨澍於平地鬱單越人猶如諸天復次修行者隨順觀外身如前所說若樹若華若果若實若河若石窟若地方處若草若山谷若山窟如是等處無針鋒許衆生所住不生不死不退不出百返千返一切愛樂種種衆生無不破壞恩愛别離惱亂心悔無不曾爲怨親中人無不合和無量生處百生千生或在水性或生陸地或行虛空於畜生中無一衆生不相噉食不相殘害無一衆生不作怨結如我此身無處不生如是比丘不見針鋒之地非生死處如前所說觀僧迦賒山已如實知外身復次修行者隨順觀外身復有何等勝妙山林彼以聞慧或以天眼見第二山名平等峯猶如天上歡喜之園平等峯山所有河池花果林樹如前僧迦賒山中廣說復有何勝其等峯山三百金峯光明如日五百銀

峯亦如前説功德勝前鬱單越人其身光明猶如滿月名離怖畏實無怖畏故名無畏鬱單越人住此山中歡喜受樂如四天王夏四月時於歡喜園受五欲樂有何等勝四天王天無骨無肉無有汗垢鬱單越人所不能及鬱單越人遠離怖畏勝四天處四天王天住高山頂宫殿而居猶懷恐畏鬱單越人無有宫宅無我所心是故無畏鬱單越人命終之時一切上生是故無畏四天王天則不如是鬱單越人復有勝法離怖畏故勝四天處平等山中所有樹林如第二日離怖畏人隨心所念皆從樹出衣無線縷瓔珞莊嚴或念飲食於百千河飲食盈流鳥音可愛如前所説金翅青毗瑠璃無量百千鵝鴨鴛鴦無量衆鹿眞金爲身珊瑚爲角硨磲爲目青玉爲甲及餘異獸無量種類住在山中樹枝相蔭交互而生如眞珠網俱翅羅鳥孔雀妙音百千流水無量河岸以爲莊嚴一切河流八功德水何等爲八一者具味二者清淨三者香潔四者除渴五者涼冷六者飲之無猒七者無垢八者飲之無患無惡魚過於此山中有種種華池所謂有名廣博山華池次名衆沙華池次名五樹華池次名鴛鴦岸華池次名鵝水華池次名扇翅華池次名饒百鳥華池次名大珊瑚華池次名竹樹華池次名深華池次名月愛華池次名上月華池次名雜水華池次名洄澓華池次名竹林華池次名仙愛華池次名魚旋華池次名三波陀魚迮華池次名峯中華池次名池鬘華池次名旋轉華池次名淨水華池次名月光華池次名月輪

華池次名離垢華池次名乳水莊嚴華池次名清涼華池次名月愛華池次名玻瓈旋華池次名速旋華池次名澄靜華池次名不動華池次名天愛華池次名歡喜華池次名善味華池次名如意味華池次名樂華池次名雞珠婆華池次名甘露上流華池次名龍華池次名樂華池次名阿殊那華池平等峯山有如是等四十七池於平等山中最爲殊勝其池皆是八功德水如前所說其山高勝如破空出以山高故有勝園林功德具足所謂清涼之林色白如月廣百由旬多有銀樹色白如雪於此林中有蓮華池名離水衣華池次名蜂覆華池次名具色華池次名常水華池次名半見華池次名歡喜華池次名迦耽婆菩提迦華池次名鵝翅華池次名遊戲華池次名可愛華池次名見峯華池次名樂遊戲華池次名常樂華池次名常蓮華池次名常歡喜華池次名雲華池是名第一最勝十六華池除其中下無量百千無名者一切清淨無有泥濁亦無水衣鵝鴨鴛鴦可愛音聲令鬱單越人常得歡喜命命孔雀於園林中出妙音聲修行者觀平等峯山已如實知外身復次修行者隨順觀外身信解四聖諦觀平等山峯頗有一處是常不變若樂若我而不空者如前所說一切生死所攝衆生頗有不死不生一切所愛不離不別不破壞耶彼修行者觀平等山峯不見一處是常不動若樂若我若不空者一切衆生所住之處無不生死爲愛別離之所破壞如是一切生死無常衆生無針鋒處不生不死不生不滅念四

聖諦觀欝單越平等山峯已如實知外身復次修行者觀欝單越更有何等可愛之處彼以聞慧或以天眼見第三山名勿力伽具足莊嚴如前所說僧迦賒山及平等峯山具足莊嚴此山轉勝勿力伽山流水具足石蜜河水意樹具足所謂金樹六時華果敷榮蔚茂光明如日勿力伽山有光明林所謂金光旋林次名銀聚林次名普山林次名柔輭林次名金光旋林廣百由旬眞金林樹多有衆蜂次名銀聚林縱廣三百由旬無量銀樹其林光明如百千月多有師子無量衆鳥心常歡悅如前所說勿力伽山有第三林謂常樂林林中有鳥名常遊戲受樂歡喜其國有人名曰解脫常樂林中歡喜自在隨意遊樂無人遮礙如諸天衆而受悅樂勿力伽山有第四林名曰柔輭金樹銀樹珊瑚之樹多有衆鳥名曰解脫其林縱廣五百由旬常多欲人往在此林其地柔輭如兜羅綿華果之樹及蓮華池無量百千衆蜂圍繞修行者觀勿力伽第三山已如實知外身如前所說復次修行者隨順觀外身觀欝單越更有何等可愛之處彼以聞慧或以天眼見第四山名白雲持縱廣千由旬純淨白銀之所成就光明踰月如閻浮提滿月出現衆星失光白雲持山亦復如是欝單越人住此林者名常發欲常樂遊戲白雲持山蓮華嚴身離於怖畏憂悲渡極寒熱飢渴常愛歌戲於蓮華間遊戲受樂於山峯中共衆婇女遊戲娛樂常行愛欲常離憂悲白雲持山有諸園林謂鼓音聲林次名鴨音林次名憶念林次名水聲林鼓音林

者鬘持天衆擊於大鼓出美妙音譬如箜篌笙笛和合出聲擊天鼓音復過於此閻浮提音十六分中不及其一鳥獸園林華池地界金銀流水功德如是天鼓音聲如前所說常欲之人聞天鼓音常受愛色聲香味觸如迦樓足天於歡喜園受天之樂有第二林名鴨音聲其林華池有百千種不可具說鴨音聲林有衆寶鹿一名鞞那娑鹿次名寶莊嚴鹿次名調伏鹿次名樂音聲鹿次名火色鹿次名賒羅鹿次名能投巖鹿次名山峯行鹿次名遮波羅鹿次名普眼鹿次名迦吱多那寶鹿次名金角鹿次名銀側鹿次名風力鹿次名食樹葉鹿次名住水音聲鹿次名行林鹿次名珊瑚鹿次名凹凸鹿次名細腰鹿次名黑皮鹿次名賒輸多那鹿次名日光明鹿次名柔輭鹿次名白鹿有如是等二十五種鹿常欲樂人與鹿遊戲種種自業於白雲持山中受相似樂復有第三憶念之林人名樂欲若有所念從樹而得一切園林莊嚴可愛亦如前說白雲持山有第四林名水音聲種種仙人住此林中遊戲受樂若有汗熱入池水中遊戲受樂諸有仙人一名無礙仙人次名力仙人次名徐行仙人次名虛空行力仙人次名穿雲行仙人次名行日道仙人次名行量仙人次名白色仙人次名剛那多仙人次名鳩尸迦仙人次名山無礙仙人次名常樂仙人次名揵陀羅仙人次名行虛空仙人次名富物仙人次名內住仙人次名閻窟仙人次名常力仙人次名鵝殿仙人次名龍殿仙人次名放電光仙人次名住摩羅耶仙人次

名雞多迦鬚仙人次名樂婇女仙人次名樂酒仙人次名住彌樓山仙人次名三車那仙人次名常遊戲仙人次名常歡喜仙人次名垂莊嚴仙人次名飛行仙人次名呪藏仙人是名三十仙人止住在於白雲持山種種莊嚴遊戲在於水音聲池歌舞戲笑自業受樂自業力故共相似婇女遊戲受樂如是遍觀白雲持山諸林樹已如實知外身觀白雲持山中頗有一法是常不動不變不壞涅槃所攝如是比丘不見一法是常是樂不動不變不破壞者一切諸法皆悉無常破壞衰摩滅猶如日光破諸闇冥無常世間初味後苦深流不出愛果無樂如甄波迦果如毒如刀得時甚樂悅目須臾如電不住如水駛流無常不住如揵闥婆城誑惑於人一切人貪如果必墮如雜毒食消時大苦如蜜塗刀亦如利戟誑惑無量百千衆生猶如河岸臨峻大樹諸欲無常亦復如是是修行者如實觀欲生猒離心正念觀察滅除塵垢復次修行者隨順觀外身鬱單越國更有何等可愛山河彼以聞慧或以天眼見第五山名曰高山縱廣一千由旬光明普照有真金樹毗瑠璃葉白銀爲樹珊瑚爲葉毗瑠璃樹真金爲葉光明如燈復有異樹無量種樹蓮華林池園林遊戲種種麞鹿種種山峯亦如前說住須彌山鬘持天衆三箜篌天從須彌山至此高山遊戲受樂其高山峯皆是衆寶之所成就有五大峯一一山峯高五十由旬縱廣二百由旬第一金峯於山谷中生一切寶謂毗瑠璃珊瑚硨磲玻瓈迦寶赤蓮華寶柔輭寶青因陀寶

大青寶王自然天衣第二銀峯銀樹具足峯中多有牛頭栴檀若諸天衆與阿脩羅共鬪戰時爲刀所傷以此牛頭栴檀塗之即愈以此山峯狀似牛頭於此峯中生栴檀樹故名牛頭第三山峯名天女樂金銀毗瑠璃以爲園林其地柔輭歡喜遊戲愚癡凡夫爲愛所誑雖聞正法常愛欲樂第四山峯名曰生色四大天王於蒲萄園遊戲受樂一切禽獸夜叉仙人鬱單越人皆悉受樂蒲萄酒河盈滿而流其味如蜜有如石蜜或有辛味或有雜味其峯河岸多諸生色所謂水牛牛羊猪狗野狐象馬駝驢龍虎熊羆師子兕豹如是種種無量寶色峯名生色生諸生色故名生色第五山峯毗瑠璃林有蓮華池毗瑠璃莖其華柔輭所謂少滿蓮華池次名衆多蓮華池次名轉行蓮華池次名華覆蓮華池次名日照蓮華池次名柔輭岸蓮華池次名無比蓮華池次名密林蓮華池次名香風蓮華池次名常水蓮華池是名十種華池注此峯中復有大河處處而流六味具足一切意樹而以莊嚴衆樹華果河池具足亦如前說彼比丘觀第五山第五峯已如實知外身復次修行者隨順復觀高山知業法果報知衆生業法果報衆生自業住自業流轉以自業故而生此山善業盡故不善業故墮於地獄餓鬼畜生若有善業生天人中高山四面所住之人名樂善樂常希望欲常不知足如是比丘以偈頌曰

譬如火得薪　如海受衆流　愛欲難猒足
是故應捨離

如是修行比丘以清淨眼見此衆生於大憂悲愁毒之中猶復歡笑衆生不知一切皆苦無我無常一切法空一切闇冥一切生死無有常樂非寂靜非寂滅一切資具要當破壞此法不實終墮地獄餓鬼畜生譬如日出必當有沒一切衆生亦復如是有生之類必歸於死譬如春時一切大地山樹藥草叢林平地至於秋時大地山樹藥草叢林陂澤華池一切衰變少如春時老如秋時鬱單越人不能覺知一切少壯皆歸衰老譬如夏時天降洪雨河有崖岸諸水臻集盈溢充滿至於孟冬一切減少富樂具足猶如夏時富樂破壞猶如孟冬譬如水泛蓮華池中衆蜂所樂歡喜受樂霜雪既降蓮華萎爛衆蜂捨離人亦如是若無病惱如華新開衰病既至如華萎爛衆蜂圍繞猶如富樂親友臻集衆生如是爲愛所誑不覺自壞如是比丘觀於高山園林華樹河泉陂池仙人禽獸山谷已如實知外身復次修行者隨順觀外身彼以聞慧或以天眼見鬱單越國復有何等可愛山耶彼以聞慧或以天眼見第六山名鬘莊嚴於其山中有種種莊嚴其山朱緑青黄種種色樹所謂雜華林樹復有華樹名曰無憂復有華樹名曰金葉復有華樹名曰枝覆復有華樹名阿提目多迦金葉金葉風吹動揺水中復有尼均輪陀樹毗瑠璃葉有芭蕉珊瑚爲葉見日則起復有提羅迦樹若見月光即便開敷復有華樹名拘牟陀無日則開復有華樹名半月喜復有華樹名那羅迦羅復有華樹名三歡喜復有華樹名槃頭時婆復有華樹

得煙增長復有華樹名曰無憂女人觸之華即爲出復有華樹名曰軍陀其性柔輭復有華樹名尸利沙得人足蹈即便增長復有華樹名鞞多娑暖則有香復有華樹名鳩鳩摩流轉異國復有華樹名曰見吉復有蓮華名曰善意天人所愛復有蓮華名青優鉢羅生在水中復有蓮華名常開敷復有華樹名曰師子迦曇鉢羅復有蓮華名曰水笑足躡則生復有華樹名赤無憂女人足躡以得女人色香味觸華則爲出復有華樹名阿吒迦如是華樹二十有二周遍華鬘以爲莊嚴或有金色毗瑠璃色或白銀色或有黃色或有緑色或有雜色或在池中或在樹下或在榛林或有周遍行一切處復有衆鳥眞金爲身白銀爲翅或白銀身黃金爲翅或珊瑚身毗瑠璃翅毗瑠璃身青寶王翅或玻瓈身眞金爲翅或有衆鳥眞金爲腹白銀爲翅毗瑠璃背或有衆鳥七寶爲身謂青寶王摩伽羅寶玻瓈迦寶硨磲珊瑚摩蘇鳩留摩利寶赤蓮華寶如是自業種種雜色種種音聲無量種身鬱單越人自業力故有無量種雜色樹林山河華池甚可愛樂如心所念種種衆寶之所莊嚴先世善業所化飲食河池林樹周遍莊嚴鬱單越人於鬘莊嚴山處處受樂住此山人名常遊戲於鬘莊嚴山常遊戲人猶如諸天於夏四月在波梨耶多拘鞞陀樹下歡娛受樂唯除視眴身有骨肉及有垢汗自餘悉等復次修行者觀業果法衆生三種憍慢放逸不作善業何等爲三一者恃色而生憍慢二者恃少而生憍慢三者恃命而生憍慢不

作身善業不作口善業不作意善業以勝善業上生天中從天還退墮於地獄餓鬼畜生人中之愛如蜜雜毒受第一苦第一繫縛第一惡處愛縛衆生不知生從何來去至何所一切諸欲如甄波迦果初雖少甜後致大苦猶如覆網衆生不覺墮於嶮岸愛别大苦如火自焚壯色不停如山峻水無常不住變易衰壞於五道中無有一處不爲惡業風之所吹流轉諸有然諸衆生於生死中猶不生猒觀鬘莊嚴山常遊戲人已如實知外身復次修行者隨順觀外身欝單越國復有何等可愛山河華池彼以聞慧或以天眼見欝單越有一大山名曰時樂廣千由旬高三十由旬六時常鮮一者孟冬二者季冬三者孟春四者季春五者孟夏六者季夏於第一時有何等華於孟冬時有常開樹名不合華次名堅華次名凍華次名蜂覆華次名婆佉羅華次名善香華次名無葉華次名鴨音華次名第一華次名可愛華次名涼冷具足華次名深生華次名夜開華次名第一堅華次名日華是爲孟冬寒時十五種華生時樂山中第二季冬復有蓮華生欝單越時樂山中以善業故阿提目迦華隨念墮落所謂鳩羅婆迦華次名鉢頭摩華次名鉢摩迦華次名究羅婆迦華次名多香華次名蜂旋華次名三摩柘華次名無憂華次名甄叔迦華次名青無憂華次名不合華次名香拘物陀華次名阿彌荼迦華次名窟生華次名河岸生華次名尼支藍華次名赤華次名婆那帝華次名鳥愛華次名常開華次名百葉華有如是等二十

種華生於季冬及孟春時阿提目迦華等經於二時鬱單越國時樂山中復有諸華生於季春謂瞻蔔華次名蘇摩那華次名善色集華次名徒摩羅華次名香華次名蜂蓮華次名除飢香華次名尸利沙華次名赤華次名等香華次名常香華次名耽婆羅味華次名風萎華次名百葉華次名畏日華次名諸蘭帝華次名護色華次名闍智羅華時樂山中有如是等二十種華生於季春以鬱單越人善業力故時樂山中於孟夏時復有諸華名吱多迦華次名鳩吒闍華次名賒多婆烝臧華次名迦曇婆華次名尼朱羅華次名由提迦華次名蘇摩那華次名龍舌華次名無間愛樂華次名善味華次名善香華次名普業華次名一切攝取華次名轉華次名鼻境界華次名五葉華次名愛雨華次名愛觀華次名塗摩華次名水流華次名雪色華有如是等二十種華於時樂山生孟夏時以鬱單越人善業報故時樂山中於季夏時復有異華所謂笑華次名蘇摩那華次名常瞻蔔華次名林生華次名虛空轉華次名夜可愛華次名一切方華次名流華次名遊戲地華次名樂華次名山谷華次名陸生華次名迦曇婆華次名甲陽伽華次名鵝旋華次名修留毗華次名多摩羅婆華次名水華次名月華次名嶮岸上華有如是等二十種華生於季夏鬱單越國時樂山中樹林華果蓮華河池時轉普遍此時樂山如餘山中一切華果此山常有時樂山中所住之人名曰陀利支摩復次修行者知業果報云何衆生先業既盡不

作新業而不知於時節輪轉衆生食命時如大火焚燒命薪時如惡雹摧壞命夭時如師子噉害人獸時如駛河拔人樹根漂至異處一切死去不可逃避云何衆生而不覺知不見老病死戲弄破壞一切少壯及一切欲破一切力一切衆人之所輕笑羸瘦之本能滅眼耳鼻舌身意涎涕流溢身曲不端牙齒髑髏骨節筋脉皆悉慢緩不能去來洗沐清池爲諸年少之所輕毀欲入死城失於氣力不安隱處不善之地數大小便多樂眠卧衆生云何不見此老而行放逸以放逸故不見決定當有疾病以疾病故四大不調諸根失樂一切筋肉皮血脂膚及以精髓皆悉乾竭憎一切味不能坐起憶念醫師以求安隱一切飲食入口皆惡頓乏疲極不能起止欲多睡眠身體羸瘦唯有皮骨一切親族及其妻子不能爲伴如死怖畏而此衆生不知不覺是修行者觀放逸行衆生已起悲愍心以悲愍故修四梵行謂慈悲喜捨是修行者如是觀鬱單越人起悲愍心觀身威儀如賊無異身如水沫諸識如幻富樂如夢作是觀已生猒離心復次修行者隨順觀外身觀鬱單越復有何等殊勝可愛山林河池彼以聞慧或以天眼見鬱單越有一大山名歡喜持其山有林名曰周遍縱廣五百由旬一切寶性之所莊嚴所謂金性銀性銅性寶性酒性蜜性六味之性及餘異性其林普遍毗瑠璃華蔓鬘纒繞金葉蓮華白銀爲莖金銀葉華毗瑠璃莖蓮華充滿如日初出有種種鳥莊嚴其池所謂鵝鴨次名鴻鳥次名婆伽鳥次名金鳥

次名白咽鳥次名遮沙鳥次名摩頭求鳥次名鴛鴦鳥次名波婆鳥次名鶴鳥次名阿嗟鳥次名婆羅婆鳥次名提彌羅鳥次名婆求鳥次名時鳥次名畏熱鳥次名夜行鳥次名樂鉢頭摩華坌鳥次名辛頭波鳥次名住水波鳥有如是等二十種鳥住蓮華池過普遍林歡喜持山半山之中五百由旬復有五百由旬名竹岸人住在此山其山有樹名曰軍持出妙歌音天女聞之住空而聽園林河池蓮華皆悉具足如前所説

正法念處經卷第六十九

音釋

鋡音含　悚荀勇切　觜即委切鳥喙也　濽則旰切　床音户　躡呢輒切　坌蒲悶切蹈也

正法念處經卷第七十

元魏婆羅門瞿曇般若流支譯

身念處品第七之七

復次修行者觀諸衆生業之果報如此衆生應當啼哭如何乃作歌舞戲笑而不覲於放逸衆生地獄受苦啼哭悲哀不知衆生愛網所縛以身口意作惡業故墮於地獄餓鬼畜生受大苦報憂悲啼哭受種種苦如其業行墮活地獄黑繩地獄衆合地獄叫喚地獄大叫喚地獄焦熱地獄五種愛故愛於色聲香味觸故爲之所縛流轉在於生死大海如是修行者觀竹岸住人已如實知外身

復次修行者隨順觀外身觀欝單越復有何等可愛山林彼以聞慧或以天眼見欝單越有一大山名曰心順縱廣一千由旬於此山中常有緊那羅女於山峯中歌衆妙音河岸園林平處山谷多有華池有諸林園所謂吱多吱林次名龍林次名那梨吱羅林次名婆那娑林次名佉羅林次名菴婆林次名無遮林次名金毗羅林次名迦毘他林次名孔雀林次名俱翅羅林次名鸚鵡林次名河池林次名蓮華林次名優鉢羅林次名辛頭波利多林次名鳩羅婆迦林次名命命鳥林次名多羅林如是林中一切珍寶美妙之音一切人聞歡喜受樂癡愛所覆轉增愛火若有聞此緊那羅女歌頌之音百倍增長若有飢鹿食草在口聞此歌音不覺遺墮飛鳥在樹雙鳥遊戲啄食美果聞此音聲皆悉止住衆蜂聞聲不飲美味若有仙人在虛空中聞其歌音即住不行如是心順山中緊那羅女歌頌

之音甚可愛樂其山皆是毗瑠璃寶金銀爲石珊瑚爲樹眞珠爲沙鉢婆羅池以玻瓈寶爲優鉢羅多有白鵝其色如貝復有諸鹿七寶莊嚴於園林中有俱翅羅孔雀命命鳥其音可愛復有池水衆蜂莊嚴如是心順山中一切衆人若見若聞心生愛樂遍於山上一切男女歡喜戲笑心生悅樂此心順林復有第二可愛之事如須彌山所出光明上照二百由旬心順山中光明上照二千由旬其光白淨金樹光明以毗瑠璃山光力故皆作白色如須彌山王金色光明草來近之皆作金色如是心順山光令一切禽獸河池華樹皆作白色以心順山光明力故山有人住名曰白人光明亦白住在此山大力端嚴心常歡喜第一清淨妙香塗身華鬘莊嚴歌舞戲笑愛樂音聲不生嫉妬無我所心亦無我慢一切光明皆作白色種種末香以散其身種種歌音聞之悅樂如意之樹出香美酒飲之無患隨其所念衣從樹出衣無線縷經緯之別種種飲食種種莊嚴種種衆鳥出妙音聲令人睡息復有妙音種種衆鳥令其覺寤種種華池生種種華如是白光明人受業果相如其所作上中下善業受樂成就

復次修行者隨順觀外身觀此衆生云何現見他善業盡而就死苦云何不覺初不生苦於受生時父母精血於屎道中識生受胎業風所集和合動之七日一變名阿浮陀阿浮陀中以於先世不殺生故識心不滅不爛第二七日名伽那身煩惱癡識不壞不滅如是七七日名曰肉團住在胎中屎尿之間若母

動身若母飲食被壓辛苦如壓蒲萄復以業風吹動肉摶肉摶增長生於五胞所謂兩手兩足及頭復以業風所動增長生於膜衣從膜衣中有脉如箭上衝生臟若其母食冷食熱食或美不美從箭孔中入其腐中爲胎中命令其不死如是胎中受大苦惱若於胎中不死不壞爲尿月水之所穢汙十月住胎如在牢獄苦惱逼迫一切身分猶如山壓從胎中出既生之後風日所觸受大苦惱棄之於地隨意捨行自嗽其指指中生乳以自增長而得壽命增長嬰兒轉成盛年漸至衰老時風所滅衆生業故業藏流轉如業所作或善不善諸業成就如此衆生現見業法果報苦惱而猶放逸於生死中苦受之本所謂生也寒熱飢渴疲極病瘦愛別離苦怨憎會苦於生死中生爲大苦破壞生具生死流轉無常苦空生滅無我云何鬱單越人而不覺知如此山谷園林華果河池蓮華一切皆當無常破壞歸於虛空如是衆生一切皆死生於天上天上命終隨其本業墮於地獄餓鬼畜生是修行者如是觀於業法果報見生死過於白光明人生悲愍心

復次修行者隨順觀外身鬱單越國復有何等可愛山林彼以聞慧或以天眼見鬱單越有一大山名俱賒耶舍縱廣千由旬有蓮華池名曰清涼縱廣五百由旬金色蓮華充滿其中無有泥濁於此池中多有衆蜂鵝鴨鴛鴦以爲莊嚴蓮華池中有天俱賒耶舍之華曼陀羅華林樹華果河谷園林清涼之池如前所說於俱賒耶舍山半山之中五百由旬

有八萬四千殿奇特可愛真金爲殿白銀欄楯白銀爲殿眞金欄楯玻瓈爲殿毗瑠璃寶以爲欄楯毗瑠璃殿玻瓈欄楯青寶玉殿硨磲欄楯硨磲寶殿青因陀寶以爲欄楯如是諸寶欄楯互相間錯鈴網彌覆歌舞戲笑妓樂音聲心常歡喜蒲萄蔓覆猶如天中善見大城天善法堂俱賒耶舍莊嚴大山亦復如是八萬四千殿園林河池樹林華果一切具足俱賒耶舍山中所住之人名曰雜色心常歡喜歌舞戲笑飲食樂故

復次修行者觀業果報如是衆生何故不見愛別離苦一切衆生恩愛別離行於異處不知一切皆當死滅隨業受報若有善業生人天中若不善業墮於地獄餓鬼畜生此雜色人心懷放逸不知猒足愛著色聲香味觸樂爲愛所縛愛河所漂欲火所燒而不覺知無常死滅入大黒闇不見老苦破壞少壯不見死火欲來燒人能令乖離一切親愛死如大火燒人命樹焚衆生林

復次修行者隨順觀外身鬱單越人以何業故生十山中何等十山一名僧迦賒山二名平等峯山三名刎力伽山四名白雲持山五名高聚山六名鬘莊嚴山七名因陀羅樂山八名歡喜持山九名心順山十名俱賒耶舍莊嚴山彼以聞慧或以天眼見此衆生前世善業生此山中不殺不盜不邪婬不飲酒行十善業生此山中

復次修行者觀業果報以何業故彼諸衆生色力形相勝餘衆生彼以聞慧或以天眼見此衆生正見行施心不諂曲不惱衆生直心

憐愍順法修行親近正法以是因緣身壞命終生於善道四天王天三十三天於彼命終生於此間此間命終生於彼處

復次修行者觀業果報此諸衆生以何業故而受勝報彼以聞慧或以天眼見此衆生以前世時於怖畏者施以無畏見人就死出於右門反縛而出將至塚間打惡聲鼓遣旃陀羅欲斷其命贖之令脫以是因緣身壞命終生於善道若四天王天三十三天若夜摩天

復次修行者隨順觀外身此諸衆生以何業故於勝天中勝於餘天色相可愛衆人供養彼以聞慧或以天眼見此衆生於前世時樂聞正法聽佛正法聖法毗尼讀誦佛法乃至一偈讀誦思惟以聞一句正法因緣作轉輪王主四天下從此命終生於天上一返二返乃至七返於六欲天謂四天處三十三天夜摩天兜率陀天化樂天他化自在天從天命終來生此間以善心故受於色聲香味觸樂還生天上天上命終先聞法故於未來世得初禪定生梵身天若梵衆天若大梵天復以聞法種子因緣力故於未來世得第二禪從此命終生少光天無量光天光音天復以聞法種子因緣力故於未來世得第三禪生遍淨天福德生天復以聞法修行因緣難問思惟於未來世得第四禪以離著智火燒煩惱樹生無量善天遍善天廣果天復以聞法因緣種子修行讀誦問難思惟爲邪見說令住正見盡一切有度於嶮難得緣覺道若發阿耨多羅三藐三菩提願則成無上正覺明行足善逝世間解無上士調御丈夫天人師佛

世尊以聞正法因緣力故聞正法者謂聞布施持戒以爲根本何以故此聞法者若在家出家聞布施果既了知已而行布施知布施果聞持戒果而持禁戒聞智慧果修習智慧聞已即得生天終得解脱是聞法者生天涅槃之種子也於一切施若資生施若無畏施若以戒施聞正法施最爲第一若聽正法第一持戒若聞正法爲他人説令捨不善令法增長是正法父

復次修行者隨順觀外身過鬱單越復有何等人住彼以聞慧或以天眼見鬱單越北有國縱廣二千由旬一名迦賒毗利縱廣三百由旬有河名迦賒毗梨人所住處亦名迦賒毗梨河池蓮華華果園林枝葉相覆如前所説過此國已有河名阿彌多其邊縱廣七百由旬園林華池皆悉具足亦如前説阿彌多河邊有五國土一名天冠池國二名波羅賒池國三名鬘衣國四名孔雀音國五名山㵎住國天冠池國縱廣一百五十由旬波羅賒池國縱廣一百五十由旬其鬘衣國縱廣二百由旬孔雀音國縱廣一百由旬山㵎住國縱廣一百由旬復有十國一一國土各百由旬何等爲十一名拘登伽國二名持香國三名黑腹國四名轉目國五名山嶮岸國六名順行國七名四方國八名圓國九名髮覆國十名僧伽多國復覲此國河池園林華果具足亦如前説彼洲四方人面亦然如閻浮提人面像大洲上廣下狹鬱單越人面像大洲亦復如是觀鬱單越國一切洲渚山谷園林華果河池禽獸具足如是觀已如實知外身

復次修行者隨順觀外身過鬱單越國瞿陀尼國二國中間復有何等山林海渚彼以聞慧或以天眼見鬱單越國瞿陀尼國二國中間有一大海名曰普眼廣一萬由旬有一水眼廣一由旬龍勢力故過此大海有一大山名遊戲鬘縱廣十千由旬色如聚墨龍氣燒故過此山已有一大海名貝思彌縱廣一千由旬多有大魚提彌魚提彌鯢羅魚軍毗羅魚那迦羅魚如是等魚充滿海中其海甚深見者怖畏於此海中有樂住龍離於瞋恚過此大海有一大海名曰水雲縱廣十千由旬於此海中大波涌出或十由旬二十由旬三十由旬過此海已有一大洲名眞珠蛤多有眞珠若魚若龍於水中死棄於此洲其洲縱廣一千由旬過此洲已有一大山名曰寶山縱廣正等五千由旬七寶山峯毗瑠璃等猶如第二須彌山王過此山已有甄叔迦林縱廣二千由旬種種園林華果具足過此林已有一大山縱廣五千由旬金蓮華池鵝鴨衆蜂出衆音聲過此山已有一大海縱廣十千由旬金色之水充滿其中出金色光海有金山名曰金水高五百由旬過此山已有瞿陀尼縱廣九千由旬有十億聚落一萬二千城第一大城其數五百如閻浮提有三百餘大城所謂波吒梨弗多城如是瞿陀尼大雲聚等五百大城其大雲聚城縱廣十二由旬四交街巷屋宅樓閣充滿城中住於中國第一大城名曰百門次名欄楯次名泥目羅次名光明次名山谷有如是等第一大城攝於中城復有大國名伽多支次名僧差那多國次

名摩尼國次名銀國次名旛國有如是等第一大國譬如閻浮提中第一大國謂迦尸國憍薩羅國摩伽陀國瞿陀尼國第一國土亦復如是次有中國謂尼棄羅國次名單持國次名遮都羅國次名俱蘭茶國次名鞞多婆國次名窟行國瞿陀尼界有如是等第一中國有二十五國攝一切國如閻浮提十八大國瞿陀尼國有五大河一名廣河二名均周師波帝河三名月力河四名樂水河五名僧吱那河如閻浮提四大河所謂恒伽河辛頭河婆叉河斯陀河瞿陀尼國有五大山何等爲五一名龍飛山二名三峯山三名珠門山四名百節山五名堅山如閻浮提中有四大山何等爲四一名雪山二名民陀山三名摩羅耶山四名雞羅娑山瞿陀尼國有三大池一名深岸池二名無間池三名放光池如閻浮提阿那婆達多池及瞻波池

復次修行者隨順觀外身觀瞿陀尼何所受用彼以聞慧或以天眼見瞿陀尼多饒牛犢一切女人皆有三乳如閻浮提女人十月乃產瞿陀尼人亦復如是如閻浮提女人二乳流汁瞿陀尼女人三乳流汁亦復如是如閻浮提園林具足華果河池一切具足其果半味其華半香河水半味

復次修行者隨順觀外身衆生何業生瞿陀尼以下中業生瞿陀尼彼以聞慧或以天眼見餘生處少戒少施少業少順法行云何少戒於前生處以貧窮故受雇持戒或畏刑罰非清淨心禮佛法僧親近國王得財布施以近王故不讀誦經施非福田貪邪見人謂爲

福田十善垢濁行不清淨業因緣故閻浮提死生瞿陀尼如是不知善不善故食半味食少智少慧貪著女人先業因緣生瞿陀尼一切衆生以業藏故由業故行業故流轉如其所作善不善業得如是果若作善業生人天中若不善業墮於地獄餓鬼畜生以業因緣得相似果如種種子譬如種穀得穀種麥得麥稗子生稗如以種子種於薄地收果減少若以種子種之良田多收果實如種赤稻不生餘物種豆得豆種甘蔗者則得甘蔗以田勝故得果亦勝如三種田一者福田施二者福田苦施三者苦施福田施者名之爲上福田苦施名之爲中苦施爲下除思功德譬如外三種田一者饒石亦多水衣名爲中田二者其水豐足無有草穢又無水衣亦無冦賊名爲上田三者多有水衣草穢其水不調又多冦賊是名下田若諸田夫勤加功力則得果實此內外法以業藏故隨業流轉業轉而行各各勢力各各因緣各各受生瞿陀尼人不修淨業故生於此處命終自業流轉生死如是修行者觀外法業已如實知外身

復次修行者隨順觀外身過瞿陀尼復有何等山河海渚彼以聞慧或以天眼見瞿陀尼國弗婆提國兩洲中間有一大海名清淨水縱廣一萬二千由旬清水盈滿多有螺貝提彌魚提彌鯢羅魚那迦魚摩伽羅魚軍毗羅魚失收摩羅魚魚亦青色過此海已有珊瑚山縱廣五千由旬毒害衆生住在山中過此山已有熱水海多有毒蛇毒蛇氣故令海水熱無有一衆生以蛇毒故衆生皆死以毒熱

故過此海已有一大海名曰赤海縱廣一萬五千由旬龍阿脩羅住此海下以飲食故互相瞋恚常共鬬諍有龍名曰摩多梨那有阿脩羅名僧伽多過此海已有一大洲名羅剎女國縱廣二千由旬有羅剎女名曰長髮住在此洲噉食火燒香華及肉一念能行二千由旬常求人便心常憶念是羅剎洲骸骨血肉狼藉穢臭充滿其洲過此洲已有一大洲名毗舍遮鬼女國縱廣五千由旬毗舍遮鬼名曰髮覆住在此洲過此洲已有一大山名曰饒山縱廣五百千由旬多饒樹林所謂那梨吱羅樹次名波那娑樹次名無遮果樹次名多羅樹次名多摩羅樹次名卑耶羅樹次名俱羅迦樹次名陀娑樹次名佉提羅樹次名提羅迦樹次名阿殊那樹次名迦曇婆樹次名泥荼羅娑樹次名佉殊羅樹次名菴婆羅樹次名卑末槃陀樹次名婆多利樹次名婆吒樹次名甄叔迦樹次名龍樹次名無憂樹次名斯隣陀樹次名吱多迦樹次名迦尼迦羅樹次名阿提目多迦樹次名那浮摩利迦樹次名波吒迦樹次名波吒羅樹次名迦卑他樹次名毗羅婆樹次名天木香樹次名波頭摩樹次名瞻波迦樹次名迦羅毗略迦樹次名青無憂樹次名鳩羅婆迦樹次名軍陀樹次名婆陀羅樹次名鳩吒闍樹多有如是種種果樹處處流泉揵闥婆王遊戲彼林過此山已有一大海縱廣五百由旬名曰乳水其水色味如乳無異海有大魚長五由旬住在海中過此海已有一沙山縱廣一千由旬無有林樹及諸藥草過此山已有一大海

名曰龍滿縱廣六千由旬海有諸龍名旃遮羅住此海中自相鬬諍樂注大雨過此海巳有一大海名甦無陀羅縱廣二千由旬其水不動清淨湛然多有軍毗羅魚那迦羅魚失收摩羅魚螺貝之屬

復次修行者知業法果彼以聞慧或以天眼見如說處山河海渚林樹之處無有一處不生不死不生不滅一切恩愛無不離别無有一處非業故行無有一處而非業藏無有一處非業流轉受自業果或生或死無有山河海渚非生死處山河海渚無鍼鋒許非我生處百千千億億億百千生死之中皆愛别離怨憎合會百千千億億億百千生死之處墮於地獄餓鬼畜生無始無終貪瞋癡網之所繫縛流轉生死是故應當猒離生死勿生貪著此生死者甚爲苦惱久受堅牢痛苦難忍老死憂悲苦惱愁毒一切有生必當墮落歸破壞門於生死中無有少常譬如日出無有少闇觀生死中亦復如是如是修行者觀外身如實知外身

復次修行者隨順觀外身過平等海復有何等山河海渚彼以聞慧或以天眼見弗婆提國縱廣八千由旬多有眷屬小洲具足聚落城邑河池林樹洲渚山窟行列樹林華果禽獸一切具足有六大山一名大波賒山二名新鬘山三名孔雀集山四名獸谷山五名海高山六名眞珠鬘山遍弗婆提如閻浮提有四大山如前所說大波賒山縱廣三千由旬於此山中有三大林其一一林皆悉縱廣一千由旬一名須彌林二名流水林三名谷鬘

林衆樹具足所謂呵梨勒樹次名平面樹次名谷生樹次名枝等樹次名岸生樹次名石生樹如閻浮提樹說住此山者名火髻人山中有河名婆盧河次名流沙河次名陋流河次名速流河次名龍水河次名光林河次名征迦河第二大山名曰林鬘縱廣一千由旬此山有林名鳩吒林次名林行林次名天木行林次名煙林次名久乘林山中有河一名多羅覆次名角園河次名愛水河次名攝念河次名煙笑河林鬘山中所住之人名俱知羅

復次修行者觀第三山名孔雀聚縱廣千由旬此山有四大林一名雲林二名百池林三名高吼林四名真珠輪林復有大河所謂泥均輪陀河次名大喜河次名愛林河次名先流河次名吉河於孔雀聚山有住人名曰青咽

復次修行者觀弗婆提有第四山名獸谷此山有名闍知羅林次名可愛林次名彌伽林華果具足亦如前說林中有河名涅茂迦次名普笑次名歌羅羅林中有獸名曰調伏次名普影次名毛獸次名見走次名爲馬次名無道次名仙獸次名多羅頭拏次名好耳次名象頭次名第一兒次名愛影次名兔毛次名駝身次名黑尾次名白頭次名端正次名蛇舌次名狗牙次名伽婆耶次名鉗婆次名雄井井如是等獸閻浮提中或有或無獸谷山中園林流池華果樹木一切具足亦如前說一切林池如閻浮提住獸谷山人名曰速力

復次修行者觀弗婆提國有第五山名曰海高縱廣一千由旬園林流池華果具足亦如前說此山有林名曰三滴林次名咽喉閉林次名山林林中有河名曰三角次名高喚次名石聲人住海高山者名遮株羅觀海高山已如實知外身

復次修行者隨順觀外身觀弗婆提有何等山彼以聞慧或以天眼見第六山名真珠鬘縱廣千由旬園林流池周遍具足種種華果禽獸具足亦如前說真珠鬘山出一大河名不見岸廣一由旬有人住於真珠鬘山名曰普眼如是弗婆提六山圍繞弗婆提國有三大城一名善門城二名山樂城三名普遊戲城一一大城廣三由旬中下之城有六十三有一中城名鴆吒舍次名大波舍次名普吼城有如是等中城之中第一最大下城名一切負次名大音城次名曠野孔穴城有如是等小城之中第一最大復有三億五十萬三千五百五十六聚落第一聚落名迦尸摩羅次名水沫次名根村次名樹啼村次名一切人次名葉聚落次名毗頭羅次名波迦村次名毗吒聚落次名摩摩聚落次名删提次名伽吒甕次名徒呵次名林聚落次名赤旋次名阿叉次名風吹次名鬘村次名項樹次名黑飯有如是等第一聚落此等衆人其面圓滿像地洲形閻浮提人耳髮莊嚴鬱單越人眼爲莊嚴瞿陀尼人項腹莊嚴弗婆提人肩髀莊嚴四天下人自身莊嚴

復次修行者觀業果報衆生何業生弗婆提有上中下業彼以聞慧或以天眼見此衆生

先世不知業法果報以不知故施非福田或難乞求爾乃施與或勤苦求亦如前說以此業故名下品生若有衆生持中品戒若近國王法故不殺衆生非清淨心以此因緣身壞命終生於天上從天命終生弗婆提名中業生上人上業聞於正法受持讀誦爲他人說而生隨喜如說修行無有一法能度生死險道曠野如聞正法受持讀誦爲他人說諸施中勝所謂法施第一持戒謂聞正法聞正法智最爲第一正法者亦如前說觀弗婆提業果報已如實知外身

復次修行者觀弗婆提內復有何等山河海渚彼以聞慧或以天眼過弗婆提八千由旬見有大山名曰慈石縱廣三千由旬此山四面一萬由旬有微少鐵皆悉速赴走奔此山過此山已有一大海七千由旬名曰波行圍繞五山猶如環釧何等爲五一名鐵口山二名大藏山三名多吒迦山四名蛇多山五名歡喜山過此山已有一大洲名陀吒迦曼荼縱廣三千由旬多有夜叉緊那羅住在此洲河池樹林華果具足甚可愛樂閻浮提中弗婆提中所有禽獸此洲悉有過此洲已有一大海名多星宿海中有山名憂陀延有十三峯繞此大海去須彌山不遠外道說言與閻浮提人善不善業爲增上緣善不善風於憂陀延山中出於星宿諸婆羅門外道論師失於業報不知眞諦於人王所說言星宿諸曜所作非業果報是諸外道婆羅門論師邪見倒說星曜所作非業果報若星曜所作非業果報日月勝故善不善時節流轉一切時節

而有華果日月若勝何故日月為餘曜所覆所謂日莎婆奴月羅睺一切星宿為曜所覆曜為餘覆以是善不善故宿曜亦有善不善業是故善不善業衆生自業非星曜作

復次修行者隨順外身觀曜星宿見業果報非曜等作觀多星宿海已觀須彌山憂陀延山峯已如實知外身

復次修行者觀多星宿海縱廣七千由旬過此海已有諸神仙住在此洲山河樹林華果具足如閻浮提其洲縱廣三千由旬仙人夜叉之所住止一切如意樹華果具足過此洲已有大圍山及有大海三千由旬在閻浮提弗婆提二國中間如是大海名冷暖水縱廣三千由旬多有螺貝提彌魚提彌鯢羅魚那迦羅魚摩伽羅魚失收摩羅魚黿鼉之屬住大海中過此山海有一大海名曰赤海去閻浮提不遠縱廣五千由旬赤水滿中多有大魚其魚赤色互相食噉以魚血故令海水赤故名赤水過此海已有一大海名曰清水縱廣七千由旬山河具足多有大魚第一極深過此海已有一大海名曰寶渚縱廣三千由旬一切衆寶集在此渚金沙硨磲真珠珊瑚蘇摩羅寶種種具足有摩偷果名亂心毒生在樹上若閻浮提人取果食之七日如死若有飛鳥食之即死過此渚已有一大海名曰鹽縱廣七千由旬多有螺貝真珠蚌蛤提彌魚提彌鯢羅魚軍毗羅魚那迦羅魚充滿其中復有諸龍夜叉羅剎毗舍遮鬼皆住水中水下多有無量諸山此閻浮提洲五百小洲以為圍繞略說勝者所謂金地洲次名寶石

洲次名幢鬘洲次名迦那洲次名螺貝洲次名眞珠洲次名圍洲次名光明洲次名翳沙波陀迦洲次名康白洲次名普賢洲次名心自在洲次名黒霙洲次名香鬘洲次名三角洲次名須摩拏洲次名賒那斯都洲次名阿藍迦洲次名楞迦洲有十二山羅刹所住次名彌留毗羅迦洲次名山住洲次名赤貝洲次名赤眞珠洲次名雪旋洲次名沙塵繞洲次名無道洲次名五銅洲次名覆洲次名賒吉帝力洲次名女國洲次名饒樹洲次名翳沙波陀洲次名丈夫洲閻浮提界說如是等最勝小洲此閻浮提縱廣七千由旬周遍可愛如前所說

復次修行者隨順觀外身觀日月光照何等處彼以聞慧或以天眼見日月光照須彌山王四面四天下及照大海照須彌山王八萬四千由旬光照山側但周其半斫迦婆羅金剛之山周圍三十六億由旬難忍業火燒然金剛斫迦娑羅山乳海之水近則成酪轉近此山則成生酥漸漸復近則成熟酥漸漸近之爲地獄火燒之磨滅是故不滿閻浮提等是修行者觀於欲界如實見之猒離欲意不見一處常不破壞不變易法於一切處無始生死自業果報因緣力故自業果報之所戲弄無有一處不生不死若百若千若百千返無量無邊生死無間觀內外身猒離欲愛於色聲香味觸心不愛樂如是那羅帝婆羅門長者聚落修行比丘修身念處不住魔境閻說如是念處已有衆多人破我見垢無上法中得法眼生說身念處無上之法若於山谷

若在山窟若在塚間若在露地若草積邊修學禪定無得放逸於命終時致有悔恨是我所教時諸比丘聞世尊說皆大歡喜於世尊說生信樂心歡喜奉行

正法念處經卷第七十

音釋

稗旁卦切草似穀者 䵣切孫祖切 藾資四切儲蓄也

佛本行集經

隋天竺三藏法師闍那崛多譯

清刻龍藏佛說法變相圖

佛本行集經卷第一

隋天竺三藏法師闍那崛多譯

發心供養品第一之一

北天竺揵達國婆羅門沙門闍那崛多（此言德志）

歸命大智海毗盧遮那佛

如是我聞一時婆伽婆住王舍城迦蘭陀鳥竹林之內與大比丘僧五百人俱爾時如來住於佛行無復煩惱故名耆那得一切智行一切智知一切智住於天行住於梵行住於聖行心得自在依諸世尊欲行諸行悉皆得行在於比丘及比丘尼諸優婆塞及優婆夷四衆之中受大供養恭敬尊重又諸國王大臣宰相種種外道及諸沙門婆羅門等佛得如是種種利養飲食衣服牀鋪湯藥四事充滿皆悉具足最勝最妙無與等者智慧第一

名稱遠聞雖受利養而心無染猶如蓮華不著於水世尊名號說法音聲於世間中最上最勝更無過者如是世尊多陁阿伽度阿羅訶三藐三佛陀十號具足能於現在天魔梵釋沙門婆羅門等一切天人世間之中神通徧知知已說法行於世間前後及中言語皆善文義巧妙理趣精微相好莊嚴具足無缺清淨梵行宣揚顯說爾時尊者大目揵連於晨朝時整衣持鉢入王舍城欲行乞食時目揵連獨立思惟今日晨朝乞食尚早我今先當至淨居天尊者目連作是念已譬如力士屈伸臂頃從王舍城沒身不現至於淨居諸天宮所忽然立住爾時無量淨居諸天既見目連安詳而至心生歡喜各相謂言我等今者可共往迎尊者目連發是語已相隨至於目揵連所頭面頂禮目揵連足却住一面白目連言尊者目連希有希有尊者目連於世間中難見難值謂佛世尊多陁阿伽度阿羅訶三藐三佛陀於無量百千萬劫勤修諸行而說偈言

於百千劫中　勤求菩提道　過於多時來
衆生中大寶　世間難見者　唯有佛世尊

爾時尊者大目揵連從淨居天聞是偈已徧體戰慄身毛皆竪而作是念希有希有不可思議難見難值謂佛世尊多陀阿伽度阿羅訶三藐三佛陀世間難逢無量百千萬億劫中時一出現爾時尊者大目揵連於淨居天爲彼天衆說無量種微妙之法顯現無量清淨法義宣通無量深密法要令諸天心各生歡喜教化顯示尊重法已即沒身迴此閻浮

提譬如力士屈臂還舒一念之頃到王舍城次第乞食還至本處飯食訖收衣鉢洗足已詣於佛所到佛所已頂禮佛足却坐一面復自坐已向佛而說所行來處世尊我旦乞食到王舍城便至首陀婆娑天上天語我言如來世尊於世間中難見難值如前所說具白佛言世尊我聞如是希有語已實難思說所謂諸佛多陁阿伽度阿羅訶三藐三佛陀於無量百千劫中時一出世爾時佛告目揵連言目揵連淨居諸天少知少見以狹劣智乃能得知百千劫事所以者何目揵連我念往昔於無量無邊諸世尊所種諸善根乃至求阿耨多羅三藐三菩提目揵連我念往昔作轉輪聖王身值三十億佛皆同一號號釋迦如來及聲聞衆尊重承事恭敬供養四事具足所謂衣服飲食卧具湯藥時彼諸佛不與我記汝當得阿耨多羅三藐三菩提及世間解天人師佛世尊於未來世得成正覺目揵連我念往昔作轉輪聖王身值八億諸佛皆同一號號然燈如來及聲聞衆尊重恭敬四事供養所謂衣服飲食卧具湯藥旛蓋華香時彼諸佛不與我記汝當得阿耨多羅三藐三菩提及世間解天人師佛世尊目揵連我念往昔作轉輪聖王身值三億諸佛皆同一號號弗沙如來及聲聞衆四事供養皆悉具足時彼諸佛不與我記汝當作佛如上所說目揵連我念往昔作轉輪聖王身值九萬諸佛皆同一號號迦葉如來及聲聞衆四事供養皆悉具足乃至不與我受記莂當得作佛如上所說目揵連我念往昔作轉輪聖王身

值六萬諸佛皆同一號號燈明如來及聲聞衆四事供養皆悉具足乃至不與我受記莂當得作佛如上所説目揵連我念往昔作轉輪聖王身曾供養一萬八千諸佛皆同一號號娑羅王如來及聲聞衆四事供養皆悉具足然後出家作如是念爲未來世當得佛道護持禁戒時彼諸佛不與我記乃至作佛如上所説目揵連我念往昔作轉輪聖王身曾供養一萬諸佛皆同一號號能度彼岸如來及聲聞衆四事供養皆悉具足乃至不與我受記莂當得作佛目揵連我念往昔作轉輪聖王身曾供養一萬五千諸佛皆同一號號日如來及聲聞衆四事供養皆悉具足乃至不與我受記莂當得作佛目揵連我念往昔作轉輪聖王身曾供養二千諸佛皆同一號號憍陳如如來及聲聞衆四事供養皆悉具足乃至不與我受記莂當得作佛目揵連我念往昔作轉輪聖王身曾供養六千諸佛皆同一號號龍如來及聲聞衆四事供養皆悉具足乃至不與我受記莂當得作佛目揵連我念往昔作轉輪聖王身曾供養一千諸佛皆同一號號紫幢如來及聲聞衆四事供養皆悉具足乃至不與我受記莂當得作佛目揵連我念往昔作轉輪聖王身曾供養五百諸佛皆同一號號蓮華上如來及聲聞衆四事供養皆悉具足乃至不與我受記莂當得作佛目揵連我念往昔作轉輪聖王身曾供養六十四諸佛皆同一號號螺髻如來及聲聞衆四事供養皆悉具足乃至不與我受記莂當得作佛目揵連我念往昔作轉輪聖王

身曾供養一佛號正行如來及聲聞衆四事供養皆悉具足彼佛亦不與我受記當得阿耨多羅三藐三菩提及明行足一切世間解目揵連我念往昔曾供養八萬八千億辟支佛播蓋香華四事具足乃至彼佛滅度之後爲起塔廟供養如前而不與我受於記莂汝當得阿耨多羅三藐三菩提目揵連我念往昔有一如來號曰善思多陁阿伽度阿羅訶三藐三佛陁於彼佛所彌勒菩薩最初發心種諸善根求阿耨多羅三藐三菩提時彌勒菩薩身作轉輪聖王名毗盧遮那爾時人民壽八萬歲目揵連彼善思如來初會說法九萬六千億人得阿羅漢道第二會說法八萬四千億人得阿羅漢道第三會說法七萬二千億人得阿羅漢道目揵連彼毗盧遮那轉輪聖王供養於彼善思如來及聲聞衆恭敬尊重旛蓋華香四事具足目揵連時毗盧遮那轉輪聖王見彼如來具足三十二大人相八十種好及聲聞衆佛刹莊嚴壽命歲數即發道心自口稱言希有世尊願我當來得作於佛十號具足還如今日善思如來爲於大衆聲聞人天恭敬圍繞聽佛說法信受奉行一種無異彌勒又言願我當來爲多衆生作諸利益施與安樂憐愍一切天人世間目揵連彌勒菩薩在於我前四十餘劫發菩提心而我然後始發道心種諸善根求阿耨多羅三藐三菩提目揵連我念往昔有一佛名示誨幢如來目揵連我於彼佛國土之中作轉輪聖王名曰牢弓初發道心種諸善根求阿耨多羅三藐三菩提我時供養彼佛世尊滿

一千年及聲聞衆恭敬尊重禮拜讚歎四事充足持五百具妙好衣裳一時布施及至彼佛般涅槃後起舍利塔高一由句廣半由旬七寶莊嚴所謂金銀玻瓈瑠璃赤眞珠等硨磲碼碯而以校飾復持種種旛蓋幢鈴香華燈燭以用供養目揵連我設如是諸供養已晝夜精勤發廣大誓願於當來得作佛時有諸衆生不孝父毋不敬沙門及婆羅門不識家内親踈尊卑無信敬心不信三世因緣業果不信現在有於聖人無一法行唯行貪欲瞋恚愚癡具足十惡唯造雜業無一善事願我於彼世界之中當得阿耨多羅三藐三菩提憐愍彼等諸衆生故説法教化作多利益救護衆生慈悲拔濟令離諸苦安置樂中爲彼天人廣説於法目揵連諸佛如來有是苦行希有之事爲諸衆生目揵連諸菩薩等凡有四種微妙性行何等爲四一自性行二願性行三順性行四轉性行目揵連云何名爲自性行若諸菩薩本性已來賢良質直順父毋教信敬沙門及婆羅門善知家内尊卑親踈知已恭敬承事無失具足十善復更廣行其餘善業是名菩薩自性行云何名爲願性行若諸菩薩發如是願我於何時當得作佛阿羅訶三藐三佛陁十號具足是名菩薩願性行云何名爲順性行若諸菩薩成就具足六波羅蜜何等爲六所謂檀波羅蜜乃至般若波羅蜜是名菩薩順性行云何名爲轉性行如我供養然燈世尊依彼因緣讀誦則知是名菩薩轉性行目揵連是名菩薩四種性行

爾時世尊在舍衛國祇樹給孤獨園以得作佛住於佛行略說如上時佛食訖七日入定念於往昔諸佛世尊多陀阿伽度阿羅訶三藐三佛陀爾時阿難過七日後詣於佛所頂禮佛足却住一面白佛言世尊希有如來身體清淨面色巍巍如我前見今復倍常光明增盛世尊諸根無量寂靜坐何三昧念何法相爾時世尊告阿難言如是阿難如汝所說多陀阿伽度阿羅訶三藐三佛陀若入定住念於往昔諸佛如來得大自在神通智已欲住一劫若減一劫念百千億諸佛智慧而如來智無有障礙何以故如來以具諸佛智慧度彼岸故阿難如來一食訖已或住一劫或減一劫欲住多少隨意自在無有疲倦何以故如來具得諸佛三昧度於彼岸諸三昧中此最為勝佛告阿難我念往昔無量無邊阿僧祇劫時世有佛號帝釋幢多陀阿伽度阿羅訶三藐三佛陀能為一切無量眾生作歸依處能為眾生作慈悲宅善能憐愍一切眾生能與一切眾生安樂有大威德無量聖眾前後圍繞阿難彼帝釋幢如來有五百億諸聲聞眾悉皆得證阿羅漢果壽五千歲彼帝釋幢如來授一菩薩記次當作佛號上幢如來阿難彼上幢如來復授一菩薩記次當作佛號幢相如來阿難彼幢相如來復授一菩薩記次當作佛號喜幢如來阿難彼喜幢如來復授一菩薩記次當作佛號十幢如來阿難彼十幢如來復授一菩薩記次當作佛號難伏幢如來阿難彼難伏幢如來復授一菩薩記次當作佛號明燈如來阿難彼明燈如

來復授一菩薩記次當作佛號善明燈如來阿難彼善明燈如來復授一菩薩記次當作佛號建立如來阿難彼建立如來復授一菩薩記次當作佛號善建立如來阿難彼善建立如來復授一菩薩記次當作佛號龍仙如來阿難彼龍仙如來復授一菩薩記次當作佛號無比威德如來阿難彼無比威德如來復授一菩薩記次當作佛號聖所生如來阿難彼聖所生如來復授一菩薩記次當作佛號妙勝如來阿難彼妙勝如來復授一菩薩記次當作佛號仙勝如來阿難彼仙勝如來復授一菩薩記次當作佛號普陰如來阿難彼普陰如來復授一菩薩記次當作佛號預相如來阿難彼預相如來復授一菩薩記次當作佛號上族如來阿難彼上族如來復授一菩薩記次當作佛號自境界如來阿難彼自境界如來復授一菩薩記次當作佛號無等如來阿難彼無等如來復授一菩薩記次當作佛號拘留孫如來阿難彼拘留孫如來復授一菩薩記次當作佛號大光明如來阿難彼大光明如來復授一菩薩記次當作佛號離憂如來阿難彼離憂如來復授一菩薩記次當作佛號捨洪水如來阿難彼捨洪水如來復授一菩薩記次當作佛號大力如來阿難彼大力如來復授一菩薩記次當作佛號至彼岸如來阿難彼至彼岸如來復授一菩薩記次當作佛號日如來阿難彼日如來復授一菩薩記次當作佛號寂滅如來阿難彼寂滅如來復授一菩薩記次當作佛號大震聲如來阿難彼大震聲如來復授一菩薩

記次當作佛號自王如來阿難彼自王如來復授一菩薩記次當作佛號寶王如來阿難彼寶王如來復授一菩薩記次當作佛號宿王如來阿難彼宿王如來復授一菩薩記次當作佛號微妙如來阿難彼微妙如來復授一菩薩記次當作佛號梵音如來阿難彼梵音如來復授一菩薩記次當作佛號功德生如來彼功德生如來有七十億聲聞弟子皆悉證於阿羅漢果其佛壽命足十萬年般涅槃後正法住世滿三千歲阿難彼功德生如來復授一菩薩記次當作佛號龍觀如來彼龍觀如來得菩提已爲諸衆生住世一劫阿難彼龍觀如來復授一菩薩記次當作佛號無畏上如來阿難彼無畏上如來復授一菩薩記次當作佛號龍上如來阿難彼龍上如來復授一菩薩記次當作佛號天德如來阿難彼天德如來復授一菩薩記次當作佛號身分上如來阿難彼身分上如來復授一菩薩記次當作佛號無比月如來阿難彼無比月如來復授一菩薩記次當作佛號因上如來阿難彼因上如來有一千六百聲聞弟子皆阿羅漢阿難彼因上如來復授一菩薩記次當作佛號紫上如來阿難彼紫上如來復授一菩薩記次當作佛號多伽羅尸棄如來阿難彼多伽羅尸棄如來復授一菩薩記次當作佛號蓮華上如來阿難彼蓮華上如來復授一菩薩記次當作佛號憍陳如如來阿難彼憍陳如如來同名號者有一百佛所住之劫名小蓮華彼憍陳如如來各各皆有五百億衆聲聞弟子皆阿羅漢彼諸如來一一

住壽各三百歲佛涅槃後正法住世亦三百歲阿難其最後憍陳如如來復授一菩薩記次當作佛號栴檀如來阿難彼栴檀如來復授一菩薩記次當作佛號明燈如來阿難彼明燈如來復授一菩薩記次當作佛號利益如來阿難彼利益如來復授一菩薩記次當作佛號善德如來彼善德如來以佛眼觀一切衆生爲欲憐愍諸衆生故不斷佛種住世千劫彼善德如來多陀阿伽度阿羅訶三藐三佛陀有三十二億那由他聲聞弟子皆阿羅漢阿難彼善德如來復授一菩薩記次當作佛號明星如來阿難彼明星如來復授一菩薩記次當作佛號護世知足如來彼護世知足如來過於無量那由他劫然後作佛阿難彼護世知足如來有二十億聲聞弟子皆

阿羅漢阿難彼護世知足如來復授一菩薩記次當作佛號尸棄如來阿難彼尸棄如來成佛之處劫名蓮華於彼劫內同號尸棄多陀阿伽度阿羅訶三藐三佛陀有六十二次第得佛阿難其尸棄如來最在於後得菩提者復授一菩薩記次當作佛號出生如來阿難彼出生佛多陀阿伽度阿羅訶三藐三佛陀憐愍一切諸衆生故住世教化滿二千劫阿難彼出生如來復授一菩薩記次當作佛號善目如來阿難彼善目如來復授一菩薩記次當作佛號商主如來阿難彼商主如來復授一菩薩記次當作佛號善生如來阿難彼善生佛多陀阿伽度阿羅訶三藐三佛陀壽命少時唯住一日於其中間教化八萬四千聲聞悉皆令得阿羅漢果阿難彼善生如

來復授一菩薩記次當作佛號梵德如來阿難彼梵德如來有三十二億聲聞弟子皆阿羅漢彼梵德如來般涅槃後正法住世滿三萬歲阿難彼梵德如來復授一菩薩記次當作佛號青蓮華如來阿難彼青蓮華如來復授一菩薩記次當作佛號善見如來阿難彼善見佛多陁阿伽度阿羅訶三藐三佛陀有三千億聲聞弟子皆阿羅漢阿難彼善見如來復授一菩薩記次當作佛號見眞諦如來阿難彼見眞諦如來復授一菩薩記次當作佛號根如來阿難彼根如來復授一菩薩記次當作佛號紫色如來阿難彼紫色如來復授一菩薩記次當作佛號爲他如來阿難彼爲他如來復授一菩薩記次當作佛號南斗宿如來阿難彼南斗宿如來復授一菩薩記次當作佛號娑羅如來阿難彼娑羅如來復授一菩薩記次當作佛號主領如來阿難彼主領如來復授一菩薩記次當作佛號大主領如來阿難彼大主領如來復授一菩薩記次當作佛號智勝如來阿難彼智勝如來復授一菩薩記次當作佛號普賢如來

佛本行集經卷第一

佛本行集經卷第二

隋天竺三藏法師闍那崛多譯

發心供養品第一之二

阿難彼普賢如來復授一菩薩記次當作佛號月如來阿難彼月如來復授一菩薩記次當作佛號分陀利如來阿難彼分陀利如來復授一菩薩記次當作佛號無垢如來阿難彼無垢如來復授一菩薩記次當作佛號證我如來阿難彼證我如來復授一菩薩記次當作佛號大雨如來阿難彼大雨如來復授一菩薩記次當作佛號無畏如來阿難彼無畏如來復授一菩薩記次當作佛號自光明如來阿難彼自光明如來復授一菩薩記次當作佛號大力如來阿難彼大力如來復授一菩薩記次當作佛號日如來阿難彼日如來復授一菩薩記次當作佛號秋光如來阿難彼秋光如來復授一菩薩記次當作佛號熱光如來阿難彼熱光如來復授一菩薩記次當作佛號相如來阿難彼相如來復授一菩薩記次當作佛號無比如來阿難彼無比如來復授一菩薩記次當作佛號勝上如來阿難彼勝上如來復授一菩薩記次當作佛號相上如來阿難彼相上如來復授一菩薩記次當作佛號娑羅王如來阿難彼娑羅王如來復授一菩薩記次當作佛號身上如來阿難彼身上如來復授一菩薩記次當作佛號無處畏如來阿難彼無處畏如來復授一菩薩記次當作佛號化如來阿難彼化如來復授一菩薩記次當作佛號寂定如來阿難彼寂定如來復授一菩薩記次當作佛號勝

王如來阿難彼勝王如來成佛之處其劫名賢有三百佛皆同一號號勝王如來阿難彼勝王如來最在後佛復授一菩薩記次當作佛號一切事見如來阿難彼一切事見如來有三億衆聲聞弟子皆阿羅漢阿難彼一切事見如來復授一菩薩記次當作佛號無憂如來阿難彼無憂如來復授一菩薩記次當作佛號龍上如來阿難彼龍上如來復授一菩薩記次當作佛號閻浮上如來阿難彼閻浮上如來復授一菩薩記次當作佛號尼拘陀如來阿難彼尼拘陀如來復授一菩薩記次當作佛號廣信如來阿難彼廣信如來復授一菩薩記次當作佛號救脫如來阿難彼救脫如來復授一菩薩記次當作佛號勝上如來阿難彼諸世尊多陁阿伽度阿羅訶三藐三佛陁各各次第傳相授記至於最後勝上如來我身悉皆供養承事爾時世尊而說偈言

彼等諸如來　釋迦大師子　以佛清淨眼
一切皆覩見　如是如來智　不思議佛行
諸天諸人等　悉不能得知　因果及佛智
諸法顯現相　唯諸佛境界　凡夫不能知
所說諸佛名　顯現諸佛行　有大威德相
以佛眼普見　若有智慧人　當欲求菩提
應讀此佛名　不久得作佛

爾時阿難白佛言世尊我曾聞佛金口所說聞已繫心憶持不忘所謂諸佛智無有礙無等等無障礙世尊如來實知如是智不爾時世尊告阿難言如來智慧具足了知是故知見無障無礙如來欲作境界寬狹念諸佛智

分齊少多隨意皆得爾時阿難復白佛言世尊猶如尊者阿尼盧豆得淨天眼過於人眼如是尊者阿尼盧豆以淨天眼能得見於一千世界如來說言我見無邊此義云何佛時默然如是再問乃至過三然後方荅佛告阿難汝莫以於聲聞智慧欲比如來何以故我今以於清淨天眼過於人眼見此東方恒河沙數佛剎之中諸菩薩等初發道心種諸善根或見東方恒河沙數諸佛剎中無量菩薩得受記莂或見東方恒河沙數佛剎之中諸菩薩等行菩薩行或見無量諸菩薩等於諸佛邊修行梵行後得生於兜率天宮從兜率下入於毋胎或見菩薩從毋右脇誕育而生或見菩薩行童子法或見菩薩在於宮內示行欲法或見菩薩捨於轉輪聖王之位出家修道或見菩薩降四種魔或見菩薩菩提樹下證得阿耨多羅三藐三菩提或見菩薩得菩提已受解脫樂或見菩薩端坐思惟二種分別或見菩薩轉法輪時或見菩薩爲諸衆生捨於壽命欲入無餘涅槃之時或見菩薩般涅槃後正法住世像法住世久近多少延促之時阿難我如是見東方佛剎恒河沙等諸佛成道及滅度後正法像法悉皆沒盡如東方剎南西北方四維上下亦復如是爾時世尊告阿難言阿難我念往昔過於無量無邊阿僧祇不可數不可說劫是時有一轉輪聖王名曰善見降伏四方如法治世彼王所統悉皆豐樂不行鞭杖亦無殺害兵戈偃息如法化人阿難彼善見王所居住城名閻浮檀其城東西十二由旬南北面各有七由旬

阿難彼閻浮城清淨端嚴殊特妙好悉用四寶之所莊飾黃金白銀玻瓈瑠璃其外別更有七重城彼城皆悉高於七尋各厚三尋而彼城頭周帀皆有七重欄楯彼諸欄楯雕刻精麗殊妙少雙亦用四寶之所成就黃金白銀瑠璃玻瓈若黃金欄黃金构柱白銀窻臺若白銀欄白銀构柱黃金窻臺若玻瓈欄玻瓈构柱瑠璃窻臺若瑠璃欄瑠璃构柱玻瓈窻臺而彼七重一一城內皆有七重寶多羅樹行列圍繞彼樹枝葉華果扶踈蓊鬱敷榮人所樂見其樹根莖皆是四寶黃金白銀玻瓈瑠璃金多羅樹金根金莖銀枝銀葉華果悉銀銀多羅樹銀根銀莖金枝金葉華果悉金若是玻瓈爲多羅樹玻瓈根莖瑠璃枝葉瑠璃華果若是瑠璃爲多羅樹瑠璃根莖玻瓈枝葉玻瓈華果彼多羅樹皆有羅網其羅網間悉懸寶鈴其諸鈴網皆七寶成所謂金銀瑠璃硨磲碼碯珊瑚玻瓈於彼城外有七重塹周帀圍繞彼塹甚深八功德水湛然盈滿種種名華所謂優鉢羅華波頭摩華拘勿頭華分陀利華彌覆水上彼諸塹底皆是金沙彼塹岸邊周帀皆有七寶羅網彌覆其上阿難彼閻浮城四面各有一十六門彼諸城門四寶所成黃金白銀玻瓈瑠璃金門銀扇銀門金扇若玻瓈門瑠璃爲扇若瑠璃門玻瓈爲扇彼諸城門各各皆有却敵樓櫓層閣飛簷垂珠羅網亦以七寶之所莊嚴微妙精奇人所喜見其諸城門皆有七重四寶門障安住不動發起開閉顯耀光明可愛可樂所謂金銀玻瓈瑠璃彼諸城門遠觀洞徹門若

開時風自吹開門欲閉時風自吹閉彼七重障風若開時門門相當悉皆通見門欲閉時風自吹閉七重門障溘然還遮阿難彼閻浮檀城之處中有一大池名曰歡喜彼池東西廣一由旬南北廣半由旬其池四岸四重塼壘彼塼端正微妙可喜四寶所成黃金白銀瑠璃玻瓈彼池四面皆有階道而彼階道端正可喜亦爲四寶之所合成黃金白銀瑠璃玻瓈黃金階道白銀階級白銀階道黃金階級瑠璃階道玻瓈階級玻瓈階道瑠璃階級彼階道上悉有却敵而彼却敵嚴飾可喜七寶所成黃金白銀硨磲碼碯珊瑚琥珀及以瑠璃彼池四邊皆有构欄端正可喜亦皆四寶所共合成黃金白銀瑠璃玻瓈其池東面黃金构欄其次南面白銀构欄其次西面瑠璃构欄其次北面玻瓈构欄黃金构欄黃金爲柱白銀窻臺白銀构欄白銀爲柱黃金窻臺玻瓈构欄玻瓈爲柱瑠璃窻臺瑠璃构欄瑠璃爲柱玻瓈窻臺阿難彼歡喜池周帀圍繞有多羅樹七重行列彼樹間中悉有羅網七寶莊嚴其羅網間皆懸寶鈴多羅樹外有七重塹端正可喜然彼池中有種種華所謂優鉢羅華波頭摩華拘勿頭華分陀利華其池岸上有陸生華所謂瞻婆華阿地目多華婆利師華揵陀婆利師華彼歡喜池八功德水之所充滿諸鳥渴時皆得平飲彼池水底皆布金沙七寶羅網以覆池上彼妙羅網節節皆懸七寶之鈴阿難彼閻浮城街巷平整其街兩邊有多羅樹多羅樹間悉有羅網其羅網間節節皆懸七寶鈴其七寶鈴微風

吹動出妙音聲令人樂聞心生歡喜譬如人作五種音樂阿難彼閻浮城所有人民皆悉純直彼諸人民欲相娛樂更無別音聞彼鈴聲即便歡喜自然歌舞更不憶念其餘音樂阿難彼閻浮城常有種種微妙音樂所謂鍾鈴螺鼓琴瑟箜篌箄篥笳簫琵琶箏笛諸如是等種種音聲復有無量微妙鳥音所謂鸚䳇鸜鵒孔雀拘翅羅鳥命命鳥等無量無邊種種諸鳥皆出微妙殊異音聲無時暫息地上皆散種種妙華所謂優鉢羅華拘勿頭華波頭摩華分陀利華及諸陸地種種雜華阿難彼城無有苦惱遍切不如意事一切備悉無所減少是物豐饒飲食無乏衆味具足悉滿家居無有空地人民熾盛威德巍巍所住之城譬如北方毗沙門王阿羅迦城等無有異阿難時彼世中有一佛出名曰寶體多陀阿伽度阿羅訶三藐三佛陀十號具足阿難彼寶體佛未得道前作菩薩時常樂清淨彼城人民亦樂清淨時寶體佛居止側近閻浮檀城若於晨朝欲行乞食入於城邑聚落之中則有無量千萬諸天下來供養圍繞侍衛寶體如來欲入城時足按城門時彼城內所有人民皆悉爲於諸天護持神通力故供養於彼寶體佛故掃除糞穢香湯灑地香泥塗地散雜香華滿於地上處處皆安妙好香爐燒無價香張懸種種旛幢蓋等如是無量供養之具以用供養寶體如來爾時有一城外村人共城內人欲結婚娶來入城邑彼人見城端嚴殊妙世所希有從小已來眼所未覩心大驚怪問於城內居住人言此城今者欲

作何事彼城内人報村人言此處有一如來出世名曰寶體多陀阿伽度阿羅訶三藐三佛陀不久欲入此城乞食以如是故灑掃莊嚴更復向於村人廣説如來功德無量無邊亦讃佛德多陀阿伽度阿羅訶三藐三佛陀十號具足如是復歎法寶有德如是復稱僧寶有德彼人聞於三寶功德心生歡喜踊躍無量作如是念寶體世尊多陁阿伽度阿羅訶三藐三佛陀希有現於世間我今可詣寶體佛所彼人内心作是念已即共城邑諸聚落人相將往詣寶體佛所至佛所已作如是念若是如來得一切智見我心者應先共我語言慰喻時寶體佛知彼人心於先即共彼村人語時彼村人得彼如來於先語已心生歡喜踊躍無量既滿其願即請如來後日施食時佛默然受彼人請時彼村人得於如來受已請已復生歡喜速向自家具辦飲食時四天王及梵釋等諸天大衆齎持種種天諸供具來獻如來時彼村人至於自家其夜辦具種種美食飡噉舐啑可食之味辦具已訖起明清旦於家地上掃除清淨香泥塗地以妙香水重灑其上復散種種雜妙好華敷置牀座即遣使人往白佛言如來若知時節至者願赴我家時寶體佛於晨朝時著衣持鉢與千億衆聲聞比丘前後圍繞至受請家到彼家已諸比丘等各隨大小依次而坐時彼村人見寶體佛安坐已訖即將種種妙好飲食自手擎持以奉如來白言世尊唯願請佛及比丘僧隨意飽食及諸大衆受食訖已食不可盡彼人生念此百味食既不可盡必是

如來威神德力令使充溢餘食旣多我今可喚所看如來白衣人衆布施此食皆食飽滿然後我心得大歡喜復生此念希有希有不思議法此寶體佛威德力大令我眷屬不喚自來佐助於我我亦不曾借倩一人又我亦復不用多功衆事一時皆得辦具時寶體佛飯食訖已爲彼村人如應說法使其歡喜生希有心安置彼人於正法中及彼大衆皆聞說法悉各歡喜或得道者乃至起還歸向本處時彼村人聞寶體佛說法教化聽受法已歡喜踊躍心發弘誓作如是言願我未來如似寶體如來所得一切諸法我皆具足又願我於大衆之中如是說法令一切人歡喜信受如今世尊寶體如來將比丘衆安詳而行一種無異時彼村人供養如來具足尊重恭敬心已隨佛向寺剃除鬚髮捨俗出家得成比丘時彼寶體如來住世爲諸衆生說法已訖入般涅槃涅槃之後無量無邊天人衆等闍維佛身復將無量供養之具於闍維所而設供養時彼比丘旣聞如來入般涅槃生大憂惱作如是念我今可往至闍維所若至彼處應得異法是時比丘速疾往詣彼闍維所到彼處已即得異寶初得之時謂彼珍寶不甚清淨少有塵垢爾時比丘細刮拭看即知清淨眞瑠璃寶價數直於百千兩金彼摩尼寶安置之處晝夜無異夜如日現一切房舍一切院落皆悉光明是時天人收彼寶體佛舍利已起造於塔時彼比丘亦生心念我今可以此摩尼寶安置浮圖承露盤上作於寶瓶生此念已至於塔所至彼所已作如是念

我此摩尼寶珠價直百千兩金我今以是摩尼寶珠安於塔上爲彼如來是我之師是故我今捨此摩尼置於塔上彼摩尼寶光明照於寶塔之上無量千歲而彼比丘復然無量種種燈明足滿千年供養此塔恭敬尊重滿千年已心常不捨念佛三昧彼比丘持清淨戒故加復供養如來塔故以是因緣命終之後在生死中無量無邊百千萬世受於人天福樂果報不曾墜墮於惡道中阿難時彼比丘過於百千無量無數阿僧祇劫復值一佛出現於世號曰能作光明如來時彼比丘供養於佛修持禁戒梵行清淨出家如前復發此心願我未來藉此功德生生世世莫生惡道時作光佛知彼比丘心所願已即與授記語言仁者汝於來世過於百千無量無數阿

僧祇劫當得作佛多陁阿伽度阿羅訶三藐三佛陀號曰然燈彼然燈佛作菩薩時於末後身生兜率天從兜率天降神來下從右脇入託於母胎住居十月滿十月已一心正念欲生之時放於光明照彼佛剎皆悉徧滿爾時菩薩既將欲生其母諮王智者主言大王當知我意欲往園林之内遊戲觀看王聞夫人如是語已即出勑告城内大臣及諸豪富長者居士商賈人言我今夫人欲出園林觀看遊戲汝等當家可各莊嚴城内街衢悉令清淨所有穢惡瓦礫糞埏並宜除却辦具香湯灑散於道香泥塗地以妙香華布散其上處處安置妙寶香爐燒衆名香又復安置種種寶瓶盛諸香水著好淨華優鉢羅華波頭摩華拘勿頭華分陀利華置於瓶内處處安

置芭蕉之樹隨芭蕉樹大小高下各懸雜色種種幢旛其諸旛幢衆色間雜其幢樹内復各垂於七寶網羅真珠瓔珞網羅節目悉有寶鈴若夜淨天星辰出現又於處處悉各施懸衆寶明鏡猶如日月或懸種種雜色流蘇或處處垂金銀寶帶彼城街巷如是種種精麗莊嚴等彼天神揵闥婆城一種無異時王夫人共千左右乘寶輦轝妓樂引導種種音聲前後圍繞填滿街巷從宫殿出四面觀看安詳而行威德特尊勢力廣大處在衆中無與比者向彼園林既到園林漸趣河岸至河岸已即上於船遊入河中至中流已忽然自有一大燈明上下縱廣十二由旬其燈明内有莎草叢高下四指其色艾白柔輭猶如迦耶隣提出妙香氣又如瞻婆波利師華其園林内出種種華及種種果種種樹木天上人間所有樹木名華美果悉滿此園時菩薩母仰觀虚空安詳右手攀引樹枝枝即垂下時王夫人即以右手捉於樹枝從右脇間出一童子端正可喜名曰然燈自然而合手十指掌童子生時放大光明照彼佛刹皆悉充滿天上即雨無量諸華所謂曼陀羅華摩訶曼陀羅華曼殊沙華摩訶曼殊沙華優鉢羅華波頭摩華拘勿頭華分陀利華又雨無量栴檀散香充滿徧布十二由旬復雨種種無量無邊天諸妓樂不鼓自鳴又出無量歌讚音聲音聲之内言辭唱云無量作燈明無量作燈明是彼菩薩瑞應之號故稱然燈爾時然燈菩薩大士諸根具足相好圓滿無所乏少日日長大在於樓上受五欲樂然彼童子受

五欲時雖復歡樂忽自生念世間愛欲虛幻暫時須臾破壞不久磨滅思惟此已從家內出剃除鬚髮身服袈裟得於出家出家之後欲求菩提漸向樹下修習正覺證正覺後以佛眼觀一切世間即生此念有誰最得初聞正法即見世間空無化者再觀三觀亦見世間無有聞法及可度人彼佛在世經三千年獨一無侶端坐過於三千年後彼然燈佛多陁阿伽度阿羅訶三藐三佛陁作如是念此衆生輩躭著五欲放逸多時迷荒無猒我今當化令彼覺知作是念已從燈炷城出住空中化作一城名閻浮檀於彼城內化作種種瑠璃諸屋於其城外又復化作種種七寶多羅之樹七重行列七寶莊嚴如上所說城莊嚴事其城縱廣東西南北五千由旬又其城內莊嚴之具如忉利天一種無異彼城內人壽三千歲此閻浮提諸衆生等悉遥觀彼一切人民受於歡樂自恣五欲悉見悉知悉聞悉羨時然燈佛如是過於三千歲後生是念言我今可作神通變化令閻浮人生猒離想時閻浮人見然燈佛所居之城四壁皆出猛火炎熾生大恐怖共相謂言嗚呼彼城自然燒盡不久漸滅時閻浮提一切人民諸根成熟應得佛化彼等人民見彼化城四面火起熾盛燒然怖畏驚恐求歸依處無救護者欲求解脫無能度者發此言已願於彼城下來至此或復此城上至於彼我等一切當滅彼火是時天龍夜叉乾闥婆人非人等出於彼城告我等言何故此城自出火然時彼城前忽爾自然出三階道一金所成二銀所成三

玻瓈成其閣道間各有雜寶多羅樹行彼多羅樹出大聲云汝等人輩宜速聚集會於一處若汝心欲見然燈佛多陀阿伽度阿羅訶三藐三佛陀者彼佛不久欲下閻浮提時閻浮提一切人民皆悉往詣彼閣道所見然燈佛從城内出於閣道下時諸梵釋四天王等前後圍繞閻浮提人見彼佛已皆大歡喜各生是心我等前者欲覩如來今已得見復更生念我各於先問佛是事此城何故如是火然如來應爲我等解釋時然燈佛足蹈地已其諸人民悉各皆念我獨頭面頂禮於佛而發是言我得於先頂禮佛足時然燈佛坐師子座坐已爲彼衆生說法所謂讚歎布施之事持戒之事離欲之事得漏盡法說於出家功德之利助清淨法如來見此閻浮提人聞佛說法信樂聽受生歡喜心心意柔輭心得無礙如來更復爲說諸法如往昔佛知於衆生機根說法令其歡喜所謂苦集滅道世尊今復爲閻浮人具足說此四諦之法時然燈佛初日說法教化度脫六百億人悉皆漏盡證阿羅漢心得自在第二日化五百億人第三日化四百億人第四日化三百億人第五日化二百億人第六日化一百億人第七日化五十億人悉皆如上得阿羅漢至於第二一七日内教化度脫百一億人最後第三一七日内復度七十五億衆生悉得上利漏盡意解成阿羅漢彼然燈佛住世一劫共諸比丘聲聞弟子爲世間人作利益故迦葉遺師作如是說阿難諸佛次第相傳授記其然燈佛初種善根求阿耨多羅三藐三菩提乃至轉法輪住

世一劫化衆生故（作摩訶僧祇師如是說）阿難其然燈佛爲菩薩時在於船上雖受五欲於世間中深生猒離作如是念我可坐船渡河彼岸亦發此心即生一大清淨蓮華然燈童子於其華上結跏趺坐坐已蓮華即自還合猶如像蓮時諸婇女求覔童子莫知所在即奏大王爾時大王遣使四方推求尋覔東西南北不知其所乃至四維亦不知處然燈菩薩以大威德神通力故在彼船上蓮華臺中結跏趺坐而身不現即得五通飛騰虛空乃至向於菩提樹下得一切智及轉法輪說法度脫六十八億百千人俱皆悉共住在於世間教化衆生（尼沙塞師作如是說）

佛本行集經卷第二

音釋

壍（七豔切遶城水也）溘（渴合切奄忽也）壘（魯水切猶疊也）箄䈆（箄壁吉切䈆力質切箄䈆筏管也）舐嗽（舐甚爾切餂也嗽所角切欶也）刮（古刹切摩刹也）搥（音堆聚上也）

佛本行集經卷第三

隋天竺三藏法師闍那崛多譯

發心供養品第一之三

爾時世尊在舍衛城告阿難言阿難諸佛菩薩晝夜常說一切諸法有四種攝而攝衆生何等爲四一者布施二者愛語三者利益四者同事爾時阿難從座而起整理衣服偏袒右肩合十指掌右膝著地而白佛言世尊如來往昔供養幾佛求阿耨多羅三藐三菩提於何佛邊種諸善根爲未來世求於菩提佛告阿難諦聽諦受善思念之今當爲汝說彼如來諸佛名字并及所種善根之處阿難我念往昔有佛出世號曰然燈多陀阿伽度阿羅訶三藐三佛陀於彼佛邊種諸善根求未來世阿耨多羅三藐三菩提次復一佛出現於世號世無比我時供養彼佛世尊種諸善根求未來世阿耨多羅三藐三菩提次復一佛出現於世號蓮華上我時供養彼佛世尊種諸善根求未來世阿耨多羅三藐三菩提次復一佛出現於世號最上行我時供養彼佛世尊種諸善根求未來世阿耨多羅三藐三菩提次復一佛出現於世號德上名稱我時供養彼佛世尊種諸善根求未來世阿耨多羅三藐三菩提次復一佛出現於世號釋迦牟尼我時供養彼佛世尊種諸善根求未來世阿耨多羅三藐三菩提次復一佛出現於世號曰帝沙我時供養彼佛世尊種諸善根求未來世阿耨多羅三藐三菩提次復一佛出現於世號曰弗沙我時供養彼佛世尊種諸善根求未來世阿耨多羅三藐三菩提

次復一佛出現於世號見一切利我時供養彼佛世尊種諸善根求未來世阿耨多羅三藐三菩提次復一佛出現於世號毗婆尸我時供養彼佛世尊種諸善根求未來世阿耨多羅三藐三菩提次復一佛出現於世號曰尸棄我時供養彼佛世尊種諸善根求未來世阿耨多羅三藐三菩提次復一佛出現於世號毗沙門我時供養彼佛世尊種諸善根求未來世阿耨多羅三藐三菩提次復一佛出現於世號拘留孫我時供養彼佛世尊種諸善根乃至梵行求未來世阿耨多羅三藐三菩提次復一佛出現於世號拘那含牟尼我時供養彼佛世尊種諸善根乃至梵行求未來世阿耨多羅三藐三菩提次復一佛出現於世號曰迦葉我時供養彼佛世尊種諸善根乃至梵行求未來世阿耨多羅三藐三菩提阿難我於彌勒菩薩之邊種諸善根求未來世阿耨多羅三藐三菩提而有偈說

此佛大威德　離欲得寂靜　釋迦牟尼佛
皆悉供養來

爾時阿難白佛言世尊如來供養彼等諸佛多陀阿伽度阿羅訶三藐三佛陀將於何等供養之具供養彼佛種諸善根求未來世阿耨多羅三藐三菩提佛告阿難我念往昔過無量世有一國王名曰降怨是刹利種紹灌頂位其王福德壽命極長端正可喜名稱遠聞阿難彼降怨王居住之處有一大城名曰蓮華彼王於此城中治化安置宮殿彼城東西十二由旬其南北面徑七由旬土地調適雨澤以時五穀豐熟無所乏少多有人民填

滿充塞閒無空處園苑樹林華果具足泉流
池沼水常湛然街巷兩邊皆安店肆去來市
買無暫時停猶如北方毗沙門城名阿羅迦
東西南北等無有異彼蓮華城如是莊嚴種
種具足阿難彼降怨王有一豪富大婆羅門
名爲日主勇健強力多饒財寶象馬奴僕六
畜牛羊種種皆豐無所乏少其庫藏内純是
異類黄金白銀眞珠珍寶硨磲碼碯珊瑚琥
珀悉皆備具一如北方毗沙門王阿難時彼
日主大婆羅門特爲彼王心所愛重恒相伴
偶不曾暫離日日相見無猒倦心阿難彼降
怨王時有一事將付日主婆羅門判令好斷
決日主如法分判已後入彼王意王於日主
婆羅門所倍生歡喜分割半國與婆羅門封
授爲王令其治化時降怨王爲彼日主婆羅
門王別更立城名爲埏主東西南北街衢巷
術城郭莊嚴如蓮華城一無有異阿難彼日
主王有一夫人名爲月上阿難然燈菩薩從
兜率下降神之時於日主宫月上夫人右脇
入胎端坐出生成道說法化人皆得阿羅漢
果如上因緣然燈菩薩本行經說時然燈佛
在彼二城次第居住說法度人時父日主常
以四事供養彼佛尊重恭敬如佛所歎阿難
其降怨王漸漸傳聞彼埏主城日主王宫第
一大妃月上夫人生一童子名曰然燈端正
可喜世間無雙衆相具足譬如金像童子生
已將詣相師國内大智婆羅門所教令占相
童子如是相貌云何彼相師言此童子者福
德莊嚴若在家内爲轉輪王化四天下作大
地主具足七寶一金輪寶二神珠寶三玉女

寶四者象寶五者馬寶六主兵臣寶七主藏臣寶復有千子悉皆端正具丈夫相能摧怨敵威被大地四海山林無不降伏國土安寧雨澤以時五穀豐熟人民安樂無有苦惱無有疾病不用兵戈如法治化若捨出家當得作佛多陀阿伽度阿羅訶三藐三佛陀十號具足名稱遠聞阿難彼童子捨家出家乃至得成阿耨多羅三藐三菩提及轉法輪名稱遠聞如上所說時降怨王作如是念希有世尊出世甚難時時一聞復難覩見時降怨王即遣使人向日主所作如是言我今傳聞王大夫人生好童子衆相具足如上所說我今欲請彼然燈佛多陀阿伽度阿羅訶三藐三佛陀至我所住蓮華之城受我微供王若遣來彼此蒙益如其不放我當嚴備四種兵往

時彼使人受是語已往埏主城日主王所具以此語白日主王時日主王聞此語已悵怏憂愁心懷不樂時日主王集聚群臣具以上事向而說之汝等思惟彼有是言欲何報答時諸群臣共白王言大王當知如此之事還可諮問於然燈佛何以故然燈世尊多陀阿伽度阿羅訶三藐三佛陀有大慈悲時日主王報諸臣言我心亦有如是憶念時日主王共諸群臣躬自往詣然燈佛所乃至彼佛慰喻王言大王安心莫驚莫怖莫生憂愁何以故我今亦欲遊行他國教化人民慈愍一切諸衆生故時然燈佛多陀阿伽度阿羅訶三藐三佛陀遊向彼國化衆生故即共無量無數百千諸比丘衆相隨而行時日主王供養供給然燈如來四事具足無所乏少在後隨

從送佛到於自境界已頂禮佛足三帀圍繞泣淚而還歸於本宮時降怨王聞然燈佛來蓮華城及於無量聲聞比丘百千之衆皆是漏盡大阿羅漢聞已喜歡嚴治道路所有雜穢惡使耘除校飾莊嚴如上所說乃至等彼乾闥婆城一種無異時降怨王出勑告示其城內外十二由旬禁斷一切所有人民不聽私賣諸香華鬘其有之處我自採買欲持供養彼然燈佛時降怨王將四種兵具大威德從城而出迎然燈佛

受決定記品第二之一

爾時彼國雪山南面有一梵志名曰珍寶父母清淨婆羅門種乃至先祖七世已來不曾雜穢無有人能輙敢譏毀然其種姓皆爲智者之所讃譽又爲其餘諸導師等之所恭敬三種行具能教一切毗陀之論四種毗陀皆悉收盡又闡陀論字論聲論及可笑論呪術之論受記之論世間相論世間祭祀呪願之論具足備有大丈夫相自生善家復有五百善姓家兒爲其弟子圍繞供承阿難當知爾時珍寶婆羅門者現今彌勒菩薩是也時彼五百諸弟子等常從是師讀誦祭祀呪術法之時彼五百弟子之中有一大姓婆羅門子號名爲雲於彼衆中而作上首衆行具足少小從師時年十六端正可喜得善種生父母清淨乃至七世無有穢濁無能譏訶其家種族乃至具足大丈夫相世間無比身黃金色頭髮亦然其聲清淨如梵天音從彼珍寶仙人之邊受誦呪術捷利速疾所得眞正一聞便領語言辯了字句分明所有一切婆羅門

家種種呪術工巧技能皆悉洞解解已語彼梵志師言大師和尚我今習學已盡和尚所有德術意欲還家其和尚心戀雲童子不欲別離即語之言汝摩那婆我有一論名為毗陀乃是往昔諸仙所說一切外道婆羅門等未曾知聞況復得見及以教他摩那婆言唯願和尚為我解說時彼梵志即復更教彼摩那婆祕要呪術時摩那婆亦悉受得復更重白彼梵志言我今已得和尚呪術方法盡解復更何作梵志復告摩那婆言我婆羅門種姓相承復有家法若有弟子從師學問必須報恩將諸財物以用布施摩那婆言和尚為我解說家法將何報恩和尚今心欲須何等梵志語言汝摩那婆欲報我者可將一好清淨繖蓋革屣金杖金三叉木金瓶金鉢上下舍勒五百金錢如是與我爾時童子白梵志言和尚大師我無如上所說之物可奉和尚請乞放我四方求索得即將來供養和尚梵志報言汝若知時當隨所去時雲童子頂禮師足圍繞三帀辭別而行時雲童子聞有一處去此雪山五百由旬其城名為輸羅波奢時彼城內有一種姓大婆羅門名祭祀德居住彼城彼婆羅門大富饒財甚足資產彼祭祀德大婆羅門欲為六萬諸婆羅門奉設一年無遮之會備辦六萬布施之具為一一人人一繖蓋一三叉木革屣瓶鉢上下舍勒及錢物等供身之具皆悉備足別為上座一婆羅門造於金柄上妙繖蓋最勝革屣純金為杖金三叉拒金瓶金鉢上下舍勒價數各直百千兩金五百金錢一千牸牛各并犢子一

牛一穀得一斗乳其牛角上皆以金裝五百童女皆珠瓔珞莊嚴其身其諸女中有一童女名曰善枝最爲上首時般遮會年歲已滿唯一日在時雲童子從雪山下安詳而至輸羅波城無遮會所時彼六萬諸婆羅門遥見童子即發大聲唱言善哉是處善造此般遮會今梵天至自來受此般遮布施時雲童子語彼六萬婆羅門言汝等莫喚我作梵天我是於人實非梵天婆羅門言汝是阿誰雲童子言汝可不聞雪山南面有一梵志名曰珍寶種種通達教授門徒五百弟子乃至如上次第所說彼衆之中有一上足弟子名雲年始十六智慧聰明德術具足與師無異乃至其聲如梵天音汝等聞不婆羅門等皆答言聞雲童子言即此身是婆羅門衆既識知已更復歡喜發大聲言善哉善哉善建立此無遮之會得雲童子來受此供時祭祀德婆羅門女善枝之身及諸童女樓上遥望見雲童子端正少雙見已喜歡向四方禮諸天諸神心自密念願此童子論議第一勝舊上座諸婆羅門令我遠離此不善人莫與如此不善之人共爲夫婦時雲童子至於會所圍繞三帀繞三帀已至於上座婆羅門前美言慰喻問言仁者誦持何論時此六萬諸婆羅門同聲共答雲童子言仁者莫問我此上座誦於何論何以故今此上座可是我家婆羅門法呪術諸論悉皆誦持雲童子言婆羅門輩汝此上座雖復誦念婆羅門家醫方技藝但我師貧婆羅門學別自有法要須相問汝等有論名先有不時彼六萬婆羅門衆各共答言

我等此名尚未曾聞何況得有何況得誦雲童子言我師法中教我有此一毗陀論名爲先有我亦誦得時彼大會婆羅門言請爲解說我等樂聞時雲童子在於上座敷設處立以梵音聲誦彼先有毗陀之論時會六萬婆羅門衆歡喜踊躍同聲唱言稱適我心稱適我意甚大歡喜告雲童子言汝摩那婆今可爲我作於上座坐我座首受我上座最勝之水受我上座最初之食時雲童子推彼上座令向下座即於勝座承最初水受於先食食稱意食食訖已後隨其所須布施之具依上座法而爲受之其不須者辭而不受時祭祀德大婆羅門心自念言我今建此無遮之會不依聖法所有一切布施之物不依聖教何以故此會違覹所有一切布施之物爲雲童子不領我意具足而受時祭祀德大婆羅門長跪諮白雲童子言大德童子汝可受此我之布施一切之物莫令我會施不具足時雲童子語祭祀德婆羅門言大婆羅門汝善布施衆事具足非是不善此無遮會無有闕少唯我須者我今受之所不須者徒取無益時彼上座舊婆羅門心生此念我久時乞願得如是布施之具決望先取云何今者爲此幼歲摩那婆來推我向下奪我利養若我生來所有一切持戒精進苦行果報是果報緣生生世世共此童子相會集處爲其奪我利養之事報此怨讎終不相捨阿難當知爾時雲童子者我身是也祭祀德者現今檀陀波尼是也時彼上座婆羅門者即今提婆達多是也阿難以是因緣提婆達多愚癡之人往昔

共我世世生生恒作怨讎不相捨離時雲童子將其所得種種施物欲向雪山以奉梵志經諸聚落村邑國城或住或行如是觀看於後漸漸至蓮華城入彼城内見城莊嚴殊特妙好不可思議如上所說即生是念何故今者此蓮華城如是莊嚴不可思議或當有人欲於此城作無遮會或復祭祀諸星宿天或作吉祥或作福業或是時節婆羅門會或當是此城内人民聞我名聲多解多知謂言我來於此欲共諸婆羅門問難論義而復無有一人念我或復恭敬禮拜於我時我即問彼一人言仁者此城何故莊嚴如是微妙爾時彼人即報我言大智童子汝可不聞然燈世尊多陁阿伽度阿羅訶三藐三佛陁不久欲來此蓮華城說法教化爲是事故我王降怨約令人民各使莊嚴時諸人等欲造福業布設如是種種雜飾擬欲供養然燈如來阿難我時生念如我法中有此言說若人具足三十二相彼人即有二種果報若在家者必定得作轉輪聖王若捨出家修學聖道必定當得阿耨多羅三藐三菩提名稱遠聞威德自在此是無疑阿難我於爾時更生是念我今先應向此停住供養禮拜然燈世尊求於未來阿耨多羅三藐三菩提然後别報梵志師恩我又生念將何等物供養於佛以何事業種諸善根爾時我心作是思惟諸佛世尊不尚錢財以爲供養唯法供養聖所稱譽我未有法義無空見今可買覓上妙好華持以奉獻願未來世得作於佛我時即至一鬘師家語彼人言仁者可賣此華與我爾時彼人報

於我言仁者童子汝可不聞降怨大王出勅告下所有華鬘悉不聽賣與於他人何以故王欲自取持供養佛我聞彼人如是語已復更至於餘鬘師店求索華買彼還答我如前不異如是處處買華不得於街巷裏私竊訪求見一青衣取水婢子名曰賢者密將七莖優鉢羅華內於瓶中從前而來我見彼已心生歡喜即語之言汝將此華欲作何事我今與汝五百金錢汝可與我瓶內七莖優鉢羅華彼女復言仁者童子汝可不聞然燈世尊多陀阿伽度阿羅訶三藐三佛陀今欲入城受此地主降怨王請王於佛所生尊重心復欲建立諸功德故宣令國內十二由旬所有香油華鬘之屬不聽一人私竊盜賣若有賣者唯王得買自將供養以我比舍有一鬘師

名曰怨讎彼有一女私從我邊取五百錢即盜與我此七莖華我既違禁得於此華自欲供養然燈世尊多陀阿伽度阿羅訶三藐三佛陀實不可得時我復更語彼女言善女所說因緣我今已知汝可取我五百金錢與我五莖優鉢羅華兩莖還汝爾時彼女即答我言仁者童子汝取此華欲作何用我時報言如來出世難見難逢今既遭遇欲買此華上然燈如來多陀阿伽度阿羅訶三藐三佛陀種諸善根爲未來世求於阿耨多羅三藐三菩提爾時彼女復語我言我觀童子內外形容身心勇猛愛法精進汝必當得阿耨多羅三藐三菩提摩那婆汝若許我未得聖道於其中間生生世世爲汝作妻若汝得道我當剃除出家學道求阿羅漢爲汝弟子修沙門

行若如是者我今與汝此五莖華不者不與我時復更語彼女言善女我今此身是婆羅門種姓清淨通達四種毗陀之論我毗陀中作如是說若人欲求阿耨多羅三藐三菩提行菩薩行彼人應於一切衆生生憐愍心安樂之心所來求者不應恪惜乃至身命亦須施人况復所愛婦兒妻子及餘財物不得慳貪善女我今發願求於菩提爲欲安樂諸衆生故憐愍救濟一切衆生或有人來索我妻子我以布施汝愛戀心若作障礙則我割捨心願不成復於汝邊得無量罪汝若作願能於彼時一切所有資財寶物我布施時不作難者我當許汝爲我作妻爾時彼女即語我言摩那婆假使有人來向汝邊乞我身者我亦不生慳貪之心况復男女及餘財物我語彼女必能如是如汝所願許當來世與我作妻是時彼女從我邊受五百金錢即授五莖優鉢羅華持以與我其餘兩莖爲我布施與汝同作未來因緣復語我言汝欲種植善根之處將此二華散於其上常願共汝生生同處莫相捨離時然燈佛多陀阿伽度阿羅訶三藐三佛陀從外來入蓮華城中我時齎此七莖蓮華遥見佛來漸漸至近覩彼佛身端正可喜清淨光明照耀於世調伏諸根其心寂定安住不動六根澄靜若瑠璃池進止威儀猶如象王復有無量百千萬億諸天大衆前後圍繞各散無量天諸雜華及天無量栴檀末香優鉢羅華波頭摩華拘勿頭華分陀利華於然燈佛多陀阿伽度阿羅訶三藐三佛陀上尊重供養時降怨王備從羽儀四種

丘衆出彼城門迎然燈佛爾時彼處聚集無量無邊異類人及非人天龍八部諸鬼神等所將香末種種雜華以散佛上無有一華墮落於地並在然燈如來頂上虛空之中成大寶蓋佛行隨行佛住隨住我時見彼然燈如來生信敬心生殷重心生敬心已將此七莖優鉢羅華散於佛上發此願言若我來世得作佛時如今然燈如來得法及於大衆無有異者所散之華住虛空中華葉向下華莖向上當佛頂上成於華蓋隨佛行住我見如是神通德力倍復生於信敬之心阿難時彼無量無邊人衆各將無價妙好衣裳布於道上所謂微細迦尸迦衣細白氎衣細芻摩衣微妙細輭拘周摩衣及妙繒綵憍奢耶被爲欲供養然燈佛故覆地令滿阿難我於是時見彼無量無邊人衆將無價衣悉皆覆地時我身上唯一鹿皮我將鹿皮布於地上而我鹿皮覆地之處爲彼人衆惡罵瞋嫌抴我鹿皮遠擲他處我生此念嗚呼世尊然燈如來可不憐愍慈念我耶生此念已佛知我心憐愍我故時然燈佛以神通力變一方地如稀土泥時彼人衆見此路泥各各避行無有一人入於泥者我時行見速往泥所見彼泥已即生此念如是世尊云何令踐此泥中行若泥中行泥汙佛脚我今乃可將臭肉身於此泥上作大橋梁令佛世尊履我身過我時即鋪所有鹿皮解髮布散覆面而伏爲佛作橋一切人民未得踐過唯佛最初蹈我髮上如是供養然燈佛多陀阿伽度阿羅訶三藐三佛陀故復生是念願此然燈如來世尊及聲聞

衆足蹈我身及頭髮上渡於此泥復發此願願未來世得作佛時如今然燈如來無異如是威德如是勢力作天人師又願我今盡此身命若然燈佛不授我記我終不起於此泥中當是童子布身髮時是時大地六種震動所謂東涌西没西涌東没南涌北没北涌南没中涌邊没邊涌中没

佛本行集經卷第三

音釋

埏尸連切 耘于分切除穢草也 繖蘇旱切繖絲綾爲蓋也 屣所綺切皮屣也

佛本行集經卷第四

隋天竺三藏法師闍那崛多譯

受決定記品第二之二

爾時然燈如來多陀阿伽度阿羅訶三藐三佛陀知於我心與大比丘百千人俱及彼天龍千萬億衆左右圍繞來向我所足蹈我身及螺髮上安詳而行如大龍王觀看左右告諸比丘汝等比丘不得共我同路而行是摩那婆身及螺髮無有一人堪可蹈者此人身髮唯除如來乃堪踐耳何以故此是菩薩身及髮分時然燈佛即語我言善哉善哉汝摩那婆發廣大心誓願如海汝所求者爲諸衆生作利益故爲諸衆生作安樂故摩那婆汝既求此如是大願利益安樂一切世間憐愍無量無邊衆故能爲天人作引導故發大精進勇猛之心乃能滿足如是等法志求金剛不惜身命是故汝今以身荷負如來而行汝於當來乃至不得慳惜身命何況餘財汝摩那婆求於阿耨多羅三藐三菩提此是初相汝能發起如是弘願汝一切捨所有之物汝摩那婆所行布施不得求於未來世報唯求出世無上菩提勿生貪心見他資財不得奪取汝持禁戒勿令缺犯不得穢濁不應取相勿自譽讚誹謗他人及毀自身汝當忍辱設有他來打罵禁繫殺害之者皆須忍受乃至節節支解於汝身體之時汝於如是怨讎等邊應當忍辱生慈悲心不得殺生不得劫奪他身命財於他財物常遠捨離於自營求亦當知足莫近他人婦女妻妾於自所有亦須不貪遠離妄語乃至命盡不得向他非實而

說不得鬪亂親者令踈見破壞人恒教和合不得惡口常以美言不得綺語必有利益時語法語汝行正見一切邪導皆當捨離汝摩那婆若能荷擔如是諸事汝所求願無不具足汝應於彼一切衆生生一子想哀愍衆生調伏心口莫作諂曲應當供養尊重之人汝莫傲慢令心放逸常須寂定三昧正受觀無我法勿斷未來菩提種性汝當如是利益衆生安樂一切摩那婆汝若能辦如是等事口可自唱稱言我能時我爾時即白佛言世尊我能時然燈佛多陀阿伽度阿羅訶三藐三佛陀既知我心即時微笑彼佛有一侍者比丘從座而起整理衣服偏袒右臂長跪合掌白言世尊以何因緣如來微笑時然燈佛告比丘言比丘汝見是摩那婆持七莖華供養於我伏身被髮泥上作橋令我蹊度以是我故此摩那婆過於阿僧祇劫當得作佛號釋迦牟尼多陀阿伽度阿羅訶三藐三佛陀十號具足如我無異阿難我於是時聞然燈佛爲我授於決定記已身心輕便不覺自騰於虛空中高七多羅樹以清淨心合十指掌向佛作禮阿難我於彼時偏身喜悅不能自勝阿難時然燈佛即告我言摩那婆汝可觀於東方世界時我即觀見彼東方恒河沙等剎土諸佛皆悉爲我受決定記汝摩那婆於未來世過僧祇劫當得作佛號釋迦牟尼十號具足如此東方南西北方四維上下亦復如是阿難我於爾時從空而下安立住地頂禮然燈世尊佛足却住一面即生此念我今可於然燈佛邊求索出家即白佛言唯願世尊

聽我出家受具足戒我於佛邊修行梵行佛語我言汝摩那婆今正是時即得出家剃除鬚髮除鬚髮已無量諸天取於我髮爲供養故十億諸天共得一髮阿難自我得成阿耨多羅三藐三菩提已來不見一衆生不供養諸佛而得安樂者無有是處阿難我於彼時猶尚具足諸煩惱縛貪欲瞋恚愚癡未盡無量百千億諸衆生取於我髮各持供養而得解脫況復今日離欲瞋癡而於我邊作諸功德不得解脫無有是處是故阿難一切衆生應當發心供養如來阿難我從彼來在煩惱中行菩薩行不捨精進勇猛之心常行布施常作功德我以如是諸善業故於彼無量百千世中得作梵王作於帝釋或作百千轉輪聖王以彼善根因緣力故今得作佛多陀阿伽度阿羅訶三藐三佛陀得轉無上最妙法輪阿難我以福德智慧力故現今所有一切剎利及婆羅門長者居士沙門智人信受我語依我法行阿難汝觀我語終無二言如然燈佛授我決記教示於我我依修行今得阿耨多羅三藐三菩提爾時世尊而說偈言

假使天落地　此大地變壞　一切諸衆生
猶得常住身　須彌山王崩　大海水乾竭
阿難汝當知　諸佛無二言

爾時世尊說此偈已復告阿難諸佛世尊常有此行假使光明無量無邊爲諸衆生住持一尋從是一尋爲諸衆生復現無量無邊光明何以故畏諸衆生不知晝夜一月半月一年半年春夏秋冬四時八節恐其忘失阿難彼然燈佛十號具足明照業成常光無暗是

故彼佛號曰然燈常有光明照耀天下自餘因緣如上所說阿難我念往昔有一如來出現於世號勝一切多陀阿伽度阿羅訶三藐三佛陀我以金華散彼佛上發如是言願我未來得微妙身具足相法如今世尊爾時彼佛知於我心即時微笑侍者比丘整衣白佛乃至佛告彼侍者言比丘汝見是人將於金華散我上不時彼比丘答言我見佛告比丘是人過於一億劫後當得作佛號釋迦牟尼多陀阿伽度阿羅訶三藐三佛陀十號具足阿難我於彼時得受記已不捨精進勇猛之心倍更增長修餘福業我以如是善因緣故無量世中生梵天上及於帝釋轉輪聖王又作一王名曰善見彼王城郭却敵門樓宮室殿堂純是黃金園苑樹林泉流池沼皆金校飾彼業因緣我今得成阿耨多羅三藐三菩提轉於無上清淨法輪阿難我念往昔有一如來出現於世號蓮華上多陀阿伽度阿羅訶三藐三佛陀我將銀華散彼佛上發如是願乃至彼佛告侍者言汝見是人將於銀華供養我不比丘言見佛告比丘是人未來過十萬劫當得作佛號釋迦牟尼多陀阿伽度阿羅訶三藐三佛陀我於彼時聞授記已不捨精進勇猛之心倍更增長作諸功德我以如是善果報故無量世中作梵天王及於帝釋轉輪聖王又我過去曾作一王名大善見所居之城名拘尸那彼城樓櫓却敵窻牖皆爲白銀之所成就園苑樹林泉池諸水悉是白銀莊嚴校飾乃至彼業因緣報故今得作佛多陀阿伽度阿羅訶三藐三佛陀乃至轉

於無上法輪阿難往昔以來有如是法凡諸菩薩初生之時東西南北各行七步無人執持阿難彼蓮華上佛初生時兩足蹈地其地處處皆生蓮華面行七步東西南北所踐之處悉有蓮華故號此佛爲蓮華上當於彼時無量無邊百千萬衆天龍夜叉乾闥婆阿脩羅摩睺羅伽人非人等一時大唱處處出聲發如是言此大菩薩名蓮華上因於天人唱此聲故彼佛世尊號蓮華上阿難我念往昔有一如來出現於世號最上行多陀阿伽度阿羅訶三藐三佛陀爾時我將一把金粟散彼佛上乃至彼佛語侍者言是人過於一千劫後當得作佛號釋迦牟尼我於彼時聞授記已不捨精進增長善業彼功德果因緣報故無量世中作梵釋天轉輪聖王又復曾作一轉輪王名曰頂生我於彼時宫殿之内經由七日雨金粟雨没於人膝縱廣彌滿以是善業因緣力故我今得成阿耨多羅三藐三菩提乃至轉於無上法輪阿難彼最上行如來欲至聚落城邑乞食足步虚空去地六尺是時天龍人非人等高聲唱言此佛世尊名最上行以是因緣號是如來爲最上行阿難我念往昔有一如來出現於世號上名稱多陀阿伽度阿羅訶三藐三佛陀我時布施彼佛一室及比丘僧而乞願言乃至彼佛告侍者言是人於後滿五百劫當得作佛號釋迦牟尼我於彼時得受記已不捨精進業因緣故經無量世作梵釋天轉輪聖王又是報故我時作一轉輪聖王名曰善見時天帝釋毗首羯磨下來爲我化作一殿名一切勝以是

善業果報因緣我今得成阿耨多羅三藐三菩提乃至轉於無上法輪阿難我念往昔有一如來出現於世號釋迦牟尼多陀阿伽度阿羅訶三藐三佛陀與我同號種姓父母名字壽命一切悉同我將一掬蘇摩那華散彼佛上（迦葉遺師說言將金一掬）發如是願乃至彼佛語侍者言是人於後滿一百劫當得作佛號釋迦牟尼我於彼時得受記已不捨精進增長功德無量世中作梵釋天轉輪聖王以是善業因緣力故以三十七助菩提分法莊嚴我身令我得成阿耨多羅三藐三菩提乃至轉於無上法輪阿難我念往昔有一如來出現於世號曰帝沙多陀阿伽度阿羅訶三藐三佛陀我將一掬碎末旃檀散彼佛上乃至彼佛告侍者言是人過於九十五劫當得作佛號釋迦牟尼我於彼時得受記已不捨精進增長功德無量世中作梵釋天轉輪聖王以是善業因緣力故我得名爲最上戒行清淨具足以是善業果報因緣我得名爲最上智見功德具足（迦葉遺師如是說言我以善業因緣力故得於最上戒行功德名稱遠聞乃至得於最上智見功德遠聞）我今得成阿耨多羅三藐三菩提乃至轉於無上法輪阿難我念往昔有一如來出現於世號曰弗沙多陀阿伽度阿羅訶三藐三佛陀時彼佛在雜寶窟內我見彼佛心生歡喜合十指掌翹於一脚七日七夜而將此偈讚歎彼佛而說偈言

天上天下無如佛　十方世界亦無比
世間所有我盡見　一切無有如佛者

阿難我以此偈歎彼佛已發如是願乃至彼佛語侍者言是人過於九十四劫當得作佛

號釋迦牟尼我於彼時得受記已不捨精進增長功德無量世中作梵釋天轉輪聖王以是善業因緣力故我得四種辯才具足無有一人能共我論降伏我者我得成於阿耨多羅三藐三菩提乃至轉於無上法輪阿難我念往昔有一如來出現於世號見眞理多陀阿伽度阿羅訶三藐三佛陀我於爾時將種種華散彼佛上（迦葉遺師說言彼佛號曰見一切理）乃至彼佛語侍者言是人過於九十三劫當得作佛號釋迦牟尼我於彼時得受記已不捨精進增長功德無量世中作梵釋天轉輪聖王以是因緣我今獲得最上之名具持戒行乃至得名解脫知見一切具足證於阿耨多羅三藐三菩提乃至轉於無上法輪阿難我念往昔有一如來出現於世號毗婆尸多陀阿伽度

阿羅訶三藐三佛陀我爾時將一掬小豆散彼佛上乃至彼佛告侍者言是人過於九十一劫當得作佛號釋迦牟尼十號具足我於彼時得受記已不捨精進增長功德無量世中作梵釋天轉輪聖王以是善業因緣力故我又曾作一轉輪王名爲頂生得四天下復得帝釋半座而坐以是果報今得成於阿耨多羅三藐三菩提乃至轉於無上法輪阿難我念往昔有一如來出現於世號曰尸棄多陀阿伽度阿羅訶三藐三佛陀我於彼時將無價衣覆彼佛上及聲聞衆發如是願乃至彼佛告侍者言是人過於三十一劫當得作佛號釋迦牟尼我於彼時得受記已不捨精進勇猛之心常行布施造作福業我以如是善業因緣無量世中作大梵王及天帝釋轉

輪聖王今日復得種種衣服所謂迦尸迦衣芻摩妙衣劫波妙衣憍奢耶衣拘沉婆衣我今得成阿耨多羅三藐三菩提乃至轉於無上法輪阿難我念往昔有一如來出現於世號毗舍浮多陀阿伽度阿羅訶三藐三佛陀我於爾時將好種種百味飲食布施彼佛及聲聞衆發如是願乃至彼佛告侍者言是人過於三十劫後當得作佛號釋迦牟尼我於彼時得受記已不捨精進勇猛之心常行布施造作福業我以如是善根因縁無量世中作大梵王或作帝釋轉輪聖王今得種種百味飲食乃至得成阿耨多羅三藐三菩提轉於無上清淨法輪阿難我念往昔於拘婁孫多陀阿伽度阿羅訶三藐三佛陀邊行於梵行求未來世阿耨多羅三藐三菩提故阿難我念往昔於迦那迦牟尼多陀阿伽度阿羅訶三藐三佛陀邊行於梵行求未來世阿耨多羅三藐三菩提故阿難我念往昔於迦葉多陀阿伽度阿羅訶三藐三佛陀邊行於梵行求未來世阿耨多羅三藐三菩提故阿難我念往昔於彌勒菩薩邊齋持種種微妙四事供養之具供養恭敬尊重讚歎自恣奉獻求未來世阿耨多羅三藐三菩提故阿難我念往昔將無量種供養之具所至到處即持供養過去無量諸佛菩薩及聲聞衆種諸善根求未來世阿耨多羅三藐三菩提故阿難往昔過百阿僧祇劫是時有佛出現於世號曰然燈多陀阿伽度阿羅訶三藐三佛陀阿難如是次第過百億劫時有一佛出現於世號一切勝多陀阿伽度阿羅訶三藐三佛陀

阿難如是次第過五百劫時有一佛出現於世號最上名稱多陀阿伽度阿羅訶三藐三佛陀阿難如是次第過一百劫時有一佛出現於世號釋迦牟尼多陀阿伽度阿羅訶三藐三佛陀阿難如是次第九十四劫時有一佛出現於世號曰弗沙多陀阿伽度阿羅訶三藐三佛陀阿難如是次第九十三劫時有一佛出現於世號曰見義多陀阿伽度阿羅訶三藐三佛陀阿難如是次第九十一劫時有一佛出現於世號毗婆尸多陀阿伽度阿羅訶三藐三佛陀阿難如是次第三十一劫時有一佛出現於世號曰尸棄多陀阿伽度阿羅訶三藐三佛陀同是劫中又有一佛復出於世號曰神聞多陀阿伽度阿羅訶三藐三佛陀阿難此賢劫初第一拘婁孫馱如來出現於世第二拘那含牟尼如來出現於世第三迦葉如來出現於世第四我身釋迦牟尼如來今現在世

阿難彼然燈多陀阿伽度阿羅訶三藐三佛陀出現於世生大婆羅門家一切勝佛出現於世生大刹利王家蓮華上佛出現於世生大刹利大婆羅門家最上行佛出現於世生大刹利王家德上名稱佛出現於世生大婆羅門家釋迦牟尼佛出現於世生大刹利王家帝沙如來出現於世生大婆羅門家弗沙如來出現於世生大刹利王家見眞義佛出現於世生大婆羅門家毗婆尸佛出現於世生大刹利王家尸棄如來出現於世生大刹利王家神聞如來出現於世生大刹利王家拘婁孫馱佛出現於世生大婆羅門家拘那含牟尼

佛出現於世生大婆羅門家迦葉如來出現於世生大婆羅門家阿難我今在於刹利種姓大王家生出現世間

阿難然燈佛多陀阿伽度阿羅訶三藐三佛陀壽命八百四千萬億歲住世利益諸世間故（尼沙塞師如是說迦葉師復言然燈如來壽命一劫住世及聲聞衆利益諸世間故）

阿難一切勝如來住世八萬億歲利益一切諸世間故（尼沙塞師如是說迦葉遺師復言一切勝如來住世一劫利益世間故）蓮華上佛住世八萬歲爲利益故最上行佛住世七萬歲爲利益故上名稱佛住世六萬歲爲利益故釋迦牟尼佛住世八萬歲爲利益故帝沙如來住世六萬歲爲利益故弗沙如來住世五萬歲爲利益故見眞義佛住世四萬歲爲利益故毗婆尸佛住世八萬歲爲利益故神聞如來住世六萬歲爲利益故拘婁孫馱佛住世四萬歲爲利益故拘那含牟尼佛住世三萬歲爲利益故迦葉如來住世二萬歲爲利益故阿難我今多陀阿伽度阿羅訶三藐三佛陀住世八十歲爲利益故

而說偈言

有佛以神通　住世受供養　或神通及業
盡巳入涅槃

阿難然燈如來有於二百五十萬億聲聞弟子大衆集會如來滅後法住於世經七萬歲末後十年諸比丘等不生敬信無慚愧心營理世務樂於諸業所有持疑不相諮問各恃已能互生憍慢恒聚非法諸惡知識不善之人以爲朋友共相狎習圍繞遊從是等癡人行不純故使彼如來佛法僧寶速疾隱没不現世間所有經書悉皆滅盡一切勝佛有萬

四千聲聞弟子大衆集會如來滅後正法住世經於少時蓮華上佛有七萬衆聲聞集會如來滅後正法住世經十萬歲上行如來有六萬衆聲聞集會如來滅後正法住世七萬七千歲德上名稱佛有二千衆聲聞集會如來滅後正法住世經五百歲釋迦牟尼佛有於一千二百五十聲聞集會如來滅後正法住世經五百歲像法住世亦五百歲帝沙如來有六萬億聲聞集會如來滅後正法住世經二萬歲弗沙如來有無量億聲聞集會如來滅後正法像法乃至法住乃至法滅見一切義佛有三十二億那由他衆聲聞集會如來滅後正法暫時不久住世毗婆尸佛三會說法度聲聞衆第一大會一萬六十八百千人第二大會有十萬人第三大會八百千人如來滅後正法住世經二萬歲神聞如來唯有二會度聲聞衆第一會度有七萬人第二會度有六萬人如來滅後正法住世經六萬歲拘婁孫馱佛有四萬衆聲聞弟子如來滅後正法住世經五百歲拘那含牟尼佛有三百萬聲聞集會如來滅後正法住世二十九日迦葉如來有二萬衆聲聞集會如來滅後正法住世經於七日阿難我多陀阿伽度阿羅訶三藐三佛陀有一千二百五十聲聞集會我滅度後正法住世有五百歲像法住世亦五百歲今當略說優陀那偈而說偈言

說施及年數　種姓幷壽命　聲聞衆集會
正法與像法　彼等諸世尊　住世般涅槃
釋種大師子　總說悉已訖

賢劫王種品第三之一

爾時佛在王舍大城竹林精舍迦蘭陀鳥所居之處與大比丘五百人俱爾時世尊依諸佛法乃至說於清淨梵行告諸比丘汝諸比丘諦聽諦受如世尊教諸比丘言我等歡喜信心奉持佛告比丘此賢劫初地建立已有一最尊豪勝富貴大首領人轉輪王種名衆集置既安置已時諸大衆白地主言我大地主當爲我等治罰惡人賞於良善仁者當分稻田與我我各種之我等種已當各割分奉輸仁者時彼地主受大衆請即爲如法依平檢校惡者治罰善者賞之人得稻田各加守護田熟已後隨分受之佛告比丘時彼大衆如是集會和合共推扶彼仁者特爲地主以爲大衆商量舉故故號彼爲大衆平等又彼地主爲諸大衆如法治化令衆歡喜同心愛樂得共和合各各處分故名爲王又復守護一切稻田熟取衆人稻田分故名刹利王刹利王者名爲田主汝等當知以是因緣劫最初時大衆所立王種是也佛告比丘時彼大衆所立之王後生一子名曰眞實爲轉輪王王四天下作大地主七寶自然千子具足備三十二大丈夫相威德勇猛能摧怨賊彼王治化在世之時大地及海無有荊棘丘陵高下五穀豐熟人民安樂無諸恐怖及以艱難不用兵戈諸方自伏如法治化諸比丘彼眞實王千子之內有一長子名曰意喜亦名自用此子亦作轉輪聖王如上所說七寶千子乃至大地如法治化諸比丘彼自用王千子之內有一長子名曰智者衆人號之名爲受戒彼智者王亦紹父位作轉輪王如上所說

七寶千子乃至大地如法治化諸比丘彼智
者王千子之内最初長子名曰頂生亦紹父
位作轉輪王如上所說乃至大地如法治化
諸比丘彼頂生王千子之内最初長子名爲
大海亦紹父位作轉輪王如上所說諸比丘
彼大海王千子之内最初長子名爲具足衆
人又喚名之爲敷次紹王位如上所說諸比
丘彼具足王千子之内最初長子名爲養育
次紹王位如上所說諸比丘彼養育王千子
之内最初長子名曰福車次紹王位如上所
說諸比丘彼福車王千子之内最初長子名
曰解脱次紹王位如上所說諸比丘彼解脱
王千子之内最初長子名善解脱次紹王位
如上所說諸比丘彼善解脱王有子名曰逍
遥次紹王位如上所說諸比丘彼逍遥王有
子名大逍遥次紹王位如上所說諸比丘彼
大逍遥王有子名曰照耀次紹王位如上所
說諸比丘彼照耀王有子名大照耀次紹王
位如上所說

佛本行集經卷第四

佛本行集經卷第五

隋天竺三藏法師闍那崛多譯

賢劫王種品第三之二

諸比丘彼大照耀王有子還名意喜次紹王位如上所説諸比丘彼意喜王有子名曰善喜次紹王位如上所説諸比丘彼善喜王有子名曰滿足次紹王位如上所説諸比丘彼滿足王有子名大滿足次紹王位如上所説諸比丘彼大滿足王有子還名養育次紹王位如上所説諸比丘彼養育王有子還名福車次紹王位如上所説諸比丘彼福車王有子名人首領次紹王位如上所説諸比丘彼人首領王有子名曰火質次紹王位如上所説諸比丘彼火質王有子名曰光炎次紹王位如上所説諸比丘彼光炎王有子名曰善譬冠次紹王位如上所説諸比丘彼善譬冠王有子名曰空冠次紹王位如上所説諸比丘彼空冠王有子名曰善見次紹王位如上所説諸比丘彼善見王有子名大善見次紹王位如上所説諸比丘彼大善見王有子名曰須彌次紹王位如上所説諸比丘彼須彌王有子名大須彌次紹王位如上所説轉輪聖王統四天下海等大地具足七寶乃至如法治化人民諸比丘如是等王皆是過去轉輪聖王具足修習無量福業深種善根以是果報並得食於此四天下一切大地受諸福樂壽命難量不可算計諸比丘汝等當知我今更説彼轉輪王種姓苗裔世世相承并餘小王子孫繼襲住處名字次第少多爲汝略説彼等氏族汝等善聽諸比丘大須彌王治

化已來世世相承子子孫孫有一百一小轉輪王悉皆住在褒多那城治化人民受於福樂彼諸王內最後一王名師子乘師子乘王世世相承子子孫孫有六十一小轉輪王悉皆住在波羅柰城治化人民受於福樂彼諸王內最後一王名曰女乘彼女乘王世世相承子子孫孫有五十六小轉輪王悉皆住在阿踰闍城治化人民受於福樂彼諸王內最後一王名嚴熾生嚴熾生王世世相承子子孫孫合有一千小轉輪王皆悉住在迦毗梨耶城治化人民受於福樂彼諸王內最後一王名曰梵德彼梵德王世世相承子子孫孫有二十五小轉輪王皆悉住在阿私帝那富羅城治化人民受於福樂彼諸王內最後一王名爲象將彼象將王世世相承子子孫孫有二十五小轉輪王皆悉住在德叉尸羅城治化人民受於福樂彼諸王內最後一王號名爲護而彼護王世世相承子子孫孫一千二百小轉輪王皆悉住在奢耶那城治化人民受於福樂彼諸王內最後一王名能降伏能降伏王世世相承子子孫孫合有九十小轉輪王皆悉住在迦那鳩闍城治化人民受於福樂彼諸王內最後一王名爲勝將彼勝將王世世相承子子孫孫二千五百小轉輪王皆悉住在於瞻波城治化人民受於福樂彼諸王內最後一王名曰龍天彼龍天王世世相承子子孫孫有二十五小轉輪王皆悉住在於王舍城治化人民受於福樂彼諸王內最後一王名爲作闍彼作闍王世世相承子子孫孫有二十五小轉輪王皆悉住在拘

尸那竭城治化人民受於福樂彼諸王內最後一王名大自在天彼大自在天王世世相承子子孫孫有二十五小轉輪王悉皆住在菴婆羅劫波城治化人民受於福樂彼諸王內最後一王還名大自在天彼大自在天王世世相承子子孫孫有二十五小轉輪王悉皆住在檀多富羅城治化人民受於福樂彼諸王內最後一王名曰善意彼善意王世世相承子子孫孫有二十五小轉輪王悉皆住在多摩娑頗利多城治化人民受於福樂彼諸王內最後一王名無憂鬘彼無憂鬘王世世相承子子孫孫八萬四千小轉輪王皆悉住在窣湊羅城治化人民受於福樂彼諸王內最後一王名毗紐天彼毗紐天王世世相承子子孫孫一百一王皆悉住在毗裒多那城治化人民受於福樂彼諸王內最後一王還名大自在天彼大自在天王世世相承子子孫孫合有八萬四千諸王還在於彼窣湊羅城治化人民受於福樂彼諸王內最後一王名曰魚王比丘當知諸如是等小轉輪王悉有福德皆種善根具足受於世間福報無與等者其化所被大地及海一切諸山悉皆統攝諸比丘彼轉輪王各各皆有粟散諸王我今說之諸比丘魚王有子名曰真生彼真生王父祖已來修習善根得紹繼王福報盡故便失王位時人見彼王化失道無有福德共相謂言此王人中最好貧劣人中單薄人中可愍人中可掘是故世人皆號之爲可掘之王掘王有子名爲平等行王平等行王子名闇火闇火王子名爲炎熾炎熾王子名爲

善譬善譬王子名爲虛空虛空王子名爲戒行戒行王子名爲無憂無憂王子名爲離憂離憂王子名爲除憂除憂王子名爲勝將勝將王子名爲大將大將王子名爲胎生胎生王子名爲明星明星王子名爲方主方主王子號名爲塵王彼塵王子名爲善意善意王子名爲善住善住王子名爲歡喜歡喜王子名爲大力大力王子名爲大光大光王子名爲大名稱大名稱子名爲十車十車王子名二十車二十車王子名爲妙車妙車王子名爲步車步車王子名爲十弓十弓王子名爲百弓百弓王子名二十弓二十弓子名妙色弓妙色弓子名爲罪弓罪弓王子名爲海將海將王子名爲難勝難勝王子名爲茅草茅草王子名大茅草大茅草王世世相承子子孫孫苗裔合有一百八王還住在彼褒多那城治化人民受於福樂彼一百八最在後王大茅草者其王無子作如是念上世已來我之種姓粟散諸王見自頭鬢生白髮時各以諸子灌頂爲王別取勝上最好一州以用布施剃除鬚髮捨於王位出家修道我今無兒當以誰繼嗣我王後誰堪增長我之種姓或復我今斷諸王種復生此念我今若不出家修道則斷一切諸賢聖種思惟是已時大茅草即以王位付諸大臣大衆圍繞送王出城剃除鬚髮服出家衣王出家已持戒清淨專心勇猛成就四禪具足五通得成王仙壽命極長至年衰老肉消背曲雖復拄杖不能遠行時彼王仙諸弟子等欲往東西求覓飲食取好輭草安置籠裏用盛王仙懸樹枝上何以

故畏諸蟲獸來觸王仙時諸弟子乞食去後有一獵師遊行山野遥見王仙謂是白鳥遂即射之時彼王仙既被射已有兩滴血出墮於地即便命終彼諸弟子乞食來還見彼王仙被射命終復見有血兩滴在地即下彼籠將王置地集聚柴木焚燒王屍收骨爲塔復將種種雜妙香華供養彼塔尊重讚歎承事畢了爾時彼地有兩滴血即便生出二甘蔗芽漸漸高大至時蔗熟日炙開剖其一莖蔗出一童子更一莖蔗出一童女端正可喜世無有雙時諸弟子心念王仙在世之時不生兒子今此兩童是王仙種養護看視報諸臣知時諸大臣聞已歡喜往至彼林迎二童子將還入宮召喚解相大婆羅門教令占相并遣作名彼相師言此童子者既是日炙熟甘蔗開而出生故一名善生又以其從甘蔗出故第二復名甘蔗生又以日炙甘蔗出故亦名日種彼女因緣一種無異故名善賢復名水波時彼諸臣取甘蔗種所生童子幼少年時即灌其頂立以爲王其善賢女至年長大堪能伏事即拜爲王第一之妃時甘蔗王有第二妃絶妙端正生於四子一名炬面二名金色三名象衆四名別成其善賢妃唯生一子名爲長壽端正可喜世間少雙然其骨相不堪作王時善賢妃如是思惟甘蔗種王有此四子炬面等輩兄弟群强我今唯有此之一子雖極端正世無有雙然其相分不堪爲主作何方便令我此子得紹王位復作此念是甘蔗王今於我邊無量敬愛深心染著縱情蕩意我今可更窮極婦人莊飾之法所謂

淨潔摩拭身體香湯沐浴使氣芬芳髮塗澤蘭面著脂粉華鬘瓔珞種種莊嚴令甘蔗王心於我邊重生耽湎愛戀娛樂若得如心我於屏處當乞求願思惟是已如上所說莊嚴自身令極殊絶至於王邊王見妃來生重愛敬縱逸其心妃見王生如是心已二人眠卧妃白王言大王當知我今從王乞求一願願王與我王言大妃隨意不逆從心所欲我當與妃時妃復更重質王言大王自在若與我願不得變悔若變悔者我不須此王語妃言我一與妃心之所願後若悔者當令我頭破作七分妃言大王王之四子炬面等輩願擯出國遣我生子長壽爲王時甘蔗王即語妃言我此四子無有過失不横求財無有罪患豈可無辜枉得驅遣遠擯他土於我治化國境之内有何非祥不聽其住妃又白言王已先誓語若悔者頭破七分王告妃言我如前言與妃所願妃若知時任隨妃意時甘蔗王過此夜後至明清旦集聚四子而告勅言汝四童子今可出去我治化内不得居住遠向他國時四童子胡跪合掌白父王言大王當知我等四人無有罪惡無諸過咎不作非法取他錢財又復不造其餘惡業云何父王忽然擯我出於國界王勅子言我知汝等實無過失不横取財如上所說此非我意驅擯於汝此是善賢大妃之意彼妃乞願我不違彼令汝出國時四王子所生之母聞甘蔗王欲擯其子令出國界聞已速疾往至王所至王所已白言大王聞王欲逐我之四子令出國界爲實爾不王言實遣諸妃各復白於王言

善哉大王我等各求乞隨兒去王報諸妃隨汝意去時諸妃妹復白王言我姊外甥今既出國我亦乞去王各報言任隨汝意時諸大臣公卿輔相亦白王言王今斥遣此四王子令出國者我等諸臣亦求隨去王言任意時王典當諸象馬臣亦求隨從王言隨意復有名將弩將獄將諸典當羊畜牧等將諸臣之子又復諸餘主藏兵將遊軍壯士善射之將奴婢僕使及其子等聞甘蔗王欲逐四子令出國界俱白王言我等並求隨從王子東西而去王言隨意又復國內竹匠皮匠瓦師塼師造屋木師造酒食師剃鬚髮師染洗衣師屠兒按摩治病合藥釣魚等師聞王欲驅四子出國審如是不王言實爾我等求去王言隨意時甘蔗王勑諸王子作如是言汝等王子從今已去若欲婚姻不得餘處取他外族還於自家姓內而取莫令甘蔗種姓斷絕時諸王子白父王言如大王勑彼諸王子受父教已各各自將所生之母并姨姊妹奴婢資財諸馱乘等即向北方到雪山下經少時住有一大河名婆耆羅洟渡於彼河上雪山頂遊涉久停時四王子在彼山頂射獵捕諸禽獸而食漸漸前行至山南面見川寬平無諸坑坎堆阜陵谷丘墪溝渠荊棘塵埃及沙礫等其地唯生輭細青草清淨可愛樹林華果蔚茂敷榮猶如黑雲光澤儵鑠林木徧滿其間少空所謂娑羅樹多羅樹那多摩羅樹阿說他樹尼拘陀樹優曇婆羅樹千年棗樹迦梨羅樹等垂諸枝柯各相蔭映又有種種諸雜妙華所謂阿提目多華瞻波華阿輸迦華

波多羅華婆梨師迦華拘蘭那華拘毗陀羅華檀奴沙迦梨迦華目真隣陀華蘇摩那等一切諸華或有已開或有未開或初欲開或開已落復有無量衆雜果樹所謂菴婆羅果閻浮果陵拘闍果波那婆果鎮頭迦果呵梨勒毗醯勒果阿摩勒等種種諸果或始結子或子欲熟或子已熟堪可食噉復有無量諸雜野獸所謂伊泥耶獸麞鹿水牛那羅迦獸野牛白象及師子等復有無量種種飛鳥所謂鸚䳇及拘翅羅鸜鵒孔雀迦陵頻伽命命鴳鵲山鷄白鶴遮摩迦鳥及蘭摩等一切雜鳥復有無量諸水陂池其池各有種種雜華所謂優鉢羅華波頭摩華拘勿頭華分陀利華悉滿諸池池岸四邊復有諸華垂覆池上其水清淨無有濁穢湛然彌滿不深不淺易

度易行周帀四邊種種諸樹池內復有種種諸蟲所謂魚鼈黿鼉龜鼇螺蜯一切水性復有水鳥所謂鳧鴈鵝鴨白鷺鸕鷀及鴛鴦等一切諸鳥然其彼處舊有一仙在中居止名迦毗羅彼諸王子見是處已共相謂言可於此間造城治化爾時王子既安住已憶父王語於自姓中求覓婚姻不能得婦各納姨母及其姊妹共爲夫妻依於婦禮一欲隨從父王教令二恐釋種雜亂相生爾時日種甘蔗之王召一國師大婆羅門來謂之言大婆羅門我四王子今在何處國師答言大王當知王之四子已各自將母姨姊妹馱乘人物遠出國外向於北方乃至已生端正男女時甘蔗王爲自所愛諸王子故心思欲見意情歡喜而發是言彼諸王子能立國計大好治化

彼等王子是故立姓稱爲釋迦以釋迦住大樹蓊蔚枝條之下是故名爲奢夷耆耶以其本於迦毗羅仙處所住故因城立名故名迦毗羅婆蘇都時甘蔗王三子歿後唯一子在名尼拘羅（此言別城）爲王住在迦毗羅城治化人民受於福樂其尼拘羅王生於一子名曰拘盧還在父王迦毗羅城治化而住其拘盧王復生一子名瞿拘盧亦在父城爲王治化其瞿拘盧王復生一子名師子頰還在父城治化人民師子頰王生於四子第一名曰閱頭檀王（此言淨飯）第二名爲輸拘盧檀那（此言白飯）第三名爲途盧檀那（此言斛飯）第四名爲阿彌都檀那（此言甘露飯）復有一女名甘露味師子頰王最初長子閱頭檀者次紹王位還在父城治化人民受於福樂時迦毗羅相去不遠復有一城名曰天臂彼天臂城有一釋種豪貴長者名爲善覺大富多財積諸珍寶資産豐饒具足威德稱意自然無所乏少舍宅猶如毗沙門王宮殿無異彼釋長者生於八女一名爲意二名無比意三名大意四名無邊意五名髻意六名黑牛七名瘦牛八名摩訶波闍波提（此言大慧亦云梵天）而此梵天於諸女中年最幼小初生之日爲諸能相婆羅門師觀占其體云此女嫁若生兒者必當得作轉輪聖王王四天下七寶自然千子具足乃至不用鞭杖治民時善覺女年漸長成堪欲行嫁白淨王聞自國境內有一釋氏甚大家富生於八女端正少雙乃至相師占觀其女當生貴子時淨飯王聞是語已作如是言我今當索是女作妃令我甘蔗轉輪聖王苗裔不絕（此是律家作如是說又言）

大慧是菩薩母者此依阿波陀那經文又言輪頭檀王是我之父摩耶夫人是我之母如阿波陀那經說撿諸經文此義是實也時淨飯王即遣使人往詣善覺大長者家求索大慧爲我作於波闍波提波闍波提者此言生活本爾時善覺語彼使言善使仁者爲我諮啓大王是言我有八女一名爲意乃至第八名爲大慧何故大王求最小者大王且可待我處分七女竟已當與大王大慧作妃時淨飯王復更遣使語長者言我今不得待汝一一嫁七女訖然後取於大慧作妃汝八顆女我盡皆取時善覺釋報大王言若如是者依大王命隨意將去時淨飯王即遣使人一時迎取八女向宮至於宮已即納二女自用爲妃其二女者第一名爲意及以第八名大慧者自餘六女分與三弟一人與二並妻爲妃時淨飯王納意姊妹內於宮中縱情嬉戲歡娛受樂依諸王法治化四方

上託兜率品第四之一

爾時護明菩薩大士從於迦葉佛世尊所護持禁戒梵行清淨命終之後正念往生兜率陀天何以故或有衆生命終之日爲於風刀節節支解受於楚痛或氣欲盡喘息不安以是因緣受大苦惱失於本心忘其宿行不能專正寂定其心菩薩不然命欲終日正心思惟緣其前世託生處所有如是等希奇之法又諸菩薩復有一法命終之後必生天上或高或下不定一天而其一生補處菩薩多必往生兜率陀天心生歡喜智慧滿足何以故在下諸天多有放逸上界諸天禪定力多寂定輭弱不求於生以受樂故又復不爲一切衆生生慈悲故菩薩不然但爲教化諸衆生

故生兜率天下界諸天爲聽法故上兜率天聽受於法上界諸天復爲法故亦有下來兜率陀天聽受於法然此菩薩亦生兜率其兜率陀所居諸天即喚菩薩名爲護明以是因緣號爲護明諸天展轉稱喚護明其聲上徹至淨居天及到阿迦膩吒天頂時諸天等皆同唱言護明菩薩已來生於兜率天中此聲下至三十三天乃至達到四天王天并復徹諸阿脩羅宫各共相謂護明菩薩已得上生兜率陀天極下至於阿脩羅宫最上到彼阿迦膩吒皆悉來集兜率陀天聚於護明菩薩宫所聽受於法護明菩薩既生兜率其兜率陀諸天宫殿光明照耀自然莊嚴更復出於無量無邊莊嚴之事皆由護明菩薩功德威神力故大梵天王及大威德阿脩羅等皆悉集來兜率天中前後圍繞護明菩薩復有無量無邊衆生託生兜率得見最勝最妙五欲心迷忘失不憶本行及以先業護明菩薩生兜率天設見最勝最妙五欲心不迷惑不曾忘失正念本緣乃至爲化諸衆生故住兜率天天數壽命滿四千歲爲彼諸天說法教化顯示法相令心歡喜自餘衆生生彼天者或以往昔不清淨業故生其中或復横死不滿天壽護明菩薩過去修行布施清淨業因復爲教化諸衆生故盡兜率天所有壽命是故稱言希有希有不可思議又復得於不思議法護明菩薩盡彼天年爾時護明菩薩大士天壽滿已自然而有五衰相現何等爲五一者頭上華萎二者腋下汗出三者衣裳垢膩四者身失威光五者不樂本座時兜率天見

彼護明衰相現已出大音聲嗚呼嗚呼共相謂言苦哉苦哉護明菩薩不久應當捨離於此兜率天宮退失威神我等今者何可得住是時彼處兜率天衆唯聞哭聲諸天宮殿聲響相接此聲乃至上色界頂首陀會天阿迦膩吒諸天衆等各相謂言嗚呼衰哉護明菩薩今已現於五種衰相不久墜落從兜率下及脩羅宮嗚呼之聲其音徧滿處處唯聞不久墮落是時諸天聞此聲已阿迦膩吒他化自在色欲天等並各下來至兜率天夜摩諸天四天王天聞此聲已皆悉集聚上兜率天如是乃至龍王夜叉乾闥婆阿脩羅迦樓羅緊陀羅摩睺羅伽鳩槃荼羅刹等地居諸天屬色欲界諸天攝者皆悉飛騰上兜率天集聚一處共相謂言我等今見護明天子欲從兜率下生人間其兜率天衰相現時即人間數有十二年時首陀會一切諸天作如是念我昔曾見補處菩薩兜率天下生人間時與此無異彼等諸天今見護明菩薩大士五衰相現必定知下於閻浮提即發大聲唱如是言人等莊嚴於此刹土菩薩大士不久從彼兜率天來下生此處掃治掃治佛欲下生是時此間閻浮提地有五百辟支佛在一林中修道居住時彼五百辟支佛聞此聲已飛騰虛空相共往詣波羅柰城至彼處已各各示現五種神通踊身虛空出於煙炎次第說偈捨於壽命入般涅槃爾時護明菩薩大士見彼天衆及梵釋天護世諸龍毗舍闍等觀察彼衆心意泰然不恐不驚不疑不畏出柔輭語而告之言汝諸仁者各各當知如我今見

有此五種衰相出時不久從於兜率天下生於人間時梵釋等諸天報言尊者護明如尊所見五種衰相出現之者尊必不久當下兜率生於人間尊可億念昔本行願時彼無量百千天衆發是語已徧體戰慄身毛皆竪心大驚怖合十指掌頂禮護明爾時護明告彼衆言我今必下決定無疑時今已至是故汝等應念無常當想未來恐怖之事汝等善觀身體穢汙心强愛著以是諸欲共相纏繞於生死中不得出離如是麁形甚可猒惡汝等一切合十指掌觀我身體及諸衆生相與未能免脱此法是故汝等爲我莫愁爲我莫苦彼諸天言尊者護明唯願尊者慈悲普覆亦莫更生其餘諸心但念往昔本誓因緣億劫生身尊亦曾受天人業果往昔所造善業因緣憶念彼施善根法行於諸衆生生慈悲心護明菩薩報諸天言汝等當知一切衆生於世間中及以生處但今是有但今是生不免分離况復於我又諸衆生皆悉無常恩愛别離云何得脱是時諸天復更白言希有希有尊者護明難可思議能於無常境界之中臨捨壽時心得辯才一種達解無有别異尊者護明又復一切自餘諸天見此五種衰相現時心即憂愁失於正念護明菩薩復更重告諸天衆言一生補處諸菩薩等善根增長知諸有處於功德中寂定其心苦來逼切不生諸惱乃至不隨諸苦而行能於一切諸衆生邊起大慈悲時諸天言如是如是尊者護明一切衆生於彼人間種諸善根生此天宫此處福盡還即退下護明菩薩復告天言我以

是故見人天中有是過失我今從此下生人間爲諸世間一切衆生滅盡諸苦是時彼中有一天女愛樂戀著護明菩薩復更別告一天女言我等可至閻浮提中觀我大家護明菩薩於何處生彼天女言我今亦樂於閻浮提何以故我之大家欲生彼處是故我亦願在彼閻時二天女復相謂言我亦不爲此大家故願往至彼何以故我此大家往閻浮提則有無量無邊衆生種諸善根於中信受而行教化復有無量無邊衆生修諸福業來生此處

佛本行集經卷第五

音釋

襃博毛切　洟延知切　湎彌兗切沈溺也　辜攻乎切罪也　儵式竹切　鸜鵒鸜權俱切鵒俞玉切鸜鵒鳥名　慄力質切竦縮也　寐無沸切

眛出大藏音義

佛本行集經卷第六

隋天竺三藏法師闍那崛多譯

上託兜率品第四之二

爾時兜率天衆之中有一天子名曰金團往昔已來數曾下到閻浮提地護明知已告金團言金團天子汝數下至閻浮提中汝應知彼城邑聚落諸王種族一生菩薩當生何家金團天子報言尊者我甚知之尊者善聽我今當說護明言善金團說言此之三千大千世界有一菩提道場處所在彼閻浮摩伽陀國境界之内是昔諸王成阿耨多羅三藐三菩提處尊者護明彼中有河名爲恒河其河南岸有於一山是舊仙人所居停處然其彼處名毗闍羅亦名般荼婆毗富羅耆闍崛山共相圍繞以爲眷屬彼中牢固其色猶如緑摩尼寶中有聚落名曰山饒去山不遠有一大城名爲王舍其城往昔有一王仙名優荼波梨種姓以來常爲王治妃是善見大王之族爲大夫人其子爲王名婆奚迦今現治在摩伽陀國繼彼優荼王仙之後尊者護明往生閻浮堪爲彼王作於長子護明菩薩報金團言雖有此理但彼王種父母不淨其城處邊地勢塠阜高下不平純是溝坑土沙礫石荊棘諸草少有泉池諸河流水樹木苑囿華果園林是故汝今可更別觀餘刹利種金團天子復作是言尊者護明彼迦尸國波羅柰城善光王仙有子名爲善丈夫王彼王堪爲尊者作父護明菩薩報金團言此理雖然但迦尸國善丈夫王有四種法染著邪見是故汝今可更别觀其餘王種堪我生處金團天

子復作是言尊者護明憍薩羅國舍婆提城彼城有王名歧羅耶是憍薩羅大國之主其身巨力多有人民尊者堪爲彼王作子護明菩薩報金團言此理雖然但彼國主憍薩羅王是摩登伽苗裔種類父母不淨雜穢而生兼上世來非是王種小心下賤意氣不高又其家中資財薄少雖有七寶金銀瑠璃碼碯眞珠不能具足是故汝今別更爲我觀諸刹利堪我生處金團天子復作是言尊者護明彼跋蹉國拘睒彌城王名千勝其王有子名爲百勝彼王多有象馬七珍四兵具足尊者堪爲彼王作子護明菩薩報金團言此理雖然但跋蹉王母不賢良從他丈夫生於是子非正王種然其彼王亦長宣說斷見之事是故汝更觀餘刹利我何處生金團天子復作是言此金剛國有一城邑名毗耶離穀米豐饒無有饑饉人民安樂國土莊嚴譬如天宮一種無異彼城國王樹王之子種姓清淨無可譏嫌彼國王宮庫藏之内多有金銀珍寶等物一切具足無所乏少尊者堪爲彼王作子護明菩薩報金團言此理實然毗耶離主上世已來眞是王種但彼國人心性剛强各各自用稱我是王憍慢熾盛放逸自高不共其餘異類相雜又無尊卑大小禮節自言我解自言我知雖復有王不肯承事云自法是不從他求是故汝今更觀餘處刹利王種我生何處金團天子復作是言尊者護明彼摩波槃提國有優闍耶那城明燈王子名爲滿足居住彼城其王身體大有威力多諸左右能破一切敵國怨家尊者堪爲彼王作子護

明菩薩報金團言此理雖然但彼國王無有一法可執之行嚴酷暴惡不信因果是故汝今可更別觀餘王種姓任我生處金團天子復作是言尊者護明彼閻浮提摩頭羅城有一大王名曰善臂其子稱爲自在健將尊者堪爲彼王作子護明菩薩報金團言此理雖然但彼國王邪見家生以如是故一生補處菩薩大士不得生彼邪見之家是故汝今可更別觀餘王種姓我何處生金團天子復作是言尊者護明此白象城般紐王種勇健威猛可喜端正世無有雙能破强隣一切怨敵尊者堪爲彼王作子護明菩薩報金團言此理雖然但般紐王種姓清淨爲彼雜類之所擾亂何以故彼王長子名踰地師絺羅是於梵天法王之子第二名爲毗摩斯那風神王子第三名爲頞純那者是帝釋子復有二子別毋而生一名那拘羅二名娑訶提婆此二子者是星宿天阿輸那子是故汝今可更別觀餘王種姓我何處生金團天子復作是言尊者護明彼閻浮提寐洟羅城寐洟羅種王名善友多饒象馬車乘牛羊一切資生悉皆具足無量衆寶庫藏豐盈金銀真珠未嘗乏少彼王善友常樂勤修法行之事尊者堪爲彼王作子護明菩薩報金團言此理實然其善友王雖有如是具足之法但彼國王年老衰邁更不復能營理國務又其王今多饒諸子是故汝今可更別觀餘王種類我何處生金團天子復作是言此等並是中國之王復更別有邊地之國邪見諸王毗紐海洲有一國主婆羅門種治化在於毗紐之上名月支

王父母種姓清淨具足兼解祭祀諸天之法四毗陀論皆悉了知尊者堪爲彼王作子護明菩薩報金團言此理雖然但我下生出家成道要須刹利不欲生彼婆羅門家是故汝今唯覓刹利我生何處金團天子復作是言我於閻浮一切諸國處處聚落處處諸王處處村舍處處城邑處處刹利各住諸城而是刹利造種種業我爲尊者經歷已來生於無量疲極苦惱心迷意亂更不復能觀看餘處設復觀察口亦不能如是宣說護明菩薩報金團言實如汝語然汝要須爲我選覓一刹帝利清淨之家堪我生處金團天子復作是言我爲尊者苦惱愁憂處處觀察忽然忘失一刹利家護明菩薩問金團言其名云何金團白言有一刹利元本以來從於大衆平量安立世世轉輪聖王之種乃至甘蔗苗裔已來子孫相承在彼迦毗羅婆蘇都釋種所生其王名爲師子頰王其子名爲輸頭檀王一切世間天人之中有大名稱尊者堪爲彼王作子護明菩薩報金團言善哉善哉金團天子汝善觀察諸王家種我亦念在於此家生我今深心如汝所說金團當知我定往生彼家作子金團往昔一生補處菩薩所託家者有六十種功德具足滿於彼家何等六十彼家本來清淨好種一一切諸聖恒觀彼家二彼家不行一切惡事三彼家所生悉皆清淨四彼家種姓眞正無雜五彼家體胤嫡嫡相承無有斷絶六彼家昔來不斷王種七彼家所生一切諸王皆是往昔深種善根八生彼家者常爲諸聖之所讚歎九彼家生者具大

威德十彼家多有端正婦女十一彼家多有智慧男兒十二彼家所生心性調順十三彼家所生無有戲調十四彼家生者無所可畏十五彼家生者不曾怯弱十六彼家生者聰明多智十七彼家生者多解工巧十八彼家生者皆畏過罪十九彼家所生不與世間工巧雜合亦不貪財以爲活命二十彼家所生常存朋友二十一彼家所生不以殺害諸蟲諸獸以自活命二十二彼家種姓恒知恩義二十三彼家種族能修苦行二十四彼家所生不隨他轉二十五彼家所生不曾懷恨二十六彼家所生不結凝心二十七彼家生者不以怖畏隨順於他二十八彼家生者畏殺害他二十九彼家生者無有罪患三十彼家生者乞食得多三十一至彼家者無空發遣三十二彼家剛强難可降伏三十三彼家法則恒出禮律三十四彼家常樂布施衆生三十五彼家建立因果勤劬三十六彼家所生世間勇健三十七彼家恒常供養一切諸仙諸聖三十八彼家恒常供養神靈三十九彼家恒常供養諸天四十彼家恒常供養丈夫四十一彼家歷世無有怨讎四十二彼家名聲威震十方四十三彼家一切諸家爲最四十四彼家生者上世已來悉是聖種四十五彼家生者於聖種中最爲第一四十六彼家生者恒是轉輪聖王之種四十七彼家生者是大威德人之種姓四十八彼家生者多有無量眷屬圍繞四十九彼家生者所有眷屬不可破壞五十彼家生者所有眷屬勝一切人五十一彼家生者悉孝養母五十二彼家生者皆孝順父五十三彼家生者悉皆供養一切沙門五十四彼家生者悉皆供養諸婆羅門五十五彼家生者豐饒

五穀倉庫盈溢五十六彼家生者多有金銀硨磲碼碯一切資財無所乏少五十七彼家生者多畜奴婢象馬牛羊一切具足五十八彼家生者不曾事他五十九彼家生者如是一切衆事具足於世間中無所乏少六十金團天子凡是一生補處菩薩處於母胎彼母若有三十二種相具足者乃能堪受菩薩在胎何等名爲三十二事一彼母人正德而生二彼母人支體具足三彼母人德行無缺四彼母人所生得處五彼母人爲行庶幾六彼母人種類清淨七彼母人端正無比八彼母人名字德稱九彼母人身體形容上下相稱十彼母人未曾産生十一彼母有大功德十二彼母恒念樂事十三彼母心常隨順一切善事十四彼母無有邪心十五彼母身口及心自然調伏十六彼母心無所畏十七彼母多聞總持十八彼母極女工巧十九彼母心無諂曲二十彼母心無誑詐二十一者彼母人心無有瞋恚二十二者彼母人心無有嫉妬二十三者彼母人心無有慳悋二十四者彼母人心無有急速二十五者彼母人心難可迴轉二十六者彼母人體有至德相二十七者彼母人心能懷忍辱二十八者彼母人心有慚有愧二十九者彼母人行薄婬怒癡三十者彼母人行無女家過三十一者彼母人行孝順向夫三十二者彼母出生一切諸德一切諸行皆悉具足如是母人乃能堪受一生補處後身菩薩菩薩欲入母胎之時取鬼宿日然後乃入於母胎中其受一生補處菩薩胎母已前其母必須受八關齋然後菩薩入於彼胎

護明菩薩復作是言我今受有不爲世間一切錢財五欲快樂故下人間受此一生惟欲安樂諸衆生故哀愍苦惱諸衆生故爾時衆中有一天女告於其餘一天女言我等大家護明菩薩必下人間我等此宫違離護明菩薩大士云何令我心樂此處第二天女即報之言奈何奈何我等今者共作何事令於我等得往人間善觀彼家護明菩薩所生之處第三復有一天女言願我等今捨此天壽令我等往彼處受生何以故我等亦願至於彼處共我護明菩薩同生第四復有一天女言汝等相與莫生悔心何以故我等大家護明菩薩尚捨天壽生於人間况復我等更復有一天女稱言尊者護明今者下生於閻浮提唯願大士莫忘我等時護明菩薩告於彼等諸天女言汝等莫大生於苦惱我前已爲汝等說於一切有處皆悉無常如芭蕉莖無有堅實如借物用必須還他非我已有猶如陽炎幻化水泡一切有處皆是誑惑愚癡之人謂言常住時彼衆中有十天子悵快心愁口復唱言觀此菩薩所說生處無常不眞咄哉我等何假須樂於此生處我等今見護明菩薩如是功德具足之體生兜率天此兜率宫如是福聚如是端正如是微妙如是莊嚴護明菩薩捨離下生咄哉我等云何獨在此無常境爾時復有第二天子答彼第一初天子言善哉天子如是如是如汝所說而作偈言

我此護明大菩薩　往昔在於諸有中
常捨極所愛婦兒　奴僕象馬財珍寶
或復割截身骨肉　頭目髓腦血皮膚

如是求索悉不違　或百或千皆施與
爾時衆中復有天子而說偈言
咄哉我等身　在此天宮生　常恐今當墮
人怖死亦然　何有生法中　福業不盡者
諸是無常界　衆生悉命終
護明菩薩告諸天言汝等天人須知一切世間別離生死爲本汝等爲我莫苦憂愁何以故我往昔來不造凡業今欲令我久住世間終不可得我於過去佛法僧邊種諸善業常發道心乞求大願今得善報當成菩提汝應歡喜何得苦惱時彼諸天聞是語已各相謂言汝等諸天熟視護明菩薩大士而此護明菩薩大士今者不久下於人間口復唱言尊者護明尊者不久生於人間此兜率宮所有威德及諸天福尊悉將去尊受人間末後有身我等諸天云何奉事護明菩薩告彼一切諸天衆言我前所生五種衰相汝等復說無常因緣如是法門汝等常須繫念在心勿令忘失我今此處下生人間當得阿耨多羅三藐三菩提轉於無上最妙法輪汝等諸天子各願下人間受身生彼處已汝等當得解脫一切諸煩惱苦爾時護明菩薩觀生家已時兜率陀有一天宮名曰高幢縱廣正等六十由旬菩薩時時上彼宮中爲兜率天說於法要是時菩薩上於彼宮安坐訖已告於兜率諸天子言汝等諸天應來聚集我身不久下於人間我今欲說一法明門名入諸法相方便門留教化汝最後汝等憶念我故汝等若聞此法門者應生歡喜時兜率陀諸天大衆聞於菩薩如此語已及天玉女一切眷屬皆

來聚集上於彼宮護明菩薩見彼天衆聚會畢已欲為說法即時更化作一天宮在彼高幢本天宮上高大廣闊覆四天下可喜微妙端正少雙威德巍巍衆寶莊飾一切欲界天宮殿中無匹喻者色界諸天見彼化殿於自宮殿生如是心如塚墓想時護明菩薩已於過去行於實行種諸善根成就福聚功德具足所成莊嚴師子高座昇上而坐護明菩薩在彼師子高座之上無量諸寶莊嚴間錯無量無邊種種名衣而敷彼座種種妙香以熏彼座無量無邊寶爐燒香出於種種微妙香花散其地上高座周帀有諸珍寶百千萬億莊嚴放光顯耀彼宮彼宮上下寶網羅覆於彼羅網多懸金鈴彼諸金鈴出聲微妙彼大寶宮復出無量種種光明彼寶宮殿千萬旛蓋種種妙色映覆於上彼大宮殿垂諸流蘇無量無邊百千萬億諸天玉女各持種種七寶音聲作樂讚歎說於菩薩往昔無量無邊功德護世四王百千萬億在於左右守護彼宮千萬帝釋禮拜彼宮千萬梵天恭敬彼宮又諸菩薩百千萬億那由他衆護持彼宮十方諸佛有於萬億那由他衆護念彼宮百千萬億那由他劫所修行諸波羅蜜福報成就因緣具足日夜增長無量功德悉皆莊嚴如是如是難說難說彼大微妙師子高座菩薩坐上告於一切諸天衆言汝等諸天今此一百八法明門一生補處菩薩大士在兜率宮欲下託生於人間者於天衆前要須宣暢說此一百八法明門留與諸天以作憶念然後下生汝等諸天今可志心諦聽諦受我今說

之一百八法明門者何正信是法明門不破堅牢心故淨心是法明門無濁穢故歡喜是法明門安隱心故愛樂是法明門令心清淨故身行正行是法明門三業淨故口行淨行是法明門斷四惡故意行淨行是法明門斷三毒故念佛是法明門觀佛清淨故念法是法明門觀法清淨故念僧是法明門得道堅牢故念施是法明門不望果報故念戒是法明門一切願具足故念天是法明門發廣大心故慈是法明門一切生處善根攝勝故悲是法明門不殺害衆生故喜是法明門捨一切不喜事故捨是法明門猒離五欲故無常觀是法明門觀三界欲故苦觀是法明門斷一切願故無我觀是法明門不染著我故寂定觀是法明門不擾亂心意故慚愧是法明門內心寂定故羞恥是法明門外惡滅故實是法明門不誑天人故眞是法明門不誑自身故法行是法明門隨順法行故三歸是法明門淨三惡道故知恩是法明門不捨善根故報恩是法明門不欺負他故不自欺是法明門不自譽故爲衆生是法明門不毀呰他故爲法是法明門如法而行故知時是法明門不輕言說故攝我慢是法明門智慧滿足故不生惡心是法明門自護護他故無障礙是法明門心無疑惑故信解是法明門決了第一義故不淨觀是法明門捨欲染心故不諍鬪是法明門斷瞋諍故不癡是法明門斷殺生故樂法義是法明門求法義故愛法明是法明門得法明故求多聞是法明門正觀法相故正方便是法明門眞正行故知名色

是法明門除諸障礙故除因見是法明門得解脫故無怨親心是法明門於怨親中生平等故除方便是法明門知諸苦故諸大平等是法明門斷於一切和合法故諸入是法明門修正道故無生忍是法明門證滅諦故身念處是法明門諸法寂靜故受念處是法明門斷一切諸受故心念處是法明門觀心如幻化故法念處是法明門智慧無翳故四正勤是法明門斷一切惡成諸善故四如意足是法明門身心輕故信根是法明門不隨他語故精進根是法明門善得諸智故念根是法明門善作諸業故定根是法明門心清淨故慧根是法明門現見諸法故信力是法明門過諸魔力故精進力是法明門不退轉故念力是法明門不共他故定力是法明門斷一切念故慧力是法明門離二邊故念覺分是法明門如諸法智故擇法覺分是法明門照明一切諸法故精進覺分是法明門善知覺故喜覺分是法明門得諸定故除覺分是法明門所作已辦故定覺分是法明門知一切法平等故捨覺分是法明門猒離一切法故正見是法明門得漏盡聖道故正分別是法明門斷一切分別無分別故正語是法明門一切名字音聲語言知如響故正業是法明門無業無報故正命是法明門除滅一切惡道故正行是法明門至彼岸故正念是法明門不思念一切法故正定是法明門得無散亂三昧故菩提心是法明門不斷三寶故依倚是法明門不樂小乘故正信是法明門得最勝佛法故增進是法明門成就一切諸

善根法故檀度是法明門念念成就相好莊嚴佛土教化慳貪諸衆生故戒度是法明門遠離惡道諸難教化破戒諸衆生故忍度是法明門捨一切瞋恚我慢諂曲調戲教化如是諸惡衆生故精進度是法明門悉得一切諸善法教化懈怠諸衆生故禪度是法明門成就一切禪定及諸神通教化散亂諸衆生故智度是法明門斷無明黑暗及著諸見教化愚癡諸衆生故方便是法明門隨衆生所見威儀而示現教化成就一切諸佛法故四攝法是法明門攝受一切衆生得菩提已施一切衆生法故教化衆生是法明門自不受樂不疲倦故攝受正法是法明門斷一切衆生諸煩惱故福聚是法明門利益一切諸衆生故修禪是法明門滿足十力故寂定是法明門成就如來三昧具足故慧見是法明門智慧成就滿足故入無礙辯是法明門得法眼成就故入一切行是法明門得佛眼成就故成就陀羅尼是法明門聞一切諸佛法能受持故得無礙辯是法明門令一切衆生皆歡喜故順忍是法明門順一切諸佛法故得無生法忍是法明門得受記故不退轉地是法明門具足往昔諸佛法故從一地至一地智是法明門灌頂成就一切智故灌頂地是法明門從生出家乃至得成阿耨多羅三藐三菩提故爾時護明菩薩說是語已告彼一切諸天衆言諸天當知此是一百八法明門留與諸天汝等受持心常憶念勿令忘

佛本行集經卷第六

音釋

睒失冉切

寐莫庇切與寐同

佛本行集經卷第七

隋天竺三藏法師闍那崛多譯

俯降王宮品第五

爾時護明菩薩冬分過已至於最勝春初之時一切樹木諸華開敷天氣澄清温涼調適百草新出滑澤和柔滋茂光鮮徧滿於地正取鬼宿星合之時爲彼諸天説於法要悉令其心愛樂歡喜踊躍充徧不能自勝誡勸諸天使行此法教令猒離一切有爲生老病死求無上法是時護明菩薩大士觀彼天衆如師子王欲下生時其心安隱不驚不怖不畏不亂復更重告諸天衆言汝等諸天一切當知此我最後受後邊身是時菩薩正念一心從兜率下如餘諸天捨天壽時離五欲故生大憂苦忘失正念菩薩下時則不如是菩薩下時具足一切不可思議希有之法護明菩薩從天下時時彼諸天憶菩薩故一時號哭嗚呼苦哉嗚呼苦哉我等既失護明菩薩我從今去永更不復得聞正法減損我等功德之利生死根本今益增長時淨居天告彼一切諸大衆言汝等今見護明菩薩欲下生時莫生憂惱何以故彼下生時必定當得成阿耨多羅三藐三菩提成已還來至此天宮爲汝説法猶如往昔毗婆尸佛尸棄如來毗舍浮佛迦羅迦孫駄佛迦那迦牟尼佛迦葉如來彼等諸佛皆從此去憐愍汝故悉各還來到此天宮爲汝説法攝受汝等今此護明菩薩大士還如是來攝化於汝如前不異爾時護明菩薩大士於夜下生當欲降神入於摩耶夫人胎時時彼摩耶當其夜白淨飯王言

大王當知我從今夜欲受八禁清淨齋戒所謂不殺生不偷盜不婬泆不妄語不兩舌不惡口無不義語又願不貪不瞋恚不愚癡不生邪見我當正見諸如是等禁戒齋法我當受持我今繫念恒常勤行於諸衆生當起慈心時淨飯王即報摩耶大夫人言如天人心所愛樂者隨意而行我今亦捨國王之位隨汝所行而有偈說

王見菩薩母　從坐恭敬起　如母如姊妹
心不行欲想

時護明菩薩一心正念從兜率下託淨飯王最大夫人摩耶右脇安詳而入護明菩薩正念正知從兜率下入母胎時是時天人魔梵沙門婆羅門等一切世間光明普照復世界外黑闇之處日月如是有大勢力有大威神如是幽隱光明不照德不能及此菩薩光悉能達照彼處所有一切衆生各相謂言云何此間忽有衆生是時此地六種震動所謂東湧西没西湧東没南湧北没北湧南没邊湧中没中湧邊没如是乃至起覺吼等十八種相悉皆普現次復有千須彌山王皆悉震動十尼民陀羅山王千持威德山王千佉羅伽陀山王千毗那耶迦山王千馬頭山王千彌尼陀羅山王千善見山王千鐵圍山王千大鐵圍山王如是等山悉皆震動并及一切諸餘小山湧没低昂嵬峩嵳出大煙氣四千大海及餘諸池浩瀚奔濤洪波沸湧其四大河恒河辛頭斯多博叉及餘諸水皆悉逆流一切叢林一切樹木一切藥草一切時苗皆悉肥濃長養滋茂其下乃至阿鼻泥犂苦惱

衆生皆蒙快樂以是因緣菩薩從於兜率初下放大光照一切世間幽昬黑闇悉令明者欲爲後時成佛道已以四眞諦智慧光明普照一切愚瞋衆生作先瑞相菩薩初從兜率下時大地六種十八相動及諸山王出大煙氣四千大海湧沸濤波是故如來爲未來世諸惡衆生没在煩惱垢濁淤泥佛成道已欲拔出置於涅槃岸菩薩初從兜率下時一切諸水皆悉逆流是故如來爲未來世諸惡衆生隨順没溺煩惱流者佛成道已說法度脱一切衆生令其反本逆生死流菩薩初從兜率下時悉能增長一切樹木藥草叢林皆令肥膩滋茂之者爲未來世諸惡衆生未種善根令種善根已種善根令得解脱菩薩初從兜率下時乃至阿鼻地獄衆生皆受快樂佛成道已令諸衆生解脱苦惱受於快樂以是因緣於先示現是等瑞相又復菩薩兜率下時右脇入胎自餘衆生從産門入佛得成道爲諸衆生說清淨法迴邪入正此是於先示現瑞相菩薩正念從兜率下託淨飯王第一大妃摩耶夫人右脇住已是時大妃於睡眠中夢見有一六牙白象其頭朱色七支拄地以金裝牙乘空而下入於右脇夫人夢已明旦即白淨飯王言大王當知我於昨夜作如是夢當入於我右脇之時我受快樂昔所未有從今日後我實不用世間快樂此夢瑞相誰占夢師能爲我解時淨飯王召一宮監内侍女人而告之言汝速疾來至外宣勑語我國師大那摩子令急追唤八婆羅門大占夢師所謂祭德鬼宿德自在德毗紐德梵德等

并老迦葉三子速來時彼使人白於王言如大王勑不敢違遲是時使人奉大王命至宫門前大聲唱言誰在門前頗有入宮婆羅門不時彼門前有一當直婆羅門子姓婆陁氏名羅耶那(此言屋室)報於宮監内使人言我在於此其使人言大王有勑遣喚八大諸婆羅門能占夢者所謂祭德迦葉子等其使傳告乃至國師大那摩子承彼屋室使人之言即便召喚八大占夢婆羅門師及大那摩國師之子同入宮中時淨飯王告諸占夢婆羅門等作如是言昨夜夫人有此異夢是何瑞相有何徵感時彼占夢婆羅門等聞王語已善知諸相善占夢祥即具諮白淨飯王言大王善聽所夢瑞相我當具說如我所見往昔神仙諸天經書典籍所載而說偈言

若母人夢見　日天入右脇　彼母所生子
必作轉輪王　若母人夢見　月天入右脇
彼母所生子　諸王中最勝　若母人夢見
白象入右脇　彼母所生子　三界無極尊
能利諸衆生　怨親悉平等　度脫千萬衆
於深煩惱海

爾時占夢婆羅門師白大王言夫人所夢其相甚善大王今者當自慶幸夫人所産必生聖子彼於後時必成佛道名聞遠至時淨飯王聞諸占夢婆羅門師說此頌已心大歡喜踊躍無量不能自勝時王備辦無量餚膳百味飲食安啑舐啜諸麨果等種種施設彼婆羅門自恣而噉飯食訖已時淨飯王復將無量錢財寶物以用布施時淨飯王聞此相師占觀妃夢云是吉祥瑞相之後即於其國迦

毗羅城四門之外并衢道頭街巷阡陌有人行處安大無遮義會之所人來須者盡皆布施須食與食須飲與飲須衣與衣須香與香須鬘與鬘塗香末香衣服牀敷氊褥房舍屋宅牛羊象馬及車乘等是人須者皆悉與之作如是等種種布施悉爲資益於菩薩故設是供養爾時彼處有一仙人名阿私陀能立外道種種諸義以捨五欲有大威神有大德力具足五通常能到於三十三天集會之所自在能入彼仙多住南天竺國遮槃低城聚落名曰恒河去彼不遠有一叢林名曰增長是時仙人在彼林中修學仙道摩伽陀國一切人民咸皆謂此阿私陀仙是阿羅漢摩伽陀國一切人民貴敬彼仙尊重承事時彼仙人有所知解悉以教人自知見已教他令見時彼聚落有一童子名那羅陀彼那羅陀年漸長大至於八歲其母將付阿私陀仙令作弟子時彼童子供養恭敬尊重師事阿私陀仙盡弟子禮無暫休息時彼仙人在增長林晝夜精進攝心坐禪及那羅陀童子一處其那羅陀侍者童子在仙人後侍立執拂驅逐蚊虻菩薩從於兜率陀天正念下至淨飯王宮夫人右脇入於胎時放大光明徧照人天一切世界復此大地具足六種十八相動時阿私陀見未曾有希奇之事異種光明復見此地六種震動心大驚怖毛孔悉竪自心念言今有何緣此大地動有何果報時彼仙人少時思惟默然而住正念正定思惟知已心生歡喜踊躍無量不能自勝作是唱言希有大聖不可思議世間當出大富伽羅菩薩初

從兜率下時入母右脇受胎訖已時有一天名曰速往至諸地獄大聲唱言汝諸人輩一切當知菩薩今從兜率天下入於母胎是故汝等速發誓願願生人間地獄衆生聞此語已所有衆生往昔已來曾種善根復造雜業以惡強故墮於地獄彼等各各面相覩見猒離地獄復得光明身心安樂復得聞於速往世間諸天之聲捨地獄身即生人中所有三千大千世界諸衆生等往昔已來種善根者皆來於此迦毗羅城四面託生菩薩入於母胎訖已時天帝釋及四天王提頭賴吒及毗留勒叉毗留博叉毗沙門等各相謂言仁者當知菩薩已從兜率天下入在母胎我等今須擁護守視莫令其餘或人非人惱亂菩薩或見其便令此菩薩唯是極大威德諸天乃能守護非是世間人所能守此是菩薩未曾有法如來有此四種護持具足無缺此是於先守護瑞相世有衆生入母胎時不能正念或住母胎亦復不能專心正念或復生時亦不正念或有衆生入母胎時能專正念住於胎中亦能正念出胎之時亦能正念或有衆生入胎正念住胎正念出胎之時不能正念菩薩入胎心亦正念住胎正念出胎正念此是菩薩未曾有法如來得成於佛道已說法教化無忘無失知於衆生機根而說此是往昔希有瑞相菩薩在於母胎之時常住右脇不曾移動自餘衆生以不定故或至右脇或至左脇以是因緣其母患痛受無量苦菩薩在胎處於右脇不轉不動起立坐卧不損母胎此是菩薩未曾有法如來得成於佛道已

行菩提法悉得成就此是往昔於先瑞相菩薩在胎不驚不怖得大無畏惡物不染所有不淨涕唾膿血黃白痰癊不能穢汙自餘衆生在母胎時種種不淨如瑠璃寶以天衣裹置不淨處亦不染汙如是如是菩薩在胎一切不淨不汙不染此是菩薩未曾有法如來得成於佛道已於一切法不染不著此是往昔於先瑞相菩薩在於母胎之時其菩薩母受大快樂身不疲乏自餘衆生在於母胎或復九月或復十月母受負重身體不安菩薩在胎母若行坐若眠若起皆得安樂身不受苦此是菩薩未曾有法如來得成於佛道已速得阿耨多羅三藐三菩提證得諸通及一切智此是往昔於先瑞相菩薩在胎母受禁戒心常奉持戒行而行自餘衆生在母胎時母行雜行菩薩在胎母持禁戒不行雜行此是菩薩未曾有法如來得成於佛道已及聲聞衆最勝持戒於世間中出大名聞沙門瞿曇持戒無比持戒分勝此是往昔於先瑞相菩薩在胎其母不生欲染之想不爲欲火之所惱亂時菩薩母恒行梵行自餘衆生入母胎時不久其母欲心熾盛倍多於前菩薩在胎其菩薩母於自夫邊猶尚猒離不行婬欲何況餘人此是菩薩未曾有法如來得成於佛道已眼根善伏善藏善護善覆善熏復能因此如上所知爲他說法如是耳根鼻根舌根身根意根乃至善熏復能如是令他斷故修習說法此是往昔於先瑞相菩薩在胎其菩薩母不貪異味自餘衆生在母胎時其母貪嗜不知猒足菩薩在胎其菩薩母不患寒

熱及以饑渴不惱其身此是菩薩未曾有法如來得成於佛道已知四種食此是往昔於先瑞相菩薩在胎其菩薩母志習庶幾樂喜行檀自餘衆生在母胎時其母慳貪不喜布施慳惜財物菩薩在胎其母意樂行於布施心意開解居自家内此是菩薩未曾有法如來得成於佛道已說不慳法此是往昔於先瑞相菩薩在胎其菩薩母常行慈悲能於一切諸衆生邊但是有識有命之類悉皆慜念自餘衆生在於母胎其母不仁威德少故行諸不善惡口罵詈菩薩在胎其菩薩母恒於一切諸衆生邊作大利益安樂之心此是菩薩未曾有法如來得成於佛道已能於一切諸衆生邊行平等心此是往昔於先瑞相菩薩在胎其菩薩母如前端正種種相貌悉皆可喜自餘衆生在於母胎其母損瘦體不洪滿氣力羸弱倍於常人菩薩在胎其母常生歡喜之心戒行威德身色最勝最妙最尊此是菩薩未曾有法如來得成於佛道已見身巍巍不可瞻仰體黄金色衆相莊嚴此是往昔於先瑞相菩薩在胎其母欲觀於菩薩時即見菩薩在於胎中身體洪滿諸根具足譬如明鏡鑒於面像其母見已歡喜踊躍充徧於體不能自勝自餘衆生在於母胎被歌羅邏及阿浮陀之所覆蔽而不能現菩薩初入母胎之時身體充滿五支五根皆悉具足此是菩薩未曾有法菩薩在胎其菩薩母所見衆生若男若女被鬼所持若得見於菩薩母者一切魍魎一切鬼神皆悉遠離還得本心若體舊有諸餘雜病或瘻黄病或風癲病或

痰癃病或等分病或餘諸病所謂白癩丁瘡惡腫疥瘙消瘦癰疽癬瘑瘿瘇寒熱眼耳鼻舌咽喉及頭一切諸病所侵惱者彼等衆生來至摩耶大夫人邊其大夫人右手摩頂摩其頂已皆得安樂諸病悉除若有重病不能來見摩耶夫人摩耶夫人或取草葉或取樹葉或取草莖右手摩捋送彼病人其病人得此等諸物或食或觸或置身上即得斷除一切諸病便受安樂身體輕便菩薩在胎有如是等無量無邊威神德力未曾有法

樹下誕生品第六之一

爾時菩薩聖母摩耶懷孕菩薩將滿十月垂欲生時時彼摩耶大夫人父善覺長者即遣使人詣迦毗羅淨飯王所摩訶僧祇師云摩耶夫人父名善智奏大王言如我所知我女摩耶王大夫人懷藏聖胎威德既大若彼産出我女命短不久必終我意欲迎我女摩耶還來我家安止住於嵐毗尼中共相娛樂盡父子情唯願大王莫生留難乞垂哀遣放來我家於此生産平安訖已即奉送還時淨飯王聞善覺使作是言已即勑有司其迦毗羅城及提婆陁訶兩間之中平治道路除却一切荆棘沙礫糞穢土堆香湯灑地持於種種雜妙華香散於其地又復光飾摩耶夫人以諸種香諸種華鬘諸種瓔珞莊嚴其身備諸音聲作倡妓樂持大王力大王威風從諸宮内一切婇女欲向其父善覺之家於先遣使往彼報知令來迎接是時摩耶大夫人身安然端坐大白象上時象背上諸天化作微妙寶帳摩耶夫人坐寶帳裏詣其父家到於提

婆陁訶城内是時摩耶夫人初始欲向提婆陁訶城時特淨飯王辦具一萬大力香象皆被金鞍七寶校飾莊嚴其身並悉精麗備擬以送摩耶夫人復有一萬善好良馬皆紺青色頭黑如烏皆悉被騣尾垂著地真金鞦轡鞍鐙留羈悉亦金飾一切雜寶莊嚴其身復有一萬妙好寶車並駕四馬其車周帀張懸旛蓋及衆寶鈴鏗鏘相和如是辦具皆隨摩耶夫人之後復有二萬勁勇力士一人當千威猛捷健端正絶殊能破强怨身著鎧甲手執弓箭刀仗鬬輪及諸戟槊種種戰具隨夫人後復更別有一萬寶車十千妃嬪皆坐其上持諸瓔珞種種衣服莊嚴其身左右圍繞摩耶夫人時淨飯王重更切勑宫監大臣好加防衛不聽非司其餘浪人逼近摩耶夫人之車及諸妃嬪勿令雜合唯遣童女牽連進奉如是次第摩耶夫人象乘處中一萬寶車各各一妃坐於其上左右圍繞前後導從摩耶夫人最爲上首其外復有一萬香象一萬力士皆服鎧甲隨從夫人左右前後鹵簿而行皆各坐於香象之上又復一萬步行力士亦著鎧甲手執種種戟槊諸仗翼衛夫人如是莊嚴摩耶夫人詣向父所無量象馬皆悉嘶鳴又有無量龍頭大鼓無量小鼓種種樂器出微妙音無量莊嚴無量威德向於提婆陁訶之城時彼善覺大臣長者共自眷屬從城而出逆前迎女摩耶夫人又持無量莊嚴之具引夫人前是時善覺大臣有妻名嵐毗尼彼婦諮白夫善覺言大聖釋子若當知時諸釋種族各皆自有園果樹林遨遊觀瞻至

於其中自相娛樂我大聖子今可造作清淨園林我等當共聖子娛樂受於歡喜時善覺釋摩耶大妃夫人之父於迦毗羅及提婆陀訶兩城之間近自境内爲婦造作一大園林以善覺婦名嵐毗尼爲彼造立此園林故以是因緣即名之爲嵐毗尼園彼園樹木蓊鬱扶踈世間無比其中多有種種華樹種種果樹以爲莊嚴復有種種渠流池沼種種雜樹無量無邊摩尼諸寶徧滿園苑爾時善覺釋種大臣於彼春初二月八日鬼宿合時共女摩耶相隨向彼嵐毗尼園欲往觀看大吉祥地到彼園巳摩耶夫人從寶車下先以種種微妙瓔珞莊嚴其身復以種種雜好熏香用以塗拭衆多婇女妓樂音聲前後圍繞安詳徐步處處觀看從於此林復向彼樹如是次第周帀而行然其園中别有一樹名波羅叉其樹安住上下正等枝葉垂布半緑半青翠紫相暈如孔雀項又甚柔輭如迦隣提衣其華香妙聞者歡喜摩耶夫人安詳漸次至彼樹下是時彼樹以於菩薩威德力故枝自然曲柔輭低垂摩耶夫人即舉右手猶如空中出妙色虹安詳頻申執波羅叉垂曲樹枝仰觀虚空時菩薩母摩耶夫人立地以手攀波羅叉樹枝之時時有二萬諸天玉女往詣摩耶大夫人所周帀圍繞胡跪合掌共白摩耶大夫人言

夫人今生子　能斷生死輪
上下天人師　決定無有二
彼是諸天胎　能拔衆生苦
夫人莫辝倦　我等共扶持

爾時菩薩見於其母摩耶夫人立地以手攀

樹枝時在胎正念從坐而起自餘一切諸衆生母欲生子時身體徧痛以痛因緣受大苦惱數坐數起不能自安其菩薩母熈怡坦然安靜歡喜身受大樂是時摩耶立地以手執波羅叉樹枝訖已即生菩薩此是菩薩希奇之事未曾有法如來得成於佛道已無乏無疲不勞不倦能拔一切煩惱諸根割斷一切諸煩惱結猶如截於多羅樹頭畢竟不生無相無形無後生法此是如來往先瑞相又復一切諸衆生等生苦逼故在於胎内處處移動菩薩不然從右脇入還住右脇在於胎内不曾移動及欲出時從右脇生不爲衆苦之所逼切是故菩薩此事希奇未曾有法如來得成於佛道已盡其後際修行梵行永無有畏常得快樂無復諸苦此是如來往先瑞相

菩薩初從母胎右脇正念生時放大光明即時一切諸天及人魔梵沙門婆羅門等一切世間悉皆徧照乃至各各共相謂言云何此處忽有衆生此是菩薩希奇之事未曾有法如來得成於佛道已裂破無明黑闇之網能出明淨大智慧光此是如來往先瑞相菩薩初從右脇出已正心憶念時菩薩母身體安常不傷不損無瘡無痛菩薩母身如本不異菩薩生時種種資益以是因緣母無患苦身口及心無有一惱譬如有一大身衆生有大威德有大氣力卧於地上宛轉自撲其地不損若減若破如是菩薩在母右脇正念生時其菩薩母如是因緣無瘡無損是時彼處有一婦人合掌諮白菩薩母言大德夫人生兒之時身體無得痛苦以不菩薩母言以是大

人威神力故令我身體不覺痛癢我今身體無缺無減以是因緣此是菩薩希奇之事未曾有法如來得成於佛道已行於梵行不缺不減具足不少此是如來往先瑞相菩薩初從母胎出時無苦無惱安詳而起一切諸穢不能汙染或屎或尿黃白痰癊或膿或血皆不穢著自餘衆生出母胎時諸惡雜穢菩薩不爾不同於彼諸衆生類一切諸穢皆不染著正心正念安詳而起從胎出生譬如如意瑠璃之寶用於迦尸迦衣裹時各不相染如是如是菩薩在於母胎之時一心正念安詳而起清淨出生無一切穢乃至膿血屎尿臭處不穢不染此是菩薩希奇之事未曾有法如來得成於佛道已在於世間住於世間世所有法世間穢濁不汙不染此是如來往先

瑞相菩薩初從母胎出時時天帝釋將天細妙憍尸迦衣裹於自手於先承接擎菩薩身此是菩薩希奇之事未曾有法如來得成於佛道已創爲娑婆世界之主大梵天王於先勸請如來說法此是如來往先瑞相菩薩初從右脇生時四大天王抱持菩薩將向母前示其母言世大夫人今可歡喜夫人生子旣得人身諸天猶尚歡喜讃歎況復於人是故菩薩希奇之事未曾有法如來得成於佛道已無量衆多一切比丘及比丘尼諸優婆塞及優婆夷皆向如來聽受於法依如來教不違不背此是如來往先瑞相菩薩生已立在於地仰觀於母右脇之時口作是言我此身形從今日後不復更受於母脇中不入胎卧此是於我最末後身我當作佛此是菩薩希

奇之事未曾有法如來得成於佛道已口作是言我今生分一切已盡梵行已立所作已辦不受後有此是如來往先瑞相

佛本行集經卷第七

音釋

嵬嶵嵬五賄切嶵祖賄切嵬嶵山貌　唼子合切入口也　啜昌悅切嘗也

痿於為切腲濕病也　瘯先到切痒瘡也　瘿幺郢切頸瘤也　捋盧活切

騣祖叢切馬鬣也　槊所角切兵器也　鹵簿鹵郎古切簿裴古切車駕次第曰鹵簿

佛本行集經卷第八

隋天竺三藏法師闍那崛多譯

樹下誕生品第六之二

菩薩生已無人扶持即行四方面各七步步步舉足出大蓮華行七步已觀視四方目未曾瞬口自出言先觀東方不如彼小嬰孩之言依自句偈正語正言世間之中我爲最勝我從今日生分已盡此是菩薩希奇之事未曾有法餘方悉然初生之時無人扶持於四方面各行七步如來得成於佛道已得七助道菩提法分此是如來往先瑞相菩薩生已觀視四方如來得成於佛道已具足而得四無畏法此是如來往先瑞相菩薩生已口自唱言我於世間最爲殊勝如來得成於佛道已一切世間諸天及人悉皆尊重恭敬承事此是如來往先瑞相菩薩生已口自唱言我斷生死是最後邊如來得成於佛道已一如語行此是如來往先瑞相菩薩生已諸眷屬等求覓於水東西南北皆悉馳走終不能得即於彼園菩薩母前忽然自湧出二池水一冷一煖菩薩母取此二池水隨意而用又虛空中二水注下一冷一煖取此水洗浴菩薩身此是菩薩希奇之事未曾有法如來得成於佛道已得奢摩他毗婆舍那遠離欲事不假勞苦求其資財一切自然此是如來往先瑞相菩薩初生時諸天等持於金牀與菩薩坐坐已菩薩澡浴其身雖是人身諸天扶持此是菩薩希奇之事未曾有法如來得成於佛道已得彼四種蓮華之座扶持如來此是如來往先瑞相菩薩初生放大光明障蔽一

切所有光明此是菩薩希奇之事未曾有法如來得成於佛道已無有一人能如法論勝如來者此是如來往先瑞相菩薩初生身放光明障蔽日光猶如晝星此是菩薩希奇之事未曾有法如來得成於佛道已於諸聲聞弟子衆邊自在獲得最上供養最上名聞此是如來往先瑞相菩薩初生一切樹木一切藥草隨時開敷此是菩薩希奇之事未曾有法如來得成於佛道已有諸衆生未得信解即得信解已信解者復得增長此是如來往先瑞相菩薩初生上界諸天持其白繖眞金爲柄大如車輪此是菩薩希奇之事未曾有法如來得成於佛道已以不瞋故而得解脫離欲饒益不勞勤苦而獲資財此是如來往先瑞相菩薩初生上虛空中一切諸天各持白拂悉用衆寶以爲其柄拂菩薩上菩薩初生虛空清淨無有煙雲無有塵霧但聞雷聲菩薩初生於上空中無諸雲霧有微細雨清淨香水具八功德令諸衆生皆受快樂菩薩初生四方空中起微妙風清涼無惱一切八方清淨光澤無有煙雲塵埃翳障菩薩初生於上空中無有人作自然而出妙梵音聲菩薩初生於上空中自出種種諸天音樂種種歌聲雨種種華種種諸香日光雖曝不能令萎此是菩薩希奇之事未曾有法如來得成於佛道已爲諸世間以諸智慧現大神變清淨諸通世間無比如來爲首此是如來往先瑞相菩薩初生於上虛空一切諸天各持無量優鉢羅華鉢頭摩華拘物頭華分陀利華諸如是等種種雜華復持雜種微妙諸香復

持種種衆寶華鬘散菩薩上散已更散如是相續菩薩初生時有五百諸天玉女持諸天華所熏之油詣向菩薩母前而立安慰問訊發如是言善生菩薩無疲倦耶菩薩初生時有五百諸天玉女持天塗香詣向菩薩母前而立安慰問訊作如是言善生菩薩無疲倦耶菩薩初生時有五百諸天玉女持天種種寶詣向菩薩母前而立安慰問訊作如是言善生菩薩無疲倦耶菩薩初生時有五百諸天玉女持天種種寶微妙衣詣向菩薩母前而立安慰問訊作如是言善生菩薩無疲倦耶菩薩初生時有五百諸天玉女持天種種雜寶瓔珞詣向菩薩母前而立安慰問訊作如是言善生菩薩無疲倦耶菩薩初生時有五百諸天玉女持天種種微妙音聲詣向菩薩母前而立安慰問訊作如是言善生菩薩無疲倦耶菩薩初生時此大地具十八相六種震動一切衆生皆受快樂當於彼時無一衆生而生欲心無復瞋恚及以愚癡無慢無怖無一衆生造惡業者一切病者皆悉得愈饑者得食渴者得飲皆令飽滿無所乏少惽醉衆生皆得醒寤狂者得正盲者得視聾者得聞不完具者皆得具足貧者得財牢獄繫閉皆得解脫地獄衆生皆得休息畜生衆生除諸恐怖餓鬼衆生皆得充足菩薩初從右脇生時有如是等無量無邊希奇之事未曾有法

從園還城品第七之一

爾時有一大臣國師姓婆私吒名摩訶那摩共諸國師婆羅門等俱共往詣嵐毗尼園至

彼園已在門外立時婆私吒語諸國師婆羅門言汝觀於此大地何故如是震動譬如乘船在於水上日月覆蔽失本光儀狀如畫星纔有形影一切樹木隨時開敷於上空中清淨皦潔無諸雲翳但聞雷聲又虛空中澄靜朗耀而有殊妙微細香雨功德具足自然而含八種之味又從八方起微妙風其風清涼冷煖調適一切諸方悉皆清淨無有煙雲塵霧黤䨴又虛空中無有人唱自然而聞深梵之聲復虛空中聞於種種諸天音樂復聞天歌天讚天詠雨天香華日光雖曝不能令萎時一國師報彼大臣婆私吒言此事雖然不足爲怪何以故地性如是有何不祥又一人言今此大地六種震動虛空歘晃隱蔽日光猶如從來晝看星宿復雨天華衆光雖照不能令異甚爲希奇其婆私吒共彼國師議是事時時彼園中有一女人從嵐毗尼疾走而出來到門外時彼女人至門外已見婆私吒及以國師歡喜踊躍不能自勝語婆私吒及國師言諸釋種子汝可速往至大王所是時大臣及國師等見彼女人作如是言兼復歡喜不能自勝問彼女言汝今我等至大王所當何聞徹爲奏歡喜疑怪恐怖不祥事乎彼女報言汝釋種子我今白汝一大慶幸喜歡之事其摩訶那及國師等問彼女言有何喜慶彼女答言國大夫人產一童子端正可愛世間少雙然此童子真是真天所以處處散於天華放天光明時大臣等聞是語已心大歡喜踊躍充徧不能自勝是時大臣即解衆寶妙好瓔珞賜彼女人爲聞如是歡喜事故

解賜已後更復思惟今此女人是王宮內所幸之人王見是女極大愛敬我今解身瓔珞賜與後脫爲患即還收取取已轉持施彼國師捨已呪願作如是言今以瓔珞施於國師所有功德迴施彼女以何因緣聞喜事故時彼大臣摩訶那摩語於國師婆羅門言大婆羅門汝今可還向大王所奏是喜事時大摩那發遣於彼婆羅門已更復重問彼女人言汝先語我國大夫人產童子者是天似天放天光明汝復更見有何異相時彼女人答大臣言唯願善聽彼童子者相貌過人有大威德致令摩耶國大夫人立地之時童子自然從右脇出國大夫人胷脇腰身不破不缺童子生時一切諸天從於虛空持好細妙迦尸迦衣周帀徧裹於童子身持向母前作如是

語國大夫人當自慶幸倍生歡喜何以故今大夫人產育聖子當是童子初欲出時仰觀母脇而說是言我從今日不復更受母人之胎此即是我最後邊身從是已去我當作佛即立於地無人扶持即行七步足所履處皆生蓮華一切四方正眼觀視目不暫瞬不驚不怖正立東面言辭辯淨字句圓滿非如孩童而說是言於諸世間我爲最勝我當濟拔一切生死煩惱根本童子在彼所立地處以是童子身清淨故從虛空中二水注下一煖一冷復持金牀令童子坐澡浴其身童子生已身放光明障蔽日月上界諸天持其白蓋真金爲柄大如車輪住虛空中又有諸天手持白拂衆寶爲柄揺童子上又虛空中一切音樂不鼓自鳴復聞無量無邊微妙歌詠之

聲又雨香華處處徧滿日光雖照鮮潔如常不能令異爾時大臣摩訶那摩聞此語已即自思惟希有希有於此惡時而感大士出興於世我今應當自往淨飯大王之所奏聞如是希有之事時彼大臣取善調馬行疾如風駕馭寶車從嵐毗尼園門外發徑至於彼迦毗羅城未見於王在先撾打歡喜之鼓盡其身力而扣擊之時淨飯王坐寶殿上輔相彌諧治理國政群臣卿士百辟官僚或後或前左右圍繞悉皆聞彼歡喜鼓聲時王驚問諸群臣言卿諸臣等是誰忽然敢能擊我甘蔗種門歡喜之鼓盡其力打出是大聲時守門臣前白王言大王當知王之大臣婆私吒姓摩訶那摩駕四馬車迅疾如風從嵐毗尼園門外來忽跳下車盡其身力即擊大王歡喜之鼓更無言語直云我今欲見大王時淨飯王語諸臣言有何喜事宜速喚彼婆私吒姓釋種大臣摩訶那摩來急到我前臣奉王勑白言大王謹依教命星速往喚彼釋大臣摩訶那摩勒令急疾到於王所時摩訶那摩聞王勑已即至王前高聲唱言願王常勝願王常尊今奉此言增益身力時淨飯王聞此語已告大那摩釋種大臣作如是言汝釋大臣何故忽遽速疾而來盡於身力打歡喜鼓時彼大臣摩訶那摩即報王言彼天臂城嵐毗尼園大王夫人在中遊戲於彼樹下生一童子身黃金色其狀似天乃至端正放天光明時淨飯王復更重問審實相好其事云何時彼大臣復報王言夫人立地乃至右脇不裂不壞童子生已自立於地諸天各持迦尸迦

衣徧裹其身仰觀毋脇口如是言我當作佛拔斷生死苦惱根本濼洗放光障蔽日月樹木藥草依時開華虛空諸天持白蓋拂摇童子上虛空雷聲微細天雨涼風四來不見其形梵響樂音不鼓自鳴華照不萎如上所說一一次第具諮白王大王當知我見是等希有之事是故我今以歡喜緣擊歡喜鼓敢徧告知時彼大臣復持諸天供養餘華敬奉大王如是備說時淨飯王聞是語已告大臣言汝旣持是歡喜之事白我令知如汝深心欲求何願我當盡與隨意不逺其婆私吒大臣答言臣蒙王恩無所乏少時淨飯王復告大臣法當乞願必當相與大臣復更重白王言願王歡喜臣蒙王恩無所乏少時淨飯王復告大臣汝今不應逺於王勑要須乞願我當

與汝時婆私吒大臣白言大王若當必定歡喜乞臣願者唯願大王聽臣奉事太子左右隨時給侍所以者何此之童子今旣生已必定還續甘蔗日種轉輪聖王苗裔不絕時淨飯王報大臣言善知時者隨意所樂時淨飯王告諸臣言汝等大臣應當如彼婆私吒臣之所典掌國法吉祥次第具録勿令缺減時淨飯王告大那摩釋大臣言大臣汝來我國旣生如是太子今當爲是勝上太子作於生法時淨飯王大威德力以王威神諸臣百官左右圍繞猶如半月左右侍立及摩訶那摩諸大臣等發向於彼嵐毗尼園欲迎菩薩至其中路時淨飯王告摩訶那摩及大臣言汝等大臣我聞生子復見如是希有之事未曾有法豈不歡喜還復自憂愁摩訶那摩大臣復

言大王要當歡喜自慶不須懷愁何以故天人所生有如是法不可思議大希有事大王可不聞往昔有一婆羅門名多虱吒迦華生彼生已後不從人學自然能解四種毗陀又復大王可不聞於往昔有一頂生之王從父頂生生已還如孩童一種漸漸長大王四天下又復大王可不聞於往昔有一王名毗迦從父掌生非毋腹出又復大王可不聞於往昔有一王名留婆從父髀生又復大王可不聞於往昔有王名迦輸婆從父臂生又復大王可不聞於大王先祖從昔以來名甘蔗王從甘蔗生是等諸王雖生人間不可思議時淨飯王復更語於摩訶那摩釋大臣言汝大那摩彼等諸王皆是大明有大威德此不方彼摩訶那摩以歡喜心復白王言大王當知此太子者必定勝彼一切諸王淨飯王言有何勝相摩訶那摩大臣答言彼等輩生此太子生臣比校量知相大勝王復語言汝勿戲調所以者何凡人父者可不欲子最勝於他或多見聞或廣知解或善修行或備禮儀或明治道或勤精進有如是者心則歡喜時淨飯王說是語已漸漸至彼嵐毗尼園至彼園已在大門外即遣使人白夫人言夫人福德善生聖種夫人宜於太子生處作吉祥事數設莊嚴速令訖了吾欲面親覲視太子是子在胎吾雖覩見於先種種希奇瑞相未曾有法但我今心愛念子故自欲往看是時摩耶國大夫人爲於童子備辦種種世所應爲吉慶之禮皆悉訖了即遣使人奉報王言大王知時應入是園時有女人見淨飯王已入園

内抱持菩薩將詣王所作如是言童子今可敬禮父王王言不然先遣禮我師婆羅門然後見我是時女人抱持菩薩先將往詣婆羅門所是時國師婆羅門等見菩薩已白淨飯王因呪願言唯願大王常尊常勝如見子勝願王釋種芽葉常與大王此子必當得作轉輪聖王時淨飯王復問國師婆羅門言所以知然是時國師復白王言如我所見毗陀羅論所說諸相合此子法是事眞實時淨飯王復問國師婆羅門言若如是者我之釋氏轉輪聖王甘蔗之種必當增長何以故今世諸王於其福德苦行精勤皆悉缺減若今生是童子有於此等福力如昔劫初諸王福德大力勇健相具足者是則我家必當興盛還如劫初諸轉輪王時菩薩母摩耶夫人見淨飯王幷及國師婆羅門等面色熈怡即便諮白淨飯王言大王示我轉輪聖王相貌云何善哉爲我略說其要令我心喜時淨飯王問於國師婆羅門言仁者大師願爲解釋轉輪聖王形狀相貌時彼國師及婆羅門報淨飯王及夫人言唯願大王諦聽我說我從先聖諸論相傳說轉輪王所有自在功能悉具若轉輪王治化人民彼轉輪王必能飛騰虛空而行住於地上若時亢旱隨念即雨若王界內有於瞋恚諸惡衆生更迭相嫌心懷恨者以轉輪王威德力故國內衆生各各歡喜轉輪聖王七寶具足所謂金輪神珠象馬玉女主藏典兵臣等是名七寶轉輪聖王壽命長遠終無横死少病少惱身體端嚴世間無比於其境內一切人民愛敬是王猶如一子轉輪

聖王愛護人民過於赤子時淨飯王復白國師婆羅門言大婆羅門如仁所說夫為轉輪聖王之者皆有是事然非我耶時菩薩母摩耶夫人復更重白淨飯王言大王是事未足為怪所以者何此童子者今日生於甘蔗種姓剎利家故時淨飯王復作是言希有之事轉輪聖王生於人間但彼轉輪聖王威德如是大受果報勝業我心生怪往昔一切轉輪聖王無有如是諸奇特相所謂甘蔗日種生王尼拘羅王憍拘羅王瞿瞿羅王或復我父師子頰王及以我身無有如是奇特之相其事云何復有何因是時國師及婆羅門復更諮白淨飯王言大王當知有前有後未足為怪大王可不聞於往昔有一國王名耶耶羝一切功德悉皆具足父名婆流其有一子名為不流不流有子名乇頭摩囉乇頭摩囉有子名迦叉福迦叉福子名阿囉祇不阿囉祇不有子名曼帝隷耶尼曼帝隷耶尼有子名因羅婆毗羅因羅婆毗羅有子名頭䟽般那如是等王具大威德然不得作轉輪聖王彼等最後頭䟽般那生於一子名婆羅陀其婆羅陀方始得作轉輪聖王往昔劫初有剎利種名摩訶三摩多從天而下然不得作轉輪聖王其後次第展轉相承到於頂生轉輪聖王王領乃至三十三天祖父子孫苗裔繼續猶自退減不得作於轉輪聖王時淨飯王復作是言大婆羅門此言為善何以故我亦欲得我子如此亦願我子如汝彼言時淨飯王自心思惟我今若將童子入城作何輦轝時淨飯王生是心已是時工巧毗首羯磨即時

化作七寶輦轝自然而成不由人作端嚴微妙殊特少雙時淨飯王即出嚴勑勒令修理迦毗羅城灑掃耘除一切荆棘沙礫礓石糞穢土堆惡露不馨悉令淨潔其迦毗羅種種莊嚴猶乾闥婆城一種無異其城所有種種雜戲一切樂人能歌能舞巧爲幻化或有弄珠或能出水或莊嚴身以爲婦女如是種種變化所能彼等一切皆悉雲集時彼大衆或有踊身擲在虛空或復騰鈴或復打鼓或著屩屐或緣竿頭或復倒行首下足上或復反擲猶如旋輪或懸虛空上繩而走或復槃槊或復跳刀諸如是等無量無邊種種戲笑種種示現或有揚聲大叫大喚或復吹指或弄衣裳爾時護世四大天王各變其身作婆羅門悉並幼年端正可喜頭爲螺髻躬擔菩薩寶轝而行是時釋天亦隱本形化作童年婆羅門子端正如前頭旋螺髻身著黃衣用其左手執金澡瓶復以右手擎持寶杖在菩薩前斷於人行口發是言卿諸人輩宜各避道最勝衆生今欲入城（上來四句梵本再稱以明心重）爾時色界大梵天王述往昔偈讚菩薩言

天上天下無如佛　十方世界亦復然
世間所有我盡觀　一切更無如佛者

爾時菩薩從天臂城嵐毗尼園初欲入於迦毗羅時一切諸天灑掃道路復有五千諸天玉女各各手內執一金瓶盛滿香水以用灑地在菩薩前次第而行復有五百諸天玉女各持諸天微妙掃箒在菩薩前掃地而行復有五百諸天玉女各持諸天雜寶香爐焚燒種種微妙之香在菩薩前供養菩薩引道而

行復有五百諸天玉女持金寶瓶盛滿妙香在菩薩前引道而行復有五百諸天玉女各各執持天妙多羅樹葉之扇在菩薩前引道而行復有五百諸天玉女各各執持孔雀王尾用以爲拂在菩薩前引道而行復有五百諸天玉女各各執持多羅樹葉所作筌提在菩薩前引道而行復有五百諸天玉女各各手執諸天胡牀在菩薩前引道而行復有五千諸餘天女各執金鈴時時搖動揚聲大唱吉祥之音在菩薩前引道而行復有二萬五千香象悉金鞦轡金爲鞍韉皆被金甲一切校飾悉是純金其莊具上復籠金網在菩薩後次第而行復有寶馬其數二萬悉皆青色頭黑如烏騣披垂地一切鞦轡鞍韉鐙具純金莊嚴天金羅網以覆其上隨菩薩後次第而行復有二萬衆寶妙車駕以駟馬旛蓋莊嚴天金羅網以覆其上在菩薩後次第而行復有四萬步兵壯士皆悉勇健各敵於千並好丈夫有大筋力能却怨隙身被甲鎧手執弓刀或把鐵輪或持戟槊如是次第在菩薩後翊從而行復有無量無邊色界最大威德諸天衆等在於菩薩右廂而行復有無量無邊欲界最大威德諸天衆等在於菩薩左廂而行復有無量無邊龍王夜叉揵闥婆阿脩羅迦樓羅緊那羅摩睺羅伽鳩槃茶羅刹毗舍遮等出現半身各各執持衆雜妙華滿虛空中隨菩薩行復有無量無數無邊億百千萬億諸天神王歡喜踊躍皆悉徧滿不能自勝揚聲叫喚或復吹指或舞或歌發殊異音或弄衣裳或弄手足作諸戲樂或持種種末

香塗香華鬘瓔珞曼陀羅等種種諸華各自手擎在菩薩上於虛空中行散菩薩散已復散一切諸天以是菩薩威德力故不聞人氣一切諸人雖覩天色亦不驚嗟復不放逸爾時一切釋種眷屬將四種兵車兵馬兵象兵步兵圍繞菩薩或前或後或左或右從菩薩行充塞徧滿迦毗羅城其淨飯王持大王力大王威德擊無量鼓大鼓小鼓復次無量無邊螺貝諸如是等無量無邊種種異類雜妙音聲娛樂菩薩導引將入迦毗羅城時迦毗羅去城不遠有一天寺神名增長彼神舍邊常有無量諸釋種族童男童女跪拜乞願恒得稱心時淨飯王將菩薩還至彼天舍告諸臣言今我童子可令禮拜是大天神爾時乳母抱持菩薩詣彼天寺時更別有一女天神名曰無畏彼女天像從其自堂下迎菩薩合掌恭敬頭面頂禮於菩薩足語乳母言是勝衆生莫生侵毀（此上兩句梵本重稱）不應令彼跪拜於我我應禮彼何以故彼所禮者能令於人頭破七分

佛本行集經卷第八

音釋

黤黮（黤烏感切黮徒感切黤黮黑也）　弼（薄密切輔也）　髀（部禮切股也）

輜（莊持切）　坻（陳尼切）　礓（居良切礓礫石也）　趫（丘祆切）　屐（竭戟切）

翊（與職切衛也）

佛本行集經卷第九

隋天竺三藏法師闍那崛多譯

從園還城品第七之二

爾時迦毗羅城有諸釋種五百大臣皆悉是於菩薩眷屬還復造立五百精舍擬菩薩坐當於菩薩初入城時各各立在自家門前以歡喜心合掌恭敬而作是言願天中天入我精舍願大船師入我精舍願身金色清淨衆生入我精舍願施一切歡喜心者入我精舍願名遠聞無毀缺者入我精舍願德最尊無等等者入我精舍時淨飯王爲如是等五百親眷生憐愍故將於菩薩次第歷巡入其精舍悉皆周徧然後始將入於自宮爾時菩薩當生之日即有五百諸釋種子同日而生菩薩巍巍最爲初首復有五百諸釋種女亦同日生耶輸陀羅而爲上首復有五百諸釋奴僕亦同日生淨飯王宮車匿爲首復有五百釋種婢媵亦同日生淨飯王宮侍衞太子復有五百鮮白馬駒亦同日生淨飯王廏揵陟爲首復有五百大香象王色白如雪齊有六牙在王宮門忽然而現復有五百大臣伏藏周帀四面繞迦毗羅自然而現復有五百妙好園林流泉浴池種種華果皆悉徧滿並現在於迦毗羅城四面周帀悉是太子威德力故復有五百大商賈主積諸錢財多饒珍寶相隨來詣迦毗羅城復有五百微妙傘蓋五百金甁並是五百粟散諸王遣使送來上淨飯王作如是言今以是物奉獻大王慶賀太子復有五千諸婆羅門及剎利種大富長者各持已女將來奉上於淨飯王時淨飯王凡

所須者皆悉備具時淨飯王自心思惟我生
太子今作何名覆復思惟彼生之日一切衆
事皆悉自成今我可爲太子立名名爲成利
時淨飯王即開藏出百億兩金供養成利爲
立名字是故偈言
如是王宮内　衆事悉豐饒　今作太子名
應當名成利
相師占看品第八之一
時淨飯王即召相師解占觀者呼使前來令
看太子作如是言汝諸相師婆羅門等占是
太子在我族中爲好爲惡汝等好看吉凶之
相是時諸相師婆羅門等聞王勑已一心瞻
仰太子形容各依先聖所有諸論共相量宜
量宜訖已白於王言大王今者大得衆利何
以故此太子者有大威德是大衆生今生王
家大王當知此太子身有三十二大丈夫相
凡有一人具三十二丈夫相者於世間中則
有二種果報不差更無餘異何等爲二一若
在家受世樂者則得作於轉輪聖王王四天
下護持大地七寶具足乃至不用刀杖化人
自然如法徧於海内若捨王位出家學道得
成如來應正徧知名稱遠聞充滿世界時淨
飯王聞是記已復更重問婆羅門言太子何
處是大丈夫三十二相婆羅門言三十二種
大人相者一者太子足下安立皆悉平滿二
者太子雙足下有千輻輪相端正處中可喜
清淨三者太子手指纖長四者太子足跟圓
好五者太子足趺高隆六者太子手足柔輭
七者太子手足指間具足羅網八者太子腨
如鹿王九者太子正立不曲二手過膝十者

太子陰馬藏相十一者太子皮膚一孔一毛旋生十二太子身毛上靡十三太子皮膚細軟如兜羅綿十四太子身毛金色十五太子身體渟淨十六太子口中深好可喜方正十七太子頰車方正如師子王十八太子兩腋廣闊十九太子身體上下縱横正等如尼拘樹二十太子七處滿好二十一者具四十齒二十二者諸齒齊密二十三者齒不踈缺不齴不齵二十四者四牙白淨二十五者身體清淨純黃金色二十六者聲如梵王二十七者舌廣長大柔軟紅薄二十八者所食之物皆爲上味二十九者眼目紺青其三十者太子眉眼睫如牛王三十一者眉間白毫右旋宛轉具足柔輭清淨光鮮三十二者頂上肉髻高廣平好大王此是太子三十二種大丈夫相如是具足若有一人具足此等丈夫相者是人所得二種果報在家出家如上所説時淨飯王聞諸相師説是語已心大歡喜徧體踊躍不能自勝即出種種百味飲食設彼相師婆羅門等令其自恣隨意飽滿復持種種雜妙衣服種種諸寶及餘資財而布施之時淨飯王於迦毗羅大城之内四衢道頭及諸街巷處處徧滿立無遮會凡所須物皆悉給與須食與食須飲與飲須衣與衣須香與香須牀敷與牀敷須房舍與房舍須資財與資財須馱乘與馱乘所有功德皆悉迴施並爲資益於太子身是時菩薩在天臂城嵐毗尼園從於母胎初出生時正憶正念放大光明徧滿世界又此大地六種震動備十八相爾時地居諸天諸仙見此瑞巳歡喜徧身不

自勝持揚聲叫喚發大語言今日閻浮嵐毗尼中菩薩出生爲於一切天人世間作大安樂爲諸無明黑闇衆生作大光照時四天王聞彼地居諸天諸仙發大聲已其四天王所在諸天傳聞此語復大歡喜發大音聲戲弄衣裳作如是言今於人中菩薩出生爲諸世間安樂明故三十三天聞四天王叫喚音聲亦大歡喜如是乃至須夜摩天從忉利聞至兜率陀從夜摩聞化自樂天從兜率聞他化自在從化樂聞展轉復至色界梵天從他化聞梵衆天從梵天處聞梵輔天從梵衆天聞大梵天從梵輔天聞光天從彼大梵天聞少光天從彼光天處聞無量光天從少光聞光音天從無量光聞淨天從彼光音天聞少淨天從淨天處聞無量淨天從少淨聞徧淨天從無量淨聞廣天從彼徧淨天聞於廣天至少廣天從少廣天至無量廣從無量廣至廣果天從廣果天至於熱天從於熱天至無熱天從無熱天至無比天從無比天至善現天從善現天如是次第一刹那頃乃至到於阿迦膩吒一切諸天各各唱言今日菩薩生於世間爲於天人作大安樂爲於黑暗盲冥衆生作大燈明爾時有一阿私陀仙在三十三天上安居見彼諸天歡喜踊躍不能自勝或弄衣裳揚聲如前見已即問彼諸天言仁者大德三十三天今以何故歡喜踊躍徧滿身中不能自勝復大叫喚手弄衣冠説是語已三十三天報彼仙人阿私陀言阿私陀仙大德不聞今人世間閻浮提地當於北方雪山之下有釋種城名迦毗羅彼城有王名爲淨

飯彼王最大夫人生子極大端正可喜絶殊身色黃金頭如傘蓋鼻高圓直兩臂下垂形體端嚴六根具足處處皆充如鑄金鋌具三十二大丈夫相備八十種微妙之好大仙彼之菩薩決定得成阿耨多羅三藐三菩提成已決定轉於無上清淨法輪而彼菩薩能於一切天人魔梵沙門婆羅門等諸世間中自證諸通證諸通已闡揚正法其法祕密初中後善義味深妙具足說於清淨梵行彼說法時所有一切諸衆生等以聞法故有生法者斷絶生法受老法者斷其老法受病法者得斷病法受死法者得斷死法憂愁苦惱悉得斷除滅其根本阿私陀仙從彼三十三天聞已心生重信即於彼天隱身來下現增長林爾時復有說如是言南天竺地有一城名憂禪耶尼去城不遠山名頻陀於其中間更有一山名阿私陀是時仙人於彼山居以彼山故即稱仙人名阿私陀其仙人從忉利天下在彼山時阿私陀仙將一侍者名那羅陀從彼山中隱身來此迦毗羅城去城不遠下而立住作是思惟我昔於此迦毗羅城聞衆國師及婆羅門云淨飯王生菩薩子彼是天人及我等師不得輕忽若我今於迦毗羅城現神通入無有此理何以故迦毗羅城不同往昔今日若往應當更現其餘異相我應敬彼如事尊神我寧步行入彼城內時阿私陀及其侍者那羅陀身徒步共入迦毗羅城從小巷裏私竊欲向淨飯王所到宮門前時迦毗羅人民稠閙處處徧滿間無有空爲菩薩故作大莊嚴時諸大衆見彼仙人步行而來入

迦毗羅復從小巷趣向淨飯大王宮門見已無量無邊人民雲雨而集隨逐仙人心生驚愕怪不敢問以何義故仙人到此時彼大衆城内人民或在自家門前而立或在窻邊或倚构欄或在臺頭或在屋上觀彼仙人各相謂言往昔此仙來入迦毗羅婆城時乘大神通騰空而行到於淨飯大王宮中今日步行而來入城我等不知以何義故步涉而來時阿私陀至淨飯王宮門前已語當門人作如是言我婆羅門久來者耄猶如祖父今日步行翻似年少二十小兒及那羅陀童子而來其那羅陀年始八歲汝可爲我白淨飯王時守門者語仙人言如尊者教我當奉諮即入宮門漸漸而行到於王前具以白王時淨飯王聞此語已心大敬仰歡喜無量即從座起語彼通事守門人言汝急疾引仙人將來勿使淹遲時守門者還仙人所而作是言大仙知時宜速入宮時阿私陀聞彼語已即共侍者那羅陀入淨飯王宮時淨飯王遥在殿見阿私陀仙漸漸而行將至王所是時大王即從座起詣仙人所承事迎接扶持其腋將好最勝最妙第一希有寶座安置令坐坐已禮拜口唱是言我今恭敬禮拜尊者是時仙人口即呪願淨飯王言唯願大王常得安樂時淨飯王白仙人言尊者何求故屈到此爲須衣耶爲須食乎爲復求須其餘諸事須者但道我悉備具必與不違時阿私陀諮白王言大王當知今我來者無所乏少不求衣食一切諸事悉所不須然我今者故從遠來欲見大王最勝童子大王慈恩願當示我善勝童

子是時童子在於寶座睡卧眠寢淨飯王語阿私陀言尊者大仙少時留心童子今眠猶未覺寤願待須臾時阿私陀即白王言大王莫說如是語言稱童子睡何以故我等雖寤猶如睡人大王童子久來斷除無復眠睡晝夜恒爲諸衆生等得安樂故大利益故而入禪定時淨飯王知童子眠寤時欲至即入宫内勑令莊嚴宫舍殿堂淨水灑地掃除糞穢香水重灑華散其上在在處處安置香爐燒雜妙香復懸種種繒綵旛蓋垂諸流蘇竪大寶幢復懸無量真珠瓔珞真珠羅網種種寶鈴垂覆其上懸衆雜寶猶如日月星宿之光復掛種種妙寶衣裳喻如飛天手持華瓔復懸雜色朱紫紅黄種種衆毦諸如是等校飾精麗莊嚴宫中如乾闥城一種無異復召釋種内外眷屬最大最勝威德尊者今來入宫使共摩耶夫人一處是時摩耶詣童子所至已持手抱童子頭令向仙人擬如禮拜仙人之足是時童子威德力故其身自轉足向仙人時淨飯王更復共扶迴童子頭令拜仙人童子力故足還自轉向彼仙人時淨飯王復迴童子頭向仙人還復轉足如是至三其阿私陀遥見童子是時童子放常光明照觸大地童子威德端正可喜色純黄金頭如寶蓋鼻直而圓脩臂下垂支節正等無缺無減具足莊嚴時阿私陀即從座起白於王言大王莫將童子聖頭迴向於我何以故彼頭不合頂禮我足我頭應當頂禮彼足復唱是言希有希有大人出世最大希有大人出世我本從天所聞之者即此童子真實定是如彼不

爾時阿私陀整理衣服偏袒右肩右膝著地伸其兩手抱持童子安其頂上還復本座本座坐已還下童子置於膝上是時摩耶國大夫人即白大仙阿私陀言仁者尊師當令童子禮大仙足阿私陀仙報夫人言國大夫人莫作是語令是童子不應禮我我及一切諸天世人應當接足禮拜童子時淨飯王即持種種雜妙珍寶以用嚫施阿私陀仙時阿私陀持自澡灌以水洗手受此施物受已即持迴奉童子時淨飯王白阿私陀大仙人言尊者大仙我以此物施於尊者唯願納受仙人報言大王施我我今迴施最勝童子淨飯王言我知大仙福田勝故供養大師阿私陀仙復報王言我今見是勝因緣故迴施童子淨飯王言大聖尊仙我今不解尊師此意仙人復言大王當知我今身心深自歸伏於此童子淨飯王言何因何緣願爲解釋時阿私陀即報王言大王諦心善聽是義我當爲王說其本末大王當知我昔在於忉利天上安居行道忽見忉利一切諸天歡喜踊躍充徧其身不能自勝舞弄衣冠跳擲悅豫我時於彼即便問言諸天仁者何因何緣歡喜騰躍不能自勝執持衣冠舞弄躑躅作是語已忉利諸天即答我言大德仙人汝今知不於下世間北方地內雪山之下有釋種城名迦毗羅彼城有王名爲淨飯彼王最大第一夫人産一童子端正可喜人所樂見身黄金色頭圓鼻直足滿臂長猶如金像備具三十二大人相八十種好必定得成阿耨多羅三藐三菩提當轉無上清淨法輪令此童子相貌具足

決是無疑今此童子以自神力能知此世及以過去未來世等天人魔梵沙門婆羅門等一切世間自證知巳分别法相乃至略說種種苦惱可解脫者令得解脫大王我於彼時聞是語巳故來至此觀看童子時淨飯王報仙人言若如是者大憐愍我大饒益我無復憂愁更有何法過四種行四行過巳能勝能最今此童子既人所生能於未來得無上道阿私陁仙復白王言大王當知彼等一切諸婆羅門在在處處云何得勝而證知耶時淨飯王復更諮白於仙人言我今在於大仙之前願爲解說令我樂聞時阿私陁答言大王如我相傳婆羅門家四毗陁經說往昔有一婆羅門名曰羖羊復有婆羅門名拔迦利復有婆羅門名拔伽婆復有婆羅門名末檀地復有婆羅門名迦吒羅唎復有婆羅門名般遮尸棄彼等皆得阿脩羅王筭計之法得勝得上復有仙人名阿帝利耶復有一王名鉢羅摩檀那復有一王名闍那迦此等諸人皆得除滅身苦方便大王當知如是如是今此童子雖生人間而過於人得勝人法大王往昔復有一王名婆伽羅大海奔濤波浪如山甚難得度非祖非父彼身能度大王諸如是等雖生人間有大威德以威德故過諸天人時淨飯王報仙人言若如尊師所宣說者我無有疑但我愛子其心狹劣故生驚恐阿私陁仙復語王言大王所有心狐疑者今可恣問悉爲決之時淨飯王白言大師我實懷疑如彼往昔有調浮王多羅求王知離婆王達離波王諸如是等不曾得見不曾得知我此

童子云何得知得見此事願說因縁時阿私陀復報王言大王我亦知王有是疑惑不得言無何以故大王但聞他所說事以意消息籌量取之用自決疑凡其前後所作諸王未必一向有於證驗大王彼等諸王子及父祖勝劣不同是故大王不可種姓獨取其勝不可以家獨取其勝不可以先生故而勝後爲不如或有後出而勝先生大王譬如天曉之時先現明相然後出日論其明相未能照明其日後出普光大地破一切暗無有遺餘大王世間如是如是或時生子勝父勝祖時淨飯王白仙人言大德尊師善以譬喻證明於事慰解於我令得決疑心大安隱大仙尊師善攝受我時阿私陀復白王言大王當知我齒衰邁餘殘無幾今此童子幼稚少年春秋方盛長大成就當向山林出家學道恨我朽耄不覩慈顏時淨飯王白仙人言大仙尊師今是童子決出家耶阿私陀仙報於王言大王今者不須疑慮時淨飯王迴頭顧視看國師面時阿私陀問於王言大王内心欲作何語淨飯王言大德尊仙此我國師婆羅門等曾語我言今此童子必定得作轉輪聖王阿私陀仙復白王言大王如我意者終不虛妄我今所語誠實至眞時淨飯王聞是語已復更白言大仙尊師若審然者乃令我心更大憂愁切割我心肝腸惱沸時阿私陀復報王言大王智慧勿作是言大王往昔高曾祖父以行福業功德縁故得度衆生到於彼岸如是匠導託作王兒不但獨爲治化人民令得安樂而爲王子時淨飯王復白仙言大師我

意亦然思惟如是今此童子種我王世荷負重擔代我所憂我至老年出家入山當修古道時淨飯王復白仙言大師我意欲令我子常在云何方便及今幼年勿使捨我阿私陀仙復白王言大王我實不能專正決定說是方便令作障礙時淨飯王復語仙人作如是言大師善聽我今當作種種方便設方便已不令我子從今幼稚及到盛年不聽暫離捨我出家阿私陀仙即問王言大王今者因何事故說如是語時淨飯王報彼仙人阿私陀言尊師當知如我國內所有相師婆羅門等皆語我言若是童子在家當作轉輪聖王以是因緣我如是語阿私陀仙復白王言大王當知彼等相師皆大妄語何以故如是勝相非是轉輪聖王之相今此童子有百善相八十隨形挺特殊好分明炳著皆悉具足時淨飯王問仙人言大師何等是此童子八十隨形之好時阿私陀具白王言大王當知今此童子兩手掌內有金剛文大王今是童子諸指爪甲薄而且軟大王今是童子諸指爪甲其色赤紅猶如銅鍱大王今是童子諸指爪甲悉皆潤澤大王今是童子諸指妙色大王今是童子諸指皆牖大王今是童子踝骨不現大王今是童子兩膝團圓有大光液大王今是童子進止雍容安詳徐步大王是童子行如師子王大王是童子行猶如牛王大王是童子行猶如鵝王大王是童子行安詳徐步猶如耳璫大王是童子行安詳如住大王是童子身形體挺直大王是童子身形體柔軟大王是童子身形體滑澤大王是童子身

膚體上充大王是童子身出妙薰香大王是童子身膚體無上大王是童子身膚體整肅大王是童子身支節分解各自分明大王是童子身膚體顯現如大梵王大王是童子身膚體無灰大王是童子身膚體清淨無有黑䵟大王是童子身無有諸病大王是童子身圓滿正等大王是童子身七處齊滿大王是童子身具足諸好大王是童子身徧體端正大王是童子身行處淳淨大王是童子身最勝無垢諸毛清淨大王是童子身無有垢障能出淨光大王是童子身常光一尋大王是童子胥猶如弓弝大王是童子腹無有破壞謂其皮不皺攝等大王是童子臍深隱妙好大王是童子臍團圓不散大王是童子臍猶如車輪大王是童子臍分明右旋大王是童子手不麤不澁大王是童子手如兜羅綿大王是童子手掌心之中文理畫深大王是童子手文理册畫柔輭光澤大王是童子手文不破散大王是童子手所有册文分明次第竺本分明顯現大王是童子兩腕闊大大王是童子頭猶如踝骨大王是童子口脣色猶如頻婆羅果大王是童子面顏貌寂靜大王是童子舌薄而且長如赤銅色大王是童子聲深而清亮

佛本行集經卷第九

音釋

媵以證切從嫁女也　廏居久切馬舍也　腨乳兗切腓腸也　齹才何切齒差跌貌　齵音愚齒偏也　睫即涉切目旁毛也　躑躅直炙切躅廚玉切躑躅猶跳躍也　覿亭歷切見也　鍱音葉　踝戶瓦切腿兩旁曰內外踝　䵟古旱切面上黑䵟也　弝必駕切　毦音餌羽毛飾也

佛本行集經卷第十

隋天竺三藏法師闍那崛多譯

相師占看品第八之二

大王是童子音言語哀美清揚遠震大王是童子口四牙廣大大王是童子牙悉皆鋒利大王是童子齒不缺不破大王是童子鼻端立圓直如鸚鵡鳥大王是童子眉齊平而密大王是童子耳穿環垂埵大王是童子耳不乖不戾大王是童子耳不麤不澁大王是童子眼無有缺減大王是童子眼無有傷損大王是童子身諸根寂定大王是童子面額最勝上大王是童子髮純紺青色大王是童子頭髮色潤澤大王是童子髮不麤不澁大王是童子髮不稠而厚大王是童子髮齊而細密大王是童子髮不缺不破大王是童子髮鬈卷而旋大王是童子髮圓而右旋狀如卍字大王是童子頭其上肉髻猶如山頂大王是童子頭顱額堅鞕大王是童子頂若人非人不可破壞大王是童子頂巍巍甚高無人能見(本闕三好)大王若有一人身體具足三十二大丈夫之相復有如是八十種好彼人一向決定得成阿耨多羅三藐三菩提得菩提已轉於無上最妙法輪爾時尊者阿私陁仙爲王說已作是思惟今此童子幾時出家得成佛道轉於最上勝妙法輪彼作如是思惟之時自心出智即能知見從今已去三十五年此之童子必得成於阿耨多羅三藐三菩提轉於無上最勝法輪時彼仙人因此繫念思惟之時復自見已諸根純熟覆自訶責如是歎言嗚呼嗚呼我今在於如是童子法教之

外不值此時如是觀已悲號啼哭歔欷哽咽淚流滿面時淨飯王見阿私陀仙人如是啼哭懊惱不能自勝王亦悲哀失聲而哭摩耶夫人既見是已亦復流淚哽塞嗚咽彼諸釋種大臣眷屬皆各號咷失聲叫吼宮内大小亦悉悲啼流涕如雨時淨飯王涕淚交横潸然滿面白阿私陀大仙人言大德尊師此之童子初欲生時即有五百釋種童子同日而生略説乃至五百童女同日而生五百奴僕五百婢媵五百馬駒五百白象皆悉六牙一時同日集宫門外五百伏藏自然湧出五百園林在迦毗羅城之四面自然而現五百商主從諸方來迦毗羅城五百傘蓋五百金瓶外方諸王隣境珠珍悉來送我復跪拜我復有一萬天諸童女並在長者及婆羅門刹利家生大仙尊師童子生日我一切利皆悉得成我心願者皆滿具足我唤國内諸善解相婆羅門等明吉凶者悉皆召集彼等見此童子形容皆大歡喜踊躍充徧不能自勝唯獨尊師今見童子何故悲啼何故流淚而今我等眷屬狐疑大師爲我辯説此由爲我童子有於災禍不祥事乎爲自身祟爲從外來時阿私陀見淨飯王涕淚交臉愁憂怏悵而白王言大王今者莫愁莫憂所以者何我今非是見於童子有災有變亦不見有諸餘苦惱不見身内及外不祥大王當知今此童子長壽巍巍有大威德端正可喜黄白金容頂如傘蓋鼻若截筩身體洪滿支節自稱猶如金像身有三十二丈夫相大王此之童子兼有八十微妙種好大王如是諸相非是轉輪聖

王之種大王如是相者皆是諸佛菩薩之相大王是故我見童子決定得成阿耨多羅三藐三菩提轉於無上清淨法輪爲彼諸天世間人等説法安樂一切衆生而彼法寶初中後善乃至説於清淨梵行若於是邊聽受法已應生衆生即斷生法應老衆生即斷老法應病斷病應死斷死憂悲苦惱一切衆生皆蒙解脱大王我今自慨年耆根熟衰朽老邁當於爾時不得覩見失此大利是故我今悲惋自傷非彼不吉即爲大王而説偈言

自恨我有大顛倒　不值此當得道時
空過一生無所聞　豈非是我失大利
我今年老根純熟　死時將至不復奢
念此生分得遭逢　所以一喜一憂懼
大王釋種方興盛　誕此童子福德人
一切諸苦逼世間　此悉能令得安樂

大王無量無邊諸衆生等爲貪恚癡諸火惱時此當能滅能與微妙甘露法水無量無邊諸惡衆生已入邪見曠野澤中不見正道迷惑之時此當能與淳直涅槃平坦好道無量無邊諸苦衆生閉在煩惱牢獄之中此當能解一切業縛無量無邊愚瞙衆生長夜昏闇覆翳重盲此當爲生大智慧眼無量無邊染著衆生以被煩惱毒箭所射此當拔濟令免其苦我今年垂身心退敗慨恨彼時不見此法是以啼泣大王如優曇華無量無邊億千萬年時一出現諸佛如是無量無邊千萬億劫出世甚難大王今此童子決定得成阿耨多羅三藐三菩提決定轉於無上法輪我自傷過不值此時今當背彼是故悲泣大王彼

等衆生大得財利大得福業若能見此大聖童子在彼地方菩提樹下坐降四魔能得覩者彼等衆生大得善利大得度脫大王若能見此大聖童子得菩提已漸漸至於波羅柰國當轉無上最妙法輪一切衆生大獲勝果大王此之童子莊嚴清淨是閻浮提諸聖沙門皆悉教令得阿羅漢作其弟子是故我啼大王彼等衆生善得人身善來此世大得財利大種福業又復得見童子至於三十三天諸天圍繞乘七寶梯而下彼處無量無邊衆生禮拜大王王今亦善得此人身大得財利及以法利若王當見自子得道於天人中說是妙法獲證無疑

私陀問瑞品第九

時淨飯王從彼仙人阿私陀邊聞此語已生大歡喜即從座起整理衣服右膝著地合十指掌向於仙人歡喜倍常得未曾有徧身毛竪頂禮其足却住一面將二十具上妙衣裳布施仙人時阿私陀於所施衣二十具中唯受一具稱已用者而爲受之受一具已自餘諸衣還持迴歸於淨飯王而作是言大王當知我出家人婆羅門種無多威德少欲無求應須知足大王國主賜賚處寬財物有限當任意用自他已然大王童子在於母胎希有之事理應無邊生育已前所有瑞相唯願大王爲我盡說我得聞已是大布施令我歡喜踊躍充徧不能自勝此則是我大得財寶時淨飯王白仙人言聖師諦聽專心諦受我爲聖師次第而說童子在胎希奇之事未曾有法及童子生所有異相我悉說之大仙尊師

我念一時童子之母在於樓上卧妙牀敷睡眠之中安詳覺起而語我言大王聽我夢所見事今向王説我於昨夜夢見有一白象六牙身鮮頭赤七支拄地形體端嚴然其六牙皆是金裝飛行虛空從北方來入我右脇入已我身即受快樂快樂希有於世間中無物可喻耳不曾聞又快樂來於世間事我心不樂亦不更願共於大王一處受樂一切五欲皆悉願捨大仙尊師我於彼時即廣召喚諸婆羅門有能占相善諳先夢依經據書而教變出即語之言我大夫人夜所夢見事相如前果報云何爲我解説是時一切諸婆羅門即依先書諸聖所説占此夢相而白王言大王今可特意歡喜是夢大善大有吉祥此大夫人必生童子於世間中大得名聞天下最尊無有雙匹時我聞是諸婆羅門如是語已設大美食持好財寶布施彼等而發遣之我於彼時在此城内所有街陌四衢道頭或復坊巷隨有處立大無遮會所有財寶皆悉布施須食與食乃至資生五行調度皆令滿足願此功德迴施童子莊嚴其身復次大師童子在胎有四天王來至我家在於四方各嚴守護童子之母復次大師童子在胎童子之母受大快樂身體歡愉無疲無倦復次大師童子在胎母常持戒諸根調伏無有瞋恨復次大師童子在胎童子之母無有欲心亦不曾爲欲心所惱身口唯行清淨梵行復次大師童子在胎童子之母不患寒熱不苦饑渴復次大師童子在胎其母庶幾所有錢財珍奇寶物人所須者恣意與之心生歡喜不生

慳悋復次大師童子在胎其母恒行慈悲憐愍於一切命復次大師童子在胎童子之母端正可喜世無有雙先時光澤倍更增進轉勝於前復次大師童子在胎其母欲觀童子之時即見童子在於胎內身體洪滿諸根完具可喜端正猶如淨鏡見其面像母見此已生大歡喜踊躍徧身不能自勝復次大師童子在胎諸有病人來欲到於童子母所其童子母以手摩觸或以草葉或持樹葉送於彼邊彼等衆生皆得安樂身體無患無諸苦惱大師童子在胎有如是等無量種種希奇之事未曾有法復次大師時童子母摩耶夫人父善覺釋遣使語我大王知時我女懷孕此勝衆生威德甚大若彼出已我女不久必取命終我意今者欲喚自女來向我園嵐毗尼中共我相娛受於快樂亦望是處得保吉祥唯願大王善好發遣我聞彼使如是語已即時宣告嚴駕發遣摩耶夫人乃至從此迦毗羅城到彼天臂兩城中間耘除一切荆棘沙礫種種糞穢皆令清淨香湯灑地持諸妙華而散其上飾童子母以諸妙香諸種華鬘莊嚴其身作諸音樂持王勢力持王威神及其宮內一切婇女前後圍繞乘大白象歸向善覺天臂城中其童子母摩耶夫人遥見迎來即持種種無量無邊莊嚴之具相隨共入嵐毗尼園逍遥娛樂時童子母摩耶夫人從白象下宮內婇女左右圍繞前後侍衛安詳進入嵐毗尼園觀視林樹從此樹下如是次第到波羅叉樹下之時伸舉右手攀彼樹枝安詳而息是時童子見於其母摩耶夫人手攀

枝已從彼胎中一心正念安詳徐起從右脇出其母右脇亦無疼痛亦無患難不劈不裂是時童子右脇生時身放大光照曜世間大師是名童子在母胎內初生之時有如是等希奇之事未曾有法復次大師童子在胎不憂不愁從其胎內安詳徐起身體鮮淨不爲種種涕唾痰癊屎尿淤血之所穢汙復次大師童子初從胎內出時一切諸天以迦尸迦纏裹其身懷抱執持將向母前而語母言大德夫人今應歡喜夫人今日生於聖子天人中尊復次大師童子初生天人扶持住立於地各行七步凡所履處皆生蓮華顧視四方目不曾瞬不畏不驚住於東面不似孩童呱然啼叫言音周正巧妙辭章而說是言一切世間唯我獨尊唯我最勝我今當斷生老死根復次大師童子生時即於是處忽有二池一暖一冷隨童子母恣意取用上界虛空復流二水冷暖如前洗浴童子復次大師童子生時有真金榻坐童子身今童子浴復次大師童子生時身放光明翳障一切諸寶火焰一切光明復次大師童子生時身放光明蔽日月光狀如星宿復次大師童子生時一切樹木隨時敷榮華果茂盛非時諸樹亦復開鮮復次大師童子生時虛空諸天持其白蓋真金爲柄覆童子上復次大師童子生時虛空諸天復持白拂摩尼爲柄拂童子上復次大師童子生時虛空清淨無雲無霧及諸煙塵但聞雷聲復次大師童子生時虛空無雲而下細雨清淨妙水八味具足復次大師童子生時一切諸方涼風忽起其風調適不爲

惱患諸方清淨無有煙雲及諸氛翳復次大師童子生時於上空中出大梵聲非人所作自然而響復次大師童子生時於童子上自然而有無量音聲非人所作復聞無量歌樂之聲復雨無量種種華香日光所照常鮮不異復次大師童子生時於上虛空一切諸天雨於種種天諸妙華優鉢羅華分陀利華拘勿頭華波頭摩華復持無量種種末香復持無量種種殊妙最勝華鬘散童子上散已更散復次大師童子生時自然忽有無量無邊諸天玉女持種種香及種種油塗香末香天妙衣服種種天樂或歌或舞出種種聲漸漸而行詣向摩耶童子母前而問訊言善生童子得無疲倦復次大師童子生時於此大地六種震動十八相具復次大師童子生時三千大千一切世界諸眾生等一切受樂復次大師童子生時我得成就一切大利種種吉祥隨我心願莫不具足復次大師彼時我臣婆私吒子摩訶那摩來向我邊而語我言唯願大王常尊常勝國大夫人產生清淨最勝童子次有人來復語我言惟願大王常勝一切家室隆盛於諸釋種眷屬之中復各生於五百童子次有人來復語我言唯願大王常滿一切今日釋種眷屬之中復各生於五百童女次有人來復語我言乃至宮中一時產生五百奴僕次有人來復語我言乃至產生五百婢媵次有人來復語我言乃至產生五百馬駒次有人來乃至自然五百香象身白如雪齊有六牙在宮門外次有人來乃至五百金藏隱伏自然顯現次有人來乃至此處

迦毗羅城自然而有五百園林忽爾出現次有人來乃至他方五百商主多齎財寶來至於此迦毗羅城次有人來乃至將於五百白蓋五百金瓶粟散諸王送來奉獻并復遣人詣白我言我等皆待大王教命依勑而行次有人來而語我言願王常勝有萬童女在於刹利及婆羅門長者家生大師我於爾時如是思惟我作何乘將我童子安隱還向迦毗羅城是時空中有一天轝七寶所成非人工造忽然而現端正可喜種種莊嚴大師我於彼時作是思惟誰負此轝是時四方自然而有四天子來來已各各擔負寶轝離地不遠乘空而行我於爾時將是童子入於宮殿覆復思惟今我童子作何名也我更思惟其生之日我一切利自然而成我時知已便作名字號悉達多大師爾時我復於此城內諸有相師能占吉凶一切召喚示此童子令其觀看汝等一切諸婆羅門爲我好觀此之童子有何相貌復有何怪而相師等聞我語已共瞻童子各各相議而報我言大王汝得大利如是童子有大威德生大王家具足三十二大人相若當有人具足如是丈夫相者此人則有二種之行若其在家必定當作轉輪聖王王四天下七寶具足乃至不用一切兵戈如法治化若其捨家修學聖道必得作佛多陀阿伽度阿羅訶三藐三佛陀名聞徧滿一切世間大師我於爾時將百味食設彼一切諸婆羅門皆悉充足自恣布施種種衣服大師我於彼時在此城內所有街巷四衢道頭皆行布施須食與食資財五行皆持施與乃

至所得諸功德者迴施童子爲供養故大師童子在胎初生之時有如是等種種瑞相希奇之事未曾有法諸如是等在胎生法我今具白大師今知今奉大師如是布施唯願大師領受歡喜爾時尊者阿私陀仙從童子父淨飯王邊聞此微妙諸瑞相等生大歡喜不能自勝從座而起辭王出宮步至門外即以右手執那羅陀童子左臂從門隱身騰虛而行向南天竺下阿盤提聚落之時阿私陀仙語那羅陀童子是言汝那羅陀童子當知有佛出現於今世間汝當彼邊出家學道修習梵行乆遠之時大得利益大得安樂時阿私陀覆復思惟我滅度後所有利養世間名聞一切皆是那羅童子悉收斂得是故此之那羅童子因利養故世名聞故盡其道行不得精進不得正念不得信行於三寶邊不能分別此是佛陀此是達摩此是僧伽是故名聞損彼自身爾時尊者阿私陀仙更復思惟是淨飯王悉達童子在何國地當得成於阿耨多羅三藐三菩提復在何處轉於清淨無上法輪如是少時思惟訖已內心明見知是童子其後於彼摩伽陀國當得阿耨多羅三藐三菩提波羅柰國轉於法輪我於今者當應將此那羅童子詣波羅柰造一精舍安置立已晝日三時暗夜三時向彼爲其說佛名號汝那羅陀佛出於世汝那羅陀佛出於世如是三稱汝應彼邊出家修道勤行梵行汝當後時有大利益得大安樂時阿私陀作是念已將那羅陀向波羅柰爲造精舍安置立已晝夜六時作是唱言汝那羅陀佛興於世晝

夜六時如是三唱汝當出家乃至後時得大安樂時阿私陀如是方便住世無量而取壽終時阿私陀命終之後其那羅陀侍者童子於世間中得大利養得大名聞時那羅陀著世利養貪名聞故心不自定不能增進以求利養不知足故不能自念不能自信不能分別此是佛耶此是法耶此是僧耶彼阿私陀命終之後時淨飯王語諸國師婆羅門言大師當知今此太子既生王宫不久必當行於聖行證得聖道猶如尊者大阿私陀仙人受記此言真實恐當不虚必應如是大師我王種族若爲嗣立當大損減其婆羅門諸國師報淨飯王言大王今者莫作是念如我受記此之太子必當定作轉輪聖王如我等語終無有異時淨飯王語國師言仁等大師汝於今者非阿私陀聖師之言此語虚謬時彼國師婆羅門等更報王言彼仙人語若其不虚言是實者大王今應須作方便及年少時增益世事當觀太子著於何者漸漸更加如是則彼自愛家居不向山林修於苦行時淨飯王復問國師婆羅門言此事云何時國師等復白王言大王當知往古諸仙或飲風露或食華果或食根藥著樹皮衣少欲知足彼等諸仙猶愛俗事一著於世尚生放逸況復太子日日習近一切諸根自然染著以王勢力具足功德住在家内能捨出家無有是處時淨飯王復作是言此事如是如大師語世間亦有方便之事如大師説但彼大仙阿私陀説必不虚言是故我心常生疑惑時淨飯王思惟如是未來之事心疑猶豫即集群臣諸

釋種族而告之言我勑汝等若見太子增長之時莫向彼前說阿私陀授記之事所以者何太子若聞如此語者其喜不捨菩提之心時淨飯王復更重告諸臣等言卿諸臣等爲我太子國內所有禁繫囚徒皆悉放赦令得解脫乃至一切諸禽獸等亦並放捨復告國師婆羅門言大師若知所有精進婆羅門等或百或千聚集之處隨意所須悉皆布施所有天寺及神廟堂皆令修治依法祭祀爲我太子令得大福爾時國師婆羅門等即依王命四方召得三萬二千諸婆羅門日別令入淨飯王宮所有資財悉持布施滿七日夜所有功德迴施太子願令增進而有偈說

淨飯王心大喜歡　以生福德太子故
一切群臣皆聚集　天下囚繫普放恩
誕育既稱適本心　般重欲爲作生法
持彼百千乳牛犢　皆金裝角銀飾蹄
年齒悉壯毛色鮮　各各從犢隨其後
膚體充肥多乳汁　一頭一捋得十升
更有無量種珍奇　錢財穀帛諸雜物
爲令太子增益故　布施於彼婆羅門

佛本行集經卷第十

音釋

鞕魚孟切與硬同　歔欷歔休居切欷香衣切歔欷悲咽而抽息也　哽古杏切哽咽悲塞也　惋烏貫切驚歎也　呱攻乎切小兒啼聲也

佛本行集經卷第十一

隋天竺三藏法師闍那崛多譯

姨母養育品第十

爾時太子既以誕生適滿七日其太子母摩耶夫人更不能得諸天威力復不能得太子在胎所受快樂以力薄故其形羸瘦遂便命終或有師言摩耶夫人壽命筭數唯在七日是故命終雖然但往昔來常有是法其菩薩生滿七日已而菩薩母皆取命終何以故以諸菩薩幼年出家母見是事其心碎裂即便命終薩婆多師復作是言其菩薩母見所生子身體洪滿端正可喜於世少雙既覩如是希奇之事未曾有法歡喜踊躍徧滿身中以不勝故即便命終爾時摩耶國大夫人命終之後即便往生忉利天上生彼天已即有勝妙無量無邊諸天婇女左右圍繞前後翼從各各持於無量無邊供養之具曼陀羅等諸菩薩所處處徧散爲欲供養於菩薩故從虛空下漸漸而墜到於人間淨飯王宮到王宮已語淨飯王而作是言大王當知我得善利善生人間我於往昔胎懷於彼清淨衆生大王童子滿足十月受於快樂今我生於三十三天還受快樂如前不異彼樂此樂一種無殊大王從今已往願莫爲我受大憂苦從今已去我更不生時彼摩耶即以天身而說偈言

一切怨親平等心　精進勇猛無暫息
善思真如實諦理　念無錯亂有始終
形體炳著真金容　諸根寂靜善調御
我子巧能說諸法　善行頂禮最勝尊

爾時摩耶說此偈已即便隱身忽然不現還彼天宮時淨飯王見其摩耶國大夫人命終之後即便喚召諸釋種親年德長者皆令雲集而告之言汝等眷屬並是國親今是童子嬰孩失母乳哺之寄將付囑誰教令養育使得存活誰能依時看視瞻護誰能至心令善增長誰能憐愍愛如己生携抱捧持以慈心故功德心故歡喜心故時有五百釋種新婦彼等新婦各各唱言我能養育我能瞻看時釋種族語彼婦言汝等一切年少盛壯意耽色欲汝等不能依時養育亦復不能依法慈憐唯此摩訶波闍波提親是童子眞正姨母是故堪能將息養育童子之身亦復堪能奉事大王彼諸釋種一切和合勸彼摩訶波闍波提爲母養育時淨飯王即將太子付囑姨母摩訶波闍波提以是太子親姨母故而告之言善來夫人如是童子應當養育善須護持應令增長依時澡浴又別揀取三十二女令助養育以八女人擬抱太子以八女人洗浴太子以八女人令乳太子以八女人令其戲弄其淨飯王產生二子一者太子字悉達多二名難陀其白飯王亦有二子第一名難提迦第二名爲婆提唎迦其斛飯王亦有二子第一名阿難多第二名爲提婆達多甘露飯王亦有二子第一名爲阿尼盧豆第二名爲摩訶那摩淨飯王妹名阿彌多質多囉(此言甘露味)生於一子名爲底沙是時摩訶波闍波提太子姨母白淨飯王作如是言謹依王勑不敢乖違時波闍波提依於王命養育太子譬如日月從初一日至十五日清淨圓滿養

育太子亦復如是漸漸增長又復譬如尼拘陁樹得種好地而漸增長後成大樹太子如是日日增長從其太子出生已來淨飯王家日日增長一切財利金銀珍寶二足四足無所乏少而說偈言

五穀及財寶　金銀諸衣服　或造或不造
自然得充足　童子及慈母　乳酪酥常豐
慈母少乳者　悉皆得盈溢

時淨飯王所有怨讎自然皆悉生平等心平等心已漸生親厚既生親厚共王同心即便牢固一心一意同願同行風雨隨時無諸災雹亦無擾亂少種多收彼諸苗稼一切藥草樹木園林隨色長色諸香豐足隨味具味依限成熟終不過時皆是太子威德力故一切城內所懷妊者安隱得生又諸人民無衆疫横亦無夭死以此太子威德力故側近所有一切人民長者居士各各自守不相求及無此求彼彼當與我設令因事所須少多貸換假借彼應多與不生是念須若干者即與若干城内人民各各相尊孝養父母敬事師長以是太子威德力故亦如往昔如法行行一切諸王人民士庶皆依法行悉持十善具足而行國内無怖五穀豐登遠離飢儉如是如是淨飯王國一切境内無有飢儉亦無驚怖五穀豐饒一切人民如法而行種種布施作諸功德造諸園林造諸大義井泉池渠皆悉自現天舍廟堂曹局省府皆亦自然人無枉横一切人民皆並歡喜猶如天上無有差殊以於太子威德力故如是諸事莫不成就如偈所說

人民順尊教　不慳亦不惜　無不如法行
慈心不起殺　飢渴既得解　飲食皆充足
一切悉歡喜　並受如天樂

時淨飯王過軫宿辰取角宿日爲太子作衆寶瓔珞所謂手腕指脛釧鐶首飾雜寶勝妙華鬘頸繫種種瓔珞珠璣印文指環臂瑔腰珮金縷爲帶金鈴寶網種種摩尼爲莊嚴具靴履革屣雜寶莊嚴其天寶冠最勝殊妙復有五百釋種諸親爲於太子各造一具雜妙瓔珞如上莊嚴作已將詣淨飯王所而白王言善哉大王我等所造此妙瓔珞七日七夜惟願大王以此瓔珞莊嚴太子當令我等不空疲勞時淨飯王於其晨朝鬼宿之日共一國師婆羅門名優陀耶那是優陀夷比丘之父并及五百諸婆羅門皆唱是言甚大吉祥共將太子至彼一園名曰無垢清淨莊嚴往昔已來貴之如塔時彼園內復有無量無邊百千一切衆生男子婦人童男童女相喚雲會集聚彼園欲觀太子復更別駕一乘大車載置種種瓔珞金銀飲食衣服悉令充備於迦毘羅城內街衢四衢道頭及諸小巷諸如是處設大布施高聲唱言凡所須者皆悉給與如是駕在太子前行復有八千雜種音樂作種種聲虛空自雨無量無邊雜妙華雨復有無量百千諸女皆以種種諸寶瓔珞莊飾其身在於閣上或在高臺或在却敵或在城頭及女牆邊或城樓上或牕牖中或居堂脊或立屋頭手執諸華觀看太子以華逆散於太子前復有八千諸天寶女手執掃帚身體莊嚴在太子先耘除道路一切釋種眷屬諸

親並悉在於淨飯王側及太子前次第而行是時摩訶波闍波提懷抱太子安置膝上坐輦乘中如是種種無量無邊莊嚴備已將引太子往詣彼園爾時國師優陀夷父共彼五百諸婆羅門人人各以無量無邊吉祥之言稱讚太子持諸瓔珞繫太子身繫瓔珞已太子身相皆悉隱障彼之瓔珞並各昏暗無復精光猶如聚墨不能照曜無復光顯譬如無價閻浮檀金欲於其邊安置丸炭如是如是彼諸瓔珞繫太子已猶如晝螢不能自現所有瓔珞至太子身不顯不現不照不曜亦復如是時彼人衆見此太子有如是等希奇之事未曾有法各各唱言嗚呼嗚呼希有希有各各歡笑人人拍手歌舞叫嘯揶弄衣裳時彼園內有一天神名曰離垢然彼天神在於虛空隱身不現而說偈言

假使此大地　及城邑聚落　山河諸樹木
皆成閻浮金　佛一毛孔光　具足威德相
翳彼如聚墨　百福莊嚴滿　瓔珞光相滅
若人具諸相　第一勝報果　不須瓔珞嚴

時彼天神說此偈已即持種種無量天華散太子上還其本宮爾時釋種諸親族等即持無價碎末栴檀及細磨者雜色牙席雜種諸藥具滿諸器持與太子令莊嚴身復持鹿車眞金爲轝種種船舫諸雜野獸乃至馬駒雜寶所作具施太子恣令嬉戲具足八年如是歡樂娛樂太子增長養育然其不似世之嬰孩流涕不淨無諸糞穢亦不呱啼呻吟頻縮不飢不渴諸母養育常生歡喜時淨飯王作是思唯今我太子端正少雙未知其力竟復

何如今可試看驗其强弱爾時大王即共無量釋種童子同坐飲食持一純金雕鏤之鉢盛歡喜丸具足充滿復以眞金作諸環瑣置諸一切衆童子前教令爭食又復聚於諸小白象令與童子共相競食語諸一切衆童子言汝等當知如是白象將奪汝食時諸童子斷衆白象爭力不如遂令象食然後始語太子令知太子汝食今被他奪是時太子即以兩手執彼金鉢出少身力而壞彼鎖令象却頓不如太子時淨飯王復爲太子多集羝羊安置宫内爲令太子生歡喜故眞金爲鞍雜寶莊飾種種瓔珞以嚴其身金羅網覆是時太子乘彼羊車至於園林及其親叔甘露飯等自餘諸釋各爲諸子莊諸羝羊具足如前彼諸童子亦乘羊車隨意遊戲

習學技藝品第十一

時淨飯王知其太子年已八歲即會百官群臣宰相而告之言卿等當知今我化内誰最有智誰具技能種種悉通堪爲太子作於師匠教使學書及餘諸論時諸臣等即報王言大王當知今有毘奢婆蜜多羅善知諸論最勝最妙如是大師堪教太子種種書論時淨飯王即遣使人召彼毘奢婆蜜多羅而告之言尊者大師汝能爲我教此太子一切技藝諸書論不時蜜多羅報言大王謹依王命我今甚能時淨飯王心生歡喜即占好日善宿吉時共大釋種耆舊有德令其莊飾一切禮儀種種所須悉令充備復嚴五百諸釋種童前後左右周帀圍繞更復别有無量無邊童男童女隨從太子將昇學堂時彼大師毘奢

毱多羅遥見太子威德力大不能自禁遂使其身從座忽起屈身頂禮於太子足禮拜起已四面顧視生大羞慚將毱多羅生慚愧已於虚空中有一天子名曰淨妙從兜率宫共於無量無邊最大諸天神王恒常守護是太子者在彼虚空隱身不現而說偈言

世間諸技藝　及餘諸經論　此人悉能知
亦能教示他　是勝衆生者　隨順世間故
往昔久習來　今示從師學　出世所有智
諸諦及諸力　因緣所生法　生已及滅無
一念知彼等　名色現不現　猶上能證知
況復諸文字

爾時天子說此偈已以種種華散太子上即還本宫時淨飯王即持種種無價珍寶以用布施諸婆羅門復持種種百味飲食施設衆座諸婆羅門持是太子付彼大師毘奢蜜多羅留諸乳母令侍太子即還王宫爾時太子既初就學將好最妙牛頭栴檀作於書板純用七寶莊嚴四緣以天種種殊特妙香塗其背上執持至於毘奢蜜多羅阿闍黎前而作是言尊者闍黎教我何書或復梵天所說之書(今婆羅門書正十四音是)佉盧虱吒書(此言驢脣)富沙迦羅仙人說書(此言蓮華)阿迦羅書(此言節分)懵伽羅書(此言吉祥)耶寐(曰毘切)尼書(此言大秦國書)鴦瞿梨書(此言指書)耶那尼迦書(此言馱乘)娑伽婆書(此言牸牛)波羅婆尼書(此言樹葉)波流沙書(此言惡言)陁毘荼國書(此云南天竺)毘多荼書(此言起屍)度其差那婆多書(此言右旋)腨羅佉書(此言躶形人)優伽書(此言嚴熾)僧佉書(此言筭計)阿婆勿陁書(此言覆)阿㝹盧摩書(此言順)毘耶寐奢羅書(此言雜)陁羅多書(此言烏場邊山)西瞿耶尼書(此言無語)珂沙

書(跋勒)脂那國書(大隋)摩那書(升斗)末荼叉羅書(中字)毘多悉底書(人)富數波書(花)提婆書(天)那伽書(龍)夜叉書(無此語)乾闥婆書(天音聲)阿脩羅書(不飲酒)迦樓羅書(金翅鳥)緊那羅書(非人)摩睺羅伽書(大蛇)彌伽遮迦書(諸獸音)迦迦婁多書(烏音)浮摩提婆書(地居天)安多梨叉提婆書(虛空天)欝多羅拘盧書(須彌北)逋婁婆毘提呵書(須彌東)烏差波書(舉)膩差波書(擲)娑伽羅書(海)跋闍羅書(金剛)梨伽波羅極梨伽書(往後)毘棄多書(食殘)阿㝹浮多書(未曾有)奢娑多羅跋多書(如伏轉)伽那那跋多書(筭轉)優差波跋多書(舉轉)尼差波跋多書(擲轉)波陀梨佉書(足)毘拘多羅波陀那地書(從二增上句)耶婆陀輸多羅書(增十句已上)末荼婆哂尼書(中流)梨沙耶娑多波恀比多書(諸仙苦行)陀羅尼卑又梨書(觀也)伽伽那卑麗叉尼書(觀虛空)薩蒲沙地尼山陀書(一切藥草因)娑羅僧伽何尼書(總覺)薩婆婁多書(一切種音)爾時太子說是書已復諮審多阿闍梨言此書凡有六十四種未審尊欲教我何書是時毘奢婆蜜多羅聞於太子說是書已內心歡喜悅豫熈怡滔懷私慙折伏貢高我慢之心向於太子而說偈言

希有清淨智慧人　善順於諸世間法
自已該通一切論　復更來入我學堂
如是書名我未知　其今悉皆誦持得
是爲天人大尊導　今復更欲覔於師

爾時復有五百釋種諸臣童子俱共太子齊入學堂學書唱字以是太子威德力故復有諸天神力加故諸音響中出種種聲

唱阿字時諸行無常出如是聲

唱伊字時一切諸根門戶開塞出如是聲

唱優字時心得寂定出如是聲
唱哩字時諸六入道皆證知故出如是聲
唱嗚字時當得渡於大煩惱海出如是聲
唱迦字時當受諸有業報所作出如是聲
唱佉字時教拔一切煩惱根本出如是聲
唱伽字時十二因緣甚深難越出如是聲
唱恒字時諸無明蓋覆翳甚厚當淨除滅出如是聲
唱俄字時如來當得成佛道已至餘諸方恐怖衆生施與無畏出如是聲
唱遮字時應當證知四眞聖諦出如是聲
唱車字時今者應當所有諂曲邪惑意迷皆悉除滅出如是聲
唱闍字時應當超越出生死海出如是聲
唱社字時魔煩惱幢當碎破倒出如是聲
唱若字時當令四衆皆須教行出如是聲
唱吒字時其諸凡夫一切衆生處處畏敬此言無常出如是聲
唱咤字時應當憶念此之咤字若根純熟不聞諸法即得證知出如是聲
唱荼字時應當得彼四如意足即能飛行出如是聲
唱嗏字時作合歡花如嗏言語散唱諸行及十二緣生滅之法無常顯現出如是聲
唱啫字時其得道人受利養時無一微塵等諸煩惱而不散滅堪應他供出如是聲
唱多字時當向苦行出如是聲
唱他字時一切衆生其心若斧諸塵境界猶如竹木當作是觀出如是聲
唱陀字時當行布施行諸苦行即得和合出

如是聲
唱咃字時當有法聲出如是聲
唱哪字時當須用彼食飲活命出如是聲
唱籛字時眞如實諦出如是聲
唱頗字時當得成道證於妙果出如是聲
唱婆字時解一切縛出如是聲
唱嘙字時說世間後更不受有出如是聲
唱摩字時說諸生死一切恐怖最爲可畏出如是聲
唱耶字時開穿一切諸法之門爲人演說出如是聲
唱囉字時當有三寶出如是聲
唱邏字時斷諸愛枝出如是聲
唱娑字時斷一切身根本種子出如是聲
唱嗜字時得奢摩他毘婆舍那出如是聲
唱沙字時當知六界出如是聲
唱娑字時當得諸智出如是聲
唱呵字時當打一切諸煩惱刦出如是聲
爾時彼諸五百童子作如是唱諸字門時以是太子威德力故兼復諸天護持所加出於如是微密祕奧諸法門聲

時淨飯王又復集聚群臣議言卿諸臣等一切誰知何處有師最便武技善巧軍戎兵仗智略堪教於我悉達太子時諸臣等奉報王言大王當知此處有釋名爲善覺其善覺子羼提提婆（此言忍天）堪教太子兵戎法式其所解知一切凡有二十九種善巧善妙技術精微所作輕便勁捷勳勇二十九者所謂騰象跨車跳坑越馬射妙走疾志猛性剛身體輕便所爲諦審善能調習捉象搭鉤巧解安施擲

象羂索又工將養飲飼畜生處分指撝善總兵馬諳練曲直斜正山川手握拳牢脚蹋地穩梳頭結髻鞕固甚牢能破能開能劈能斬射不虛落挽鞕無雙遥聞響聲射即懸著所放之處箭入甚深黠慧聰明辭清辯捷謀謨策筭巧解多知討古論今方便善詐諸如是等所有兵家祕要神能悉皆通達唯應是彼乃可堪教大王太子一切戎技時淨飯王聞是語已心大歡喜即勑諸臣令喚忍天其忍天至王勑之言羼提提婆汝能教我悉達太子戎技智不是時忍天即白王言臣甚能教王復勑言汝若知時好教我子令得成就時淨飯王爲於太子欲遊戲故造一園苑名曰勤劬是時太子入彼苑內遊戲歡娛或令按摩時彼五百諸釋種臣悉爲其兒各造園苑

擬以戲笑按摩遨遊時忍提婆將引太子入勤劬園教戎技智彼諸釋種各各自入其園苑中遊戲學習時忍提婆將其數種兵戎器仗欲教太子太子見已悉皆棄捨即語忍天作如是言汝教其餘諸釋種子我自解此不須更學時忍提婆即以教於其餘釋種此戎技智而彼學已不久人人悉得成就二十九種並皆通達所謂騰跳白象車馬乃至挽强於一切處皆成就得最第一智輕便最能聰明智慧又如是等諸王技中最善最勝所謂書筭解諸計數雕刻印文宫商律呂舞歌戲笑咲喻漫談或造諸珍璝琦異寶染衣出色圖畫草葉種種諸事和合薰香或弄手筆草正諸書能制文章又復能於白象背上能迴能轉旋鞍騙馬所有象馳頭項尾脚種種諸

技並悉便能又於車邊亦善巧弄出諸異法刀槊弓箭身中得志意氣容與相撲㧙挩捔力稱斤按摩築擠拗脛搦臂能擲能走乃至不空及聞聲射入鞕挽强箭連如雨太子於此一切諸技皆悉棄捨更不肯學云我自解何假須教復欲教習諸王要法所謂天文祭祀占察懸射前事謬語巧誦知諸獸音達於聲論造作諸技因技報答呪術雜事十餘種名治化古先一切書典教於太子及自他釋亦如是教又復世人積年累月所學問者或成不成彼等衆技一切諸論太子能於四年之中及餘釋種皆悉學得通達無礙一切自在是時忍天即爲太子而說偈言

汝於年幼時　安詳而學問　不用多功力
須臾而自解　於少日月學　勝他多年歲
所得諸技藝　成就悉過人

佛本行集經卷第十一

音釋

誕徒案切降誕也　哺薄故切口飼也　妊汝鴆切懷孕也　軫章忍切星名　腕烏貫切手腕也　呱古胡切小兒啼聲也　羝都奚切牡羊也　懵武亘切　㝹奴侯切　嚥音咽　咺其凝切　吒咤並陟嫁切　嗏音茶　喏人者切　郍諸何切　簸補過切　嗐人者切　勦鋤交切輕捷也　䍐姑法切　飼祥吏切餧也　撝吁為切　諳烏含切歷也　靳居覲切制也　劈普擊切剖也　挽武遠切引也　鞕魚孟切堅也　捷疾葉切敏疾也　羼初限切　唊古叶切　翕許及切　璝公回切偉也　騙匹扇切上馬也　槊所角切矛屬　㧙音筆　挩烏半切　捔古嶽切校也　擠祖稽切排也　拗於巧切　搦昵厄切

佛本行集經卷第十二

隋天竺三藏法師闍那崛多譯

遊戲觀矚品第十二

爾時太子生長王宫孩童之時遊戲未學年滿八歲出閤詣師入於學堂從毗奢蜜及忍天所二大尊邊受讀諸書幷一切論兵戎雜術經歷四年至十二時種種技能徧皆涉獵既通達已隨順世間悅目適心縱情放蕩馳逐聲色曾於一時在勳劬園遨遊射戲自餘五百諸釋種童亦各在其自已園内優遊嬉戲時有群鴈行飛虚空是時童子提婆達多彎弓而射即著一鴈其鴈被射帶箭遂墮悉達園中時太子見彼鴈帶箭被傷墮地見已兩手安徐捧取取已跏趺安鴈膝上以妙滑澤柔潤水波萬字輪文福德之手細輭猶如芭蕉嫩葉左手擎持右手拔箭即以酥蜜封於其瘡是時提婆達多童子遣使人來語太子言我射一鴈墮汝園中宜速付來不得留彼是時太子報使人言鴈若命終即當還汝若不死者終不可得時提婆達多復更重遣使人語言若死若活决須相還我手於先善巧射得遇墮落彼云何忽留太子報言我已於先攝受此鴈所以然者自我發於菩提心來我皆攝受一切衆生况復此鴈而不屬我以是因縁即便相競集聚諸釋宿老智人判决此事是時有一淨居諸天變身化作老宿長者入釋會所而作是言誰養育者即是攝受射著之者即是放捨時彼諸釋宿老諸人一時印可高聲唱云如是如是如仁者言此是提婆達多童子共於太子最初搆結怨讎

因緣復有一時其淨飯王共多釋種諸童子輩并將太子出外野遊觀看田種時彼地内所有作人赤體辛勤而事耕墾以牛縻繫彼犂槅端牛若行遲時時捶掣日長天熱喘呷汗流人牛並皆困乏飢渴又復身體羸瘦連骸而彼犂場土墢之下皆有虫出人犂過後時諸鳥雀競飛下來食此虫豸太子覩兹犂牛疲頓兼被鞭撻犂槅研領鞅繩勒咽血出下流傷破皮肉復見犂人被日炙背裸露赤體塵土坌身烏鳥飛來爭拾虫食太子見已起大憂愁譬如有人見家親族被繫縛時生大憂愁太子憐愍彼諸衆等亦復如是見是事已起大慈悲即從馬王揵陟上下下已安詳徑行思念諸衆生等有如是事即復唱言嗚呼嗚呼世間衆生極受諸苦所謂生老及以病死兼復受於種種苦惱展轉其中不能得離云何不求捨是諸苦云何不求猒苦寂智云何不念免脱生老病死苦因我今於何得空閑處思惟如是諸苦惱事時淨飯王觀田作已共諸童子還入一園是時太子安詳矚眄處處經行欲求寂靜忽見一處有閻浮樹條幹滑澤端正可憐鬱蓊扶踈人所樂見見已即語諸左右言汝等諸人各遠離我我欲私行是時太子發遣左右悉令散已漸至樹下到樹下已即於草上跏趺而坐諦心思惟衆生有於生老病死種種諸苦發起慈悲即得心定彼時即便離於諸欲棄捨一切諸不善法思惟境界分別境界欲界漏盡即得初禪我身亦自有如是法未免此法未度此輪當思惟時有五神仙飛騰虛空自在而行

有大威德有大勢力具足巧通毘陁之論善解諸術從南向北經彼園林閻浮樹上而欲飛過即不能去各相謂言我等往昔去來自恣穿過須彌出諸神通種種示現乃至到於毘沙門宮大天王所或至阿羅迦槃多城亦能穿過彼城多有種種夜叉諸惡神等我亦曾經彼上飛過而此樹端我亦嘗經無量過度不曾有礙不失神通今日以誰威德力故令於我等退失神通不能得過彼等仙人即觀其樹遂見太子在樹陰下跏趺而坐威光巍巍顯赫難觀彼等見已作是思惟此坐是誰將非是彼大梵天王世間之主或復是彼吃沙那天欲界之主或天帝釋或毘沙門大庫藏主或月天子或日天子或復是於轉輪聖王或此坐者將非是佛出現世乎然今此人威德甚大爾時彼林守護之神告諸仙言諸仙人輩此非大梵世間天主非吃沙那欲界之主亦非天帝及毘沙門庫藏之主亦復非是日月天子此之太子名悉達多是淨飯王釋種童子諸仙當知大梵天王所有威德其吃沙那天主帝釋毘沙門王庫藏之主月天日天轉輪聖王諸威德等比悉達多太子所有一毫威德彼諸威德十六分中不及其一是故汝等至此樹林欲上飛過神通有限不能得度時彼諸仙聞護林神如是語已從虛空下住太子前各各說偈讚歎太子時一仙人而說偈言

世間煩惱火熾然　此能出生法池水
既得如是微妙法　滅彼煩惱火燼無

復有一仙而說偈言

世間愚癡甚黑闇　此能出生智慧光
既得如是微妙法　照彼昏盲一切世
復有一仙而說偈言
憂惱曠野大澤中　此大馱乘能勝致
既得如是微妙法　能度三有諸衆生
復有一仙而說偈言
一切世間煩惱纏　此能方便令解脱
既得如是微妙法　能脱一切諸結縛
復有一仙而說偈言
世間所有生死痾　此大醫師能救療
既得如是微妙法　能治一切生死疾

時諸仙人各各說偈歎太子已接足頂禮右繞三帀飛騰虛空相隨而去時淨飯王須臾之間不見太子心內即生不喜不樂而問人言我之太子今在何處（此上兩句梵本重稱）忽然不見是時諸臣東西南北交横馳走尋覓太子莫知所在時一大臣遥見太子在彼閻浮樹陰之下思惟坐禪復見一切樹影悉移唯閻浮陰獨覆太子時彼大臣見於太子有是希奇難思議事即大歡喜踴躍充徧不能自勝急疾奔馳走詣王所至已長跪依所見事即說偈言

大王太子今在於　閻浮樹陰下端坐
跏趺思惟入三昧　光明照耀如日出
此實眞是大丈夫　樹影卓然不移動
唯願大王自觀察　太子相貌坐云何
譬猶大梵諸天王　亦如忉利天帝釋
威神巍巍光顯赫　徧照於彼諸樹林

時淨飯王聞已即詣閻浮樹所遥見太子在彼樹間結跏趺坐譬如黑夜視山頂頭大聚

火光出猛明炎威德顯著炳照巍巍如重雲間忽出明月亦如暗室然大淨燈時王見已生大希有奇特之心徧體顫惶身毛悉竪即頭頂禮於太子足歡喜踴躍而作是言善哉善哉我此太子大有威德說偈讚曰

如夜大火聚山頂　似秋明月敞雲間
今見太子坐思惟　不覺毛張身戰慄

時淨飯王說偈讚已更復頂禮於太子足重說偈言

我今再度屈此身　頂禮千輻勝妙足
從生已來至今日　忽復得見坐思惟

時有輦挾筌蹄小兒隨從大王啾咲戲笑有一大臣咄彼小兒作如是言汝小兒輩幸勿唱吶時諸小兒報彼臣言何故不聽我等喧適爾時大臣即以偈頌答彼一切諸小兒言

日光雖極熱猛盛　不能迴彼樹陰涼
復有最妙一尋光　威德世間無有匹
思惟端坐於樹下　不動不搖如須彌
悉達太子內深心　樂此樹陰當不捨

捔術爭婚品第十三之一

爾時太子漸向長成至年十九時淨飯王為於太子造三時殿一者暖殿以擬隆冬第二涼殿擬於夏暑其第三殿用擬春秋二時寢息擬冬坐者殿一向煖擬夏坐者殿一向涼擬於春秋二時坐者其殿調適溫和處平不寒不熱復於宮內後園之中堰水流渠造作池沼栽蒔種種衆雜名花所謂優鉢羅花波頭摩花拘勿頭華分陀利花為於太子作喜樂故復有無量無邊諸人各自職司侍衛太子或復有人按摩太子或復有人柔輭太子

或復有人以諸香油塗搽太子或復有人洗浴之時揩拭太子或復有人澡浴之時供香湯者或有染髮梳頭髻者或復有人執鏡照者或執塗香或執眼藥或復有執熏衣香者或執牛黃或執華鬘或復有執種種雜色微妙衣服立太子前常擬供奉太子著者其衣悉是迦尸迦衣執已曲躬須者即進其太子父輸頭檀王所著衣裹若迦尸迦外表則用其餘諸物太子不然所服之衣内外悉用迦尸迦作太子左右及執作人僮僕男女諸僕從等皆悉餧以粇糧之飯雜肉虀醬或臛或羹太子一身別置妙好香美粳粱精細揀擇羹臛雜薁百味蘭餚種種珍羞及諸餅果如是無量日別恒常晝夜修營各皆新造以擬太子又持白蓋覆太子上或畏夜戲零露風霜或復晝遊塵埃日照時淨飯王既見太子年漸向大心中復憶阿私陀仙受記之語集諸耆舊釋種大臣而作是言汝等親族曾聞知不我此太子初生之時召諸解相及婆羅門阿私陀等皆記之言其若在家定當得作轉輪聖王若捨出家必得成就於無上道而我等今作何方便令此童子得不出家諸釋親族即報王言大王今當速爲太子別造宮室令諸婇女娛樂嬉戲是則太子不捨出家而有偈說

阿私陀所記　決定無移動　諸釋勸立殿
望使不出家

如是方便我等釋種可得興盛能令一切恭敬尊重不爲栗散諸王所欺時淨飯王復語釋種諸親族言汝等當觀誰釋女堪與我太

子悉達爲妃爾時五百諸釋種族各各唱言我女堪爲太子作妃(上兩句梵本悉爾稱令器)時淨飯王復自思惟若我今日不共太子如是籌量忽取他女與其作妃脫不稱可則成違負若我令共太子語論太子意深終不肯道我今狐疑作何方便復更思惟我今可以種種雜寶作無憂器持與太子令太子用施諸女人密遣使覘觀察其意看於太子眼目瞻矚在於誰邊我即娉取與其作妃時淨飯王即遣造作雜寶玩弄無憂之器所謂金銀種種雜飾造已即於迦毘羅城振鐸唱言從今已去至七日來我太子欲見於釋種一切諸女見已欲施一切雜寶種種玩弄無憂之器城內所有一切諸女悉可來集於我宮門爾時太子六日已過至第七日於先出在王宮門前據筌蹄座是時城內一切諸女皆以種種雜寶瓔珞各嚴其身來集宮門欲見太子復欲受取種種諸寶無憂之器是時太子見諸女來即持種種寶器施與彼等諸女從四方來見太子者以是太子威德大故諸女不能正看太子但取寶器各各低頭速疾而過寶器盡已最後有一婆私吒族釋種大臣摩訶那摩其女名爲耶輸陁羅前後侍從衆多婢媵圍繞而來遥見太子眹眹注睛舉眉雅出瞻覩直盼目不斜顧漸進前趍來近太子如舊相識曾無愧顏即白太子作如是言太子今可與我雜寶無憂器來太子報言汝來既遲皆悉施盡彼女復更白太子言我有何過汝今欺我不與寶器太子荅言我不欺汝但汝後來自不及耳是時太子指邊有一所著印環

價直百千從指脫與耶輸陀羅耶輸陀羅白太子言我於汝邊可止直於爾許物耶太子報言我之所著自餘瓔珞任意所取彼女白言我今豈可剥脫太子只可莊嚴於太子身語於太子作是言已心不喜歡即迴還去爾時世尊成道已後尊者優陀夷而白佛言世尊云何如來在王宮時將身一切無價瓔珞脫持施與耶輸陀羅不能令彼心生歡喜佛告尊者優陀夷言汝優陀夷至心諦聽我當說之耶輸陀羅非但今世與其瓔珞令不歡喜其往昔來曾因少緣生瞋恨故雖復多種珍寶布施猶不歡喜優陀夷言甚奇世尊此事云何願爲我說爾時佛告優陀夷言我念往昔無量世時迦尸國內波羅柰城時有一王信邪倒見而行治化彼王有子造少罪𠎝

父王驅擯令出國界漸漸行至一天寺中共婦相隨居停而住時彼王子所將食粮皆悉罄盡王子遊獵殺捕諸虫以用活命所獵之處見一𪓟虫趂而殺之即剥其皮肉水中煮其欲向熟汁便竭盡是時王子語其婦言肉未好熟卿更取水彼王子婦即便取水婦去已後王子飢急不能忍耐即食𪓟肉一切悉盡不留片殘時王子婦取水迴還問其夫言此中𪓟肉今在何處王子報言𪓟忽然活今已走去其婦不信何忽如是𪓟煑已熟云何能走婦心不信而意思念必是我夫飢急食盡誑我言走情懷瞋恨心常不歡於後數年其父命終時諸大臣即迎王子灌頂爲王既作王訖所得衆寶及諸奇珍種種衣裳無價之物皆悉與妃其妃雖納而面顏色不悅如

前爾時彼王語其妃言我一切寶無價之物以持賜妃何故顏色而不歡悅如前不異時其夫人即說偈頌以報王言

最勝大王聽　往昔遊獵時　執箭或持刀
射殺野鼉死　剝皮煮欲熟　遣我取水添
食肉不留殘　而誑我言走

告優陀夷此汝當知爾時王者我身是也其王后者今日耶輸陀羅是也我於爾時少許犯觸續於後時多以財寶與望和適而其懷恨猶不歡喜今日亦然雖將無量諸種錢帛亦不能令其心歡喜時淨飯王所遣密使察太子者一心覩於太子眼目其所瞻矚共於諸女相當語對而彼密使委悉皆知知已即時往詣王所而白王言大王當知有釋大臣摩訶那摩其女後來太子共語數番往復兼且微笑停住少時調戲言語太子彼女二顏俱悅彼此答對四目相當時淨飯王聞彼密覩如是語已心內思惟太子意欲得彼女耶時淨飯王看好吉宿良善之日即喚國師婆羅門來使向釋種摩訶那摩大臣之家而作是言知卿有女今可與我太子作妃是時國師聞王語已即詣釋種摩訶那摩大臣之家作如是言摩訶那摩王勑如是時釋大臣報國師言我釋迦法相承如是若有技能勝一切者於彼人邊即嫁女與若無技能不得與女大王太子生長深宮躭湎嬉戲未曾學習無有技能弓射天文兵書戎仗一切戰鬪捔力拳揓悉未工閑我何故今無藝人邊而嫁女與是時國師聞是語已還至王所將如是語具白於王時淨飯王聞此語已心懷愁惱

如是思惟摩訶那摩此語如法向我實論無一虛妄雖作是念而王内心悵怏默然迷悶而住其狀如似坐禪思惟太子是時見父王面失於容色悵怏不歡猶如坐禪思惟一種見是事已漸至王所而問王言未審父王以何緣故如是愁惱獨坐思惟作是語已時淨飯王答太子言子不須問我如此事太子再問父王重止太子如是三問父王大王要須報我所以解我心疑時淨飯王三見太子問如是事即向太子如前所說太子知已問父王言父王頗知父王城内有人能出與我共試技藝以不時淨飯王聞此語已即大歡喜踊躍徧身不能自勝即更重審問於太子作如是言善哉太子汝實能捔諸技藝不太子答言大王善聽我今實能大王但當速集諸

釋一切童子共我捔試諸有技藝時淨飯王勑迦毗羅城内街巷四衢道頭悉教振鐸大聲唱令從今以去計至七日我之儲宮悉達太子今欲出其所有諸技若有解者悉令聚集共捔試看時六日過至第七日五百釋種諸童子等悉達爲首並皆聚集聚集訖已相共出城至一寬地是諸童子出技能處時釋大臣即好莊嚴耶輸陀羅爲上勝者作如是言誰能善通一切技藝最勝上者即以此女與其作妻時淨飯王共諸釋種耆舊長德於先而至復有無量無邊雜姓男子女人童男童女皆悉聚集詣彼試場寬地之所欲觀太子及諸釋種一切童子捔試技能誰最爲勝是時有諸釋種童子文學快者先共太子試於手筆時有釋種相共謂言今者宜令毗奢

毱多爲作試師即語之言汝可觀察諸童子內手筆誰勝或復快書疾書善書解多種書爾時毘奢蜜多大師先知太子於諸書中最勝最上熙怡微笑而說偈言

一切人間及天上　乾闥脩羅迦樓羅
所有文字諸書典　太子徧歷皆通達
我身及以汝等輩　不知如此書籍名
人間悉解我試來　定知其勝汝不如

爾時彼等釋種徒衆詳共齊白淨飯王言我今已知大王太子於書典中最爲勝上筭計須試得知誰明是時衆中有一最大筭計之師名頞誰那一切筭計最爲第一時釋衆喚頞誰那來將往試驗語言尊者汝好觀看諸童子中是誰筭計爲最第一時太子筭令一釋種明了童子對下筭籌而不能供更二童子下猶不供三童子下亦不能供乃至一十童子俱下而亦不供二十三十四十五十一百共下而亦不供二百三百四百五百一時盡下猶尚不供是時太子作如此言汝等今筭我當爲下時一釋種童子唱筭太子爲下不能筭得太子復言二人雙計復不能及太子復言乃至一百一時共計猶不能及太子復言汝等何假如是相競但此等輩一切一時各自計唱我當爲下時諸釋種五百童子一時俱唱太子爲其一時齊下如上所數從於一起乃至盡數太子不錯亦復不亂安詳審諦次第而下彼等一切諸釋童子盡力共筭不能及逮悉達太子萬分之一時頞誰那國大筭師心意驚怪極生歡喜而說偈言

善哉捷利深憶持　分明唱下無有錯

五百釋童稱解筭　一時共對不能當
如是智慧正念心　筭計疾速甚深奥
是等筭師計天下　巨海滴數悉應知
汝等默然且禁聲　不須與彼相捔競
其既解知如是術　應得共我相校量
時彼釋衆一切皆生希有之心從坐而起合十指掌頂禮太子謂悉達多太子大勝眞實大勝同聲復白淨飯王言善哉大王大得善利善生人間大王今生如是聰睿大福德子智慧之子舌根如是輕便囀滑成就口業時淨飯王熈怡微笑語太子言善哉太子汝今能共此頞誰那大筭之師計筭世間方便智能得相入不是時太子答父王言大王我能時淨飯王語太子言汝若能者當自知時時頞誰那大計筭師語太子言仁者太子汝知億上筭數以不太子答言我甚知之時頞誰那筭師復言汝知云何爲我說之太子答言凡入億中筭計數者汝等諦聽我今說之一百百千是名拘致(此數千萬)其百拘致名阿由多(此數十億)百阿由多名那由他(此數千億)百那由他名波羅由他(此數十萬億)百波羅由他名唎迦羅(此數千萬億)百唎迦羅名頻婆羅(此數十兆)百頻婆羅名阿芻婆(此數千兆)百阿芻婆名毘婆娑(此數十萬兆)百毘婆娑名鬱曽伽(此數千萬兆)百鬱曽伽名婆訶那(此數十京)百婆訶那名那伽婆羅(此數千京)百那伽婆羅名帝致婆羅(此數十萬京)百帝致婆羅名畢婆娑他那波若帝(此數千萬京)百畢婆娑他那波若帝名醯兜奚羅(此數十姟)百醯兜奚羅名迦羅逋多(此數千姟)百迦羅逋多名醯都因他羅陀(此數十萬姟)百醯都因陀羅陀名三曼多羅婆(此數千萬姟)

百三曼多羅婆名伽那那伽尼多(此數十秭)百伽那那伽尼多名尼摩羅闍(此數千秭)百尼摩羅闍名目陀婆羅(此數十萬秭)百目陀婆羅名阿伽目陀(此數千萬秭)百阿伽目陀名薩婆婆羅(此數十壤)百薩婆婆羅名毘薩闍波帝(此數千壤)百毘薩闍波帝名薩婆薩若(此數十萬壤)百薩婆薩若名毘浮登伽摩(此數千萬壤)百毘浮登伽摩名婆羅極叉(此數十溝)入於如是筭計之數其須彌山若欲筭知斤兩銖分悉可得知自此已上復有一筭名陀婆闍伽尼民那此之已上復有筭計名奢槃尼此尼已上復有筭名波羅那陀此上復有筭名伊吒此上復有筭名迦婁沙吒哩多此上復有筭名薩婆尼差波至於此計恒河沙等一切筭數總覽盡收此上復有筭計數名阿伽婆婆此數數於一恒河沙億百千萬恒河沙數計取悉皆總入於此而於此上復更有計名波羅摩㝹毘婆奢時頞誰那大計筭師語太子言如是已知其入微塵數筭之計更復云何今亦須知太子答言汝等諦聽我今說之凡七微塵成一窻塵合七窻塵成一兔塵合七兔塵成一羊塵合七羊塵成一牛塵合七牛塵成於一蟣合於七蟣成於一虱合於七虱成一芥子合七芥子成一大麥合七大麥成一指節累七指節成於半尺合兩半尺成於一尺二尺一肘四肘一弓五弓一丈其二十丈名爲一息其八十息名拘盧奢八拘盧奢名一由旬於此衆中有誰能知幾許微塵成一由旬(依此數計得二百八十四里一百三十步)時頞誰那大筭計師報太子言大德仁者我尚不知如是之數我今聞說猶生迷悶況復

自餘少智少聞愚癡之人雖然唯願太子爲

我等說幾許微塵成一由旬

佛本行集經卷第十二

音釋

㮯古伯切軶也　喘呷喘尺兖切疾息也呷呼甲切吸也　墢快厥切發工也　豸池爾切蟲無足曰豸　鞅於兩切牛羈也　胭於乾切喉也　坌蒲悶切塺埆也　揵陟揵渠焉切陟竹力切　矚眄矚之欲切視之甚也眄彌典切邪視也　輻方六切　筌蹄筌此緣切魚笱也蹄徒奚切兔弥也　挾胡頰切持也　啾呹啾將由切呹余質切　呴音吼虓聲也　餧於僞切飼也　齏祖奚切齏菹菜肉之通稱　臛虛郭切羹臛也有菜曰羹無菜曰臛　覘丑廉切闚也　娉匹正切娶問也　媵實證切從嫁女曰媵　睋吳哥切望也　盼普患切視也　闚去規切規也　罄苦定切空也　湎彌典切溺也　頞烏葛切　秭將几切　呷音甲

佛本行集經卷第十三

隋天竺三藏法師闍那崛多譯

捔術爭婚品第十三之二

爾時太子報頞誰那大筭師言汝等諦聽其一由旬微塵多少漸漸積滿一阿㝹婆如是更復一那由他更復二十億那由他百千復六十億百千復三十二億復五百千復一百千如是等數微塵多少總計足滿此一由旬如是次第展轉而數由旬大小此閻浮提縱廣正等七千由旬西瞿耶尼八千由旬東弗婆提九千由旬比鬱單越十千由旬是一三千大千世界由旬之數縱廣如是次第大小依此由旬如是計取若千百由旬若干千由旬若千百千由旬其一由旬復有若干微塵之數總計可得所以者何此之計數過一切數故名筭計不可數得不可計知諸微塵等三千大千世界之內所有之者時頞誰那大筭計師及諸釋種一切宗族生大歡喜踊躍無量徧滿其體不能自勝身上唯留一箇單衣餘衣悉解以施太子復脫無量無邊瓔珞散施太子而讚歎言善哉善哉太子甚深快知快解如是次第於筭計中太子復勝所謂書數智計淵玄太子無比彼等諸釋而作是言我等已知今此太子於書筭中最勝無比其次戎仗兵法須試是誰最勝是誰最能爾時彼諸釋種宗族推其姓中一大臣名娑訶提婆置爲證察而白之言大德和尚願好用心觀何童子武仗之中誰最勝妙所謂不空及聞聲等射遠射剛挽强牽臂爾時戲場爲阿難陀童子置立安施鐵鼓去於射所二拘

盧奢以爲其表提婆達多童子所射安置鐵鼓四拘盧奢乃至爲於難陀童子安置鐵鼓六拘盧奢爲於大臣婆私吒氏摩訶那摩安置鐵鼓八拘盧奢如是次第自餘童子各各相去隨遠及近安置射表爲於悉達太子安置十拘盧奢牢剛鐵鼓以爲射表時阿難陀彎弓射彼二拘盧奢所置鐵鼓纔得中及以外更遠則不能過提婆達多童子所射四拘盧奢安置之鼓射而即著更不能過摩訶那摩大臣所射八拘盧奢鐵鼓得著遠不能過是諸釋子各各所立鐵鼓遠近悉皆射著其分已外不能越過爾時次第至悉達多太子欲射有司進上所奉之弓太子暫欲以手施張按弓强弱拼弦牢靳其弓及弦應時碎斷悉達太子即便問言此之城内誰有好弓堪

我牽挽禁我氣力時淨飯王心懷歡喜即報言有太子問言大王言有今在何處王報太子汝之祖父名師子頰彼有一弓見在天寺常以香華而供養之然其彼弓一切城内釋種眷屬乃至不能施張彼弓況復牽挽太子語言大王速疾遣取弓來是時使人將彼弓來既至衆中先持授於一切釋種諸童子輩所執之者不能施張況復欲挽其後次將付與摩訶摩那大臣時彼大臣盡其所有一切身力不能施張彼弓之弦況復牽挽然後乃將奉進太子太子執已安坐不搖微用少力不動身體左手執弓右手捋弦以指纔挽而響作聲彼聲徧滿迦毘羅城城内所有一切人民悉皆恐怖各各問言此是何聲或復有人從他聞言悉達太子取其祖父師子頰王

所用之弓而暫施張牽挽作聲爲此因緣淨飯大王將於無量無邊諸物用供太子是時太子施張彼弓右手執箭出現如是微妙身力牽挽彼箭平胸而射過阿難陀及提婆達多乃至大臣摩訶那摩三人等鼓其箭射達十拘盧奢所安置處皆悉洞過沒於虛空爾時諸天在於虛空而說偈言

如是最勝善地中　坐於往昔諸佛座
摩伽陁國人民衆　今覩利箭善勝弓
六度成就智慧力　降伏一切諸怨敵
天魔煩惱及陰等　當得常樂我淨因
不退菩提眞實道　永斷生死苦根栽
病老憂畏悉蠲除　證彼涅槃微妙智

爾時諸天說是偈已各將種種天妙雜花散太子上散已忽然沒身不現是時太子所射之箭天主帝釋從虛空中秉執將向三十三天至天上已爲此箭故於彼天中建立箭節常以吉日諸天聚集以諸香華供養此箭乃至於今諸天猶有此箭節日爾時釋種諸眷屬等復作是言悉達太子射技最遠已勝衆人今更須試射鞕之物是誰能過是時彼地相去不遠自然而有多羅樹行其中或有諸釋童子用一箭射即穿過於一多羅樹或有穿過二多羅樹或三或四及過五者是時太子執箭一射即便穿過七多羅樹彼箭穿七多羅樹已箭便墮地碎爲百段時諸釋種復更別立鐵猪之形其內或有釋種童子執箭射一鐵猪形過或二三四及過五者太子執箭一射便穿七鐵猪過七猪過已彼箭入地至於黃泉其箭所穿入地之處即成一井於

令人民常稱箭井時諸釋族復更立於七口鐵甕滿中盛水其中或有釋種童子熱燒箭鏃極令猛赤而用射於一鐵甕徹或二或三止至四五太子執彼燒熱赤箭一射便過七鐵水甕去甕不遠即有一大娑羅樹林其箭過已悉燒彼林一時蕩盡時諸釋族復作是言射鞭技能太子已勝今復試斫須一下斷其中或有諸釋種子手執利劒一下斫一多羅樹斷或二或三乃至四五太子之手執於劒已一下斫七多羅樹斷而彼七根多羅之樹雖復被斫其樹不倒彼樹釋種作如是言太子不能斫一樹徹是時色界淨居諸天即便化作大猛威風吹彼樹倒其次難陀將一束竹來太子前其內密置按摩所用鐵棒著中以奉太子太子見此一束之竹不謂其間

有於鐵棒不用多力左手執劒一下鈠斷譬如壯士手執利刀斫一莖竹或斫一箭如是如是太子鈠彼按摩鐵棒謂言竹束左手執劒不用多力一下斬斫隨時徹過時諸釋種復作是言已試斬斫太子最勝今復更須作諸象技跳擲上下誰復爲能其中復有諸釋童子從象鼻前跳上象背或有童子從脚跳上或有童子從尾跳上其跳上時或手執持麤大鐵棒或執鐵輪或執鐵排或執戟槊或執長刀左執跳上上已右接即以擲地太子跳時背立却走脚蹋象牙上於象項左手執持種種諸器或棒或輪或排或槊及以長刀左執右擲右執左擲而投於地諸釋種族既不能及復作是言今須馬上更共相試其中或有釋種童子手執槊騰上或執箭跳從於

一馬騎第二馬槃槊弄刀或復以箭射於指環或有遇中或不著者或有釋子跳過二馬騎第三馬乃至射著及以不著或跳三馬跳已即便騎第四馬射著不著或跳四馬騎第五馬及著不著太子是時手持於槊或執弓箭跳過六馬騎第七馬箭射乃至頭髮毛端皆悉得著如是次第或於車上示現輕便或現筋陡如是種種或試音聲或試歌舞或試相嘲或試漫話戲謔言談或試染衣或造珍寶及眞珠等或畫草葉和合雜香博奕摴蒱圍棊雙陸握槊投壷擲絕跳坑種種諸技皆悉備現如是技能所試之者而一切處太子皆勝時諸釋種復作是言我等今知悉達太子一切技能悉皆精勝今須相撲得知誰能是時太子却坐一面其諸釋種一切童子雙雙而出各各相撲如是次第三十二般諸童子等相撲各休却住一面次阿難陀忽前著來對於太子欲共相撲太子始欲手執難陀太子身力及威德力而彼不禁即便倒地其後次至提婆達多童子前行以貢高心我慢之心不曾比數悉達太子欲共太子捔競威力欲共太子一種齊等挺身起出巡彼戲場面向太子疾走而來欲撲太子爾時太子不急不緩安詳用心右手執持提婆達多童子而行擎舉其身足不著地三繞試場三於空旋爲欲降伏其貢高故不生害心起於慈悲安徐而撲卧於地上使其身體不損不傷太子復言咄汝等輩不假人人共我相撲饒汝一切一時盡來共我相撲爾時彼諸釋種童子一切皆起憍慢之心並各奔來走向太子

而欲撲之是諸童子各以手觸彼等以是太子身力復威德力各各不禁皆悉倒地爾時彼釋一切皆生奇特之心各相謂言希有希有從生已來不曾學習今日乃出於如是等種種諸技時彼場內所有人民觀看之者悉唱呼呼叫喚之聲或出種種諸異音聲弄珠瓔珞及衣服等於上虛空無量諸天同以一音而說偈言

十方一切世界中　所有勇健諸力士
悉皆力敵如調達　不及太子聖一毛
大人威德力無邊　暫以手觸皆倒地
聖者威神力廣大　汝等云何欲比力
假使不動須彌山　大小鐵圍甚牢固
并及十方諸山等　一觸能碎如微塵
鐵等强鞕金剛珠　及以諸餘一切寶
大智力能末如粉　況復撲此少力人

爾時諸天說此偈已將種種華散太子上於虛空中隱身不現如是次第悉達太子一切處勝時淨飯王知其太子所有技能皆悉勝彼一切諸人自眼既見心復證知踊躍歡喜徧滿其體心意適悅不能自勝以尊尚心勑喚白象瓔珞莊嚴辦具悉竟而作是言我息太子乘此白象將入城內彼大白象擬太子乘從城門出是時提婆達多童子城外而入見此白象而問人言此象誰許欲將何處其人報言欲將出城擬悉達乘欲入城內時提婆達以釋意氣種姓尊豪我慢興盛倚身力强縱逸放蕩無諸忌憚兼復妬嫉於彼象前少許地走便以左手執於象鼻右手築額一下倒地宛轉三帀遂即命終白象卧地塞彼

城門衆人往來不通出入道路塡咽調達過已於後又復有童子至名曰難陀相續而來欲入城內見此白象卧在城門死已大身塞於道路諸人民過不能得行即問諸人誰作是事人輩答言此大白象爲於提婆達多所殺左手執鼻右手築額一下倒地三旋命終難陀思惟提婆達多童子試其自身之力以殺白象但此象身極大極麤汙泥城門妨人出入即以右手執彼象尾牽取離門可七步許其難陀後次太子來欲入城內見此白象在於城門見已借問諸行人言誰殺是象衆人報言提婆達多一築而殺太子即言提婆達多此爲不善何故殺也太子復問誰牽離門衆人復言難陀童子以其右手執彼象尾而牽離門至於七步太子復言善哉難陀作事善也太子思惟彼等二人雖能示現其自氣力但此象身甚大麤壯於後壞爛臭熏此城作於如是思惟訖已左手舉象以右手承從於空中擲置城外越七重牆度七重塹既擲過已離城可有一拘盧奢而象墮地即成大坑乃至今者諸人相傳諮於此處爲象墮坑即此是也爾時無量無邊百千諸衆生等一時唱言希有希有如是之事甚大可怪各各皆唱善哉善哉大人大士希有奇未曾聞見而說偈言

調達築殺白象已　難陀七步牽離門
太子手擎在虛空　如以土塊擲城外

爾時大臣摩訶那摩見於太子一切技藝勝妙智能最爲上首而作是言唯願太子受我懺悔我於先時謂言太子不解多種技巧藝

能令我心疑不嫁女與我今已知願受我女用以爲妃爾時太子占良善日及吉宿時稱自家資而辦具度持大王勢將大王威而用迎納耶輸陀羅以諸瓔珞莊嚴其身又復共於五百婇女相隨而往迎取入宮共相娛樂受五欲樂是故偈言

耶輸陀羅大臣女　名聞蓋國遠近知
占卜吉日取爲妃　迎將來入宮殿內
太子共其受欲樂　歡娛縱逸不知猒
猶如天主憍尸迦　共彼舍脂夫人戲

爾時世尊得成道已尊者優陀夷白佛言世尊如來云何往昔之時初欲納於耶輸陀羅不以其生大家故取不以種姓大故而取不以富貴多財故取不以端正花色故取唯出技藝而取得彼耶輸陀羅用以爲妃是時佛答優陀夷言汝優陀夷至心善聽非但今日耶輸陀羅我取之時不以大姓尊豪故取乃至不爲端正故取唯用技藝而取得之往昔亦然優陀夷言世尊此事云何願爲說之爾時佛告優陀夷言我念往昔過於無量無邊世時波羅柰城有一工巧鐵作之師其有一女端嚴可喜身體正等面目廣平世所少雙多人敬愛爾時彼國波羅柰城有一長者其子可喜端正如前所說無異而於一時其長者子見彼工巧鐵師之女在於樓上牕內現面向外觀看彼長者子見此女已即生愛心彼長者子私心之中記此女已速往歸家告其父母作如是言某工巧家有於一女我意貪愛欲取爲妻彼子父母報其兒言汝今不須取此工巧鐵師之女汙辱我門我當別覓

長者之女或大臣女或居士女與汝爲妻彼長者子作如是言我求不用餘人之女以爲我妻我意唯欲取此工巧鐵師之女我若不得此女爲妻必自害身終不用活時長者子父母心愁畏兒没命即喚於彼工巧鐵師來至其家而語之言汝所有女今可嫁與我子爲妻工巧鐵師作如是言我今不與非工巧者共作婚姻其長者子父母答言仁者何用工巧之人共作婚爲莫愁汝女飢寒辛苦不豐衣食鐵師復言雖知如是但我今覓同類之人若解工巧我與彼女假令無大資財之具供取彼有工巧之技隨家所辦我即當與時長者子父母聞彼如是言已即語其子如前所説時長者子既共彼女心意相當兼復足解工巧之事精心細意快便作針即於別時造作多針以油脂洗善好明淨作一大束置竹筒中詣向工巧鐵師之家到近巷已在於道頭唱此偈頌以賣其針偈言

不澀滑澤鐵　光明洗清淨　巧人所造作
誰能買此針

爾時彼家工巧之女在於樓上牕門之內聞長者子説偈賣針聞已即復以此偈答長者子言

咄哉狂顛人　汝甚無心意　忽來鐵師舍
而唱欲賣針

時長者子更復説偈報彼女言

可喜端正女　我實非顛狂　性是巧智人
善能造針作　汝父若知我　妙解如是事
必將汝妻我　兼送無量財

爾時鐵師工巧之女聞長者子如是語已速

疾而往其父母前作如是言願爺孃聽外有一人如上說偈向父母陳善解造針高聲唱說時彼工巧鐵師父母即喚於彼長者子來入至家内而問之言善哉童子汝實善解造作針乎童子報言我甚能爲鐵師復言出汝針來我試觀看時長者子從竹筒裏拔出一針示彼鐵師此是汝看時彼鐵師既見針已作如是言善哉童子汝巧作針大能穿孔時彼童子語鐵師言此針非是竹筒所出别更復有勝於此者更出一針示彼鐵師鐵師看已復讚歎言大能善穿童子復言非此爲好更有勝者第三别復更出一針以示鐵師鐵師如前美言稱讚善能善穿童子復言此亦未精更有勝者第四更出一針以示鐵師看已復讚歎言大能造作大能鑚孔童子復言此猶未善更出一針示現鐵師看已復言善作善穿童子復言此非巧者第六復出一針以示鐵師復言此實最勝最妙善穿時長者子還取彼針置於手上一一次第下著水中而針悉浮時彼鐵師覩是希有未曾見事歡喜踊躍向長者子而説偈言

我未曾聞見　能造如是針　今以歡喜心　嫁女與於汝

爾時佛告優陀夷言優陀夷欲知爾時長者子者今我身是工巧之女今耶輸陀羅是當於爾時我取於彼以爲妻時不以大家不以種姓乃至不以端正故取但以工巧試驗故得今亦復然耶輸陀羅不以種姓端正故得乃至以於工巧而得

常飾納妃品第十四之一

爾時釋種所有童子皆悉端正殊妙可喜世間少雙多爲衆人之所樂見並皆先通一切諸技無有能勝所謂書畫筭計造印及聞聲著諸神射等一切悉解捷利巧智聰明黠慧彼童子内其悉達多最爲初首第二難陀第三即是提婆達多唯除於此童子三人餘更無勝時迦毘羅城内有一釋種大臣姓檀荼氏名曰波尼彼臣大富錢帛豐饒資財備具如法而得不違理求五穀七珍積如山嶽二足四足象馬牛羊奴婢僕僮作使受雇衆事自滿皆悉充盈復更别有無量無邊金銀瑠璃摩尼眞珠硨磲碼碯珊瑚琥珀如是等寶須者稱心無所乏少彼之大臣家内猶如毘沙門宮無有異也時彼波尼有於一女名瞿多彌彼女端正可喜少雙不短不長不肥不瘦不白不黑不偉不纖處在幼年爲國内寶時淨飯王聞其化内有釋大臣檀荼波尼有如是女聞已選擇良善宿日即喚國師諸婆羅門使向波尼大臣之家作如是言聞汝有女名瞿多彌彼女今可與我太子悉達爲妃其難陀父復聞大臣檀荼波尼有女欲爲悉達太子求娉爲妃聞已亦遣使人語彼檀荼大臣作如是言汝瞿多彌可與我子難陀作妻若不與者我必損汝提婆達多復聞檀荼波尼大臣有女欲爲悉達太子求娉作妃彼亦遣使語檀荼言汝瞿多彌今可媒嫁與我作妻若不與我我當爲汝生於大禍爾時檀荼波尼大臣如是思惟此等三人釋種童子皆悉端正可喜無雙一切技能並各具足悉達太子最爲第一其次難陀復爲第二提婆

達多即是第三我惟一女今若偏與悉達太子彼二童子必當爲我作大怨讎若與難陀則爲悉達及以提婆作於嫌隙若與提婆達多童子則爲悉達及以難陀構造怨惡是時檀荼波尼大臣如是不悅憂惱懷愁顏色不怡思惟而坐自念我今作何方便時瞿多彌見父如是默然而坐至其父邊而作是言阿爺今者何故不樂憂愁而坐作是語已其父報女瞿多彌言汝瞿多彌莫問此事非爾所知其女第二復問父言其父又報非爾所聞第三復問又報如前乃至第四其女重問阿爺必定須語女知不得藏隱爾時檀荼波尼大臣以女慇懃顧問不已第四乃報其女是言汝瞿多彌三問於我汝今諦聽我當說之今淨飯王遣使語我知汝有女名瞿多彌可嫁與我太子爲妃難陀童子復遣使來索瞿多彌持欲作婦若不與我必當損汝提婆達多亦遣使人索瞿多彌欲得作婦若不與我要當生禍彼三使人如是索汝我聞愁悶作是思惟與一太子則二童子與我作怨是故我今悵怏不樂懷愁而坐時瞿多彌語其父言阿爺莫愁我當自作智慧方便必使一人爲我作主事理雖然阿爺但且放女寛恣我當自嫁爾時檀荼波尼大臣聞瞿多彌作是言已即奏王知然後乃於迦毘羅城四衢道頭振鈴告白一切遠近從今日後至第七日釋種有女名瞿多彌當求自嫁誰欲取者過六日後至第七日當共集聚聞此語已至第七日五百釋種諸童子輩悉達爲首皆悉在於宮門集聚時淨飯王將諸耆舊釋種大臣

復有無量無邊人衆若男若女童男童女並皆集聚在王宮門是時悉達所有左右自餘童子所有左右皆共觀看瞿多彌女取誰作夫爾時釋氏女瞿多彌六日已過至第七日於晨朝時澡浴清淨將好種種微妙之香用塗其身著於種種雜色衣服種種瓔珞莊嚴其身復著種種香華之鬘多將徒從左右圍繞復有乳母及諸宮監部領導引前後遮擁漸至宮門安詳而行入宮門內彼諸釋種童子難陀提婆達多最爲上首皆於晨朝香湯沐浴以種種香用塗其身如前所說莊嚴之事唯除悉達不莊嚴身服於常服唯著耳璫頭上三重細金華鬘時瞿多彌有一乳母語瞿多彌作如是言女欲取誰以爲夫主其瞿多彌次第觀看五百童子報乳母言阿母當知此諸童子極大瓔珞莊嚴其身猶如婦女我女人意情下所見此相怯弱非是男兒大丈夫相此是婦女媚惑之飾男兒不假莊嚴其身丈夫相者自有服飾悉達太子自身威光不以瓔珞莊嚴其身非假外物用爲容飾自有內潤丈夫之相是故我心樂彼悉達以爲我夫時瞿多彌右手執持須摩那鬘徧歷大衆向悉達所到已立住將此華鬘繫悉達頸串已抱項而作是言悉達太子我今取汝以爲我夫悉達答言如是如是如汝所言是時悉達還復將一須摩那鬘繫於彼女瞿多彌頸作如是語我今取汝用以爲妃汝今應當作於我妃時淨飯王見於如是希有之事心生歡喜踊躍無量徧滿其體不能自勝時其衆中所有人民或有心中愛悉達者彼等

一切高聲唱喚跳踯躃轉大叫大呼大歡大喜舞弄珠璣衣冠服飾自餘諸釋五百童子及其左右彼等眷屬所圍繞者面失顏色慘慘無光皆悉不歡低頭赧愧各懷悵怏四散而還是時悉達稱意所有珍寶資財衆雜廣營種種禮事莫不辦具復以種種妙好瓔珞莊嚴顯飾瞿多彌身即遣使將五百婇女圍繞迎入宮內爲妃娛樂受於五欲之樂

佛本行集經卷第十三

音釋

拼（補耕切彈也）頰（居協切）捋（郎括切摩也）釤（所咸切）嘲（陟交切言相調也）謔（迄却切戲調也）攜蒱（攜丑居切蒱步孤切攜蒱博戲也）塹（七豔切繞城水也）詺（彌正切辯別物也）鑽（祖官切穿也）隙（綺戟切釁隙也）璫（都郎切充耳珠也）串（樞絹切貫也）躃（必益切）赧（奴板切面慙而赤也）

佛本行集經卷第十四

隋天竺三藏法師闍那崛多譯

常飾納妃品第十四之一

爾時世尊於後最初得成道已時優陀夷即白佛言未審世尊往昔之時與瞿多彌釋種之女有何因緣乃能令彼捨餘童子直取如來用以爲夫而心娛樂云何得爾時佛告彼優陀夷言汝優陀夷至心諦聽其瞿多彌釋種之女非但今世嫌餘釋童而樂於我過去世時亦復如是不用彼等諸釋童子取我爲夫時優陀夷即白佛言唯然世尊願爲我說此事云何我今樂聞爾時佛告優陀夷言我念往昔雪山之下多有雜類無量無邊諸獸群遊各各相隨任取所食時彼獸中有一牸虎端正少雙於諸獸中無比類者彼虎如是毛色光鮮爲於無量諸獸求覓欲取爲對各各皆言汝屬我來汝屬我來復有諸獸自相謂言汝等且待莫共相爭聽彼牸虎自選取誰即爲作偶彼獸即是我等之王時諸獸中有一牛王向於牸虎而說偈言

世人皆取我之糞　持用塗地爲清淨
是故端正賢牸虎　應當取我以爲夫

是時牸虎向彼牛王說偈答言

汝項斛領甚高大　止堪駕車及挽犂
云何將是醜身形　忽欲爲我作夫主

是時復有一大白象向於牸虎而說偈言

我是雪山大象王　戰鬭用我無不勝
我既有是大威力　汝今何不作我妻

是時牸虎復以偈答彼白象言

汝若見聞師子王　膽慴驚怖馳奔走

遺失屎尿狼籍去　云何堪得爲我夫
爾時彼中有一師子諸獸之王向彼特虎而
說偈言
汝今觀我此形容　前分闊大後纖細
在於山中自恣活　復能存恤餘衆生
我是一切諸獸王　無有更能勝我者
若有見我及聞聲　諸獸悉皆奔不住
我今如是力猛壯　威神甚大不可論
是故賢虎汝當知　乃可爲我作於婦
時彼特虎向師子王而說偈言
大力勇猛及威神　身體形容極端正
如是我今得夫已　必當頂戴而奉承
爾時佛告優陀夷言汝優陀夷應當悟解彼
時師子諸獸王者即我身是時彼特虎今瞿
多彌釋女是也時彼諸獸現今五百釋童子
是當於彼時其瞿多彌已嫌諸獸意不願樂
聞我說偈即作我妻今日亦然捨諸釋種五
百童子旣嫌薄已取我爲夫時淨飯王爲其
太子立三等宫以擬安置於太子故第一宫
内所有婇女當於初夜侍衛太子第二宫内
其諸婇女於夜半時供承太子第三宫内諸
婇女輩於後夜時侍奉太子其第一宫耶輸
陀羅最爲上首二萬婇女圍繞侍立第二宫
中摩奴陀羅（此言意持）而爲上首諸師復言此意
持妃唯聞其名不見現在及往緣事第三宫
内即瞿多彌而爲上首如是次第侍御太子
諸婇女等合有六萬復有師言侍太子者諸
婇女等合有十萬以爲三宫二萬悉是釋刹
利種所餘八萬並是衆雜異姓諸女時淨飯
王念阿私陀仙人所說故於宫内復更别造

一大好殿猶如秋雲霼靆光潤作事微妙實難思議順一切時而受快樂构欄閤道一切正等無有偏頗何以故恐畏太子處處遊行見諸濁穢復教宮內色别置立諸雜音聲各各千數其中所謂一千箜篌一千具箏一千五絃一千小鼓一千具筑一千張琴一千琵琶一千細鼓一千大鼓一千具笛一千具笙一千銅鈸一千具簫一千箄篥一千具篪一千具螺諸如是等一切音聲種别一千一千種歌一千種舞其手及聲常於宮內晝夜不絶猶大雲內出於隱隱甚深之聲如是太子在於最妙最勝婇女百千之中前後圍繞受諸快樂恭敬侍養一切皆以種種瓔珞莊嚴其身復以金釧七寶璅環串於手臂而作音聲猶如帝釋受諸玉女娛樂歌舞最勝最妙語言姿媚相矚相笑相抱相嗚相覩相眄或傾側顧或斜項看工解顰眉巧開頓睞五色綺靡四目便娟能令太子歡娛受樂不須遠涉出宮外遊如帝釋天玉女娛樂如是如是太子在於女寶之中受諸歡樂乃至其中諸婇女等巧解五欲常能沃弱令太子歡不聽更出至於宮外時淨飯王爲增太子諸功德故建立苦行斷於一切諸邪惡法行一切善布施諸物造衆福業備行苦行以此善根迴資太子爲令增長諸功德故願莫出家是故偈言

大王增長太子故　復以私陀受記因
苦行調伏捨諸非　恒共智臣坐思念

如是次第太子在於父王宮內唯獨一人具足五欲娛樂逍遥嬉戲自恣足滿十年不曾

外出爾時南方摩伽陀國有一大王姓𨻶連尼名頻婆娑羅畏懼怨敵心内恒愁集聚群臣常相議論作如是語汝等諸臣出入去來觀境内外莫使更有一人勝我若勝我者恐彼人來奪我王位時諸臣等即差兩人令巡境界時彼二人聞王勑已歷自境内及隣界首周帀欲還聞有人言從此已北有一最大高峻雪山彼山麓下有别種姓稱爲釋迦族内初新産一童子其人端正善得生地兼彼姓氏第一特尊眷屬豪强衆事具足身有三十一丈夫相亦復備於八十種好彼生之日有諸解相婆羅門等以授其記令此童子身體具有三十二相八十種好炳著分明其若在家必定得作轉輪聖王統四天下十善化民七寶充備不用兵仗自然歸降若捨出家

當得作佛多陁阿伽度阿羅訶三藐三佛陁十號具足乃至說於清淨梵行時彼使人復涉迴還即向其王頻婆娑羅白於是事乃至梵行如上所說是故大王及其幼年速當起兵滅彼童子莫令於後來奪我等大王之位作是語已摩伽陁王頻婆娑羅即告於彼二使人言卿等二人莫作是說何以故若如汝言脱彼童子必定得作轉輪聖王如法治化我當敬奉伏接隨從依彼威神我等受樂安隱治化若彼捨家得作佛者慈悲憐愍度脱衆生我等爲其作於聲聞受法弟子今觀如是二種果報福德因緣不可輿心加害於彼時淨飯王於其太子所住宫院周帀别更造立子城唯置一門名爲野獸彼門下關安施機發開閉之時有五百人扶持擁衞方得開

闔其門聲動聞半由旬次第二重中院宮閤亦開一門其關鍵鑰皆安機發開閉之時有三百人其聲聞徹一拘盧奢次至内宮太子坐殿復有一門鍵鑰累關亦安機發開閉聲接有二百人禦備轉嚴非人間比其聲聞及半拘盧奢彼之三門内外悉羅壯士防守身著鎧甲精鋭牢强手並執持種種戎具所謂弓箭鉞斧長刀矟戟三叉鐵槌鐵棒鬬輪槊矛禁衛宮闈如是警嚴恐畏太子捨離椒房踰越出家逃竄山藪

空聲勸厭品第十五

爾時虛空有一天子名曰作瓶彼天見是太子十年在於宮内受五欲樂作是思惟此之護明菩薩大士縱極多時在彼宮内受諸五欲莫爲貪著是五欲故心醉荒迷情放盈溢百年迅速時不待人護明菩薩今須覺察早應捐棄捨俗出家我若不先爲彼作於厭離之相則彼躭湎未有醒悟發出家心我今應當贊助其事爲成就故作瓶天子即於夜半而說偈言

身自被縛欲解他　譬若盲人引群瞽
己身解脱乃免彼　猶如有目能導人
善哉仁今年盛時　宜速出家今願滿
應當利益天人等　五欲行者不可厭
没溺六塵境捨難　唯有出世行大智
乃能厭離此五欲　是故仁今可捐棄
衆生多有煩惱患　仁當爲作大醫師
說妙種種法藥王　速疾將向涅槃岸
無明黑暗所障蔽　諸見羅網種種纏
速然智慧大燈明　早使天人得淨眼

爾時空中作瓶天子說此偈已威神感動發勸因緣復以太子宿世善根福德力故令彼宮內婇女技兒所作音聲歌曲不順五欲之事唯傳涅槃住持信解微妙之聲自然而述說於偈言

世間事無常　猶如雲出電　尊者今時至
應捨家出家　一切行無常　如瓦坏缾器
如借他物用　如積乾土城　不久便破壞
猶如夏泥壁　如河兩岸沙　緣生不能久
猶如燈出焰　生已速還滅　如風無暫住
急疾不曾停　恒常無真實　猶如芭蕉心
幻化誑人意　空拳誘小兒　一切諸行者
皆悉因緣生　各各有因緣　愚癡輩不覺
猶如人索繩　手木成因緣　如因子生芽
離子芽不生　二相離不成　復非常無常
諸行因癡生　彼不住無明　無明亦非彼
本性來空寂　生滅無體故　如印成印文
非彼非離彼　諸行亦如是　眼不離於色
識眼色因生　此三不相離　二亦不真實
空淨不淨法　眼等分別生　此顛倒分別
皆悉猶識生　若有巧智人　推求識所生
知彼無去來　知我如幻化　如兩木出火
第三因於手　若無此三因　則不得火用
若智推求者　彼亦無去來　諸方尋求已
不見火去來　陰入諸界等　因貪癡業生
和合因眾生　真如無眾生　咽喉脣口舌
而出諸文字　字非是咽喉　亦非離彼等
彼等和合故　出語隨於智　語言不在智
亦復無色形　生處及滅處　智人求不得
所觀悉空寂　語言如響聲　因木因諸絃

人智三合故　箜篌而出聲　彼聲三處無
若有智慧人　求彼聲來去　諸方求覓已
去來不可得　因及有緣者　諸行如是生
有諦了之人　空觀應如是　陰入及諸界
內外悉皆寂　求一切處我　如虛空無形
如是諸法相　仁於定光佛　往昔已證知
今爲天人說　顛倒分別故　欲等火焚燒
應起慈悲雲　施甘露法雨　仁昔於億劫
念施及持戒　我得無上道　聖財分諸世
尊者念往昔　聖財施貧窮　以將聖財攝
調御莫慳惜　仁昔持淨戒　窮急不偷財
願開甘露門　爲諸衆生說　憶念往昔行
當開地獄門　善開解脱路　戒行心願成
往昔修忍辱　聞他毀罵等　建立忍辱故
觀諸行悉空　念此往行故　世間瞋恚多
教住於忍辱　莫捨彼願力　仁昔行精進
當得我淨智　在於煩惱海　度衆到彼岸
念於往昔願　拔衆四苦河　出大精進力
度脱厄難等　往昔修習禪　爲斷諸煩惱
諸根不調者　教令調伏故　仁念於往昔
愍衆在煩惱　寂靜諸慧等　調伏彼諸根
仁昔修智慧　願破煩惱闇　愍衆在無明
開示眞如眼　仁念於往昔　衆生煩惱瞑
開無濁穢眼　仁最勝智慧　應愍諸衆生
方便教令出
三界生老病火熾　飢渴熱炎不曾休
應當爲世作大橋　濟渡令歸到彼岸
衆生流轉煩惱海　猶如蜂在竹孔間
三有循復若秋雲　上下往還無止息
亦如戲場諸幻化　又似山川逝水流

衆生老病死亦然　或生天人三惡道
諸有欲癡不自在　展轉五道無覺知
猶如陶師旋火輪　處處五欲自纏縛
猶如飛鳥犯羅網　亦如獵師布黐膠
貪他財寶無猒足　如魚吞餌遇鈎鈎
諍競忿怒結怨讎　煩惱染著受諸苦
五欲過患如利刀　亦如妙器盛毒藥
應當棄捨如糞穢　貪著愛戀失正心
是因諸有相續生　增長欲垢不曾斷
六塵境界災熾盛　猶如乾草猛火燒
速起捨離早出家　智人觀察諸欲境
可畏猶如猛火坑　亦如魁膾屠刀机
亦如深泥忽溺人　利刃蜜塗將舌舐
如觸虵頭及攪屏　聖人觀欲亦復然
如箭如槊如劒戟　如毒射肉難可食

一切怨讎欲為首　五欲功德如水月
如影亦如山谷響　亦如戲場衆幻師
猶如夢裏見喜事　智人見欲亦復然
境界諸塵悉空誑　怖畏不能得自在
譬如陽焰無有實　亦如水上聚浮漚
此事皆從分別生　智人應觀如是等
凡人處世年少時　端正可喜著諸欲
及至年老頭鬢白　為衆棄薄如枯河
富貴饒財多放逸　如是之人多樂欲
於後失財貧窮苦　以不自在捨於欲
如樹多饒華果故　衆人競來欲採摘
人喜布施亦復然　為他歸投無猒足
其人財盡年老至　從他乞求不喜見
色美財多氣力充　人喜愛見聚集樂
財盡行乞人不喜　年過僂脊手執杖

如雹折樹無人愛　如是可畏衰老法
汝當速出求正覺　自證已後爲人說
老病瘦損諸人輩　如摩婁迦繞大樹
衰老身力無精進　乾枯猶如朽爛木
老奪好色生惡色　怡悅顏面皮膚皺
老壞華色爲悴色　欲樂奪樂令無樂
老奪威勢到命終　衆病至如鹿投穽
汝觀世間百病已　速說解脫方便處
猶如冬天風雪雨　摧折樹木輭枝柯
世間老病多種生　諸根損瘦亦復然
老至令人盡倉庫　世間欺苦莫過老
死命鬼奪人氣去　如日沒山不復現
死命令人恩愛離　使人憎嫉不喜會
欲共恩愛之人合　忽失如葉墮大水
死至令人不自由　命去如水漂一草
人到彼世無有伴　隨其業緣而受有
死命鬼飲無量衆　猶如摩竭呑海舟
若金翅鳥噉大龍　如猛火燒乾草澤
如是苦惱逼切已　大士往昔起弘誓
念彼願力今時至　捨欲應當速出家
憶往昔行檀　戒忍及精進　寂靜禪智等
爲他不爲自　時至今願滿　速出復脫他
仁昔施諸珍　金銀及瓔珞　恒立無遮會
隨他所須願　乞子與其子　索孫即與孫
求女與他女　乞位捨王位　乞資財不違
仁昔作一王　名爲大聞德　復一大德王
名尼民陀羅　復名阿私陀　復名爲師子
此等諸王輩　布施千種財　昔復有大王
名常思諸法　復一大德王　名爲眞實行
此等思惟法　往昔有大王　精進名聞月

復有一王子　名曰福業光　庶幾大威德
得至知恩義　仁昔一大王　名爲月色仙
復名健猛將　次名實增長　次名求善言
次名有善意　次名調伏根　如是等諸王
法行大精進　仁往昔作來　仁昔作大王
名爲月光者　其次名勝行　其次名連毚
其次名方主　其次名健施　次名迦尸主
次名寶髻王　如是諸大王　即仁是非異
種種珍寶貨　來乞皆隨與　仁彼世財施
令勸捨法財　仁昔於過去　見佛如恒沙
彼諸佛世尊　仁悉曾供養　無量供養具
布施無慳悋　求道不休息　衆生解脫故
今正是其時　速出莫住家　仁昔初覩佛
名曰不空見　持毘奢迦華　喜心供養彼
往昔有一佛　名毘盧遮那　一時歡喜視

往昔有一佛　名曰微妙音　將一阿梨勒
供養彼世尊　往昔有一佛　名曰白栴檀
立於彼佛前　闇然一草莖　往昔見一佛
名曰連毚者　欲入大城時　一掬末香散
次佛名法主　說法唱善哉　聞法言快談
仁稱說無虛　尊應當供養　其次覩一佛
名曰普示現　仁見讚歎彼　其次有一佛
名曰熾盛分　仁以歡喜故　觀察彼佛身
又將金華鬘　供養於彼佛　今可憶念彼
勿令心忘失　其次有一佛　名曰光相幢
持一掬小豆　用供養彼佛　往昔有一佛
號名曰智幢　仁持輸迦華　以供養彼佛
次復有一佛　名曰調伏車　仁見彼佛已
於前立讚歎　次佛名寶勝　前然無量燈
施妙無量藥　佛名一切勝　曾施眞珠瓔

次見大海佛　布施諸蓮華　至蓮華藏佛
布施大帳蓋　師子兩佛邊　曾施輭草敷
於娑羅王佛　布施諸所須　到敷華佛前
布施微妙乳　耶輸陀佛所　施拘陀羅華
實見佛覩已　歡喜布施食　昔佛名智山
屈身禮彼佛　有佛名龍德　施彼佛已子
高飛空行佛　曾施栴檀末　次佛名帝沙
珍寶及赤華　曾供養彼佛　見大莊嚴佛
持瞻蔔香華　而供養彼佛　曾見光王佛
持衆寶供養　昔見釋迦文　持妙多銀華
而供養彼佛　其次帝釋相　見已喜讚歎
昔有佛名曰　廣大日天面　多持衆華嚴
供養彼世尊　其次復有佛　號名爲勝尊
持妙多銀華　莊嚴彼佛上　往昔有如來
名曰龍勝者　然燈照彼佛　富沙如來邊

曾施白氎敷　藥師王佛邊　持寶蓋供養
佛名大牟尼　復有師子相　世尊勝功德
持寶網供養　有佛名迦葉　雜音聲供養
昔佛名解脫　供養雜末香　寶相佛世尊
天華而供養　阿芻娑諸佛　勸請坐象轝
世間王尊佛　供養以華鬘　尸棄佛世尊
捨王位布施　有佛名難降　一切香供養
大燈尊佛邊　布施自身體　蓮華上佛前
布施諸瓔珞　法幢如來上　散諸妙華香
然燈世尊邊　五青蓮奉施　如是等諸佛
自餘無有量　難說不思議　往昔諸世中
仁並曾供養　復持無量種　最妙供養具
供彼過去佛　無有疲惓心　今念彼供養
思惟往諸佛　爲諸衆生輩　生慈解脫故
覺悟莫戀家　尊於過世時　在然燈佛所

供養彼佛已　逮得上無生　及獲五神通
復證順法忍　於後仁尊者　供養佛勝前
僧祇數僧祇　如是諸劫數　彼諸劫皆盡
諸佛亦滅度　仁往昔諸身　彼世中所受
種族及名字　亦皆悉滅無　諸行法非常
世間相不定　速捨空誑境　疾宜早出城
生老病死隨　難當甚可畏　猶如劫火起
炎熾燒世間　無常火亦然　燒盡一切世
如是諸苦逼　云何可暫停　應觀諸衆生
没在煩惱闇　愚癡無慧眼　不能自覺知
發大精進心　令功德圓滿　爲諸衆生輩
速出莫住家

時彼宮内諸婇女等作音聲時其音聲内皆出如是諸法之聲欲令太子猒離世間心生覺悟

出逢老人品第十六

爾時作瓶天子欲令太子出向園林觀看好惡發猒心故漸教捨離於彼宮中是時宮中所有婇女作諸音聲歌唱疲極自然次第更復讚歎園林功德其音稱言聖子諦聽園林之地甚可愛樂所謂其地布青軟草樹木可喜枝葉扶踈華果敷榮蓊鬱滋茂復有諸鳥所謂種種鴻鶴孔雀鸚鵡鸜鵒及拘翅羅鴛鴦等鳥出於如是微妙之聲爾時太子聞是聲已發出遊心即喚馭者而謂之言汝善馭者今可速疾嚴飾莊挍賢直好車我今欲向於彼園林觀看善地是時馭者聞此語已白太子言謹依教命不敢有違是時馭者速疾即奏淨飯王言大王當知太子今欲出向園林觀看善地時淨飯王出勑宣令迦毘羅城

一切内外悉遣灑掃清淨莊嚴除却土堆沙礫瓦石穢濁糞聚皆使端平以妙香湯灑散地上滅諸塵埃又以香泥用塗其地復持種種香華散上於諸街巷處處皆燒雜妙好香其諸街巷四衢道頭置滿瓶水安諸雜華以芭蕉樹處處莊嚴於諸樹間懸雜色旛復於樹上或以寶物或以繒綵作蓋作幢用莊嚴樹樹間復懸真珠瓔珞七寶羅網而覆其上其羅網目節節復懸金銀寶鈴和風吹動出微妙聲或以七寶作日月像及諸天形各持瓔珞厠羅網間於羅網間又復更懸白犛牛尾及雜毦等時淨飯王如是教勑雜妙莊嚴迦毘羅城精麗猶如乾闥婆城一種無異莊嚴城已復飾園林除却沙石及諸糞穢乃至交絡懸衆寶鈴如上所說其諸樹中有男名者以男瓔珞而莊嚴之若女名者以女瓔珞而莊嚴之復教打鼓振鈴徧告城内人言汝等悉皆除却道上或老或病或復死亡盲聾瘖瘂六根殘缺不具足者悉令驅逐但是心意所不好喜及非吉祥並令除辟勿使太子於路見之是時馭者莊飾車乘駕善調馬悉嚴備已白太子言聖子當知今已駕被車馬訖了正是行時可乘而出觀看善地爾時太子從座而起至輦乘所登上寶車上已秉持大王威神巍巍勢力從城東門引導而出欲向園林觀看福地是時作瓶天子於街巷前正當太子變身化作一老弊人傴僂低頭口齒疎缺鬚髮如霜形容黑皺膚色黧黮曲脊傍行唯骨與皮無有肌肉胭下寬緩如牛垂頡身體萎摧唯仰杖力上氣苦嗽喘息聲麤

喉內吼鳴猶如挽鋸四肢顫掉行步不安或倒或扶取杖爲正如是相貌在太子前順路而行太子見彼老人身體如是顫慄不祥衰相如上所說於太子先因苦匍匐太子見已即問馭者此是何人身體皺赧肉少皮寬眼赤涕流極大醜陋獨爾鄙惡不似餘人兼其頭顱髮稀脫落如我所見餘人不然又復眼深與衆特異口齒缺破無可觀瞻即向馭者而說偈言

善馭駕乘汝今聽　此是何人在我前
身體不正頭髮稀　爲生來然爲老至

爾時馭者因彼作瓶天子神力白太子言大聖太子如此人者世名爲老太子復問於馭者言世間之中何者名老馭者即事報太子言凡名老者此人爲於衰耄所逼諸根漸敗無所覺知氣力綿微身體羸瘦既到苦處被親族驅無所能故不知依怙兼且此人亦不能久非朝即夕其命將終以是因緣故名老壞即爲太子而說偈言

此老名爲大苦惱　劫奪美色及娛樂
諸根毀壞失所念　支節舉動不隨心

爾時太子聞此偈已問馭者言此人爲是獨一家法使其如是爲當一切諸世間相悉皆如斯是時馭者報太子言聖子當知此人非獨自一家法使其如斯但是一切世間衆生皆有是法太子復問彼馭者言我今此身亦當如是受老法耶馭者答言如是如是大聖太子貴賤雖殊凡是有生悉皆未過如是老法即今人身具有如是老弊之相但未現耳太子復問於馭者言若我此身不離是老老

法未過有是醜陋衰惡相者我今不假向彼園林遨遊戲笑宜速迴駕還入宫中我當思惟作何方便得免斯苦是時馭者答太子言如聖子勑我不敢違即迴車乘還入於城是時太子至其宫内坐本座上正念思惟我亦當老老法未過云何縱逸自放身心時淨飯王問馭者言汝善馭者今從太子從宫内出至於園中遊戲觀看恣情極目歡樂以不其馭者跪報於王言大王當知太子出遊至於半道勒駕迴還不到園苑時淨飯王問馭者言太子何故不至園林中道而返馭者答言大王當知太子欲向園林遊戲始至半路忽於道傍見一老人乃至身體戰慄拄杖或倒或起不能正行太子如是見彼人已即勑迴車還入宫内跏趺而坐正念思惟時淨飯王即心念言希有希有此之形相阿私陀仙受記語言必定真實決恐太子捨家出家我今宜應更爲太子增益五欲若其廣見五欲之事充足心眼染著情迷不出家者稱適我意時淨飯王即爲悉達加足種種五欲諸事悉令增廣使太子心著於愛樂不聽出家而有偈言

彼宫内中多受樂　欲出遊戲見老人
還入宫内心憂愁　嗚呼我未脱此老
父王聞此語言已　心思畏子捨出家
增益五欲及宫人　令著恩愛紹王位

爾時太子在於宫内充足五欲娛樂遊戲無有疑難尊重貴勝唯獨一人

佛本行集經卷第十四

音釋

牸疾二切凡獸育子者曰牸 懾質涉切震懾也 恤辛聿切振貧老曰恤 枸古侯切 筑張六切樂器似箏 篳篥篳畢吉切篥力質切篳篥笳管也 篪直離切管樂也 䀹卽葉切目旁毛也 麓盧谷切林屬於山爲麓 鍵 鑰鍵巨偃切戶鑰也鑰以灼切開下牡也 藪蘇后切 䊍正作黐 膠丑知切黐也膠古肴切膏也 餌而志切食也 魁膾魁枯回切膾古外切魁膾謂屠宰者 机居矣切椹也 舐神紙切䑛也 屏防正蒲徑二切厠也 穽疾正切陷坑也 鸜鵒鸜強魚切鵒余蜀切鸜鵒鳥名 翅矢利切 馭牛據切使馬也 犛莫交切長髦牛也 毦仍吏切罽也 傴僂傴於武切僂力主切傴僂背曲也 皺側救切皮細起也 黧黮黧隣知切黮他感切黧黮深黑色也 頡戶吳切牛頸下皮垂也 顫之膳切四支寒掉也 匍匐匍薄胡切匐薄北切匍匐手行伏地也 顱落胡切首骨也

佛本行集經卷第十五

隋天竺三藏法師闍那崛多譯

淨飯王夢品第十七

爾時作瓶天子以神通力欲令太子發出家心即於其夜與淨飯王七種夢相時淨飯王眠臥牀上於睡夢裏見如是相第一所謂夢見有一大帝釋幢其幢周帀有於無量無邊人輦從迦毘羅城東門出第二所謂夢見太子乘十大象駕馭衆車從迦毘羅城南門出第三所謂夢見太子駕駟馬車端坐其上從迦毘羅城西門出第四所謂夢見雜寶莊嚴一輪從迦毘羅城北門出第五所謂夢見太子在迦毘羅城之中央大街衢內手執一槌撾打大鼓第六夢見此迦毘羅城之處中有一高樓太子坐上四面散擲無量諸寶而其四方復有無量無邊億數諸衆生來將此寶去第七夢見此迦毘羅城外不遠有於六人舉聲大哭號咷流淚各以兩手自拔頭髮宛轉于地時淨飯王於夢裏見如是之相心大惶怖恐畏毛竪徧體顫慄驚悸疑怪忽然而寤覺已即喚所當宮內諸大臣來而勑彼等作如是言卿等知不我於今夜夢見如是大恐怖事七種次第如前所列皆悉說之復勑語言汝等善持此等諸夢莫令忘失明日坐殿可於衆內奏我令知而諸臣等聞王勑已即白王言謹如王勑實不敢違天曉王坐即於衆中具以夜夢諮奏王知時淨飯王聞臣白已即召國內善解占夢諸婆羅門而告之言汝等大智解我所夢有何果報我夢如是如前所說彼等大智諸婆羅門聞王勑已各

共思惟量宜可否而白王言大王當知我等未曾聞如是夢我等聞已心意迷荒不知此夢有何果報時淨飯王聞諸占夢婆羅門等作如是語心復憂愁作如是念或我太子不得作於轉輪聖王莫復得已而還墜落轉輪王位今我心內極大憂愁誰能決我如此疑結爾時作缾天子在於淨居宮殿之內遥見淨飯大王如是憂愁不樂見已忽然從彼天宮隱身而來化作一梵婆羅門身頭有螺髻以髮爲冠智慧聰朗端正盛少著黒鹿皮以爲衣服立在淨飯王宮門外唱如是言我能善解淨飯王夢決斷所疑時當門人聞婆羅門作此語已速疾往詣淨飯王所長跪諮白淨飯王言大王當知門外有一婆羅門立口稱是言我善能解一切諸夢時淨飯王即便勑喚此婆羅門令入宮中入已歡喜即宣勑問彼婆羅門作如是言汝巧智慧大婆羅門今知已不我於昨夕夜半之時見如是等七種夢相第一見有一帝釋幢無量無邊百千人民左右圍繞共舉此幢從迦毘羅城東門出乃至去此迦毘羅城道里不遠見有六人舉聲大哭以手拔髮我今恐怖心意迴遑夢相既然未知善惡汝可爲我一一解之時淨飯王作是説已黙然而住聽其解釋爾時作缾天子即白王言大王當知王所夢見一帝釋幢有於無量無邊人民左右圍繞共舉此幢從城東門而將出者此是大王悉達太子與於無量百千諸天左右圍繞當捨太子從宮閤内踰城出家此夢是彼於先瑞相又復大王所夢太子乘十香象駕駛衆車從城南

門而出行者彼出家已即便證得於薩婆若及以十力此夢是彼於先瑞相又復大王所夢太子乘駟馬車從城西門而出行者彼出家已證薩婆若具足而得四無所畏此夢是彼於先瑞相又復大王所夢雜寶莊嚴一輪從城北門而出行者彼出家已證得阿耨多羅三藐三菩提後於天人前轉於無上微妙法輪此夢是彼於先瑞相又復大王所夢太子在迦毘羅城之中央四衢道內手執一槌擊大鼓者彼出家已證得菩提轉法輪時諸天各各揚聲唱言其音上徹乃至梵天傳相告知響徧色界此夢是彼於先瑞相又復大王所夢太子在迦毘羅城之處中樓上而坐四面散擲種種寶者彼成阿耨多羅三藐三菩提已於諸天人八部衆前當散如是衆妙法寶謂四念處及四正勤四如意足五根五力七覺八道種種諸法此夢是彼於先瑞相又復大王所夢去此迦毘羅城其外不遠見有六人舉聲大哭手拔髮者太子出家當得阿耨多羅三藐三菩提得菩提已而於彼時有諸六師其心應當生大憂惱所謂富蘭那迦葉摩婆迦羅瞿奢子阿耆那只奢甘婆羅波羅浮多迦吒耶那刪闍夷裨耶私致只子尼乾陀若低子等此夢是彼於先瑞相爾時作缾天子爲淨飯王解說夢已白大王言大王宜應心生歡喜勿懷恐怖憂畏不樂何以故此夢吉祥獲善果報須自慶幸慎莫有慮如是安慰淨飯王已忽然不現時淨飯王聞婆羅門如是解夢說云吉祥善果報已即爲太子更重增加五欲之具令太子心染著愛

戀望不出家爾時太子在於宮内恣意而受五欲之事不可思議

道見病人品第十八

爾時作缾天子復更思惟此之護明菩薩大士在彼宮内著於五欲放逸情蕩已經多時世間無常盛年易失護明菩薩應當早捨宮内出家我今可先爲其作相勸請覺悟令速猒離如是念已作缾天子神通力故亦是護明菩薩大士宿福因縁坐於宮内忽然發心欲出園林觀看遊戲爾時太子召喚馭者而告之言謂善馭者汝可速疾莊嚴好車我欲出城向於園苑遊戲悦目觀看叢林是時馭者白太子言如聖子勑我不敢違馭者既聞太子如是教令語已即往奏白淨飯王言大王當知太子今欲出向園林觀看善地時淨飯王出勑宣令國内人民悉使莊嚴掃灑清淨迦毘羅城並遣除却一切諸草沙礫荊棘朽木土埠糞穢臭處皆令平坦乃至園内所有女名樹木之者還令以女瓔珞之具而莊嚴之男名樹木以男瓔珞而用校飾乃至道上於太子前或老或病不聽出現莫使太子見已生於猒離之想是時馭者莊校車已進太子言已嚴車訖唯願聖子善自知時是時太子即乘寶車乘已執持大王威神巍巍盛德從城南門漸漸而出欲向園林觀矚嬉戲爾時作缾天子即於太子前路化作一病患人連骸困苦水注腹腫受大苦惱身體羸瘦臂脛纖細痿黄少色喘氣微弱命在須臾卧糞穢中宛轉呻喚不能起舉欲語開口纔得出聲唱云叩頭乞扶我坐是時太子見彼病

人乃至口言唱扶我起太子見彼病患人已問馭者言謂善馭者此是何人腹肚極大猶如大釜喘息之時身徧戰慄臂脛纖輭身體尫羸瘦黃無色或復唱言嗚呼阿孃或復稱言嗚呼阿爺悲切酸楚不忍見聞依託他身方能起止時作缾天子以神通力教馭者報於太子言願聖子聽此名病人太子復問彼馭者言稱病人者此是何名馭者報言大聖太子此人身體不善安隱威德已盡困篤無力死時欲至無處歸依父母併已無處告訴已無歸依無告訴故此人不久自應命終欲得求活極大困苦必當不濟望覓瘥日無有是處唯待時耳大聖太子以是因緣故名病也而有偈說

太子問於馭者言　此人何故受是苦

馭者奉報於太子　四大不調故病生

太子復問於馭者言此人爲當獨一家法爲當一切世間衆生悉有是法馭者報言此之病法非獨一家一切天人衆生雜類皆悉未免太子復言我亦此病未過未脫會當似彼成如此事嗚呼可畏太子即告其馭者言謂汝馭者若我此身不脫是病具茲病法難得度者我今不假至彼園林遊戲受樂可迴車駕還入宮中我當思惟馭者答言如太子勑是時馭者既受教已迴車向宮是時太子還入宮內端坐思惟我亦當病病法未現豈得縱情時淨飯王問馭者言太子遊園受歡樂不馭者報言大王當知太子欲向城外出遊觀看池沼而於半路見一病人乃至口言願扶我起見已即勒迴車而還宮中靜坐思惟

繫念時淨飯王聞此語已心内思惟憶阿私陁仙受記之語決定眞實太子莫復捨家出家我今可爲太子更加五欲之事增長太子令著五欲不捨出家時淨飯王即益太子五欲之事復倍增長而有偈説

太子久住宫閤中　欲出向園受五欲
路見一瘦羸病者　便生猒離欲想迴
端坐思惟老患因　我今未超何得樂
色聲香味等諸觸　最妙最勝不可猒
大士昔行善業縁　今受極樂無有比

如是次第太子在於宫内之時具足而受五欲功德晝夜無絶

路逢死屍品第十九

爾時作缾天子復於一時發如是念此之護明菩薩大士在於宫内極意歡娯今時已至護明菩薩宜早出家我今可爲彼大士故勸請令出猒離五欲捨家出家是時作缾天子心欲勸發於護明故作意令從宫内而出向彼園林觀看善地是時太子告馭者言謂善馭者汝可速駕駟馬寶車我欲出城詣園遊戲是時馭者聞太子命即疾往奏淨飯王言大王當知太子欲出觀看園林時淨飯王勑令莊嚴迦毘羅城掃灑街巷荆棘沙礫朽木土堆糞穢瓦石皆悉淨除乃至園内所有諸樹是女名者女瓔珞嚴男名字者男瓔珞飾復振鈴鐸唱如是言莫令更有一人不祥在太子前或老或病乃至太子眼見之後生於猒離是時馭者即爲太子嚴備好車訖已進上白太子言聖子善聽莊校車訖唯願知時太子坐車威神大德從城西門出向於外觀

看園林時作䖍天子於太子前化作一屍卧在牀上衆人轝行復以種種妙色𮌎衣張施其上作於斗帳别有無量無邊姻親左右前後圍繞哭泣或有散髮或有搥胸或復拍頭交横兩臂或復二手取於塵土持坌面頭或出種種悲咽音聲淚下如雨大叫號慟酸哽難聞太子視之心懷慘惻問馭者言謂善馭者此是阿誰卧之牀上以種種華莊嚴圍繞乃至雜色𮌎摩衣服作於斗帳人轝而行大衆周帀稱寃叫哭說偈問言

王子妙色身端正　問善馭者此是誰
卧於牀上四人轝　諸親圍繞叫喚哭

爾時作䖍天子以神通力令善馭者報太子言大聖太子此名死屍太子復問善馭者言死屍是何馭者報言大聖太子此人已捨世間之命無有威德令同木石猶如牆壁無有别異捐棄一切親族識知唯獨精神自向彼世從今已後不復更見父母兄弟妻子眷屬如是眷屬生死别離更無重見故名死屍向於太子而說偈言

已捨心意等諸根　屍骸無識如木石
諸親號咷暫圍繞　恩愛於此長别離

太子復問善馭者言謂善馭者我亦有此死法以不又此死法我已超未馭者報言大聖太子太子尊身於此死法亦未免脫世間一切若天若人所有親族眷屬識知各各有是别離之事彼不見此此不見彼而說偈言

一切衆生此盡業　天人貴賤平等均
雖處善惡諸世間　無常至時無有異

爾時太子聞說此已報馭者言若我此身同

有是死死法未過又我即今不得見天及以天中所有眷屬彼等又亦不見於我我今何假向彼園林遊戲快樂可速迴車還入宮內我當思惟是時馭者聞太子命如是言已即迴車駕還向宮中爾時太子至宮內已端坐思惟我當必死既未能得超越死法繫念默然思惟如是世間果報會歸無常而太子初欲入宮時有一無智愚癡相師立在大王宮門之外熟視瞻仰太子面顏上下形容丈夫之相大聲唱言汝諸人輩一切當知從今日後至七日內此之太子七寶自然成就來應時淨飯王問馭者言汝善馭者引導太子至園林中頗得稱心受歡樂不馭者長跪奉報王言大王當知太子今出不至園林時淨飯王問馭者言太子何故不至園林馭者白言大王善聽太子出宮於其中道見一死人即在牀上四人扛舁乃至親屬圍繞哭泣見已即迴還入宮內思惟不樂時淨飯王聞此語已心內思惟阿私陀仙所記必實太子莫復捨我出家我今可更增益太子五欲之事令其染著勿使出家時淨飯王與其太子增加服玩種種充足而有偈說

無量劫海功德行　太子以見命終人
心大悵怏懷憂愁　還入宮內思當死
昔置此城宮殿妙　太子年盛極端嚴
五欲稱心甚自娛　猶在千目歡喜苑

如是次第太子在於宮內其足而受五欲恣意歡樂

耶輸陀羅夢品第二十之一

爾時作缾天子見太子出觀死屍迴猒離世

聞五欲之事還宫内坐經六日後復更如是
重思惟言此之護明菩薩大士以著五欲心
迷放逸不肯棄捐今時已至護明菩薩應須
速疾捨離出家我今可爲作勸請緣時作缾
天子爲發太子出家心故亦是作缾天子宿
福因緣感動自令太子興意欲向園林内遊
爾時太子召唤馭者而勑之言謂善馭者急
嚴駕乘我欲入園馭者受命即往啓奏淨飯
王言大王當知太子今欲出向園林遊戲觀
看時淨飯王勑令清淨種種莊嚴迦毘羅城
如前不異乃至振鐸告城内言莫使一人在
太子前老病及死六根不具令太子見生猒
離心馭者受教進好寶車太子知時即坐車
上威德尊重從城北門引駕而出爾時作缾
天子以神通力去車不遠於太子前化作一
人剃除鬚髮著僧伽棃偏袒右肩手執錫杖
左掌擎鉢在路而行太子見已問馭者言謂
善馭者此是何人在於我前威儀整肅行步
徐詳直視一尋不觀左右執心持行不似餘
人剃髮剪鬚衣色純赤以樹皮染不同白衣
鉢色紺光猶如石黛時作缾天子以神通力
教彼馭者白太子言大聖太子此人名爲出
家之人太子復問彼馭者言稱出家者此行
何行馭者報言大聖太子此人恒常行善法
行遠離非行善平等行善布施行善調諸根
善伏自身善與無畏能於一切諸衆生邊生
大慈悲善不恐怖於諸衆生善不殺害於諸
衆生善能護念於諸衆生太子以如是故名
爲出家太子復問彼馭者言汝善馭者此人
善能造作諸業何以故言法行者此是善行

乃至善能不害衆生是故汝今將車向彼出家人邊馭者承命白太子言如太子勑即引車向出家人所是時太子至已諮問彼出家人作如是言尊者大士汝是何人時作餅天子以神通力教彼出家剃髮之人報太子言太子我今名爲出家之人太子復問仁者何故名出家人彼復報言太子我見一切世間諸行盡是無常觀如是已捨於一切世俗衆事遠離親族求解脫故捨家出家作是思惟行何方便能活諸命此事知足善行法行乃至善能不行殺害一切諸命太子以如是故我名出家太子又言仁者所爲此業大善汝若能觀一切諸行是無常法能知如是乃至善與一切衆生無怖畏者乃至心能不起殺害於諸衆生又能活命施其安隱而有偈言

觀見世間是滅法　欲求無盡涅槃處
怨親已作平等心　世間不行欲等事
隨依山林及樹下　或復塚間露地居
捨於一切諸有爲　諦觀眞如乞食活

爾時太子爲敬法故從車而下徒步向彼出家人所頭面頂禮彼出家人三帀圍繞還上車坐即勒馭者迴還宫中是時宫内有一婦人名曰鹿女遥見太子歸來入宫因於欲心而說偈言

淨飯大王受快樂　摩訶波闍無憂愁
宫内婇女極姝姸　誰能當此聖子處

爾時太子聞此解脫偈頌聲已徧體顫慄淚下如雨心内愛樂涅槃之樂清淨諸根趣向涅槃而作是言我今應當取彼涅槃我今應當證彼涅槃我今應當行彼涅槃我今應當

住彼涅槃爾時淨飯王在宮殿内諸臣百官左右圍繞太子忽然入到王邊合十指掌曲躬而立白父王言唯願大王今可聽我我欲出家志求涅槃大王當知一切衆生皆有別離時淨飯王聞其太子作是言已如象搖樹徧體顫動支節怡解淚下盈目語聲嗚咽報太子言我子太子此意且停今非是此出家時我亦曾經年少之時諸根動時而亦未見世間衆患不行法行又亦未曾見諸惡欲而行苦行子起是心甚不堪忍我子童子年少之時心意未定諸根未伏而欲住彼阿蘭若時不堪苦行我子童子待我年老我若時至欲行法行我當捨國付子王位而入空閑行於苦行我子童子若子反逆不順我心違我語言行於法行子於現世得不善法以違尊語是故我子此精進心且急捨離住於宮中安意家内行於俗法我子童子凡世間人先須受於五欲之樂然後發意向出家心太子報言大王今者不可得障子出家心何以故譬如有人從彼焚燒熾然猛焰火宅之中欲走出者此是健人不可遮斷大王諸有生者會有別離若人覺知世間之中皆有別離而不能捐別離法者此非善利又如有人作事不成死時將至而不疾爲此非善智即爲父王而說偈言

若覩一切決無常　諸有之法終散壞
寧忍世間諸親別　死命欲至事須成

時淨飯王更復殷勤重語太子我子童子決定不得捨我出家又諸大臣依昔世論各以所見諫太子言大聖太子可不聞乎劫初已

來韋陀論中昔諸王輩年少之時各在自境如法治化至年老時嫡胄相承各將世子以紹王位然後向山修行法行以是義故大聖太子不得獨違先王之法時淨飯王聞諸大臣作是語已淚下如雨一心諦觀太子之面眼睛不瞬是時太子心內狐疑憂愁不樂還入宮中太子至宮諸婇女等遥見太子皆悉歡喜從座而起或手合掌或面嬌姿或舞或歌或身承奉見太子坐各以欲心妖態熾盛圍繞太子相共娛樂如自在天在於宮內威德巍巍衆相顯赫歡樂亦然爾時太子以共同生諸相諸好一齊等者恒常莊嚴日夜遊戲又見太子如是諸相顯赫炳著心生如是希有之想此是月天自下於地彼等婇女見於太子如是相貌極起羨心或復揚眉或有目視或口切語或手相招以是太子威神力故令其欲心不能熾盛復不能笑太子亦從父王邊出時淨飯王即喚馭者而告之言謂善馭者太子不至彼園林乎馭者報言大王當知太子欲向彼園林中於其半道見有一人剃除鬚髮身服染衣執杖持鉢見彼人已迴車入宮端坐思惟爾時淨飯王聞是語已如是思惟大仙私陀言不虚妄定恐太子捨家出家我今更可增益五欲令其染著勿使出家時淨飯王更加五欲教行宮內心受快樂不許出家重説偈言

太子道見出家人　身體著衣樹皮染
覩已志求無上道　深心唯樂在出家
觀老病死苦無邊　又見出家乞食活
猒離世間捨三患　慕樂解脱求無爲

生老病死諸瘖瘂　太子欲離彼等苦
道上見彼出家者　心生大喜此是眞
欲捨貪等諸恚根　我應剃除入山藪
太子欲求至眞法　見彼沙門大喜歡
乘善駟馬調御車　欲出三界故觀苑
半路見彼捨俗服　心喜此是上菩提

爾時淨飯王更爲太子廣設五欲所有功德事事加益悉使增多復於舊宮城郭之外四面周帀守護牢防別更築於崇巨高壘繞於舊院坑塹極深其墉堞頭安置種種七寶羅網羅網節目悉懸鳴鈴宮閤門扉嚴加禁衛晨夕出入開閫之時使有大聲聞徹四遠門外復置無量兵車象馬及人團隊相捉皆被鞍甲悉使精牢其次復於宮院之外安置無量百千壯士形容端正可喜無雙悉能破他所有怨敵身帶甲冑手執三叉弓箭長刀戟槊矟棒諸如是等種種武仗防護太子內外城門復教宮內嚴加約勑諸婇女等晝夜莫停奏諸音樂顯現一切娛樂之事所有女人幻惑之能悉皆顯現以欲枷縛使著欲心勿捨出家

佛本行集經卷第十五

音釋

撾陟瓜切擊也　悸其季切心動也　裨賓彌切　若低昔而者切　埠正作堆都回切土聚也　釜扶甫切鑊屬　尩烏光切弱也　痿於爲切痹濕病也　轝羊諸切對舉也　扛舁扛古雙切舁羊諸切扛舁共舉也　髭即移切口上鬚也　紺古暗切深青含赤色也　黛徒耐切青黛也　嫡胄

嫡都歷切正長曰嫡胄直佑切裔也**瞬**舒閏切目動也**壘**魯水切城壁也**墉**餘封切城也**堞**徒協切城上女垣也**闔**胡臘切閉也**穳**作管切鑹也

佛本行集經卷第十六

隋天竺三藏法師闍那崛多譯

耶輸陀羅夢品第二十之二

爾時國師有於一子名優陀夷聰明智慧衆論辯巧時淨飯王即遣喚彼優陀夷來來已王語作如是言汝優陀夷黠慧多智今可往侍悉達太子以方便力教我太子令心安隱愛樂宮中勿使猒離捨欲出家時淨飯王更復召喚一切釋種眷屬聚集而語之言汝等宗族我意疑慮悉達決定不住家居汝等今者佐助於我作何方便令其不離時諸釋種報大王言我等詳共守護太子其有何力能強出家爾時淨飯王及諸釋種於迦毘羅城東門外安置五百勇健童子善能用兵巧解神射多有方便悉皆大力猶如壯士力敵少雙一一童子有五百車而自圍繞一一車邊復有五百勁健壯夫各各圍繞如是次第南西北門亦復如是乃至各有五百人防如上所說復有宿老諸釋大臣悉皆各住十字街巷四衢道頭遞共守護悉達太子時淨飯王別置五百最勝壯健諸釋侍官其身悉皆帶持鎧甲乘象乘馬四面圍繞淨飯王宮各各在於閤門內外通夜持更爾時國大夫人摩訶波闍波提憍曇彌在於宮內集聚婇女而語之言汝等當知從今以去晝夜莫睡將諸明寶置高幢上勿令夜暗又復處處別然酥油香燈蠟燭恒教覆火勿使滅無諸門管鑰好牢關閉非時不得令人橫開身體莊嚴皆著瓔珞各各連手猶如鉤鎖相捉而住圍繞太子莫聽浪行若執弓刀或持叉棒或柱戟

槊如是坐立或執或對種種器仗晝夜用心勿令不覺太子行動彼若出家我宮空虛無可娛樂時優陀夷國師之子侍衞太子入儲宮內見於太子住於殿中思惟而坐宮內婇女皆悉默然見如是已語彼諸女作如是言汝等一切巧解談論語言戲謔善承人意變態爲歡端正可憐世間無比各各自有如是技能今日云何默然而住可忘失耶如是功能應當如彼北鬱單越國土所作莊嚴之事又復汝等堪爲北方毘沙門天護世大王而作妃后況復人間宮內不堪汝等婇女豈可令此太子離欲若如汝等猶能令於真正聖人教行五欲況復今日不能令此釋迦太子染著世間汝等婇女能作美言迴怒令喜巧取他心婦人之身所有方便幻惑之術假使女人亦能行欲況復男兒不著汝等若世間人得共汝等同於一處能不行欲終無是處而說偈言

汝等婇女輩　大有方便力　巧能幻惑他
善示汝境界　假使離欲人　真正諸仙等
得見於汝者　必應生欲心　況復此太子
觀汝等娛樂　不能行五欲　終無有是處

如是汝等自境界中巧解方便我見汝等具足皆有如是方便而遂不能令王太子於汝等邊欲心染著我甚不悅汝等更可人人加意出巧方便而令悉達太子見已於汝等邊別生欲心勿令猒離汝等婇女可不聞乎昔迦尸國有一仙人名提波耶那(此言埏上生)被孫陀梨婬女誑惑而彼仙人如天無異諸天猶尚不能奈何被孫陀梨婬女惑故隨彼步行

來入城中又復往昔有一仙人名爲獨角仙人之子生小已來未經欲事當於彼時有一婬女名曰商多（此言寂定）誑惑彼仙遂令失禪及五神通又復昔有仙人名曰毘商蜜多（此言化支）多時苦行經於十年無所噉食當於彼時有一婬女名彌迦那（此言一者）極大端正彼仙亦復被其誑惑諸如是等大神仙人多有被於諸婬婦女之所誑惑牽取教行世欲之事況復今日悉達太子盛壯少年身體柔輭大王之子善解諸事汝等至心承事供奉令於汝等生染著心勿使其斷王之體胤彼等婇女於國師子優陀夷邊聞是語已向於太子示現種種巧媚幻惑令生增上勝妙欲心或有婇女示現舞形或有婇女出微妙聲唱頌歌讚或作音樂或出可笑奇異面形或造百種語言辭句或復有於太子之前示現逶迤巧妙行步或復有將雜異種種妙好鮮華以奉太子或作種種百和之香塗太子身或於口中吹指造作種種鳥聲或復諂白作如是言聖種王子願聽我等所作種種世俗欲情語言朝調而王太子在於宫内聞如是等諸種欲戲作是思惟世間之中被其苦逼所謂生老及病死等惱患既然不知猒離捨彼等苦求歸依處我今云何巧作方便能捨此等世間諸苦生老病死又復彼等諸婇女輩多種示現歌舞音聲或復種種諸妙欲事而彼悉達太子見已不生希有戀著之心時宫女中有一婇女自手將一末利華鬘前出繫於太子頸下而太子眼熟視不瞬覩彼女人即還自解末利華鬘解已手持從牕牖中擲棄於外

時國師子優陀夷見太子端坐正念思惟不著世間有爲境界又不染愛妙色聲香如是見已其優陀夷聰明智慧巧解種種殊方善論諫太子言大聖太子我被大王勅來至此友娛太子我今諮白願太子聽我以太子於世事中心意不動而說偈言

我略說友相　惡諫善勸行　厄難相救濟　是名眞善友

時優陀夷說此偈已復作是言大聖太子我今既是聖子之友諸事好惡須共平量見異默然而欲捨我不名爲友是故我今欲向太子有所諮白依如友心惟願領納太子當今盛壯年少我今觀看太子之心不作善事而欲捨離諸婇女等嫌恨其邊有何可惡凡繫縛心隨順是也愛著之情欲能爲本婦女之體唯以丈夫敬重爲歡若太子心必不愛著五欲之事世間富貴榮華是難但當以口美言善語慰愍喻官人令其意悅而說偈言

婦人敬是樂　敬爲樂最上　無敬惟有色　如樹無有花

爾時太子從國師子優陀夷邊聞是語已即作種種善巧語言哀愍之聲猶如雲陰隱隱雷震微妙之聲猶如善美和合音聲柔輭報答優陀夷言汝優陀夷我亦知汝爲我良朋爲我善友好心開發諫曉我意我今亦知汝意向我親密厚重我今亦不違逆汝心汝今見我有如是過我今順汝但我非是不知世間五欲之樂我觀世諦一切諸事了達分明我以世間無常敗壞以是義故此處可畏心意不樂而說偈言

世榮雖快樂　有生老病死　此四種若無
我心誰不樂
是時太子說是偈已復更重語優陀夷言汝
優陀夷當觀於此諸婇女等既被老奪盛壯
色已各各相覩意不喜樂況有癡人欲於是
處生愛樂心而說偈言
生老病死法　住此生老病　若住生樂心
共鳥獸無異
爾時太子共國師子優陀夷等往復來去言
論之時日遂至沒太子既見日光沒已便入
宮中共諸婇女行於五欲快樂歡喜相共聚
集圍繞而住其太子妃耶輸陀羅即於是夜
便覺有娠又當其夜太子姨母憍曇姓氏摩
訶波闍波提眠中夢見一白牛王在於城中
揚聲吼喚安詳而行無有一人能當彼前而
作障礙又復其夜淨飯大王亦夢城內處中
竪立一帝釋幢以多雜種衆寶莊嚴復持種
種瓔珞校飾壯麗猶如須彌山王從地涌出
在於虛空彼帝釋幢其中又復出大光明四
方皆悉周帀照耀又復四方興起大雲俱來
至於帝釋幢上降注大雨霶霈灌洗彼帝釋
幢又於空中雨於種種無量無邊妙華之雨
其帝釋幢周帀復有無量種種微妙音聲不
作自鳴更復有一鮮白繖蓋衆寶爲竿黃金
爲子端正可喜自然覆於帝釋幢上四方復
有四大天王及諸眷屬來向城中開門將彼
帝釋幢出爾時其夜耶輸陀羅疲極睡眠無
所知曉卧夢覩見有二十種可畏之事心顫
身動恐怖不安疑怪驚惶忽然而寤時太子
問耶輸陀言汝耶輸陀何故如是驚怖顫悸

氣喘心忪忽爾而起何故如是汝耶輸陀今者又不在尸陀林又復不爲諸屍所繞亦不在山不居曠野今此城内無量無邊兵仗守護在於王宮此處深牢不懼野獸亦復不慮盗賊來驚此中安樂是無畏處我今見汝耶輸陀羅心大驚怖心大憂愁心生疑畏忽然覺寤此事何因爾時太子妃耶輸陀淚下如雨恐怖悲咽報太子言大聖太子我於今夜夢見如是二十種變惟願諦聽我當説之聖子我向夢見一切大地周帀震動聖子次復夢見有帝釋幢崩倒於地聖子次復夢見虚空日月及諸星宿悉皆墮落聖子次復夢見有一最大鮮潔繖蓋是我從來依蔭之處守護我者憐愍我者而彼婢生車匿之子忽以壯力奪我將行聖子次復夢見我頭髮髻爲彼諸寶所莊嚴者刀截而去聖子次復夢見我身體上所有瓔珞爲水所漂聖子次復夢見我之身形微妙端正忽成醜陋聖子次復夢見我身體上所有手足自然墮落聖子次復夢見我此身形忽然赤露聖子次復夢見我之從來常所坐牀我坐之時承事聖子彼牀忽然自塌於地聖子次復夢見我常所共聖子眠卧受樂之牀彼牀四脚並皆摧折聖子次復夢見有一衆寶所成大山纖利四楞無量高峻被火所燒崩頹墮地聖子次復夢見淨飯大王宮内有一微妙之樹被風吹倒聖子次復夢見朗月團圓衆星圍繞在此宮中忽然而没聖子次復夢見淨日照明千光圍繞在此宮内忽然而没彼隱没後世間黒暗無有光明聖子次復夢見此宮城内有一

火炬出向城外聖子次復夢見此城從來所護之神徧體種種瓔珞莊嚴可喜端正彼忽悲啼舉聲大哭住在門外聖子次後夢見迦毘羅城忽爲壙野可畏如夜心無處樂聖子次復夢見迦毘羅城所有諸池水悉皆濁所有樹林華果枝葉並皆墮落徧散於地無可觀瞻聖子次復夢見所有壯士手執刀仗身著甲鎧周帀四方交橫馳走聖子我見如是二十種夢心大恐怖驚疑不安此何徵祥爲凶爲吉是何果報爲復我身壽命欲盡爲共聖子恩愛別離是故我今心如舂擣戰動忙怕不能自持於睡眠中忽然驚起爾時太子聞此語已自心思惟我今不久捨世出家是故今此耶輸陀羅見於如是大恐怖夢是時太子即報其妃耶輸陀言妃耶輸陀汝雖見彼一千帝釋幢崩倒卧地於汝何傷設復見於一千日月及諸星辰墮落於地汝亦何苦雖見千纖婢生車匿力揭將行既是夢奪非關白日汝心何亂不假憂愁汝善大妃莫驚莫怖莫作分別世間法中自有如是虛妄之夢不須懷愁但當安隱依常眠睡汝善大妃年時嫩少身體柔輭爲爾憂懼恐畏疲勞耶輸陀羅以受樂身未曾經苦既聞太子如是語已還卧而眠太子爲欲安恤慰喻耶輸陀故以五欲樂共相娛樂更同睡眠爾時太子其夜自復見五大夢第一夢見席此大地持用作檢以須彌山安爲頭枕東方大海安左手臂西方大海安右手臂南方大海安置兩足第二夢見有一草莖名曰建立從臍而出其頭上至阿迦膩吒第三夢見有四飛鳥作

種種色從四方來在於太子兩足之下自然變成純一白色第四夢見有四白獸頭皆黑色從足已上乃至膝頭舐太子脚第五夢見有一糞山高大峻廣太子自身在彼山上周帀經行不爲彼糞之所汙染

捨宮出家品第二十一之一

爾時太子在於宮內夜睡眠時有一宿衞守官之臣告諸一切持更人言汝諸人輩行更之時宜各如是喚金毘羅（金毘羅者此言可畏）或喚目帝羅（目帝羅者此言解脫）或喚鴦伽那（鴦伽那者此言落裹）汝等人輩在此已不彼等報言我等在此是時大臣復更語彼諸人輩言汝等並宜用心持更汝等並宜用心持更今夜已深所有諸類或住水中或居陸地或在樹上或處窟間或山谷傍或屋舍裏皆悉疲乏染著睡眠汝等諸人今夜持更悉執器仗共守門閤應須警愼好加制持自餘當鋪持更之人莫令睡眠大王嚴重有如是勑何以故恐畏太子捨此城邑剃髮出家若保宮內此聖太子必當得作轉輪聖王統四天下大仙國師如是受記作是語時初夜已過至於半夜漏刻之人大唱而言我聖大家恒常尊勝願我大家長命吉安初分已過次入中夜漏刻未半爾時色界淨居諸天下來至於迦毘羅城是時城內所有人民皆悉迷悶沉重睡眠淨飯王身并諸左右及太子麁當馬諸臣宮人婇女皆悉迷惑疲乏重眠是時衆中有一天子名曰法行來至宮內以神通力令諸婇女身體服飾縱橫不正或復褰袒不能收斂其中或有諸婇女輩或以手拄頤頷而眠或有婇女擲却箜

篌置於一邊而身倚卧或有婇女以其兩臂抱鼓而眠或以兩手內著腋中而其半身露出而睡其中或有各以兩臂相抱而眠或有婇女目睫不交睛瞳睆睥熟視而睡或有婇女倚諸瓔珞垂鞞而眠或有宮人形容端正從來俯仰具知羞慙一切功能皆悉備足今以重睡因緣所纏放氣出聲大小麤細臭處蓬㶿都不覺知或有脫身諸瓔珞具或有擲却諸雜華鬘或棄衣裳張目而眠猶如死屍一種無異傍人觀看不作活想或有仰卧長展手脚張口而眠或有亂擲手脚一邊交橫而眠或有拳縮手臂胳肶繚戾而眠或有立地倚壁而眠身體掉動猶如醉人或有覆頭斜睡而眠或有蹲坐縮項而眠或有面孔青白失色極醜而眠或有婇女以細腰鼓懸於項上絡腋而眠或有婇女以於箜篌搭項而眠或有婇女齩齒齘齘鳴喚而眠或有垂頭寱語而眠或有伏面猶如冢間死屍而眠或有失於大小便利不淨而眠爾時太子忽然而寤覩其宮內蠟燭及燈或如拳麤或如臂大顯赫朗耀極甚光明見諸宮人如是睡卧或執銅鈸笙瑟箛簫琴筑琵琶竽笛螺貝口出白沫鼻涕涎流見如是等種種相貌見已太子作是思惟婦人形容正如是耳不淨惡露有何可貪外飾粉脂瓔珞衣服華鬘釵釧假莊嚴身癡人不知橫被誑惑於色境界妄生欲心若有智人正念觀察婦人身體體性如是空無有主猶如夢幻是中應無有人可得放逸生貪以邪念故無明所縛而說偈言

世間不淨衆惑迷　無過婦人之體性

衣服瓔珞莊嚴故　愚癡是邊生欲貪
有人能作如是觀　如幻如夢非眞實
速捨無明勿放逸　必得解脫功德身

爾時太子更復專念如是思惟咄哉世間有是大患咄哉可畏有何可貪以慈哀心愍衆生故舉聲大哭此處繫縛愚癡之人猶如屠兒割斷諸命此處不淨愚癡之人妄生愛樂如畫缾中盛滿糞屎此處虛假愚癡之人埋没沉滯猶如溺泥溺於諸象此處臭穢愚癡之人以爲香美猶如猪在厠溷之中此處空誑愚癡之人橫生染著猶如狗抱無肉骨頭此處損害愚癡之人爭競投入猶如飛蛾奔赴燈燭此處有毒愚癡之人貪著愛好猶如魚鼈呑食餌鉤此處萎黃愚癡之人樂著親近如濕生華離水日曝此處危脆愚癡之人行來履涉猶如老牛入在深泥此處懸嶮愚癡之人墜墮没陷猶如盲者落大峻崖此處循環愚癡之人流轉生死猶如瓦匠旋器之輪此處纏綿愚癡之人被其繫縛如犬著枷不得自在此處無潤愚癡之人被炙乾枯猶如夏天盛熱旱草此處衰耗愚癡之人日就消滅猶如月虧漸將至末此處無利愚癡之人善根用盡猶如博戲輸他錢財爾時太子如是觀察諸婇女身復更思惟我今分明見如是相應當歡喜勇猛勤劬發精進心增長福德起弘誓願濟拔世間無救衆生爲作救護無養育者爲作歸依無舍衆生爲作室宅今所辦事已現我前不久決當得果斯志何以故此諸婇女皆捨羞慙著重眠睡爾時作缾天子於夜半時既見太子睡眠已覺安詳

而至向太子所白太子言太子往昔成就具足眞實之事又復太子昔在人間發如是心願我捨身生兜率天太子彼願時節已過又復昔時在兜率天願生人間受於母胎彼願成滿在胎之時願早生出彼願亦畢生已增長在於宫中童子受樂遊戲自在彼願又過弱冠之時欲得精勤學諸技藝彼願已成壯年縱心欲受世樂彼願現驗不宜久耽今日一切諸天諸人願令太子捨離出家修學聖道爾時太子聞彼作缾天子如是語已即自著其八千億斤金價衆寶所作華屣串於脚已欲起迴顧觀其所坐合揭寶牀而發如是大語言云此是我身最後受於五欲之處從今已後當更不受此是我身最後受於五欲之處從今已後當更不受爾時太子舉右手褰衆寶所成羅網幰帳從宫中出安詳徐步始行少地在於殿内東面而立合十指掌至心念於一切諸佛念已舉頭仰瞻虚空及諸星宿爾時護世四大天王及天帝釋知於太子出家時至各隨其方辦具欲來爾時提頭賴吒天王主領所部乾闥婆等一切眷屬百千萬衆前後導從作諸音樂從東方來三帀圍繞迦毗羅城下於地上却住其方合十指掌低頭曲躬面向太子爾時毗留勒叉天王主領所部鳩槃茶等一切眷屬百千萬衆前後導從手執寶缾盛滿種種微妙香湯從南方來三帀圍繞迦毗羅城下於地上却住其方合十指掌低頭曲躬面向太子爾時毗留博叉天王主領所部諸龍王等一切眷屬百千萬衆前後導從手執種種妙眞珠寶復持

種種諸雜珍寶兼起種種香雲華雲及以寶雲復起微妙柔輭香風從西方來三帀圍繞迦毘羅城下於地上却住其方合十指掌低頭曲躬面向太子爾時毘沙門天王主領所部諸夜叉等一切眷屬百千萬衆前後導從手執火珠或執燈燭或執火炬熾盛猛炎身著鎧甲或執弓刀箭槊器仗及矛戟等從北方來三帀圍繞迦毘羅城下於地上却住其方合十指掌低頭曲躬面向太子爾時天主釋提桓因與其眷屬一切諸天百千萬衆前後導從將天華鬘末香塗香或復執持旛幢寶蓋或執種種諸妙瓔珞從彼三十三天而來三帀圍繞迦毘羅城却住上方合十指掌低頭曲躬面向太子爾時太子觀見諸方仰瞻虛空及諸星宿并覩護世四大天王以諸上妙種種瓔珞莊嚴身體頭戴天冠次第而行安詳徐步共乾闥婆及鳩槃荼一切諸龍并夜叉等百千眷屬左右圍繞各從其方東南西北而來至此依方面住復見天主釋提桓因將領百千諸天眷屬前後閉塞在於虛空周帀集聚復見鬼星已與月合時諸天等唱大聲言大聖太子鬼宿已合今時至矣欲求勝法莫住於此人王師子時至速疾棄捨出家諸天如是更復佐助讚唱此言速出莫住爾時太子仰瞻虛空如是思惟今中夜靜鬼宿已合諸天大衆地及虛空並皆佐助決定我今時至不虛宜出家也太子如是心思惟已即喚同日所生奴子車匿告言車匿汝速疾來莫違於我急被帶我同日所生馬王犍陟將前著來勿令我家所有眷屬一釋種

子聞彼馬聲是時車匿聞於太子如是言已
仰瞻虛空如是思惟今始中夜心即生疑徧
體顫慄身毛皆竪悚懼不安白太子言大聖
太子云何中夜遣我被帶揵陟馬王有何恐
怖有何怨敵有何急疾或復城外或今城内
有好惡耶是時太子語車匿言謂汝車匿我
今急疾恐怖怨敵被諸苦逼汝那得知但速
被帶我同日生馬王揵陟時疾將來

佛本行集經卷第十六

音釋

挻夷然切也 胤羊進切繼嗣也 牖以九切以木爲窻也 娠升人切孕也 雱霈雱普郎切霈普蓋切雱霈大雨貌 繖先旰切織絲綾爲蓋也
忪諸容切心動也 鍪莫侯切兜鍪首鎧也 榻託合切與榻同 廐居又切馬舍也 褰袒褰起虔切袒徒旱切 頤頷頤盈之切頷胡感切 睆睅並合

駊切 驒丁可切垂下貌 焞蒲沒切 胳正作髂苦駕切 髀旁禮切 鼾孚寒切臥氣激聲也 齩五巧切與咬同 齰占軋切齧齒聲也 齻研祭切擠中有言也 溷胡困切圊也 脆此芮切物易斷也

佛本行集經卷第十七

隋天竺三藏法師闍那崛多譯

捨宮出家品第二十一之二

爾時車匿既聞太子如是語已自心思惟聖子今者決欲出家不肯住也如是念已故發大聲大言大語問太子言望使宮人覺知太子聖子恒常知諸時節所作之事常依順時今是何時而喚索馬聖子若欲往詣園林觀看善地遊戲之者此非其時何用馬爲聖子今日無有怨讎復無違逆反叛之人四方安靜復無有人擾攘離亂邊疆一切無有逃亡外方隣邦亦無侵奪欲共聖子鬪戰之者聖子覆蓋一切大地唯一無二今何假須馬王揵陟聖子今日此處宮內諸婇女等共相圍繞歡娛受樂猶如天主歡喜園中釋提桓因共諸天女周帀圍繞聖子亦然在此宮內寶牀上坐何用於馬但願安心於此百千婇女之中聽作音聲娛樂而住是時車匿口如是言又復以手拔諸婇女頭髮令寤又以脚蹋彼婇女身但彼婇女不覺不知以上諸天神通力故爾時太子心內生疑畏衆人覺私密細聲以於此偈告車匿言

同生車匿汝當知　我觀宮內如塚墓
亦似蛆虫穴無異　如與羅刹同共居
東西南北狼籍眠　又類受胎初泡水
車匿我見五欲苦　心意不願在此宮
幷遊諸方我不喜　以見老病及死屍
車匿速將揵陟來　我今決欲出家去

爾時車匿聞於太子如是言已猶如猛獸著於毒箭生大苦惱大聲而哭白太子言聖子

今可捨諸尊乎太子報言善生車匿我今欲求勝尚之處寧捨現前諸尊親族勿令未來我及眷屬入於死命鬼口之中更爲車匿而說偈言

我當求於涅槃故　寧捨親族向出家
未來死鬼劫奪人　命一入口悉食盡

爾時車匿重聞太子如是言已復更殷勤白太子言大聖太子一切世人謂言太子決定得作大轉輪王云何欲捨太子又斷車匿此言咄汝車匿莫如是語我昔在於兜率天上勝於此處曾作天王悉領於彼三十三天我於是時猶不樂於彼處之樂何以故以見生死無常患故況復今日此人間乎少時在於此人境界多有患濁處此王位雖復治世暫時自在而不得離病死之怖但世間中有死命鬼治世之處彼之諸王即不能得自在安樂車匿復更報太子言大聖太子雖復太子不用世位但淨飯王今已年老太子盛壯勿令大王心生苦惱太子報言善生車匿我今於此大父王邊心生愛敬如父愛我我倍愛父大王奇特敬愛親族我亦不欲捨諸親族我於親眷亦復不作諸餘異心但我大畏大怖大驚諸有之中受生死苦今日欲求解脫法故而暫捨離所愛重親當來世中能愍救護諸眷屬故又未來世不相離故爾時車匿白太子言大聖太子心決定耶要須捨俗求出家乎太子報言善生車匿我已立要車匿又言爲何事故太子答言我見世間無常過故意欲專求彼勝處耳車匿復問以何緣故爲彼勝處太子答言若使世間無生無死無

老無病無愛別離無怨憎會得王位已受諸功德無有無常境界眞實一生人中無有濁穢若如是者可令我於此處心樂汝善車匿莫違我心我已勑汝急速被帶我同日生馬王犍陟車匿白言如太子勑不敢有違其車匿聞太子如是勑語言已亦識太子深心之意亦復先知淨飯王勑嚴制禁重但以諸天神力加故發心欲取犍陟將來太子之前而有偈說

車匿以天神力加　忍違大王勑命制
兼以菩薩昔願滿　發意遂取馬莊嚴

爾時車匿即至廐中於槽櫪上搦取犍陟即以純金作迦毘遮七寶莊嚴串於馬口牽出離槽別繫餘橛刮刷其背先以柔輭輕細之物襯於脊上以金所成七寶莊嚴鞍韉而被上覆金網如是具足被帶馬已即牽將向太子之前是時犍陟同生馬王遥見太子身力壯故徧體歡喜出大鳴聲時其犍陟馬王吼喚出聲之時聞半由旬時首陀會一切諸天以神力故令此馬聲隱沒不聞恐畏有人障礙太子不得出家是時太子歡喜踊躍徧滿其體即以右手柔輭網縵手指猶如蓮華葉赤色如紫鑛摩拭馬王脊背之上而勑語言汝同日生犍陟馬王我今欲求甘露之法汝須努力如是善行勿令有人作我障礙汝善犍陟鬪戰之時尚出死力欲勝他故今日與我善爲佐助求出世樂世間之樂暫時歡喜不久還失生大憂惱爲法出力此事甚難我今欲爲一切世間求解脫故出家修道汝善努力出勇猛筋捷疾而行我今出家爲諸世

間及汝等輩作大利益爾時太子正念立地發大弘願作如是言此我最後在家乘也我從今去更不復乘如是之乘發誓願已控鞅即乘犍陟馬上乘已重語犍陟馬言汝犍陟馬努力負我最後負荷我今爲諸天人世間作利益故發心出家太子亦坐犍陟馬王鞍上之時一切無量阿脩羅衆迦樓羅緊那羅摩睺羅伽羅刹衆毘舍遮地居諸天及首陀會乃至阿迦膩吒天等隨逐犍陟馬王而行是時諸天手持白蓋復以種種諸寶莊嚴蓋柄周帀以諸衆寶真珠羅網懸於其上其網目間悉懸金鈴擎持以覆太子之上是時太子乘犍陟馬漸向宮門犍陟行時蹄足聲聞一俱盧奢首陀會天以神通力隱彼鳴聲不令遠聞畏有障礙太子出家是時太子出家之時其虛空中有一夜叉名曰鉢足彼鉢足等諸夜叉衆在虛空中各以手承馬之四足安徐而行太子初欲發足出家有一天子唱如是言願善吉利大法船師今欲度脱無量衆生於煩惱海復有一天唱如是言願無障礙大聖世尊今欲出家渡生死海是時太子語車匿言善生車匿汝今可在我前而行示現我道出宮内門彼門關鑰欲開之時其聲聞於一拘盧奢非人至門開彼關鑰其開之時首陀會天以神通力隱蔽彼聲不令人聞恐畏太子出家之時有諸障礙是時車匿白太子言大聖太子宮門已開太子報言門已開也決定我心所願求利必當得成無有疑慮爾時車匿白太子言大聖太子希有甚奇此之宮門以前開時大用氣力而方得開聖

子今者至已即開大聖太子亦至門邊譬如猛風吹彼雲隊開散兩邊是時太子從内宫門出於外已作是唱言此我最後出於宫門從今已去當更不出爾時太子從宫出已安詳而至毘耶囉門其門邊有一夜叉將名曰善入共其五百夜叉眷屬既見太子安詳徐步向門而來見已各各共相謂言今此悉達大聖太子夜半非時來向門下我等今者欲爲彼不時夜叉衆各相謂言我等可爲太子開門隨彼稱意東西行動脱彼如心所願成就得甘露道既自證已復爲天人世間當得作大利益是時善入夜叉之將急疾開彼毘耶囉門其門已前開闢之時其聲鳴徹至半由旬時淨居天以神通力隱蔽門聲不使諸人得聞其響恐爲太子作出家障太子從此迦毘羅城毘耶羅門初出之時彼門所有守門諸將或有執捉關鑰之者彼等諸人或著睡眠不覺太子出彼宫時或復是彼諸夜叉神之所迷惑或是諸天神力迷惑所有最慎善持更人彼等一切悉重睡眠不覺人出爾時欲界魔王波旬見於太子初出家時爲欲恐怖於太子故以神通力化作諸聲所謂虚空出現大雲雲中復更出大雷聲及霹靂聲更復化作諸大水河吹於大石出沒奔流太子之前復作大山其山高峻現大崖岸又復化作大猛火聚燄赫熾然爾時淨居諸天以神通力隱彼大雲雷電霹靂一切諸聲及彼大山河石高峻崖岸猛火皆令不現將彼魔王波旬擲著無量百千由旬之外勿使障礙太子出家爾時太子從城門出至外邊已迴

身觀看迦毘羅城出師子吼唱如是言我今寧自擲棄身形墮大石崖飲諸毒藥而取命終亦不飲食若我未得隨心願求度脫衆生於生死海我終不入迦毘羅城其諸天聞太子如是師子吼聲皆悉隨喜爾時太子出此師子吼聲之時所有守護迦毘羅城諸鬼神等或守城門或守牆壁或守敵樓皆悉大唱如是之言如是如是願如太子所出師子無畏吼聲成就滿足以歡喜心各舉兩手語太子言大勇健兒出已迴觀迦毘羅城是時太子聞此言已不驚不怖以歡喜心身毛皆竪更作是言此城我今終不迴入若我得於甘露之句諸聖所歎已斷生死煩惱之流證涅槃道然後乃入太子城外出此師子吼言要誓證彼眞實眞如菩提然後還來入城教化

出此聲處在後諸人造作於塔名曰太子出師子吼而彼處所有一最大尼拘陀樹彼樹有神其神以偈語太子言

若人欲伐於樹木　要必當盡其根本
如斫物頭須斷絶　渡水宜令達彼岸
言語一竟不得虛　作怨亦訖莫復喜

爾時太子以偈報彼護樹神言

雪山處所可動移　海水或使其枯竭
虛空可令崩落地　我吐言語終不虛

爾時淨居諸天而說偈言

此處今出大藥王　當治衆生煩惱毒
若有被愛箭所射　此匠今悉能拔除
此處今出大醫尊　善治一切衆生患
若人有老病死疹　此設療治悉能愈
此處今出大智炬　燭彼顛倒癡衆生

所在愚瞑黑闇中　即皆覩見大光照
此處今出大顯赫　能爲世間作大明
以智圓滿慧眼光　普照十方諸境界
此處今出大船師　當度未度衆生類
牢裝方便智舟艥　濟度無量億天人
此處今出大商主　欲教一切度大磧
所有迷惑無量衆　示導令從正路行
此處今出是大王　世間法王無上王
建立法幢大法相　令知是法及非法
此處今出是大道　能伏一切諸世間
其未調伏諸天人　一切當能善調伏
此處今出是大主　出世法主無上主
當轉微妙大法輪　摧伏一切諸外道
此處今出是大覺　當覺世間未覺者
其有被諸煩惱纏　能斷一切縛令脫
此處今出大帝幢　當雨無邊大法雨
十力具足世無雙　能降一切諸外道
此處今乘大白象　得度無明遠廣磧
執持利智金剛杵　當破外道一切邪
此處今出大梵王　憐愍世間一切衆
爲利愚騃衆生輩　當鳴大法鍾螺鼓
此處今出是大龍　當雨世間大法雨
潤益三界諸衆生　除其熱惱諸邪病

爾時淨居諸天說此偈已即口稱言南無尊者大丈夫身禮拜太子隨太子行時淨居天各隨先業果報所得微妙之身威德勇猛志力精進難作已作爲於太子放身光明滅除暗瞑顯示道路譬如重雲日從中出放大光明如是如是淨居諸天從其身體放諸光明爲於太子示現道路亦復如是爾時欲界諸

天子等皆各化作端正可喜摩那婆身在太子前引導太子平坦道路大梵天王共諸梵衆眷屬圍繞在於太子右邊而行忉利天王共諸釋衆三十三天眷屬圍繞在於太子左邊而行四大天王各以種種微妙瓔珞莊嚴其身以妙天冠莊嚴其首垂諸瓔珞復共無量乾闥婆衆鳩槃茶衆諸龍夜叉無量百千左右圍繞身帶種種堅牢鎧甲手執弓箭或執利劒或執長刀或執鐵棒或執矛戟或執三叉執槊執鉤鞶持排楯在太子前引道而行語太子言大聖太子從於此道速行莫住上虛空中復有無量無邊諸天百千億衆歡喜踊躍徧滿其身不能自勝將天水陸所生之華散太子上并及栴檀諸妙沉水多伽羅等天諸末香自餘更有種種雜香散太子上復有塗香末香燒香太子行時各各手持散太子上以用供養於太子故爾時太子宮內所有婇女睡寤忽然唱言不見太子不見太子耶輸陁羅既覩卧牀獨自一身不見太子而大唱叫作如是言嗚呼嗚呼我等今被聖子誑逗即大叫喚以身投地把撮塵土以散頭上又舉兩手自拔髮毛拗折打破身諸瓔珞以撲於地以手指爪劚裂四支身體皮肉所著衣服皆悉掣毀舉聲大哭出於種種酸楚痛言及以諸餘種種苦惱逼切縈纏自身支體爾時宮內婇女侍人奏淨飯王作如是言大王當知今夜睡寤不見太子共當馬人既失犍陟亦復諮奏淨飯王言大王當知今夜廐上亦復不見馬王犍陟時淨飯王聞此語已大聲叫喚而口唱言嗚呼嗚呼我所愛

子如是唱已悶絶倒地傍臣手持栴檀冷水以灑其上少時還穌復其本心然後召喚防守城將而勑之言卿等速疾莊嚴四兵善著鎧甲速求太子令知所在時彼防衛守城將軍聞王如是嚴重勑已從宮内出徧告諸餘大征將言汝等諸將各各當知淨飯大王有如是勑所在境界百官大臣其有受食我封禄者或有依我而活命者如是人輩皆悉集聚速疾分頭行求太子若得見者善言慰喻勿聽住彼山林谿谷迎將迴還爾時百官諸群臣等聞彼防衛守城將軍如是言已即時各於迦毘羅城内外衢道振鈴告言汝等一切所有臣民食於淨飯大王國土封禄之者及依大王而活命者諸臣百官悉皆速出迦毘羅城爲求太子若得見者慰喻教迴還入宮中爾時釋種諸臣百官并及一切迦毘羅城所居人民其有食禄及不食者皆從城出行求太子爾時守城大臣徧告所行諸人如是言已漸次至於太子當馬大臣之家告彼當馬臣如是言淨飯王勑速求太子出城而行彼大臣言我當太子所居之處而不得行時彼守城大臣重更語如是言淨飯大王如是嚴勑所有太子侍衛左右悉皆禁縛彼當馬臣如是報言仁者若欲縛於我者且先自縛汝之所有眷屬妻兒兄弟姊妹姑姨舅氏合皆禁縛時彼城内大衆人民皆悉出求太子而行爾時太子以諸天神威力障故求覓太子不能得見

剃髮染衣品第二十二之一

爾時太子從迦毘羅城門出已勑其車匿作

如是言謂汝車匿我今語汝汝於我前引道直向羅摩村行是時車匿白太子言如太子勑不敢有違引前直向羅摩村邊其馬揵陟輕便行疾舉足安穩從夜半行至明星出行二由旬摩訶僧祇師如是言馬半夜行十二由旬或復諸師作如是言從夜半起至明星出行百由旬至一聚落名彌尼迦至日出時到跋伽婆仙人居處到彼處已問車匿言謂汝車匿此何處所爾時車匿報太子言大聖太子此之處所去羅摩村勢不遙遠爾時太子見此樹林及往仙人所居之處并諸鳥獸流水井泉池渠河等知其車匿及馬揵陟行來已乏告車匿言汝善車匿今若知時宜於此處停下歇息是時太子從其馬王揵陟而下口如是稱大弘誓願此今是我最後所乘所下處也此今是我最後所乘所下處也是時太子下揵陟訖以美言語慰喻車匿作如是言車匿世有僕使其心雖復孝向大家而無自由復有僕使心雖自由而無孝順復有僕使心不孝順兼且無力復有僕使而心孝順復有大力善生車匿如汝今日希有希得恭敬孝順好心向我復有大力車匿我今向汝亦大歡喜以如是業汝於我邊心大孝順大愛敬我如是愛我汝今事我不求利故凡世間事富貴之人還有愛著而求事他汝今事我其義不然世又有人見富貴時而欲事他爲求物故亦見貧賤即復背捨汝今不然而說偈言

畜兒爲立家　事父荅養育　爲利營田作
皆以求報爲

爾時車匿聞此偈已問太子言大聖太子凡是奴僕向富貴人所有諸事欲發心作不能一一借問所以但我今日既見聖子來入此山是故敢欲諮問聖子以何緣故發如是心而來至此是時太子報車匿言汝善車匿我欲語汝汝今亦復何須用知車匿復言大聖太子我雖是賤交與聖子同日而生是聖子奴隨順聖子不違逆意是時太子語車匿言汝善車匿我今語汝汝能作不其車匿言大聖太子我今既是聖子奴僕親事聖子何敢不作太子復言汝善車匿我今棄捨聖王之位不以其餘畏怖他故惟求解脫離繫縛故車匿我今不取如是王位而心歡喜車匿一切王位是大恐怖我今內心如是明見車匿我見出家有如是利故割斷彼來入山林莫復更爲生死所拘我今欲求解脫生死汝善車匿今可迴還將馬揵陟歸向王宮我今出家心意已決而說偈言

不復更假多言語　識知我意愛汝心
我已割捨親愛來　汝今速將揵陟去

爾時車匿白太子言大聖太子凡人出家見四種事然後捨離云何爲四或身年老或復帶病或時孤獨或無資財而聖子今此四種中現無有一又復聖子初生之時一切解相婆羅門等有能占觀諸巧智人多讀經書善解衆論昔曾受記如此童子必當得作轉輪聖王統四天下作大地主具足七寶彼七寶者所謂輪寶珠寶象寶馬寶女寶主藏臣寶主兵臣寶如是復生一千聖子悉皆勇健能破他怨彼轉輪王統此大地一切海等如法

降伏而得冶化聖子若得金輪寶時此寶天成非人所作端正可喜於虛空中在前而行王當乘空逐彼寶輪諸親族等左右圍繞從空飛行是時身當轉輪王位受大功德是時聖子以明月珠摩尼之寶於夜暗時照七由旬其地周帀而得光明是時聖子如是無量受王位樂大聖太子仁今若乘白象之時其象七支皆拄於地其六白牙皆悉以金裝校鏤飾被金鞍韉鞦韆隱起以金瓔珞嚴服其上復以羅網而彌覆之具足神通飛騰自在乘是象已亦堪能行徧此大地聖子是時受彼王位甚大快樂又復聖子若當來世乘彼馬王而其馬王徧體紺青頭烏黑色騣尾甚長被金鞍韉鏤寶鞦韆純金瓔珞莊嚴其身以金網羅彌覆其上彼馬神通自在無礙善能飛躍虛空而行若欲行時聖子乘上行此大地周帀能徧聖子爾時受是王位甚大快樂又復聖子若當來世得女寶時眼目端正面首可憐行步安詳最勝最妙猶天玉女當自出現聖子爾時具足而受自恣五欲轉輪王位甚大豐樂又復聖子若當來世得主藏寶彼主藏臣得天眼故能從地出金銀藏等一切諸寶將與聖子爾時當受五欲具足功德又復聖子若當來世得主兵寶其主兵臣善巧多智聰明利根閑解便能領四兵衆一念之頃知太子心皆悉能令著於鎧甲一切具足無所乏少部分將往詣聖子邊隨意而用聖子爾時受其王位甚大快樂又復聖子若當來世具得如是七種之寶當於爾時此閻大地并諸四海一切山河及林泉等無有

不屬其諸怨敵一切天下悉來歸降既降伏周無處有畏無處有疑一切人民悉各豐足無有不賓險難之處亦不須用刀仗兵戈如法而行既如法行治化天下爾時太子受聖王位快樂無極爾時太子聞如是等諸語言已還復報問於車匿言汝善車匿其相師等諸婆羅門唯有如是受於我記爲復更有餘受記乎是時車匿報太子言更有其餘別受記事太子問言是何受記車匿答言彼諸相師婆羅門等復受記言此之童子若捨王位而出家者必定得成阿耨多羅三藐三菩提成菩提已即轉無上微妙法輪爾時太子語車匿言謂汝車匿愼莫妄語應須眞實當於彼時阿私陀仙一向受記此之童子必成阿耨多羅三藐三菩提一向受記我當轉於無上法輪是時車匿聞是語已心驚顫怖身毛徧竪白太子言大聖太子能憶如是受記語乎此記釋等諸眷屬輩私竊而聞勿令聖子得知此說恐畏聖子發菩提心是時太子語車匿言車匿我昔從彼兜率天下入於母胎及在胎中所有諸事我心憶持猶尚不忘況復生已受我記忘終無是理車匿諸天復語我如是言仁者太子速疾出家必定當得阿耨多羅三藐三菩提成菩提已決定轉於無上法輪車匿是故我決定當得成就阿耨多羅三藐三菩提決定當轉無上法輪車匿我今實言向汝而說車匿我今寧被刀割身肉寧食毒死寧入大火寧投大崖寧自經死我今終不未得免離生死之法而還向家何以故如是世間五欲境界皆悉無常不久停住

是破壞法

佛本行集經卷第十七

音釋

擾攘 擾而沼切攘如羊切 橛 其月切杙也 唰 所滑切 屜 他計切鞍屜也 韉 則賢切鞍韉也 鑛 古猛切 疹 丑刃切病也 艥 即葉切與楫同 騃 五駭切癡也 楯 食尹切干櫓之屬 摑 古獲切爪持也 鏤 郎豆切雕刻也 鞦䩛 鞦七由切馬紂也䩛彼義切與轡同 騣 子紅切馬鬣也

佛本行集經卷第十八

隋天竺三藏法師闍那崛多譯

剃髮染衣品第二十二之二

爾時太子以手從其天冠頭髻解天無價摩尼之寶付與車匿作如是言車匿我今與汝此摩尼寶汝將此寶還於我父淨飯大王至王邊已無量頂禮汝知我意我付囑汝汝當信我我今令汝將此寶還至父王邊啓白令除一切愁苦復好爲我諮啓父王作如是言我今不以被人所欺而忽捨離父王足下又亦不以嗔恨心故亦復不爲求覓貲財又亦不以少封禄故亦不欲求生於天上唯見一切諸衆生等在不正路迷惑黒暗邪徑而行欲作光明欲除如是生死之法欲求利益世間之句無愁憂處欲斷無常有漏之行求出家耳大慈父王見我如是樂出家故不應憂愁而説偈言

假使恩愛久共處　時至會必有别離
見此無常須臾間　是故我今求解脱

爾時太子説此偈已作如是言我今欲離此憂苦故棄捨出家是故諮啓我父大王不須愁憂若世有人緣憂愁故爲於五欲而縛著者彼等諸人應須憂愁所以者何世多有人父生於子爲求財故所以養育報於父母施法財者世子難有若父王意作如是心我子今者非出家時惟願父王莫如是念凡求法者無有時節所以者何人居世間命無限劑知如是者是故智人決須捨求勝上行處此是我心決定之語譬如有人共死命怨同居一室言我壽長無有是處車匿汝至我父淨

飯王邊作如是等多種語言令王意定汝至彼處善作如是方便慰喻莫令憶我車匿雖然我復語汝若至我父淨飯王邊但說於我惡逆之事無德行處太子如是無有恩義無愛著心莫說於我孝順之處所以者何已捨愛故即捨一切憶念憂愁爾時車匿聞於太子作如是等諸語言已徧體熱惱滿面淚流合十指掌向於太子而作是言大聖太子如太子教但前所言於諸親族及父王邊大生憂愁我意不喜心情斷絕如大象王沒在深泥不能自出聞是語已誰不淚流復作是言精進之心餘人聞說猶尚大驚況我車匿小來共於聖子同日一時俱長愛敬之心相樂不已而說偈言

假使用鐵持作心　以聞如是言誓語
人誰不心酸楚毒　況我愛戀同日生

爾時車匿說是偈已白聖子言我將馬王與聖子乘以彼諸天神通力故強令我心遣被與來非我自意我今云何能斷聖子是出家事我今既是同日生奴及此馬王一種無異豈能違離聖子須臾獨還宮也終無是處聖子亦不合放於我揵陟向家而復令我傳此憂悲愛別之語向大父王說如是事而聖子今亦不合背捨老父王而自出家彼法非是更無有法絕妙越殊過是尊者能勝孝養所生父母亦不應捨乳哺姨母摩訶波闍波提以是而論聖子亦成無恩義人而不憶舊育養之時聖子正妃耶輸陀羅貞潔之女諸德具足亦復不合棄捨相離雖然若聖子今捨離一切釋種親族我今既是同日生奴亦不

合放但是聖子足蹋之地我常隨順不得背捨大聖太子是故我今意中不忍將此熾然憂悲之火所燒心情迴向於城而放聖子獨在此處空閑林野令我自反脫至城邑淨飯大王責我何言又復聖子既不還家我獨去時聖子所有朋友識知幷及宮內婇女妃后問我何言聖子復語我作是言汝今將我惡辭毀辱非法之事向眷屬說令我眷屬遺忘於我憎惡於我而我何敢妄說於此毀辱之言我心可不自慙自羞自愧自耻我之心意及以口舌若爲欲說聖子惡言雖我妄言欲說聖子誰當信我妄言之事聖子譬如有人說彼月天種種惡事毀辱之言頗有人聞如此事者能信以不但聖子今恒常習行慈悲之心聖子囑託此言不善聖子既行大慈悲行恒常美言慰喻衆生今捨諸親此是非善是故善哉聖子迴心向家受樂爾時太子見其車匿如是憂悲苦惱之語聞已復報彼車匿言車匿汝今應須捨別離苦莫作憂惱何以故一切衆生有生有老悉有別離車匿一切衆生所有愛著染惑之心其在胎內養育之者皆悉是虛會有別離彼非是我我非是彼而說偈言

譬如大樹衆鳥群　各從諸方來共宿
後日別飛各自去　衆生別離亦復然
猶如盛夏起大雲　暫聚以復還離散
衆生離別法皆爾　須臾聚合復分離
既相隨來生此間　今者各各還歸本
勿言我與汝有異　剩作彼此去住情
一切去來無所依　但隨衆生有愛著

强作分别自他意　猶如樹木枝葉莖
各各别有色形容　此緣本來無染汙
況復無常衆生類　譬如樹蔓生果蓏
隨其熟時則墮落　人命脩短亦如是
長年促壽死終無　往昔一切諸仙人
恒説如是無常事　設使壽命八大劫
至於無常敗壞時　必死更無有疑慮
猶如諸方各自來　至河同共欲飲水
或復上船渡彼岸　既至岸上還復分
父母生子亦復然　并及眷屬諸朋黨
少小雖同在一處　長大須臾各别離
雖復業果同共家　其受苦樂報不等
及至無常事催促　各各相捨無親疎

爾時太子説此偈已告車匿言善生車匿是故汝今莫惱自心決定還去所以者何汝今止爲愛著大家不能捨者汝若到家還來覓我若汝迴至迦毘羅城見我親族爲我愁者汝告彼等作如是言汝等眷屬於太子邊宜應割捨愛著之心何以故我今知彼有要誓言爾時太子即説此偈囑車匿言

假使我今身血肉　并及支節筋脉皮
一切磨滅盡消亡　或復性命不全保
我若不捨此重擔　越度諸苦達本源
未證解脱坐道場　終不虛爾還相見

爾時車匿既聞太子説此偈已即以自身四布於地持其兩手前著抱於太子兩足而作是言善哉聖子今乞歡喜莫作如是苦切誓言大聖太子我有何力有何神德能令聖子迴還本宫但我從此獨自向家聖子眷屬必當打我或復聖子父王淨飯并及姨母摩訶

波闍波提必應問我我妙梵聲聰慧之子汝今将向何處擲來爾時太子報車匿言車匿莫作是言莫作是言我之父母及諸眷屬見汝從此獨自迴還終不打汝所以者何我眷屬等一切悉皆愛念於汝車匿速起速起上來所論有如此法世若有人将所愛人言語意氣向彼道時必得賞賜汝決定須速還至家我之父王見汝還已心得穌醒然我父王見我捨家聞道出家大生苦逼父王之身及諸眷屬一切號咷悲咽哭泣城内大小一切人民爲於我故生重苦惱彼等若得見汝還者心少歡喜爾時車匿從地而起合十指掌淚下如流舉聲大哭白太子言以如是故我今欲将聖子還家勿令大王種姓斷絶是時車匿從地起已馬王揵陟前膝胡跪出舌舐於太子二足兩眼流淚是時車匿白太子言大聖太子此馬雖復是畜生身猶尚慈悲垂淚而泣況復聖子諸眷屬心當見何殃惟願聖子正觀於此揵陟馬王今見聖子不欲還家是以胡跪屈前兩膝開口出舌舐聖子足以慈哀心二目淚下爾時太子以諸功德卍字莊嚴千輻相輪猶如芭蕉内心柔輭金色右掌網縵手指摩其馬王揵陟頂上而語之言揵陟汝今具作馬事以得度於大負重任從今已後汝揵陟馬還家自食此今是我最後從家騎乘之務行大遠路賴汝今日得濟於我揵陟汝今莫生憂惱莫泣莫悲汝所載我當得大報我今欲求阿耨多羅三藐三菩提於後證時當將甘露分布與汝而有偈說

太子以右羅網指　卍字千輻輪相現

金色柔輭清淨手　用摩馬王揵陟頭
猶如兩人對語言　汝同日生馬揵陟
莫過悲啼生懊惱　汝作馬功已訖了
我若當證甘露味　所可負載於我者
分別密教甚深法　報答於彼終不虛
爾時車匿白太子言大聖太子今日已得廣
大王位聖子具足一切諸相玉女之寶所莊
嚴宮並皆顯現自餘多種五欲之事最勝最
妙人間難辦今已得之何故聖子捨此妙樂
愛於諸獸百鳥充滿曠野之內又復是處多
有怨賊恐怖之事獨行獨坐遠離諸樂云何
悅心太子報言汝善車匿所語不虛其理雖
然汝今諦聽我爲汝說世間五欲會歸無常
非究竟法不令心安亦得還失速疾如流不
暫停住如草上露不久消散猶如空拳誑於
小兒如芭蕉心無有眞實如秋雲起乍布還
收如閃電光忽出還滅如水上沫無有常定
如熱陽炎誑惑於人而說偈言
諸五欲之事　猶如甦膾机　如刀刃塗蜜
如借他器用　如新死哭泣　如夢見快樂
瘖後覔還無　猶如弗貫人　如樹果子熟
不久當墮地　如惡人刀杖　殺怨無慈心
猶如割肉臠　當受大苦惱　如執大火炬
不愼而燒身　妙色天人果　久長受樂已
心無有猒離　已得復能求　猶如人熱渴
更復飲醎水　求諸五欲等　不猒離亦然
是故若智人　欲離諸五欲　猶如毒蛇頭
若求長壽命　遠離如毒藥　亦如大火聚
若有智慧人　應當遠捨離　諸有生死者
一切不堅實　念念不暫停　世法應如是

壽命無自由　決至向死鬼　如是思量已
莫住於世間

爾時太子說此偈已告車匿言車匿五欲之事有如是等多種過患車匿王位亦然以種種苦衆患雜亂我見如是可畏相故寧住於此曠野之中共諸飛禽走獸盜賊恐怖之處獨起獨行遠離欲樂我意樂此彼非所願車匿汝聞我作如是語已莫復違我此之大事車匿我於如是法行之内當開法眼汝須隨喜不應障我是時車匿白太子言大聖太子太子若定作是心者我今不敢違聖子勑如聖子教我還向家爾時太子讃車匿言善哉善哉大善車匿汝今如是順從我意獲大善利汝作事善是時太子身上所有諸寶瓔珞皆悉自解口作如是大弘願言此是我今最後在家莊嚴身飾此是我今最後在家莊嚴身飾解已手持將付車匿付車匿已復作是言車匿汝將此等諸寶瓔珞歸付與我諸眷屬等是時車匿即取彼等諸寶瓔珞受已更問於太子言聖子若我至家將此瓔珞付於聖子諸眷屬時脫彼眷屬問於我言車匿汝今何故將我太子送至他國而捨獨來車匿悉達太子復更囑託我等何事彼等若問我如是事當作何報太子又言車匿汝若至家爲我頂禮父王淨飯并及姨母摩訶波闍波提自餘尊者一切眷屬悉皆問訊車匿爲我諮啓淨飯大王作如是言我今實知父王恩深但我爲證阿耨多羅三藐三菩提故所以違離若得證已即當還家奉見大王又別爲我諮白姨母摩訶波闍波提國大夫人勿爲

我故生大憂愁聖子必得成大善利迴還共毋歡喜相見又我宮內一切婇女及諸親族時年童子并餘釋種作如是言我今欲破無明暗網當得智明得智明已我當迴還入迦毘羅爾時太子從車匿邊索取摩尼雜飾莊嚴七寶鞞刀自以右手執於彼刀從鞘拔出即以左手攬捉紺青優鉢羅色螺髻之髮右手自持利刀割取以左手擎擲置空中時天帝釋以希有心生大歡喜捧太子髻不令墮地以天妙衣承受接取爾時諸天以彼勝上天諸供具而供養之爾時淨居諸天大衆去於太子不近不遠有一華鬘名須曼那其須曼那華下化作一淨髮師執利剃刀去於太子不遠而立太子見已作如是言謂淨髮師汝能爲我淨髮以不其淨髮師報太子言我甚能爲太子報言汝若能者今可知時爾時彼化淨髮之師即以利刀剃於太子無見頂相紺螺髻髮當剃頭時帝釋天王生希有心所落之髮不令一毛墜墮於地一一悉以天衣承之受已將向三十三天而供養之從此已來今諸天上因立節名名供養菩薩髮髻冠節至今不斷爾時太子自解其身一切瓔珞及以天冠剃去髮鬚剪落既訖觀於體上猶有天衣見已念言此衣非是出家之服出家之人在於山間誰能與我袈裟色衣如出家法居在山林須如法衣時淨居天知太子心如是念已應時化作獵師之形身著袈裟染色之衣手執弓箭漸漸來至太子之前相去不遠默然而住是時太子見彼獵師身著袈裟手執弓箭見已即語作如是言山野仁

者汝能與我此之袈裟色衣以不汝若與我
我當與汝迦尸迦衣此衣價直百千億金復
爲種種栴檀香等之所熏修汝何用是麤弊
衣服袈裟色爲可取如是迦尸迦衣而說偈
言
此是解脱聖人衣　若執弓箭不合著
汝發歡喜心施我　莫惜共我博天衣
爾時獵師報菩薩言善哉仁者我今與汝實
不悋惜是時化人即與菩薩袈裟之衣從菩
薩取迦尸迦衣價數直於百千金者復以種
種栴檀所熏菩薩爾時心大歡喜受袈裟衣
深自慶幸即脱身上迦尸迦衣與彼獵師時
淨居天所化之人從菩薩邊取迦尸迦微妙
衣已即於其地以神通飛上虛空中如一念
頃還至梵天爲欲供養彼妙衣故於菩薩前
以天神通乘空而行菩薩見已生大歡喜希
有勝尚奇特之心於此袈裟染色衣邊復更
倍生慇重至到歡喜之心爾時菩薩以剃頭
訖身得袈裟染色衣著形容改變既嚴整訖
口發如是大弘誓言我今始名眞出家也是
時菩薩遣車匿還淚流滿面以送車匿分別
訖了獨一無雙體上既披袈裟色服安詳徐
步向跋伽婆仙人居處是時車匿曲躬頂禮
菩薩兩足圍繞菩薩三帀而迴車匿既見菩
薩割意不肯還家無其身體著袈裟衣頭無
天冠鬚髮悉剪身體復無諸寶瓔珞并及微
妙迦尸迦衣如是一切種種悉無既遥見已
上舉兩手大叫盡聲號天而哭投身撲地心
意悶絶良久乃穌穌已還起諦觀立地視菩
薩行更復舉聲稱寃而哭以其兩手抱揵陟

項悲咽哽塞大聲呼嗟良久哭已觀見菩薩心意不迴無可兾望將諸瓔珞及以衣裳并牽馬王揵陟迴反欲向家歸此是身還實非心捨其行道路或時思惟或舉聲哭或復悶絕躃倒於地或處直立不能前行或處思慕不樂而坐車匿如是心懷愁惱多種自現諸苦相已漸漸次到迦毘羅城其揵陟馬數數迴頭觀看菩薩作聲鳴喚逐車匿後淚下而行其馬已前多足氣力歡喜縱逸以見菩薩捨家出家剃鬚髮故苦逼憂愁恒常懊惱身形羸瘦氣力消盡假使是馬瓔珞莊嚴以心離別於菩薩故無有威神無有威德迴顧數觀瞻看菩薩而作大聲淚下滿面悲鳴而行在於路上不食水草以飢渴逼行步羸弱威力威神悉皆減損不復能行其眼中淚恒常不乾菩薩初騎所發到處止半夜行今以苦逼身羸弱故迴還八日始得至家而有偈言

菩薩初出半夜行　車匿辭別牽揵陟
以苦逼切失威勢　迴還八日乃到宮

車匿等還品第二十三之一

爾時車匿將馬揵陟辭別太子迴還歸至迦毘羅城當初入時譬如有人入於空宅其迦毘羅城之內外四面周帀或復園林或復泉池或復渠河或復苑囿以太子捨行出家故無有威神彫悴枯竭其迦毘羅城內所居人民大小遥見車匿將領馬王揵陟還歸不見太子以不見故悉隨車匿及揵陟後次第而行諮車匿言悉達太子今在何處是時車匿流淚滿面哭泣哽咽不能得言時彼城內一切人民悲泣啼哭隨逐車匿及以揵陟行則

隨行心生疑惑而問車匿作如是言其王子
者今在何處於我國内生大歡喜今汝何處
捨離而來是時車匿隨行隨報彼諸人言我
實不敢捨背聖子而彼聖子捐棄自宫捨俗
衣形并發遣我及馬犍陟令使來還太子獨
自在山出家是時城内一切人民聞此語已
心生奇特希有之事而讚助言未曾有法各
各對面共相謂言悉達太子難行能行時彼
城内一切人民口雖如是稱説彼言而其淚
下猶如流水復各訶身作如是言咄我今者
可共隨其相逐出家至於彼處看人師子徒
步行者我今寧應至彼隨行勿令一日離别
聖子而存活命所以者何此城今無彼聖子
故無有威神無有勢力此城以無於太子故
寂寞今與曠野無異彼所居處以有太子威

神力故山澤叢林還成聚落而有偈説
城内人民聞此言　口稱希有如是事
此無悉達成曠野　彼有太子如國城
爾時馬王犍陟鳴喚城内所有一切人民悉
在自家各聞其聲聞已一切所有人民及兩
宫内諸婇女等作如是心謂言太子迴還入
城是時人民及以宫内所有婇女或開牕牖
或撥門簾以歡喜心遥望太子時彼人民及
宫婇女唯見馬王及以車匿離别太子獨自
而來見已各還閉牕門户退入家内稱寃大
哭時淨飯王以愛苦惱逼切身故思惟欲見
悉達太子即入齋堂潔戒淨心修持苦行憂
愁悵怏内心日夜求守一切諸天諸神復作
種種方便因緣欲求見子以慰心故爾時車
匿苦惱憂悲淚下如雨手執犍陟并及太子

緣身瓔珞無價寶冠擎持將入淨飯王宮譬如王子於戰鬪場被怨敵殺其從左右將馬瓔珞入於王宮如是如是其奴車匿離別太子將馬服玩雨淚而入大王宮中亦復如是車匿入時其馬揵陟在淨飯王宮門之外欲入門內觀瞻太子左右行動坐卧之處不見太子淚下如流跑地大鳴譬如有人於大衆中說苦惱事時淨飯王宮內所有種種諸鳥孔雀鸚鵡鸜鵒命命俱翅羅等種種諸鳥聞揵陟聲亦謂言是太子歸家彼等歡喜各自出聲和雅而鳴如是揵陟作於聲已所有大王廐內餘馬聞揵陟聲亦謂太子歸來向家一切歡喜皆悉鳴喚其淨飯王宮內婇女衆多百千摩訶波闍波提等復有太子宮內婇女六萬餘人及其大妃耶輸陀羅等念太子故大生憂惱瀝淚滿目各任本容不復洗梳身體衣裳皆悉垢膩捨諸一切妙好瓔珞憂愁悵怏心意不安或哭或啼或思惟坐聞揵陟鳴各相謂言如是揵陟作是鳴聲決定是我太子歸家無有疑也彼等既聞揵陟聲已心大歡喜渴仰欲見於太子故摩訶波闍波提耶輸陀羅等多千婇女各於自房或在樓上或在殿中或在室內欲見太子渴仰忽起急走集聚向於車匿及揵陟邊彼諸婇女唯見車匿及馬揵陟離別太子而來向宮彼既見已各舉兩手叫喚大哭流淚滿面口唱太子種種諸德而有偈說

彼等婇女心苦切　渴仰欲見太子還
忽覩車匿馬空迴　淚下滿面叫喚哭
解絕瓔珞妙衣服　散被頭髮身瘦羸

各舉兩手無承望　啼號不眠徹天曉

佛本行集經卷第十八

音釋

劑在詣切限量也　蓏郎果切蔓生曰蓏　弗楚限切　臠力兗切塊切肉也　鞄鞘鞄正作把布許切柄也鞘私妙切刀室也　跑薄交切足跑地也

佛本行集經卷第十九

隋天竺三藏法師闍那崛多譯

車匿等還品第二十三之二

爾時摩訶波闍波提及瞿多彌既見太子髻裹明珠傘蓋橫刀并摩尼寶莊嚴蠅拂自餘瓔珞揵陟馬王及車匿等如是見已心大驚怖各舉兩手搥拍身體憂愁而問於車匿言今我所愛子悉達多留在何處汝自迴還車匿報言國太皇后悉達太子棄捨五欲為求道故出家入山遠離親族剃髮染衣思惟苦行是時摩訶波闍波提聞於車匿如是語已譬如牸牛失其犢子悲泣號哭不能自勝其摩訶波闍波提從車匿聞太子之語亦復如是即舉兩手心驚怖裂口大唱言嗚呼我子嗚呼我子流淚滿面徧體顫慄忽然悶絶身躃倒仆宛轉土中如魚出水在於陸地跳躑苦惱摩訶波闍波提亦復如是躃地宛轉嗚咽而語問車匿言車匿我今不見自身有過及心口失負持於汝汝今何故忽將我子擲棄曠野猶如擺木汝將我子置彼林內令共種種諸惡虫獸恐怖之中獨自而住汝棄捨來不怜我子而身背乎車匿報言國太夫人奴身不敢棄捨太子夫人太子自棄捨奴太子付我揵陟馬王及諸瓔珞教來迴還速疾向家長太夫人心生憂愁令得安隱無惱患故時彼宮中諸婇女等各各啼哭而口唱言嗚呼阿爺或復唱言嗚呼兄弟或復唱言嗚呼大家或復唱言嗚呼我夫以此種種愛戀酸言欲染根本呌喚苦身或有婇女轉目而哭或有婇女相視而哭或有婇女迴身而哭

或有婇女舉頭而哭或有相覩面目而哭或有兩手指肚而哭或有兩手撫心而哭或以兩臂相交而哭或舉兩手拍頭而哭或以灰土坌頭而哭或有散髮覆面而哭或拔鬢髮低頭而哭或舉兩手仰天而哭或有婇女以悲苦故東西南北交橫馳走猶如野鹿被毒箭射或有婇女以衣覆面叫喚而哭或有婇女徧體戰慄猶如風吹芭蕉樹葉低昂而哭或有倒地悶絕不知少有餘命纔出聲哭或有婇女如魚出水擲置陸地宛轉而卧微有喘息劣餘殘命綿惙而哭或有婇女猶如掘樹倒卧在地宛轉而哭諸如是等種種苦惱以逼切身號哭太子是時車匿及馬犍陟弁彼無量百千婇女哭泣之聲不可得聞摩訶波闍波提流淚悶絕少穌即便大哭太子口唱是言嗚呼我子嗚呼我子汝身本時以種種香摩塗拂拭威神大德而用莊嚴今者云何在於山谷爲諸蚊蟻細小毒虫唼啑汝身能忍此苦住於曠野嗚呼我子汝身恒以迦尸迦衣薰香所覆今者云何麤澀臭衣能忍著身嗚呼我子汝在家時清淨妙香百味所作種種羹臛潔白之食自餘惡雜不曾向口今者云何忍食麤澀冷淡食飲或飯或麨或䴵或漿云何空餐此能得下嗚呼我子在於宮內細滑牀敷柔輭氈褥或覆天衣或復兩邊夾置倚枕或卧或偃隨意自在今者云何在赤露地或棘針叢麤草之上忍得卧眠嗚呼我子在家之時或有奴婢或有左右恒常供承哀愍之心或有倚身或有胡跪或有立地向汝面覩而得奉事無所乏少今者云何

瞋恚之人或有貧窮或有焦煎向汝無慈汝何能觀取其意氣嗚呼我子在於家內以妙華色可喜端正婇女群隊左右圍繞而受快樂汝今云何在於山曠猶如野獸恒常恐怖獨坐獨行心乃娛樂嗚呼我子善生羅網所覆長直脚指柔輭脚踝腨脛猶如鹿王掌底柔輭如蓮華葉二輪莊嚴分明顯著今汝云何如是脚跡徒跣蹋地或有棘針或有沙礫或時冰凍或時炎埃何忍東西將此行涉是時摩訶波闍波提作如是等無量無邊諸種語言哭太子已心薄穌醒得復本念從地而起問車匿言車匿此事已然我子悉達行路之時向汝何囑車匿我子所有柔輭青色紺黑頭髮復誰割也車匿我子頭髮今在何處車匿報言國太夫人太子悉達囑語我言車匿汝至我家爲我殷勤再拜問訊我母摩訶波闍波提若再拜已作如是言諮啓太母願莫大愁莫生苦惱莫憶於我子不久得如心所願得即迴還奉覲太母其聖子手自拔於刀左執頭髻右手持刀而自割截擲於虛空諸天接取將還天宮爲供養故是時摩訶波闍波提既聞車匿作是語已復更重哭太子髮髻嗚呼我子頭髮甚長柔輭螺髻極能端正一一毛孔一毛旋生不亂不斷堪著王冠受於王位汝今何忍割截擲棄嗚呼我子兩臂甚長行步詳序如師子王兩目圓滿猶如牛王身體金色胸髀寬大聲音隱隱如鼓如雷如是人者何堪出家居在山野今我此地無有福相如是人者行如法行此地倒已復不能起爲世作主我願一切有德之人諸功

德具值於法王出現於世令諸大衆安隱快
樂而有偈說
必其此地無有福　不應生是智慧人
既現如是功德身　應當爲世作聖主
爾時耶輸陁羅大聲呌哭一瞋一罵雜種語
音呵責車匿作如是言車匿我婦女人年少
夜半睡眠沉重無所覺知汝今把我心中所
愛如意聖夫將何處置車匿去此近遠我之
聖主善大丈夫并汝及馬三平等行車匿揵
陟唯二獨來在於我前不見我心所愛聖主
是故我今身心顫慄車匿汝非善人不潤益
我車匿我今要言假使酷暴極瞋怨家猶尚
不能如是損害似汝今日躓頓於我車匿如
汝是我所歸依者應覆護我應養育我汝今
云何見我夜半惛亂睡眠汝私竊偷將我聖
主向何處著車匿即汝今是最大怨讎所作
之事今已訖了汝復何須懊惱啼哭汝宜拭
面何用強悲虛瀝目淚車匿汝不善業今作
已竟不假須哀車匿以汝爲我聖夫善友禁
節入出可行則行不可則制令反相從令我
聖主隨意而出車匿用汝何爲汝今作是不
善事已應須歡喜我知汝今大獲果報大得
福利車匿凡世間人寧取有智以爲怨家不
將愚癡共作朋友車匿汝雖於我夫處爲友
而汝作事不曾思惟所以者何車匿汝於我
家今已造作不利益事汝今應當生大慶幸
車匿此諸宫殿高峻莊嚴猶如雲隊復以種
種瓔珞廁填財寶充滿今爲汝故悉皆虛空
即向車匿而說偈言
凡人寧近智慧怨　莫取愚癡作朋友

由汝作事不思審　令我合家苦惱煎

爾時耶輸陁羅說是偈已重語車匿作如是言車匿我今何得心不憂愁向者我夫若當相對今日此等諸婇女輩色白如雪脣赤如朱可喜少雙端正第一解身瓔珞脫妙衣裳應須共同受諸欲樂誰知一朝忽成孤寡以無主故眼淚晝夜恒如水流啼哭呼號常無斷絶車匿又此犍陟與我長夜恒作怨憎不爲利益見我夜半睡眠不知負我心中所愛之主從城而出此馬作業極深不善何故今者在於我前苦痛而鳴令聲徧滿大王宮内其先將我聖子出時此不善馬何故默然飲氣而行若初去時如是鳴喚彼時即應聞其聲響諸人睡覺我今亦應不見如此大苦惱事此不善馬假使箭射穿穴其身或以杖殺應不合出行向山林是故此馬不爲我家作於利益正以畏懼少鞭杖故將我内心所愛最上聖主丈夫出向山藪我今此宫以無主故殿堂房室聚落城隍國邑街衢樓閣牕牖門閤欄楯曲尺琅玕半月殿形微妙殊勝最上華麗今悉空虚爲此馬王惡犍陟故今我皇閨猶如曠野舉目瀰地無處可貪耶輸陁羅作於如是多種苦切痛楚悲泣酸哽言時不可聞見迷悶暫停其車匿聞耶輸陁羅作是言已低頭屏息合十指掌垂淚大哭報聖子妃耶輸陁羅作如是言妃今不應訶責犍陟亦復不合瞋罵於我我無過失我及犍陟實無罪咎妃之聖夫初始去夜我作多種衆諸障礙所謂唱叫我於爾時大聲喚妃以種種語作如是言大妃速起大妃速寤今夜此

宮妃所愛夫欲將於我及揵陟去手執頭髮一一出示耶輸陁羅此之頭髮爾時我拔姓婇女取此是姓甲婇女頭髮此是姓乙婇女頭髮各各稱名而告語彼爾時不覺自餘婇女一切悉然此揵陟馬聖子去時亦作障礙一千餘徧出聲鳴喚以蹄踴地前却不行又以領車張鼻震吼此馬鳴時其聲所聞至半由旬其蹄聲聞一拘盧奢我於爾時唱語妃言妃之所愛今夜去矣妃及其餘諸婇女等自不覺知如是等聲又是諸天神力隱没不令得聞大妃妃須知我及以揵陟實不敢將聖子去也如是測度知妃聖主取我語不聖子若依我語而行終無是事即向於妃而說偈言

我今不忍眼淚流　合掌低頭更諮白
妃實不合訶責馬　并及我邊不得瞋

大妃我昔亦知淨飯大王舊有嚴勑一切左右善加用心守護太子我雖先知有如是教但不自由諸天力强惑我心意所欲作事不得從心聖子所行並天神力唱宜出家爾時心念城門自開彼諸宮門從來各有多千人衆心不放逸守護諸門彼等皆著睡眠不覺聖子初出宮門之時如日初昇放大淨光破一切暗我於爾時自知此是諸天所作大妃我於爾時聖子出城行路之時我最在前徒步而走我於爾時身不知之大妃此揵陟馬行於路時脚不蹋地猶如有人舉而將行其作聲時亦不遠聞大妃我於爾時私心思念亦知此是諸天所作大妃我於彼時聖子如法樂沙門衣袈裟色服從他乞取其自身衣

解付與他髻髮割截擲虛空中而不落地諸天接取我於爾時心念知是諸天所作大妃以如是故妃今不應於我輩邊生於瞋恨所以者何不由我故亦不關馬將聖子出爾時大妃耶輸陀羅卧於地上少時思惟以種種語悲啼號哭作如是言嗚呼我主何故今者我如法行孝順向夫捨我而去向彼欲求於法行者彼無正法以其不能隨法行故嗚呼我主可不聞彼往昔諸王欲向山林求法之時將婦及兒相隨而去彼等諸王無妨聖道亦得成就嗚呼我主彼豈不知有如是法諸人猶尚共婦剃頭出家脩道精勤苦行將於好馬祭祀諸天作無遮會於未來世二人同受上妙果報若知韋陀論中說法何故今者獨於我邊作法慳惜不共行法咄咄空往徒生人中若知世間共於婦人有恩愛情云何棄捨欲生於彼三十三天貪於玉女我意今見如是之事彼天玉女有何可貪有何端正有何五欲歡樂事情若其不貪於彼快樂捨此王位威神功德及與我等諸婇女輩既棄捨已出家而入空閑山林欲行苦行我今不取天上果報亦不羨天玉女之身我心知足我有是力我在於此不用生天但於此處修行苦行乞如是願若在人間若在天上唯願伏事如法之主彼心決定如是剛硬若捨我等入於空山閑靜林野我心亦然堅固不轉如石無異最牢最實若如我今無夫之婦以見自主從家而出行至山林使我孤單獨在空室何得令心而不破裂即說偈言

我今身心甚大剛　如鐵共石無有異

主捨入山宮内空　何故我今心不破
爾時耶輸陀羅如是因緣爲於太子苦惱逼切而心迷悶忽然躃地須臾還起或時舉聲悲哀號哭或時默住低頭思惟或時忽驚狂言漫語彼之我夫今何方去彼我聖主今何處停使我孤煢獨居宮内棄我捐我捨背我行我從今去不得聖子不卧本牀亦復不以香湯澡浴亦復更不莊嚴自身不揩摩拭不脂粉塗又更不著雜色衣服從今已後不著雜種諸瓔珞具不以香華薰佩於身不食美食不飲美漿一切酒等皆悉不飲常食勝食今更不食頭上素髮更不嚴治雖在於家恒常作於山林之想而行苦行乃至不見彼之最上勝大丈夫我見一切諸園林池泉水殿堂悉滿塵土猶如曠野一種無異以迦毘羅聖子無故一切宮閣一切樓觀悉無精光猶如沙磧以此憂愁苦惱心故不能自持失於正念無復愧耻無復羞慙其耶輸陀羅卧在地上作於如是苦惱宛轉狂語之時宮内所有諸婇女等悉皆同聲吽喚大哭流淚滿面而有偈說

如是苦惱逼切彼　婇女及妃耶輸陀
各各相觀眼淚流　猶如盛夏降大雨

爾時車匿見耶輸陀羅作於如是諸苦惱已諫言大妃莫生如是酸切懊惱莫大悲苦應須暫停莫憶聖子聖子出時雖在人間與天無異威神氣力與天不殊聖子出時諸天圍繞右邊則是諸梵天王及梵眷屬左邊帝釋及諸三十三天眷屬其東方有提頭賴吒乾闥婆王其南方有毘婁勒叉鳩槃茶王其西

方有毘婁博叉及諸龍王其北方有毘沙門天領諸夜叉左右圍繞其身悉著金剛鎧甲或執弓箭或執戟槊或復在於聖子之前示現道路或復在後防衛聖子或在於左或復在右隨從而行其虚空中常有無量諸天玉女百千萬衆悉大歡喜徧滿其體不能自勝將天雜華散聖子上散已復散是時聖子見於彼等諸天玉女内心亦復不喜不樂不愛不瞋不取不觸其聖子情如是不著彼等所用國母大妃聖子出時諸天如是示現神通所有諸事供養聖子我今難可一一具説説是語已時第二妃瞿夷聖女譬如大樹枝折下垂不能自舉瞿夷聖女爲於太子受大苦惱其心煩毒爲彼憂愁熱火所燒徧體顫慄卧於地上宛轉大哭口唱是言嗚呼我主心常歡喜嗚呼我主面如滿月嗚呼我主端正少雙嗚呼我主最上最勝諸相具足嗚呼我主清淨之身世間無比支節不缺次第善生猶如金像嗚呼我主功德最勝嗚呼我主大慈大悲天人所供嗚呼我主勇健多力如那羅延無有怨敵能降伏彼嗚呼我主梵音微妙出聲猶若迦陵頻伽嗚呼我主名稱遠聞嗚呼我主百種莊嚴福德之聚於天人世無與等齊嗚呼我主功德圓滿諸仙見者悉皆喜歡嗚呼我主名聞上下四方四維悉皆尊徧供養之聚如智慧林嗚呼我主於世間中舌味最上嗚呼我主口脣紅赤如頻婆果嗚呼我主雙目紺炎如青蓮華嗚呼我主口四十齒清淨潔白如乳如練如雪如霜嗚呼我主鼻高隆直猶鑄金鋌嗚呼我主眉間白毫

正住清淨嗚呼我主兩髀圓厚寬廣齊平腰細纖長猶如弓弝手足柔輭嗚呼我主胜脛臂肘猶如象鼻手足正等爪皆紅赤嗚呼我主此之瓔珞看日所作吉星吉宿大淨飯王造作之時生大歡喜今者何故乃得別離我今亦復不喜見於此等瓔珞時瞿多彌以苦惱心數數恐怖數數驚惶猶如野鹿被他驅逐落於圍內手執刀槊或復弓箭用射其身受大苦痛東西馳走觀察四方無能救護可令免脫時瞿多彌心亦復然語言不正在於宮內自諸殿中東西南北求覓不得悲泣叫聲淚流滿面無有救護受大苦惱復大唱言聖子在此此處猶如忉利天宮一種無異諸物具足亦如帝釋威德巍巍光明熾盛今悉失盡今以聖子忽然無故其城猶如尸陀之林或如山澤或如曠野我在於此宮殿之中共於聖子受無比樂生大歡喜無有猒離今聖子無意不樂著譬如魚鼈出於水中居在陸地無有暫樂何況意樂我亦如是聖子無故有何樂心猶如過春諸蜂無樂以華無故不著彼林不貪彼樹我今亦然無聖子故此之室內有何歡樂嗚呼我主坐起之處恒作音聲宮中婇女以歡喜心作大歌舞今此宮殿一種不殊而今於我忽生憂苦心意不歡何況妓樂嗚呼我主身著微妙種種香華瓔珞自嚴塗香末香隨時供足無所乏少應正受樂稱心歡喜云何忽然棄捨而去譬如虛空起大雲隊閃電雷鳴放大雹雨忽然不現聖子亦然次受王位應須受樂無所短乏棄捨而去必我往昔精妙施已心還生悔以心

悔故今得是報雖受果報無量深善忽然復失以悔業故今成寡身我今薄福失於如是最上勝人咄此恩愛會無多時須臾便失猶如戲場作大歡樂忽然還散現事如此又傳聞道往昔王仙修習寂靜制伏諸根證於禪定至彼空林斷一切殺身專苦行食諸妙藥及於甘果隱處山藪共婦相隨而行梵行今彼何緣獨向山野而自精勤時瞿多彌抱揵陟頭舉聲大哭嗚呼揵陟無慈之馬共汝一時同生聖子今在何處汝復何故夜半將去不語我知訶責車匿而作是言咄汝車匿特無慈心我既睡眠何故不喚此既是我心中所愛今忽捨去汝以何故不語我知令我久長獨眠獨坐眞實大苦咄汝車匿爲我論說聖子去時云何而行復誰將引在於此宮是誰導出行向何方今至何所妃瞿多彌如是訶叱責車匿已復更和輭語車匿言事既已然汝善車匿汝親送來知聖子處汝將我等往詣彼所我等身當隨於聖子修習苦行專精求道還望來生共於聖子同生天上爾時車匿聞瞿多彌如是種種嗔害言已心生悵怏倍更憂惱苦痛熾盛逼切其身淚流滿面强自抑忍安詳慰喻瞿多彌心作如是言願妃善聽且莫憂愁亦復不須如是哭泣計應不久得見聖子所以者何當於聖子遣我還時而語我言汝車匿去至於宮內爲我問訊一切眷屬并我妃等及諸釋種童子知親我故遣汝迴還向宮慰喻彼等爲我語彼作如是言我今已除貪恚癡網不久當成智慧等覺成已即許迴反還入迦毘羅城我知聖子

決得利智稱心等願迴還不疑定知如是最勝衆生不虛妄語時淨飯王如是苦惱於其宮裏祭祀諸天所作已辦還聞太子宮閤之內大叫哭聲王便從自宮殿而出是時車匿即將太子瓔珞傘蓋并馬揵陟牽詣王前一一顯示承太子命殷重囑故頭面頂禮淨飯王足涕淚交流嗚咽滿面依具奏知時淨飯王見其太子諸寶瓔珞并及傘蓋馬揵陟等兼復聞於太子所囑恩慈言語不覺忽然大叫唱吼失聲啼哭作如是言嗚呼我子中心所愛誰期如是時淨飯王念太子故憂苦切身迷悶倒地無所醒覺而有偈說

王聞菩薩誓願重　及見車匿揵陟還
忽然迷悶自撲身　猶如帝釋憙幢折

爾時淨飯王宮所有釋種諸親族等見淨飯王身撲倒地彼等皆悉大生憂苦心無暫樂各自舉聲號咷而哭口唱種種悲苦之言大叫大呼如上所說時迦毘羅城內所有人民大小以其別離聖太子故各各稱寃大聲而哭思念太子如是次第諸眷屬等齊共慰喻於淨飯王時淨飯王憶太子故憂惱之心不能暫捨諸親族等或有言說開解王者或有扶王令起坐者而王雖坐少時還倒悶絶不醒或時暫穌啼淚滿面而勑車匿作如是言汝之車匿何故不遣太子還宮時其車匿即白王言大王當知我亦大作殷勤方便欲令聖子降意歸還但聖子心無所染著於世間中所有俗法一切棄捨無有樂心即語我言汝莫諫我我今不用一切五欲棄捨一切眷屬國城唯樂山林泉流靜處時淨飯王重聞

車匿作是語已兼見太子諸瓔珞具在於地上身即頂禮滿面淚流大聲而哭語車匿言我今力窮無復意氣手足悉折猶如杌株我今別離此愛子故如樹無枝唯根幹在於外諸國今見輕欺又我單身無所能作如樹被雹爲諸小兒之所戲弄嗚呼我子最上最勝微妙丈夫可喜形容端正無匹柔輭童子違離心願何故出家棄捨五欲心所樂者背我而去嗚呼我子諸相具足百福莊嚴一一相中皆並備悉嗚呼我子身體諸好皆悉徧滿嗚呼我子伺諸婇女睡眠不覺忽然而出嗚呼我子昔在宫內我無一愁嗚呼我子諸王家勝嗚呼我子上世以來恒在諸王上族中生嗚呼我子何故忽捨王位出家嗚呼我子恒爲多人之所喜見若男若女老嫗丈夫眼瞻視時無不歡悅嗚呼我子善巧多智嗚呼我子棄捨四方及諸七寶一切眷屬獨自出家嗚呼我子猶如白象破大樹木背宫出家嗚呼我子汝出宫時所有城門難開難閉設開閉時其聲遠徹云何今者使我不聞決當諸天隱蔽彼響嗚呼我子今此處所迦毘羅城諸釋種子無所可望以汝悉違捨出家故嗚呼我子迦毘羅城諸釋種子所有資財金銀珍寶穀麥倉庫自餘錢物能得棄捨猶如涕唾背而出家嗚呼我子我以爲汝造諸時殿春夏秋冬汝今云何棄捨而行娛樂曠野無人之處唯與諸獸山林爲樂嗚呼我子昔者諸仙二種受記以是因緣我昔歡喜徧滿其身不能自勝我於爾時不覺頂禮兒之二足嗚呼我子汝今出家護城諸神悉皆棄捨

此城而去嗚呼我子面圓如月嗚呼我子牙齒白淨目如牛王嗚呼我子昔聞汝語心生喜歡今日憶想反成憂苦嗚呼我子恒以妙好多伽羅香栴檀沉水牛頭栴檀用塗其身種種瓔珞所莊嚴身末香薰香燒香所薰柔輭之體今忽不見嗚呼我子愛戀之心徹我皮肉筋脉骨髓而在中住今忽捨出入山林間

佛本行集經卷第十九

音釋

仆（芳遇切僵也）擺（北買切排而振也）㑪（陟劣切）唼㖩（唼子答切食也㖩所角切含吸也）麨（尺沼切乾粮也）䴵（必郢切麨餈也）踝（胡瓦切腿足兩傍曰內外踝）腨（時兖切腓腸也）脛（胡徑切脚脛也）跣（息淺切親地也）髆（補各切肩髆也）躓（陟利切跲也）煢（渠營切獨也）鑄（之戍切鎔金入範也）鋌（待頂切朴也）弝（必駡切弓弝中手執處也）肘（陟柳切臂節也）杌（五骨切樹無枝也）嫗（威遇切老婦之稱）

佛本行集經卷第二十

隋天竺三藏法師闍那崛多譯

車匿等還品第二十三之三

時淨飯王復作是言我今心願所有四方護世神王護諸衆生令爲我子成利益故恒相佐助天上帝釋千眼天主舍脂之夫大力天王及諸天衆左右圍繞願爲我子所有心求願作佐助又世諸神風神水神火神地神四方四維彼等諸神皆作佐助汝最勝者無上丈夫何故棄捨四大天下彼之我子今捐家出志慕無上極妙聖果其所欲求願速成就阿耨多羅三藐三菩提道使早證明其淨飯王卧於地上以種種語訶責揵陟作如是言汝不善馬從來多種爲我所作愛樂之事今日何緣忽不饒益如是損害於釋種家我之太子恒常愛汝與我心合常作歡喜汝今如是汝須覆滅汝可將我向太子處我共愛子共行苦行我今離別所愛子故命在須臾不久存活而說偈言

揵陟汝馬速疾行　將我詣彼還迴返
我無子故命難活　如重病人不得醫

時淨飯王說是語已因愛子故苦切所逼卧在於地作如是等受苦惱事舉聲大哭乍撲乍起言音哽咽爾時有一智慧大臣幷及國師婆羅門等見淨飯王宛轉于地左倒右扶心大愁毒悲苦纏迫意不暫歡身心一時生大熱惱其等欲開解王意故故現顏色自無憂愁共白王言大王今者宜可捨諸憂愁苦惱定於自心須作健想不應如是悶絶自撲猶如凡人涕泣流淚所以者何大王當知如

昔過去多有諸王棄捨王位如萎華鬘背而入山又復大王太子悉達宿緣當受如是業報大王今者應憶往昔阿私陁仙預受其記白大王言彼童子者不可拘以人天果報幷及轉輪聖王之位而期待之使令貪愛暫住於世大王今者若決定欲喚太子還但勑我等二人令去當隨王命終不敢違時淨飯王即報之言汝等二人若知時者可速疾往至太子邊若不爾者我今身命無有吉祥爲諸苦惱之所纏逼是時大臣幷及國師婆羅門等聞淨飯王如是勑已即共發行詣太子所而說偈言

太子應受如是業　王當念昔私陁言
記彼不貪天轉輪　寧樂人間五欲樂

時彼大臣及國師等說是語已相與俱行其馬揵陟處處聞於如上苦切訶責言已意甚憂愁生大熱惱以熱惱故無暫時歡心既不歡即便命盡命盡之後應時上生三十三天既生彼天後知如來得成道已即從彼天捨來下生中天竺國於那波城其城有一婆羅門種具行六法即爲彼家而作子息乃至漸大至如來邊如來知彼往昔之時作於馬身命終生天時佛即說彼馬因緣既聞法已漏盡解脫入般涅槃

觀諸異道品第二十四

爾時太子自手執刀割於頭髻剃除鬚髮身著袈裟即時無量百千諸天生大歡喜徧滿其體不能自勝以喜歡心齊出聲叫大歌大嘯弄諸衣裳口大唱言悉達太子今已出家悉達太子今已出家其定當得阿耨多羅三

藐三菩提得已一切生法衆生當得解脱於彼生法乃至應受苦惱别離諸衆生等悉得解脱於此繫縛爾時菩薩割髻之處其後起塔名割髻塔菩薩身著袈裟之處後起塔稱受袈裟塔車匿揵陟辭别迴還向宫之處後起塔名車匿揵陟迴還之塔菩薩行路諦視徐行有人借問默然不答彼等人民各相語言此仙人者必釋種子因此得名釋迦牟尼

爾時菩薩自心發起如是思惟我今既已捨於王位捐自眷屬境界國城不可生悔此事成已是滅相法如是念已心轉勇猛爾時菩薩從彼阿尼彌迦聚落漸漸欲向於毘耶離中路有一仙人居處彼舊仙人名跋伽婆（此言瓦師）菩薩入彼仙人處時光明顯赫照彼山林菩薩既除諸瓔珞具幷捨一切迦尸迦衣直是身威猶尚出光耀彼山林諸仙人眼而有偈說

菩薩象王師子行　除捨妙衣及瓔珞
直著袈裟麤法服　身猶威耀彼諸仙

時其林内所有持行婆羅門仙行住坐卧或手執持隨威儀住彼等一切向菩薩面起恭敬心愛樂尊重或復生疑瞻仰菩薩然彼林内有諸耆舊婆羅門仙或取華果藥木草根其餘他行未集聚者彼等未見不生疑心但遠遥聞菩薩之聲既聞聲已心驚速疾來還林中本所住處應所作者更不復作應所取者更亦不取其餘華果及藥草根設已取者亦悉捨之但心速欲來菩薩前時彼林内所有諸鳥所謂鴻鶴鵝鴨鸚鵡鸜鵒鴛鴦命命孔雀及迦陵伽俱翅羅等一切諸鳥彼諸鳥

等見於菩薩入林中已各各自出和雅之音作微妙聲又彼林中所有虫獸其等一切悉捨水草不食不飲歡喜來向於菩薩前是時彼林諸婆羅門爲祭祀故羣諸犉牛取於乳汁彼等犉牛雖復捋訖而其乳汁猶更如初自然流下時彼一切諸婆羅門各相謂言曾聞有八婆娑婆天此人莫非是於其一或復有言諸婁宿天此是其一何以故自從其來入此林中此林放光皆悉明耀如日初出照於世間而說偈言

或八婆娑此是一　或二婁宿中一天
若不此林何故光　譬如世間日初照

爾時彼等諸婆羅門修習仙法居彼林者隨林所出供養之具將如是等諸供養具請於菩薩各各一心齊頂禮足同共白言善來聖者我等諸仙欲請聖者住於此處此處所有華果樹林藥草根葉流泉冷水隨時堪可納受充用此是古仙之所居處欲求解脫易得安心此處空閑經行寂靜爾時菩薩以微妙語辭采音句美麗可觀聲隱隱深猶如雷鼓隨所堪受問訊相訓是時諸仙衆中有一婆羅門仙善巧居林苦行之法彼見菩薩好容儀已别更告一婆羅門言仁者知不此天童子洞識人心善解方便何以故凡世間人各相謂言我生諸子應當養育諸子長成則能爲我興立家計販賣求財造作生活我於當時求智求道若負他債悉償令了如是思惟諸恩愛故養育諸子此則不然爲他求道不計自死不求自利時彼衆中復更别有一婆羅門告彼已前婆羅門言仁者仁者如是如

是如汝所言世間之人不自覺知不自辯了常不知足但言我今須如是辦明日復須作如是辦我行法時猶尚未至如是一切諸世間人以迷惑故既不辦於此世自利然未來世亦復不得成就諸利爾時菩薩從兜率天下來之時入釋種胎欲受生日彼時先於其跋伽婆仙人林中所居之處自然涌出二金色樹時彼二樹高峻長大而彼二樹當於菩薩出家之夜忽然沒地一時不現其跋伽婆仙人見彼二樹同夜沒不現巳心大憂惱悵快低頭思惟念言必我衰時相貌所至或復更有惡相來耶菩薩見彼跋伽仙人如是憂愁低頭悵快心不歡喜漸至彼邊而白仙言尊者何故顔色憂愁低頭而坐時彼仙人報菩薩言天善童子此我居處往昔以來有二金樹從地湧出彼樹高峻嚴麗可觀我見彼樹今忽不現以其沒故我今憂愁心意不樂如是低頭思惟坐耳菩薩即問彼仙人言尊者彼等二樹出來幾時仙人答言到今巳來二十九年菩薩又問彼樹滅沒爾來幾時仙人報言昨夜半時始沒不現菩薩即語彼仙人言彼二樹者是我福力果報故生若我當作轉輪聖王我於此處作一善地園林之所我今既其捨離出家以是義故彼樹昨夜沒而不現以是因縁尊者勿復自生憂愁爾時菩薩爲於彼等一切諸仙左右圍繞於前行至彼所居處隨意遊行觀看種種坐起安禪苦行精進求道之處時彼林内有一仙人恒修苦行在菩薩後隨逐而行爾時菩薩入彼林中至於仙人居坐處巳東西南北觀看彼

中行住坐卧苦行居所欲求彼等最勝處故問於彼等諸仙人言我今始入求道未久是故我欲借問諸仙唯願如法爲我解說汝此法行我曾未知汝等示現爲我宣說我得聞已如法奉行此處求利真實行者如於汝等所有苦行我亦依行彼等諸仙答菩薩言仁問我等一切苦行及求道法我等爲仁次第解釋凡行苦行此之衆内或有食菜或有食莧或食尼拘陀樹枝者或食頭拘羅樹枝者或食迦尼迦羅枝者或復止食一樹之枝或食牛糞或食麻滓雜果藕根或食雜種諸樹輭枝或復飲水而用活命或如蜣蜋而自活命或復有如麞鹿食草而以活命或有立地而用稱心或有坐地而稱消適或食四口食而活命或復有持麻作衣者或黒羊毛而作衣者或草作衣或以野蠶綿作於衣或龍鬚草以用作衣或以莎草持作於衣或鹿皮作或以故破皮作衣者或亂髮作或毛毦作或以死人旛作於衣或糞掃衣或復裸形卧棘刺上或卧板上或卧株上或卧杵上或復住於尸陀林中或住蟻垤猶如蛇居或住露地或復入水或復事火或逐日轉或舉兩手安然立住或地蹲坐或不洗梳身坌塵土或復螺髻或拔頭髮或拔髭鬚然我等輩以如是行自住持已次或觀時思惟而行或復願欲求生天上或復有欲求生人間以苦行故然後其身始得安樂所以者何求法甚難要修苦行以爲根本而說偈言

如是修習苦行時　自有三十三天報
苦行精進後得樂　是故苦爲諸樂因

爾時菩薩雖聞諸仙如是苦行而眼未見其法極處心不喜歡而知此言未是眞善還緩聲報彼仙人言我今觀看汝法雖有然苦須滅而後果報更無所去唯當生天又其一切諸天宮殿所有果報是無常法以行如上少果報故如是苦行既須捐捨所愛親族復去世間一切諸樂行於苦行遠離諸樂以求樂故乃更入於大牢獄中而說偈言

汝捨愛親及世樂　行於苦行欲生天
雖復謂言此出昇　不覺未來還入獄

爾時菩薩說此偈已復作是言若當有人爲苦逼身怖求勝處欲生天上以天中受五欲樂故不知猒離於未來世不免煩惱之所患害彼等仙人以苦行故還求大苦是諸衆生命終之時見大怖故求後好生以求生故還復不離於彼無常所以者何何處世間有諸恐怖還復染著彼之處所以於此世苦切逼故求欲生天受於樂故怖望渴仰願求生彼所作未辦還復墮於無利益處而亦不求猒離苦行亦不求離苦身之法欲覔勝處過天上樂若有智人離此五欲漸漸須覔勝上之處如足步前以證勝處更須求過彼最勝處若其苦身以得法者此苦身法是名非法若苦身故天上得樂是因行法得於非法但此身動由心故行是故應當先調於心莫苦其身而說偈言

此身動時由心轉　應先調心莫苦身
身如木石無所知　何故隨心而困體

爾時菩薩復作是言若前所說因於斷食當得福者其野獸等應得大福又復貧人以其

先業果報微淺不深植故資財乏少猶如世間無功德人常求地上一切神祇功德之水以澡浴身望應得於如心所願其事不然爾時彼諸苦行師等白菩薩言明智仁者仁於此處見何等患菩薩答彼苦行師言汝今行此苦行之事後日還來入此有處其苦行師復更詳共問菩薩言我此處有如是法行菩薩報言云何得知汝此苦行還入有處汝等此行非究竟入非無畏處時苦行師復更重白於菩薩言大德仁者唯願仁者莫作如是說我今此居所行道路是無畏處有大功德若人依此道路行者捨此惡形得勝妙身菩薩報言雖捨惡形後得妙身而實未是離有之法因今苦身得於後身然彼後身亦未離苦所以者何雖復行於多種苦行望欲求樂而不離苦其苦行師復更執理白菩薩言仁者不然不以苦行後還得苦但以我等苦此身故後世決定得於快樂菩薩復答如此之言亦是無智何以故譬如有人欲求於利不知其內而有大失以知失故欲求利者此非智人爾時彼有一婆羅門在於衆中高聲唱言希有希有此之王子是眞實智譬如有人得美飲食而和雜毒誰樂欲噉如是此事後雖得樂而未離於有爲生老病死之法此豈非是還求後生爾時菩薩復作是言苦苦世間憎死命鬼復求後生此大癡騃苦行師言善哉王子仁愼莫深諦觀此行此行過去無量大德共行此行此之居處往昔無量諸王仙等百千萬億行此苦行而共求於後世之樂菩薩又言如汝今言千萬歲者希有大癡

嗚呼妄語此處大德以苦行故分別境界求後世樂於未來世受生死有不曾知足於煩惱中不作所作展轉其中以其世間求於樂故反多得苦時苦行師復作是言仁者王子此境界主㝹淒羅城其王欲作無遮之會祭祀諸天殺害衆生其數不少求後受樂菩薩復言凡以殺害而得法者可名行乎其苦行師又復白言我相承來祭祀諸天法用如是菩薩報言何有苦他名爲法也有塵坌身還將塵拭能得淨乎有血塗身還以血洗豈能得淨有行非法當得於法無有是處苦行師言實有是處菩薩又言有何因緣苦行師言依韋陀論往仙所說菩薩又言此是何義苦行師言若有諸人祭祀諸天是名爲法菩薩又言我且問汝世間近法若人殺羊祭祀天已得如法者何故不殺所愛親族而祭祀天是故我知殺羊祭祀無有功德汝行雜法意欲如是爾時菩薩遥見去此坐處不遠有一叢樹如尸陀林菩薩見已告彼苦行諸師等言尊者但看彼地處所名何苦行而彼林下或有死屍諸鳥所食或有死屍白骨而聚令者現見或有死屍以火焚燒成一聚骨或有死屍懸著樹上或有死屍被其眷屬之所殺害莊嚴其座依法而葬後生慙愧或有死屍眷屬圍繞相送來向尸陀林中安置於地訖還歸舍其苦行師又復更言仁者王子然其彼處尸陀林者四輩共同無有揀選平等施身福德之地名爲曠野此處地方布施身者不用苦力速生天上求世勝處速得受樂或有仁者投身絶崖或燒或施而生天上菩薩

復言若當如是修行行者後求富貴嗚呼大癡嗚呼無常而求後世多有怨讎求後富貴嗚呼大苦還求大苦彼等癡愚無智之人入大火聚入大蛇口菩薩如是辯才之舌向諸仙人說解脫言作微妙語如是說時日將向沒是時菩薩還彼仙人所居之處一夜停宿後日天曉更餘處行彼等諸仙隨菩薩後次第而行爾時菩薩少時行已見彼諸仙隨後而行菩薩見已即便依一樹下而坐彼等諸仙圍繞菩薩或坐或立是時彼諸仙衆之中最老仙人向於菩薩生希有心而白之言仁者王子自汝來至我所住處時彼地方而自莊嚴仁者出已彼處如今即成曠野以是義故惟願仁者莫捨於我所坐之處何以故凡人欲得疾生天上在此福地而修行者不久即生向於天上是故仁者不應捨此如是微妙先聖所行清淨之所而行餘處而說偈言

仁者我林威德嚴　今去忽然成曠野
是故不應相棄背　如人愛命莫捨身

爾時諸仙說是偈已即更白言仁者王子今在此處得不見於無有恩義鄙惡人乎或見墮於雜行之人或復見於不淨行人若不如是仁者何故不樂於我所居停處我等諸仙欲隨仁者作於善友隨順不逆奉教隨行欲共仁者求勝妙處假使歲星共仁者居猶得勝處何況我等苦行諸仙爾時菩薩得彼諸仙上首請欲同求解脫見其意已即說自心本所誓願兼復讚歎彼等苦行一切諸仙而語之言仁者諸仙今者已得無礙之辯而身久來習行如法內心淨故能於未曾所識人

邊生大殷重敬念之心今若欲捨猶如親愛乃生大愁其事雖然但仁者輩所求之法爲生天果我不然也我今乃欲志求解脱不欲取有我之意願決定如是我心旣觀如是相已見於汝等所居之處心不願樂一欲求還一欲求去此二甚遠然我亦非不樂此處又亦不復憎疾他人亦非見於他人過咎而不住此捨背行也然汝等輩皆住於法隨昔仙聖有所言説汝等一切皆悉已得大仙之法是時彼等諸仙人見菩薩所求解脱勝上於菩薩所更生殷重愛敬心想爾時彼衆其中有一梵志仙人恒卧灰中或編椽上身著死屍糞掃衣服耳目青黄鼻長身白手執軍持聞菩薩説如是語已向菩薩面歡喜以報歎菩薩言仁者所語極大微妙最上誓願汝今乃能年少之時未受五欲見諸過患若不渴仰欲生天者豈能得知天上後患如是觀已而求解脱彼人不久便得解脱若當仁者有如是意決定欲求彼解脱者汝今宜應速疾而行去此不遠有一仙人住止之所名自穿藏彼有一仙名阿羅邏彼仙已得決定正智清淨之眼仁者可至彼邊諮問應聞至眞方便行路仁者若聞此之方便必至彼眞如我意觀仁者所見必過於彼如今仁者心想及身一切相貌決定當度諸智彼岸勝於往昔諸仙人等未曾證者今悉得之爾時菩薩報彼梵志仙人等言願如仁者所述可也是時菩薩捨彼仙人殷勤勸請背之而行意欲向於阿羅邏所而有偈説

摩訶釋種聖王子　善巧美語慰諸仙

決欲前向羅邏邊　所有諸仙還自在

王使往還品第二十五之一

爾時國師大婆羅門及一大臣二人齊共受淨飯王悲哀瀝淚啼號勑已即便整備賢善好車駕馭而立奉承大王威德勢力從所住城迦毘羅出出已尋逐菩薩腳跡速疾而行漸漸至於彼跋伽婆仙人住處其跋伽婆遥見使來漸將向近即起前迎而口唱言善來仁者云何忽屈來到此間願且消息少時停止此草鋪上解歇暫坐我當具辦甘果冷水隨意飲食時二使人即便頂禮彼跋伽婆仙人之足禮已却退坐於一面坐安隱已其跋伽婆種種慰勞王二使人爾時大臣即便逆止跋伽婆語而問之言大仙尊師我等今被彼甘蔗種大淨飯王勑命而來我身即是彼王大臣指國師示此是彼王國之尊師大婆羅門彼甘蔗王有一太子字悉達多以畏生老病死之故欲求解脫捨宮入山傳聞道其已至此處我等求彼故來至此作是語已跋伽婆仙即便報彼二使人言實有此事然其脩臂功德具足勝上丈夫曾至此處至此處已而問於我所修行法我依實說彼既知已即云此雖勝於人間其後還來入生死中非是究竟解脫之處嫌故捨去欲求出離解脫生死今者進向於阿羅邏仙人居所而說偈言

脩臂丈夫功德具　至此聞我法非眞

欲求至極大涅槃　背我今向阿藍所

爾時二使大臣國師婆羅門等聞跋伽婆仙人語已以至孝心於淨飯王殷重敬故不覺

疲乏無有懈倦不食甘果不飲水漿依跋伽婆仙人之語即共相尋向菩薩所彼等漸至到菩薩邊遥見菩薩在於林中於一樹下鋪草而坐除其一切諸寶瓔珞身體放光巍巍顯赫而自莊嚴譬重雲中忽然日出照耀天下滿林樹間見已相與從車而下安詳徒步向菩薩邊至已頂禮於菩薩足口同唱言惟願聖子一切常勝更自前立近菩薩邊爾時菩薩慰勞彼等隨於彼等所能堪受勞謝語言而慰問已菩薩命令相近而坐二使坐已白菩薩言大智太子聖子之父淨飯大王以心愛敬於聖子故大受苦惱所以者何當於聖子出宫之日大王聞已立地自撲迷悶而絕全不覺醒以水灑噴良久乃穌既復本心流淚滿面憶念聖子其狀如是令遣我等來聖子邊惟願聖子正心專聽王如是勑我以知汝正意樂法我以知汝不住我宫必應出家求無上道其理雖然但今非是汝入山時我既見汝非時入山是故我今憂愁苦毒全身被然猶如猛火焚燒大林汝今且可割意還來入於我宫暫捨於汝愛法之心受我愛重若如此者是汝法行若汝不還至我目下令我受苦如是增長譬如大河長遠流注於一時頃兩岸崩頹其水被填忽然斷絕又如猛風吹大雲陣譬如熱天火燒乾草譬如旱月煎涸諸泉譬如雹摧盛春苗稼善子我今心亦如是以爲憶念恩愛汝故心大沸惱煎燒破碎是故汝且迴還向宫享受王位治化天下於後若見有善惡事當任汝心入山求法

佛本行集經卷第二十

音釋

撲蒲角切踣也　犛古侯切取牛羊乳也　荑弋支切荑香草也　滓側氏切澱也　蜣蜋蜣去羊切蜋呂張切蜣蜋轉糞土為圜蟲也　毻北朗切罽之斜文者曰毻　垤徒結切蟻封也　髯汝鹽切頷毛也　傺洟傺丑移切洟他黎切　噴普魂切噀也

佛本行集經卷第二十一

隋天竺三藏法師闍那崛多譯

王使往還品第二十五之二

時淨飯王復如是言我智慧子汝今雖於諸親族邊無愛戀心但取我意還來向家勿令我今爲於汝故憂愁懊惱取於命終善子凡人行法行者皆於一切諸衆生邊生慈悲心如是乃得名爲法行豈但獨自身入深山始名法行所以者何我昔曾聞往古已來或有諸人在自已家不脫瓔珞種種嚴身長養鬚髮具足功德求解脫故在於家內亦能得於解脫之法凡是修習解脫行法唯須智慧及以精進如此即是解脫正因汝今違我而入山者如此乃是避於五欲驚畏之法然其彼等諸人在家以諸瓔珞莊嚴自身得解脫者今當爲汝略而說之昔有仁者名曰隨常仁者力金剛仁者多有仁者流行仁者大富仁者邊天又復有於毗提訶國王名能生耶耶底王（此言行行）仁者淨仙又羅摩王（此言作喜）有如是等無量無邊在家諸王悉得解脫汝今須知在於家中求解脫法亦能令得未必出家是故汝可速來還家滿二種願一汝得受五欲之樂二令我心常得喜歡凡世間人受王位者若令心得如願功能是名眞王我今能爲汝滿此願王位難捨我爲汝故此難捨事能捨與汝灌於汝頂汝若建立如是因緣則我歡喜便即辭退捨世出家入山求道而說偈言

王位親密實難捐　今悉割斷持付汝
見汝堪治世間故　我生歡喜即入山

爾時大臣并及國師婆羅門等宣淨飯王如是口勑所說之偈悉具委曲諮菩薩已復更別以三種事意諫菩薩言大智聖子此是聖子父王淨飯流淚嗚咽向我等勑酸切之語是故聖子今聞父王如是苦勑堪應供養恭敬父勑不得違逆聖子父王今以没溺大深苦河無人能拔出於智岸唯有聖子能作救護堪拔彼苦猶如墮於最極深水唯大船師乃能拔出如是如是聖子父王今以没深大苦惱海更無有人能拔出者唯聖子耳又復聖子小嬰孩時增長養育唯憍曇彌兼其復是聖子姨母莫令孤寡使其命終今爲憶念於聖子故受大苦惱譬如牸牛失犢子故悲喚而鳴如是如是彼憍曇彌以眼不見於聖子故悲苦嗚咽常恒啼哭是故聖子不應捨離復以往昔養育之恩猶如彼牛愛戀其子并及宮內婦女眷屬亦然受苦又迦毗羅城內一切釋種男女人民大小爲愛聖子心煎迫故被苦惱火之所燒然是故聖子今可還家見於彼等譬如大地被焚燒時在上諸天降大甘雨滅彼燋熱苦劇之火爾時菩薩聞父王使如是語已少時思惟以調身心口喘氣已報使人言我亦久知人父向子皆有愛心我知我父淨飯大王向於我邊極大憐念憶戀著心我今但以怖畏世間生老病死自身見没豈能救沈欲求度脫故捨離彼諸眷屬耳誰復樂捨此之親愛可不欲得恒相見也若世間中無愛別離誰不樂世雖復久住共諸親聚會當別離是故我今捨於一切所愛親族及以父母志求菩提若汝所言因愛

我故致令父王生大苦惱我聞此言實不戀著如是恩愛所以者何譬如有人於睡眠中夢見親愛聚集合會覺還別離若是凡人不解方便心生苦惱此是無識愚癡衆生若有智人能自思念親愛合會猶如路行道上結伴相與共行隨逐近遠到所至處各散還本以是事故親愛眷屬聚集有離何須愁惱又前世時曾爲眷屬捨已來此此處眷屬捨至後世後世捨已復至後世如是展轉更互相捨此諸眷屬愛戀之心從何處來去至何處凡世間人從初受胎至一切處如是念念刹那時間悉皆有於死命鬼逐如此何者是時非時今乃語我我子即今非是入山求道之時何況在家受五欲時若當問我時非時者今當略之所以者何彼死命鬼於一切時攝諸衆生無不攝時是故我今欲求離彼生老病死以如是故無時非時菩薩復言若當我父喚子但來我必與子灌頂王位我父必有大弘願心如是難事以能與我可惜於道令我不修但我不欲受此王位親愛繫縛非解脫道譬如愚人不思美食云何智人貪是世樂其無智相愚癡之身大有苦惱故乃能受此王位耳既居王位放逸自在耽荒酒色不能捨離譬如金屋猛火熾然譬如美膳和諸毒藥譬如華沼而有蛟龍如是如是王位快樂意所娛樂諸患隨逐不覺不知以是因緣我今不樂亦非是法而說偈言

譬如金屋火熾盛　如食甘美毒藥和
如滿池華有蛟龍　王位受樂後大苦

爾時菩薩說是偈已復作是言以如是故往

昔諸王得王位已年少之時治化受樂後至老年猒離五欲棄捨宮殿便入山林凡人寧當在於山林食草活命不居宮殿受五欲樂如養黒蛇後受其殃初受樂時不知患害後時瞋發遂便螫人寧捨居家入於山林莫捨山林還入家居何以故爲於先聖所譏嫌故我今既得生於善家應修善法莫如癡人行不善法自縱恣心既剃鬚髮著袈裟衣止住山林修道學問而彼於後捨袈裟衣不懷慙愧是名無羞愚癡之人或爲貪故或爲瞋故或爲癡故或爲畏他如是反退我今不羡天帝釋宮況復還欲入自已宅譬如有人已得美食食訖已後吐變此食棄之於地復欲還喫可得以不如是如是若人捨彼五欲出家或爲諸緣還欲入家亦復如是譬如有人以離火宅還欲入來如是如是以見俗患捨白衣形入山修道迴還亦爾而說偈言

如人捨於火宅走　後時忽復更迴還
既見俗患離出家　從林返歸亦如是

爾時菩薩說此偈已告二使言汝等前稱父王所說往昔諸王在家修法得解脫者此事不然何以故此之二事因緣相乖甚大懸遠所以者何求解脫人其心寂定微妙之處乃得居停若在宮中五欲情蕩出外治民須行鞭捶瞋責罪罰於是心中求解脫者無有是處若人意樂無爲寂靜彼則不貪世間王位設在位時應須捨離若樂王位其人心意不能寂靜若樂寂定復貪世務此二相乖天地懸遠譬如水火不得共居如是如是求解脫法復著五欲終無是處是故我今決定知彼

往昔諸王捨王位已然後乃得寂定之法若居王位教化之時其智未成且學用心治理民耳不必專求解脱之法其事雖然彼等諸王各隨其意或求解脱或受五欲我今不然不學彼等亦復不曾發如此心我今已斷佳家欲鏁得於解脱不復貪著世間五欲豈得還家時二使人聞於菩薩如是等説無染著言專正決定至真之語更復詳共白菩薩言大聖王子今者誓願求無上法此是眞實非無道理但如此行今未是時所以者何聖子父王今受如是憂愁苦惱是故聖子違背此心非是正法而説偈言

今求法藏實是利　雖有正理未合時
父王愁毒切割心　孝德既乖是何道

爾時二使説此偈已重白聖子作如是言大聖王子如我所見此意非是細觀法行於世財利及以五欲非巧方便所以者何聖子今者未曾見因云何求果現得果報而便捨背方求未來大聖王子凡是世間一切書典各各皆自有於悉檀或有人言有未來世或有人言無未來世然此義中人多有疑是故聖子以得果報現在且受若無來世何須精勤求彼解脱復有人言決定世間有善有惡未來世受以是義故精勤修行求解脱道是名爲癡若使諸根決定破壞親愛別離怨憎聚會境界相合自然捨離生老病死何假須作勤劬方便當知此義無有實也又在胎時手足脊背腹肚髮爪諸節支脉自然而成或復有人得成身已還復破壞或有人言既破壞已還自然成故先典中有如是語棘針頭尖

是誰磨造鳥獸色雜是誰畫之此義自然無人所作亦復不可欲得即成世間諸物不得隨心即使迴轉而有偈説

棘刺頭尖是誰磨　鳥獸雜色復誰畫
各隨其業展轉變　世間無有造作人

復有人言世間作者一切皆由自在天作若自然者人亦何須勤劬作業可不是因流轉自來及其去時還是彼因流轉自去復有人言以分別故則我相生故受於有有盡亦然若受有時不假勤求自然而受若有盡時自然而盡亦不假滅復有人言世間欲受人身之時其父不負他人之債則便得生生天生仙一切悉然若此之處不負債者此人不用勤劬而求自然而得彼處解脱如是次第諸經典中各各悉擅自説如是各得解脱其有智人精勤欲求勝處之時必損其心是故我知聖子若欲求解脱者依理依法應如是求解脱之路如古書典悉擅所説若如是者必定當得無有疑也聖子慈父淨飯大王爲聖子故受愛心苦當得除愈聖子今者還宮之時意中若見宮殿患猒此事亦復不須思惟何以故昔諸王仙棄捨家已至山林中後還迴向自家宮中言彼王者各有名號所謂菴婆梨沙王(此言虛空箭)捨離家已在山林中諸臣百官開諫曉喻左右前後圍繞而還其羅摩王(此言能善)既見大地被諸惡人之所毀敗各各相奪迭相殺害心不忍看從山出來如法擁護又復往昔毗耶離城有一大王名徒盧摩(此言樹)亦從山林下來本國護持世間往昔又有一梵仙王名娑枳梨低(此言雜)又羅枳提婆

王(此言喜天)達摩耶舍王(此言法稱)諸如是等梵仙諸王無量無邊各捨山林還來本宮綏撫大地是故聖子聞此往昔諸王本事今若還宮無有患苦而說偈言

如是名稱諸王等　各捨婇女入山林
後並棄山還本宮　聖子今迴有何過

爾時菩薩聞彼二使如是語已告彼大臣幷及國師婆羅門言有無之義疑與不疑我自知耳但此二義所有眞理隱之與顯我忍受之其傳聞者既無因緣何由可信若有智人應不依他虛說而行猶如盲人欲行道路既無導者不見眞實云何得行心自不決若善非善彼盲癡人假令淨法心見不淨以無智故我今寧發精進之心而雖未得甘從果報長受苦惱實不忍在五欲淤泥迷沒沉溺爲於諸聖之所譏訶暫受快樂又汝等言往昔已來虛空箭王及能作喜並從山林還入家者彼等諸王我不取於解脫法中用爲證明何以故彼等諸王以其所學盡神通故別更無有苦行之法是故彼等迴返還宮汝等今者莫作是念我當立誓假使日月墮落於地此雪山王移離本所我若未得正法之寶貪世事故以凡夫身還入本宮無有是處我今寧入熾盛猛炎大熱火坑不得自利而還入宮無有是處爾時菩薩作是誓已從坐而起捨棄此林背彼二人獨自而行時彼二使聞於菩薩如是言已復見決定捨諸親族發如是願知必不迴舉身自撲從地而起流淚滿面大聲而哭隨菩薩行欲近菩薩是時菩薩威德甚大彼等二人不能得逼猶如日光耀

彼等目不能覩見菩薩之身爾時使人復更重諮菩薩是言唯願聖子莫作如是剛鞕志意願定我等戀慕之心我等愛心既未除斷不忍棄捨聖子而去彼等二人愛菩薩故兼復重意向淨飯王以是因緣隨菩薩後東西而行或住或看或行或走時彼二人更復別教四人隱身隨菩薩後左右而行汝等人輩莫離聖子看至何處如是教已時彼二人心中愁毒受大苦惱啼哭呌喚各相問言我等今者云何至城見大王面大王心情爲聖子故大受苦惱我等此言云何得奏若至王邊復作何語能解王心而有偈說

彼等二使知聖子　決定不還至自宮
別遣四人遂後行　自迴見王云何說

問阿羅邏品第二十六之一

爾時菩薩捨其父王大臣使人幷及國師婆羅門時兩俱流淚既分別已漸漸前行安詳而向毗舍離城未至彼城於其中路有一仙人修道之所名阿羅邏姓迦藍氏時彼仙人有一弟子遥見菩薩向已而來見已生大希有之心從生未曾覩見斯事見已速疾走向其師所坐之處至已向彼諸同學等摩那婆邊大聲唱喚彼等姓名各各自言仁者跋伽婆仁者彌多羅摩仁者設摩諸如是類摩那婆等皆悉告言汝等今者可各喜歡心應捨離祭祀之法今此處所有遠方客大德仁來應須迎接然此仁者已能猒離諸結煩惱欲求最上至眞解脫即是釋主淨飯王子諸相端嚴猶如金柱身光明耀巍巍堂堂修臂下垂手過于膝足趺下蹈千輻之輪行步安詳

如牛王視圓光威德猶如日輪身若黃金衣袈裟服我等福利最上之尊漸漸自來向我等邊我等今者應須辦具隨力所有供養承事勿令虧少恭敬尊重頂戴奉迎爾時彼摩那婆即以偈頌歎菩薩言

安詳善巧能行步　顧眄猶若大牛王
衆相滿足莊嚴身　一切諸毛皆上靡
足下圓輪具千輻　眉間宛轉妙白毫
修臂洪直自在垂　此是人中大師子

爾時彼摩那婆口說此偈歎菩薩已重告彼諸摩那婆言汝等一切諸摩那婆可共相隨向於師所諮白此事是時彼諸摩那婆等即便相隨往詣其師阿羅邏邊到已委具諮白於師如前等事言語既訖爾時菩薩安詳而行忽然來至阿羅邏邊其阿羅邏仙人遥見菩薩近來見已不覺大聲告言善來聖子菩薩前至阿羅邏所二人對面相共問訊少病少惱安隱以不相慰問訖其阿羅邏請菩薩坐草鋪之上而有偈說

二人相見大喜歡　各各問訊少病惱
相對語言時未幾　清淨草坐即便鋪

爾時菩薩坐草鋪已其阿羅邏諦心觀察菩薩之身上下觀已生大歡喜希有之事即對菩薩以美音辭往來談說稱讚菩薩作如是言仁者瞿曇我久承聞仁者丈夫能捨王位踰城出家割絶親愛染穢羅網譬如大象斷牢鐵鏁或鞭皮繩頓絶之後自在走出隨心所行如是如是仁者今日乃能猛心捨宫入山於一切處知足少欲大有智慧仁者瞿曇既得如是希有之事世間富貴果報功能得

已能棄剃落山林此實難辦往昔諸王雖得王位果報具足備受五欲至年老時喚於世子付囑王位灌頂爲王於後方捨宮內而出至於山林行求於道彼不爲難亦非希有如我所見仁今年少不受五欲捨是富貴功能之事能辦是心來此求道既得如是不可思議大聖王位最勝境界正盛年時能斂心意不著諸欲志求解脫不被縛著不爲諸根境界所染能知有中一切諸患不被諸有之所纏繞何以故往昔有王名曰頂生彼王已得統四天下猶不知足騰上至彼三十三天得於帝釋半座而坐以其內心不知足故五欲境界便即失盡墮落於地復有一王名那睺沙亦得王領於四天下還復上至三十三天治化諸天猶尚不足亦失王位墮落於地諸如是類羅摩王阤盧呼彌王阿沙羅吒迦王等又多有諸轉輪聖王以得王位不知足故皆失境界富貴王位悉皆滅盡世間無人得境界已心知足者猶如大火得薪熾盛其阿羅邏作是語已菩薩報言仁者大仙我見世間如是相已復覩一切猶如芭蕉心內不牢後還破壞以得境界恐不知足不求自利猒離欲事我知是已尋求正路處處遊行猶如有人行於曠野失伴迷路心惑諸方不得導師以求導故處處遊行今我亦然爾時菩薩作是語已時阿羅邏更復諮白於菩薩言仁者瞿曇我久見於大士心相仁於解脫堪作大器爾時衆中有一摩那婆是阿羅邏仙人弟子合掌白師歎於菩薩作如是言希有此人不可思議能辦此心往昔諸王年少之時

坐於宫内當受五欲於後得年頭白老時各喚太子付囑王位灌頂爲王於後捨家而入山林行行修道而得王仙此者不然盛年少壯正是快意受五欲時少病少惱氣力克足頭髮烏黑身體柔輭勇猛具足無所乏少父王年老不貪王位猒離世間不貪果報而能出家入山求道時阿羅邏白菩薩言仁者發心欲求何事欲辦何道乃能發心來於此處菩薩報言尊者大師我以見此世間衆生以爲生老病死纒縛不能自出令發如是精勤之心時阿羅邏復作是言仁者瞿曇乃能生於如是慧眼發如是想此義眞實所以者何而說偈言

一切法勝唯有行　清淨寂定不過心
染著恩愛最怨家　諸有恐怖是老死

爾時阿藍說是語已而彼衆有一摩那婆是阿羅邏仙人弟子白菩薩言仁者今捨親愛眷屬背而來此有何心意菩薩報言世界所有集聚合會決有别離我知如是故發此意欲求至眞時阿羅邏仙人重更白菩薩言仁者今以得於解脱所以者何衆生所没此泥難度世間所縛此牢强繩仁者已能獨辦此心我當說此解脱法門所謂愛心仁須遠離言愛心者是世間中大惡蛟龍於心水内居止停住失一切利以如是故我今觀知世間之人非是正行其能取於正行之法唯有智人遠離愛染應須發心斷見有相作於無相菩薩答言大仙尊者我受是語如尊所言阿羅邏仙復問菩薩仁云何受菩薩報言世間之人以作相縛其相縛者凡是父母生子養

育爲立家故養育兒息有能增長成就我家以是緣故父毋養子若無因緣自許眷屬猶不親近況復他人凡親近人貪求利故而昵於人終無虛覔阿羅邏仙復更讚言善哉仁者仁今已知世間諸法瞿曇沙門乃爾明證一切諸智時彼衆有一摩那婆亦是羅邏仙人弟子白菩薩言仁者瞿曇仁今以得是最上樂何以故能漸離於一切愛相即得世間諸無惱法所以者何我見世間少有人能不憐婦兒不求財物不舉兩手哭於世間多見有人以不少欲不知猒足愛惜資財常起貪心染著世利家家盡皆舉手大哭而說偈言

世間罕見知足人　少欲無求不受苦
所有哭泣恩愛者　多是貪著聚資財

時阿羅邏白菩薩言希有仁者瞿曇如是廣大智慧是故仁今辨是勇猛制伏諸根不令增長於諸欲染勿爲所牽是時菩薩問於尊者阿羅邏言大仙尊者諸根何故如是不定欲降伏者方便云何唯願尊者爲我解說其阿羅邏仙人報言沙門大士凡人在世欲猒離生我今當爲大士略說方便之相大士諦聽而有偈說

大尊仙人阿羅邏　發遣菩薩神智心
於自己論悉檀中　分別要略而宣說
瞿曇大士凡欲除　於諸根體相及根境界應
須如是思量分別何以故是諸根等一切境界既分別知悉須損捨乃至諸根境界之內有諸愛染彼愛所染即能令著以此著故則令衆生沉沒世間不能得出諸凡夫人受於貪愛繫縛等苦一切皆由境界故得如是等

事大士當知何因緣爾而說偈言

山羊被殺因作聲　飛蛾投燈由火色
水魚懸鉤爲吞餌　世人趣死以境牽

爾時菩薩聞此偈已復更問言尊者今說調伏諸根方便相貌共因緣生體性虛空誑惑無實猶如火坑猶如夢幻如草上露我今心想以如是知時阿羅邏仙人復問菩薩大士仁何故言諸境界內無利益想菩薩報言凡人欲依諸境界住受果報者猶如有人造立屋舍欲蔽日光或避風雨如人以渴故求於水又如人飢故求覓食如人垢穢欲洗浴身如人露形求衣覆體如人困乏故求乘騎欲得除寒故求於暖欲得除熱故求於涼欲去疲勞故坐牀鋪如是等事諸所求者皆爲以苦求遍身故所以推求如似病人爲患重故方覓良醫世間之人一切悉皆如是悕望時阿羅邏讚言瞿曇希有此心大德云何於世間中能作如是速疾即生無常之想希有希有能見眞實大德利根聰敏易悟若能如是明了見者是名眞見若異見者是名誑惑如仁所言爲飢求食避藏風雨以此寒熱暫易奪故世間人心即生樂想又復歎言仁者瞿曇眞是法橋任持大器我雖傳聞先觀弟子堪受法不若能堪受然後爲說種種諸論如我所見仁者今日則不復然俯仰云爲深得進止不假須觀如我論中有眞實義盡爲仁說爾時菩薩聞阿羅邏仙如是語已生大歡喜而重問言尊者大仙今日未知我之孝心忽爲我作如是妙說我知是相雖未即益今以得利所以者何譬如有人欲見於色而得

光明如人遠行須得善導如渡彼岸須得船師尊者今日顯示我心亦復如是唯願尊者更爲我説尊者所知云何度脱生老病死

佛本行集經卷第二十一

音釋

螫（施隻切蟲行毒也）譏嫌（譏居依切誚也嫌戶兼切憎也）捶（之累切擊也）緩撫（緩宣隹切安也撫芳武切慰勉也）撲（弼角切踣也）鞕（魚孟切堅強也）邏（郎賀切）蹈（徒到切踐也）輻（方六切車輻也）肹（匹莧切目流視也）昵（尼質切近也）鉤餌（鉤古侯切餌仍吏切）

佛本行集經卷第二十二

隋天竺三藏法師闍那崛多譯

問阿羅邏品第二十六之二

爾時尊者阿羅邏仙人善知菩薩心有至德更述已論決定悉檀而說偈言

瞿曇沙門善諦聽　我論中說總悉檀
如今雖在煩惱中　如後自然還解脫

爾時阿羅邏說是偈已作如是言凡衆生者此有二義一者本性二者變化合此二種總名衆生言本性者即是五大其五大者所謂地大水火風空我及無相名本體性言變化者諸根境界手足語言動轉來去及以心識此名變化若知如是諸境界者名知境界言能知彼諸境界者是我能知思惟我者是智人說而說偈言

若有能識諸根塵　是名善知彼境界
言知一切境界者　智慧人說思惟知

爾時阿羅邏作如是言思惟我者其人即是迦毗羅仙及其弟子以自度量此意境界波闍波提仙人之子名曰深意所見亦然如人數數生老病死受諸苦毒深諦知已爲他解說令其遠離思惟此理應當了知一切無相又復說言因煩惱者所謂無智愛著諸業如是等業屬煩惱因此煩惱因則有四種此人不能解脫生死以其未離諸煩惱故四種云何一者無信二者著我三者有疑四者無定以有餘殘則無方便深著世間恒常墮落以如是故處處受生言無信者常行顛倒應如是知而反不知是名無信言著我者云此是我稱彼非我我如是說我如是受我行我住

我相我身如是名我不自覺知是名著我言有疑者此是以不惑疑一切止是一物猶如泥團是名爲疑言無定者如是如是是是亦然非是亦然心意覺相一切諸業是衆是我是彼是此是名無定又餘殘者未知勝處未覺始覺未證自性始證知故是名餘殘又復說言無方便者即是無智以無智故不解方便無方便故不能顯示以是義故名無方便又染著者謂無智人見聞觸覺即生染著或時意著身著語著或意業著一切境界應不著處而惑著之是名爲著又墮落者我是彼處彼處是我若有如是思惟念者是名墮落以是因緣墮於煩惱是名無德是名無智是名五處苦惱無樂此無樂處所謂黑暗愚癡大癡有二雜住是名五處言黑暗者所謂懶惰言愚癡者所謂生死言大癡者所謂行欲所以者何此處假使有大德人猶尚迷惑不知醒悟故名大癡二雜住者所謂瞋恚復二雜住所謂懈怠無明衆生不如是修迷沒染著此五處所住於須惱苦海之中順生死流我見我聞我證我作我教他作我如是至以如是心如是意故輪迴没溺於煩惱海如是四種纏繞裹結於煩惱中言無因果大德瞿曇仁應當知如是諸事而說偈言

若人欲得正見知　四禪清淨解脫處
心若覺了彼智已　知諸眞聖及非眞
如上分別應當宣　是故名爲四禪解
能捨諸行及無行　此即知無字句名
以是彼處大梵天　說於世間諸梵行
若能行此梵行者　即當得生於梵宫

爾時菩薩聞阿羅邏如是語已復更重問其方便行若行方便所至之處及以梵行修行當行行處行法尊者爲我一切解說爾時阿羅邏依已總論義例宗體一切皆向菩薩而說仁者瞿曇凡欲修行應捨宮宅依出家儀乞食活命發弘大誓修持戒行住於知足隨所堪辦衣食臥具閑靜住處獨行獨坐如諸論中智所知見貪欲瞋恚愚癡過咎見已遠離猒惡諸欲受最快樂調伏諸根入於禪定當於爾時遠離諸欲遠離諸患空閑之處生雜分別即得初禪得初禪已還復思惟如是分別漸漸得樂既得樂已生是寂定還依因此寂定之力意重猒離欲瞋恚等既數猒離心轉喜歡既加喜歡增長於智是時即得生大梵宮生彼處已還更如是思惟分別此亂我智還復棄捨既棄捨已得第二禪生大歡喜得歡喜已見心被大歡喜所逼轉求勝上即至光音至光音天見受樂處至彼處已猒離喜樂既離喜樂即得三禪到三禪中即轉勝下徧淨諸天一向受樂若能如是得樂已捨不受不著即遠離諸苦樂之處得第四禪既離苦樂及攀緣心一切皆捨復有人以自慢心故求解脫相欲得出過四禪果報故內思惟此四禪法廣果天中所受果報此是麤智思惟觀之又如是言彼人思惟如是事已從三昧起見其身色有諸過患欲捨色身求上勝智故發是心彼人如是捨諸禪已進求勝處而發此心如前所說捨諸欲事如是捨離麤色身故發猒離心彼時即得身中所有虛空無邊分別於彼一切色相又色相內及

樹木等所有諸物悉皆分別無邊虛空得如是等一切色處明了分別無邊空已即證勝處而有偈說

如是微妙大梵處　一切無相常無言
智人說彼解脫因　即此名為涅槃果

爾時阿羅邏說是語已白菩薩言仁者瞿曇此即是我解脫之處及其方便我今為仁顯示已訖仁者若心意喜樂此法如我所說仁可領受而說偈言

如是清淨解脫法　我今知已復廣宣
仁者心意若喜歡　唯願依此領納受

時阿羅邏復更說言乃往昔時耆沙仙人（此言求勝）毗踰闍那仙人（此言離別老）波羅奢羅仙人（此言他箭）等及餘諸仙皆共稱說是解脫法亦復同秉此解脫法而得解脫仁者既是大智丈夫堪行此法行此法已能得善處解脫報果爾時菩薩聞阿羅邏仙人所說梵行之法受持而行欲沙門行求沙門果故行此法即便證知而菩薩從阿羅邏口下聞說法已信行此法不違不背亦復不言我先自知但受持已思惟此法增進更發堅固智心求於勝處既見勝處亦不生慢譏毀彼仙但自思惟非獨阿羅邏有此信行我今亦有如是信行非獨阿羅邏有精進行正念三昧及諸智等我亦有之乃至智等我今可求如阿羅邏所知證法已向他說分別顯示及作勝處爾時菩薩於阿羅邏所說法行皆悉證已知見而行然菩薩聞彼等諸法無多勤勞須臾時頃而盡得之知行能說宣通顯示一種無異爾時菩薩即更前至阿羅邏邊作如是言尊者阿羅

邏尊能如是自證法智向他人說所謂求生無相之處作是語已時阿羅邏報菩薩言長老瞿曇如是法智我自證已向他顯說宣通開示菩薩復言我從尊者聞此法已如尊所說我信知行已證此法若有智者知行境界亦應不捨如此之法但我所見此法雖妙未盡究竟所以者何我意如是觀察思惟此法猶有變動之時但此境界本性如是知已此智雖是無智更欲生別其餘諸法然尊者說雖言我得清淨解脫若分別觀是因緣法遇緣還生非真解脫猶如種子非時而種藏在地中若未順時無有水雨芽則不生若依時種潤澤調適諸緣具足合和即生今此亦然但以無智著於愛業如是等法捨已分別言我解脫但有著我皆悉須捨即便捨是無智愛等業無合處此等捨已雖得勝前未至真處但行分別有我之處彼等微細三事會有以彼微細諸煩惱故復更別有不用之處壽命長遠分別故言我得解脫而說偈言

因諸過患微細故　所以受不用處身
壽命劫數既久長　便即說我得解脫

菩薩復言如尊前說我已捨我既自稱言我已捨我是則不名真實捨我若依分別未解脫者彼不可言無有患累以是當知有患累處亦不可言得於解脫無我之處有我之患不可作異猶火色熱熱不離色色不離熱此二各體以先無故今若有者無有是處如我既然一切諸患悉皆如是此解脫已至於彼處還復被縛爲以於智取境界故彼滅色已但有於識彼知我識即名是有以是有故不

名解脱是我悉檀境界大小如是知彼還得如是求勝處所以是義故何須分别此我非我如木如壁重重相捨既各重重有於智故故我思惟悉須放捨一切境界令得自利而說偈言

重重次第悉皆捐　是乃名爲捨境界
一切根塵悉放故　是名自利及利人

爾時阿羅邏徒衆之中有一弟子白菩薩言大德瞿曇今來至此我等住處悉成好器又復得於八種自在菩薩報言此處云何得有自在時阿羅邏止弟子言汝今且莫思量此事所以者何言自在者於諸事中能作決定不共他人無有等侣内身自證寂定得故乃生歡喜菩薩報言此事不然阿羅邏言其義云何菩薩即言如是如是阿羅邏言仁者但說莫祕此語菩薩報言若依尊者說言此行無有迴也阿羅邏言仁者何故立於此問何處有疑菩薩報言我今心已猒離生故欲問真正阿羅邏言仁者瞿曇欲得聞者我當爲說凡欲開化於世間者即我是也唯有名字不生不老不退不還無邊無中無前無後是名爲我自在能入輪轉在於生死之内亦不暫住彼法非法彼天彼人及諸有趣彼能遠行彼能作乘乘彼乘者能渡深有海流轉去來能作生死亦能變化自在最勝最妙最大能作世主攝化一切菩薩問言如此化者是有以不阿羅邏言我觀仁者所問音聲必欲不受如此之義或當仁者意不貪樂菩薩報言我無有患阿羅邏言大德瞿曇勿作疑心隨意所樂但自論說所向之義善思惟入以

自明照若自見知不被他誑不受他教不隨他義如是證者名得自利餘人不能若不定心隨諸論師而取義意其智減損仁者聞已眞正思惟各各讀誦觀察深義審自證知知已有疑隨意問我我當爲說菩薩復問尊者所言能化作世得自在者於是義中我心有疑阿羅邏言如仁者意此義不然菩薩復言我如是見阿羅邏言何因如是菩薩復言此緣唯一所以者何若自在化作此世者則不得依次第相生現見來者其煩惱輪不應如是次第而轉亦應衆生心不喜利而自然得應一衆生不得雜患應諸世人供養自在如父如母自餘諸天不得供養其貧窮人應不說彼所有毀辱善惡之業悉應在彼應諸衆生無處依著應無處求應無所作世人應不如是思惟自在有也自在無也世人如是分別有無應作不作諸業應得自然果報彼自在天若行苦行得成自在世間亦應共受此業一切亦應俱名自在若彼無因作自在者無處無人非不自在彼若非是自在建立亦不名有豈可得言自在建立其阿羅邏讚菩薩言大德瞿曇智慧深遠善能顯示承受諸論總言總體悉以智力分別能知是故平等見諸悉檀眞實之路願爲我說莫辭疲勞慳惜法寶菩薩復言我今應當供養尊者阿羅邏言師有多種仁者供養何由可徧然今仁者既爲上首亦可堪能供養彼等菩薩復言尊者但當爲我解說如此等義阿羅邏言彼等實勝於一切世間未有彼等先生仁者善意深自思惟爲業在前爲身在前菩薩報言

此義云何阿羅邏言此是大患所以者何若業在前非身先者應不受身身應無業業自不生誰造此業若身在前非業先者應無有業若無有業何故復有衆生受身誰復有能開化世者彼應不損一定常存三界所縛是諸衆生生本能生自身若不能自在者其一切人所愛樂身應自具辦若自具者於一切處應當自有菩薩報言我如患人求醫師療我今亦復不難此義爾時衆中有一苦行是彼阿羅邏仙人弟子白菩薩言善哉瞿曇尊師語言难願仁者莫難其義如此之義計不須爭若其爭者此非利益仁但受取如尊師說菩薩報言我不難也但欲問彼相承所來須知其義彼仙人言隨此因緣仁者受持取其眞義若欲生疑心中諍論是大非法未來得罪時彼苦行仙人弟子即說偈言

凡人聽受諂稟時　心意不亂義乃定
若當持疑懷諂曲　是則爭競覓人非
二彼求過即成怨　兩怨相爭口言惡
智者欲斷口業過　說理不作相競心
論義求勝是名貪　爭名伏他使人耻
多言顯過此大患　諂意聽義成自憍
慢心瞋恚其罪增　各說是非相毀呰
應作不作不作作　二相競故是大怨

爾時菩薩聞是偈已語彼仙言實有如此相爭競過非道言無但我欲尋本來相承成就之事非故窮盡說是語已時彼仙人心猶不忍阿羅邏言大德瞿曇解脫道路仁者憎爭如此事緣非本來也菩薩報言若欲求彼解脫之時須如是求爾時阿羅邏仙人弟子復

作是言沙門瞿曇仁者離此欲求解脫徒損身耳菩薩報言人求世間無常樂故猶尚有乏况復欲求不還解脫時阿羅邏仙人弟子復更白言仁者今既言不還來可常行也菩薩報言今行之處既是意樂今至彼處當復何還阿羅邏言莫行至彼莫還來此可不得乎菩薩報言希有此事尊者前說後受於有何故復言更不還也阿羅邏言實然仁者此大希有而彼真如寂靜之體無始無終無有邊際無初無後不定其行不可盡形然無相師禪定主者之所建立大梵天是菩薩復言我今更問大仙尊者若劫盡時此諸大地及以叢林須彌山等帝釋宫殿悉被劫火之所焚燒爾時彼天復在何處是誰字誰云何語言功德果報云何而住又劫盡時諸物皆盡彼何不燒爾時阿羅邏默然微笑時阿羅邏仙人弟子白菩薩言仁者智慧今既最勝仁者可不自知過去一切諸仙得正道也所謂尊者波羅奢羅仙人頗羅墮仙人阿須梨耶仙人跋陀那仙人迦姤婆陀那仙人陀那達多仙人達利多耶那仙人般遮羅波帝仙人阿沙陀仙人跋摩達多仙人那侯沙王子耶耶坻仙人韶波梨仙人波羅婆遮那仙人脾提阿仙人闍那迦仙人阿槃低國羅低提婆仙人闍祁沙毗耶仙人提毗羅仙人毗陀訶毗耶仙人婆奴仙人提婆耶那仙人泥沙多那耶仙人耶若多那仙人尼耶薄都仙人訶梨低仙人跋闍羅婆睺仙人諸如是等一切仙人皆入日光而取正路爾時菩薩報彼仙言今者既云入於日光求解脫者此義是何

我今應當禮彼諸有我實不用如是自在是時菩薩作是語已內自思惟阿羅邏法非是究竟心不喜歡時阿羅邏仙人弟子量度既知菩薩心已即從坐起白菩薩言仁者今於此法已外意欲更求勝解脫也菩薩報言我意願當證如是法無地無水無火無風及無虛空無色無聲無香無味無觸無相無安無畏無死無病無老無生無有非無有無常非無常非語言說無有邊際而說偈言

本無生老病死過　幷及地水火風空
湛然三世無師教　常淨自然證解脫

爾時阿羅邏仙人聞是語已白菩薩言仁者瞿曇我今所有自證之法以向他人宣揚顯說仁者今亦自證此法向他人說我所解法仁者亦解如我今日作此衆師仁者亦堪如是之師瞿曇今可共我同心我等二人領此大衆教化顯示是時羅邏雖名爲師但取菩薩平等行分自以半座分與菩薩供養菩薩隨於菩薩意所堪須供養之具生大歡喜最勝最妙心意煕怡徧滿其體不能自勝爾時菩薩如是思惟此之法者不能令人得至涅槃亦復不能遠離諸欲越度煩惱不能寂定盡於諸漏而得神通又復不能自覺覺他作沙門行不能滅除諸惡煩惱所以者何行於此法唯生非想而作諸業故知此法非是究竟至極之果作是念已即便背捨羅邏而行而有偈說

菩薩思惟此諸法　其心不甚大喜歡
知非究竟好出昇　即背羅邏而行去

爾時阿羅邏仙人徒衆即共菩薩分別相辭

作如是言唯願仁者行行之處常得吉祥

答羅摩子品第二十七

爾時於此閻浮提地復更別有一大導師名曰羅摩其命已終彼徒衆主即羅摩長子名曰優陀羅羅摩子主領彼衆其優陀羅常爲彼衆說生非想非非想法近王舍城一阿蘭若林中而住是時菩薩遥聞其名勝前阿羅邏所說之法聞已思惟我今應當至優陀羅羅摩子邊行於梵行爾時菩薩從阿羅邏居處而出安詳而行度於恒河借問既知即到其所而白之言仁者優陀我於仁邊欲受教誨行於梵行時優陀羅告菩薩言大德瞿曇如我所觀見於瞿曇既是智人堪受我法而行梵行若欲受法行梵行時須順我法清淨業果而得行報爾時菩薩於優陀羅羅摩子邊受法行行求沙門法沙門事故恭敬合掌白言仁者未審仁者所行之法至何境界爲我解說其優陀羅告菩薩言大德瞿曇凡取於相及非相者此是大患大癰大瘡大癡大闇若細思惟即得受彼微細有體能作如是次第解者此名寂定微妙最勝最上解脫其解脫果謂至非想非非想處我行於此最勝妙法其優陀羅又復更言於此非想非非想處過去之世無勝寂定現在既無當來亦無此行最勝最妙最上我行此行爾時菩薩聞此法已思惟不久即證此法是時菩薩從於彼邊隨口所出聞已心信隨順彼語而作是念如此之法我亦可得我亦可知實語無虛我今所可見即能見知即得知復語於彼優陀羅言非但仁者昔父羅摩獨有信行我今

亦有如是信行非彼獨有精進正念禪定智慧我今亦有乃至智慧我於今者行彼法行學於羅摩自證法已爲他顯說知彼法故見彼法故更欲求勝爾時菩薩證是法已白優陀羅羅摩子言仁者父昔於此非想非非想處自證知見向他說耶優陀羅言大德瞿曇我父如是菩薩報言仁者優陀我今已通證知奉行其優陀羅白菩薩言大德瞿曇若其然者仁與我父羅摩無異大德瞿曇仁今若知此等諸法已奉行者可如我父羅摩仙人領此大衆教示宣通時優陀羅既自修行梵行不闕但取菩薩同行建立菩薩若同法智增上供養最勝供養菩薩心生歡喜不能自勝爾時菩薩語優陀羅作如是言仁者此法不能究竟解脫諸欲滅於煩惱寂定一心盡諸結漏及諸神通成沙門行到大涅槃此法還迴入於生死所以者何既生非想非非想處報盡還迴入於煩惱作是語已其優陀羅白菩薩言大德瞿曇可不聞知我父羅摩雖證此法而一切處不覺不知已生非想非非想故而還來入於生死者無有是處不取後生亦復不見生之處所其優陀羅雖得如是寂靜之法奢摩他行而不辦求最上勝法唯口稱言我父羅摩作如是說菩薩如是思惟此法非是究竟我今不應專著此法捨優陀羅即便背行而有偈說

菩薩思惟觀此法　羅摩往昔雖復行
既非解脫究竟乘　即便背行而捨去

勸受世利品第二十八之一

爾時菩薩從優陀羅羅摩子處辭別而行安

詳漸至向般茶婆山(此言黃白色)到彼山已於山麓間求平整處於一樹下跏趺而坐端身住心正念不動譬如有人頭上火然急疾速滅而擲於地是時菩薩心求斷除煩惱邊際亦復如是爾時菩薩內心如是思惟籌量我於何時當得散此大煩惱聚我於何時當得破此大愚癡藏證於阿耨多羅三藐三菩提又諸衆生沒在生死復於何時悉令解脫如是念已威德儼然時彼山中多有雜人或取草柴拾乾牛糞或復捕獵耕墾作田或放牧人及行道路彼等諸人遥見菩薩在般茶婆山樹下坐猶如雜寶妙金像光見已各生希有之想共相謂言汝諸仁者此非常人從何方來到於是處或言此是般茶山神或言此是般茶婆山所居仙人或言此是何處神明或言此是毗富羅山所護之神或言此是耆闍崛山守護之神或言此是大地之神從地涌出或復有言此是虛空上界天子來下於此我等如是心各懷疑何以故此神身體光明熾盛威德巍巍徧照此山猶如日月光明徧照諸娑羅樹華悉開敷此非是人人之光明不能顯現如是之事

佛本行集經卷第二十二

音釋

數數(並所角切頻也)咎(其九切愆也)毀呰(毀許委切謗也呰蔣氏切亦毀也)競(渠敬切強語也)坻(陳知切)脾(頻彌切)祁(巨支切)薄(旁各切)跋(蒲撥切)睺(胡溝切)癰(於容切疽也)麓(盧谷切山足也)捕獵(捕薄故切取也獵良涉切逐禽也)墾(康很切闢也)

佛本行集經卷第二十三

隋天竺三藏法師闍那崛多譯

勸受世利品第二十八之二

爾時菩薩過是夜已於晨朝時正著衣服從般茶山安詳而行至王舍城爲乞食故觀諸陰等苦空無常欲求無餘大涅槃故視地一尋調伏諸根所染著處皆悉除斷不令點汙復作是念我今乞食無有鉢器若我得食於何處盛是時菩薩左右前後求器未得忽見一處有大華池見已即語傍一人言仁者汝可乞我此中池蓮藕葉彼人聞已即便入池取彼藕葉以奉菩薩是時菩薩受彼藕葉向城乞食時王舍城内外人民覩見菩薩如是詳審復見菩薩威神巍巍見已各生大希有心共相謂言此是三目大自在天來至於此其中或有遠行諸人欲營事故至於他方彼等既見菩薩還迴向菩薩所或復有人欲造作事中道既見菩薩形容便捨其業來向菩薩若有坐人見菩薩已不覺自起速疾來詣向菩薩所或復有人合十指掌恭敬一心向菩薩者或復以頭禮菩薩者或復有以微妙音聲讃菩薩言善來善來時王舍城所有人民見菩薩者無有一人不生歡喜愛樂之心其王舍城或多舌人亂言綺語彼等諸人在菩薩前默然而住隨菩薩行又王舍城周帀四方或男或女丈夫婦人欲營餘者悉捨來看生希有心觀看菩薩眼目不瞬所觀菩薩支節面額眉目肩項手足行步於一一處各皆愛樂不能更覩其餘處相爾時菩薩盛壯少年可喜端正與樂華艷華色之時捨宫出

家眉間毫相宛轉右旋眉細脩揚目寬長廣
威德徧滿其體光明巍巍堂堂普照遠近手
足羅網皆悉普縵其二十指善能治化一切
天人菩薩威神世間無比而有偈說
菩薩行於道路上　所有一切諸看人
但覩身之一分光　見以即便生愛著
雙眉細揚若初月　兩目青紺似牛王
身體常放大光明　諸手足指有羅網
觀者以見微妙色　衆人不覺隨後行
看此殊妙相莊嚴　各各心生大歡喜
爾時王舍守護城神見於菩薩有是威儀心
生驚怖戰慄不安謂言此是何處大神欲來
奪我此間坐處爾時菩薩以彼無量無邊人
衆左右圍繞或後或前諸人觀看安詳徐步
漸漸而行向王舍城欲乞於食舉動俯仰進
止雍容躡足前趨不遲不疾專注平視斂攝
諸根臂肘膞齊衣披整肅礕蓮荷器其葉不
萎寂定一心人見歡喜最上最勝得奢摩他
柔輭調和如制伏象無有濁穢猶清淨池離
身一尋常光明照如娑羅樹衆華開敷若金
像形從地湧出具足圓滿諸相莊嚴如夜虛
空衆星圍繞菩薩日月朗於世間時王舍城
有諸人輩彼等皆悉生大歡喜發希有心見
菩薩行於街巷裏城內商賈估販交關一切
自停不復市買若在店舍醉亂心迷悉得醒
穌不復飲酒各捨一切讌會音聲奔走皆來
向菩薩所或復隨逐左右而觀或復在前迴
顧而視或復在後順菩薩行其王舍城無量
無邊諸婦女等或倚門側或立牕間或在樓
中或居屋上舊作生活今悉不爲並廢事緣

遥觀菩薩家家出户各各喜歡共相謂言今此是誰從何來到是誰種族其名字誰如是端正可喜行動我等昔來未曾得見或復沙門或婆羅門相貌如是容止異常稱歎之聲徧城内外爾時摩伽陀國王舍城主姓施尼氏名頻頭娑羅未作王時曾乞五願一者願我年少之時早得王位二者若得王位已後願我化内有佛世尊出現天下三者若佛出現世時願我自身承事供養四者若得承事已後唯願爲我如應說法五者佛若爲我說法我聞法已願莫謗毁得證法已依而奉行爾時頻頭娑羅王在高樓上與諸大臣圍繞而坐遥見菩薩爲諸大衆前後導從安詳而行入王舍城頻頭娑羅既覩菩薩心生大疑即從樓下出宫門外見菩薩身威儀舉動端正無匹乃至猶如夜空衆星爲諸觀者之所愛樂如摩尼寳内外光明表裏洞徹菩薩之身亦復如是威德熾盛照耀巍巍時頻頭王見於菩薩如是相已勑諸臣言我生已來未曾見人如是形貌身色面目頂額廣平皎潔分明顯赫照耀如蓮華葉在於水中而不爲水之所點著是身威德毛悉右旋眉間相毫如瑠璃淨亦如白珂亦如泡乳色炎光具如滿月輪其二足趺蹈地千輻步舉文現跡不差移不怖不驚不戰不慄智慧安靜猶如須彌從何所來忽然至此汝諸臣下應當觀看此誰種姓誰之兒子何國土生名字何等端正可喜歷此遊行爾時彼諸大臣衆等或有說言此是天王或言帝釋或復有言是大龍王或復有言毗摩質多阿脩羅王或復有言

此是婆梨阿脩羅王或復有言是毗沙門護世神王或復有言此是日天或言月天或復有言大自在天或復有言此是梵天復更別有餘諸占相婆羅門言大王當知如我等論先後所記此人必成轉輪聖王何以故今此大士身體徧滿一切諸相爾時諸臣大衆之中別有一臣而白王言大王當知實有斯事所以者何去此不遠十由旬外正在北方雪山之下有一種姓稱爲釋氏然彼釋氏有一國界名曰迦毗羅婆蘇都彼國土中有一王治名爲淨飯是釋種王彼王生子字悉達多既釋種生姓瞿曇氏其彼太子初生之日父王即便召集解相婆羅門等遣占相之時諸相師既占看訖白大王言大王當知今此太子具二種相若在家者必當成就轉輪聖王王四天下守護大地乃至如法治化世間若捨王位必定得成多陀阿伽度阿羅訶三藐三佛陀名徧十方大王當知此必是彼太子不疑所以者何其人現今剃除鬚髮身黃金色著袈裟衣捨國出家遊行到此而說偈言

彼國相師說此言　不居王位定作佛
斯決是彼釋種子　出家苦行求菩提

爾時大臣說是語已是時其王頻頭娑羅內心思惟如我往昔曾發誓願若如是者我願得成時頻頭王勑二臣言卿若知者速往彼看此出家人居停何方在於何地汝等驗已速報我知然後我當自至於彼觀看供養諮受未聞時彼二臣奉王勑已即便相共隨逐菩薩所向而行不暫捨離爾時菩薩在王舍城乞食之時見彼大衆處處充滿內心思惟

如是方便此諸大衆無有歸依無救無護常爲生老病死所纏不畏不驚不怖不恐亦復不知求究竟道無有導師愚迷惛闇没溺煩惱癡無有智日日減損染著諸陰苦空無常不知猒離爾時菩薩作是念已起慈悲心倍更增加精進勇猛折伏其意作是念言我今當作一切世間歸依之處我當救護苦惱世間當爲世間說於生老病死盡處爾時菩薩舉目唯觀前一犁軛默然諦視徐徐動步齊整容儀徧王舍城次第乞食既得食已從王舍城庠序而出漸漸至彼般茶婆山其山麓下有一泉池坐彼水邊正念安置隨得麤細如法噉之食訖斂衣洗於手足即便進上般茶頂頭上已向於山南觀看求覔林樹妙好枝條蓊鬱扶踈饒諸鳥獸飛走遊戲華果泉流擇好樹間安施草鋪向於東面端身正心結累跏趺儼然而坐猶如師子入孔穴中不畏不驚著袈裟服其光顯赫巍巍堂堂熾盛照耀如日初出而有偈說

彼山蓊鬱饒樹林　鳥獸相娛受諸樂

身披袈裟人月者　光明熾盛如日初

爾時菩薩坐彼樹下如是思惟我此處學更無有人無富伽羅無衆生無壽者無命者無禪兜無摩㝹闍無摩那婆無養育者此之五陰一切皆空無命無識一切諸法唯有假名名衆生耳

爾時頻頭娑羅王所使二臣隨逐菩薩恒不捨離其一臣去菩薩不遠於前而坐一臣速還摩伽陀國頻頭王邊到已長跪而白王言大王當知彼出家人從王舍城乞飯食訖到

般荼山乃至端身南面而坐如前所說大王
今者若欲觀者宜須疾往爾時頻頭娑羅王
聞其使人如是語已即便裝束賢善好車坐
於其上嚴駕而往向般荼婆時頻頭王既至
彼山遥見菩薩可喜端正心甚愛樂乃至猶
如夜空衆星如暗山頭大猛火聚如大雲裏
出閃電光摩伽陀王見於菩薩在彼樹下亦
復如是見已生大希有之心歡喜徧體身毛
皆竪下乘徒步詣菩薩邊到已問訊白菩薩
言少病少惱四大安乎而有偈說
王見菩薩如帝釋　身光明耀心喜歡
問訊起居四大和　少病少惱身無患
爾時菩薩以微妙口和輭語言如梵天音辯
才字句不滦不著告摩伽王頻頭娑羅慰勞
問訊作如是言善治大王大吉大祥從何遠
來可坐憩息營求何事而詣此乎爾時頻頭
娑羅王聞於菩薩如是語已進菩薩前在一
石上安隱而坐王欲度量菩薩意故白菩薩
言仁者今若不辭疲勞我欲諮問心内所疑
唯願仁者爲我決斷即便問言仁者何也爲
天爲龍爲梵爲釋爲人爲神爾時菩薩以無
憍慢貪欲恚心除斷一切煩惱諸刺不諂曲
語報摩伽陀頻頭王言大王當知我非天也
非龍非梵我是於人大王我以求寂靜故所
以出家時摩伽王頻頭娑羅白菩薩言仁者
比丘我今見仁甚大歡喜是故我今欲有發
問我爲愛敬於仁者故欲説一言唯願聽受
所以者何仁今壯少正在盛年端正無雙身
體微妙堪當嬉戲遊縱之時今者何爲發如
是意行作沙門猒離王宫空山獨坐又仁者

身如是相貌止可合塗赤栴檀香不應著此袈裟之服仁之二手乃可指劃治化世間百味盈前隨時飲噉豈可執器從他乞行而說偈言

仁身合塗赤檀末　不應服此弊袈裟
手指正可撝世間　豈宜從他乞食活

時頻頭王說是語已白菩薩言仁今若爲愛敬父故不取王位捨出家者我今請仁在我境界受於五欲種種所須當隨仁意須財與財及諸婇女若佐助我我當與仁分國半治可居我境受我王位我承事仁不令乏少何以故仁者沙門身體柔輭不應住於空閑蘭若若坐草鋪在於地上損仁者身恐畏成病但經少時仁父衰敗還可自受本國王位是故仁者今若愛念我憐愍我者受我王位住我境中如其仁者稱大種姓嫌我境狹土地穢雜我及群臣諸百官等更别爲仁開拓他國使令寬廣與仁共治又我願得仁者貴族共作因緣親厚眷屬願不生疑謂爲非實而說偈言

仁者若稱大種姓　嫌我境狹不肯停
我共諸臣及百官　當更吞併令寬廣

時摩伽王說是語已更復重白於菩薩言我於仁邊有愛敬心重尊之心仁者今既乞食治身但當努力發寬廣意受法受財受五欲樂所以者何受此三種在於宫中觀諸婇女歡娛受樂亦能令人得現世報未來亦然若人不受此三種法但捨一事彼人現世或復未來終不能得具足果報設其受之必有缺減是故仁者若弘廣心所以應須具足受此

三種之樂受三樂故用年少時端正果報受法受財及受諸欲世間丈夫受欲之時生子繼立此是大財是故仁者勿令空過又復仁者如是臂髆堪牽弓弩莫令徒捐如斯一世又復往昔頂生之王以勇健故王四天下及忉利宫如是仁者堪當此事所以者何我今亦爲憐愍一切諸衆生故如是勸請我亦不爲自王位故勸請仁者我今見仁身體端正悲酸流淚情懷不忍爲是倍更生希有心所以慇懃如是苦請仁今盛年且行世欲待後衰老可行法時乃可捨家又復仁者先祖以來自種姓内到年老時乃依國法以王化事付其太子或復大臣方始捨位出家入山又復仁者往昔諸仙作如是説凡年少時先行欲事中年求財以自養活至老耄時乃可棄捐修學於法如是乃能建立一切又人年少不行諸欲不求覓財此是身怨亦名爲賊毁敗諸根難得攝受又復仁者假使年少欲求法時但爲諸根牽著五欲至於老時内心思惟斷絶衆事能攝諸根心生慙愧意得寂静又復仁者世間少年正放逸時不見遠道多有過失至中年時血氣漸弱放逸已過譬如人行度於曠野止而歎息言我已越此之處所是故仁今正年少時正放逸時隨意多少願且受欲又復仁者年少之時諸根難迴仁者若欲行於法事愛樂法者依仁家法祭祀諸天因祭祀故亦得生天在於家内莊嚴自身金銀諸寶校飾兩臂衆寶放光猶如明燈又復仁者往昔諸王頭戴寶冠嚴飾身體常在家内祭祀諸天行於法行立無遮會或有

入山行大仙行而求解脫仁者今既學於彼等順時而行其摩伽王如是種種譬喻語言方便欲將勸請菩薩爾時菩薩聞摩伽王如此語已不怖不驚不怪不異猶如山王身心不動寂然安住守攝諸根不生餘意三業清淨報彼王言而有偈說

摩伽陀王諫菩薩　猶諸朋友利相教
菩薩清淨三業行　如華不著水報彼

摩伽大王吐辭不善此說猶如無智人語不稱天下王法之言王若於我有眞正心此語實誠非深利益亦非愍我於我甚損世有惡人無有慈心猶如富貴怯弱之人若欲利益於世間者應當教示如彼往昔相承來事是名朋友是名增長凡人若見至於厄難不相捨離三業等同是名知識我意如是富貴之時誰不能作朋友知識若人得財依法處分不令散失是名知識是人久後能用財寶教授之時彼不取語或以先業自失於財後不生悔王若與我爲知識意愛敬我者顯示是事我或歎王或不歎王爾時菩薩作是語已更復爲王說如是言大王當知我今求道正爲怖畏生老病死以是義故欲求解脫故受此形親族眷屬實可愛戀可敬難捨流淚滿面啼泣懊惱或爲我故捨於命者我已棄背來至此處然其世間五欲之事貪惜染著多因不善又復大王我今實不畏彼毒蛇亦復不畏天雷霹靂亦復不畏於猛火炎被大風吹燒野澤者但畏五欲境界所逼何以故大王當知諸欲無常猶如劫賊盜諸功德虛空無眞猶如幻化現於世間觀看謂實體是誑

惑世人不知强以心著況復正行其五欲者
爾時菩薩即説偈言
五欲無常害功德　六塵空幻損衆生
世間果報本誑人　智者誰能暫停住
愚癡天上不滿意　況復人間得稱心
欲穢染著不覺知　猶如猛火然乾草
往昔頂生聖王主　降伏四域飛金輪
復得帝釋半座居　忽起貪心便墮落
假令盡王此大地　心猶更欲攝他方
世人嗜欲不知猒　如巨海納諸流水
爾時菩薩説此語已復更告言大王當知往
昔有一轉輪聖王其王名曰那睺沙王統四
天下及忉利天化總天人猶不知足以是義
故還墮世間又復伊羅轉輪聖王亦復如是
王四天下及忉利天不知足故而取命終又
復婆梨阿脩羅王既得王位因共帝釋鬬戰
不如遂被侵奪帝釋得已又復傳爲彼那睺
沙轉輪王奪那睺沙王既獲得已還復更被
天帝釋奪如是天人境界翻覆並皆無常誰
功德勝至於彼邊若有智人能作如是思惟
觀察無常境界變易須臾云何可信唯有山
林居住諸仙食諸藥草根果華葉身著樹皮
或復衣諸死獸毛革形體尫羸唯皮骨在欲
得度脱出離世間一切諸苦希求解脱涅槃
無爲若縱五欲之所纏逼墜墮還來有智之
人誰樂貪此若著五欲如自求怨爾時菩薩
更説偈言
居住山谷諸仙輩　食果飲水衣樹皮
雖復螺髻身體羸　規求解脱離欲故
彼等不能自制伏　猶被五欲之所牽

如是無常諸欲怨　有智之人不應著

爾時菩薩說是語已復更告言大王當知欲界之內欲取味故而作和合得彼已後而不知足若無智者現受諸欲不知足故受大苦惱復於來世更受其殃是故智人不取欲想是以智者見有人行黑業法者受於大苦欲自安隱莫作莫樂一切諸欲應須捨離若有集會即知別離縱欲恣情則心放逸放逸若增便造不善不善成就即墮泥犁過去世時作大苦行現得諸欲得諸欲後勤劬保持不能守護還當失落又復大王如是諸欲若有智者作是思惟世間人天猶如假借既非常物何故心貪此之天人一切果報如草上露如毒蛇頭如彼空林死屍骸骨又如婦女初胎肉團如夢如幻猶如火聚如是種種多諸患殃恒爲一切苦惱逼迫智人應不愛樂著心又復大王如諸論說乃往昔時寐梯羅城於彼城內有一瞽王其王名曰提頭賴吒王雖無目多育諸子滿一百人並有才智王弟別復有子五人伯叔弟兄足一百五其父各殁爭作國王以欲報緣相殺害盡又復大王如檀茶迦空曠野澤被火燒時其頞誰那殺諸雜類又復如彼須彌山下有阿脩羅然其兄弟各爲貪故愛一王女二人相爭而自鬬戰傷害俱死又如世間屠膾之所豎立諸木懸於雜類諸畜生形而行宰戮諸欲如是智者云何而心貪樂便說偈言

往昔脩羅兩兄弟　爲一玉女自相殘
骨肉憐愛染著憎　智人觀知不貪欲

菩薩又言大王當知或復有人爲五欲故或

欲生天或生人間既得生已著五欲故投身透水或復赴火如是無常誑惑境界爲五欲故自求怨讎何意戀樂又說偈言

癡人愛欲故貧窮　繫縛傷殺受者苦
意望此欲成衆事　不覺力盡後世殃

菩薩復言摩伽陀王我知五欲如是種種多諸過患王今不可以是五欲而勸於我我今欲行無畏道路王若是我眞好善友應當數數勸諫於我作如是言仁之所發弘誓大願願早成就速離煩惱何以故我既不被他人趂逐而入山林亦復不爲怨敵所驅亦非他奪王位而走又亦不求往昔古仙而欲還退是故我今不取王語又復大王若有人執瞋毒蛇頭既放捨已復還欲捉可有得不如猛火炬以燒手放放已更捉如是如是我已捨彼五欲出家今復還取亦復如是又復大王譬如明眼有目之人豈可羨於盲瞎人不譬如解脱無事之人豈可羨於牢獄繫縛有事人不譬如饒財巨富之人豈可羨於貧窮飢凍乞索人不譬如明了黠慧之人豈可羨於狂顛人不然其彼等猶有可羨我今已離如是五欲無一可貪又復大王如王前言住我境界受我五欲隨意娛樂我與多財幷及婇女大王當知我今不取世間五欲如上所說一切諸事又復大王我在本宮多饒五欲已能棄捨六萬婇女出家入山大王當知諸欲如是有於無量無邊患害牽人直向大地獄中餘報復來畜生餓鬼現身又離一切善根不爲聖人之所讚羨又復大王世間諸欲猶如浮雲無有暫住如猛風起須臾不停如山

水流奔濤迅急又復大王若人愚癡躭染五欲不知本際沉淪生死被煩惱縛不能得解如遠行人困苦疲極乃飲鹹水更增其渴如是如是受五欲人不知其患亦復如是又復大王我今要說若當有人得天五欲及以人間上妙五欲清淨具足是等諸欲一人得已不知猒足更復增長諸處尋求又復大王如王前言共我治化摩伽陀國我當減半分治天下或復說言受我王位我悉捨與我亦承事或復興兵開拓境土使令清淨寬廣莊嚴又復大王我今已捨彼四天下一切豐足無所乏少舊有七寶棄捨出家我今豈更爲此一國細小王位而貪羨乎又復大王譬如大海娑伽龍王果報既得大海水停以爲宮殿寬博具足七寶莊嚴豈可復貪牛跡水耶大王當知如是如是我今既已發勇猛心捨四天下七寶宮觀染衣剃髮出家入山今若還貪世間王位亦復如是

佛本行集經卷第二十三

音釋

瞬舒閏切目開闔也　縵毋官切　肘陟柳切臂節也　傭丑凶切均直也　萎於爲切枯也　估販估果五切論價也販方願切鬻也　讌於甸切合飲也　惛呼昆切心不明也　犂軛犂憐題切軛乙革切　蓊鬱蓊烏紅切鬱於物切蓊鬱草木盛貌　党奴侯切　劃胡麥切指畫也　撝許爲切指麾也　拓他各切開也　髆補各切肩甲也　弩奴古切弓有臂者　健渠建切有力也　怯弱怯乞業切懦也弱而灼切劣也　霹靂霹普擊切靂郎擊切霹靂雷之急激者也　嗜常利切喜欲之也　尪羸尪烏光切癈疾羸力追切瘦也　瞽公土切目有眹而無明也　膾古外切　戮力竹切殺也　趂丑刃切逐也　黠胡八切慧也

佛本行集經卷第二十四
隋天竺三藏法師闍那崛多譯
勸受世利品第二十八之三
爾時菩薩又告王言如王前說仁者比丘身體柔輭莫住蘭若空閑林中眠卧坐止草鋪之上大王當知我在自宫以妙種種諸寳爲牀偃亞而坐既猒離已棄捨出家所以者何大王須識此身危脆敗壞無常非牢固形是破散法隨有地處捨之而行猶如泥團一種無異又復大王若有智人既擲死屍可還拾不不若欲更收終無是處又復大王如王前言若於我邊生憐愍者應須隨喜而忽嫌我乞食活命此事不然大王當知慈愛我者莫作是心何以故我今欲過生老病死苦患之海行行入道是故作此比丘之形爲求寂滅安樂處故要須受此毀好服形又未來世欲除一切諸過患故大王當知若復有人於現在世受彼五欲功德果報染著於愛彼等諸人事須憐愍若當有人於現世中不得寂定安樂之心其未來生決受諸苦彼等衆生心須憐愍又復大王我今驚畏煩惱之苦故捨出家欲求寂定涅槃眞實假使我得帝釋天宫意亦不樂況復人間麤弊果報而說偈言

我被煩惱箭所射　欲求寂滅膏藥塗
設使得天帝釋宫　意猶不貪況王位

菩薩復言大王當知如王前言凡天下人在於世間一切須取二時利者如我意觀此則非是眞利益言所以者何求財得多會必有盡求欲轉欲無猒足時若言求法此是眞利有深淺要必須求求之則有功能五種而

說偈言

若無生老病死患　此是眞實大丈夫
求財嗜欲悉世情　我捨二求唯取法

菩薩復言大王當知如王前言但且治民取於王位乃至未老正少年時且可受彼五欲法者此亦不然何以故若少年時是常住者一切衆生應無有老在在處處應不爲彼死命之鬼念念所牽以諸衆生壽命無定是故智人若求寂定解脫法者不可得取世間王位五欲之樂是故一切若在少年若在中年或復老年但須速求應所辦者早令得辦欲求解脫或求於禪莫使淹遲宜速疾作又復大王如王前言須依家法作於祭祀及行布施隨意規求彼未來世諸果報者大王當知我今不取如是之樂若苦來逼爲切故求而得樂者此非眞樂凡人求於後世果報祭祀諸天并及火神必須殺害他衆生命此則非理所以者何若人行慈應不損害他身命根假使祭祀一切諸天及於火神殺害衆生得彼常樂定果報者猶尚不可殺害於命而用祭祀況復一切所得果報皆是無常破壞盡滅非牢固法又復大王凡人欲行解脫法者無有別利或無行行或無持戒或無禪定猶尚不可損害他命而求未來利益果報又諸凡夫在於世間以殺生故假使得於安樂果者此亦不善所以者何以無慈故況復未來望得善報終無是處而說偈言

假使人生在世間　殺害他命以得樂
智者稱說此非善　況復來世求人天

爾時摩伽陀國頻頭娑羅王聞於菩薩如是

語已便生希有奇特之心在菩薩前以慈悲故作如是言善哉善哉沙門瞿曇大有難行苦行之德於世間中能捨諸欲仁者比丘從於何方忽然而來何聚落生是何種姓父毋何處自名字誰作是語已至心諦聽爾時菩薩正心直視溫和言氣而報王言大王當知去此北方雪山之下有大聚落名曰釋種彼有一城名爲迦毗羅婆蘇都（此言黄頭居處）彼城有一釋種之王號名淨飯是我之父我是其子毋名摩耶（此言幻）我名悉達（此言成利）時頻頭王聞此語已泣涕悲啼經少時頃拭面淚已白菩薩言希有比丘既生如是大種姓家云何在此林內獨行諸獸猛惡可畏可怖此林不善獨自娛樂無有伴侶云何得住坐起自安爾時菩薩報頻頭言大王當知我今不畏諸惡禽獸亦復不驚不怖不怯設欲來者亦復不能動我一毛大王當知我今唯畏生老病死之所逼切故來在此諸惡獸中驚畏林內獨一無伴而自娛樂大王當知老最可畏所以者何老來逼時能奪年少盛壯將去摧折身形腰脊傴僂不能行步猶如枯樹誰喜樂看此最可畏又復大王其病來者是名可畏所以者何平健之時不知不覺一朝痛切宛轉呻吟華色充鮮忽然悴減煩寃楚毒眠坐不安當於是時誰能代者臥在牀枕勢不從心以是因緣病最可畏又復大王死最可畏所以者何死來之日滅我壽命忽撮將去雖復力能統四天下金輪摧伏七寶導前利刃强兵不能遮制爭奪可得以是義故死最怖人爾時頻頭娑羅王復更重問於菩薩言大聖

太子仁今求何菩薩報言摩伽大王我今求
者唯是阿耨多羅三藐三菩提得已當轉無
上法輪是故爾耳時頻頭王白菩薩言大聖
太子如我所見仁心勇猛勤劬精進決定得
成阿耨多羅三藐三菩提終無有疑又決能
轉無上法輪善哉太子我今見仁善哉太子
我聞仁名善哉太子仁善出家仁釋種子我
從今日當常承事大聖太子我今請仁恒常
日日來至我宮願數見我仁之所須四種事
者我當供養不令乏少時頻頭王作是語已
菩薩報言大王當知我今不久從此移去更
詣餘方時頻頭王聞是語已合十指掌白菩
薩言大聖太子仁心所求唯願莫有諸魔障
礙所規獲者願早成辦仁釋種子願仁若得
阿耨多羅三藐三菩提時我於仁邊恭敬供
養見仁身已即當爲仁作於聲聞如法弟子
即便說偈而讚歎言

我頻頭王合掌讚　唯願太子道速成
若所作辦憶今言　爲諸衆生賜憐愍

爾時菩薩聞此語已即報王言善哉大王願
如王言所作誓願彼此俱善時頻頭王合十
指掌一心頂禮白菩薩言善哉太子今可爲
我受於懺悔我以無智惱亂大聖太子離欲
以爲不淨我心染欲以欲爲淨唯願恕亮除
我此罪爾時菩薩熙怡微笑報頻頭王作如
是言善哉大王如是如是我以受王清淨懺
悔願王安樂少病少惱謹慎身心更莫放逸
恒行善法捨離非法若如是者王得安隱多
受吉利是時菩薩慰喻頻頭娑羅王心法義
說故令其歡喜勸請教示顯說宣揚從坐而

起漸行餘處時頻頭王即前頂禮菩薩二足
圍繞三帀立地而住面向菩薩觀矚少時即
從彼處迴還到宮而有偈說

菩薩印可頻頭語　我得成道當度王
思惟大聖行喜歡　不覺從山還本國

精進苦行品第二十九之一

爾時菩薩從般茶婆山林而出安詳徒步向伽耶城既到彼已登上伽耶尸梨沙山欲攝身心滅除諸惡上彼山已選平整處在一樹下鋪草而坐是時菩薩内心思惟三種譬喻悉是世間希有之事未曾聞說未曾覩見未曾證知何等爲三一者所謂若有沙門若婆羅門雖復身體不行於欲而其彼等所有欲中一切心意欲愛欲惱欲熱欲著而滅不盡未得正定猶有我相自度一身彼等沙門及婆羅門恒受苦惱意不喜者心不樂處不能知見又復不得上仁之法亦不能證無畏之處然其彼等雖無我相不獨度身不受苦惱雖不受意不喜不樂而猶不能知見證法及無畏處譬如有人取生濕木幷及濕糞置於水上就中鑚火有人故從彼岸而來就其乞火然如是人從生濕木濕糞水上出力鑚火有能得火與彼人不若能得者終無是處火既不出彼人從求於何而得如是如是若有沙門及婆羅門雖不行欲乃至不能知見證法此即是初第一譬喻世未曾有亦未曾聞爾時菩薩復更第一思惟念言若諸沙門及婆羅門雖禁制身不行於欲彼等所有欲中意貪熱惱及著而滅不盡未得正定猶有我相自度一身徒受苦惱不喜不樂不能

知見證上仁法無畏之處又復彼等雖無我相不獨度身不受苦惱及不受心意不喜樂不能知見證上仁法及無畏處譬如有人取生濕木置於地上欲鑽出火亦復有人來從乞火向其此人從生濕木鑽欲求火能得於火與彼人不若能得者無有是處如是如是是諸沙門婆羅門等雖不行欲乃至不能知見證法此第二喻世未聞有爾時菩薩復更第三思惟念言若諸沙門及婆羅門雖禁節身不行於欲彼等所有欲中意愛惱熱及著滅盡正定此等沙門婆羅門等雖得自利及以利他心中喜樂能知能見得上仁法證無畏處譬如有人取乾燥木及以乾糞置於地上欲鑽出火亦復有人還從此岸向其乞火而其是人用少功夫即便得火持與彼人如是如是若有沙門及婆羅門離欲而行彼等設有欲中意愛惱熱皆滅乃至得彼上仁之法證無畏處此是菩薩第三譬喻自意念生悉是世間未曾聞見爾時菩薩從彼伽耶尸梨沙山下來摩伽陀聚落內次第而行借問人言此處有何功德可行有何非法宜須除斷我今欲求最上寂定最妙音辭如是前行至伽耶南有一聚落其聚落名優婁頻螺及至彼處日以食時菩薩著衣入彼聚落詣一陶家從乞瓦器得已手持歷彼聚落次第乞食到一村主長者之家然其長者名難提迦（此言自喜）至彼家已却立一面默然而住其難提迦自喜村主有一善女名須闍多（此言善生）彼女端正可喜無雙爲諸世人之所樂見其善生女遥見菩薩手持瓦器默然立住欲乞求食

善生見已從其二乳自然汁出時善生女問菩薩言最勝仁者仁是誰子是何種姓名字云何父母何處令欲何求仁者云何有何神異令我一見使我兩乳汁自然流爾時菩薩報言善姊我名悉達此名是我父母所立我今欲求阿耨多羅三藐三菩提得已當轉無上法輪時善生女聞是語已從菩薩手而取瓦器入自家中滿盛香美甘味飲食并及種種餅果羹臛溢瓦器中即出胡跪奉授菩薩口作是言最勝仁者我願恒常供養仁者衣服飲食卧具湯藥四事所須悉令充足唯願仁者慈悲納受我觀仁者父母立名復見仁者精進勇猛至意專心必當成就阿耨多羅三藐三菩提決定轉於無上法輪真實不疑仁者若成菩提道時當來我家受我供養度脫於我當與仁作聲聞弟子是時菩薩報言善姊當如所願既受食已即便捨行爾時菩薩從善生女乞得食已於空靜處如法而食食已經行漸到一處地方平整清淨可喜心樂欲觀樹林蓊鬱枝條繁茂多饒華果清淨流渠香美諸水河池泉沼映發交横種種豐饒無所乏少彼等諸水不淺不深澄清皎潔易渡易取其内無有毒惡諸蟲周帀具足妙好禽獸去離聚落不近不遥往來乞求無疲無乏其間道陌土地坦平不下不高易行易涉若當有人欲求無上最勝利益易得易成速辦速證兼絶蚊虻及諸蟲蠍又不喧閙晝少行人往來擾亂夜斷音響安靜清閑冷暖調和風雨順節堪可修道禪定修心又往昔時有一王仙名曰伽耶（此言象）在中停止是彼

王仙舊城居處爾時菩薩見此地已如是思惟此中地勢快好方平暫觀即便爲人所樂乃至堪可修道行禪若有丈夫欲求無上最勝之利斷諸惡者此地足堪安止而住我今既欲摧伏諸惡修諸善根宜應停止坐於此處以求菩提必令成就菩薩如是心思惟已即便取草鋪坐此地欲修習禪既坐定已心如是念令諸衆生求解脱者悉行種種衆雜苦行所謂或有諸衆生輩懸住二手以捨世間一切諸事有爲法故彼等如是苦行之人或乞食時不從釭口内受於食或有不從小口鉢内受取於食或有不從兩手之間受取於食或有不從人糞穢間受取於食或有不從拄杖人邊受取於食或不從執刀杖人邊受其施食如是碓間及知婦人不淨來時不從受食或見婦人懷妊之時亦復不從其邊受食或知人家有不淨業不從受食或有不從酒醉人邊受取其食或有兩人喫食之時亦復不從其邊受食受食之時有狗來前亦不受食又受食時其上或有蚊虻等來不淨穢惡亦不從受或復有人唱呴而喚來與汝食亦不從受有人唱云汝住與食亦不從受或人唱言我作食施汝當待取亦不從受有人故爲造作於食亦不從受或復有人祭祀諸天殘餘之食亦不從受食内若有沙糖石蜜亦不從受有酥油等亦不從受食内或有乳酪等物亦不從受食内若有魚雜肉等亦不從受或食内有輿渠臭薫諸辛味等亦不從受或復止受一家之食齊一口止或受二家至兩口止乃至或受七家之食還復食於

七口而止或復一日止一時食或復一日兩時而食或一日半始喫於食或經三日乃喫一食或時一日少許而食或時兩日亦少許食乃至七日亦少許食或唯食菜或唯食稗或復唯食樹嫩枝條或唯食酪或復唯食迦尼迦羅樹之枝柯或復有時純食羊糞或復有時純食牛糞或烏麻滓或雜果子或食諸種一切草根或食藕根或食種種草輭枝條或復有唯空飲於水而以活命或有隨宜所得多少即以活命或復有學野獸食草以活於命或時立地卓然而住或復有坐一定不移或復四支拄著於地以口受食或有唯著純草之衣或有唯著塜間弊衣或復有著種種草衣或復有著憍奢耶衣或以白桃皮作衣者或以龍鬚而作衣者或復有用諸畜生皮而作衣者或復有用故畜生皮而作衣者或有以諸毛氀作衣或有破諸畜生之皮爲條作衣或復有以糞掃作衣或有躶形或卧棘上或卧板上或復有卧摩尼之上或卧椽上或卧塜間或蟻垤內猶如蛇居或露地卧或復事水或復事火或逐日轉或有舉其兩臂而住或有蹲坐或復有用沙土烟塵以塗全身正立而住或不梳洗頭首面目髮如螺髻拳攣而住或復拔髮或拔髭鬚或復有事泉池井河渠源諸神地神樹神林神山神石神夜叉羅刹羅睺（此言語言）阿脩羅王婆梨（此言鉤）阿脩羅王毗摩質多羅（此言妙機）睒婆利等阿脩羅王或事歲星或有事醫藥王仙人或事婆羅墮仙人者或復有事瞿曇仙人或事毗沙門天王者或復有事童子之天或自在天或

復事日或復事月或復有事那羅延天或帝釋天或事梵天或事護世四大諸天如是各事令歡喜已從乞求願稱願得已各求解脫菩薩既觀彼等如是邪求解脫見已發心欲行可畏極苦之行而有偈說

菩薩既至尼連河　以清淨心岸邊坐
爲諸求道不眞故　欲行大苦化彼邪

爾時菩薩如是觀察專正思惟坐訖合口以齒相拄舌築上齶一念攝心如是繫念調伏身意以齒舌齶攝心繫念修習之時腋下汗流菩薩既見汗如是流更復重發勇猛精進心無所著不錯不亂住寂靜心一定不動如是最上若身意口悉皆不動是時復作如是念言我今可入不動三昧爾時菩薩從口喘息及以鼻氣悉皆除滅口鼻滅已即時便從兩耳孔中出大風聲其風聲氣猶如鑽酥在大甕裏搖攪於酪出大音聲如是如是菩薩閉其口鼻之氣不使出時於兩耳孔出風氣聲亦復如是菩薩復念我今已發精進之心無處染著捨於懈怠乃至如是最上苦行最勝難行重復思惟我可更入不動三昧爾時菩薩既寂定身及口意已還止口鼻及耳喘息一切皆杜既口鼻耳悉寂定已內風壯大不得出故氣衝於頂譬如勇健最大力人取好利斧打捧他腦如是如是菩薩從其口鼻及耳閉氣不出內風壯故打腦之聲亦復如是菩薩復念我今已發精進之心無處染著捨於懈怠乃至如是最上苦行最勝苦行思惟是已即便更入不動三昧爾時菩薩從口鼻耳及頂喘息一切皆停不令其出乃至遮

止不得出故內風强盛在兩肋間迴轉鼓動譬如屠兒或屠兒子善解殺牛而彼屠等或執利劒或捉利刀而破牛肚或復破腸如是如是菩薩乃至內風强故兩肋間轉穿破之聲亦復如是思惟是已乃至更發精進之心最勝苦行我今還入不動三昧爾時菩薩從口鼻耳閉氣不出內風强故令身熱惱譬如最大二壯力士取一弱人各執一臂將其向彼大火聚上或燔或炙如是如是菩薩以內氣不出故身受熱惱亦復如是思惟是已乃至更發精進之心一切無著已捨懈怠得於正念心不散亂一切寂靜身口及意並得正受如是勝妙最上苦行爾時上界有諸天來見於菩薩如是苦行各相謂言今此悉達大智太子已取命終而彼衆中復更別有其餘天子共相謂言此之悉達太子現今其命未終始欲取盡或復更有諸天子言此之悉達大聖太子現亦不死後亦不終何以故此之太子是阿羅漢凡羅漢者有如是行不須怪之爾時菩薩在彼蘭若所用心處作苦行時即得成於最大苦行是時菩薩坐處四面周帀所有隣比聚落諸人皆來見於菩薩如是苦行作如是言此沙門既行大苦行是故立名言大沙門大沙門名起於彼唱以是義故有此名稱爾時菩薩復更如是思惟世間或有沙門或婆羅門制限食故而建立行各守清淨彼等或復唯食於麥或食麨麥或食麥屑或以麥作種種諸食而以活命如是更復或食烏麻或食粳米或食小豆或食大豆乃至或食純大豆飯或大豆汁或大豆屑或以

大豆作種種食持用活命或有沙門及婆羅門斷一切食建立淨行我今亦可斷一切食而行苦行菩薩如是心思惟已爾時彼處忽有諸天隱身不現來菩薩所白菩薩言大聖仁者願莫如是思惟此念欲得令斷一切不食所以者何仁今若欲斷一切食而行行者我等諸天各將一切天味下來入於仁者毛孔之中而令仁者得存活命又復仁者不損害身爾時菩薩聞此語已如是思惟我今既語一切人言我全不噉一切諸食而今諸天自隱其身將天味來入我毛孔令我活命此則是我最大妄語誑惑一切如是念已告彼天言汝等諸天雖有此心是事不然爾時菩薩斷彼諸天如是意已日別止食一粒烏麻或一粳米小豆大豆綠豆赤豆大麥小麥如是日日各別一粒是時菩薩復更思惟我今可以手掌盛取少少汁飲而活於命或小豆臛赤豆豌豆綠豆臛等爾時去彼聚落不遠其中有一最大種姓婆羅門名斯那耶那（此言將兵）彼婆羅門從摩伽國頻頭王邊得一聚落以為封邑其邑即與優婁頻螺聚落相近彼婆羅門得封邑已還立字名斯那耶那復更別有一婆羅門名曰提婆（此言天）彼婆羅門生地在彼迦毗羅城經營一事漸漸行至斯那耶那村邑而住少日為客是時提婆婆羅門更經營別事因行漸至菩薩住林時其提婆婆羅門見菩薩在林行大苦行見已即識作如是言此是我國悉達太子乃能如是行大苦行彼見菩薩如是苦行心大歡喜爾時菩薩見彼提婆婆羅門心向於菩薩生歡喜

已即告提婆婆羅門言大婆羅門汝能爲我辦少許食活我以不若小豆臛大豆緑豆赤豆等羹而我食之持用活命彼婆羅門心狹劣故少見少知無廣大意欲行布施述可此語報菩薩言大聖太子如是之食我能辦之彼婆羅門於六年中日別如上所須之食以供菩薩菩薩日日受取此食依法而食以活身命爾時菩薩恒以手掌日別從受隨得少許而食活命或小豆臛及赤豆等是時菩薩受食既少隨掌所容如上所説諸豆汁食菩薩如是食彼食已身體羸瘦喘息甚弱如八九十衰朽老公全無氣力手脚不隨如是如是菩薩支節連骸亦然菩薩如斯減少食飲精勤苦行身體皮膚皆悉皺赧譬如苦瓠未好成熟割斷其蔕置於日中被炙萎黃其色以熟肌枯皮皺片片自離如枯頭骨如是如是菩薩髑髏猶是無異菩薩既以少進食故其兩眼睛深遠陷入猶井底水望見星宿如是如是菩薩兩眼覩之纔現亦復如是又復菩薩以少食故其兩脅肋離離相遠唯有皮裹譬如牛舍或復羊舍上著椽木時彼聚落所有羊子牛子馬子行於彼林見於菩薩如是苦行見已各各生大歡喜發希有心恒常承事供養菩薩

佛本行集經卷第二十四

音釋

脆　此芮切物易斷也　偃僂　偃委羽切僂力主切偃僂俯也　悴　秦醉切枯也　撮　倉括切指取也　矚　之欲切視也　鑽　祖官切穿也　臛　虛郭切肉羹也　蚊虻　蚊無分切虻莫耕切　蠍　許竭切毒蟲也　缸　胡江切長頸罌也　碓　都內切舂具也　妊　汝鴆切孕也　呴　許后切與吼同　稗　蒲拜切稊稗也

㲠扎朗切闟之邪文者躶郎果切赤體也椽直緣切榱也塜知隴切亦墳也蟻垤蟻魚紀切垤徒結切蟻垤螘封也蹲徂尊切踞也坌蒲悶切塺塕也髭將支切口上須也睒失冉切齶逆各切齒齗也朘羊益切左右肘脇之間也鸗鳥貢切鳧也衝尺容切向也突也肋歷得切脇骨也脇虛業切腋下也燔炙燔符袁切爇也炙之石切炕火炙也豌烏丸切荳名皺赦皺側救切皮細起也赦乃版切赤也瓠胡故切匏也髑髏髑徒谷切髏落侯切髑髏頂骨也

佛本行集經卷第二十五

隋天竺三藏法師闍那崛多譯

精進苦行品第二十九之二

爾時淨飯大王盛春時至遊戲觀看見諸園林新出枝葉種種雜卉衆華開敷清淨莊嚴徧滿其内水中鵝鴈鴻鵠鴛鴦充溢諸池樹上復有鸜鵒鸚䳇及拘翅羅或諸孔雀迦羅頻伽命命鳥等自相娛樂或復命喚作微妙聲時淨飯王聞是聲已長歔歎息抆淚而言嗚呼我兒悉達太子忽然捨我奄經六年既其出家令我不見咄哉我今獨用此活知復何爲我今不見子悉達故在於此處諸婇女中左右圍繞雖復晝夜作諸音聲箜篌琵琶琴瑟鼓吹種種音樂我今受此上妙五欲我子云何獨自在彼山林曠野無人衆内爲於種種野獸圍繞虎狼師子及白象等一切諸獸或復諸獸各以爪牙自相殘害齧噉而食汝在彼處誰復得知或死或生寂無消息其淨飯王心地如是憶念愁憂苦惱不樂爾時菩薩在彼優婁頻螺聚落行苦行時羸瘦困弊欲起行動力不勝身立便倒地爾時彼處地居諸天見此事已謂言菩薩身命將終心内憂愁傳相告語悉達太子今忽命終時彼地居諸天衆中有一天子速疾往詣淨飯王所既到彼已白淨飯王作如是言大王當知大王太子悉達仁者捨四天下幷及七寶出家入山苦行之時今以命終其天衆中復更別有一地居天速往王所而白王言大王當知王子悉達雖未命終但其餘命不過七日爾時淨飯大王既聞諸天如此語已爲念子

故憂愁苦惱逼切於心而大唱言嗚呼我子何故獨於空林而死雖得人身不受五欲復不證於無上法味作是語已身心迷亂悶絕躃地時淨飯王諸釋種族悉聞此聲聞已悉各奔集往詣淨飯王宮到已安慰淨飯王心作如是言大王莫作如是苦惱又復大王現今身體極甚羸瘦莫因此事而取命終淨飯王言今日此處迦毗羅城是我親族眷屬品類凡有幾數居住此城爾時彼等一切釋種即白王言大王當知今釋總數一切凡有九萬九千時淨飯王復作是言汝等眷屬若欲令我命全活者速疾示我悉達太子所居停處是時一切諸釋種等咸共報言大王當知大王乃可捉此大地及諸山林鐵圍山等大海須彌以一手擎擲於他方斯有是理欲令悉達煩惱未盡若當一切天上世間人物聚集欲將太子來向家者終無是處爾時釋氏國師之子名優陀夷白淨飯王作如是言大王當知我今能往悉達太子出家之處慰喻其意將迴向宮其淨飯王聞是語已即便報彼國師子言善優陀夷汝能詣向太子邊者或復太子取於汝語歸來向家汝共一處速疾還來若其太子不肯來時汝永一形莫見我面所以者何汝發此言雖解我意若子不來我見汝面以承望故更倍增長我之憂愁爾時國師子優陀夷嚴駕即從迦毗羅出徑往向彼優婁頻螺聚落之所尼連河邊既到彼已其優陀夷初先遙見憍陳如等五人在彼見已即問憍陳如言仁憍陳如悉達太子今在何處時憍陳如即便報彼優陀夷言悉

達太子今已入林修行苦行時優陀夷復重問言其親侍者名字是誰時憍陳如即報之言汝優陀夷若欲知者其人名爲阿奢踰時（此言調馬）時優陀夷即便進語阿奢踰時作如是言阿奢踰時汝今往詣於太子所如我所語爲我通道仁父有使來到於此欲得相見時調馬報優陀夷言我實不敢向太子邊通達此語所以者何太子苦行已過六年自出家來不曾將面向於生地對迦毗羅城邑而坐何以故猒生患故汝優陀夷自可入林面見太子對論父王所使言語時優陀夷自入林中見於菩薩卧於地上從頭至足皆被塵坌無有威光與地同色身體瘦削無復肌膚唯有骨皮裹身而已眼深却陷如井底星徧體屈折節節離解其優陀夷見於菩薩如是身形即舉兩手而大唱叫稱喚號哭嗚呼嗚呼我釋種子今日忽至如是厄難本時如是端正可喜如是妙色今成此身與土無異既復不得解脫安樂徒勞損害如是妙身爾時菩薩聞優陀夷號叫聲已即便問言此爲是誰內心乃爾憂愁懊惱如火所燒啼哭而語時優陀夷報菩薩言大聖太子我是太子本國國師之子名爲優陀夷者即我身是太子之父淨飯大王使我來此參迎太子菩薩報言汝優陀夷我今不用此煩惱使我唯欲得涅槃之使不欲父王此生死使時優陀夷復更諮請於菩薩言大聖太子仁今建立何等誓願乃爾牢固菩薩即報優陀夷言唯願我身在於此地破碎猶如烏麻白芥及以微塵若我不得自利利人其精進心終不捨放而生

懈怠我今身心誓願如是時優陀夷白菩薩言大聖太子我從太子父王之前受是誓言令我決定共於太子相隨入城今日太子若有如是慇重誓願儻或未得自利利人而取命盡我當云何敢捨太子違本誓願將面空入迦毗羅城爾時菩薩復更重語優陀夷言汝優陀夷我今在此苦行之處儻我未得成就自利於其中道而命終者汝優陀夷取我屍靈從本出門扶轝將入迦毗羅城汝復爲我語彼一切迦毗羅城内外人民作如是言此即是彼精進之人無異語者立於誓願正意正心骸骨之體汝優陀夷更復爲我答我父王所問訊語汝諮我父作如是言大王當知王子已發勤精進故今已捨命非因懈怠如實語者今既捨命非是虛誑汝優陀夷我今雖然但我在此林中夜夢如是無量諸天隱身來於我邊頂禮我足而白我言悉達太子汝今應當生大歡喜從今已去至七日内汝必剋成最大利益汝優陀夷我得此夢終不空也汝優陀夷今可還家我不用汝與我作友爾時優陀夷既聞菩薩如是誓已於菩薩所無復望心即從菩薩坐處林中獨自而出出已還至迦毗羅城見淨飯王到已即白淨飯王言大王當知王子悉達平安勇猛存活不死淨飯王言若我太子安隱不死我更何愁聞此語已心大歡喜爾時欲界魔王波旬欲爲菩薩生擾亂故於彼六年苦行之内恒常密近菩薩左右伺求其便微毫過失而不能得即説偈言

阿蘭若處既精好　樹木叢林甚可觀

優婁頻螺聚落東　尼連禪河岸隣側
彼處選擇得地已　誓願牢固結跏趺
發大精進勇猛心　我今決定得解脫
魔王波旬來詣彼　詐以美語而白言
唯願仁者壽命長　命長乃能得行法
命長方得於自利　自利已後無悔心
仁今身體甚尫羸　定取命盡當不久
眞實仁今千分死　福德悕或一分存
但多布施承事天　於諸火神修祭祀
如此或得大功德　用學神定作何爲
求勝出家道甚難　調伏自心亦不易
魔王如是向菩薩　種種諸語而稱揚
菩薩時以微妙言　音聲巧密報於彼
波旬不善汝放逸　求自利故行世間
汝之於此福德心　終無微塵等求覓
若欲求於福德者　豈可發吐如是言
我觀死苦猶若生　實無一念怖於盡
若諸衆生皆滅沒　我心終不暫時迴
今架欲海建大橋　精勤勇猛修梵行
所以風灾起天下　尚能乾竭一切流
況此身內津血間　其汁寧得不枯涸
脂髓潤澤於先竭　然後皮肉方乃乾
肉消皮立氣力微　心意乃可得寂定
增長一切精進者　唯有入於三昧門
我今欲行是行時　望得至彼勝覺處
所以不惜此身命　汝須知我內淨心
我心今有此至誠　智慧莊嚴甚牢固
世間未見有人輩　堪能斷我此精勤
我寧爲死奪命休　不用長年在家活
丈夫寧當鬬戰死　終不命在爲他降

健兒既能降伏他　降已更復何所畏
唯健能破諸怨敵　我當不久降汝魔
汝軍第一是欲貪　第二名爲不歡喜
第三飢渴寒熱等　愛著是名第四軍
第五即彼睡及眠　驚怖恐畏是第六
第七是於狐疑惑　瞋恚忿怒第八軍
競利及爭名第九　愚癡無知是第十
自譽矜高第十一　十二恒常毀他人
波旬汝等眷屬然　軍馬悉皆行黑暗
其有墮此惡行者　是彼沙門婆羅門
汝軍恒常行世間　迷惑一切天人類
我今見汝彼軍馬　以妙智慧嚴勝兵
悉能降伏使無餘　盡破於汝大軍衆
猶如水破坏瓶器　消散汝軍亦復然
我心正念安如山　智慧方便皆成就
無放逸心而行行　汝何能得我瑕疵

爾時菩薩復作如是思惟念言若有沙門及婆羅門過去世時求自利故受於大苦或心不喜或復身心悉皆不喜如是所受彼諸沙門及婆羅門不過此苦如我今求自利益故今受於此身意及心不喜等苦若復來世有諸沙門及婆羅門爲自利故所受身心一切苦時不過於此如我今求自利益故身心受苦唯未證得上人之法未得智見未證增益更復何道而取菩提菩薩更復如是思惟我念昔在父王宮內觀作田時值一涼冷閻浮樹陰我見彼已坐彼陰下捨離一切諸欲染心猒薄一切不善之法起分別心樂於寂定而生喜樂證得初禪我今可還念彼禪定此路應向菩提之道菩薩如是思惟念已如法

正觀一心而入彼之寂定望因此道至於菩提即說偈言

此法既非是離欲　亦復非正趣菩提
又非解脫之勝因　但是身心之苦本
若我於今欲修學　應當如昔觀作田
坐彼閻浮樹下陰　離染獲證四禪定

爾時菩薩復作如是思惟念言彼之樂者唯遠諸欲及不善法我今豈可不知彼樂我今乃可證彼樂故為欲成就一切智見菩薩更復如是思惟我欲成就智見樂者應得生樂但我羸瘦無有氣力豈可以身瘦無力故能得彼樂我今可為身求力故而食麤食或復煑豆或麩或麨或油或酥而塗此身然後求於暖水澡浴爾時菩薩語彼侍者婆羅門言提婆仁者我從今更不用如前飲食活命我意欲求勝於此食食以活命或飯食麨麩煑豆等或酥油脂欲塗此身及暖水浴汝能為我辦此事不是時提婆白菩薩言我今無有如是諸事又我家貧不能堪辦此等諸物兼復我今若即與仁亦未卒得仁但立誓我當為仁方便求覓菩薩問言汝今令我作於何誓是時提婆白菩薩言若仁苦行訖了之時得心願滿仁於彼時仁分法分復至我家當受我食菩薩報言如汝所願爾時提婆婆羅門聞菩薩如是印可其已即便奉辭菩薩而去還詣向彼斯那耶那婆羅門家到已語彼婆羅門言仁者庶幾復樂法行今此聚落相去不遠有一沙門行大苦行彼不食來年月淹久今欲求食或飯麨麩酥脂蜜等或復煑豆及塗身油并須澡浴仁者今可與彼辦之

爾時軍將斯那耶那婆羅門家有於二女一名難陀（此言喜）二名婆羅（此言力）然彼二女極大端正可喜無比世間少雙彼之二女往昔曾聞去此北方雪山之下有一釋種聚落處所名曰迦毗羅婆蘇都彼城之內有一釋王名爲淨飯彼王第一最大夫人名爲摩耶而彼夫人生一太子極甚端正可喜絕殊容貌非常身黃金色頭頂上圓猶如傘蓋鼻如鸚鵡臂長至膝一切身體悉皆正等諸根充備猶如金像具足三十二大人相莊嚴其身周帀而滿八十種好時彼太子既誕生已將向相師婆羅門所占看其記云此太子若在家者必當得作轉輪聖王治四天下作大地主是時具得七寶正法治化世間若捨出家必成多陀阿伽度阿羅訶三藐三佛陀名稱遠聞彼二女聞如此語已早曾諮父作如是言今者既聞如是釋種其子端正可喜無雙彼太子可作我夫主爾時軍將斯那耶那從彼提婆婆羅門邊傳聞菩薩此消息已語二女言汝姊妹等心願應成所以者何汝等今速往詣於彼最大沙門苦行之處何以故汝至彼已請彼沙門布施及食尊重供養奉油幷酥以用塗身然後別供暖水澡浴如是因緣後應得成汝等心願爾時軍將二女聞父如是勑已將於家常所有之食及油酥等至於菩薩苦行之處到已頂禮於菩薩足將所賫食奉上菩薩作如是言大善尊者願食於我此所奉食爾時菩薩從彼二女受於食已隨意而食取酥及油塗摩其身然後暖水以用澡浴是時菩薩以彼油酥用塗摩身各隨毛孔

悉入其體譬如土聚或復蹂沙瀉酥及油悉皆浸入並不復現如是如是菩薩身體所塗酥油皆悉入盡並不復現菩薩是時猶未得復本形身相爾時菩薩飯食已訖告彼二女作如是言汝姊妹等藉此功德欲求何願時彼二女白菩薩言大善尊者我等昔聞有一釋種生一太子可喜端正世所無雙我願彼人作於我夫菩薩報言汝姊妹等我即是彼釋種太子我從今去願不更受五欲之樂我於當來欲成就阿耨多羅三藐三菩提願欲轉於無上法輪是時彼女姊妹二人聞此語已白菩薩言大聖仁者此事若然仁者必定得成於彼阿耨多羅三藐三菩提成已當至我等之家願見我等我等當為尊者作於聲聞弟子菩薩復報彼二女言如是如是如汝姊妹二人所願從此已去彼之二女日别送食以與菩薩并將酥油先以塗摩菩薩之身然後别將暖水洗浴菩薩身體乃至漸漸令菩薩復本身飾相爾時菩薩告彼二女作如是言汝姊妹等從今已去莫作别意將息身法但送我食何以故我從今後我若當共女人身根兩相觸者無有是處我意不樂我意不然是時有一牧羊之子見於菩薩以苦行故身大瘦損牧羊子見菩薩如是大精勤苦向於菩薩心生歡喜即便長跪白菩薩言大聖尊者我今意欲承事尊者供養尊重未審尊者納受以不菩薩報言若知時者汝欲所作如是早辦時牧羊子即為菩薩塗摩身體將羊乳汁奉上菩薩以用為食又為菩薩折尼拘陀大樹之枝插於地上作於蔭涼時彼

所折尼拘陀枝因以菩薩威神力故即從地生更著枝柯葉華子等皆悉具足時人見之喚彼樹爲羊子所種尼拘陀樹爾時菩薩食麤食時彼五仙人共相謂言悉達太子今已失禪復其本性何況不失於持戒也此今成是懈怠之人不得寂定心生憒亂彼等如是平量訖已於菩薩邊生疲倦心誹謗之心捨離菩薩而別他行漸至向於波羅㮈國入鹿野園而修禪定而有偈說

彼等苦行五仙人　見於菩薩噉麤食
謂言無有禪定行　放逸自養五大身

向菩提樹品第三十之一

爾時菩薩欲求於彼麤食之時止欲令身少得氣力當於是時而彼善生村主之女從初始見菩薩已來起於彼日爲菩薩作布施熟食幷及器皿若布施他或復於前未至日中若見沙門若婆羅門乞食來者所乞熟食幷及食器而悉布施復心口念如是之願藉此施食所有功德迴施於彼釋種太子所苦行者願令成就早得諸通願速成就菩提妙果願令苦行如心所願悉具足滿如是布施行食幷器經過六年爾時菩薩六年既滿至春二月十六日時内心自作如是思惟我今不應將如是食食已而證阿耨多羅三藐三菩提我今更從阿誰邊求美好之食誰能與我如彼美食令我食已即便證取阿耨多羅三藐三菩提時菩薩心作於如是思惟之時有一天子知菩薩心如是思惟速往詣於善生村主二女之邊至彼處已即告之言汝善生女汝若知時菩薩今欲求好美食菩薩今須

最上美食食美食已然後欲證阿耨多羅三藐三菩提汝等今可爲彼備辦足十六分妙好乳糜是時善生村主二女聞於彼天如是告已歡喜踊躍徧滿其體不能自勝速疾集聚一千牸牛而犂乳取轉更將飲五百牸牛更別日犂此五百牛轉持乳將飲於二百五十牸牛後日犂此二百五十牸牛之乳還更飲百二十五牛後日犂此一百二十五牸牛乳飲六十牛後日犂此六十牛乳飲三十牛後日犂此三十牛乳飲十五牛後日犂此十五牛乳著於一分淨好秔米爲於菩薩煑上乳糜其彼二女煑乳糜時現種種相或復出於滿華缾相或現功德河水淵相或時現於萬字之相或現功德千輻輪相或復現於斛領牛相或現象王龍王之相或現魚相或時復現大丈夫相或復現於帝釋形相或時有現梵王形相或復現出乳糜向上涌沸上至半多羅樹須臾還下或現乳糜向上高至一多羅樹訖已還下或現出高一丈夫狀還入彼器無有一滴離於彼器而落餘處煑乳糜時別有一善解海筭數占相師來至彼之處其見乳糜出現如是諸種相貌善占觀已作如是語希有希有是誰得此乳糜而食彼人食已不久而證甘露妙藥爾時菩薩至於二月二十三日於晨朝時齊整著衣欲向優婁頻螺聚落而行乞食漸漸至於難提迦村至彼村已在村主家大門之外默然而立欲求食故是時善生村主之女見於菩薩在其門邊默然求食見已即便取一金鉢盛貯安置和蜜乳糜滿其鉢中自手執持向菩薩前到

已即住白菩薩言唯願尊者受我此鉢和蜜乳糜憐愍我故爾時菩薩見彼乳糜調和於蜜内心如是思惟念言我今得好封瘡之藥是故我今應須强發精進之行欲證甘露及正法故又我久來失此法體及是法行今日應須生道路故我今發是誓願之相我辦是意如我今日此所和蜜功德乳糜依時奉持摶食之食依法食已我應須度死命鬼界伏彼死命鬼軍之衆度於彼岸菩薩如是思惟念已受彼乳糜而問善生村主女言善姊仁者我若食此乳糜訖後將此鉢器付囑與誰善生女言付與仁者菩薩復言我如是器無有用處善生女言仁者隨意思念所作又我從來布施他食恒常備辦幷器布施爾時菩薩受彼食已從於優婁頻螺聚落正念而出安詳漸至尼連河岸到已即便持所得食安置一邊清淨之地脫衣入彼河中澡浴除身熱氣菩薩澡浴身體之時虛空諸天以天種種微妙香末和彼水雨種種雜下雨於水上爾時彼處尼連禪河以諸末香種種衆華彌滿水上合雜而流是時菩薩於彼水中既澡浴已取其袈裟於水中濯出挍曬乾著於體上欲渡彼水波流遄疾身體尫羸不能得越兼復六年精勤苦行身力劣弱不能得濟彼河之岸爾時彼河有一大樹名頞誰那（此言令者）彼樹之神名柯俱婆（此言小峯）住依彼樹時彼樹神以諸瓔珞莊嚴之臂引向菩薩是時菩薩執樹神手得渡彼河菩薩所浴河内香水一切諸天各各分取將還宮殿以此功德吉祥水故將灑自宮爾時彼河尼連禪主有一龍

女名尼連荼耶(此言不寡)從地湧出手執莊嚴天妙筌提奉獻菩薩菩薩受已即坐其上坐其上已取彼善生村主之女所獻乳糜如意飽食悉皆淨盡菩薩既食彼乳糜已緣過去世行檀福報業力熏故身體相好平復如舊端正可喜圓滿具足無有缺減爾時菩薩食彼糜訖以金鉢器棄擲河中時海龍王生大希有奇特之心復爲菩薩難現世故執彼金器擬欲供養將向自宮是時天主釋提桓因即化其身作金翅鳥金剛寶嘴從海龍邊奪取金鉢向忉利宮三十三天恒自供養於今彼處三十三天立節名爲供養菩薩金鉢器節從彼已來至今不斷爾時菩薩食糜已訖從坐而起安詳漸漸向菩提樹彼之筌提其龍王女還自收攝將歸自宮爲供養故而有偈說

菩薩如法食乳糜　是彼善生女所獻
食訖歡喜向道樹　決定欲證取菩提

佛本行集經卷第二十五

音釋

鶻(胡沃切水鳥也)鸜鵒(鸜其俱切鵒余蜀切)鸚鵡(鸚烏莖切鵡文甫切)翅(施智切)歔(休居切)捫(莫奔切摸也)齩(五巧切齧也)敢(徒濫切食也)躃(必益切猶仆也)擎擲(擎渠京切舉也擲直炙切投也)儻(他朗切或然之詞也)轝(羊諸切兩人對舉也)凅(下各切竭也)髓(息委切骨中脂也)譽(羊諸切稱美也)矜(居陵切矜自負也)坏(普杯切陶器未燒者)瑕疵(瑕胡加切疵才支切瑕疵釁隙也)𪍑麨(𪍑博領切麨尺沼切乾糧也)𤛓(古候切取牛乳也)秔(古行切稻不黏者)摶(徒官切捏聚也)捩曬(捩練結切紾也曬所賣切曝也)遄(淳緣切速也)筌(此緣切)嘴(即委切喙也)

佛本行集經卷第二十六

隋天竺三藏法師闍那崛多譯

向菩提樹品第三十之二

爾時菩薩於河澡浴食乳糜休身體光儀平復如本威力自在安詳面向菩提樹時作是行步猶如往昔諸菩薩行所謂漸漸調柔行步意喜來者隨施行步安住猶如須彌山王巍巍而行無恐畏行不濁亂行心知足行不急疾行不遲緩行不蹶失行兩足周正不相揩行不相逼行不星速行不摇身行安隱而行清淨而行精妙而行無患害行師子王行大龍王行大牛王行如鴈王行如象王行不恇怯行無疑滯行無怪悞行廣寬博行那羅延行不觸地行千輻相輪下地而行以脚足指網縵所羅甲如赤銅色澤而行行步振徧大地而行行步猶如大山谷響出聲而行行步之時有坑坎處皆悉平正自然而行地上所有土沙礫石皆除而行以足網縵放光明觸罪類衆生安住不動善行而行行步清淨生妙蓮華蹹彼蓮華臺上而行以往昔行淨善行故而得此行往昔諸佛坐於師子高座之上承行而行心意牢固如金剛行閉塞一切諸趣稠林堂堂而行能爲一切諸趣衆生生安樂行摧折一切魔幢而行破壞一切魔力而行磓壓一切魔氣而行抖碎一切魔威而行減削一切魔業而行消散一切魔衆而行墮落一切魔勢而行捐捨一切魔行而行殺害一切魔軍而行割斷一切魔網而行伏諸非法一切邪衆如法攝受外道而行照朗煩惱翳暗而行散助煩惱朋友而行威力覆

蔽釋天梵天大自在天護世諸天無畏而行於此三千大千世界唯自一人獨尊而行不從他學而自證道分明而行欲證一切種智而行正念正意知足正行行行而行欲滅生老病死而行欲趣向彼常樂我淨微妙最勝無畏之處欲入涅槃城門而行有如是行菩薩而行面正向彼菩提之樹直視而行爾時菩薩復作如是思惟念言我今至此菩提道場欲作何座證阿耨多羅三藐三菩提即自覺知應坐草上是時淨居諸天子等白菩薩言如是如是大聖仁者所有過去諸佛如來欲證阿耨多羅三藐三菩提者皆悉坐於鋪草之上而取正覺爾時菩薩如是思惟誰能與我如是之草心思惟已左右前後四顧觀看是時忉利帝釋天王以天智知菩薩心已即化其身爲刈草人去於菩薩不近不遠右邊而立刈取於草其草青緑顔色猶如孔雀王項柔輭滑澤而手觸時猶如微細迦尸迦衣其狀如是色妙而香右旋宛轉爾時菩薩見於彼人去已不遠在右邊刈如是等草見已漸漸至彼人邊到已寬緩問彼人言賢善仁者汝名字何彼人報言我名吉利菩薩既聞彼人名已如是思惟我今欲求自身吉利亦爲他人以求吉利此名吉利在於我前我今決當得證阿耨多羅三藐三菩提菩薩如是心思惟已更出如是美妙音響語彼人言其語猶如過去一切諸菩薩等微妙音聲所謂實語不虛發言用眞正言出清亮聲潤澤之聲妙聲喜聲聞承奉聲聞不違聲聞流靡聲化聲導聲不蹇吃聲不縮呻聲不麤澀聲

不雙破聲軟滑澤聲甜淡美聲分明的的遥入耳聲聞心口意皆悉喜聲聞已除滅欲癡瞋恚鬬諍忿怒皆悉令得清淨之聲聞如迦羅頻伽鳥聲命命鳥聲雷隱隱聲如諸音樂歌讃詠聲深遠高聲無障礙聲非鼻出聲清淨之聲真正之聲實語之聲如梵天聲如海波聲如山崩聲震動之聲如諸天王所讃歎聲諸阿修羅謌詠美聲深難得底斷魔力聲降伏一切諸外道聲師子之聲駛風之聲象王之聲如雲磨聲能至十方佛刹土聲告諸所化衆生之聲不急疾聲不遲緩聲不停住聲不缺減聲不濁穢聲合一切聲入諸聲聲解脱之聲無繫縛聲無染著聲合語義聲依時語聲不過時聲巧能宣説八千萬億法門之聲無壅塞聲不止息聲能辯一切諸聲之聲隨心能滿一切願聲能生一切安樂之聲示現一切解脱之聲流通一切諸道路聲衆中説時不出衆外令諸大衆歡喜之聲聲出之時順於一切諸佛法聲菩薩以此如是衆聲告語於彼刈草之人作如是言仁者汝能與我草不其化人報言我能與是時帝釋所化作人即便刈草以奉菩薩其草淨妙菩薩即取彼草一把手自執持當菩薩取彼草之時其地即便六種震動是時菩薩將於此草安詳面向菩提樹下爾時菩薩持草行時中路忽有五百青雀從十方來右繞菩薩三帀訖已隨菩薩行又復五百拘翅羅鳥四方而來如前圍繞又復五百孔雀而來乃至略説五百白鵝五百鴻鶴五百白鷗五百迦羅頻伽之鳥幷其五百命命之鳥五百白象皆悉

六牙五百白馬頭耳烏黑騣尾悉朱長而披散五百牛王並皆斛領猶如黑雲是時復有五百童子五百童女各以種種諸妙瓔珞莊嚴其身五百天子五百天女五百寶瓶以諸香華滿於其中又盛種種諸妙香水無人執持自然空行又世間中所有一切吉祥之事皆從四方雲雨而來各在菩薩右邊圍繞經三帀已隨菩薩行又世間中所有樹木一切藥草菩薩行時從根悉伏向於菩薩又復四方微妙涼冷調和之風吹諸翳障皆悉清淨無雲無霧無烟無塵上虛空中復有無量千萬諸天菩薩當向菩提樹時悉隨而行皆各一時歡喜踊躍徧滿其體不能自勝歌唱呌喚或口呼嘯作種種聲弄其天衣及寶瓔珞又復出聲作如是言今此閻浮有佛世尊出現於世復有無量淨居諸天來在菩薩左右前後頂禮菩薩如是白言大聖尊者仁昔長夜恒常乞願今日所願以得成就世間所有一切諸天堪爲仁作吉祥之事能與仁作吉利之相又復能成仁心願者彼等悉來在菩薩前菩薩面向菩提樹時相隨而進菩薩欲至菩提樹下是時其地六種震動又復菩薩行步之時如師子步如龍王步如牛王步白鴈王步如象王步無怖畏行無障礙行無染著行除滅一切毛不竪行無人降伏往昔善行禪定真正最勝而行最上最妙伏諸怨行斷絕一切不利益行欲取無上法寶故行取無上樂攝受故行欲取最上寂定故行行步之時地上所有一切衆生聞地動聲地居諸天阿脩羅等一切諸龍諸乾闥婆一切諸鳥

四足人等皆悉聞彼震動之聲心生疑怪處處觀看有何異事有何因緣大地如是湧沒摇動爾時彼地有一龍王名曰迦荼此言黑色其龍長壽經歷劫數曾見往昔多諸佛來又龍日月晝夜甚長睡眠未久見大地動復聞震聲即便驚寤寤已忽起速疾從自宫殿而出出外觀看四方之時迦荼龍王觀四方已見自居處相去不遠有一菩薩安詳而行時彼龍王見此菩薩預先瑞相猶如過去諸大菩薩發心欲向菩提樹下一種無異見是相已更無疑心決定知此菩薩大士當得證於阿耨多羅三藐三菩提生大歡喜即便說偈一心合掌而讚歎言

威德巍巍大仁者　如我曾見過去時
有諸菩薩來此中　仁今亦然無有異
今見仁者到斯處　決定作佛必無疑
世尊徒步甚安詳　先舉右脚而行動
觀於諸方心諦視　應當定作佛世尊
仁今從此吉祥邊　乞一把草手持執
正面趣向於道樹　決定今作三佛陀
諸方四面涼冷風　猶如牛王作聲響
又有諸鳥來翼從　前後左右四面圍
世間黑闇晝夜昏　無明愚癡人所覆
仁聖成就丈夫已　必出大光普照明
又復靈異諸獸來　百千萬衆前後繞
如彼輪迴右旋轉　仁今決定作世尊
又復象馬諸畜生　并諸幢幔等來至
星速急疾向菩薩　決知當作佛世尊
又復一切淨居天　持其清淨莊嚴體
曲躬頂禮於仁者　知仁決作佛世尊

仁今將此有漏心　又爲一切煩惱逼
今得除滅彼結惑　必成無上勝菩提
仁今具足微妙法　甚深難測不思議
證已俯仰行步寬　是故我心無疑滯
仁今種種皆如法　所說最上更無過
一切天人無等倫　是故我心無疑滯
爾時黑色龍王將如是偈歎菩薩已心大歡喜踊躍無量合十指掌在菩薩前頂禮菩薩是時菩薩語龍王言大善龍王如是如是如汝所說我今必成阿耨多羅三藐三菩提而說偈言
大善龍王如汝言　此爲增益我精進
我今必成無上道　一切世間無等雙
如餘所見相莊嚴　大吉祥瑞爲我助
我今於此煩惱海　必渡彼岸無有疑
爾時黑色龍王有一龍妃名曰金光而彼龍妃復與無量諸龍女等左右圍繞其手各執諸妙香華末香塗香雜色衣服寶幢旛蓋種種瓔珞作天音樂其樂音中各作種種歌讚詠聲而歎菩薩隨菩薩行歌音聲中出如是偈讚菩薩言
世尊身意卓不移　無驚無怖而定住
歡喜踊躍離諸欲　瞋癡悉捨無處貪
尊能爲世作醫師　是故我今頭頂禮
世間諸使煩惱厚　無能解脫離彼纏
諸根自伏復伏他　能拔衆生諸毒箭
無歸護處能歸護　世間幽瞑作導師
三界燈明仁獨尊　是故我等今頂禮
世尊無人能伏得　以盡貪瞋及無明
離諸煩惱欲染情　是故我今頭頂禮

煩惱刺入衆生意　無有人能拔出之
世尊今作大醫師　能治彼等大苦惱
無依止者作依止　無導師處作導師
黑暗徧於三界中　世尊光明普能照
如我今見諸天衆　持妙香華滿虛空
舞弄瓔珞皆散衣　我見如是預相已
斟量斯事無虛謬　仁今作佛心喜歡
速往菩提德樹邊　降伏彼等四魔衆
摑裂煩惱鞠羅網　疾成無上寂涅槃
猶如往昔諸智人　到於此處取正覺
仁者今已來至此　我知作佛定無疑
世尊昔在因地時　行行劫數千萬億
精苦勤劬不暫息　望取正覺證眞如
今時以至願莫停　速詣於道樹下坐
正心依彼樹王者　決證菩提無有疑

爾時菩薩聞是偈已安詳而行向菩提樹於其中間心如是念此欲界内是彼魔王波旬爲主自在統領我今應當語彼令知若不告彼而取證於阿耨多羅三藐三菩提者我則不成名爲大覺所以者何爲欲降伏魔波旬故攝受彼故亦兼攝受降伏一切欲界諸天彼之魔衆魔宫殿中復有無量無邊諸魔眷屬諸天已於往昔種諸善根若聞我作師子吼聲若見我證阿耨多羅三藐三菩提時則彼悉來向於我邊當發阿耨多羅三藐三菩提心爾時菩薩思惟是已從於眉間白毫相中放一光明名能降伏散魔軍衆放此光已應時即至魔之宫殿翳彼一切諸魔舊宫本業之光又復斯光傍徧三千大千世界作大光明一切皆滿時菩薩放彼光明中魔王波

句自然而聞如是偈聲
世間有一大衆生　經歷多劫行行滿
淨飯大王之太子　棄捨王位而出家
彼欲開發甘露門　今來趣向菩提樹
汝身若有大氣力　可詣樹下共試看
其今以達彼岸邊　復欲渡他令到彼
菩薩既以自覺了　今復更欲覺於他
又自得彼寂定禪　更欲教人令寂靜
既自行無繫縛路　欲教他趣解脫城
破散三惡悉使空　充溢人天道令滿
示現禪定五通力　安置令知甘露宮
其今不久證大明　必當虛空汝境界
愚癡黑暗瞋恚侶　損汝朋黨悉無餘
既被摧碎走無方　當爾時心作何計
彼若證於甘露法　常樂我淨湛然安

爾時欲界魔王波旬從光明中聞是偈已於睡眠中心忽驚動自然夢見三十二種不吉祥相何等名爲三十二夢所謂夢見其諸天界自許宮殿悉皆黑暗無有光明見自宮中有諸沙礫糞穢盈滿見自身體恐怖不樂無有心情見其自身諸方馳走見其自身頭上天冠忽然墮落遺失革屣徒跣而行見自咽喉脣齶乾燥身體寒熱見自園中所有樹木枝葉華果悉皆乾枯見諸池泉所有諸華皆悉枯竭見自園中所有諸鳥鸚䳇鸜鵒孔雀鴛鴦鴻鶴鸕鷀及拘翅羅命命鳥等毦羽衣毛悉皆秏落見其宮內所有音聲樂器之具螺鼓琴瑟箜篌笙簧所有一切五種音聲悉皆破折斷壞故敗狼藉在地見其從來所愛左右皆悉自然遠離其身憂愁困苦却住一

面獨卧地上見其端正可喜王女赤露拳攣自舉兩手以拔頭髮卧於地上見諸魔子巧智辯者悉皆趣向菩提樹下頂禮於彼菩薩之足見其四箇所愛之女各舉兩手大聲號哭作如是言嗚呼嗚呼阿爺阿爺見其自身所著衣裳垢膩不淨見其自身爲諸塵土之所坌穢周徧滿體見其自身忽然瘦瘠無有精光見自宫殿城壁户牖樓櫓窻門却敵摧墮天井皆悉崩頹落壞見其所有諸天兵將夜叉羅刹或鳩槃茶或復龍王彼等悉皆垂於兩手或時舉臂拍頭椎胸各各受於極大苦惱見其所有一切欲界諸天主等四鎮天王帝釋夜摩兜率化樂他化自在皆悉號哭瀝淚滿面走向菩薩觀菩薩面立菩薩前見其在於鬬場之内刀杖失壞自許左右及眷屬等悉捨魔王諸方馳走見其從來吉祥之瓶皆崩破壞見那羅陀天仙口唱不吉祥事見有一神名爲歡喜當門作聲如是唱説稱不歡喜見虚空中塵霧烟雲悉皆徧滿見守魔宫功德大神舉聲大哭見其從來自在之處成不自在見自朋友悉成怨讎見諸魔宫或成黒暗或復失火悉皆燒盡見其一切諸魔宫殿震動不安見其所有樹木叢林或被他斫或自倒地見其所有思念判事或作方計竟日籌量不得一口唯有亂心爾時欲界魔王波旬見如是等三十二夢不祥相已從睡而寤徧體戰慄心意不安内懷恐懼普喚一切魔家眷屬皆令集聚及其宫内左右侍臣并大兵將當諸城門守護之人向説夜夢所見之事汝等諸人我昨夜夢見諸變怪如

前所說我見如是不祥夢已甚大恐怖身心
不安以是生疑忽然睡覺我應不久必失此
處恐畏更有或大威德福力之人來生此處
替代於我而說偈言
昨夜光明自然現　光明中說此偈言
釋種太子今出家　三十二相莊嚴體
出家苦行六年滿　今漸來向道樹間
自覺覺他以菩提　汝若有力共彼試
彼種善根千億劫　今得菩提證正真
破汝境界悉當空　汝若不能折伏彼
彼證甘露身常住　欲破汝等此魔宮
是故我告汝諸魔　若有强力早向彼
沙門獨自在樹下　速疾破彼莫令全
汝等若取我愛言　爲我辦具四兵衆
世間多有辟支佛　彼今出已令涅槃
望我獨自作法王　不令斷絶如來種
爾時魔王波旬長子名曰商主時彼商主即
便以偈白其父言
父王何故面無色　心戰身體無威光
看此形相似大驚　未審曾見聞何事
唯願向子等實說　如所聞見一一論
時魔波旬還以偈告其子商主作如是言
子汝今當善諦聽　昨夜我夢甚異常
若我衆中具說之　大衆聞皆絶倒地
時魔波旬長子商主復更以偈報其父言
大衆倒地不敢辭　入陣若退是大苦
若夢見有如是相　寧住莫鬬被他追
時魔波旬復還以偈告其子言
丈夫發意取鬬勝　可以不勝即鬬休
彼獨沙門何所能　我到樹下當起走

是時商主復更以偈白其父言
有力衆力弱力人　獨一智慧勝他鬪
螢火蟲滿三千界　一日出世悉能遮
若人自慢心不思　貢高欺他不廣問
諸智人來相開諫　若不取語此難治
爾時菩薩向菩提樹未至彼處其間見一菴羅之樹謂言此是菩提之樹菩薩至彼樹下欲坐意中以爲菩提之樹是時彼地以菩薩身威德力故重不能禁欲陷向下爾時菩薩如是思惟世有二人行坐之處其地陷没何等爲二一者斷絶諸善根盡二者福德諸善甚多計我即今應非是斷善根盡人此或應非菩提樹下爾時色界淨居諸天爲幖幟眞菩提樹故懸妙繒旛置於其上又復彼中所有諸樹枝幹悉傾向菩提樹是時菩薩即知此是眞菩提樹便捨於前舊菴羅樹迴步安詳漸漸而向菩提樹邊爾時菩薩當向菩提樹下行時有一夜叉名曰香獸守護於彼菩提之樹去樹不遠停止其中見菩薩來便即急告更一同伴名爲赤眼別夜叉言仁者汝來我今語汝汝須知覺汝速爲我往欲界主魔王邊諮導如斯語昔拘留孫及拘那含并迦葉等諸大仙聖於此地中所居之處成大等覺今復更有精進之人功德圓滿菩提行備以具足得三十二相侵於魔王境界所住是彼釋種淨飯王子名悉達多已捨苦行得於正念來至於此最勝地處而欲居停願大王知時赤眼聞香獸夜叉如此語已速往詣於魔波旬所既到彼已如上所語悉具説之
爾時欲界魔王波旬從彼赤眼夜叉邊聞如

此語已即便召喚他化自在一切諸天化樂兜率三十三天四天王等并地居天諸龍夜叉諸乾闥婆及阿脩羅緊那羅摩睺羅伽鳩槃茶羅刹毗舍遮等一切大衆而勑之言汝等悉集聽我處分有一釋迦種姓之子欲取菩提我等相共至於彼處斷其如此勇猛之心勿令取證爾時魔王長子商主白其父王魔波旬言父王如是子心不樂何以故而今父王欲共悉達菩薩大士而作怨讎唯恐後時父王內心悔無所及作是語已時魔波旬告子商主作如是言咄汝小兒愚暗淺短未曾知我變化神通未曾覩我自在威力爾時商主白其父言父王當知我非父王愚癡之兒亦非不知父王神通威力自在但父王今未知悉達菩薩神通未見悉達菩薩德力其事雖然但願父王至於彼邊應當自見應當自知彼之神通爾時欲界魔王波旬不取其子商主之言聞已忽然裝束四種精銳兵衆悉令聚集帶甲持仗譬如大力最猛健將率領可畏雜種軍衆人覩之時能令毛竪世未曾見又未曾聞如是無量百千萬億天神鬼兵所謂一身能現多種百千面孔其一一面能出無量種種蛇身手脚繚戾形容可畏皆執弓箭槊矛鎚棒斧鑿刀劒最勝金剛諸器仗等或復身體頭目手足衆雜異形或復項上大火熾然或於肚邊出極猛火或復語言麤惡叫喚或執犁木或持杵等如是諸物眼孔可畏或眼睛睞視眄高低或口喎斜而復多齒其舌廣大現多種形或舌下垂或舌拳縮猶如礓石或眼放光猶如黑蛇其中毒滿

或有頸項纒繞諸蛇或有手執蟒蛇而食猶金翅鳥從海取龍而噉食之或復手執人肉骨血頭目支節而噉食之或手執人五臟腸肚糞穢而食或有青眼如師子王喧張可畏或眼凹凸開合放光或復騎於猛火大山乘空而來或兩肩頭擎於炎火熾然如山或於地上兩手拔樹合根擔來其中或有耳如羖羊或如簸箕或如蜂蛤或如象耳或如猪耳或垂犇耳或復有肚如病水人脚脛細弱身體羸瘦或鼻匾匸或腹如甕足如覆鉢身體皮乾猶如曝脯其肉枯燥血脉乾竭或復割截手足而懸或復斫頭而手中執或身出血更互相飲飲已復吐或吐白沫或飲融銅或吞鐵丸或刖手足肘膝而行或唯骨身無有皮肉或作猪形或驢騾形象形馬形駱駝牛羊羖羝羣兕水牛狐兔犛牛狟獹摩竭鯨鷁師子虎狼熊羆禽狷獮猴豺豹野干狸狗諸如是等種種形容作大恐怖作大可畏如是軍衆悉皆整備儼然承奉待命即行

佛本行集經卷第二十六

音釋

蹶居月切跌也　礫郎擊切小石也　蹹達合切踐也　摧折摧徂回切折食列切　礧歷礧都回切以石投下也歷乙甲切鎮也　刈倪際切割也　蹇吃蹇紀偃切吃居乙切蹇吃語澀難也　駛爽士切疾也　壅塞壅委勇切塞悉則切壅塞填窒也　騣祖紅切馬鬣也　寤五故切寐覺也　摑裂摑古獲切打也裂良薛切破也　鞕五孟切與鞕同　屣所綺切華韈也　鸕鷀鸕落胡切鷀墻之切鸕鷀水鳥也　毦郎丁切毳毛也　瘦瘠瘦所救切瘠所景切瘦瘠臞瘠也　頹杜回切下墜也　幖幟幖畢遙切立木繫綵其上曰幖幟職吏切旗也　銳以芮切銛利也　繚戾繚力消切戾郎計切繚戾纏曲也　槊色角切矛屬　鎚直垂切　斧鑿斧方矩切鉞也鑿疾各切鏨也　睞

郎代切目童子不正也　喎苦淮切口不正也　礓居良切石也　蟒莫朗切大蛇也　羖公戶切牡羊也　簸箕簸補火切箕居宜切　蜯蛤蜯步項切蛤葛合切　耷丁盍切大耳也　脛形定切脚脛也　匾㔸匾方緬切㔸土鷄切匾㔸闊薄也　曝脯曝步木切日乾也脯方武切腊肉也　刖魚厥切斷手足也　羝都黎切牡羊也　犀兕犀音西兕序姊切野牛也　犛莫交切長髦牛也　㹅獹㹅其呂切獹杇居切㹅獹獸名　鯨渠京切大魚也　鷁倪歷切鳥名　熊羆熊胡弓切羆彼爲切熊羆並獸名　狛莫白切與駒同駝駒也似騾而小者　豺士皆切　豹巴校切

佛本行集經卷第二十七

隋天竺三藏法師闍那崛多譯

向菩提樹品第三十之三

爾時魔王即告赤眼夜叉之使作如是言謂汝赤眼汝今見此軍衆以不有誰輙欲侵我境界是時赤眼夜叉之使即白其王魔波旬言大王當知此是釋種淨飯王子名悉達多從彼善生村主女前猶如牛王作大音聲向於吉利刈草人邊乞得一把有一樹名羖羊多羅尼拘陀樹漸漸而來復有五百青雀圍繞以初春月所出可愛一切樹木悉著華果枝柯自垂無識諸樹猶尚傾頭低而供養震動大地欲向於彼菩提樹下爾時波旬既見菩薩欲向於彼菩提樹下作是思惟願此釋種向餘樹下鋪草而坐莫向於此菩提樹坐其心如是思惟念已告彼一切夜叉衆言汝等一切諸夜叉輩宜減少許夜叉之衆速往詣彼菩提樹下伏藏而住慎莫使此釋種之子趣向於彼菩提樹間其夜叉等白魔王言謹依大王嚴命所勑是時夜叉即便抽減少許人衆去彼菩提樹下不遠伏藏而住其彼魔家諸夜叉衆遥見菩薩欲來向於菩提樹時身體赫弈猶如金山照耀放光不可譬喻其夜叉衆既覩見已即說偈言

此必千光新日出　威德照耀如金山
憐愍一切諸天人　漸到樹王如師子

時彼樹林所守護神即以偈頌報答於彼諸夜叉言

世尊千劫功德圓　備滿六度施戒忍
精進禪定及智慧　具足一切諸莊嚴

今漸來至向樹王　欲證無上菩提道
諸天及人八部衆　思惟如是悉隨行
爾時彼諸魔家眷屬夜叉衆等聞此偈已皆悉離彼菩提樹側星散而走是時菩薩漸漸來到十六種相功德具滿地分之處何等名爲十六種相所謂彼地劫燒之時最後然盡劫初立時最在先成又復彼地所出諸草最勝最妙所謂優波羅波頭摩拘勿頭分陀利充足不少又復彼地於閻浮提最在於中又復彼地不居頑鈍愚癡衆生唯住聖種大福德人之所行坐又復彼地無諸坑坎四面空寬平整之處又復彼地不下不高清淨洪滿猶如手掌又復彼地多有諸華優波羅波頭摩拘勿頭分陀利自然生長又復彼地悉爲一切聖人通知又復彼地自然顯現又復彼地於一切時恒居聖人不曾空闕又復彼地終無有人能得降伏又復彼地名稱遠聞所謂師子最高之座又復彼地其有心覓過不能得所謂若魔魔家眷屬又復彼地於一切地最在中齊又復彼地金剛所成又復彼地所生諸草止高四指柔輭青綠如孔雀項觸時猶如迦尸迦衣顏色微妙可喜端正香氣芬芳頭悉右旋往昔有諸轉輪聖王悉皆知聞此可愛樂希有之事是故恒來往彼觀看此之地處爾時菩薩臨欲至彼菩提樹側是時其地自然掃除清淨嚴麗香汁塗灑可喜端正令心樂觀又無一切沙礫瓦石蒺藜棘刺諸惡草等是時菩薩初執草行用於左手後至樹下即以右手柔輭五指羅網莊嚴赤色猶如烟脂所塗從左手取彼一把草安穩

欲置菩提樹下東面持草擲於地上根即向樹菩薩心發如是之願我今於此處所坐已越煩惱海渡至彼岸時菩薩擲彼一把草至地猶如瓶中置華或如河旋或如萬字爾時菩薩見自所執草漫擲地自然不亂有如是等吉祥之相口作是言如我今日所擲之草應亂不亂此吉祥相表我在於亂世間中必定當證不亂之法菩薩如是擲草鋪已是時彼地六種震動時欲界主魔王波旬至菩薩所而作是言謂刹利子汝今不合在此樹下鋪草而坐何以故其此樹下於夜半中多有無量毗舍遮鬼及富多那夜叉羅刹數數恒來噉食人肉今此樹北別有一林是大仙人所居停處彼之處所名曰優婁頻螺聚落可喜端正人所樂觀汝釋子宜至於彼地隨意而坐爾時菩薩報彼魔王作如是言汝魔波旬可不知耶我在於山阿蘭若處空閑澤中或在樹下或在塚間或居林內夜半安然心無所畏又復我今亦非無智亦復非是無方便力非如凡人至於此地但我久知往昔諸佛在此樹下無畏之處得成聖道以如是義我故來此爾時別更有一夜叉在於魔王波旬右立時彼夜叉語菩薩言汝釋種子今何苦用此樹下坐自外四邊大有餘樹汝可速疾移他處去時菩薩報彼夜叉言我有心願於餘樹下不能得成所願唯在於此樹下決定當成餘處不得時彼夜叉白其魔王作如是言大王今聞彼言以不更作何事能得彼去魔波旬報彼夜叉言我今唯應種種方便作勤劬心斷彼不聽於此處坐爾時菩薩見

魔波旬作如是言鋪草而坐内心思惟發如是願我今坐彼往昔過去諸佛所坐金剛之處坐已當伏魔王波旬我今此處坐已斷滅欲瞋恚癡諸煩惱等我今此處坐已當證微妙甘露清涼之法爾時菩薩所鋪之草其根向内頭皆向外鋪已右繞彼菩提樹三帀訖竟跏趺而坐身心端直如蛇纏身卓然不動口三唱言我證甘露我證甘露我今定當證得甘露而菩薩心發於如是弘誓之願我坐此處一切諸漏若不除盡若一切心不得解脫我終不從此坐而起有偈說言

菩薩樹下跏趺坐　如以大蛇自纏身
發於如是弘誓心　事若不成不起坐

爾時魔王波旬從彼地所隱身不現經少時間即化其身頭髮解亂塵土滿身著麤褐衣口脣乾燥狀若飢渴手中執持一大束書速疾而來向菩薩所立菩薩前將所持書擲與菩薩口如是言此一封書是汝釋種摩那摩許遣我送來此一封是尼婁馱許此一封是難提迦許此一封是拔提伽許此一封書是難陀許此一封是阿難陀許自外諸書各各是彼諸釋童子寄與汝來時一書上僞抄不實虛妄言辭作如是語提婆達多今在於此迦毗羅城已受王位入汝宮内盡皆納受汝之妃后取於汝父淨飯大王繫牢獄中自餘叔父白飯斛飯并甘露飯一切宿老諸釋種王盡皆驅逐遣出城外汝見此書速疾須來汝用住彼阿蘭若爲爾時菩薩聞是語已心發如是三種思惟因婇女故發於欲心而我妃后提婆達多實能納也因提婆達起鬪諍

心彼實能奪我之國土父王位乎因釋種故生殺害心彼等何故各自惜身不護我父菩薩復更如是思惟世間境界悉皆無常穢汙不淨念念生滅無暫住時思惟一切皆悉是於破壞之法生已即滅如是思惟便斷欲心發出家心息諍鬬心起慈愍心斷殺害心生悲哀心如是等事我久棄吐思惟是已即發捨心

魔怖菩薩品第三十一之一

爾時菩薩在於菩提樹下坐已時菩提樹所守護神生大歡喜心意踴躍徧滿其體不能自勝即解其身所有瓔珞并散頭髻速疾而向於菩薩所以最勝妙吉祥之事讚美菩薩內心殷重發大希奇悉命諸親及其眷屬守護菩薩恭敬儼然爾時彼處四面林木無問大小所有樹神各從其樹出身來到護菩提樹神邊問言大善樹神今在於汝樹下坐者此是何人我等由來未曾聞見最妙最勝身爲一切諸相莊嚴如天中天作是語已其護菩提樹神告彼諸樹神言汝諸神輩當知此是淨飯王子甘蔗種姓往昔劫初大衆推舉所置立王世世相承至今已來此是其胤時諸樹神復語菩提守護神言菩提樹神汝今真得最大利益大善福業今汝居處得有如是勝上衆生三界之尊勝妙衆生此之衆生如優曇華難現於世爾時彼等一切樹神各將沉水牛頭栴檀諸末香等又復種種妙好香華散菩薩上散已復散歡喜踴躍徧滿其體不能自勝舉手低頭合十指掌向菩薩禮口中各復如是唱言衆生最首唯願仁者早

成此誓速證菩提次復四天所居諸天及四天王次有無量三十三天夜摩兜率化樂他化自在天等無量無邊一切諸天及諸梵天各將種種天上妙華曼陀羅華摩訶曼陀羅華曼殊沙華摩訶曼殊沙華天拘勿頭及波頭摩分陀利等復持種種末香塗香如雨而散菩提樹上其菩提樹猶如車輪周帀徧滿一由旬内種種香華積至于膝爾時菩薩坐彼菩提樹下之時無一蚍蜉蟻子作聲況復大獸一切諸鳥亦不作聲假使有風一切諸樹亦不傾動當於菩薩坐彼菩提樹下之時淨居諸天心喜踊躍徧滿其體不能自勝頂禮菩薩心内各作如是願言衆生最首願仁此心早得圓滿速成菩提爾時菩薩坐彼菩提樹下之時發是要誓我不成道不起此坐

是時魔王波旬内心生大恐怖即作是言應此刹利釋種之子欲得除滅我之境界欲得令我出此境界若彼勝我在於我前必教諸人令得涅槃爲諸人說涅槃方便使我境界當成虚空而彼即今未得淨眼在我境界我今須作勤劬方便令其所行退失起走而說偈言

彼今若得成菩提　便廣爲他說正法
即當損耗我境界　衆人既得正路開
自然使我境界空　境空我則成寡婦
其今未得清淨眼　乃復住我境界中
我應速疾往彼邊　先作障礙破其事
猶如河水來未至　逆須預造作橋梁

爾時魔王波旬具足滿一千子於其中間助菩薩者有五百子商主爲首在魔波旬右邊

而坐其中助魔波旬之者亦有五百第一頭首名爲惡口在魔波旬左邊而坐時魔波旬告其諸子作如是言汝等諸子我今共汝進退籌量欲取汝等子别意智共作何計若爲力能降伏菩薩爾時右邊長子商主説偈白父魔波旬言

若人敢觸大睡虵　須能盤迴狂醉象
曾共嚴熾獸王鬭　是乃能伏彼沙門

爾時魔王波旬左邊次子惡口復爲其父而説偈言

若人見我心破傷　諸樹拔根即倒地
况彼沙門若覩我　而不一氣遠走藏

爾時右邊有一魔子名爲妙鳴即復以偈白其父言

若人浮渡於大海　還欲飲海悉令乾
父王此事不足驚　若見菩薩面可怪

爾時左邊復一魔子名爲百鬭即更以偈白其父言

我身髆上百臂生　一臂能射三百箭
父王但去莫愁惱　我獨能破彼沙門

爾時右邊有一魔子名爲善覺即復以偈白其父言

若其有力如象馬　或復毗紐及金剛
人藏宿業忍辱威　彼等諸力不能及

爾時左邊復一魔子名曰嚴威即更以偈白其父言

我於虚空雨水火　至彼能破比丘身
令彼身如一聚灰　若猛火焰燒乾草

爾時右邊有一魔子名爲善目即復以偈白其父言

若使最勝須彌崩　一切天宮殿盡壞
大海諸水皆枯涸　日月從空悉墜來
能使日光冷如氷　天宮隳落到於地
菩薩樹下一坐已　未成正覺終不移
爾時左邊復一魔子名曰報怨即更以偈白
其父言
我指能執持日月　虛空星宿及諸辰
捉搦彼等一切天　四海水入手掌内
況此沙門一釋子　即令捻擲海水邊
但速遣此諸軍兵　疾向於彼沙門所
爾時右邊復一魔子名爲德信即復以偈白
其父言
日月運移不求朋　輪王應化無等侶
諸聖菩薩不假衆　獨自能破大魔軍
爾時左邊復一魔子名求過失即更以偈白

其父言
戰鬬器仗不過刀　身著鎧甲心無怯
如是兵馬必能殺　父王莫畏彼沙門
爾時右邊復一魔子名爲福德瓔珞莊嚴即
復以偈白其父言
彼身輙如那羅延　難可破壞四諦體
忍辱鎧甲三䏶刀　執智慧箭降我等
爾時左邊復一魔子名曰不迴即更以偈白
其父言
如好乾草火立然　善解神射箭𫆀中
霹靂擬山便突過　釋子見我手必降
爾時右邊有一魔子名曰法身即復以偈白
其父言
有人以彩空中畫　作諸衆生同一心
月天風神羅網纒　菩薩道場不能動

爾時左邊復一魔子名恒作罪即更以偈白

其父言

我飲毒消如人食　指觸器仗悉成灰

若不碎彼身如塵　終不畜於此二手

爾時右邊有一魔子名爲成利即復以偈白

其父言

三千世界毒滿中　世尊觀之無怖畏

三毒可畏彼滅盡　我等還宮用鬪爲

爾時左邊復一魔子名曰貪戲即更以偈白

其父言

我將音聲過萬億　嚴飾王女數百千

於彼幻惑亂其心　令失寂禪受諸欲

爾時右邊有一魔子名爲法戲即復以偈白

其父言

彼以禪定法爲戲　常入解脱甘露遊

用諸攝樂拔衆殃　不持五欲以爲適

爾時左邊復一魔子名曰捷疾即更以偈白

其父言

我力捷疾搦日月　亦能截斷勁火風

撮取沙門置父前　如碎麥芒被吹散

爾時右邊有一魔子名師子吼即復以偈白

其父言

曠澤無量野干鳴　乃未聞大師子吼

諸獸若聞師子吼　四散奔馳走百方

如是我等一切魔　未聞法王大聲唱

各説其意不肯止　至於彼邊當自休

爾時左邊有一魔子名曰惡思即更以偈白

其父言

我今惡思願得彼　其可不見此魔軍

彼心眞癡無意懷　云何不走起疾避

爾時右邊有一魔子名曰善思即復以偈白
其父言
彼亦非是癡無力　汝等自短乏人情
今汝未知彼善權　後當以智降伏汝
汝等魔子恒沙衆　如是才辯滿三千
不能損彼一毛頭　況復殺害能令起
汝等淨心向彼處　口言讚歎身曲躬
莫作怨惡殘自兵　彼當必成三界主
如是乃至一千魔子於其中間或有助白或
有助黑各自隨心說其意見爾時魔王波旬
有一最大兵臣名曰賢將時魔波旬語彼兵
臣大賢將言汝賢將來隨我而行今此有一
釋種之子其欲成就無上菩提我今共汝至
於彼處斷其道法勿聽得證無上菩提時賢
兵將即便以偈白其大王魔波旬言
王所統領四天下　阿脩羅王緊陁羅
迦婁羅摩睺羅伽　頭戴十指歸依彼
況復一切諸梵世　光音廣果及淨居
地住欲界色界天　悉皆向彼頂禮足
又王諸子智慧勝　勇力世間無比倫
心內恒常禮彼尊　王軍八十由旬滿
夜叉羅刹并諸鬼　雖住地上在王前
心恒念彼無過人　十指合掌頭頂禮
魔軍千萬見彼聖　私以香華遥散之
我見此預相分明　菩薩必勝魔軍衆
魔家兵馬所住處　多有鵂鶹鴟鴞鳴
或復梟鴟烏鵲聲　驢狐諸畜惡聽響
我見彼菩提樹下　吉祥諸鳥種種音
梟鴈鴛鴦俱翅羅　鸜鵒鸚䳇孔雀鳥
圍繞彼聖音微妙　如是勝相彼必强

又魔軍衆所住營　常雨砂石埃塵土
菩提樹下聖坐處　天降種種妙香華
魔衆住處地不平　高下坑坎多塠埠
礓石荆棘鐃糞穢　菩提樹下地周圍
金銀七寶以莊嚴　見有如是等預相
智慧人輩若有意　見此相已應迴還
如是莊嚴徧地間　必當成就無上道
大王若不隨臣諫　如夢所見當不虛
如是仙人不可近　應迴兵衆向本處
往昔王觸諸仙故　呪焚國土悉成灰
過去有一梵德王　違犯毗耶娑仙意
王有妙園雜華果　呪詛出火悉燒然
多年彼園草不生　況復樹木華果等
世間所有多苦行　斷諸惡修梵行時
諸王來悉頂禮之　我等今可還歸本
王昔應聞違陀論　人有三十二相明
彼人求道故出家　必斷諸纏羅網結
得成無上正真道　眉間即放白毫光
普照十方億刹中　況復此魔軍衆等
豈可不能降伏得　王若欲鬪不得勝
如彼頭頂至極天　諸天千萬不能覩
應當成彼微妙果　世間未聞今得聞
猶如須彌及鐵圍　日月帝釋梵天主
夜叉羅刹諸林木　皆向菩提樹屈身
無疑此大福德叢　施戒忍進禪智力
歷劫以來修此行　今決退散我魔軍
如象蹋破諸瓦坏　如諸獸王師子吼
如日翳覆諸螢火　世尊破魔亦復然
師子獨散諸獸蟲　毒蛇一螫殺多衆
菩薩熏修善根力　獨自能破我諸魔

爾時魔王波旬從大臣邊聞此偈已心生恐怖熱惱不安身心憂愁苦惱不樂慙耻羞愧不知所爲然其內心猶懷我慢不肯迴還亦不逃走復更語餘諸軍衆言汝等齊意莫驚莫怖莫畏莫走此乃是我試彼心看我今美言更慰喻彼看其起離菩提樹下莫使如是衆生之寶忽值大殃爾時魔王長子商主白其父言魔主大王我意不願父王共彼釋迦種子作於怨讎何以故若有百千萬億魔衆手執刀劒來此釋邊欲作障礙終不能作況復父王獨自一身父王但觀此釋種子在於此間菩提樹下師子座坐不驚不怖父王觀此釋迦種子不搖不動又復虛空無量天衆十指合掌頂禮於彼如是諸天頂禮供養讚歎之時不曾歡悅其見父王惡心惡意欲來屠害亦不瞋怒父王當知假使有人將諸妙色能畫虛空設使彼大須彌山王有一人指能擎將行此事亦可或復有人浮渡大海得至彼岸亦可有人最大風神四方吹時忽然縳著亦可取彼日月星宿下置於地亦可一切諸衆生等合作一心亦可一切諸衆生等移置諸處終不可得此釋種子降伏於魔時魔波旬以偈告其長子商主作如是言

汝眞我怨非是子　更莫將面向我看
汝心今既著沙門　汝宜向彼釋子所

爾時魔王波旬不取長子商主諮諫告其諸女作如是言汝等諸女各各相共聽用我言汝宜至彼釋種子邊試觀其心有欲情不其諸魔女聽父勑已相與安詳向菩薩所到彼處已去離菩薩不近不遠示現種種婦女媚

惑諂曲之事所謂覆頭或復露頭或復半面或出全面或作微笑示現白齒數數顧眄觀瞻菩薩或復以頭頂禮菩薩或仰其頭觀菩薩面或復低頭覆面觀地或動雙眉或開閉眼或解散髻以手梳髮或抱兩臂或舉兩手示現腋下或復以手執弄乳膀或露胸背現腹臆間或復以手拍於臍上或復數數解脫衣裳或復數數還繫衣服或復數數褰撥內衣露現尻髀或解瓔珞擲著於地或解耳璫或復還著或弄嬰兒或弄諸鳥或復行步顧眄左右或復頻申長噓歎息或以脚指傍劃於地或歌或舞或動腰身或作意氣或復憶念舊時所行恩愛欲事喜笑眠卧姿態之時或復現作童女之身或時現作婦女之身或復現作新嫁女身或現中年婦女之身作如是等示現婦人諂媚惑著種種之事復將香華散菩薩上復以種種五欲之事勸請菩薩觀看其面觀其心情為有欲心姿態以不彼今復以欲心觀察我等以不或無欲心觀我以不彼等魔女見於菩薩深心寂定本來清淨無濁無垢面目清淨猶如滿月從於羅睺阿脩羅王手中所出清淨無垢如日初昇光炎顯赫如融金鋌清淨無染猶如蓮華從水中出而不染著如火光炎如須彌山確然不動如鐵圍山崚嶒高峻善攝諸根調伏心意彼等既見菩薩如是皆生慚愧羞恥之心

佛本行集經卷第二十七

音釋

輒陟葉切忽然也　坑坎坑丘庚切塹也坎苦感切險陷也　蒺藜蒺秦悉切藜郎奚切蒺藜草名　蚍蜉蚍頻脂切蜉房尤切蚍蜉大螘也　細女夂切　搦呢格切按也　捻諾協切捏也　鵂鷜鵂許尤切鵂鶹也鷜落侯切鵓鷜也　鴝鵒鴝古侯切鵒各頷切鴝鵒鵂鶹也　梟古幺切不孝鳥也　鴞吁嬌切鴟鴞也　塠阜塠都回切聚土也阜音負土山也　褰去乾切摳衣也　尻苦刀切脊梁盡處也　䏶傍禮切股骨也　鋋時連切小矛也　確苦角切靳固也　崚嶒崚盧登切嶒祖稜切崚嶒小貌

佛本行集經卷第二十八

隋天竺三藏法師闍那崛多譯

魔怖菩薩品第三十一之二

爾時彼等魔諸女輩善解婦人妖幻之事更復別爲餘誑惑法媚亂菩薩而說偈言

初春佳麗好時節　果木林樹悉開華
如此美景可歡娛　仁色豐盈甚端正
現今幼年情逸蕩　正是丈夫行樂時
欲求菩提道甚難　仁可迴心受世樂
宜觀我等天女輩　可喜形貌輭愞身
以諸瓔珞自莊嚴　誰令能得如是體
仁感得已何不受　我身香潔如蓮華
世間如此福德人　何故捨之而不用
頭髮光明紺青色　恒以雜種香澤薰
奇異摩尼爲寶鬘　作華持以插其上
我等額廣頭圓滿　眉目平正甚脩揚
清淨等彼青蓮華　其鼻皆如鸚鵡鳥
口脣明曜赤朱色　或如頻婆羅果形
亦似珊瑚及胭脂　齒如珂貝甚白淨
舌薄猶如蓮華葉　語言調詠出妙音
猶如緊陀羅女聲　兩乳百媚皆精妙
又復猶如石榴果　腰輭纖細如弓弝
脊膂寬博潤而平　猶如象王頭頂額
雙髀柔白洪端直　其狀猶若象鼻傭
兩脛正等纖而圓　清淨猶如鹿王蹲
足下平滿不斜凹　赤白猶如蓮華耀
我等身體可喜容　如是衆相莊嚴具
技能一切皆備足　快解作諸種音聲
復巧歌舞悦衆心　諸天見我皆歡喜
悉各羨我生欲意　我等非是不樂仁

仁今見我何不貪　又如人覩金寶藏
捨離棄之遠逃走　不知財物是樂因
仁之心意亦復然　不識五欲之快樂
寂定安禪不取我　或可仁者是大癡
何故不受世樂情　涅槃道路甚懸遠

爾時菩薩諦心熟視諸魔女言目不暫捨正念微笑斂攝諸根定其身體無愧無慙不急不緩端直安住猶如須彌心意不傾自餘方便智慧之門往昔已曾攝伏一切諸煩惱患哀愍言音過於梵響猶如迦羅頻伽鳥聲以偈語彼諸魔女言

彼諸世間五欲等　多苦多過衆惱纏
由煩惱故失神通　無明陷墜隨黑闇
衆生受之不知足　我久捨離諸煩牢
如猛火坑毒藥函　往昔已來早辭避
既飲甘露智慧水　自心覺了欲覺他
當說微密教法門　若今受此穢欲事
終不可能得此道　若人增長貪愛心
是則名爲大愚癡　既自不能得自利
況復能利於一切　是故我今心不耽
世間五欲燒衆生　猶如劫火灾萬物
五欲猶如水泡沫　亦如幻炎無一真
虛假誑惑於凡夫　智者誰應樂此事
猶如童蒙小兒輩　戲於自許糞穢中
迷惑愚癡無智人　見著種種諸瓔珞
觀已便生欲心想　頭髮根本從腦生
臭穢醜陋劇癰瘡　牙齒增長猶飲出
脣口耳鼻及眼等　一切皆如水上泡
腰髂脊背及尻臀　臭處不淨從血有
腹肚屎尿之一袋　不淨諸物滿其間

是業皆從愛所生　譬如造輪爲輾磑
愚癡愛樂亦如是　若有一切諸智人
分別是等衆患殃　此處不受如斯樂
身體日夜常流血　臭處不喜以眼看
兩髀兩脛雙脚趺　筋骨相縛而立住
我觀汝等今如此　如幻如化如夢爲
一切悉從因緣生　五欲無有真實德
五欲能失諸聖道　牽人將入惡道中
五欲猶如大火坑　亦如雜毒滿諸器
如瞋蛇頭不可觸　此處愚癡多被迷
强作淨想橫生貪　五欲如受雇客作
與諸婦人作奴僕　捨彼淨戒行道心
及離智慧寂定禪　住於憒亂喧鬧裏
捨諸妙法取欲戲　彼人隨地獄不疑
是等諸幻我見來　以是意中不貪樂
欲求畢竟自在樂　亦教他人令共同
我以解脫彼世間　如虛空風不可縛
汝等魔女若滿此　世間一切諸衆生
我心終不分別之　暫共汝等行五欲
我久已除瞋恚恨　愚癡貪欲一切無
諸佛大智聖世尊　心無有礙如空體

爾時魔王波旬女等善解女人幻惑之法更加情態益顯嬌姿莊嚴其身示現美妙音辭巧便來媚菩薩而有偈說

魔王波旬有三女　可愛可嬉喜見儔
在諸女中最尊豪　魔王教令善嚴飾
速疾往詣菩薩所　現諸幻惑作嬌姿
使身猶如弱樹枝　婀娜隨風而搖動
在於菩薩前向立　歌舞口唱如是言
仁善釋子當作王　云何坐彼大樹下

此盛上春妙時節　男女合會生喜歡
猶如諸鳥自相娛　欲心一發難止息
時至且可共受樂　何故守心不觀我
我等今者復以來　宜應同行稱心適
彼聖猶如日初出　億劫行諸行積功
其心不動如須彌　妙音清激猶雷響
行步安詳若師子　語言利益多所成
世間衆生不思量　恒爲諸欲起鬭諍
既起鬭諍便言訟　如是無智等諸人
常爲如此苦惱煎　智人知之不隨順
捐棄出家而遠離　處於山林以自娛
我今時節已現前　欲證常住甘露法
先須降伏彼魔衆　然後當成十力尊
其魔波旬諸女等　更白菩薩如是言
仁者面目如淨華　願聽我等諸語說

但且受於世王位　自在最勝上尊豪
若卧若坐及起行　作妙音聲無斷絶
菩提極果甚難得　况復諸佛智慧身
解脱正路行涉難　仁見有誰往能到
是時菩薩復報彼　我當決定作法王
於天人中自在尊　轉妙法輪無有上
具足十力無所畏　在於三界獨巍巍
諸學無學弟子群　千億萬數圍繞我
口常作如是讚歎　大聖出興除世疑
我當爲彼説法時　遊行處處隨心意
是故我於世間内　不樂一切五欲歡
魔女復白菩薩言　仁今少壯甚可惜
衰朽年老時未至　色力强盛且恣情
必其羸病不能堪　乃可捨此身端正
我等華容悉三五　正是仁者好良朋

五欲嬉戲最便姸　何故乃然猒離我
仁今若不見容受　我等隨逐終不辭
菩薩復更爲說言　今日既得人身體
努力遠離於諸難　勤求入彼甘露門
能捨世間苦難時　則離人天一切難
及今老病死未至　諸惡鬭諍復不興
我等速疾應當行　早離於斯諸難處
常住寂然無畏所　是彼眞實涅槃城
爾時魔女復說偈言
仁在天中如釋天　左右端正諸天女
炎摩兜率及化樂　他化自在幷魔宮
具足翫好無所虧　但受五欲莫寂滅
爾時菩薩以偈報言
五欲如霜不久住　亦如秋雲雨暫時
汝女可畏如蛇瞋　帝釋夜摩兜率等
悉屬魔王不自在　欲事百怨何可貪
爾時魔女復說偈言
仁可不見樹木華　諸蜂諸鳥雜音響
地生青色柔輭草　復出種種諸妙林
緊陀諸天作妓聲　如是妙時可受樂
爾時菩薩以偈報言
樹木依時著華果　蜂鳥飢渴取氣香
日炙至時地自乾　昔佛甘露不可盡
爾時魔女復說偈言
仁者面色猶初月　觀我顏貌似蓮華
口齒潔白清淨牙　如此妙女天中少
況復世間仁已得　身心承順不相違
爾時菩薩以偈報言
我觀汝體不淨流　諸蟲周帀千萬孔
不牢諸惡徧身滿　生老病死恒相隨

我求世間最上難　真正不退智人道
彼見六十四種巧　手動瓔珞鑠耳璫
被欲箭射微笑言　聖子云何不顛倒
諸有見患大仁者　見美五欲猶毒瓶
利刀塗蜜截舌傷　欲如蛇頭火坑穽
如人師子行風動　樹木山壁悉崩傾
我今威德離欲中　棄捨汝等猶如彼
其諸魔女出百技　衒惑菩薩不動移
菩薩如象師子王　猶如須彌住無動
彼等誘誑既不得　心生慙愧各低頭
恭敬歡喜讚歎言　尊面淨如蓮華潔
亦如醍醐及秋月　巍巍光照若金山
心所求者願當成　自度度他千萬衆

爾時波旬諸魔女等力既不能幻惑菩薩心生愧恥各自羞慙相與曲躬禮菩薩足圍繞三帀辭退而行安詳還向魔波旬邊到已即白父如是言父王不應舉意向於彼衆生所造作怨讎何以故我等昔來不曾見有如是衆生在欲界中作是姿態媚惑之事顯示於彼不暫移動又復我等作欲事時必得枯乾一切人意猶如旱時諸草木等必令焦滅猶如春時酥置日下自然融消今此丈夫何緣獨爾是故父王唯願莫共彼作怨讎即向其父而說偈言

彼形過於瞻蔔色　無邊威德勝名聞
不動猶如大山土　頂禮已訖今來至
我當委具說其事　彼眼色如優鉢羅
微笑觀我心不移　面貌清淨視無瞬
不瞋不恨無欲想　觀我等如幻化爲
假使須彌倒地崩　星宿日月悉墮落

大海枯涸水減盡　彼見欲恚心不迴
語言微妙令人歡　觀我慈悲無欲想
見我無有瞋恚意　思惟我體不似癡
察我意行及身體　審諦思惟婦女患
是故心不行五欲　離欲無欲誰能知
非是人天所度量　我等現示婦女諂
彼心若有欲心者　心意消滅如乾柴
而觀我等心不欲　猶如山王安止住
百福莊嚴功德智　具滿檀度戒行圓
千億劫行梵行來　清淨衆生大威德
我等頂禮彼金色　決定無疑降我魔
必當證正覺菩提　我等不願爲怨結
此陣難摧我難勝　欲降伏彼亦大難
父王但觀虛空中　菩薩多衆他方至
種種瓔珞莊嚴體　恭敬重心禮彼尊
曼陀羅華等雨雲　作妙偈頌歎於彼
十方諸佛皆遣使　持雜種妙甘露食
有識衆類悉皆來　無情諸山及雜樹
須彌山神并帝釋　頂禮向於功德林
是故父王非是時　我等宜應還本處

爾時魔王即說偈言

凡人渡河到彼岸　欲得掘物必斷根
若作怨結須竟頭　諸所爲事不可悔

時魔波旬不納長子商主勸言亦復不受已之諸女諮諫之言身即自往菩提樹所到菩薩邊到已即白菩薩是言汝釋沙門今何求故來在於此多毒惡龍雲雨野獸可畏可驚黑夜處所獨自入斯林樹下坐汝之比丘可不畏彼一切諸怨賊盜之人時菩薩報魔波旬言魔王波旬我今欲求寂滅涅槃往昔諸

佛所行之處最上無畏諸有盡處以求是故
獨自在此阿蘭若中樹下而坐爾時魔王即
便以偈白菩薩言

沙門汝獨在蘭若　苦行所希者甚難
具足方便老仙人　禪定失已並皆退
況汝年少時盛壯　求此勝妙何因由

爾時菩薩復以偈報魔波旬言憶離此樹

往古諸仙苦行者　精進勇猛未甚深
彼福報善力不强　我昔持戒誓牢固
波旬我若不證道　終不捨於此樹林

爾時魔王復說偈言

我於欲界最爲尊　帝釋護世皆由我
脩羅緊那龍王等　阿鼻以來皆我民
汝亦在於我界中　速起自憶離此樹

爾時菩薩復以偈報魔波旬言

汝於欲界雖自由　決定法界無自在
唯知地獄餓鬼等　然我今非三有人
得道必破汝魔宮　當令汝後失自在

時魔波旬復語菩薩作如是言釋子汝速起離此處定當必得轉輪聖王治四天下作大地主具足七寶乃至統領一切山川釋子汝可不憶往昔實語諸仙如是言耶記汝當王宜速起作自在世主若起作者所謂威德最上無比如法住於治化之中得一切國所有人民皆來渴仰恭敬供養又汝釋子身體柔輭小來長養於深宮中今此曠野林內少人多有諸獸雄猛可畏獨自無伴恐損汝身我恒憂愁釋子汝今疾離此處還向本宮難得已得五欲微妙悅目適心慎莫不受汝今雖欲求彼難得無上之道釋子未知然其菩提

甚誠難得徒疲勞耳作是語已默然而住爾時菩薩報魔波旬言魔王波旬汝今不須作如是語何以故我意不樂五欲之事魔王波旬我久已知五欲諸患一躭五欲不可知足暫時受樂不得久停無常苦空無我不固猶草上露如蛇舌頭可畏難觸猶如骨聚疽惡不淨猶如肉片諸獸共貪相爭相殺猶如樹上成熟之果不久著枝如夢如泡如幻如炎無有眞實如羊糞中所覆之火忽然燒人魔王波旬我今欲證無爲之處波旬汝知我既已捨四天下中豐樂之處及以七寶又魔波旬譬如有人以食妙食還復吐却後更欲食無有是處如是如是我今已捨如上果報此是難事如彼人吐既不更食我豈還宮魔王波旬我今不久定取菩提當得作佛盡於生老病死等患波旬汝還本所來處不用住此汝多漫言無利益言愚癡人言時魔波旬復更如是思惟念言此人不可以五欲事誑之可得我今當更設餘方便以美言辭慰喻彼心而遣其去時魔波旬如是念已白菩薩言仁甘蔗種沙門釋子速起速起仁自小來未見戰鬪戰鬪刀兵甚可怖畏仁者但行自家王法此陣敵事非仁所堪又仁莫共他作怨讎若結怨嫌長夜瞋恚欲癡貪等濁穢心識不可解脫色受想行識等諸陰仁速疾迴此不善心不正見身沙門釋子仁至家中作無遮會別以王法降伏世間治化天下受金輪位莫戀勞此爲戰鬪傷仁還自宮是大威勢福德之子如此王路可喜端正往昔諸王所共歎美國土廣大統四天下一切充足諸事

不少仁既生在大王深宮今日剃髮作比丘身不合如此作於乞士仁復何用爲沙門形貧窮活命王種釋子我憐愍仁故作是語亦不强遣起離於此但意不忍使仁作惡而說偈言

死命可畏剎利種　宜捨解脫還本宮
立義弓箭治世間　今受樂後生天上
此路得名徧一切　往昔諸王皆共行
仁今既生王種中　不合沙門乞活命

時魔波旬如是言已菩薩諦視確然不從既不動身亦不移坐心自如是思惟念言嗚呼波旬汝覓自利非是爲我如是念已語波旬言魔王波旬我今已坐金剛牢固結跏趺坐甚難破壞爲欲證彼甘露法故魔王波旬汝欲所作隨意即作所能堪辦隨意即辦時魔波旬瞋發懊惱語菩薩言謂釋比丘汝今何故獨坐在此蘭若樹下魔出如是虛吼之聲汝意云何我安坐也或言猶如坐於城內自言牢防四壁圍繞今汝比丘可不見我所率領來四種兵衆象馬車步諸雜軍等旛旗麾纛羽蓋旍旂多諸夜叉悉食人肉善解神射各把鞹弓執持利箭矟矛鉤戟刀棒金剛鬪輪鈇鉞種種諸仗駕千萬億象駝馬車放大吼聲虛空充塞其外復有無量諸龍各各皆乘大黑雲隊放閃電雹雰霏亂下時魔波旬從其腰間拔一利劒手執速疾走向菩薩口唱是言謂釋比丘我今此劒截汝身體猶如壯士斫於竹束而說偈言

我此寶劒甚剛利　今在手中汝好看
沙門汝若不急奔　當斫汝身如竹束

爾時菩薩報魔王言

一切魔王滿此地　手悉執刃若須彌
彼等不動我一毛　況能割截我身體
魔王汝若有大力　令我欲證取菩提
汝若能障我不聽　速作莫住隨汝意

爾時菩薩說是偈已復語魔王作如是言汝魔波旬若諸衆生有千萬億悉如汝身盡力來此作我障礙欲妨菩提令我不得取阿耨多羅三藐三菩提證者我終不起離於此處餘樹下坐時魔波旬語菩薩言釋種比丘汝昔在於優婁頻螺聚落處所尼連河邊發精進心六年苦行不惜身命猶不得證阿耨多羅三藐三菩提亦復不得最上解脫況乃今捨彼精進意退失禪定生懈怠心而承望得時菩薩報魔波旬言魔王波旬我昔初發精進之心故坐彼閒阿蘭若處調伏自心我今成就精進勇猛又昔六年苦行之時快生疲倦今日不然汝魔波旬今諫於我如是之事非是憐愍若有憐愍豈如是言汝既已發如是之心我今定當自得解脫又令他人當得解脫魔王波旬我決證彼阿耨多羅三藐三菩提決當得彼微妙解脫時魔波旬既聞菩薩如是語已心大憂愁悉捨一切勤劬之力復如是念我今美言美語慰喻不可令起此道樹下其發誓重既不可以好言令動今宜嚴勒恐怖訶責戰鬬割截令其心驚急起而走時魔波旬如是念已語菩薩言汝釋比丘我既語汝眞正之言汝不取我如是好諫不速起走向他方者汝必癡也汝之今日必見不善時菩薩語魔波旬言魔王波旬我昔在

於母胎之時汝等猶尚不能與我作諸障礙
況復今日魔王波旬汝速還去向所來處從
昔已來既不畏汝今亦無畏爾時菩薩向魔
波旬而說偈言
虛空刀仗雨我身　寸寸節節割我體
我若不渡生死海　此菩提樹終不移
時魔波旬語菩薩言汝釋比丘今若然者由
汝未見魔之軍衆所以者何我之魔軍身著
牢固剛鞕鎧甲手執種種兵戎器仗雨汝身
上當於爾時汝釋比丘自應速起離此樹下
來到我所必當口唱如是言語魔王汝可與
我歸依汝之比丘未覺未知我作神通是故
汝坐彼師子座作師子吼汝釋比丘但早速
起何須今日口自虛唱作師子吼而說偈言
我有兵馬象等軍　善解鬬戰諸神將
身帶鎧甲手執仗　今汝有命可速馳
於後求我護甚難　我雖欲救不可得
爾時菩薩語波旬言魔王波旬四大海水及
此大地可移餘處日月星宿可從空中墮落
於地須彌大山可作百段亦可大地及須彌
山舉將上天亦可大地及須彌山覆令顛倒
可以乾土壅恒河水不聽其流我今此心不
可遮制不可移轉離於此處何以故魔王波
旬如我往昔修行行時如我身力禪定戒行
種種諸力如是波旬若天若龍無有過者無
有勝者我以往昔行菩提行億百千劫成就
滿足時菩薩向魔王波旬而說偈言
淨居諸天是我衆　智力爲箭方便弓
我今降伏汝不難　猶如醉象蹋枯竹
時魔波旬從菩薩聞如是語已瞋恚增上瞋

已復瞋徧滿其體普喚夜叉羅刹等言謂大善將亂衆赤眼汝等速來將諸山石樹木弓箭刀劒金剛杵棒搥矛槊戟鈇鉞種種器仗雨於刹利釋子頭上悉令墮落如霰而下爾時夜叉大善將等聞魔波旬如是言已即便裝束四種兵衆悉著鎧甲將諸器仗速疾而來無量千萬夜叉羅刹及毗舍遮鳩槃茶等種種形容種種狀貌種種顏色種種執持變現可畏顛倒身首異種叫呼可惡聲氣或有象面或有馬頭或駱駝首牛及水牛或驢或狗或羊猪狼師子虎豹豺熊羆兕犀牛水獺猫牛獼猴狐狸野干猫兔麞鹿如是等形及諸鳥面復有摩竭龜魚等首或有蛇頭諸雜蟲身象頭馬身馬頭象身駞頭牛身牛頭駞身或水牛頭驢騾之身或復驢頭水牛之身狗頭猪身猪頭狗身或羖羊頭豺狼之身或豺狼頭羖羊之身或師子頭虎豹之身或虎豹頭師子之身或狸猫頭熊羆之身或熊羆頭狸猫之身或犀牛頭水獺之身或水獺頭犀牛之身或犛牛頭獼猴之身或獼猴頭犛牛之身或有猨猴頭野干之身或野干頭猨猴之身猫頭鳥身鳥頭猫身或摩竭頭龜鼈之身或龜鼈頭摩竭之身魚頭蛇身蛇頭魚身畜頭人身人頭畜身或復無頭唯空有身或有半面或復半身或有二頭唯止一身或復一身而有三頭或復一身而有多頭或復有頭而無有面或復有面而無有頭或復半頭而無有面或復半面而無有頭或復二頭而無有面或復無面而有三頭或復多頭而全無面或全無眼或唯一眼二眼三眼乃至

多眼或復無耳或復一耳二耳三耳乃至多耳或復無手或復無臂或復一手二手三手乃至多手或復無脚或唯一脚二脚三脚乃至多脚及無足等或頭顛倒或復挐頭或頭向下脚向於上手足顛倒割截而懸或眼顛倒或眼凸出青碧可畏或有赤眼或眼出光或轉動眼或有耳哆或復有耳猶如山羊或耳如驢或樹爲耳或獮猴耳或有魚耳或多種耳而是人身或鼻匾匾而身麤醜或復懸口或復懸舌或舌麤大或舌放光或復牙齒極甚長大身體短促或復牙齒出入參差或復齒牙猶如刀劒或復舌頭如刀劒形或懸腹肚或復無肚或復被髮或復無膝或膝如坑或無有脞脚如覆鉢或如碓臼

佛本行集經卷第二十八

音釋

輭乳兗切柔也　愞奴臥切弱也　弝必駕切弓中手執處也　脊膂脊資昔切背呂也膂力擧切脊肉也　蹲市兗切腓腸也　骼各額切胃骨也　臀徒孫切腿臀也　屎詩止切　尿奴弔切　輾女箭切轉輪治穀也　磑魚對切礱也　筋擧欣切骨絡也　憒古對切心亂也　婀娜婀倚可切娜乃可切婀娜弱態也　激古歷切蕩激也　麾纛麾吁爲切旗屬纛徒沃切羽葆也　旍子盈切與旌同析鳥羽爲之竿頭綴以旄牛尾曰旍者　鈇方無切斧也　鉞王伐切大斧也　鎧可亥切甲也　旂音畿旗之有鈴畫龍　獺他達切　獮猴獮音彌猴戶鉤切獮猴猿屬　麞諸良切麖屬　坻徒古切瓶也

佛本行集經卷第二十九

隋天竺三藏法師闍那崛多譯

魔怖菩薩品第三十一之三

爾時魔衆如是異形或乘白象或復騎馬或乘駱駝水牛犀牛諸車乘等四面雲集或以脩羅類迦婁羅或復有如摩睺羅伽及鳩槃茶羅剎夜叉并毗舍遮死命鬼等或復身體羸瘦長大猶如餓鬼或有多種異狀形容或有面孔威德甚大或頭如索或有大頭或有小面或有皺面或有異形令人見者喪失威色或見奪人魂魄精神或面色青或復身體色如赤銅或復頭赤身體青色或復頭黃身如烟色或頭似烟其身黃色赤頭黑身黑頭赤身白頭緑身緑頭白身或頭左白而右邊緑或右邊白而左邊緑或復身體頭面左右一切皆然或復全身唯現骸骨或頭髑髏身肉肥滿或頭面肉身露骨骸或人手足畜生之身或畜生脚而作人身或有身毛悉如針刺或有身毛猶如猪鬣或有身毛類於驢騾或毛如羆獼猴鼠狼或有身毛出於光炎或毛亂生或毛逆上或有頭髻或禿無髮或著赤衣腰帶雜色或復頭上戴髑髏鬘或一頭上髮雜灰色青黃赤白烟熏之色髑髏爲冠如是形狀雲集而來或手執持佉吒傍伽（此言牀四分之一取牀脞之一弁脚）或有腰帶懸於諸鈴動作大聲而其手中執人髑髏或人骸骨以爲華鬘或復手執死人手足或復執鈴手搖令鳴或有身體長大猶如一多羅樹手中執矛或劒或刀箭束弓弩或手執戟或把三叉或棒或輪長刀利鈇或持鐵杵頭出猛炎鐵鎚白棒

擎石如山或著青衣黄赤白黑雜皮之衣或
有赤體以蛇纒身或從眼耳鼻出諸蛇其蛇
黑色以手執取於菩薩前而口噉食或食人
肉或有飲血或身體上出蓬焞烟口出火炬
或諸毛孔出一切火或齶出火迸散於地或
於虛空出大黑雲或虛空裏飛風散雨出大
閃電震動雷聲空中下雹雨諸山石或下碎
石霹靂大樹或有節節自支解身或復張弓
或復拍手嚇呼欲令生於恐怕或作大聲口
叫喚言速起馳走莫住此處或復化作老婦
女身舉其兩手大聲而哭嗚呼我子嗚呼兄
弟或復大笑或復周慞東西南北急疾奔走
或復背走還向前來或忽然起或忽然飛於
虛空中遊戲自在或復攀樹懸身而行或舞
劒跳或弄槊戲長刀三叉鈇鉞戟等手脚不
住或如盛夏牛王唱吼或復作聲如尸婆獸
或復空中作如是聲呵呵吙吙咻咻嘶嘶啝
喍啝喍口如是嘯兼復弄衣如是兵衆夜叉
羅剎及鳩槃茶毗舍遮等無量無邊百千萬
億閦塞填咽菩提樹前南至於海徧滿魔軍
其間無有針鼻空地變狀可畏欲擲菩薩欲
煞菩薩唯待魔王波旬一勑其等正向魔王
面觀諸如是等一切鬼神逼菩提樹飢渴疲
乏而意專欲殺害菩薩其菩提樹東西及北
三面無量淨居諸天徧滿停住復有無量色
界諸天合十指掌頂禮菩薩口如是言諸仁
者看是今應證阿耨多羅三藐三菩提或有
諸天作如是唱剎利大姓甘蔗種子速離此
處此處恐畏有如是等種種器仗損害汝身
爾時菩薩報彼等言我今不久定破彼輩悉

令離散猶如風吹氎上細華彼等一切諸魔
鬼衆如是集時其夜正半虛空無明雖復有
月及以衆星光並不現甚大黑闇假令有眼
亦無所覩唯見大火起疾猛風聲大可畏大
地震動四海悉沸而說偈言
　四大海沸地震動　十方火炎聞惡聲
　虛空星月翳不明　夜半黑暗無所見
時彼衆中有一龍王名曰持地彼龍內心欲
菩薩勝於魔王邊生瞋恨心以惡意故怒其
兩眼視魔波旬口吐惡氣觸魔王身展轉不
安爾時上界淨居諸天欲菩薩勝於魔王邊
生慈愍心以漏盡故無復瞋心是時彼處所
有諸天其有信敬於菩薩者在菩提樹見是
魔衆徧滿於地擾亂菩薩見已皆悉在虛空
中口各唱言嗚呼嗚呼而有偈說
　菩提樹下集諸天　見魔衆欲害菩薩
　信法世間解脫故　口大唱言嗚呼聲
爾時菩薩唯思念法心不擾亂亦復不作餘
異意情時菩薩語魔波旬言欲界天子我身
既是刹利族姓我之種類不曾妄語唯有實
誓汝何所作可速疾爲莫久停住時魔波旬
語菩薩言如汝所語我今欲得破碎汝身作
於百段爲汝在前欲共我鬬爲復令我在前
害汝時菩薩語魔波旬言我無弓箭及以刀
仗可斫射汝其事雖然但我即今必先降汝
訖當作佛爾時魔王波旬即勑自軍衆言汝
等各自盡身力用勇猛莫住恐怖於此釋種
之子現大變動恐怖之事時其魔衆既得勑
已白魔王言如大天勑我等不違即便各各
出自身力示現可畏恐菩薩故是魔衆中或

有諸鬼口吐長舌摇動頤頷牙齒甚利欲齧菩薩其眼團圓猶如師子其耳卷曲猶如鐵鉤欲傷菩薩狀甚可畏走向菩薩作是恐怖或有張口仰立直視欲吞菩薩而有偈說

魔衆如是可畏來　彼聖卓然不驚動
如大智見小兒戲　菩薩觀魔亦復然

時彼衆中更有一鬼生瞋恨心將一長刀向菩薩擲而刀自粘彼手不脱或有擎山及將大石向菩薩擲彼山及石還粘其手皆不墮地或在虛空將山將石將樹將鎚鈇鉞戟戈向菩薩擲復有住在虛空不下或有下來自然碎末百段分散墮於餘處或在空裏猶如日天雨大火雨熾然雲下而彼大雨菩薩力故即皆變成赤拘勿頭華雨而下或復來有在菩薩前口吐諸蛇令螫菩薩彼等諸蛇至地癡住如被呪禁不能摇動或作大雲放於閃電及震大雷雨雹及石在於菩提樹上而放彼等雨以菩薩力故至地變成種種華雨或持弓箭向菩薩射其箭悉還著弦不落或有一時放五百箭彼等箭還住空不下或執長刀舉向菩薩而疾走來然其未至於菩薩邊而自踣面覆倒地上是時有一羅剎之女其身黑暗手執髑髏欲來幻惑動菩薩心疾走而來欲近菩薩從其發處展轉團圓不能前進到菩薩邊或有兩眼放大熾盛猛炎火光欲燒菩薩疾走來近至菩薩邊忽然不見菩薩之身或復有鬼將重大石疾向菩薩彼所來方走不能至菩提樹下極乏困苦而有偈說

魔軍身意悉亂迷　種種方便欲害聖

不能驚動彼坐處　以有誓願智力强
或復有作師子吼聲或作虎狼熊羆豺豹諸
野獸聲而彼輩聲若有聞者無量衆生皆悉
恐怖或有諸鬼作如是聲誅殺誅殺此釋種
子或有諸鬼作如是聲撃撲撃撲此刹利子
或有諸鬼作如是聲打煞打煞此沙門子或
有諸鬼作如是聲傷害傷害此瞿曇種或有
諸鬼作如是聲割截割截此甘蔗種或有諸
鬼作如是聲碎末碎末此刹利種或有諸鬼
作如是聲破散破散此釋種子或有諸鬼作
如是聲摧壞摧壞此刹利子或有諸鬼作如
是聲速滅速滅此沙門子或有諸鬼作如是
聲節解節解此瞿曇子或有諸鬼作如是聲
隨意隨意逐便所作或有諸鬼作如是聲任
情任情速作莫住如是喧動不可得聽此聲
聞時空可倒地一切大地可段段分聞此聲
時所有野獸皆大唱喚四散馳走一切諸鳥
在所聞此聲吼之時皆悉從樹自撲落地時
彼魔衆一切諸鬼或有作於哂哂聲者或復
有作咈梨聲者或作嘯聲或言斫斫或言斷
斷或言煞煞或言割割或言破破或言節節
或言解解如是惡聲不可稱數其魔波旬即
拔利劒手執前趨欲嚇菩薩疾走而進口中
唱言汝釋比丘若安此座敢不起者我必害
汝而彼魔王東西交過欲近菩薩不能得前
是時魔王長子商主即以兩手抱魔王身口
如是言父王父王願莫願莫父王會自不能
得煞悉達釋子亦不能動此之坐處無得無
量無邊過罪時魔波旬不受其子商主之諫
向菩薩走不肯還遠爾時有一淨居天子在

虚空中隱身不現見魔波旬以散亂心走惱菩薩天以定心出微妙音語波旬言汝魔波旬不自限量汝今不應擾亂此聖汝速疾捨幻惑惡心還本境界汝終不能揺動此聖所以者何猶如猛風不動須彌時淨居天向魔波旬而説偈言

寧令火失於熱性　水失潤澤住不流
地失牢固不昇持　風失吹動怗然靜
此無量劫行功業　終不捨此誓願心
見世困苦厄衆生　慳貪欲癡重病患
發慈悲愍是等故　欲以智藥顯聖醫
汝今何故作艱難　一切人多墮邪道
彼今欲開正見眼　此是大聖解脱王
此是導失道商人　無明衆生墮黒暗
此欲然於智燈照　此聖欲入涅槃城
秉炬欲破世間昏　忍辱枝幹心根鞕
信念華葉意堅固　智樹能與法果資
汝今不應拔使傾　又汝今被癡繩縛
彼欲解脱汝等結　豈可於彼生惡心
彼求解脱欲教他　汝作障礙徒疲乏
衆生没大煩惱海　世間誰解作船師
彼欲建立大橋梁　汝今何故興此惡
其昔劫修諸道行　彼等果熟是今時
是故此樹下結跏　猶如往昔諸先聖

時魔波旬從彼淨居諸天邊聞如是語已起增上慢倍生瞋心復速疾走向菩薩所欲害菩薩爾時彼處護菩提樹有八天神一名功德二名增長三名無畏四名巧辯五名威德六名大力七名實語八名善會彼等八神仰瞻菩薩目睫不交一時同以十六種相讚歎

菩薩作如是言仁今最勝清淨衆生光明照耀猶如天上日月在空仁今挺特清淨衆生顯赫炎熾猶如空裏日天初出仁今皎潔清淨衆生衆相開敷如綠池内紅蓮華發仁今無畏清淨衆生奮迅自在如師子王處大林内仁今安靜清淨衆生不驚不動如須彌山王出住海中仁今清淨周帀顯現跱立猶如大鐵圍山牢固不動仁今沉重審諦衆生衆德備具猶如大海衆寶充滿仁今含容意度寬廣日日增長猶如虛空無有邊際仁今敦厚無諸邪曲心意正定猶如大地養育衆生仁今心意無有垢濁具足猶如阿耨達池清淨之水備八功德仁今斷除一切諸結心意無染猶如大風不著諸世仁今巍巍難可觀覩面目猶如猛火熾盛遠離一切諸煩惱熱仁今勇健剛鞕衆生大力如彼那羅延天無人能伏仁今精進歷劫熏修心意難迴猶如帝釋放金剛杵仁今已得第一善利最爲一切衆生上首具足十力不久當成無上菩提爾時守護彼菩提樹諸神王以十六種相讚歎菩薩章句如是一本闕讚爾時色界淨居諸天復共同以十六種相毀辱魔王挫其勢力何等十六波旬汝今無有威勢猶如㾕人被健兒伏妄言我勝波旬汝今一身獨自無有伴侶猶如曠野被放患人波旬汝今一切軍衆諸力摧折如負重之羸瘦老牛波旬汝今愚盲穢惡無有清淨如夜射箭墮不淨地波旬汝今猶跛瞎驢東西浪行落邪嶮道如迷商人波旬汝今眷屬離散身無精光猶如負草貧窮乞兒波旬汝今威德實衰無處依止强

作奸猾猶如癡人無有羞耻波旬汝今造業不淨多有垢膩如無恩義孝德之人波旬汝今被他驅趂猶如野干被師子逐不得自在波旬汝今一切軍衆不久退散猶如猛風吹諸飛鳥波旬汝今愚惑昬闇不知時節如死日到孤獨貧兒波旬汝今眷屬退散猶如散藥從於疎漏有孔器出波旬汝今不久當被禁制治罰猶如解理趂逐愚人波旬汝今須臾被斷一切身力猶如罪人被他割截手足異處（本闕二相）時首陀會一切諸天以如是等十六種相毀魔波旬摧其力已時護菩提樹之八神還復共以十六種相重毀波旬何等十六波旬汝今不久之間被菩薩降猶如健兒被他賊殺波旬汝今被菩薩撲猶如怯弱羸瘦之人爲大力士之所搥打波旬汝今被菩薩光之所覆蔽猶如日出障翳於彼小螢火蟲波旬汝今被菩薩威自然退散猶如一把碎末麥麨被大風吹波旬汝今被菩薩怖失脚馳走猶如小獸被師子追波旬汝今被菩薩拔如娑羅樹爲猛風吹合根倒地波旬汝今被菩薩破如怨賊城爲大力王之所摧滅波旬汝今被菩薩竭如牛跡水爲盛旱日之所乾涸波旬汝今被菩薩退低頭直走如得罪人爲他所殺忽然得脱波旬汝今被菩薩擾如野澤內遭大猛火飛鳥亂驚波旬汝今被菩薩伏心內憂愁如無法行忽失權勢下伐國王波旬汝今不久當被菩薩剥脱猶如無翅老病鴻鶴波旬汝今不久當被菩薩滅削如行曠野無粮食人波旬汝今不久當被菩薩劫奪如人失船沒於大海波旬汝今被

菩薩燋如劫盡時一切稠林樹木燼滅波旬汝今不久當被菩薩崩倒猶如金剛打壞石山是等天神以十六種毀魔波旬其魔波旬聞諸天神如是毀辱勸諫之時向菩薩走欲殺害故依實勸請被諸天神之所毀辱猶不解心不還本宮更復增忿勑兵衆言汝等速起急疾打散撮此仙人莫與其命是人今既自度彼岸於我界内復教無量無邊衆生出我之境我不放汝若汝自知得脫我手唯汝沙門速起馳去遠離於此菩提樹下則命久活不遭困苦爾時菩薩報波旬言若當使此須彌山王崩離本處一切衆生悉無復有一切星宿及以日月墜落墮地大海乾竭我今已坐菩提樹下不可移動魔復更瞋出麤惡言汝等捉此瞿曇釋子擎將飛行且緩莫煞速疾將向我微妙宮五縛枷鎖手著杻械遣守我門令我數見如是困苦多種厄難猶如惡奴爾時菩薩報波旬言可此虛空將於妙色畫雜種形或復虛空及諸星宿并日月天墮落於地汝等諸魔滿足三千恐怖於我乃至樹下魔欲嚇我無有是處

菩薩降魔品第三十二之一

爾時魔衆盡其威力惱菩提樹不能驚動菩薩一毛有偈說言

天魔軍衆忽然集　處處打鼓震地喿
吹螺及貝諸種聲　唱言子欲作何事
今見此魔大軍衆　何不起走離此中
汝今妙色如鑄金　面目清淨天人仰
如是身體不久壞　此大魔衆難可當
但看地上及虛空　諸種變現皆充滿

必欲共鬬恐不如　其若瞋忿或損身
梵音迦羅頻伽聲　告諸夜叉羅刹等
愚癡欲惱虛空體　今來怖我亦復然
能以金剛破山王　或用口吹竭大海
或猛瞋龍持手執　如是彼能動我心
魔衆憤怒放火山　拔樹并根歷亂擲
融銅赫赤星散注　或有手把惡毒蛇
或駱駝馬白象頭　或猫野干獼猴首
或瞋蛇龍吐氣舌　或復霹靂閃電飛
雜雨土石雹金剛　或注鐵丸諸器仗
槊矛長刀三叉戟　或現金剛嚙毒蛇
落地打碎樹枝條　種種兵甲大吽吼
或有百臂射百箭　蛇口吐猛炎火光
或捧鐵丸如須彌　或出可畏熾火雨
倒地劈裂徹泉下　或有竄身前後圍
或在左右及足邊　顛倒手脚放烟火
忽然還復口大笑　如是可畏諸魔軍
菩薩見如幻化爲　如是魔力應奪命
彼見猶如水中月　亦復非眞男女形
非我非命非衆生　眼耳鼻口身意等
内外因緣各自有　是諸法爾造無人
我作如此語非虛　不信當更作言誓
如我今見於彼等　欲得恐怖於我來
諸法體性及我身　一切悉空無有實
是時魔軍夜叉衆等以諸形貌種種身體如是恐怖菩薩之時菩薩爾時不驚不怖不動不摇而彼魔王波旬更復增瞋恚心内懷愁憂徧滿其體不能自安而有偈說
魔家眷屬大可畏　各作種種恐怖形
見彼菩薩不驚惶　波旬心愁劇瞋恨

爾時菩薩作是思惟此魔波旬不受他諫造種種事而不自知我今可以如法語言斷其一切諸惡法行菩薩如是心思惟已語魔波旬作如是言魔王波旬汝善諦聽我本來此菩提樹下創初之時將一把草鋪已而坐所以者何恐畏後時共魔波旬成於怨讎鬪諍相競惡口罵詈汝魔波旬造諸惡行無有善心我今欲斷汝魔波旬一切怨讎欲滅汝等一切惡業汝魔波旬若欲生於怨恨之心作如是念何故菩薩坐此樹下將草作鋪著糞掃衣汝心如是妬嫉此事汝魔波旬且定汝意我若成就阿耨多羅三藐三菩提後取如是等一切諸事付囑於汝願汝迴心生大歡喜魔王波旬汝今心中亦有言誓我等必當恐怖菩薩令捨此座起走勿停然我復有弘大誓願我今此身坐於此座設有因緣於此坐處身體碎壞猶如微塵壽命磨滅若我不得阿耨多羅三藐三菩提時我身終不起於此處魔王波旬如是次第我等當觀是誰勇猛誓願力強有能在先成就此願或我或魔及汝軍衆若我福業善根力強我應成此誓願不虛是時菩薩向魔波旬而說偈言

汝昔施一無遮會　今得如是大威權
我於無量億僧祇　爲諸衆生種種施

爾時魔王波旬復向菩薩而說偈言

我昔祭祀無遮會　汝今驗我既非虛
汝若干劫布施行　誰信此言欲降我

魔王波旬說此偈已是時菩薩不畏不驚不怯不弱專注不亂以柔輭心捨諸恐怖身毛和靡視瞬安詳伸其右手指甲紅色猶如赤

銅兼以種種諸相莊嚴具足無量千萬億劫諸行功德善根所生舉手摩頭手摩頭已復摩脚趺摩脚趺已以慈愍心猶如龍王欲視舉頭既舉頭已善觀魔衆觀魔衆已以千萬種功德右手指於大地而說偈言

此地能生一切物　無有相爲平等行
此證明我終不虛　唯願現前眞實說

爾時菩薩手指此地作是言已是時此地所負地神以諸珍寶而自莊校所謂上妙天冠耳璫手瑣臂釧及指環等種種瓔珞莊嚴於身復以種種香華滿盛七寶瓶内兩手捧持去菩薩坐不近不遠從於地下忽然湧出示現半身曲躬恭敬向於菩薩白菩薩言最大丈夫我證明汝我知於汝往昔世時千億萬劫施無遮會作是語已是時其地徧及三千大千世界六種震動作大音聲猶如打於摩伽陀國銅鍾之聲震徧吼等如前所說具十八相爾時彼魔一切軍衆及魔波旬如是集聚皆悉退散勢屈不如各各奔逃破其陣場自然恐怖不能安心失脚東西南北馳走當是之時或復白象頓蹶而倒或馬乏卧或車脚折狼藉縱横或軍迷荒不能摇動或復弩槊弓箭長刀羂索劒輪三叉戟𨥁小斧鉞鈇從於手中自然落地又復種種牢固鎧甲自碎摧壞去離於身如是四方爭競藏竄或覆其面踣地而眠或仰倒地乍左乍右宛轉屍移或走投山或入地穴或有倚樹或入暗林或有迴心歸依菩薩請乞救護養育於我其有依倚於菩薩者不失本心時其波旬聞大地聲心大恐怖悶絶躃地不知東西於上空

中唯聞是聲打其撮其捉其斫其殺其斷其
黑暗之行悉令滅盡莫放波旬

佛本行集經卷第二十九

音釋

鬣力涉切鬐也　焞蒲没切煙起貌　⿰口私息茲切　咻況羽切　嘶先奚切　⿰口祁居祁切　⿰口梨力夷切　煞山戛切　頤頷頤盈之切頷胡感切頤頷顋也　踣蒲止切仆也　圝盧丸切圓也　哂式忍切又呼古切　訾扶件切　睫即葉切目旁毛也　跱池爾切立也　挫則卧切摧折也　獰女耕切大惡俗也　跛布火切足偏廢也　瞎呼鎋切　奸猾奸居顏切詐也猾戶八切狡也　杻械杻敕九切械下戒切杻械桎梏也　愶虛業切以威力相恐也　噪先到切擾聒也　憤房粉切懣怒也　齩五巧切齧也　劈普擊切剖裂也　竄取亂切匿也　創初亮切始也　羂古泫切網也　霎色甲切

佛本行集經卷第三十

隋天竺三藏法師闍那崛多譯

菩薩降魔品第三十二之二

爾時彼處別有地神將於一鉼涼冷之水灑魔王上而告之言汝魔波旬疾速急起走向本宮今爲汝故當有種種器仗欲來害於汝身節節解汝而彼魔衆本時所作雜類形容殊異身體變現而來執持種種兵戈器械如是怖已不能復形還如是歸至本來處各相迷失經由七日於後或有得相見者或不相見其相見者各相借問或復哭母或復哭父或兄或弟或姊或妹互相謂言我等今者值此大厄是我等殃我等今得本命而還深是我等不可思議而有偈說

菩薩右手百福嚴　諸指網羅赤紅甲
掌內千輻輪相炳　閻浮金光妙色充
以手安詳摩頂趺　如是掌下似雲電
口言大地汝明我　往昔無數劫修行
所有來乞曾不違　水火風神皆驗實
梵天帝釋幷日月　十方諸佛悉鑒知
如我苦行求菩提　布施持戒精進忍
禪定智慧等六度　及四無量諸神通
如是次第助道因　一切熏修盡皆證
十方我作諸功德　般遮于瑟及檀那
汝魔萬分無一毫　是時以手指此地
其地震聲若鍾響　六種湧沒海波濤
魔覩倒地悶不甦　或有空音唱縛攝
雖降面失於光色　自知不及菩薩威
槌胷大哭唱叫聲　身體疲乏無歸處
東西南北縱橫走　心迷悶絕無有情

象馬車兵力悉摧　鳩槃毗舍遮羅刹
自然驚怖悉星散　退走求道各迴遑
如鳥在澤被火飛　父毋兄弟姉妹女
兩兩相求不知道　各問汝今何處停
設得相見迭相嫌　俱云厄至恐失命
彼諸魔衆無億數　忽然消滅似散雲
如是菩經七日中　後遇相逢唱言活
我等心今大歡喜　時彼菩提樹大神
慈心將冷水一缾　灑於魔上作是說
速起莫住隨心去　汝今若不取我言
後值厄難當分甘　夜叉羅刹鳩槃等
摩睺羅伽及毗舍　世間所有可畏形
魔王率將樹下來　欲望恐怖於菩薩
端正容顏諸相滿　功德具如千日光
心不驚動猶須彌　觀彼魔衆如幻化

諸法無異無分別　如星如露如浮雲
法相如是正思惟　安心善住結跏坐
若有我心彼聞見　如是邪念則生貪
癡人作是著我時　以心念故見恐怖
釋迦牟尼大尊者　觀於諸法平等如
十二因緣相續生　心意境界空無實
見諂曲魔不驚動　乏頓無利身體疲
木石刀仗悉棄捨　眷屬馳走無依怙
爾時魔王波旬長子名曰商主即以頭頂禮
菩薩足乞求懺悔口唱是言大善聖子願聽
我父發露辭謝凡愚淺短猶如小兒無有智
慧我今忽來惱亂聖子將諸魔衆現種種相
恐怖聖子我於巳前曾諮父言以中正心雖
有智人善解諸術猶尚不能降伏於彼悉達
太子况復我等但願聖子恕亮我父我父無

智不識道理如是恐怖大聖王子當何取生大聖王子願仁所誓早獲成就速證阿耨多羅三藐三菩提爾時所有一切諸天向於菩薩生信行者若虛空中及在地上或復諸方彼等悉大歡喜踊躍徧滿其體不能自勝以歡喜心口唱是言唎唎[口*祁][口*祁]梨梨其聲徧滿四方虛空震吼響徹弄諸衣服嗚呼希有菩薩今以降伏諸魔及魔軍衆以作天樂以作天歌讚歎菩薩復將天華曼陀羅華摩訶曼陀羅華曼殊沙華摩訶曼殊沙華優鉢羅華拘勿頭華鉢頭摩華分陀利華以天栴檀細末之香散菩薩上散已復散雨而更雨有偈說言

菩薩既降伏魔王　此之大地六種動
衆生沒在無明暗　大聖神光普照明
天地開朗日月輝　猶如婦女莊嚴面
虛空下種種華雨　曼陀羅等及餘華

爾時復有無量無邊諸餘天等千萬億數娑婆世主大梵天王及帝釋等皆大歡喜乃至徧體不能自勝合十指掌頂禮菩薩口作是言今此聖者必證阿耨多羅三藐三菩提是時其處菩提樹下相去不遠有一龍王名曰迦羅即便以偈歎菩薩言

如我昔覩佛日興　還如此處菩提樹
作大神通希有事　善巧方便降魔王
世尊今者亦復然　鋪草結跏安隱坐
心不攀緣正意住　曾無一念暫時驚
如是勇猛大精勤　決定最勝牟尼佛
而此大地六種動　其響震吼如鍾聲
東西南北涌復潛　不久必成大勝覺

虛空閉塞諸天衆　百千萬億那由他
唱聲微妙心喜歡　仁今必作大妙聖
諸天萬億不可數　各弄衣服滿虛空
如是預相無有邊　仁今作佛成大聖
千萬那由他天衆　在空頂禮合掌恭
此之先應難具言　仁今作佛大尊覺
天諸童子億千萬　喜歡手執妙天華
於仁者上雨華雲　仁今作佛世尊勝
周帀菩提樹林木　枝頭皆向尊屈低
此諸瑞相非一條　仁今作佛大尊極
仁既降伏天魔衆　可畏音響及殊形
悉以慈力攝化周　仁今作佛大尊稱
迦羅龍王歎佛已　心生快樂大喜歡

成無上道品第三十三

爾時菩薩既已降伏一切魔怨拔諸毒刺建立勝幢坐金剛座已滅一切諸世間內諍鬬之心滅諍鬬已內外調伏心清淨行爲令一切世間衆生作利益故爲令一切世間衆生得安樂故爲令一切諸惡衆生發慈心故爲斷一切諸惡衆生結垢行故自已滅除睡眠纏蓋心得清淨光明現前正念圓滿亦教衆生令斷一切睡眠覆障自已斷除一切調戲得清淨心無有濁亂亦教衆生令滅一切調戲之心使得清淨自斷一切疑悔之心離暗蔽行於諸善惡一切法中無有疑滯得清淨心爾時菩薩得斷如是五種心已煩惱漸薄所以者何此等五法能爲智慧作覆障故能爲智慧作不佐助遮於涅槃微妙善路如是一切悉皆棄捨離諸欲心及不善法分別內外思惟觀察一心寂定欲證喜樂入於初禪

法中而行爾時菩薩如是思惟我今已證初增上心現得安樂微妙之法心不放逸應當正念捨離聚落依阿蘭若所行法者盡令得之是時菩薩欲捨一切諸分別觀清淨內心一無分別從三昧生歡喜樂已證第二禪法中而行爾時菩薩復如是念我今已生此二增心乃至捨離一切諸惡成衆行已入二禪時菩薩猒離歡喜捨行清淨正念正慧身受安樂如聖所歎捨於諸惡已得安樂如是增上證第三禪法中而行爾時菩薩復如是念此我第三增益之心乃至在於蘭若行者是時菩薩欲捨樂欲捨苦如前所捨分別苦樂無苦無樂悉捨正念清淨證第四禪法中而行爾時菩薩復更思惟此我增心第四現見法安樂行已得證知心不放逸善男子應正

念一心在阿蘭若寂靜而行爾時菩薩如是一心清淨無垢無障無翳一切苦患悉皆除滅調和柔輭可作諸業已住決定其夜初更欲成身通受於種種神通境界所謂一身能作多身復合多身還作一身作一身已於虛空中上沒下出下沒上出隱顯自在横徧亦然穿過山崖石壁無礙應念而行入壁便出出已還入譬如霧中沒已即現現已還沒入地如水履水如地出沒虛空猶如飛鳥或放烟熏或出光炎如大火聚日月威德最大巍巍能以手掌而捫摸之現長大身乃至梵天譬如工巧巧師弟子取清淨金作諸器皿隨意即成亦分別知彼價貴賤如工瓦師瓦師弟子成就泥團置於輪上欲作何器即便得成亦知其價如善木師木師弟子伐取樹木

不腐不枯欲作何器即能得成亦知其價如象牙師牙師弟子得好象牙欲作何器即能得成亦知其價如是如是菩薩亦然如是成就清淨之心無濁穢心無隅礙心無患累心柔和輭心成就業心眞寂定心於夜初更修習造作種種神通成就智心出現種種神通境界所謂一身作於多身略說乃至身至梵天菩薩心得如是寂定如是清淨如是無垢如是無翳除滅一切煩惱患累造諸業已心得寂滅爾時菩薩還於是夜初更之中更欲證知宿命神通成就心行欲於自心知他人心種種念數所謂受身一生之處二生之處三四五六七八九十二十三十四十五十一百二百一千一萬無量億萬半劫小劫中劫大劫無量小劫中劫大劫我昔其處我名字其如是姓族如是種類如是飲食如是受樂如是壽命如是死巳生於彼處彼生復死爾時菩薩以如是相如是行知種種宿世自身既爾他身亦然又復自知種種宿命譬如有人從自聚落出巳至於他聚落行於其道路知何處坐知何處行知何處眠知何處言知何處默至此聚落知彼聚落其間近遠行路之時何處而行何處而坐乃至何處眠卧言默至彼聚落還巳聚落復如是念思惟悉知從此聚落經若干時至彼聚落復於其處若干時住若干時行若干時坐若干時語若干時默過若干時復至其邑復知彼處若干時行坐起眠卧語默停泊乃至到於巳聚落巳悉如是知菩薩亦然如是定心清淨之心無垢穢心如是輭心無患惱心可作業心於彼

初夜初更之中得宿命智正念證知心成就行爾時菩薩既思惟知自身生處及他生處所謂一生國土之處乃至無量無邊億劫所生之處是時菩薩如相如教次第聞說如知自身所生之處及以他身種種生處亦復憶念菩薩憶念如是生已能於處處諸衆生類受諸生中得慈念心此我親舊此我外人捨此親已復生其處此世彼世流轉不息猶如風車猶如芭蕉決定無實煩惱無常此義決定心如是知爾時菩薩如是定心如是清淨如是無垢如是無惱如是柔輭可作靜業於彼夜半欲得成就證知天耳而發是心彼以天耳善清淨故過於人耳聞種種聲所謂或聞地獄之聲或畜生聲天聲人聲遠聲近聲譬如聚落城邑國土或復市中其間有人昇上高堂或復樓上於彼中住復有一人以清淨耳聞種種聲所謂或聞吹螺貝聲或大鼓聲或小鼓聲細腰鼓聲或箜篌聲或琵琶聲簫笛笙瑟種種音聲或聞歌聲或聞舞聲或聞笑聲或聞哭聲或婦女聲或丈夫聲或童子聲或童女聲如是如是菩薩如是寂定其心清淨無垢無惱無濁柔輭作業於彼夜半聞種種聲乃至一切地獄等聲爾時菩薩寂定清淨無垢無惱於彼夜半成就欲證彼天眼時過於人眼徧見一切或復命終墮落衆生或生衆生上界衆生下界衆生端正衆生醜陋衆生或墮惡道一切衆生或生善道一切衆生行者住者或造業者如所造業悉皆以眼通能達見復知如是衆生所作身業不淨意業不淨毀謗師僧或著邪見以邪見故

造是惡業以是因緣捨此身命生於惡道地獄之中受諸苦惱如是衆生以口業故受於種種諸惡道苦是等衆生口業不淨造惡口業一切具足以是因緣生於畜生受諸苦惱是等衆生行身惡業具身惡業以是因緣造意惡業具意惡業乃至毀謗一切諸聖若干邪見以邪見故邪見因緣命終捨身墮於餓鬼受餓鬼苦如是衆生行身淨業口清淨業不毀諸聖以行正見造正見業以是因緣命終捨身生於天上若干衆生以造清淨身行口行一切具足不犯不缺不謗諸聖以有正見如是正見業因緣故命終捨身生於人間如是菩薩以天眼淨過於諸人見諸衆生或墮落時或受生時上界衆生中下衆生端正醜陋或身有香或身患臭或至惡道或至善道如所造業眞實皆知譬如有人於國城邑聚落市間喧鬧之處昇上大臺高樓中坐以淨天眼見於諸人或東方來或西方來或西向東或東向西或南向北或北向南或從南來或從北來或來或去或住或坐展轉其間或有逆行或有順行如是如是菩薩如是寂定清淨無垢無惱柔輭作業於彼夜半乃至見於諸衆生等隨業受報若善若惡而有偈說

地獄受業苦極殃　畜生各各相噉食
餓鬼恒常患飢渴　人中困在求資財
天上報盡愛別離　此苦最重無方喻
展轉一切衆生類　處處無有歡樂時
此名死命鬼深淵　亦是煩惱海根底
衆生沒溺無出處　輪轉此彼來去行

如是觀察五道中　以於天眼徧能見
煩惱始終無有實　猶如葉葉破芭蕉

爾時菩薩如是寂心如是淨心無垢之心如是遠離一切諸惡心調柔輭可作於業已得寂定還於彼時後夜將盡心欲證知如意通故而自發起既發知已復知他意從何處生思惟何事一切徧至如實通知若有衆生發於欲心欲行欲事如是真知若離欲心遠離於欲如實證知若瞋恚心瞋恚發起真實通知猒離瞋心遠離瞋恚如實通知若有癡心癡心發起真實通知猒離癡心遠離癡已如實通知如是略說愛心離愛乃至有為無為下等上流靜亂廣狹大小有邊無邊有上無上得定無定解脫無脫如實通知譬如丈夫或復女婦正少年時常喜嚴身莊嚴身已或時淨鏡或淨水中觀於自面相皆見盡如是如是菩薩如是寂定其心如是清淨如是無垢如是無惱柔輭調和可作於業已得寂定還彼後夜以清淨心欲得證取宿命智通如是自心他心亦然後何發心何處起心心心徧盡如實通知若有欲心若離欲心如實通知乃至解脫不解脫心如是通知而菩薩得如是定心清淨之心無垢穢心離一切惡柔輭之心可作於業已得寂靜還彼後夜欲得證知漏盡神通內發智心彼如是念此諸衆生沒煩惱海所謂數數生老病死從此命終至於彼處受後生時還得如是一切衆苦不能知離此等衆苦所謂生老病死等苦如是思惟我今當作何等方便云何得離此等諸苦作何業行云何捨離生老病死度至彼岸

而說偈言

世間生死沒溺海　數數死已復受生
爲此老病衆苦纏　愚迷不能得出離

爾時菩薩說此偈已復更思惟此老病死從何而來何因緣有此老病死菩薩如是思惟念時知老病死因生故有此老病死以有生故老病死隨菩薩復更思惟此生從何而有何因緣故得有是生菩薩如是思惟念已知因有故故有是生菩薩復更思惟此有從何而有何因緣故得有此有菩薩如是思惟念已知因取故故有是有菩薩復更思惟是取從何而有何因緣故得有是取菩薩如是思惟念已知因愛故故有是取菩薩復更思惟是愛從何而有何因緣故得有是愛菩薩如是思惟念已知因受故故有是愛菩薩復更思惟此受從何而有何因緣故得有此受菩薩如是思惟念已知因觸故故有此受菩薩復更思惟是觸從何而有何因緣故得有是觸菩薩如是思惟念已知因六入故有此觸菩薩復更如是思惟此之六入從何而有何因緣故有此六入菩薩如是思惟念已知因名色故有六入菩薩復更如是思惟此之名色何因緣有從何而生菩薩如是思惟念已知因於識故有名色菩薩復更如是思惟此之識者何因緣有從何而生菩薩如是思惟念已知因諸行故有此識菩薩復更如是思惟此之諸行何因緣有從何而生菩薩如是思惟念已知因無明故有諸行菩薩復更如是思惟緣無明故故有諸行緣諸行故故有於識緣於識故故有名色緣名色故故有六

入緣六入故故有於觸緣於觸故故有於受緣於受故故有於愛緣於愛故故有於取緣於取故故有於有緣於有故故有於生緣於生故故有於老緣於老故故有病死及以憂悲諸苦惱等如是諸苦各相因生菩薩未曾從他人聞未曾自見從法生眼生智生意生慧生明菩薩復更如是思惟有何無故無病老死有何滅故滅老病死菩薩如是思惟念知以無生故無老病死以滅生故滅老病死菩薩復更如是思惟以何無故而無此生以何滅故而滅此生菩薩如是思惟念知以無有無則無此生以滅有滅則滅此生菩薩復更如是思惟以何無故乃至一切諸行悉無以何滅故乃至一切諸行悉滅菩薩如是思惟念知以無無明故諸行無以滅無明故諸行滅菩薩復更如是思惟以滅無明故諸行滅諸行滅故識亦隨滅略說乃至生死憂悲苦惱皆滅如是一切諸苦及集並皆悉滅菩薩如是昔未曾聞如是法中生眼生智生意生明生光生慧時菩薩得如是定心如是清淨如是無垢如是得離一切諸惱柔輭之心可作業心既得靜心此是無明真實而知亦知無明因如是生亦知無明緣如是滅真實諦了此是無明盡滅之相已得正道真實而知乃至略說是識名色六入觸受愛取有生老病死等如實而知此是一切老病死集此是一切老病死滅此是一切老病死滅滅已得道如是悉知此苦諦集如實而知此苦諦滅如實而知此是苦諦滅已得道如實而知如是等漏真實而知如是漏集如是漏滅如

是等漏滅已得道如實而知此是欲漏如實而知此是有漏此無明漏如實而知此處諸漏悉滅無餘斷絶諸有譬如郭邑或復城傍或復聚落相去不遠有一水池其水涼冷甘美清淨間無穢濁水常彌滿共岸齊平又岸四邊多有諸樹圍繞莊嚴池内復有種種諸蟲或蜯或螺黿鼉龜鼈多諸水性或石或沙或諸魚鱓鱒魴鯤鱧及摩竭魚在於水内東西南北交横馳走求覓飲食或有住者或相趂逐而有一人以清淨眼在於岸上洞徹分明見於彼等一切諸蟲知此是蜯是螺是龜是鼉是鼈是砂是石是魚是蟲摩竭魚等若干求食若干蟄眠若干東西南北馳走若干相趂如是如是菩薩如是寂定於心如是清淨如是無垢如是無惱如是柔輭可作諸業

已得寂靜此是無明如實而知此無明集此無明滅此是無明滅已得道如實而知乃至略說此處諸漏悉皆滅盡無有遺餘爾時菩薩如是知時如是見時心從欲漏而得解脱心從有漏而得解脱從無明漏而得解脱既解脱已生慧解脱生已即知我生已盡梵行成立所作已辦畢竟更不受後世生其夜三分已過第四於夜後分明星將欲初出現時夜尚寂靜一切衆生行與不行皆未覺寤是時婆伽婆即生智見成阿耨多羅三藐三菩提而有偈說

是夜四分三已過　餘後一分明將現
衆類行不皆未動　是時大聖無上尊
衆苦滅已得菩提　即名世間一切智

爾時婆伽婆得智見時於此世間梵宫魔宫

天人沙門及婆羅門世皆大明小鐵圍山幷大鐵圍其間從來恒常黑暗未曾見光此之日月如是大德如是光明如是威力遂不能令彼處光明照曜顯赫今者自然皆大開朗悉覩光明其間所有一切衆生各各相見各各相知各各相語此處亦復有衆生乎此處亦復有衆生乎一切樹木即生華果隨熟墮地世尊力故虛空清淨無有塵霧無有煙霞忽自起雲降微細雨以用灑地復起涼風冷煖調適諸方澄淨顯現分明又虛空中一切諸天作天音樂作天歌讚而雨種種無量華雨所謂曼陀羅華摩訶曼陀羅華復雨天衣憍奢耶等復雨金銀瑠璃等寶復雨優鉢羅拘勿頭分陀利復雨種種末香塗香散於佛上散已復散彼地周帀滿一由旬種種華雨末香塗香積至于膝時此大地六種震動一切衆生一向皆受極妙快樂諸苦不惱當於彼時無一衆生有欲惱者有瞋恚者有貪癡者亦復不生貢高之心我慢之心無有恐怖不作衆罪無有疾病衆患皆差更不發動飢渴衆生悉得飽滿酒醉衆生皆得醒悟更不飲酒顛狂衆生皆得本心盲瞑衆生皆得見色聾者聞聲身體諸根不完具者悉得具足貧窮衆生皆得地藏羸瘦衆生皆得肥滿牢獄繫禁悉皆得脫枷鏁自然解散地獄衆生悉免苦惱畜生衆生恐怖皆滅餓鬼衆生滅飢渴苦悉得飽滿而有偈說

爾時衆生瞋等無　滅衆苦受大快樂
酒醉狂顛得本性　一切怖者皆獲安

爾時世尊既成阿耨多羅三藐三菩提已即

作如是師子音吼而說偈言

往昔造作功德利　心所念事皆得成
速疾證彼禪定心　又復到於涅槃岸
所有一切諸怨敵　欲界自在魔波旬
不能惱我悉歸依　以有福德智慧力
若能勇猛作精進　求聖智者得不難
既得即盡諸苦邊　一切衆罪皆除滅

爾時如來初成佛已最先說此口業之偈

佛本行集經卷第三十

音釋

甦孫徂切死而更生也　捫摸捫謨昆切摸末各切　黿愚袁切　鼉徒何切類魚有足者　鱓音善魚名　鱒魴鱒慈損切魴扶方切鱒魴大魚也　鯷大計切鮎魚也　鱧力啓切　蟄直立切蟲藏也

佛本行集經卷第三十一

隋天竺三藏法師闍那崛多譯

昔與魔競品第三十四

爾時菩薩於彼初夜以手指地降伏魔衆波旬眷屬是時此地六種震動乃至大震猶打銅鐘是時一切聚落城邑國土所居有諸人衆彼等皆悉見大地動聞震吼聲心並生疑各各自往至相師邊或卜師邊天文師邊或仙人邊或至所解占仰師邊悉皆借問此事云何何故大地如是震動作此大聲魔與沙門誰勝誰劣汝等各自善能占仰唯願為我解說斯事爾時彼等一切諸仙天文師等各自報其所問人言摩伽陀國伽耶聚落有兩大力相共捔試一求出世最大法王一求世間非法之王兩競爭鬪而於彼中求法王者撲於彼求非法王者其事已訖後夜中得成大法王不久欲轉無上法輪而有偈說

一切諸人聞地動　各自往詣占師邊
問其占仰師是言　仁等世間聖知者
而此大地何故動　唯願諦審善觀占
速疾決我等此疑　彼等一切諸師報
法王非法王在彼　二人相競鬪威神
各試德力誰為尊　摩伽陀國聚落內
菩薩天魔兩相捔　法行摧伏彼魔軍
既降伏已得菩提　成佛法王獨無畏

爾時如來於彼後夜明星出時得成阿耨多羅三藐三菩提已於時世間自然而有最大光明地六種動時彼光明及地動已淨飯王宮睡眠驚寤喚諸相師并婆羅門天文師等而勑之言婆羅門輩此事云何為我解說作

是語已時諸占相天文師等即白王言唯願大王且少時忍我等占仰然後白王爾時佛母摩耶夫人已得天身作玉女形從天上下告淨飯王及羅睺羅母耶輸陁羅等作如是言大王當知今夜王子悉達多已成阿耨多羅三藐三菩提以是相故天地震動如來既成三菩提已降伏衆魔無有怨敵於世間中無所可畏是時色界淨居諸天心尚疑惑如來得成三菩提不爾時世尊知彼諸天心之所念飛騰虛空爲彼諸天斷疑心故說於如是師子吼聲我今已斷諸欲愛結已定欲心乾竭一切諸煩惱水更不復流不受後有更不轉入於煩惱内度盡苦邊更無復餘爾時彼等一切諸天聞此語已心各思惟如來已得成三菩提歡喜踊躍徧滿其體不能自勝

將天妙華塗香末香天栴檀香牛頭栴檀細末之香曼陁羅華摩訶曼陁羅華散如來上散已復散其魔波旬見諸天衆將如是等供養之具供養如來見已即對如來之前相去不遠地上而坐悵怏不樂心大憂愁以一狹片而畫於地復如是念世實希有難可思議諸仙苦行我能迴轉其帝釋等一切諸天我能教發貪欲之心云何今此沙門釋種一心三昧經暫時間使我軍馬皆悉降伏如是已後如來密教廣行佛事說法之時諸比丘等即白佛言希有世尊世尊云何以精進力得三菩提成七道分滿足法寶作是語已佛即告彼諸比丘言汝諸比丘今應當知然我非但此之一世精進力故得三菩提及七道分我往昔時精進力故得摩尼寶時諸比丘即

白佛言世尊此事云何願為我等分別解說爾時佛告諸比丘言汝諸比丘至心諦聽我念往昔有一商主入海採寶而於海內得一貴重摩尼之寶其價正直百千兩金得已忽然還墮海中時彼商主即持一杓發大精進勇猛之心抒大海水欲令乾竭求摩尼寶時海神天見於彼人杓抒海水將置陸地見已即作如是念言此人愚癡無有智慧大海之水無量無邊其今云何以杓欲抒置於陸地而彼海神即說偈言

世間多有眾生輩　為貪財利種種為
我今見汝大愚癡　更無有人過汝者
八萬四千由旬海　今欲以杓抒令乾
困乏徒自喪一生　所抒未多命便盡
所抒之水如毛滴　此大海廣而甚深
汝今無智不思惟　耳璫欲取須彌作

爾時商主復向海神而說偈言

天神此為不善言　乃欲遮我乾竭海
神但定意正觀我　不久抒海當令空
仁住於此長夜停　是故心應大憂惱
我誓精勤心不退　必竭大海使令乾
我無價寶墮此中　是故要枯大海水
水若盡底還獲寶　得已當迴歸向家

時彼海神聞是語已心生恐怖作如是念此人如是精進勇猛抒此海水必當竭盡時彼海神如是念已即還商主無價寶珠還已而說如是偈言

凡人須作勇猛心　負擔若疲莫辭倦
我見如是精進力　失寶還得歸向家

爾時世尊而說偈言

精進處處得稱心　嬾惰恒常見大苦
是故勤發勇猛意　智人以此成菩提
佛告諸比丘欲知爾時大商主者即我身是時彼商主入海既得無價寶珠得還復失以勇猛心求寶還得今日亦然以精進故得阿耨多羅三藐三菩提七覺分道時諸比丘即白佛言希有世尊希有奇特不可思議一人獨自能降是等一切魔衆作是語已即各默然爾時世尊復更重告諸比丘言汝諸比丘至心諦聽我非但今獨自如是降伏衆魔過去世時亦曾如是獨自降伏彼等魔衆時諸比丘即白佛言世尊其事云何唯願爲我分別解說爾時佛告諸比丘言汝等善聽我念往昔無量世時有二兄弟鸚鵡之鳥一名摩羅祁梨（此言鬘山）二名槃陀祁黎（此言彼與山）時二鸚鵡在於樹上忽然有鷹迅疾而來撮一小者將飛空行爾時彼兄即向其弟而說偈言

獨自一人亦得苦　獨自一人亦得樂
汝啄彼鷹要害處　其苦苦困即放汝
汝今身小我薄力　唯汝精勤莫嬾惰
其弟既聞兄語已　欲出勇猛威力事
盡身極力思量竟　即便要處啄鷹身
鷹患身體苦痛纏　速疾即放鸚鵡鳥
鷹以身體患痛故　疾走處處求歸依
其巧鸚鵡鳥脫由　以啄彼鷹最要節
鷹困無有避藏處　嚴熾鸚鵡鳥空行
鷹見鸚鵡逐後飛　捨離遠走求活路
爾時啄鷹鸚鵡者　今即我身釋迦是
彼鷹即是魔波旬　於時我唯獨自身
已能降伏彼令得　況復於今功德備

那得不伏彼魔王　汝等比丘宜知此
爾時諸比丘復白佛言世尊云何魔王波旬數數欺誑如來不能得著而如來常免彼厄難作是語已世尊復告諸比丘言汝諸比丘至心諦聽當爲汝說我非但今被魔波旬所誑得脫不曾被其之所惱亂過去世時魔王波旬誑惑於我亦不能得嬈亂於我時諸比丘即白佛言世尊其事云何唯願爲我分別解說爾時佛告諸比丘言我念往昔有一河名波梨耶多(此言度彼節)時彼河岸有一人是結華鬘師其人有園在彼河側而彼河內時有一龜從水而出至華園中求食而行處處經歷蹹壞其華時彼園主見於彼龜處處求食蹹壞其華是時園主即作方便捕捉彼龜捉已置於一筐篋中將欲殺食爾時彼龜作如是念我今云何得脫此難作何方便作何巧智即發是心我今可誑此之園主作是念已即向園主而說偈言

我從水出身有泥　汝且置華洗我體
我身旣有泥不淨　恐畏汙汝篋及華

時彼園主作如是念善哉此龜善言教我我今不得不取其言我洗其身勿令泥汙我之華篋作是念已即手執龜將向水所欲洗龜身是時彼人即提龜出置於石上抄水欲洗是時彼龜出大筋力忽投沒水時華鬘師見龜沒水作如是念奇哉是龜乃能如是誑惑於我我今還可誘誑是龜使令出水時華鬘師即向彼龜而說偈言

賢龜諦聽我作意　汝今親舊甚衆多
我作華鬘繫汝咽　忩汝歸家作喜樂

爾時彼龜作如是念此華鬘師妄言誑我彼華鬘師母患著牀其姊採華造鬘欲賣以用活命今作是言定是誑我欲食我故誘我出耳是時彼龜向華鬘師而說偈言

汝家造酒欲會親　廣作種種諸味食
汝至家內作是語　龜肉煮已脂糝頭

爾時佛告諸比丘言汝等比丘欲知彼時入水龜者我身是也華鬘師者魔波旬是其於爾時欲誑惑我而不能著今復欲誑何由可得時諸比丘復白佛言希有世尊實難思議魔王波旬威勢自在統於欲界種種誑惑猶不能動此之坐處作是語已爾時佛告諸比丘言汝諸比丘今應當知非但今日此魔波旬將其力勢欲誑惑我過去亦然不能誑惑得我之便時諸比丘即白佛言善哉世尊其事云何唯願為我分別解說爾時佛告諸比丘言我念往昔於大海中有一大虬其虬有婦身正懷妊忽然思欲獼猴心食以是因緣其身羸瘦痿黃宛轉戰慄不安時彼牡虬見婦身體如是羸瘦無有顏色見已問言賢善仁者汝何所患欲思何食我不聞汝從我索食何故如是時其牝虬默然不報其夫復問汝今何故不向我道婦報夫言汝若能與我隨心願我當說之若不能者我何假說夫復答言汝但說看若可得理我當方便會覓令得婦即語言我今意思獼猴心食汝能得不夫即報言汝所須者此事甚難所以者何我居止在大海水中獼猴乃在山林樹上何由可得婦言奈何我今意思如此之食若不能得如是物者此胎必墮我身不久恐取命終

是時其夫復語婦言賢善仁者汝且容忍我今求去若成此事深不可言則我與汝並皆慶快爾時彼虬即從海出至於岸上去岸不遠有一大樹名優曇婆羅此言水願時彼樹有一大獮猴在於樹頭取果子食是時彼虬既見獮猴在樹上坐食於樹子見已漸漸到於樹下到已即便共相慰喻以美語言問訊獮猴善哉善哉婆私師吒在此樹上作於何事不甚辛勤受苦惱耶求食易得無疲倦不獮猴報言如是仁者我今不大受於苦惱虬復重更語獮猴言汝在此處何所食噉獮猴報言我在優曇婆羅樹上食噉其子是時虬復語獮猴言我今見汝甚大歡喜徧滿身體不能自勝我欲將汝作於善友共相愛敬汝取我語何須住此又復此樹子少無多云何乃能

此處願樂汝可下來隨逐於我我當將汝渡海彼岸別有大林種種諸樹華果豐饒所謂菴婆果閻浮果梨拘闍果頗那婆果鎮頭迦果無量樹等獮猴問言我今云何得至彼處海水深廣甚難越渡我當云何堪能浮渡是時彼虬報獮猴言我背負汝將渡彼岸汝今但當從樹下來騎我背上爾時獮猴心無定故狹劣愚癡少見少知聞虬美言心生歡喜從樹而下上虬背上欲隨虬去其虬內心生如是念善哉善哉我願已成即欲相將至自居處身及獮猴俱沒於水是時獮猴問彼虬言善友何故忽沒於水虬即報言汝不知也獮猴問言其事云何欲何所為虬即報言我婦懷妊彼如是思欲汝心食以是因緣我將汝來爾時獮猴作如是念嗚呼我今甚不吉

利自取磨滅嗚呼我今作何方便而得免此急速厄難不失身命復如是念我須誑虬作是念已而語虬言仁者善友我心留在優曇婆羅樹上寄著不持將行仁於當時云何依實不語我知今須汝心我於當時即將相隨善友還迴放我取心得已還來爾時彼虬聞於獼猴如是語已二俱還出獼猴見虬欲出水岸是時獼猴努力奮迅捷疾跳擲出大筋力從虬背上跳下上彼優曇婆羅大樹之上其虬在下少時停待見彼獼猴淹遲不下而語之言親密善友汝速下來共汝相隨至於我家獼猴默然不肯下樹虬見獼猴經久不下而說偈言

善友獼猴得心已　願從樹上速下來
我當送汝至彼林　多饒種種諸果處

爾時獼猴作是思惟此虬無智如是念已即向彼虬而說偈言

汝虬計校雖能寬　而心智慮甚狹劣
汝但審諦自思忖　一切衆類誰無心
彼林雖復子豐饒　及諸菴羅等妙果
我今意實不在彼　寧自食此優曇婆

爾時佛告諸比丘言汝諸比丘當知彼時大獼猴者我身是也彼時虬者魔波旬是於時猶尚誑惑於我而不能得今復欲將世間自在五欲之事而來誘我豈能動我此之坐處作是語已時諸比丘復白佛言希有世尊奇特世尊實難思議此事云何魔王波旬將此醜陋異類軍衆至如來所如來復能一一觀知爾時佛告諸比丘言比丘當知非但今日魔王波旬將此醜形大魔軍衆至於我邊我

亦觀知時諸比丘即白佛言希有世尊其事云何願爲解說我等樂聞爾時世尊告諸比丘我念往昔有一獵師知有一林多饒諸鳥數下彼處其到彼已作於草庵將雜樹枝而覆其上即入其中隱身坐住時彼諸鳥謂是樹枝飛下來棲於其庵上時其獵師見鳥棲上漸漸或射或搦而殺時有一鳥見此庵已作如是念此之庵舍處處移動自餘諸樹安定一住此庵之下必不空然如是知已遠離彼庵不被獵師之所捉搦而說偈言

我見一切林諸樹　阿說及於毘醯羅
諸阿梨羅并閻浮　無脂羅彼鎮頭樹
安住停止於一處　從生已來不動移
此樹轉易處處行　其中必應不空立
若當其內有惡物　我應速疾捨此林
心裹既生大狐疑　或是惡行無慈愍
恐畏彼中殺害我　又我往昔於他方
已曾摑裂網走來　智者既知應捨此

爾時佛告諸比丘言汝等當知彼飛鳥者我身是也其獵師者魔波旬是其於彼時作可畏形欲殺害我我時觀知今復將此可畏醜陋魔之軍衆來於我邊我亦久知爾時世尊而說偈言

世間若不深思惟　云何能得上人法
今我以勝思惟故　從縛解脫得無爲

二商奉食品第三十五之一

爾時世尊初始得成於菩提道在樹下坐經七日夜跏趺不起以念解脫快樂爲食爾時世尊過七日已一心正念從三昧起坐師子座初夜正觀十二因緣下觀至上上觀至下

善念善觀不失不異因彼生此因有於彼則復有此所謂緣無明有諸行緣諸行有識緣識有名色緣名色有六入緣六入有觸緣觸有受緣受有愛緣愛有取緣取有有緣有有生緣生有老病死憂悲苦惱等苦生爾時世尊知此法已而說偈言

若有梵行觀諸法　即見如是法相生
若見諸法從相生　即知諸法因緣有

爾時世尊還彼夜半觀十二緣從始至終逆觀至心善觀善念不失不亂因無彼故則此自無因滅彼故則此自滅所謂無明滅即行滅行滅乃至生老病死憂悲苦惱一切悉滅爾時世尊知此法已而說偈言

若有梵行觀諸法　即見如是法相生
若見諸法從相生　即知諸法因緣滅

爾時世尊還彼後夜觀十二緣從始觀終從終觀始善觀善念不失不亂所謂彼生已復生此因有彼復有此因無彼此亦無彼滅已此亦滅所謂因無明緣諸行緣諸行已乃至一切生老病死諸苦惱等皆悉相生彼無已此亦無彼滅已此亦滅爾時世尊知此義已而說偈言

若有梵行觀世間　即見相生乃至滅
既散諸魔建立住　若彼日天曜虛空

爾時世尊從彼師子座上而起離菩提樹相去不遠還跏趺坐七日不動以解脫行用為安樂七日諦觀於菩提樹目不暫捨復作是念我此處盡無邊際苦以捨重擔爾時世尊過七日後正念正知從三昧起其後有人在於如來觀道樹處起塔名曰不瞬目塔而說

偈言
於此道場盡諸苦　復斯坐處覩彼座
已度諸願至彼岸　我於彼處證菩提
爾時世尊從眼不瞬塔所起已安詳漸至向摩梨支（此言陽燄）經行之處到經行已跏趺而坐復經七日受解脫樂爾時世尊過七日已正念正知從三昧起爾時迦羅龍王（此言黑色）詣於佛所到佛所已頂禮佛足却住一面住一面已即白佛言世尊我此宮殿往昔已曾布施過去一切諸佛諸佛受已各住於此憐愍我故其諸佛者所謂拘留孫世尊拘那含牟尼世尊迦葉世尊今日世尊善哉知時憐愍我故少時住此所以者何我已將此宮殿布施過去三佛今日世尊第四爲我受此宮殿即名四佛受我宮殿具足功德爾時世尊即受迦羅龍王宮殿受已入中跏趺而坐復經七日一定不起受解脫樂爾時世尊過七日已正念正知從三昧起告彼迦羅大龍王言汝龍王來從我邊受佛等三歸并及五戒汝當長夜受大安樂時迦羅龍即白佛言謹隨佛敎心不敢違如世尊勑時迦羅龍聞佛語已合掌向佛即從佛受三自歸依歸依佛歸依法歸依僧復受五戒於世間中最初而得優婆塞名於畜生中稱說三歸受三歸已所謂即是迦羅龍王爾時復更有一龍王名目真隣陀向於佛所到佛所已頂禮佛足却住一面住一面已是時龍王即白佛言世尊我此宮殿往昔過去已曾布施一切諸佛受已而住所謂拘婁孫世尊拘那含牟尼世尊迦葉世尊善哉世尊今亦爲我受此宮殿我得四

佛三藐三佛陀受此宮殿我獲善利爾時世尊從彼目真隣陀龍王受宮殿已跏趺而坐一坐經於七日不起爲欲受於解脫樂故時彼七日虛空之中興雲注雨起大冷風於七日内雨不暫停遂成寒凍爾時目真隣陀龍王從宮殿出以其大身七重圍繞擁蔽佛身復以七頭垂世尊上作於大蓋巍然而住心如是念莫令世尊身體寒冷風濕塵坌蚊虻諸蟲觸世尊體爾時世尊過七日已見虛空中無有雲霧以得清淨正念正知從三昧起爾時目真隣陀龍王攝其龍身七重繞已隱於龍形化作年少婆羅門身在於佛前合十指掌頂禮佛足而白佛言世尊我今不以恐怖如來嬈亂如來故以龍身繞佛七帀又以七頭覆世尊上安然而住但恐世尊身有寒冷風塵土坌水漿蚊虻觸世尊體世尊我時思惟如是事已覆世尊身爾時世尊以是因緣即便說偈自讚歎言

知足寂定最安樂　知足觀諸法甚深
安樂不惱於世間　亦復不殺害衆類
若得世間安樂者　遠離一切諸欲貪
捨於我慢自矜高　此樂最爲勝妙樂
人間所有諸欲樂　若能盡捨愛悉無
彼樂此樂等校量　十六分中不及一

爾時世尊說是偈已告目真隣陀龍王言汝大龍王來受三歸并受五戒汝當長夜得安樂故時目真隣陀即白佛言如世尊教不敢有違其目真隣陀聞佛教已即從佛受三自歸依及受五戒爾時彼處有牧羊子當於世尊爲菩薩時在彼苦行六年之中以向世尊

淨心供養恭敬尊重復將乳汁以奉世尊兼復別折尼拘陀枝爲作蔭涼時彼樹枝即成大樹然其羊子隨此多少信心福業善根因緣命終已後即得生於三十三天便成大德威力天子神通自在時彼天子生天上已作是思惟今此果報本因何業而得是身復作是念往昔世尊爲菩薩時我以身造作如是業菩薩苦行我奉乳汁菩薩在彼我將尼拘陀樹一枝揷於地上爲於菩薩作蔭涼故藉斯善業我今得此微妙果報復如是念我以世尊爲菩薩身親供養故得是果報種彼樹枝以作蔭涼是故我今得是果報兼得如是無礙神通況復世尊今已得成無上菩提今當爲我還彼樹下受彼樹蔭時彼天子身出大色最勝光明夜半一向照彼樹所以天光明自照朗已詣向佛所到於彼已頂禮佛足却住一面時彼天子即白佛言善哉世尊唯願爲我受於彼樹隨意安樂憐愍我故爾時世尊爲欲憐愍彼天子故受於往昔羊子所種尼拘陀樹受已樹下跏趺而坐一坐便經七日不動以解脫住受安樂故爾時世尊以過於彼七日之後正念正知從三昧起告天子言汝天子來可從我邊受三自歸并及五戒汝當長夜得安樂故而彼天子受三自歸及五戒已時彼世間最初天中成優婆塞以佛再過說於三歸謂羊子身布施於樹及乳等故得成天身

佛本行集經卷三十一

音釋

㨰訖嶽切校也　抒神與切挹也　臊穌刀切　啄竹角切鳥啄也　蹹達合切與蹋同　糝桑感切雜和也　痿於危切濕病也　慄力質切懼也　虬渠幽切無角龍也　搦眤格切捉也　摑古獲切批打也　瞬舒閏切目動也　嶷魚力切山貌　坌蒲悶切塵堋也

佛本行集經卷第三十二

隋天竺三藏法師闍那堀多譯

二商奉食品第三十五之二

爾時世尊從羊子種樹林起已安詳漸至一樹林下彼樹林名差梨尼迦（此言出乳汁林）到彼林已結跏趺坐經於七日爲欲受彼解脫樂故爾時世尊經七日後正念正知從三昧起如是世尊經七七日以三昧力相續而住然後善生村主之女布施乳糜一食已後更不別食至今活命爾時彼處從北天竺有二商主一名帝梨富婆（此言胡麻）二名跋梨迦（此言金挺）彼二商主有多智慧心細意正彼二商主從中天竺依土所出種種貨物滿五百車大得宜利從中欲還北天竺國時彼路經差梨尼迦林外不遠次第而行彼等商主別有一具調伏之牛恒在先行若前所有恐怖之處而彼一具調善之牛如打橛縛驅不肯行爾時彼處差梨尼迦所護林神彼神隱身密捉持是二調牛住不聽前過彼二商主各持優鉢羅華之莖打二調牛猶不肯行其餘所駕五百車牛皆不肯動其諸車輪並不復轉其皮鞦索悉皆自斷其餘輮輻軸轄轂輻箱輞欄板鞅鞁勾心或折或破或碎或裂如是變怪種種不祥爾時帝梨跋梨迦等心生恐怖皆大憂惱身諸毛孔皆悉偏竪各相謂言我等今者值何恠禍遇何災殃各各去車兩三步地頭戴十指合掌頂禮一切諸天一切諸神至心而住作如是言乞願我等今者所有災恠殃咎恐怖早滅安隱吉利爾時彼林所守護神現自色身慰勞彼等諸商主言汝等商人勿

生恐怖汝等此處無一災禍無一諸殃不須怖畏諸商主等此處唯有如來世尊阿羅訶三藐三佛陀初始成佛無上菩提今日在此林内而住但是如來得道已來經今足滿四十九日未曾得食汝等商主今若知時可共往詣向彼世尊多陀阿伽度阿羅訶三藐三佛陀所最宜在前將麨將酪蜜揣奉彼汝等當得長夜安隱安樂大利時二商主聞彼林神如是言已即白神言如神所教我等不違而彼二商即各將麨酪蜜和揣共諸商人往詣佛所既到彼已時二商主遥見世尊可喜端正世間無比乃至猶如虚空衆星莊嚴身體諸相見已心大敬重清淨信向至世尊前到已即便頂禮佛足却住一面時二商主共白佛言世尊願爲我等受此清淨麨酪蜜揣愍我等故爾時世尊如是思惟往昔一切諸佛世尊阿羅訶三藐三佛陀悉皆受持鉢器以不爾時世尊内生知見即知過去一切諸佛多陀阿伽度阿羅訶三藐三佛陀一切盡皆受持鉢器是時世尊復如是念我今當以何器而受二商主食麨酪蜜揣世尊欲受發此心已時四天王各從四方速疾共持四金鉢器往詣佛所到已各各頂禮佛足却住一面而四天王却住立已將四金鉢奉上世尊作如是言唯願世尊用此鉢器受二商主麨酪蜜揣愍我等故我等長夜當得大利大樂大安世尊不受以出家人不合畜此彼四天王捨四金鉢將四銀鉢奉上世尊作如是言世尊可於此器受食畧說乃至爲我當得大樂大安世尊不受如是更將四頗梨鉢而亦

不受如是更將四瑠璃鉢而亦不受如是更將四赤珠鉢而亦不受次復更將四碼碯鉢而亦不受次復更將四硨磲鉢奉上世尊如來亦復不爲其受爾時北方毘沙門天王告於諸餘三天王言我念往昔青色諸天將四石器來奉我等白我等言此石器内仁等可用受食而喫爾時別有一天子名毘盧遮那白我等言仁等天王慎勿於此石器之内受食而喫仁但受持相共供養比之如塔所以者何當來有一如來出世其如來號釋迦牟尼仁等宜將此四石鉢奉彼如來仁等天王今是時至可將石鉢持奉世尊爾時四鎭四大天王各各皆將諸親眷屬圍繞速至自宫殿中各執石鉢端正可喜其色紺青猶如雲隊盛以天華著滿其内將一切香用塗彼鉢復持一切諸妙音聲供養彼鉢速詣佛所到已共將四鉢奉佛而白佛言唯願世尊受此石鉢於此鉢内受二商主麨酪蜜揣愍我等故各令我等長夜獲得大利安樂爾時世尊復如是念此四天王以信淨心奉我四鉢我亦不合受持四鉢若我今於一人邊受則三人心各各有恨若二人邊受於二鉢二人心恨若三人邊受於三鉢一人心恨我今可總受此四鉢出神通力持作一鉢爾時世尊從於提頭賴吒天王邊受鉢已而說偈言

施善世尊好鉢盂　汝決當成妙法器
既於我邊奉淨鉢　必增智慧正念心

爾時世尊從於毘留勒叉天王邊受鉢已而說偈言

我觀真如誰施鉢　彼得正念增長心

有能養育世令安　速成妙樂清淨體

爾時世尊從於毘留愽叉天王邊受得鉢已而說偈言

汝以淨心施淨鉢　清淨實心奉如來
當來速得清淨心　人天世間得稱意

爾時世尊從毘沙門大天王邊受於鉢已而說偈言

清淨持戒佛世尊　善伏諸根施全鉢
不缺壞心殷重施　汝當來世得淨田

爾時世尊受四鉢已如是次第相重安置左手受已右手按下神通力故合成一鉢外有四脣而說偈言

我昔功德諸果滿　以發哀愍清淨心
是故今四大天王　清淨牢固施我鉢

而有偈說

當時世尊欲受食　諸天四方持器來
各以奉施佛如來　受已神通作一鉢

爾時世尊於新淨潔天施鉢內從彼北天帝梨富娑并跋梨迦（前代譯稱提謂波利此蓋婆羅門楚夏耳未知孰是斯総二商主名非深失）二商主邊受於麨酪蜜和之揣慈愍故受如法而食食已即告彼二商主及諸人言汝商主等來從我受歸依佛歸依法歸依僧復受五戒當令汝等長夜安樂獲大善利其二商主及諸眷屬聞佛語已即共白言如佛聖教我等不違即便共受三自歸依彼二商主於人世間最初而得三歸五戒優婆塞名所謂帝梨富娑二商主等爾時世尊以二商主生隨喜故而說偈言

所施色味具足圓　受已方便離煩惱
其中雜和多種物　是故名爲麨酪漿

噉訖身體潤澤光　面色輝華容貌顯
氣力充實而得益　除饑渴惱心獲安
如是漿施佛世尊　令諸梵行得飽滿
我今所受已食足　是二商主奉麨揣
日種甘蔗族所生　讚歎是人爲最上
以此布施功德故　當到聖智極果中
復得盡於諸漏邊　以因如是業行故
後更展轉無恐怖　漸得脫於諸有纏
既入無漏得清淨　譬如良田善平正
種子穀苗悉皆好　風雨潤澤復隨時
禾稼成長自豐饒　如是皆由多種子
生已漸漸增茂盛　諸穀充溢倍多加
所收之子不可量　亦如成就諸戒行
能廣布施衆飲食　後得果報難可論
以昔成利故使然　若人欲求於後利
望其轉得饒益果　唯有供養仁智尊
當成果報妙菩提　并得善逝世間解
自已得心多種利　復能向他作法饒
彼得自益利衆生　是故名爲大智者
欲得自利利一切　欲得求道導世間
應於三寶佛法僧　發心當生正信行
以信心故得果報　廣大善達信行邊
即得戒行難思議　即得最勝無上道
布施能得此勝報　觀見世界真實如
又得道智滿足充　聖者能如是正見
彼得是見名正念　散諸垢結等塵勞
證得無畏大涅槃　解脫世間一切苦
如是具足一切法　諸聖讚歎此最尊
生老病死等既無　悲苦別離皆滅盡
十方世尊歎此樂　當得不生死處常

爾時帝梨富娑二商主等及諸商人共白佛言世尊我等諸人今在道路唯願世尊為我等故作吉祥願當令我等無有障礙速疾而至自所居國爾時世尊為二商主及諸商人作吉祥願而說偈言

願令二足大吉利　一切四足亦大安
行路至處多吉祥　所向諸方悉如意
晝夜行坐皆慶適　日中所在亦多宜
於一切處願從心　商主商人並康健
希望子故種田作　散子既竟望收多
一切商人求利行　入海艱難採珍寶
汝等承望故行路　願所規獲利速成
我今得道快喜樂　汝隨至方皆願吉
心所欲取一切利　如汝等願速稱心
行向經歷所至方　悉願無有諸障礙

爾時商主同白佛言世尊願乞我等一物作念若到本鄉不見世尊當以彼物作塔禮拜以表憶念大聖世尊我等諸人供養尊重盡今形壽爾時世尊即與諸商佛身髮爪以用作念而告之言汝等商主此之髮爪今持與汝令汝作念若見此物與我無異於後當更別有一石從空而下至汝等處汝等若見當還起塔供養尊重爾時帝梨二商主等從於佛邊受髮爪已作如是念此之髮爪乃是身上所棄之物法非勝妙不合尊重無供養心爾時世尊知彼一切商人心已告彼等言汝等商主莫作是念我憶往昔無量無邊不可計劫有一世尊出現於世名曰然燈如來多陀阿伽度阿羅訶三藐三佛陀善逝世間解無上士調御丈夫天人師佛世尊我於彼時

作一婆羅門摩那婆具足解於四毘陁論我於爾時見彼世尊入於一城城名蓮華我於彼時以五莖青優鉢羅華散彼佛上即便發於菩提之心時彼世尊即授我記汝摩那婆於未來世時節過數阿僧祇刧當得作佛號釋迦牟尼多陁阿伽度阿羅訶三藐三佛陁我時於彼世尊法中捨離居家剃頭鬚髮而便出家我出家後一切諸天取於我髮一髮即有十億諸天作分將行而共供養從彼已來我今得成阿耨多羅三藐三菩提以佛眼觀彼等衆生無一衆生各在佛邊而不皆得證涅槃者我於彼時既未免脫貪欲瞋癡猶尚供養我之髮爪無量衆生千萬億數而得涅槃況復今日盡諸一切煩惱結惑貪欲恚癡皆悉除滅汝等何故不大尊重我此清淨無染髮爪爾時商主及諸人等聞於世尊說是往昔因緣之事即於髮爪生希有心生大尊重恭敬之心頭頂一心禮世尊足圍繞三帀却步而行有偈說言

有衆商人諸方過　樹神發覺告彼言
此有自利得世尊　汝等頂禮布施食

如是世尊四十九日不得飲食既始於彼商人等邊得於此食世尊食後往昔業力忽然患腹而不消化爾時山居有一藥神將彼新出微妙甘美訶梨勒果往詣佛所到佛所已頂禮佛足却住一面白言世尊若有患腹此訶梨勒最初新出微妙甘美我今將來奉上世尊若佛知時爲我納受此訶梨勒受當食噉慈愍我故世尊食此訶梨勒後腹内有病即得除愈爾時世尊即便納取彼訶梨勒爲

彼藥神生慈愍故受已即告彼藥神言來汝藥神歸依佛歸依法歸依僧當受五戒汝當長夜得作大利多得安樂彼藥神聞佛此言已即白佛言善哉世尊我不違佛即受三歸并及五戒當於彼時一切藥神諸女天中以冄過受三自歸依并及五戒最初爲首作優婆夷所謂大藥圍繞彼所居山女天藥神爾時世尊從彼藥神女天受其所奉訶梨勒果即便噉食食已取核於彼地方即便種彼訶梨勒核以佛威神自在力故即日即生即成根莖枝條大樹即出葉華果實成熟世尊腹内病即除愈不復患苦

梵天勸請品第三十六之一

爾時世尊從彼差梨尼迦林出安詳還至菩提樹下時彼國内若男若女困篤著牀萎黄重病不可療治難得差者其人不久欲取命終然氣未斷即送林中以之爲葬而菩薩在苦行之時於彼林内有一婦女名羅娑邪氣猶未斷對菩提樹相去不遠而其眷屬棄捨著地而彼婦女遥見菩薩在道樹下修行苦行見已内心生大敬信生敬信已從身脫衣置於一邊白菩薩言大聖尊者若仁從此苦行而起得度煩惱海之彼岸滿足自願彼時脫恐身無衣服可收取我此糞掃衣隨意所用慈愍我故時彼婦女經歷時日其命始終以向菩薩生正信故氣斷之後藉彼善根即得上生三十三天作天玉女威德甚大光相炳然得成天身神通自在生彼天已自發此念我何業果令我如是成就此身而彼思念自識宿命我於往昔在人間時作婦女身以

糞掃衣布施世尊隨意所用藉彼善業我今成就如是果報彼復更念世尊今旣未受於我糞掃衣用我猶尚得如是果報神通之力況復世尊納我衣用豈可不得勝此果報爾時彼天以玉女身放勝光明於夜半時往詣佛所其光徧照彼林樹間到佛所已頂禮佛足却住一面彼玉女天即白佛言善哉世尊取我所施糞掃之衣隨意所用慈愍我故而世尊受彼糞掃衣爲玉女天生慈愍故如來受已告彼天言來玉女天歸依佛歸依法歸依僧復受五戒汝當日夜得大利益得大安樂彼玉女天聞佛語已即白佛言如世尊教我不敢違即受三歸并及五戒時玉女天見世尊受其糞掃衣以是因緣心大歡喜踴躍無量徧滿其體不能自勝彼玉女天頂禮佛足圍三帀已即從彼處沒身不現爾時世尊發如是心我今將此糞掃之衣何處而洗發是心已帝釋天王爲如來故去林不遠化出一河其水清淨無有穢濁帝釋天王於河岸邊更復化作三片大石其第一石擬世尊坐其第二石洗糞掃衣帝釋天王手自澆水其第三石洗衣訖已擬曝使乾時曬衣石以佛威神從虛空飛往到北天爲彼帝黎富娑商主等作於塔爲供養故摩訶僧祇師作此說如是次第七七日誦或復有師說言此事經二七日或復有師說言此事經三七日或復有師說言此事經四七日初一七日諦心而在菩提樹下第二七日漸次移在不瞬眼塔爾時世尊從彼不瞬眼塔而起起已至羅闍那樹下到樹下已經於七日跏趺而坐受解

脱樂安禪不起爾時世尊過七日已正念正知從三昧起是時帝黎富娑幷䟦黎迦二商主等從迦浮吒城發漸至佛所至佛所已乃至略説圍繞三帀從佛而行爾時世尊從羅闍那樹下起已安詳漸至目真隣陀樹下而坐到已乃至當説偈言爾時世尊過彼七日於晨朝時著衣持鉢詣難提迦村主之家到彼家已却在一邊默然立住爲求食故其村主女既見世尊在門一邊默然立住欲乞求食見已即從世尊手内擎取於鉢將至家裏以好種種百味飲食滿置其中出奉世尊而作是言唯願世尊受我此食慈愍我故世尊受納善生村主女人食已即告女言來汝善生受三歸依幷及五戒汝當長夜得大利益得大安樂其善生女聞佛語已白言世尊如世尊教我不敢違即受三歸幷及五戒是時善生最初人間再受三歸及受五戒作優婆夷所謂善生村主之女是時世尊從善生女受食食已在彼菩提樹下而坐受解脱樂復經七日爾時世尊過七日已正念正知從三昧起於晨朝時著衣持鉢安詳漸至斯耶那耶婆羅門家到已住在其門一邊默然求食其斯耶那耶既見世尊在門外立默然求食見已即從世尊乞鉢執已將入自家以好種種百味飲食種種羹臛滿和鉢中持將奉佛復白佛言唯願世尊受我此食慈愍我故而世尊從斯耶那耶婆羅門邊受得食已即告彼言來婆羅門乃至應受三歸五戒彼婆羅門聞佛言已如佛所教而受三歸乃至五戒是時世尊從斯耶那耶婆羅門所得飯食已

受持漸漸安詳行至曼陀那塔(此言攪酪木塔)食訖如法斂衣還向菩提樹下跏趺而坐經於七日乃至受於解脫之樂爾時世尊過七日已正念正知從三昧起於晨朝時著衣持鉢漸漸行詣斯耶那耶親里眷屬四姊妹邊四姊妹者一名婆羅(此言力)二名摩低婆羅(此言極力)三名嵩陀梨(此言端正女)四名鉗婆迦梨(此言尾師)到彼等家在一面立默然而住爲乞食故其四姊妹既見世尊默然立住見已即從世尊乞鉢入家盛取百味飲食色妙具足種種羹臛滿置鉢中持以奉佛復作是言唯願世尊受我此食慈愍我等時世尊受彼四姊妹百種飲食爲慈愍故受已即告彼姊妹言來汝姊妹從我受持三歸五戒汝等當得長夜利益安隱樂故彼四姊妹聞佛語已即白佛言如世尊教我等不違即便共受三歸五戒是時世尊從彼姊妹受布施已安詳漸到曼他那塔到已隨意如法飽食還向菩提樹下而坐受解脫樂經一七日爾時世尊七日已過正念正知從三昧起於晨朝時著衣持鉢安詳漸至羊子所種尼拘陀樹末至樹邊從菩提樹其間半路見有一箇放牛婦人攪酪出酥爾時世尊漸至於彼牧牛婦所到已去彼婦人不遠默然而立爲求食故時彼婦人既見世尊去其不遠默然立住見已即從世尊乞鉢滿中盛酪以奉世尊而白佛言大聖尊者受我此酪爲慈愍故是時世尊從彼婦邊受得酪已告彼婦言來姊汝受三歸五戒必當長夜大得利益獲安樂故是時婦人隨佛教受三歸五戒是時世尊隨意飽食洗鉢訖已漸

至羊子前所種蒔尼拘陀樹其下而坐受解脫樂經一七日爾時世尊過彼七日正念正見從三昧起是時忽有諂曲求過一婆羅門來詣佛所到已共佛慰喻問訊說種種語却住一面而白佛言瞿曇沙門云何名爲婆羅門也婆羅門者作何法用凡有幾法如來知已即出如是師子吼音而說偈言

除滅一切諸罪業　是故名爲婆羅門
清淨無有諂曲心　內外正定常安住
如法修行諸梵行　口言心念亦復然
能於一切處無貪　是名婆羅門種姓

如是間中凡八七日前三七日全不食噉自餘五七方始求食爾時世尊坐一三昧其三昧名徧觀世間而世尊以無上佛眼觀世間時見於世間或有衆生從地獄出還墮地獄或有衆生從地獄出生畜生身或有衆生從地獄出受餓鬼身或有衆生從地獄出受於人身或有衆生從地獄出受於天身或有衆生從畜生脫受地獄身或有衆生從畜生脫還生畜生或有衆生從畜生脫受餓鬼身或有衆生從畜生脫生於人間或有衆生從畜生脫生於天上或有衆生從餓鬼脫墮於地獄或有衆生從餓鬼脫還受餓鬼或有衆生從餓鬼脫墮於畜生或有衆生從餓鬼脫生於人間或有衆生從餓鬼脫生於天上或有衆生從人間死墮於地獄或有衆生從人間死墮畜生中或有衆生從人間死墮於餓鬼或有衆生從人間死還受人身或有衆生從人間死生於天上或有衆生從天上墮生地獄中或有衆生從天上墮落畜生中或有衆

生從天上墮受餓鬼身或有衆生從天上下生於人間或有衆生從天上死還生天中爾時世尊見諸衆生著於諸見或有衆生以於欲火燒然其體或瞋恚火或愚癡火熱燒其體著於欲事欲事惱故即生歡樂瞋恚癡等一切亦然而世尊見諸衆生等爲三毒火之所焚燒即說如是師子吼言此世間中諸衆生輩爲有所纏精勤造業得於是形身爲大患處處念著所生邪意即常增長如所增長即成此有以有著故於諸世間有諸衆生以有著故還思念有即成於有而其彼等一切衆生所有之處即彼有處受於有苦若能滅於彼諸有苦於此法入學行梵行是名梵行若有沙門及婆羅門以著有患知出諸有彼等皆名無著諸有如是知已能出諸有我如是說若復沙門及婆羅門以有而說欲脫諸有彼等一切不名脫有我如是說如是之人墮於邪道名受大苦我如是說捨於世間一切邪道盡彼一切諸苦業果既盡諸苦即名無有此是世間衆生我見各各皆以無明所欺樂著諸有著諸有已即不能得解脫諸苦若復有人於一切處觀察諸有於一切處未遠離有而一切處並在於有既住在有是名無常是名爲苦是名無實於無實法如是如是如實正智應當觀知若能如是正智觀者即盡諸有及愛盡已於無有處亦不心念是則名爲得滅比丘既得滅已即更不生於後世有不受後身即能降伏一切衆魔即得勝於一切鬬陣即一切處得大利益於諸有處不念不思

佛本行集經卷第三十二

音釋

橛其月切杙也 鞦音秋馬紂也 轅于元切輈也 䡊音隔 轄胡瞎切 轂古祿切 輻方六切 輞扶紡切 鞅於兩切 鞅頸靼也 鞃胡犬切與鞙同大車縛軛靼也 麨尺沼切乾糧也 揣徒官切與摶同 萎於危切 臛黑各切 攪古巧切手動也 蒔辰之切種也

佛本行集經卷第三十三

隋天竺三藏法師闍那崛多譯

梵天勸請品第三十六之二

爾時世尊作如是念我所證法此法甚深難見難知如微塵等不可覺察無思量處不思議道我無有師無巧智匠可能教我證於此法但衆生輩著阿羅耶(此言所著處)樂阿羅耶住阿羅耶喜樂著處心多貪故此處難見其處所謂十二因緣十二因緣有處相生此之處所一切衆生不能覩見唯佛能知又一切處疑道難捨一切邪道滅盡無餘愛之染處盡皆離欲寂滅涅槃我今雖將如是等法向於他說彼諸衆生未證此法徒令我勞虛費言說爾時世尊如是念已爲於此事昔未曾聞未從他得未有人說而心自辨即說偈言

我今辛苦證此法　不可輒爾即應宣
諸欲癡瞋恚法纏　一切衆生有此難
唯應逆流細心智　所可覩見如微塵
樂欲貪著難見知　爲彼無明闇覆故

以如是故如來見是甚深事已其心欲樂阿蘭若處不欲向他說於此法而有偈說

見諸衆生煩惱重　邪道邪見過患多
解脫法者甚深難　知故欲住阿蘭若

爾時娑婆世界之主大梵天王在於梵宮遥見世尊發如是心知已即作如是思惟此世界中諸衆生等多壞多失今日如來多陁阿伽度阿羅訶三藐三佛陁既證如是無上法寳獲成辦已世間未知而心忽然願樂蘭若不欲說法時梵天王譬如壯士屈伸臂頃從大梵宮隱身來下至世尊前頂禮佛足却住

一面合掌向佛而白佛言善哉世尊今此世界一切衆生無有歸依善壞失盡今日世尊既得如是無上法寶真證見已而心忽欲入阿蘭若不樂説法我今勸請無上世尊爲諸衆生莫寂靜住唯願世尊慈悲説法願修伽陀憐愍説法現今多有諸衆生輩少於塵垢諸根成熟結使微薄利根易化不聞法故自然損減若當如來爲説法要使得證知世尊法相爾時娑婆世界之主大梵天王説是語已復更以偈重請佛言

世尊今在摩伽國　說於衆生雜種因
先開甘露妙法門　然後次第清淨説
如人不上須彌頂　豈能得見世界邊
大聖菩提道已成　速登法堂智眼照
引導群盲令離苦　悲愍一切諸衆生
世尊疾捨此樹間　徧世遊行廣濟度
自得已利天人勝　諸苦盡已得清涼
佛不增減諸善根　到於清淨法彼岸
如來世間無有比　況欲勝上亦復無
三界獨步稱世尊　脩羅非是山王匹
於苦世間作悲愍　仁今不可捨衆生
具諸德力無畏人　唯尊能度諸含識
衆生久來被毒箭　所謂天人等世間
值遇世尊應拔除　願爲彼作歸依處
諸天及人生生世　發心欲聽密法門
彼願世尊今已成　速説莫令彼等退
世尊如我今得見　衆生若當是事知
或他聞已及自聞　即來頂禮世尊足
假令父母男女等　死已骨散髮縱横
而不憂彼命終時　亦不迴哭彼人輩

彼等未知尊清淨　從兜率天來下生
是故我今請世尊　多時失路今化取
不聞正義無量劫　如羸瘦人得脂腴
如乾土地得水澆　唯願世尊降法雨
諸佛無有慳惜法　三世諸聖樂行檀
過去諸佛入涅槃　無不說是正真法
尊今亦是祁羅種　能度無量諸衆生
共彼諸佛無有殊　敎衆善法今時至
開諸衆生清淨眼　普令得見正道途
入於邪見荆棘林　應示純直離險徑
乘此路已得甘露　世尊衆瞽欲墮坑
餘人濟拔悉不能　大險引導世尊是
又能方便敎發意　今時已至願莫辭
共聖多劫不可期　猶如優曇華難值
諸佛出世既難遇　今日忽遭大導師
仁於精進力無邊　身體莊嚴衆相具
未說無有發心者　金口終不出異言
三世成就是事來　所以今日自度訖
度他須起精進力　眞實言誓宜及時
世尊滅暗然諸明　佛大法幢願速竪
時至妙言說正法　師子吼如天鼓鳴
我請如來置法船　來世得道無量衆
世尊已度煩惱海　衆生沒溺須出之
譬如人得伏藏財　持以富他不獨用
世尊得法無盡藏　願爲衆生分別宣

爾時世尊聞梵天王勸請偈已爲衆生故起慈悲心以佛眼觀一切諸世佛眼觀已見諸衆生生於世間增長世間或有利根或有鈍根諸衆生等或以成就易證於道或有衆生見未來世一切過患心生恐怖而不放逸或

當來世亦可得道譬如或有青優鉢池波頭摩池拘物頭池分陀利池其內所有一切諸華或優鉢羅及波頭摩并拘物頭分陀利等已從地生而未出水在於其間沒而未現應須養育四大和合然後出水或有優鉢分陀利等從地湧出共水齊平或優鉢羅分陀利等出水開敷而不著水如是如是世尊佛眼觀諸世間一切衆生生於世間增長世間或有利根或有鈍根或有易化或易得道如是知已向梵天王而說偈言

大梵天王善諦聽　我今欲開甘露門
若有聽者歡喜來　至心聽我說法味

爾時梵天聞此偈已作是思惟如來世尊當說此法修伽陀當欲說此法世尊憐愍爲我受請欲說法故以是因緣心生歡喜踊躍充徧不能自勝頂禮佛足圍繞三匝在於佛邊沒身不現爾時世尊作如是念我今於先初說法處誰能不違一如我意知我法體而證知已不惱於我爾時世尊作如是念其優陀羅迦羅摩子心應巧智辯了聰明長夜成就其心雖復少有塵垢諸使結薄根熟智利我今應當於優陀羅迦羅摩子對於其前先爲說法我所說法彼能速疾證知我法世尊如是思惟念已時有一天在於空中隱身不現來向佛所而出聲言迦羅摩子其命終來已經七日世尊更復內心智見優陀摩子實命終來已經七日世尊復念優陀摩子命終已後當生何處而世尊心復生智見優陀摩子命終生於非非想天爾時世尊復如是念非非想天壽命幾許有邊際不是時世尊心生

智見非非想天壽命八萬四千大劫爾時世尊復如是念優陀摩子生非非想彼壽終後復生何處爾時世尊心生智見知優陀羅迦羅摩子今在非想彼處命終後還墮落生於此處受飛狸身而彼既得飛狸身已若有衆生生於水中或居陸地或空飛行常當殺害於彼生命或復共彼諸衆生等行於欲事報盡於後饑餓而死爾時世尊復心思惟其優陀羅迦羅摩子捨飛狸已復受何生爾時世尊心生智見知優陀羅迦羅摩子從飛狸身命終已後生於地獄爾時世尊心復如是思惟念言嗚呼嗚呼汝優陀羅迦羅摩子空然受身失於大利不得人間妙好善報而優陀羅迦羅摩子不得聞我如是善法若優陀羅迦羅摩子得聞如是諸善法者即應速得證

於此法爾時世尊復如是念我今爲誰初說此法我說法時不違我法不煩惱我而能速疾證於我法爾時世尊內心如是思惟而知其阿羅羅迦羅摩種極巧智慧聰明細心長夜成就雖少有垢結薄利根我今應當詣於彼間阿羅羅迦羅摩種邊初說此法彼若得聞我所說法其必速疾應當證知世尊如是思惟念已時有一天隱自不現往世尊所而出聲言彼阿羅羅迦羅種姓昨日命終爾時世尊心生智見知阿羅羅迦羅種姓昨日命終爾時世尊復如是念阿羅羅種從此命終受何處生爾時世尊內心生智知阿羅羅此處命終生不用處爾時世尊復如是念不用處天壽命多少有於限量邊際以不爾時世尊內心智見知不用處壽命有邊六萬三千

大劫壽命爾時世尊復如是念其阿羅羅不用處天命終已後復何處生爾時世尊内心智見知阿羅羅從不用處命終已後還墮於此處在邊地不識法處當得作王爾時世尊復如是念其阿羅羅從無識没邊地之王命終已後復受何生爾時世尊内心智見知阿羅羅從邊地王其命終後墮大地獄爾時世尊如是思惟嗚呼嗚呼汝阿羅羅迦羅種姓空受人身大有所失不得善利而不聞我如是妙法若彼得聞我是法者即應速疾得證此法

轉妙法輪品第三十七之一

爾時世尊作是思惟諸世間中有何衆生身口清淨少塵少垢諸結使薄根熟利智而我今初說法之時不惱於我而能速疾證知我法不妨廢我轉於法輪爾時世尊如是思惟有五仙人彼五仙者昔日與我大有利益我在苦行承事於我彼等五仙並皆清淨少垢少塵薄使利智彼等堪能受我最初轉於法輪所說妙法應不違我我今應詣彼五仙邊初爲說法爾時世尊復如是念彼等五仙今在何處是時世尊以淨天眼過於人眼觀彼五仙今日在彼波羅柰城鹿野苑内經歷遊行爾時世尊從菩提樹隨多少時住已漸向波羅柰國而有偈言

世尊欲說羅摩子　發心觀察其所生

知今命終在於天　心念五仙欲至彼

爾時魔王波旬見佛欲捨於此菩提樹起心生苦惱速詣佛所到佛所已而白佛言善哉世尊唯願世尊莫離此處安坐莫移世尊在

此隨意所行爾時世尊告波旬言魔王波旬汝無慚愧不知羞耻汝於先時欲惱亂我我於爾時具有貪欲瞋恚癡等一切未盡汝來不能惱亂於我況復今日我已證得無上至真平等覺道一切邪徑盡皆捨離得正解脫爾時世尊從道樹下起已安詳漸漸行到旃陀羅村（此言嚴熾）從旃陀羅安詳行至純陀私湊羅聚落（此言角搥無）中於其路上見有一乞婆羅門名優波伽摩（此言來事）兩逆相逢彼見佛已即白佛言仁者瞿曇身體皮膚快好清淨無有垢膩仁者面貌圓極莊嚴諸根寂定仁者瞿曇師爲是誰從誰出家意喜所樂是於誰法爾時世尊隨行隨說以於此偈答彼乞索婆羅門言

我已降伏諸世間　成就具足種種智
於諸法中不染著　永脫一切愛網羅
能爲他說諸神通　是故名爲一切智
我今堪受世間供　自在得成無上尊
一切天人世界中　唯我能降諸魔衆
我無有師內自覺　世間更無與等雙
天人中唯我獨尊　身心清淨得解脫
一切通處皆通達　所可證處已證知
可定之處已得安　故稱我爲世尊上
猶如分陀利在水　雖復處在於水中
而不爲水之所沾　我在世間亦復爾
不爲一切世所汙　是故稱我爲佛陀

爾時優波伽摩婆羅門復白佛言長老瞿曇今欲何去世尊報彼婆羅門言我今欲向波羅㮈國彼婆羅門復問佛言長老瞿曇仁者至彼欲作何事世尊更復以偈答彼優波伽

摩婆羅門言

我今欲轉妙法輪　故至於彼波羅柰
幽冥衆生悉令曉　擊唱甘露鼓之門

爾時優波伽摩婆羅門復白佛言如我意見長老瞿曇自稱身得阿羅漢者伏諸煩惱其義云何世尊復更以偈重答於彼優波伽摩婆羅門言

應當知我伏諸怨　永盡一切諸有漏
世間諸惡法皆滅　故我稱爲真正尊

而有偈說

何恠得利自養育　不能增長利益他
見衆幽冥不慈悲　得道勝他共分用
自度彼岸覩没溺　若不能拔非善人
自得地藏見貧窮　而不施他是非智
手自執持甘露藥　見有病人不與治
可畏曠野得路行　覩彼迷人應教示
如大闇燈作光照　明盛不著在我心
佛亦如是作法光　於此因緣亦不著

爾時優波伽摩乞婆羅門口唱言謂長老瞿曇以手拍髀下道避佛向東而行爾時彼處有一天神往昔舊與優波伽摩婆羅門身曾爲親舊天神欲爲優波伽摩乞婆羅門作利益故作安樂故於無畏處得解脫故以偈告彼優波伽摩婆羅門言

今值無上天人師　不識世尊至真覺
邪見赤體欲何去　汝當受苦未期央
若逢如是調御師　捨之不發供養者
手足與汝何功德　應當於此生信心

爾時世尊安詳漸行從周蘭那娑他羅去（即是無角搥）至迦蘭那富羅聚落（此言耳城）從迦蘭那富

羅聚落安詳而去漸漸而至娑羅湊聚落(訛調御城)從娑羅湊聚落而去至盧醯多柯蘇兜聚落(此言閉塞城)從閉塞城至恒河岸到河岸已詣船師邊至已即語彼船師言善哉仁者乞願度我向於彼岸船師報言尊者若當與我度價然後我當度於尊者爾時世尊報船師言我今何處得有度價但我除斷一切財寶設復見者觀如瓦石土塊無殊若當有人割我一臂又以栴檀塗我一臂此二人邊我心平等我以是故無有度價船師復言尊者若能與我度價我今即當度於尊者所以者何我唯因此持用活命畜養婦兒爾時世尊以淨天眼過於人眼見有一群五百頭鴈從彼恒河南岸飛空而來向北世尊見已即對船師而說偈言

諸鴈群黨度恒河　不曾問彼船師價
各運自身出己力　飛空自在隨所之
我今應當以神通　騰空翱翔猶彼鴈
若至恒河水南岸　安隱定住若須彌

時彼船師見佛過已心生大悔如是思惟嗚呼嗚呼我覩如是大聖福田而不知施度至彼岸嗚呼嗚呼我失大利如是念已悶絕倒地而彼船師少時迷荒還得穌醒從地而起即便馳往摩伽陀主頻頭王邊奏如是事爾時摩伽陀主頻頭娑羅聞此事已作如是言凡夫之人云何可知此有神通此無神通是故汝等從今已去凡是一切出家之人來欲度者莫問是非但有來者勿取度價隨意即度爾時世尊飛度恒河達到彼已從於彼岸復作神通飛騰而向波羅柰城是時彼處有

一龍池時其龍王名曰商佉(此言螺)世尊至彼池邊而下世尊足步所下之處龍王起塔其塔因稱名彌遲伽(此言土塔)如來在彼經由一宿待後食時於待時處復起一塔其塔復名宿待時塔而有偈說

諸佛夜不入人間　要待齋時而乞食
非時行者有大患　是故衆聖候於時

爾時世尊依三摩耶依摩伽陀齋欲到時從西門入波羅柰城次第乞食於波羅柰乞食得已從城東門安詳而出既出城外在一水邊端坐而食食訖澡洗北面而行安詳漸至向鹿苑林而有偈說

鹿苑鳥獸衆鳴聲　往昔諸聖所居處
世尊身放光明耀　漸至彼苑如日天

爾時五仙遥見世尊漸至其邊見已各各共相謂言我等要誓諸長老等此之來者是彼沙門瞿曇釋種向我邊來此懈怠人喪失禪定以懈怠故全身纒縛而我等輩不須敬彼不須禮彼不須迎彼不須與彼安置坐處雖然但且隨其意樂隨其自坐唯憍陳如獨一人心不同此誓而口不違即便相對而說偈言

瞿曇懈怠今忽來　我等五仙各相契
詳共莫敬莫禮拜　此人違誓不合迎

爾時世尊漸漸近彼五仙人邊既逼近已而彼五仙各各相與坐不能安忽自違誓各各欲起譬如耆拘尼鳥在鐵網内而外有人放於大火其網熱故不能安住欲飛欲跳如是如是彼五仙人見世尊已不覺忽然從坐而起時五仙内或有鋪設安置坐者或有持水

欲擬洗足或洗足石及革屣者或復有將盛水盆來或洗足已將於木來擬安脚者或有迎接三衣及鉢又口唱言善來長老瞿曇安坐於此鋪上而有偈說

或迎取鉢及三衣　或復頂禮佛足下
或預鋪設所坐處　或持水器及澡瓶

爾時世尊隨其鋪設安詳而坐時佛坐已作是思惟此等一切皆是癡人各各雖發如是誓言而自相違不依而住爾時五仙見佛坐已而白佛言長老瞿曇身色皮膚快好清淨面目圓滿又足光明諸根寂定長老瞿曇必當值遇妙好甘露或得清淨甘露聖道爾時世尊即便告彼五仙人言汝等仙人莫喚如來爲長老也所以者何汝等仙人當來長夜應值苦惱何以故我今以證甘露之法我今已得甘露之道汝隨我教汝聽我言我能教示於汝等輩汝隨我語不得乖違若依我教清淨而行若善男子及善女人正信捨家剃除鬚髮出家欲求無上梵行盡梵行源現見諸法自在神通證得行行自能唱我已斷生死已立梵行所作已辦更不復受於後世有汝等各當如是自知而有偈說

彼等五仙喚佛姓　世尊恩慜教彼言
汝等心意莫矜高　捨於自慢恭敬我
我慢無慢我平等　我欲迴汝等業因
我已得佛爲世尊　爲諸衆生作利益

作是語已其五仙人即白佛言長老瞿曇昔行是行昔求是道昔行是苦不曾得證上人之法不共諸聖而同智見不得增進況復今日成就懶惰失於禪定懈怠纏身爾時世尊

再過告彼五仙人言汝等仙人莫作是言如來非是懈怠之行非是失禪我亦非是懈怠纏身汝等仙人我今已成阿羅訶三藐三佛陀我今已證得彼甘露知甘露道汝等仙人應受我教聽於我法汝等今若受我教示我能教誨於汝等輩汝依我教莫違我教行我教法乃至汝等未來當得不受後有爾時五仙復白佛言長老瞿曇昔如是行如是求道行如是苦不證上法不共諸聖而同智見乃至懈怠以纏自身爾時世尊三過告諸五仙人言汝等仙人自知我昔曾爲人說妄言以不五仙人言不也尊者爾時世尊從口出舌至二耳孔至二鼻孔以舌拄塞二鼻孔已還復以舌自舐於舌徧覆其面覆以還縮依舊還置舌本居處安置已告五仙人言汝等仙人曾自眼見或復耳聞若人妄語有如是舌神通力不彼等仙言不也尊者是故汝等莫喚如來以爲懈怠如來亦非失於禪定然我不以懈怠纏身諸仙當知我今以成阿羅訶三藐三佛陀已證甘露知甘露道汝等受我教法示誨聽我教法汝等依我教法而行若不違背其善男子及善女人欲求解脱捨家出家乃至未來不受後有爾時世尊以如是教誨彼五仙彼仙所有外道之形外道之意外道之藏皆悉滅隱不現身上所著之服即成三衣手執鉢器頭髮髭鬚自然除落猶如剃來經於七日威儀即成形容譬如百夏比丘威儀行步坐起舉動如是而住爾時世尊即便告彼五比丘言汝等比丘各各隨分觀察東方時五比丘欲觀東方而見西方世尊

復告汝等比丘隨分各各觀察西方彼等比丘欲觀西方即見東方世尊復告汝等比丘觀察北方彼等比丘欲觀北方即見南方世尊復告汝等比丘觀察南方即見北方世尊復告汝等比丘觀察上方即見下方世尊復告汝等比丘觀察下方彼等比丘欲觀下方即見上方世尊復告汝等比丘隨分各各觀察餘方彼等比丘欲觀餘方即見正方世尊復告汝等比丘觀察正方彼等比丘欲觀正方即見餘方爾時世尊善能教誨彼五比丘令其内心各生歡悅使其獲證隨順正理各各歡喜時五比丘心開意解隨順世尊諮承世尊聽世尊教隨世尊心不違世尊所説教法聞説諦受奉侍世尊無暫時捨

佛本行集經卷第三十三

音釋

腴容朱切肥也　胜部禮切股也　佉丘迦切　屣所綺切履也　舐甚爾切餂也　縮所六切斂也

佛本行集經卷第三十四

隋天竺三藏法師闍那崛多譯

轉妙法輪品第三十七之二

爾時世尊作是思惟往昔諸佛多陀阿伽度阿羅訶三藐三佛陀在何方所轉於無上微妙法輪於時世尊發是心已其地即時自然踊出異於餘方爾時世尊復如是念往昔諸佛多陀阿伽度阿羅訶三藐三佛陀云何而轉無上法輪爲當坐轉爲當卧轉於時世尊發是心已彼地方所即現五百師子高座世尊見此五百座已即發敬心以敬過去諸世尊故三帀圍繞三高座已至第四座即上其上跏趺而坐譬如師子無有怖畏無所驚動時憍陳如諸比丘等即白佛言希有世尊即今悉有如許佛來同說法也云何乃有若干高座爾時佛告五比丘言汝諸比丘今應當知此賢劫中有五百佛出現於世三佛已過入般涅槃我今第四出現於世餘者當來續復興顯爾時世尊復如是念過去諸佛多陀阿伽度阿羅訶三藐三佛陀爲轉金輪爲轉銀輪轉玻瓈輪轉瑠璃輪爲當轉於赤真珠輪轉瑪瑙輪轉硨磲輪轉琥珀輪轉珊瑚輪轉七寶輪爲轉木輪爾時世尊如是念時於心内發自智見知過去諸佛多陀阿伽度阿羅訶三藐三佛陀依四聖諦次第三轉十二種相因緣而轉無上法輪而世間中無有沙門及婆羅門或天或魔或梵世界無一衆生能作如是自在無畏轉法輪者爾時世尊箕宿月初十五日内十二日眹過半人影當如是時名毘闍耶（此言難勝）北面而坐合於鬼宿及

房宿時轉於無上清淨法輪一切世間無有沙門及婆羅門天魔梵等無有能轉如是法輪以房宿日轉輪無礙說法依世故以此日爾時世尊告五比丘如是言音所謂如來有此言音善能教授善能慰諭能教不缺能教恭敬不曲不諂不麗不麤不綺不朴柔順調和善能作業不緩不急無有妨礙真王微妙善巧分明流靡甘美悅可衆情無濁無垢不可毀壞無與等者離染清淨久來常捨不失不乏無結無縛解脫光潔不貧不喫亦不輭弱能爲一切衆生生樂能與一切衆生身體而作潤澤能發一切諸衆生心能斷欲心斷瞋恚心斷愚癡心能攝諸魔能破諸罪悉能降伏一切外道世尊音響善能教他猶如鼓聲猶如梵聲猶如迦羅頻伽鳥聲如帝釋聲如海波聲如地動聲崑崙震聲孔雀鳥聲拘翅羅聲命命鳥聲如鴈王聲猶如鶴聲猶如師子猛獸王聲猶如箜篌琵琶五絃箏笛等聲聞者能令一切歡喜教誨分明意喜樂聞微妙甚深無處乏少能令衆生造諸善根聞者不空字體分炳文句顯了義業幽邃法藏真實合時合節合三摩耶不過時授知諸根情順於法句以諸種種布施莊嚴持戒清淨忍辱含受精進勇猛諸禪寂定奮迅神通智慧分別世間善惡慈成就樂悲無勞倦喜歡捨離建立三乘紹三寶種分別三聚淨三脫門實語訓誨智人所歎聖所可意無量無邊猶如虛空徧至一切諸相具足世尊如是聲音告語五比丘言汝諸比丘出家之人恒常須捨世間二事何等爲二一受欲樂凡有行

動依於聚落凡夫所歎此須棄捨第二捨者自身所困受苦之處非聖所歎不得自利不得利他此法須捨而說偈言

自身損處速棄捐　諸根境界悉須捨
若能捨此二種法　即得甘露正真道

爾時佛告諸比丘言汝等當知我如是捨彼二邊已說有中路我自證知爲開眼故爲生智故爲寂定故爲諸通故爲覺了故爲沙門故爲涅槃故而得成就汝等比丘若欲得知出有中路如我所證爲開眼故爲生智故爲寂定故乃至涅槃八正聖道所謂正見正分別正語正業正命正精進正念正定汝等比丘此是中路我已證知爲開眼故爲生智故爲寂定故爲發諸通爲覺了故爲沙門故爲涅槃故當得成就而說偈言

如是八種正路因　除滅死生恐怖盡
既得除滅諸業已　永更不受一切生

爾時佛告諸比丘言汝等比丘至心諦聽有四聖諦何等爲四謂苦聖諦苦集聖諦苦滅聖諦得道聖諦如此名爲四種聖諦諸比丘何等相名爲苦聖諦所謂生苦老苦病苦死憂悲苦愛別離苦怨憎會苦求不得苦此諸苦故名苦聖諦諸比丘何等名爲苦集聖諦所謂此愛數數動心發思欲事處處思想是則名爲苦集聖諦諸比丘何等名爲苦滅聖諦所謂彼愛遠離棄捨悉除滅盡不留餘殘心及心想一切寂定是則名爲苦滅聖諦諸比丘何等名爲得道聖諦逮得於此八正聖路所謂正見正分別正語正業正命正精進正念正定此名滅苦得道聖諦此苦聖諦我

往昔來不從他聞於諸法中自生眼智生意生明生晢顧生智慧此苦聖諦須如是知乃至未聞諸法之中生眼智慧彼苦聖諦已照知竟（梵本冊疊今略要取）如是苦集聖諦不從他聞於諸法中生眼及智彼苦集法悉須滅之如是乃至苦集聖諦已滅盡訖如是苦滅聖諦不從他聞於諸法中生眼及智彼苦滅諦今應須證如是乃至生智慧已苦滅聖諦得證知盡如是苦集滅已得道聖諦不從他聞於諸法中生眼及智彼苦集滅知得道證乃至生智慧還彼苦滅得道證竟（已上四章並皆疊道）諸比丘乃至我此四種聖諦如是三轉十二因緣如實未證我未證得阿耨多羅三藐三菩提未可得言我覺了也諸比丘我以此四聖諦三種轉如實十二相證然後始得阿耨多羅三藐三菩提如是可言我覺了也諸比丘我於爾時生智生見不散亂心正得解脫諸比丘此我最後生更不受有也佛說如是法相之時長老憍陳如即於彼坐遠塵離垢除諸纏縛淨諸煩惱於諸法中得淨眼智所有集法一切皆滅知法滅已如實證知譬如淨衣無有垢穢無有黑縷隨所染處而受其色如是如是彼憍陳如即於坐處諸垢皆除煩惱盡滅得法眼淨如實而知是時彼會六萬天子遠塵離垢亦於諸法得淨眼智爾時世尊作師子吼說是偈言

不可言說法甚深　真如寂靜無名字
最勝憍陳如先證　我所求道得不空

而有偈說

如是甚深法說時　最勝世尊慈悲行

憍陳如得淨法眼　復有諸天億萬千
爾時所有地居諸天聞世尊說如是法相一時大唱作如是言仁者各知今日婆伽婆多陀阿伽度阿羅訶三藐三佛陀在波羅柰鹿野苑中往昔諸仙所居住處轉於無上微妙法輪若有沙門若婆羅門若梵若魔實不能轉如是法輪而說偈言

善哉世尊真如見　爲衆轉甘露法輪
持戒禪定輻輞釭　慚愧精進軸鐧轂
甚深無異正真說　建立是輪三界尊
今在波羅柰城邊　鹿野苑中如是轉

爾時彼處地居諸天唱是聲已其聲上徹四天王天四王聞已復傳唱聲其聲中作如是言說今日世尊多陀阿伽度阿羅訶三藐三佛陀在波羅柰鹿野苑中轉於無上微妙法輪一切世間若有沙門及婆羅門若梵若魔實無有人能然轉者四天王天作是聲時忉利天聞忉利天王如是作聲夜摩天聞夜摩作聲兜率天聞兜率作聲化樂天聞化樂作聲他化天聞他化作聲梵天王聞時梵天王即作是言今日世尊多陀阿伽度阿羅訶三藐三佛陀在波羅柰鹿野苑中轉於無上微妙法輪一切世間若有沙門及婆羅門一切魔梵實不能轉如是次第經一念頃時上諸天各各相告其聲徧滿如是乃至大梵天所

爾時娑婆世界之主大梵天王既聞聲已復發如是梵音唱言今日世尊佛婆伽婆多陀阿伽度阿羅訶三藐三佛陀在波羅柰鹿野苑中轉於無上微妙法輪一切世間若有沙門若婆羅門天人魔梵實無有人能作如是

如法轉者如是次第至有頂天爾時世尊當
轉法輪是時天人魔梵沙門及婆羅門一切
世間大光普照其鐵圍山大鐵圍山其兩山
間幽瞑黑暗所有衆生受極重苦而此日月
如是光明如是大德如是神通如是威力如
是自在而於彼處不能照耀不能令光佛威
神故彼處普照其中衆生得光明故各各相
見各各相知各相謂言此處亦復有衆生也
已上兩句梵本再稱爾時世界土地所有一切樹木百
卉藥草悉皆順時隨其種類大小各各自生
莖葉華果生已華自然來雨於佛上爲供養
故其虛空中清淨無有塵霧烟霞暫起輕雲
降微細雨以灑於地雨水清涼具八功德雨
已還晴復起微風涼冷調適四方皆淨顯現
分明無有塵翳上界虛空諸天聚集作天音
樂唱天妙歌雨天種種曼陀羅華并及摩訶
曼陀羅華又雨諸天細妙之衣雨天金銀瑠
璃所作七寶蓮華復雨無量優鉢羅華波頭
摩華拘物頭華分陀利華下如來上復雨無
量種種雜香末香塗香散如來上散已復散
如來坐處四面周帀方一由旬其種種華悉
皆徧滿間無空缺復此大地六種震動動徧
動等徧動震徧震等徧震湧徧湧等徧湧吼
徧吼等徧吼覺徧覺等徧覺一切衆生一向
悉皆受大快樂於彼時中無一衆生有欲惱
者瞋恚惱者愚癡惱者我慢惱者貢高惱者
不驚不怖無一衆生造作諸罪若患衆生即
得除差饑渴衆生即得飽滿酒醉衆生皆得
醒悟顛狂衆生皆得本心盲者得視聾者得
聽若有六根不完具者悉得具足貧凍躶露

諸衆生等皆得富饒羸瘦衆生皆得肥滿繫閉衆生皆得解脱枷鏁杻械諸衆生等自然得出地獄衆生即得滅惱六畜衆生無有驚怖餓鬼衆生饑渴得定如是因縁其憍陳如得名證智爾時長老憍陳如身如實得見一切諸法如實得知一切諸法如實得證一切諸法如實得度煩惱險路度煩惱磧度無疑處心中決定無有滯礙已得無畏不從他學時憍陳如知彼法行從坐而起頂禮佛足胡跪合掌而白佛言善哉世尊我入佛法世尊度我以為沙門與具足戒願作比丘爾時佛告憍陳如言善來比丘入我法中行於梵行盡苦邊故是時長老憍陳如身即便出家成具足戒餘四比丘各説法要隨機教授而彼衆中有三比丘乞食他行唯二比丘禀受教誨其後三人既將食來合有六人相共坐食彼等已得如來説法教化承受當是之時次一長老跋提梨迦（此言小賢）其次長老名婆娑波（此言起氣）是等二人即於坐中遠塵離垢盡諸結惑淨煩惱界於諸法中得法眼淨所有結惑一切皆盡識無常法如實證知譬如淨衣無有黑纏無有脂膩隨所欲染正受其色如是如是而彼長老跋提梨迦并及長老婆沙波等在於彼坐遠離塵垢得淨法眼略説乃至即成出家得具足戒如是次第彼後來人所乞食者如法教化如法攝受世尊如法示現之時彼之長老摩訶那摩（此言大名）并及長老阿奢踰時（此言調馬）即於彼坐遠塵離垢於諸法中得淨法眼如是如是長老大名長老調馬即於彼坐盡煩惱垢如實證知彼等自見得諸

法相度法相已無復疑心到無畏地不從他
聞於佛法中得知證已從坐而起頂禮佛足
在於佛前胡跪合掌而白佛言唯願世尊聽
我出家與我具戒爾時佛告二比丘言汝等
比丘善來入我自說法中行於梵行正盡苦
邊時二長老即成出家得具足戒而有偈說
小賢起氣憍陳如　摩訶那摩及調馬
彼等初證知見此　如來甘露鼓法門
爾時世尊即告彼等五比丘言汝諸比丘我
日夜恒行正念故正行行已得於無上正真
解脫具足證知汝等比丘應當學我作如是
念行於正行汝等亦當得此無上正真解脫
當證知耳爾時魔王波旬往詣佛世尊所到
佛所已即以偈頌而白佛言
瞿曇以欲愛自纏　一切天欲及人欲
今既自入此大縛　我決不放汝沙門
爾時世尊思惟知是魔波旬說世尊如是思
惟知已即還以偈答波旬言
我以久脫諸愛纏　天欲人欲悉並離
大縛我既得出訖　況復汝先被我降
爾時魔王波旬聞佛說此偈已默然而住如
是思惟沙門瞿曇知我意行沙門釋子見我
心情即懷悵怏苦惱不樂於彼地方没身不
現爾時世尊復更重告五比丘言汝等比丘
若知諸色是無我者是色則不作惱壞相當
不受苦應如是見應如是知如是有色以色
無我是故一切色能生惱色能生苦雖生苦
惱亦不可得色之定性色既不定亦不可願
色如是有亦不可道願如是無其色既然受
想行識亦復如是汝等比丘當知於識亦無

有我識若有我此識應當不作於惱不作於苦以識體無不可得故云何乃得作如是有亦不可道願如是無以識無我是故識能作惱作苦以識本無即不可願識如是有如是不有復告比丘於汝意云何識爲當常爲當無常時諸比丘即白佛言世尊此識無常佛復問言識既無常爲苦爲樂諸比丘言世尊此識是苦佛復告言識既是苦無常破壞非是正法非是常住若能如是見於識者乃可能作如是思惟彼是於我或我是彼或我見我是於我耶諸比丘言不也世尊佛告諸比丘汝等當知所有諸色或過去色現在未來若内若外若麤若細若上若下若近若遠一切不可作如是念彼是於我我是於彼如是如是如實正智應須如是所有一切受想行識過去未來現在内外麤細上下遠近諸識不作是念我是於彼彼是於我我是我如是如是如實正見當如是知佛告諸比丘汝等當知若有多聞聲聞之人能作如是思惟見者當猒離色受想行識既猒離已一切不樂既心不樂而得解脱既得解脱當生是智我生已盡梵行已立所作已辦不受後有我如是知爾時世尊説是法已時五比丘於有爲中諸漏滅盡心得解脱當於是時此世間有六阿羅漢一是世尊五是比丘而於後時如來授記汝等比丘若知我初轉於法輪説法之時不違我教最第一者謂五仙首其憍陳如比丘是也時諸比丘聞是語已即白佛言希有世尊其憍陳如長老比丘作何善根以是因縁如來初轉無上法輪其能不違作

是語已爾時佛告諸比丘言汝等比丘至心諦聽我念往昔還在此處波羅柰城有一瓦師是時彼有一辟支佛身體帶患欲治病故入於聚落夏將欲至其辟支佛爲治病故詣瓦師邊旣到彼已語瓦師言仁者瓦師汝若不辭我寄汝家一夏安坐乃至治病將息差故時彼瓦師以清淨心白辟支佛作如是言善哉大仙此語不違隨意而住我當稱力給奉大仙四事供養時彼瓦師爲辟支佛去家不遠作一房屋與彼令坐安施卧具蠅拂燈脂時辟支佛即於彼夜入火三昧時彼瓦師見大火光作是思惟何故此燈如是熾明而久不滅莫彼草屋被火所燒爾時瓦師安徐輕足至草庵所竊私伺看見辟支佛結跏而坐如大火聚熾然放光其身儼然不被燒熱瓦師見已速疾却看急走而還後日信心倍生希有而彼尊者辟支佛住彼瓦師家如是寂靜經停一夏安居將養而彼瓦師所須四事悉皆供奉而供養之復將醫師遣爲治病須藥療者悉皆與之而不能得彼辟支佛身病損差彼辟支佛旣因身病遂便命終爾時瓦師見彼尊者辟支佛身入般涅槃見已悵快憂愁不樂啼哭流淚嗚呼稱寃是時無量無邊人民聞彼瓦師哭泣聲已詣彼借問言汝瓦師何故如是嗚呼而哭時彼瓦師向彼人輩說辟支佛神通因緣此之仙人如是精進如是持戒常行妙法我將醫師來爲療治不能得瘥爾時別有諸辟支佛唯少一人不滿五百將栴檀木以神通飛從空而來闍維於彼辟支佛身訖而慰勞彼瓦師言仁者瓦

師汝心應生歡喜踴躍徧滿於體何以故汝既供養此仙人身汝此功德汝當來世大得善利汝見我等神通以不瓦師言見爾時彼等諸辟支佛復語瓦師作如是言如今我等所作神通此之仙人神通亦然於我等邊此最老大時彼瓦師即問彼等辟支佛言尊者今居在何處所諸辟支佛報瓦師言去於此處有一聚落名王舍城去城不遠有一山名諸仙居山我等居在彼處而住爾時瓦師即白彼等辟支佛言善來諸仙受我家食訖隨意去爾時彼等諸辟支佛一切皆受彼之飯食食訖已後語瓦師言於當來世有佛出現汝於彼邊發心乞願藉此功德清淨之心聞已即白彼諸仙聖辟支佛言尊諸仙輩前我門師最老最大願我亦然於未來世當得值遇釋迦如來教法之中得出家者願我老大成最上座彼等仙言願汝此誓決成就也爾時彼等諸辟支佛與於瓦師此誓願已即從彼處飛空而去瓦師既見辟支佛等飛騰虛空神通而行以清淨心觀彼等行合十指掌頂禮彼等爾時瓦師見彼尊者辟支佛身入般涅槃收其舍利而起於塔莊嚴彼塔著好相輪輪內懸鈴繒綵旛幢將諸香華燒香末香塗香而以供養發誓願言藉此善根於當來世願值於彼釋迦如來彼所說法願我證知我於彼邊願成最大最老聲聞汝等比丘當知爾時彼瓦師者今此長老大憍陳如比丘是也其憍陳如往昔供養彼辟支佛以是善根因緣力故今於我邊最初說法而得證知我復授記於諸僧內最初知法不違我心

於先出家謂憍陳如比丘是也

耶輸陀因緣品第三十八之一

爾時波羅㮈國去城不遠於中有一尼拘陀樹彼樹扶踈翁蔚滋茂其城内外一切人民或諸王子宰相百官皆悉以時祭祀承事供養彼樹其樹所有人來乞願願我此願皆得稱可我有所作皆當得成若我成就如是事時我當祭祀奉報恩福而彼等人或復先世業種清淨或福力强成就彼因或遂現報而隨心念謂言此樹能與我願而彼人來作大供養而報賽之復有別人來乞於願隨願亦成若復有人來彼樹閒乞求男女其人先業福德因緣而得男女而彼等人各心念言彼等樹能與我男女彼等人來各大祭祀作大供養報償彼樹而彼林樹一切人民爲其作名號曰乞求所願皆得如是神樹爾時彼城有一最大巨富長者名曰善覺而彼長者多有資財勢力自在無量畜牧所謂象馬牛羊駱駝及驢騾等無所乏少豐饒五穀多有奴婢音聲妓妾估客作人真珠琥珀瑠璃玻瓈硨磲碼碯白玉珂貝金銀銅錢衆事具足無所騫闕其長者宅猶如北方毗沙門天大王宫殿一種無異時彼長者無有男女所有親眷來往之者作如是言謂仁長者若仁自知仁家巨富多有勢力略説乃至衆事備悉但仁家中無有子息而此城外有一神樹名曰乞求所願皆得彼樹若有男子女人來從乞求兒女皆得長者何故不往詣於彼樹邊乞求索男女若能乞者必應得生男女不疑勿令仁家種族斷絶時彼長者報其一切諸親

族言何有是事而彼樹木無識無情若能與人男女願者無有是處凡男女者皆由父母先業因縁或復福力而得男女而彼人言我等自身各親祈請並彼樹邊得於男女以得願故至彼樹所作大供養報償彼樹時彼長者諸親眷屬再過三説慇懃勸請彼長者言汝大長者不可不信彼樹實能如是與願彼巳得男彼巳得女長者但去彼樹能與仁之心願索男得男索女得女決定無疑

佛本行集經卷第三十四

音釋

眹徒結切日側也　釭音工車轂中鐵也　鐧音澗車軸鐵也　躶郎果切赤　伺相吏切察也　瘥楚懈切病除也　蓊蔚蓊烏孔切蔚紆勿切蓊蔚草木盛貌

佛本行集經卷第三十五

隋天竺三藏法師闍那崛多譯

耶輸陁因縁品第三十八之二

爾時善覺大富長者以諸親族數數慇懃共相曉喻乃至第三苦切勸諫而彼長者意中不已即將家僮賫持大斧斵箕杴鋤及諸鍬钁種種刀鋸詣彼樹所既到彼已立於樹前而作是言汝樹當知我從他聞汝是神樹名所求願一切皆得若有人來求乞男女悉皆果遂而我無有一箇兒息心内願樂而不穪可今從汝乞若今我得生於好男我當來作如是供養作是報荅必汝不能與我子者我當將此大斧鍬钁斫掘汝樹根本枝條一切悉却終不放汝乃至令如馬藺根鬚而留殘者若掘到地取汝根莖段段斫斷取汝枝柯片片剉切斫截割已札札曬乾訖已持火燒汝作灰如灰塵已或將汝灰臨急疾河向水而擲或將汝灰對猛大風吹令四散爾時彼樹有神依之神聞此語生大恐怖憂惱不歡又作是念我實不與他作男女但人來者自有業因自有福力而得男女而彼等人謂言此樹能與男女既得願已然後來報此樹之恩而彼樹神悲泣流淚作如是言此我生來所居之樹以彼長者不得子故其必當壞毀我此樹而彼樹神於帝釋天恒常承事爾時彼神速疾往詣天主帝釋忉利天宫到已長跪白帝釋天作如是言依前長者求乞兒子得否禍福善惡之語大善天王唯願大天巧慧方便早作如是精勤速疾與彼長者端正之男勿令於我此樹磨滅爾時天主帝釋大

王告樹神曰汝之樹神勿作是語所以者何今我亦復不能為於世間之人定與男女但諸人輩自有福因而得男女其理雖然汝之樹神少忍耐看莫生憂惱我當觀察彼之長者有因緣不時忉利天有一天子五衰相現不久定當墮落世間五衰相何一者彼天頭上妙華忽然萎黃二者彼天自身腋下汗汁流出三者彼天所著衣裳垢膩不淨四者彼天身體威光自然變改五者彼天常所居停微妙寶牀忽然不樂東西移徙爾時天主釋提桓因語彼天子作如是言善汝天子若知時者汝有善緣植眾善本常不放逸謹慎畏罪無諸過患不造諸非又復未曾作重惡業直以嫉妬汝今應當退失此處必生人間於一善處爾時天子白帝釋言願聞其處帝釋報言今此下方閻浮提地有一大城名波羅柰而彼城有一大長者名曰善覺彼長者家大富饒財多有勢力乃至一切無所乏少而彼無子汝今發心往波羅柰為彼作兒時是天子於過去世得天子身種諸善根而作生死解脫因緣面向涅槃背於煩惱不取諸有不愛一切有為中生而彼一生欲取漏盡欲證聖道而彼天子諮帝釋言大善天王我今不欲處在居家以受世樂又復護明菩薩大士不久從彼兜率天下降神生於迦毗羅城釋種姓內淨飯王宮大夫人邊右脇入胎月滿而生生已棄捨王位出家當成阿耨多羅三藐三菩提成已當轉無上法輪我意欲於彼菩薩邊修行梵行而彼長者居家大有資財珍寶多諸勢力乃至一切種種豐饒而其

彼家放逸之處我意不願向彼而生爾時天主帝釋大王語彼天子作如是言汝但乞願求生彼家護明菩薩不久當成阿耨多羅三藐三菩提成已當轉無上法輪我於彼時自當成就汝出家緣亦助佐汝出家之事時彼天子報帝釋言善哉天王若於彼時王能如是佐助於我發心因緣令得成就當生彼家爾時天主帝釋大王報彼尼拘陀樹神言汝善樹神若知時者汝當速報彼長者知而語之言善哉長者汝所乞願不久當生端正之子生已不久捨家出家當作沙門爾時樹神從帝釋邊聞此語已心大歡喜踊躍充徧不能自勝速往詣彼大長者家到已在空隱身不現語長者言大善長者汝必當生智慧端正福德之子但其生已不久定應捨家出家而作沙門爾時長者報樹神言善哉天神但願我生我當方便不令捨家而作沙門時彼天子從忉利天墮落下來與大長者婦腹受胎旣受胎已彼婦即覺語長者言大善長者應須歡喜我已受胎爾時長者聞是語已即爲其婦立於最上將息之法最上敷設最上莊嚴最上供承最上飲食最上服飾而供給之令其玩弄爾時長者於波羅柰四城門外衢道陌頭多人處所立無遮會有來索者求食與食須飲與飲欲鬘與鬘索香與香或須塗香即與塗香須牀敷者即與牀敷須資生者悉具與之時其家內所有財物皆收內庫一切酒坊一切屠舍並皆除斷時長者婦或滿九月或滿十月其胎成熟產一男兒極大端正可喜少雙身體色黃猶如金柱頭頂團

圓猶如傘蓋鼻如鸚鵡長臂下垂支節端直諸根悉具肌肉柔和猶生酥摶彼子生已其上自然化出微妙七寶之蓋而諸世人所見之者皆大唱言希有昔來未曾覩見爾時長者為彼童子立四乳母一者抱持二者洗浴三者與乳四者共戲童子生後長者恒於四城門外及交道頭立無遮會如前所設又復集聚內外眷屬而語之言我今已生如是兒子汝等立名其眷屬等相共平量此子初生上有寶蓋自然出現以是因緣名聞流布徧於一切是故此子應名上傘於是後人相共稱喚為耶輸陀耶輸陀者（此言上傘）其耶輸陀於父母邊唯止一子父母愛念不曾離心眼欲恒看目前養育令其增長易觀易畜而有偈說

福德之人疾增長　猶如良地蒔果栽
薄運少祜無相人　似於道頭種諸樹

而彼童子漸漸長成既能行走後依家法教諸技能使學作業所謂書筭及造印記出財與他從外受入貨易興販染諸色繒衣服裁縫別諸香類識達五穀了別七珍及諸寶物諸如是等一切皆練無不洞曉工巧辯捷利智聰明悉皆成就無人與等及至年大欲遣別停爾時其父為彼童子造立三堂一擬冬坐二擬春秋兩時而坐三擬夏坐擬冬坐堂一向煴煖擬夏坐者一向風涼擬於春秋二時坐者不熱不寒調和處中其三堂內所有器服皆是衆寶之所雜成所有飲食最美最甘心所樂見其諸衣服種種莊嚴復以衆雜末香塗香種種安置立諸婇女端正可喜使

相娛樂於其宮內堂殿前立種種階道一一階道有五百人擎五百寶梯日初出時則便安施日沒已後還擎收却其堂周帀有五百人防護守視身體皆著牢固鎧甲手執刀棒或持鐵輪三叉戟等以用擬備其三等堂各各如是畏耶輸陁童子忽然捨棄出家其堂內外門戶關鑰皆悉牢固其彼諸門開閉之聲聞半由旬時耶輸陁在彼堂殿具足而受五欲快樂遊戲于時世尊在波羅柰初轉無上法輪之後帝釋天王從天上下至耶輸陁宮殿之中到已發覺耶輸陁言仁耶輸陁仁今時至必應不久捨家出家時耶輸陁聞帝釋天如是言已默然而受既默受已天曉之時索駟馬車欲往園中觀看善地爾時世尊於晨朝時著衣持鉢安詳而入波羅柰城欲乞於食即以長老阿奢踰時用爲侍者其耶輸陁遥見如來向前而來威儀端正行步沉審身體具足諸相莊嚴猶如虛空滿於星宿見已心生歡喜清淨以內歡喜清淨之心從車而下頂禮佛足圍繞三帀繞已還上車中而行其耶輸陁見於如來迴還未久時佛知彼清淨之心即便微笑放於光明爾時長老阿奢踰時整衣而立偏袒右肩右膝著地合十指掌向於如來而白佛言希有世尊何因緣故微笑放光爾時佛告阿奢踰時作如是言汝比丘見此耶輸陁童子以不其至我邊頂禮於我三帀繞我還退上車阿奢踰時即白佛言唯然世尊我向已見佛復告言汝今諦聽此耶輸陁大善男子今夜決定捨家出家至於我邊乞作沙門作沙門已不久

而得阿羅漢果時耶輸陀至園苑內觀於善
地次第經行時天帝釋以神通力即化作一
死婦女屍其身膖脹將欲爛壞蠅蛆雜蟲處
處唼食時耶輸陀見彼死屍如是臰爛見已
心生汙癩之想而自念言是臰爛身有何可
樂生於著心而自放逸復於此中生於樂想
今已膿爛即口唱言我今不樂臰穢樂也欲
還至家而彼童子從苑內出還入已堂而彼
在初夜欲眠睡時天帝釋以神通力令諸婇
女悉皆著睡而其家內處處然燈猶如譬大
堂堂盡照令明不斷爾時世尊當於彼夜作
如是念今夜之中其耶輸陀大善男子決定
勇猛捨家出家求作沙門如是念已至於一
河名波羅那（此言斷除）渡至彼岸自取草鋪既鋪
草已結跏趺坐欲一夜眠心爲慈愍其耶輸
陀善男子故時耶輸陀正著睡眠自然忽覺
而見堂內處處安置臂許燈明見諸婇女悉
著睡眠或有婇女頸懸小鼓或有婇女挾於
琵琶或有婇女挾於五絃或有婇女抱持箜
篌或有婇女以臂抱鼓或有婇女手執簫笛
諸音聲等或有婇女露於半身喘息而眠或
有婇女頭髻解散傾側而眠或有婇女流於
涕唾不淨而眠或有婇女口齒相齘作聲而
眠或有婇女覆面而眠或有婇女仰面而眠
其耶輸陀見於堂內諸婇女眠如是滿地猶
若死屍一種無異見已即生猒離之想生大
患想心中樂欲求涅槃想心欲建立向涅槃
想而作是念謂此大是恐怖之處咄此大是
擾亂不安愁嫌之處時耶輸陀如是見已從
其臥牀忽然而起脚著革屣衆寶所成論其

價直足二百千著巳意念從堂欲下至堂基邊而無階道時天帝釋即將階道立著其前身放光明而此光明普照其家時耶輸陀見此光巳從堂而出漸至父宮諸婇女邊到巳見父所卧堂内用好香油以爲燈明其炷如臂遍地及柱處處皆安見諸婇女皆著睡眠懸抱樂器乃至如上猶如死人在屍陀林見巳生於猒離之想乃至生於極大恐怖時耶輸陀從父堂出漸至外門見外門關鑰鐷甚牢而開門時其聲遠徹聞半由旬時天帝釋速疾開門隱没彼門不令作聲畏耶輸陀出家之時有諸障礙時耶輸陀從家出巳至大城門其門名跋陀羅婆提(此言賢主)既到於彼賢主城門其門開閉門關甚牢聲音遠聞亦半由旬時天帝釋一念之頃開於彼門又隱彼聲不令他聞心如是念勿令有人障耶輸陀出家因緣時耶輸陀從城門出漸漸至於波羅那河爾時彼河水忽暴長彌岸平滿一切諸鳥平頭而飲時天帝釋即便隱滅彼之光明時耶輸陀至河此岸即便停住而口中唱謂此大患咄大恐怖爾時世尊在河彼岸露地經行爾時世尊爲憐愍彼耶輸陀故身放光明以金色臂展手而向耶輸陀邊作如是言善來善來汝耶輸陀此處無患此處無畏此處安樂此處自在而有偈言

如來既見彼心巳　而口呼唱如是言
汝來汝來耶輸陀　取此無畏涅槃路
世尊無所而不見　世尊無所而不知
是故能知於彼心　故言世尊諸明具

時耶輸陀聞於世尊如是語巳即免一切心

諸憂苦即得心定譬如有人後春行路被諸熱惱疲極饑渴忽值一池其水涼冷入於其内澡洗飲水除滅一切熱惱諸苦如是如是其耶輸陀大善男子聞佛如是安慰言已即滅一切諸心憂惱心得寂定時耶輸陀大善男子心生歡喜踊躍無量徧滿其體不能自勝脫彼衆寶所成華屣直二百千棄已步入波羅那河譬如有人捨於涕唾無復心念即背而行如是如是其耶輸陀棄捨華屣亦復如是步入河渡爾時彼河水故爲淺時耶輸陀善渡河已至於彼岸到世尊所而耶輸陀遥見世尊威儀整頓容止可觀諸根寂靜心意正定乃至身以三十二相之所莊嚴猶如虚空徧滿星宿見已復生清淨歡喜生歡喜已漸到佛所到佛所已頂禮佛足却住一面

爾時世尊見耶輸陀却一面已即便爲其次第說法所謂說於布施之行持戒之行復說生天因緣之行五欲罪患諸漏未盡尚有煩惱讃歎出家清淨之法而世尊知耶輸陀心已生歡喜已生希有心得柔輭心得無疑心堪可受法爾時世尊以佛所有令他喜言令得道言而向說法所謂苦集滅道四諦向耶輸陀如是說時時耶輸陀即於彼坐遠離塵垢盡煩惱界離煩惱已於諸法中生淨法眼所有結惑皆滅除盡如實證知譬如淨衣無諸黑縷入色即受如是如是其耶輸陀善男子心即於彼坐遠離塵垢盡諸煩惱乃至如實悉皆證知時耶輸陀善男子婦睡眠既覺於其牀上忽然不見夫耶輸陀彼心憶念耶輸陀故兼復渴仰思遅戀慕即便往詣耶輸

陀毋邊到已白言聖毋今知聖毋愛子耶輸陀不新婦昨夜眠覺求覔忽爾不見不知何去爾時聖毋聞是語已憐憶愛念耶輸陀故啼淚懊惱急疾往詣耶輸陀父大長者邊到已即白大長者言長者今知仁所愛子耶輸陀不一一皆如新婦所說爾時長者聞其宫中失耶輸陀以憶念子耶輸陀故遣使速往智慧人邊或筭師邊博戲人邊或婬女家而告之言汝等人輩宜速急疾往如是處求覔我子耶輸陀來爾時使者向波羅柰城四衢道振鈴而唱如是告言若當有人能向我道見耶輸陀知耶輸陀所在之處所行之處令我得見令我得聞我乞彼人百千價物即於後夜敎開城門遣使疾馳而徧告言汝等城外速疾往求我耶輸陀爾時長者耶輸陀父當於彼夜天欲曉時愁憂悵怏啼哭泣淚速疾往向跋陀羅提城門之邊到已即出漸漸遊行見其耶輸陀華屣蹤跡見已尋逐華屣跡行盡其跡已於河岸上見二百千價直華屣少得本心即作是念我所愛子耶輸陀者今應不死出大喘息心口念言若其身死此之華屣亦應無有時彼長者見華屣已不觸不緣棄捨而去譬如有人見他涕唾不覲不念棄捨而過如是如是其耶輸陀善男子父見彼七寶所成一雙華屣棄捨而過即便渡彼波羅那河尋求其子爾時世尊河邊遥見其耶輸陀善男子父向佛而來世尊見已作如是念此耶輸陀善男子父既來求子以愛念故或能倉卒不避好惡抱耶輸陀善男子身我今可出變化神通若作神通變化之事

而耶輸陀善男子父在於此處唯得以眼見耶輸陀善男子面即便停住勿令相觸時耶輸陀善男子父遥見世尊威儀齊整端正可喜乃至譬如虛空中星莊嚴日月心生歡喜以歡喜心往詣佛所到佛所已即白佛言善哉善哉大德沙門頗見我子耶輸陀者來此以不爾時佛告彼長者言大富長者汝若知時且少安坐不久當得見耶輸陀時彼長者作如是念此大沙門應不妄語所言應實聞此語已心生歡喜踊躍充徧不能自勝頂禮佛足却住一面住一面已爾時世尊即爲長者次第方便如應説法所謂行檀及結使法悉皆滅已如實證知譬如淨衣易受染色如是如是時彼長者即於彼坐遠離塵垢如實證知於諸法中得法眼淨渡煩惱海越諸障礙無復疑心到無畏處不從他聞於世尊邊得聞法教受佛歸依受法歸依受僧歸依并受五戒爾時人間彼大長者最在初首爲優婆塞人身之中以三白成三歸依者謂耶輸陀善男子父其耶輸陀善男子父於説法時如是證見如是觀行得於道跡見漏皆盡一切法中心得解脱爾時世尊作如是念其耶輸陀善男子父聞法見知如實漏盡心得解脱不應在家受諸五欲如昔在家我今還可攝於神通爾時世尊即攝神通攝神通已耶輸陀父即於彼坐得見其子見已而告耶輸陀言子耶輸陀汝毋憶汝受大苦惱爲汝故哭爲汝故悲莫復爲汝而取命終汝可到彼與於彼命作是語已其耶輸陀善男子即觀如來面爾時世尊即便告彼耶輸陀父作如

是言汝大長者於意云何若有學人已學諸智已學見法彼聞法時證知漏盡心得解脫彼若迴心入於本家能更復受五欲以不長者報言不也世尊爾時世尊告長者言其耶輸陁善男子今已學智見證於諸法如汝無異今耶輸陁聞說法時證得道跡諸漏已盡心淨解脫佛告長者此耶輸陁善男子今不應還歸住於家內受五欲事如昔在家爾時長者即白佛言善哉世尊耶輸陁今生於人間善得大利善生世間諸漏滅盡心得解脫爾時世尊見耶輸陁善男子身以諸瓔珞而莊嚴體即說偈言

以諸瓔珞莊嚴身　寂定其心證於法
調伏諸根悉清淨　於諸衆生起大悲
若能如是諦實行　是則名爲真梵行
亦名沙門釋種子　是亦名爲比丘僧

時耶輸陁善男子父即白佛言善哉世尊願受我請布施飲食及耶輸陁善男子等爾時世尊於長者邊默然受請爲欲憐愍於長者故爾時長者既見世尊默然受請從坐而起頂禮佛足圍繞三帀辭佛而去是時長者去未久間其耶輸陁大善男子從坐而起頂禮佛足胡跪合掌而白佛言善哉世尊唯願世尊與我出家受具足戒爾時佛告耶輸陁言善來比丘汝今於我所說法中行於梵行正盡諸漏佛說是已時其長老耶輸陁身即成出家得具足戒爲大沙門當於是時此世間中七阿羅漢一是世尊及五比丘耶輸陁等爾時世尊於晨朝時著衣持鉢命耶輸陁用爲侍者向其父家到彼家已鋪座而坐是時

長老耶輸陁母并及長老耶輸陁婦來向佛邊到佛所已頂禮佛足却坐一面退一面已世尊次第而爲說法所謂如是說布施行乃至清淨如來悉知彼等一切心生歡喜清淨柔輭心無障礙爾時世尊所有諸佛令歡喜法所謂苦諦及苦集諦苦滅得道世尊爲彼說是法時彼等於坐遠離諸塵得清淨智煩惱界盡於諸法中得淨法眼所有垢法諸可滅法一切知已皆悉滅盡如實證知譬如淨衣無有垢膩隨所染入而受其色如是如是彼等眷屬坐於彼座遠離塵垢所有垢法皆悉滅已如實證知彼等婦人既見諸法得證深入到諸法邊渡煩惱壙得無疑畏不從他人說法聽證世尊教中得知見已歸依佛法及歸依僧即受五戒爾時世尊當於是日最初人中三皈受戒先得成爲優婆夷者所謂長老耶輸陁母并及長老耶輸陁婦所有一切諸眷屬等爾時善覺大富長者既聞世尊爲其眷屬如應說法聞已歡喜即起辦食長者及妻并其新婦自手將好種種美食奉供養佛及耶輸陁所謂舐喍咋噉噂噂其所施食悉皆充足恣意飽食爾時長老耶輸陁父善覺長者婦及新婦見佛食訖收衣攝鉢洗於手足如是清淨安坐竟已人別各自將一小鋪次第相隨來向佛前依大小坐爾時世尊既見善覺長者眷屬如法而來坐於前已如來慈愍爲欲度脫使離苦惱是故爲其如應說法彼聞法已心生歡喜信心熾盛威德增上爾時彼等既聽法已乃至一切心生歡喜如是知已爾時世尊即從座起其耶輸陁

即隨佛行

佛本行集經卷第三十五

音釋

皸補過切　杴虛嚴切臿屬　鍬七宵切臿也　钁居縛切大鉏也　閵良刃切莣屬　剉寸卧切剁斫也　札側八切木札也　曬所賣切曝也　脇虛業切腋下也　摶徒官切捉聚也　鎧可亥切甲也　駟息利切一乘四馬也　膖脹膖匹絳切脹知亮切　蛆千余切蟲名　唼子合切齧也　齅尺救切與臭同　齩五巧切齧也　咄當沒切呵也　壙苦謗切穴也　嗽所角切吮嗽也　咋側格切齧也　噉徒覽切食也　噂𠹭噂補各切𠹭子立切

佛本行集經卷第三十六

隋天竺三藏法師闍那崛多譯

耶輸陀宿緣品第三十九

爾時天竺波羅奈城有四居士大富長者最爲殊勝善男子輩何等爲四所謂第一名毗摩羅（此言無垢）其第二者名修婆睺（此言善臂）第三名爲富蘭那迦（此言滿足）第四名爲伽婆跋帝（此言牛主）彼等從他聞耶輸陀大善男子往沙門邊修行梵行聞已即作如是思惟希有斯事彼大沙門法行之中梵行應當牢固不動應當勝他其法會集應必第一所以者何而耶輸陀大善男子至沙門邊受行梵行即得出家我等今者亦應至彼大沙門邊求修梵行彼等如是共平量已相將往詣耶輸陀邊到已即共其耶輸陀對面美辭善巧談說各話心内意喜語言敬心問訊相慰喻已各坐一面坐一面已彼四長者即便共白耶輸陀言尊者耶輸陀此之梵行必應牢固決定勝他如此法集可敬可愛如尊今於大沙門邊受行梵行我等今者亦欲求於大沙門邊修行梵行爾時長老耶輸陀許即便共彼波羅奈城四大長者往詣佛所到佛所已頂禮佛足禮佛足已却坐一面時耶輸陀即白佛言大覺世尊此四長者在本居家各爲朋友最爲殊勝善男子輩所謂無垢善臂滿足并牛主等今日故來歸依世尊善哉世尊唯願爲此四大長者如應說法教誨示導爾時世尊發大慈悲起憐愍故即爲彼等四大長者次第方便說微妙法所謂布施持戒忍辱乃至爲說種種法要彼等長者聞世尊說如是法相即於

坐中遠離塵垢乃至所有一切集法皆悉得知及滅相法亦如實知譬如淨衣無有垢膩入於汁中正受其色如是如是彼四長者即於坐處乃至得知一切結惑集滅相法如實證知彼四長者悉各如是見諸法相得諸法相證於法相入於法相度煩惱磧心無障礙越諸疑網除滅結使得無畏處不隨他知依佛法行從坐而起頂禮佛足在於佛前胡跪合掌而白佛言大覺世尊我等今從佛世尊邊乞求出家依佛教法受具足戒爾時世尊即告彼等四長者言汝輩比丘清淨善來入我法中行於梵行滅諸苦故是時世尊作此語已彼波羅柰四大長者頭髮自落髭鬚猶若七日剃來身體自然披服三衣手擎鉢器彼四長者即成出家受具足戒時四長者出家未久受具始爾在於一處捨諸緣務謹慎身口不敢放逸勤劬精進在空閑處行於善行獨坐獨起不曾停息如救頭然住蘭若內爾時彼等諸善男子爲求道故正信出家不久即得無上梵行自見法相自證諸通無畏而行口即唱言已斷生死得梵行報所作已辦來生更不受後世有自知自證彼四長者皆悉一時成阿羅漢心善解脫彼時世間成就一十一阿羅漢第一世尊二五比丘三耶輸陀及其在家最勝朋友四大長者善男子是爾時長老耶輸陀身昔在家有五十朋友諸國來集或有小來共相長養善男子輩聞耶輸陀善男子往大沙門邊行於梵行聞已如是共相謂言彼之梵行必當精勝法集牢強而耶輸陀善男子事彼大沙門行於梵行

我等今者亦可至彼大沙門邊求行梵行彼等如是共平量已相將即到耶輸陀所到已即對耶輸陀面相共言說文辭巧麗種種談論各相問訊各相虔恭如是說已却住一面住一面已爾時彼等五十友人各是別國最大長者往昔在家親善朋舊即便共白耶輸陀言仁耶輸陀今此梵行必應是好勝於餘人而長老在大沙門邊行於梵行我等意樂亦與仁同欲往詣彼大沙門邊行於梵行時耶輸陀即便共彼五十在家往昔善友詣於佛所到佛所已頂禮佛足禮佛足已却坐一面其耶輸陀即白佛言大善世尊我昔在家有此五十友朋知識或在前後一切皆悉是善男子其意並樂歸依如來唯願世尊大慈憐愍為說法要教照示導爾時世尊即為彼等隨順說法而其彼等諸長者輩聞佛所說乃至如實一切悉知彼等長老悉成漏盡諸阿羅漢心善解脫於時世間合成六十一阿羅漢謂佛世尊及五比丘并耶輸陀其耶輸陀波羅柰城有四善友無垢善臂滿足牛主其耶輸陀在家朋友諸大長者有五十人並是別國相召集來或前或後善男子等爾時世尊於波羅柰鹿野苑中度是人已更欲別向他方而行即告長老耶輸陀言汝耶輸陀還住於此莫隨逐我所以者何汝耶輸陀小來未曾苦於身體又復汝身皮膚柔輭不串麤衣及以惡食汝在此住受汝父母所須供養隨勝衣食自恣而受汝之父母能供養汝時耶輸陀稟承教誨恭敬而立即白佛言如世尊勑我不敢違而耶輸陀聞佛勑已住波

羅柰一定不移爾時天竺波羅柰城復有五百商人長者與耶輸陀昔在家時亦爲朋友入海採寶一時迴還至家各各相共借問耶輸陀處彼等問已聞耶輸陀今日在彼大沙門邊行於梵行彼等聞已各相謂言彼之梵行定應上妙教法勝他若不如是其耶輸陀善男子今云何乃能迴心向彼大沙門邊行於梵行我等今亦可共往詣大沙門邊求行梵行爾時彼等五百商人諸大長者結集相共詣向長老耶輸陀邊到已共白耶輸陀言仁耶輸陀久不相見我等入海今始迴還聞仁出家故來諮白安隱無惱快樂以不如是種種善言美語慰勞相問彼此說了各起恭敬却住一面爾時五百商人長者白於長老耶輸陀言仁耶輸陀今此勝也時耶輸陀即報彼言如是如是今此最勝爾時彼商五百長者即於長老耶輸陀邊皆捨出家求受具戒經多年月不能得道爾時世尊遊歷他國迴還至彼舍婆提城住祇陀林精舍之內時其長老耶輸陀身經於多時夏罷訖已即共五百諸比丘衆相隨而去聞佛在於祇陀精舍欲往詣彼見如來故彼客比丘至祇陀園是時彼處主人比丘或取鉢者或衣幞者內房中時起大高聲喧鬧雜亂爾時世尊知而故問長老阿難作如是言長老阿難此中是何高大音聲喧亂乃爾是時阿難即白佛言如來世尊今者外許別有五百客比丘來長老耶輸陀最爲其首至於此處我等既見客比丘來而此舊居諸比丘輩共相慰喻問訊安和及受衣鉢內於房時起是高聲爾時世

尊告阿難言長老阿難汝若知時爲我喚彼如是等客諸比丘來爾時阿難聞世尊勑即便至彼客比丘邊語諸一切客比丘言汝長老輩世尊今喚汝等一切諸客比丘時諸比丘既聞阿難如是言已語阿難言如長老意我不敢違爾時五百諸客比丘聞受阿難如是教已往詣佛邊到佛所已頂禮佛足既禮拜已却住一面諸客比丘住一面已默然而立爾時世尊即告彼諸客比丘言汝等比丘何故如是作大高聲猶如世人諸諍鬪起呼呼訶訶其聲猶如釣魚之師各各相競趂逐諸魚各相唱喚汝等比丘各還本處不得共我居住此中我趂汝等是時彼等五百新入客比丘聞佛如是言各白佛言如世尊勑彼等五百諸客比丘聞佛是言頂禮佛足繞佛三帀辭佛而去執持衣鉢從精舍出至一河邊其河名曰婆羅瞿摩帝（此言秀媚主）在彼秀媚河岸邊住晝夜精勤無有休息初夜後夜不卧不眠猛勵修道志願規求助道法證是故用心彼等用心不休不息不久之間所爲事成彼善男子既各正信捨家出家而能辦彼無上梵行而能得辦自現見法證於諸通即得斷除一切諸結自口唱言生死已盡得梵行報所作者辦更不復受於後世有自證自知彼諸長老一切悉皆成阿羅漢心善解脫無復怖畏爾時世尊在舍婆提祇陀精舍少時住已欲更行歷其餘聚落從此聚落到彼聚落漸漸而行到毗耶離至彼城已往獼猴池其池岸邊有草精舍即便停住爾時世尊日下西時從三昧起出草精舍向於露地鋪

座而坐比丘僧衆左右周帀前後圍繞爾時世尊告阿難言長老阿難我見婆羅瞿摩帝河諸比丘等所居住處大有光明而波婆羅瞿摩帝岸所有五百諸比丘住如是三昧佛告阿難汝今可喚彼諸比丘使來見我是時阿難聞佛世尊如是勑已向一年少比丘之邊到已即告彼比丘言善哉長老汝速至彼婆羅瞿摩帝河岸邊彼處今有諸比丘等汝語彼等諸長老言世尊今欲見長老等若知時者宜應速疾往見世尊時彼年少長老比丘聞於阿難如是言已白阿難言如尊者敎我不敢違時彼年少長老比丘速疾而行譬如壯士屈舒臂頃如是如是時彼長老年少比丘從毗耶離速疾隱身至於婆羅瞿摩帝岸出身現往彼所居處諸比丘邊到已即告彼等一切諸比丘言善哉長老汝等今者若當知時世尊欲見汝等長老汝等今者若當善知可速往詣至世尊所爾時彼處諸比丘等白彼年少使比丘言如長老敎我不敢違是時彼等諸比丘衆聞此語已譬如壯士屈伸臂頃從於婆羅瞿摩帝河所居之處各隱其身至毗耶離獼猴池岸草精舍下而即現身爾時世尊當此正入不動三昧其耶輸陀長老亦入不動三昧彼來五百比丘亦入不動三昧經夜初更爾時阿難從座而起偏袒右肩正理衣服合掌向佛而作是言願世尊知夜以一更世尊今可慰喻於彼客比丘僧是時世尊默然不言如是復已經夜中分阿難更請乃至世尊默然不言爾時其夜至第三分阿難復請世尊默然經夜後分欲打鼓

時明星將現長老阿難更從坐起偏袒右肩
正理衣服合掌向佛而作是言世尊當知夜
已後分不久打鼓明星欲出世尊今可教諸
比丘慰勞於彼諸客比丘又復比丘坐已經
久身體疲懈爾時世尊告阿難言長老阿難
汝今不知如此義理所以者何長老阿難汝
若知理應不發問今此三昧非汝境界何以
故阿難我向入此不動三昧此之五百比丘
亦入不動三昧長老耶輸陀最爲初首皆悉
入於不動三昧我今自知如此理已爾時世
尊欲說偈故即作如是師子吼言

已度煩惱諸欲泥　復已滅除諸聚刺
到彼貪癡滅盡處　於彼苦樂更不停
既已滅度彼岸邊　是則名爲真勇健
亦稱比丘善破惡　又復名善解脫人

爾時世尊說是偈已而彼五百諸比丘等心
生希有未曾有事已生希有未曾有故各相
謂言諸長老等希有此事此之長老耶輸陀
者大有神通乃能使此五百比丘一切皆亦
有大神通共耶輸陀昔作朋友各能相似彼
等父母亦皆有德是時彼等五百比丘心各
生疑欲問世尊決斷所疑即便相與白世尊
言今此長老耶輸陀者彼於往昔種何善根
而今身中乃能如是居家殷富如是多財如
是多寶如是二足四足具足如是家生然其
初生上覆寶蓋又其父母爲耶輸陀造三種
堂昔緣何業得此果報又復於諸婇女等邊
生塚墓想何因能爾值佛出家受具足戒成
阿羅漢父母及妻皆得聖法在家朋友及諸
國土商主朝廷并婆羅瞿摩帝河邊五百比

丘得羅漢果作是語已皆各默然爾時世尊即告彼等諸比丘言汝諸比丘至心諦聽我念往昔波羅柰城時有一人欲營其事彼如是念我若此事得成就已復作是事此事辦已當作此事我此事辦一切訖了後別當造美食美飲種種辦具餐噉嚼齧咬味吮等各辦具已當施沙門及婆羅門悉令具足充實飽滿爾時彼人以心勇猛善業因緣復以衆多福德所潤所營事者悉皆成辦彼人既見其事已辦於晨朝起整頓多種豐饒飲食可餐噉者具足執持將詣城門到已安置作如是念今此城門最初見者若有沙門若婆羅門我當持此多種飲食乃至咬味而用布施爾時彼城門外有一辟支佛名那伽羅尸棄(此言成髻)恒常住在波羅柰城而彼尊者大辟支佛於晨朝時日在東方著衣持鉢徐行欲入波羅柰城乞求飯食是人遥見彼辟支佛威儀庠序進止端平足步安隱無有差移左右觀看徐行直視舉動審諦不急不寬住立仰瞻人所樂覩形服相稱内外嚴儀彼人見已得清淨心生大歡喜即將其食奉辟支佛爾時彼辟支佛作如是念我今已得種種美食布施而食時既未至我今且可少時攝心坐禪繫念思惟是已却行一面到河岸邊時有一樹即在其下跏趺而坐正意定想身體端然寂靜一心不搖不動如是而住爾時波羅柰城有一王名婆嵐摩達多(此言梵德)嚴駕四兵從城門出是時城外忽有一人從聚落來手執傘蓋逆頭值王彼人遥見梵德國王在前而來見已内心作如是念我今可避於梵德

王勿令見我彼人如是心生念已即下道行向一别路其路乃到波羅那河從彼河岸順流下行未經多地忽然而見彼辟支佛在於河岸一樹之下跏趺而坐正念正思身不動摇彼辟支佛爲於日光照觸身體遂便汗流彼人見已而作是念此仙應是持戒清淨必定應得證諸正法今此日光既照其體或患熱惱作是念已我今可持此之傘蓋覆其身上爲作蔭凉爾時彼辟支佛知食時至作如是念我食時至宜應從此三昧而起時辟支佛既出三昧即見彼人持於傘蓋覆已身上見已爲欲愍彼人故飛騰虚空作十八變於虚空中行動來去或跪或立或卧或坐復出烟炎或放火光或時作水涌没隱顯作如是等無量諸種神通示現爾時彼人即便於此

那伽尸棄辟支佛邊生淨信心合十指掌至誠頂禮作如是願願我來世值如是聖或勝於此既值遇已彼所説法願我即能於彼法中速疾證知願我當來不墮惡道復更啓請彼辟支佛乞手奉食而諮問言尊者現今住居何處彼辟支佛即報之言我住某處我行某處爾時彼人即便往詣彼辟支佛所居住處草菴之邊至已内外灑掃泥地除却穢草訖而奉請彼辟支佛欲以四事供養供給若有所須我能辦具一切衣食如是奉彼辟支佛已到自家中向其父母妻子眷屬及餘無量無邊人輩説如前言我今得見如是仙人如是戒行如是清淨證妙法者仁若知時至於彼所供養尊重是時彼人父母妻子并及朋友諸知識等聞已皆詣向那伽羅辟支佛

所以清淨心恭敬供養爾時彼人經於少時作是善念在家大患煩惱纒繞出家大樂解脫無爲在家難辦一向無垢亦不可得一向無染亦不可得乃至欲令盡一身命清淨無垢行於梵行終不可得我今可至彼仙人邊乞求出家如是念已而彼人即往詣尸棄辟支佛所而諮白言善哉大仙聽我出家而辟支佛不許出家彼人再白乃至三白善哉大仙聽我出家爾時尸棄辟支佛心愍念彼人如是三請即告其人作如是言汝善男子汝今若欲求出家者去此不遠有諸外道名曰波黎婆羅闍(此言行行復行)汝於彼處且可熏修調伏身心而當來世於正法中取出家因復乞求願未來世有一佛出世名曰釋迦牟尼如來願見彼佛我值遇已勿令失脫於彼如來法教之中得出家已誓願捨離一切諸苦爾時彼人取彼伽羅辟支佛語遵奉不違即請彼佛盡一形壽將諸供具而以供養彼辟支佛爾時尊者那伽羅尸棄辟支佛乃至隨緣住於世已入般涅槃而彼人等所有眷屬一切聚集見辟支佛入般涅槃即便共取辟支佛身如法供養殯葬闍維所謂造諸舍利之塔塔上造作覆盆相輪懸諸寶鈴旛蓋香華末香燒香然燈續明而用供養爾時彼人如是供養過歷時已即於波黎婆羅闍所法中出家既出家已還依彼林坐起而住於晨朝時數數入於波羅柰城乞食活命曾經一日入波羅柰乞食之時於一方面見婦女屍爲重病死身欲青色爛壞疽蟲穿穴徧唼見已近立熟視熟觀於其內心生不淨想捨之而

去如是繫念身體不淨憶念不捨數數復念成就勤劬得四禪心復更重發如是之願願未來世值釋迦佛出現於世爾時我願令得滿足值遇之日願彼佛邊童子出家修行梵行彼佛世尊所說之法願我聞已速能證知而其彼人隨多少時住於世已遂便命終命終之後生梵天宮然其彼人從天上下復生人間如是次第經歷劫數最後有身還來生此波羅柰城最大巨富長者之家而其長者多有錢財資產服玩乃至所須無有乏少爾時世尊復更重告諸比丘言更有因緣我當具說憶念往昔還在此處波羅柰城有迦尸國其王名曰[口*郗]黎尸(此言損瘦)王彼[口*郗]黎尸於迦葉佛般涅槃後收取舍利起七寶塔所謂金銀玻瓈瑠璃碼碯珊瑚琥珀等寶內於塔裏

其外別更以石壘之寶塔去地高一由旬廣半由旬爾時彼國[口*郗]黎尸王所起塔名陀奢婆黎伽(此言十相)其塔相輪第一覆盆[口*郗]黎王作第二覆盆王大妃作第三覆盆王長子作第四覆盆是王女名摩黎尼(此言小鬘)作第五覆盆[口*郗]黎尸王第二兒作第六覆盆[口*郗]黎尸王第三兒作第七覆盆[口*郗]黎尸王第四兒作汝等比丘當知爾時彼[口*郗]黎尸王第三兒為迦葉佛阿羅訶三藐三佛陀舍利塔上其第六層造覆盆者今耶輸陀比丘是也復告比丘又彼過去伽羅尸棄辟支佛邊手執傘蓋作蔭人者還是即今此耶輸陀比丘身是其耶輸陀以手執傘辟支佛上為作蔭涼迦葉如來舍利塔上覆盆莊嚴相輪光顯彼等業緣果報熟故初生之時頭上自然有寶傘蓋又復

往昔爲那伽羅辟支佛身造於草庵將雜資財詣彼尸棄辟支佛所井及種種衣服飲食供養因緣彼果報故今得具足長者家生於盛年中然其父母爲造三堂受於種種自在福報又復往昔曾於林見死婦女屍生不淨想念念相續藉彼繫心善業果報今世在家於諸婇女身體之中生塚墓想又復往昔於彼尸棄辟支佛所發於誓願願我來世生生莫墮諸惡道者以是善緣果報力故在在處處不經惡趣從天生人從人生天受樂果報又復往昔於彼尸棄辟支佛所發是誓願願我來世値遇如是大仙尊者或勝此遇若彼世尊有所言說微密法要願我一切悉能聞持聞已速疾皆得知證藉彼福力果報因緣値遇於我最勝世尊復得於我說敎法中出家得成漏盡羅漢又復往昔於彼尸棄辟支佛所初始聞時心生歡喜生歡喜已即時傳向其家父母妻子六親并餘眷屬說那伽羅大仙尸棄辟支佛有種種功德稱揚讚歎彼諸眷屬從其聞已倍生信敬殷重之心歡喜踊躍即共相率備辦種種供養之具往彼禮拜奉設供養四事充足藉彼善業福報因緣至於今世其耶輸陀長老比丘父母妻妾及諸眷屬於我法中皆得聖法又復長老耶輸陀有在家知識及彼婆羅瞿摩河岸久時所住五百比丘皆悉證成阿羅漢果此等彼時遇辟支佛並各同願齊心共發如是大誓仙聖人邊植諸善業得是果報爾時世尊而說偈言

如是供養諸聖真　得於無量大果報

佛及尸棄辟支覺　并諸羅漢漏盡人
或復供養十力尊　無畏具足諸相滿
大慈大悲諸正智　能得果報無有窮
供養諸佛緣覺田　及諸聲聞解脫衆
現在人天受果報　後得寂滅大涅槃

佛本行集經卷第三十六

音釋

串 古患切與慣同　幞 防玉切帊也　趂 丑刃切逐也　齧 倪結切噬也　吪 徂究切結也　疽 千余切　郉 居祁切　壘 魯水切猶疊也

佛本行集經卷第三十七

隋天竺三藏法師闍那崛多譯

富樓那出家品第四十

爾時憍薩羅聚落去迦毗羅婆蘇都城邑其間不遠有一村陌彼村有一大婆羅門爲淨飯王作於國師其家巨富多饒財寶乃至屋宅猶如北方毗沙門天宮殿無異彼婆羅門有於一子名富樓那彌多羅尼子（此言滿足慈者）極大端正可喜少雙爲諸衆人之所樂覩巧智聰慧細意細心能誦一切韋陀論徹既自解已復能敎他具解三種韋陀舊解尼乾陀論咿輸婆論解破字論入能宣說往昔諸事五明之論一句半句一偈半偈皆能分別亦復通解受記之論於世辯中悉皆具解六十種事有大人相淨飯大王悉達太子當生之日其彌多羅尼子亦共同時而生彼人本性猒離世間志求解脫於煩惱中恒有驚怖心常寂定往昔已曾見諸佛來彼諸佛邊種諸善根作多福業熏習其心志涅槃門不樂煩惱於一切有諸生死内皆悉遠離已作於行諸纏壞爛取因爲力至成熟地到聖法故時富樓那獨坐思惟我父既爲輸頭檀王而作國師須多經營備多種技處王法中代王斷事又復其兒悉達太子決定與彼輸頭檀王一種無異應當必作轉輪聖王我父若無我身決定與彼悉達轉輪聖王而作國師我父既爲小王國師今以如是無暫閑時況復欲作轉輪聖王大國之師普於國内辯事有閑終無是處我今預前當作何事當作何計我今唯有捨家出家時富樓那如是念已當菩薩

夜出家之時夜半默然不諮父母共其朋友足三十人從家而出遥往至於波黎婆遮迦法之中請乞出家居在雪山苦行求道彼等諸人勇猛精進不暫休息其三十人一時成就獲得四禪并及五通時富樓那苦行仙人自思惟言我今應可內自觀察悉達太子受聖王位時節至未而富樓那以天眼觀覩見世尊在波羅柰鹿野苑中證得無上阿耨多羅三藐三菩提已轉無上微妙法輪爲諸天人分别說法見已即至諸朋友邊而告之言汝等今可生歡喜心作大踊躍今彼悉達大聖太子出家已證無上菩提已已轉無上清淨法輪世尊今日現在於彼波羅柰城鹿野苑內爲諸天人說法開示汝等今可共我相隨至於彼邊行於梵行是時彼等諸朋友輩歡喜報言仁語善也我等順從時富樓那苦行仙人舉身即共三十朋友從雪山下飛昇而行猶如鴈王騰於虛空至波羅柰鹿野苑下往詣佛邊到佛所已頂禮佛足以兩手執世尊之足摩娑頂戴舉頭以口嗚如來足起於佛前胡跪以偈讚歎佛言

昔在兜率陀天上　正念化作白象形
託身欲入摩耶胎　來至釋種家作子
如妙蓮華不著水　在於母胎不汙身
彼母受樂無量歡　不貪五欲唯樂法
唯行善行捨諸惡　觀尊在胎如鑄金
歡喜踊躍不知猒　看不知足更復覩
尊在胎內常說法　諸天人起慈悲心
皆悉歡喜飲法膏　世尊初生發妙語
我脫衆生生死苦　右脇出已七步行

無畏猶如師子王　我是如來終滅苦
世尊初生浴池水　水不冷煖彌岸平
浴訖塗香莊嚴身　空中自然蓋拂現
世間希有見此事　是故我等頂禮尊

說是偈已富樓那等若千仙人舉聲從佛乞求出家如是白言唯願世尊哀愍我等我等心願欲得出家慈悲憐故度脫我等爾時佛告富樓那言汝富樓那今可速起當隨汝意我與汝等從心所願時富樓那得如來聽其出家已乞受具足及其朋友二十九人彼長老輩既得出家受具戒竟未久之間各各用心獨卧獨行獨坐獨立勇猛精進行坐空閑阿蘭若處各各别行用心謹慎不曾放逸恒住空閑時節不久若善男子求大利故正心正信捨家出家爲欲求於無上梵行已盡欲邊見諸法相欲修諸通即證彼法已斷諸生得梵行報所作已訖不受後有彼等一切諸長老輩既證知已悉成羅漢以心善得一切解脫皆成大德一切皆悉能作大事利益衆生爾時世尊告諸比丘作如是言汝等當知說法人中最第一者即此富樓那彌多羅尼子是也而有偈說

世尊在於波羅柰　微妙語告諸衆言
此是滿足真比丘　說法人中最第一

爾時世間一切合成九十一阿羅漢謂佛世尊并五比丘長老耶輸陀及耶輸陀波羅柰國同時所生有四朋友最勝長者勝中復勝諸善男子謂毗摩羅善臂滿足并及牛主又耶輸陀在家估客行賈商人五十朋友次善男子長老富樓那彌多羅尼子并及知舊二

十九人

那羅陀出家品第四十一之一

爾時閻浮南天竺地有一國土名阿般提彼國土中有一聚落名獮猴食其聚落内有一巨富婆羅門姓大迦旃延其家多有資財珍寶奴婢六畜穀麥豆麻屋宅園林種種豐足乃至如彼毗沙門宮無有殊異彼婆羅門聰明智慧讀誦受持三韋陀論博通諸物一事十名咿輸婆等文句字論往昔過去一切諸事五明之論知句半句分別世間諸受記論及六十種大丈夫相皆悉具足讀誦通知與嚴熾王作國大師時彼國師大婆羅門第一長子辭家遊歷他國學問不知猒足處處尋師具解諸論技成就已還歸本家既奉見父即諮白言善哉阿爺我今學問種種通達爲我聚集一切大衆我欲誦出韋陀論等及諸技能父聞歡喜即爲集衆兒見人集即在衆前所誦一切韋陀論等及諸技能皆不隱藏悉並誦出而彼大衆即便共遵彼國師子推爲上座其父即將種種珍寶而供養之時彼國師大婆羅門復更別有第二之子名那羅陀（此言不叫）其父告彼第二子言汝那羅陀今可捨家出至他國受學誦習韋陀諸論今如汝兄而那羅陀童子之兄當誦一切韋陀論時其那羅陀一聞即便一切受持時那羅陀聞此語已即白父言善哉阿爺我已通解一切韋陀及呪術等阿爺今可爲我聚集一切大衆我於衆前誦諸韋陀及以技能其父聞子如是語已心生希有即集大衆集大衆已諸種安置時那羅陀在大衆前誦諸韋陀一切

論等爾時大衆聞已各各心生歡喜讚歎彼言善哉善哉大智童子快能誦習諸韋陀論其父復將種種財寶以用供養爾時長兄聞弟誦通一切諸論心生苦惱作如是念我無量年遊歷諸國學習種種所誦呪論心慮煩勞方始誦持諸呪術得其那羅陀云何聞已皆少時間受持淨徧而其少年尚得如是若後成長定必應當作王國師以是因緣我須方便除滅其體如是則我得成大利若不然者終奪我位爾時其父知自長子內心如是於那羅陀私生惡念既覺知已作是思惟我此小兒聰慧可憐勿令爲兄之所奪命作是念已應須方便莫令其知爾時南方有一城名優禪耶尼去城不遠有頻陀山其山中有一老仙人名阿私陀在中居住彼仙洞解一切韋陀并及諸論以得四禪具五神通是那羅陀童子外舅是時國師大婆羅門并及其婦即將其子那羅陀身往彼山中對共付囑阿私陀仙以爲弟子其阿私陀既受領得那羅陀已教照顯示不久成就獲得四禪具五神通爾時梵志阿私陀仙將其弟子那羅陀身即出山向波羅柰城即於城外造立草庵在中居住晝夜六時作如是教大聲唱言善哉善哉汝那羅陀佛今出世（如是三稱）汝應彼邊剃落出家修行梵行必當長夜大得利益大得快樂自利身已復應利他爾時彼老阿私陀仙作如是語教其弟子那羅陀已不經多時而取命終阿私陀仙命終之後時彼梵志私陀仙人所有世間利養名聞悉是弟子那羅陀得時那羅陀以世利養名聞多故貪戀

著心無有正念更不作想求覓勝上不信有佛有法有僧

爾時海内伊羅鉢（此言藿香葉）王既受龍身心生猒離欲求解脱不樂於彼穢濁惡想而作是念往昔世尊迦葉如來多陀阿伽度阿羅訶三藐三佛陀親授我記汝大龍王從今已去過若千年若千百年若千千年若千百千年過若千百千萬億年當有一佛出現於世號釋迦牟尼多陀阿伽度阿羅訶三藐三佛陀而今已過如是無量無邊億數百千萬年頗有彼佛釋迦如來出世以不爾時復更有一龍王名曰商佉（此言螺）彼龍王宮常有無量龍衆聚會而彼會處多諸龍王百千雲集伊羅鉢龍亦在彼宮是時有一夜叉之王名曰金齊與伊羅鉢龍王善友亦在彼龍衆會中坐

爾時伊羅鉢龍王即於衆中告夜叉王作如是言仁者汝今頗知世間釋迦如來多陀阿伽度阿羅訶三藐三佛陀出現世未是時夜叉報龍王言大善龍王我實不知釋迦如來出現以未雖然龍王但我今知彼曠野中有於一城其城本是夜叉宮殿名阿羅迦槃陀（此言曠野宮殿）彼城先來有二偈文而彼偈云若無有佛出現世間終無人能讀此偈者設復有讀亦不能解此之偈意若當有佛出現世時即得讀知無人解義唯有如來多陀阿伽度阿羅訶三藐三佛陀能説此義或有從佛聞而得解爾時伊羅鉢龍告彼夜叉王如是言仁者汝今可往至彼讀取彼偈得來以不是時金齊夜叉之王從伊羅鉢龍王邊受如是言已即便往至彼阿羅迦槃陀宮殿受讀彼

偈得已速疾還向伊羅鉢龍王邊到已即白伊羅鉢言大善龍王今日應當心生歡喜所以者何釋迦牟尼多陀阿伽度阿羅訶三藐三佛陀大聖如來今已出世何以得知遂能令我得讀彼偈我已受持彼偈將來若有人能解此偈意復能宣說即應當知此是真佛爾時伊羅鉢龍王心大歡喜踴躍徧身不能自勝即從金齋夜叉王邊受取彼偈爾時商佉龍王有女名曰常分端正可喜最上華色衆人所愛世無有雙爾時彼會諸龍王等作如是念我今應當至月八日十四十五或二十三及二十九并三十日將好金器滿盛銀粟於銀器內滿盛金粟將此龍女莊嚴其體以妙種種瓔珞嚴身從此龍宮出置於彼恒河岸上著於露地說此二偈以示衆人

在於何自在　染著名爲染　彼云何清淨
云何得癡名　癡人何故迷　云何名智人
何會別離已　名曰盡因緣

時彼龍王說此偈已徧告一切諸世間言若有能解誦此偈者我等即當以此金銀盛滿粟等并及龍女持用布施即取彼人作於佛想若當有人傳從他聞來爲我說亦然布施時商佉王及伊羅鉢諸龍王等欲見世尊渴仰世尊思遲世尊恒以白月黑月八日十四十五將好金器滿盛銀粟於銀器內復盛金粟及彼龍女種種嚴身將至恒河岸上安置住於陸地彼二龍王相與而說此二偈言在於何自在乃至盡因緣復作是言若有人能解此偈義我等將此二器金銀并及端正可喜龍女以用布施而彼龍王說於此事聲聞

八方所有山林或復在水或在陸地或婆羅門或復長者各相謂言白月黑月恒以六日彼二龍王從水而出將於二器盛金銀粟及一龍女瓔珞嚴身從恒河出在岸其方陸地住立說此二偈在於何自在乃至盡因緣作如是語若有人能讀解此偈我等將此二器及女而布施彼時婆羅門及長者等從二龍王聞如是語悉從八方竟來集會彼龍王處各自唱言我能讀解此之二偈及至龍邊讀偈不得又不解義或復有人讀此偈已反還問彼二龍王言此偈何也復問此偈其義云何時那羅陀童子仙人居止在於摩伽陀國爲諸人民而作師導彼國男女尊重供承讃歎歌詠那羅陀仙各相謂言此摩那婆自既知已復敎他知自既見已復敎他見是時彼國摩伽陀內所有人民作如是念此那羅陀仙聖童子既自知見敎他知見我等於彼二龍王邊聞斯二偈無人能誦無人能答我等今可至那羅陀童子仙邊到已應說如此之事作是念已摩伽陀國諸婆羅門及長者等即便往至那羅陀仙童子之所到已詳共白那羅陀童子仙言仁若知時恒河岸上有二龍王一名商佉二名伊羅鉢常以白月黑月六日從恒河水出於陸地將金銀器盛粟及女乃至誰能解此偈義即施與彼說此二偈云在於何自在乃至盡因緣爾時那羅陀仙人童子作是思惟我今既爲此摩伽陀國內人民作於尊師此之人民皆供養我尊重承事欽仰於我又復謂我自知見已轉能敎他我今若於是人民前言我不解此二偈義

此之人民即毀辱我一切利養名聞闕少我皆失之作是念已即便告彼摩伽陀國諸婆羅門大長者等作如是言我共汝等一時往詣二龍王邊請説二偈尋取其義爾時童子那羅陀仙共摩伽陀長者人民婆羅門等左右圍繞推那羅陀童子仙人最爲上首向二龍邊到已告言二大龍王願爲我等説於二偈我得聞已思惟取義爾時商佉二龍王等即爲彼仙説二偈云在於何自在乃至盡因緣爾時童子那羅陀仙告彼二龍作如是言我今於汝二龍王邊受此二偈從今已去過七日外當來汝邊答報偈意時彼二龍白那羅陀童子仙言如仁者教作如是事時那羅陀從二龍王受得偈已還向本處時摩伽陀一切人民憍薩羅國一切人民及鴦留國般遮羅國諸人民等傳聞童子那羅陀仙從商佉龍井伊羅鉢二龍王邊受持二偈謂言從今去出七日還來到此説二偈義而彼人民駕諸雜乘所謂象車馬車牛車及步人等相與雲集爾時恒河此彼兩岸有於八萬四千衆類閙然集聚皆共欲聽那羅陀仙及二龍王解説偈時時波羅柰居住在城有諸六師各自稱言我是尊者所謂富蘭迦葉摩薩迦黎瞿奢黎迦阿耆多祁奢迦摩羅波羅浮多迦遮耶那删闍夷毗羅師誰富多羅尼羅乾陀若祁富多羅等時那羅陀童子仙人即便向彼諸六師邊欲問偈義到已即問此二偈意而彼六師既不能解此偈義意更復增上於仙人邊起瞋恚心還反問於那羅陀仙作如是言此之二偈有何意也

爾時世尊初證正覺居住在彼波羅柰城鹿野苑内舊仙人林時那羅陀童子仙人自心如是思惟念言此沙門在波羅柰城鹿苑舊仙所居林内我今可向彼邊借問此二偈意復重思惟自餘沙門及婆羅門者年大德堪爲一切國王作師久來出家所謂富蘭迦葉乃至尼乾陀若祁富多羅等我至彼邊問此二偈猶不能解況復如此年少沙門生來未久出家始爾我問於此二偈之意彼詎能答更復思惟年少沙門或婆羅門不可輒輕所以者何或彼年少沙門之人或婆羅門亦有聰明快智慧者我今但可往詣於彼大沙門邊問此偈義爾時童子那羅陀仙即詣佛邊到佛所已共佛相瞻慰喻面款種種善言巧語談話訖已即便却一面坐其那羅陀摩那婆仙一面坐已即白佛言大德尊者沙門瞿曇我欲諮問尊者一義未審尊者許我以不是時佛告摩那婆言汝摩那婆隨所有問我當爲解時那羅陀摩那婆仙得佛許已即便說偈而問佛言

在於何自在　染著名爲染　彼云何清淨

云何得癡名　癡人何故迷　云何名智者

何會别離已　名曰盡因緣

爾時世尊聞彼說已即還以偈答那羅陀摩那婆言

第六自在故　王染名曰染　無染而有染

是故名爲癡　以没大水故　故名盡方便

一切方便盡　故名爲智者

爾時童子那羅陀仙從佛得聞如是偈已心意開解生大歡喜踴躍徧身不能自喻聞已

即便奔走往詣彼商佉所及伊羅鉢二龍王邊到彼二大龍王邊已即便告彼二龍王言汝等龍王說偈問我時二龍王依以二偈問那羅陀童子仙言在於何自在乃至盡因緣爾時童子那羅陀仙還以二偈答龍王言第六自在故乃至名爲智爾時伊羅鉢龍王聞此偈已心作如是思惟念言我今已得無上世尊我今已得勝修伽陀我今已知世尊出現知修伽陀大聖世尊今爲我生爲我出世爲我覺悟如是再稱時伊羅鉢二大龍王如是念已白那羅陀摩那婆言仁摩那婆實爲我說此是仙意自辯才力爲從他聞而解此義仙摩那婆我實不見今世間中及以天上若有沙門婆羅門等或天或人能自辯才達是二偈能自說者無有是處唯除如來無上世尊或佛沙門從彼等邊聞而方辯爾時童子那羅陀仙即便以偈告伊羅鉢二龍王言

如龍王說非我辯　大聖世尊已出興
諸相具足莊嚴身　彼能如是辯才說

爾時伊羅鉢龍王即還以偈白仙童子那羅陀言

大仙言是佛語者　爲當睡卧夢裏聞
若是分明對面承　唯願仁今重讚說

爾時童子那羅陀仙依所覩見即更以偈答龍王言

天人自在大丈夫　今居波羅鹿苑内
旣轉無上法輪已　猶如師子吼勝林

爾時伊羅鉢龍王復更以偈白那羅陀童子仙言

仁今所言佛世尊　我不聞久今聞說

既聞與仁相共詣　觀彼希現難思議
昔覩今復得重覩　正覺如來諸相好
今日始更出現世　難值猶若優曇華
經歷多時乃一興　清淨猶彼空中月
諸相具足莊嚴體　正覺最上勝菩提
久遠曠絶不聞聲　清亮猶如梵音響
若諸衆生得聞者　從佛得入解脫門

爾時伊羅鉢龍王說偈讚歎佛世尊已復更重白那羅陀仙作如是言那羅陀仙仁言佛也時那羅陀摩那婆仙答龍王言我言佛也（梵本再問再答）龍王復言那羅陀仙如此明師出世甚難所謂彼佛佛世尊也那羅陀仙彼阿羅訶三藐三佛陀今在何方時那羅陀摩那婆仙即整衣服偏袒右肩合十指掌向佛在方示龍王言汝等龍王若欲知者彼佛如來多陀阿伽度阿羅訶三藐三佛陀今在其方時伊羅鉢龍王知佛處已即整衣服偏袒右肩右膝著地向佛所在合十指掌三稱此言南無世尊多陀阿伽度阿羅訶三藐三佛陀（如是三說）時伊羅鉢龍王白那羅陀童子仙言摩那婆仙相隨共向彼世尊多陀阿伽度阿羅訶三藐三佛陀所禮拜供養時那羅陀報龍王言善哉龍王我等共去時伊羅鉢并及商佉二大龍王自餘無量諸龍眷屬那羅陀仙摩那婆等八萬四千諸衆生輩欲向佛所爾時伊羅鉢龍王作是思惟我今若以變化之身見於佛者此我不善我今宜以自許報身往見世尊爾時伊羅鉢龍王至其龍宮以自報形而欲見佛從北天竺特叉尸羅城向波羅奈國強有三百六十由旬時彼龍王出欲見

佛其頭已至佛世尊所而尾猶尚在自本宮而彼龍頭其狀猶如獨樹造船其項猶如象鼻放水耳目猶如憍薩羅國銅鉢之器口出光炎猶如重雲出於閃電氣息作聲如雲雷鳴作伽荼伽荼聲而彼八萬四千衆類一切悉隨伊羅鉢行而伊羅鉢遥見如來極大端正光相非常心生歡喜乃至猶如虛空中星莊嚴顯赫既覩見已向於佛邊生清淨心正信之心踴躍喜歡進向佛所爾時世尊既遥覩見伊羅鉢龍漸漸而來見已告言善來善來伊羅鉢龍王經歷多時不曾相見王今身體安隱以不少病少惱及諸親眷並無疾耶

佛本行集經卷第三十七

音釋

輈 職流切 閦 初六切 衆也

佛本行集經卷第三十八

隋天竺三藏法師闍那崛多譯

那羅陀出家品第四十一之二

爾時伊羅鉢龍王作如是念世尊巳知我名字也復更重於如來世尊增加歡喜得清淨心生愛敬心時伊羅鉢即隱本形別更化作摩那婆身近世尊前頂禮佛足却住一面住一面巳即更親誦彼二偈文而重問佛

在於何自在　染著名爲染　彼云何清淨
云何得癡名　癡人何故迷　云何名智者
何會別離巳　名曰盡因緣

爾時世尊復還以偈答龍王言

第六自在故　王染名曰染　無染而有染
是故名爲癡　以没大水故　故名盡方便
一切方便盡　故名爲智者

爾時伊羅鉢龍王復更以偈重白佛言

受持何戒行何行　復更作於何業因
能於人天受勝身　熏修最上無邊利

爾時世尊即還以偈答龍王言

供養老人勿毀他　欲見尊長須時節
常愛善行及法語　數聽正真利益談
樂法深念正菩提　智慧分別思惟義
實言精若修梵行　於他常行布施檀
質直詳審意勤劬　笑哭語言皆避惡
諂曲傲慢悉遠離　勿共他人作怨讎
善言在於正念中　若聞若知定心意
若人常有放逸行　彼輩無聞無正思
若能行於聖道因　是名依行淨口業
彼等忍辱正思念　在於多聞廣智中

爾時世尊說此偈巳其那羅陀摩那婆仙即

離欲法爾時伊羅鉢龍見佛聞法瞻仰尊顏悲喜相交淚下如雨爾時世尊告伊羅鉢大龍王言汝大龍王何故忽然瞻看我面笑而復悲如是淚下作是語已伊羅鉢龍即白佛言如來世尊我念往昔有佛出世名曰迦葉多陀阿伽度阿羅訶三藐三佛陀我時於彼佛法之中修行梵行爲出家人世尊我於彼時見有一草名曰伊羅我時以手斫彼草取執捉將詣迦葉佛所到佛所已白彼佛言世尊若有比丘斫於此草得何果報時彼世尊即報我言汝比丘知若人故心斫斷此草彼人當墮牢固地獄世尊我於爾時於彼迦葉多陀阿伽度阿羅訶三藐三佛陀邊聞於此語心中不信不生希有奇特之想以我不取彼佛語故不受於彼如來教誨又自思惟但我斫此伊羅之草有何果報心作是念世尊而我當時既造於彼波夜提罪而不信有波夜提報復不能捨此之邪見命終已後遂即生於長壽龍中是故彼時爲我立名名伊羅鉢伊羅鉢也而我爾時還於彼處迦葉佛邊問彼佛言大聖世尊我於何時當得脫此惡龍之形何時當得復於人身作是語已默然而住爾時彼佛迦葉如來多陀阿伽度阿羅訶三藐三佛陀即告我言汝大龍王今應當知過若干年若干百年若干千年過若干百千萬億年後當有佛出興於世彼佛號爲釋迦牟尼多陀阿伽度阿羅訶三藐三佛陀彼釋迦佛當記汝得復於人身世尊我於彼時作如是念我今以於迦葉佛邊所說法戒違背不信受此龍身以微善緣今值世尊還不

持戒世尊我見如此自罪過故訶責自身泣淚啼哭如雨滿面見世尊喜所以微笑爲是因緣我如是念希有希有未曾有事如是之法諸佛世尊乃能如是無有二言如彼迦葉如來世尊授於我記汝大龍王過若千年乃至億年於後當有如來出世如彼佛言無有異也世尊我以是緣今復問佛世尊我何時得脫此龍身更何時得復於人身爾時世尊告伊羅鉢大龍王言汝大龍王從今已去過若干年乃至如前若干億年於後當有佛出於世名曰彌勒多陀阿伽度阿羅訶三藐三佛陀汝於彼時當得人身時彼世尊度汝出家修行梵行得盡諸苦爾時世尊爲伊羅鉢更復說法令其歡喜勸示教言來汝龍王歸依佛歸依法歸依僧受持五戒而汝當得長夜利益大得安樂伊羅鉢龍旣從佛聞如是語已即白佛言如世尊教我今歸依佛法僧寶受持五戒爾時世尊重更教誨伊羅鉢言汝大龍王今應知時伊羅鉢語那羅陀摩那婆言來摩那婆仁須幾多金銀珍寶隨意所須從我索之我當與仁而此龍女仁無所用所以者何此之龍女口一出氣能令世人作於灰土時那羅陀報龍王言汝大龍王我亦不用金銀珍寶亦復不用龍王之女何以故我今佛邊聞諸偈已即於諸欲生猒離想爾時伊羅鉢龍王頂禮佛足繞佛三帀辭佛而還爾時世尊告彼八萬四千衆等其那羅陀最爲上首次第爲說所謂教行布施持戒得上生天又說欲中多諸過患令生猒離證於漏盡又教出家讚歎功德助成解脫而世尊

知彼諸大衆那羅陀等最爲上首各各皆生歡喜之心生踴躍心生柔輭心得無礙心爾時世尊所有教法令他歡喜真正要趣謂四聖諦苦集滅道世尊旣將此四聖諦種種方便解説顯示教誨建立分別宣揚教行學習如是生苦如是苦集如是苦滅如是得道世尊以此四種聖諦種種因緣顯示宣説乃至教行而彼衆等即於其坐離諸塵垢盡煩惱界於諸法中得淨智眼所有集法皆悉除滅如實知見譬如淨衣無有垢膩無有黑毛隨欲染時而受諸色如是如是彼諸大衆那羅陀等於彼坐處遠離煩惱悉盡諸集證知諸法建立無畏度諸疑網不隨他語如世尊教即並歸依佛法僧寶受持五戒是時彼衆八萬四千從坐而起頂禮佛足圍繞三帀辭還本處爾時童子那羅陀仙已見諸法已得諸法已證諸法已入諸法度諸所疑度諸所惑無復疑網已得無畏不隨他語已知世尊法教微密即從坐起頂禮佛足而白佛言唯願世尊與我出家及具足戒爾時佛告彼童子言善來比丘入我法中行於梵行正盡諸苦令到其邊時彼長老便成出家戒行具足是時長老那羅陀比丘旣出家已具戒成就未經幾時獨行獨坐捨於衆閙謹慎身口不曾放逸精勤勇猛無懈怠故不久之間其善男子所爲出家無上梵行進於彼岸現見諸法自證諸通證已自知自見自覺而口唱言生死已盡梵行已立所作已辦更不受後如是了知而彼長老即成羅漢心善解脱慧善解脱而那羅陀長老比丘旣得羅漢無著之果

空閑獨處作如是念我今可詣佛世尊所以偈問佛爾時長老那羅陀比丘於晨朝時從房而出往詣佛所到佛所已頂禮佛足却坐一面坐一面已時那羅陀即便以偈問佛義言

我今方驗昔私陀　諦了如語莫不實
今復得聞世尊教　度到諸法彼岸邊
旣已捨家能出家　復持乞食存活命
行於此行得何報　我今諮問佛世尊

爾時世尊即還以偈報彼長老那羅陀言

汝問行行果報者　此事無常難驗知
我今爲汝分別宣　宜發精進令牢固
凡有行者入聚落　讚歎毀辱平等心
其有亂意處須防　當取寂定無上果
行人常觀叫喚響　猶如猛火熾炎然
見於婦人端正容　應須捨離勿生染
以不染於諸欲法　彼此各無相染因
無染即無鬬競緣　世間所有衆類輩
我身彼身無有異　我命彼命等共同
如是審諦思惟觀　瞋時勿殺勿相害
應捨貪等我慢事　一切凡夫染著身
諸有眼者能離怨　如食毒藥平等死
若入聚落乞飯食　莫觀諸事散亂心
諸貪染處若捨捐　以無著故當解脫
夜獨坐時莫念請　遠離聚落亦勿思
但至天曉欲乞時　正念正思入聚落
到聚落中默然住　次第歷家乞食行
遊於聚落莫忽嗤　向他語言勿麤獷
手執鉢盂行乞食　雖有才辯但默然
設得少食心莫嫌　布施飯人勿毀罵

所得之處最爲善　若不得處莫生瞋
於仁邊生平等心　至於樹下隨意食
食訖以後還林内　住於樹下結跏趺
在於鋪上如仙人　身心及口皆斂攝
恐怖皆捨勵心意　餘事莫想唯念林
在於樹下當喜歡　以舌拄齶漸出息
自餘諸根悉調伏　心意不得著諸緣
境界悉遣心莫存　穢濁之處並須捨
清淨真心行梵行　善言處所精勤求
慱聞多智須稟承　其有寂靜離欲者
若如是人應親近　至於彼邊心信從
信已恭敬如世尊　勿說他家是非事
莫毀他人自讚歎　語言不得大高聲
猶如猛火遠處聞　如是思惟斷諸惑
是名比丘出家法　作不作事悉離身
若能平等觸處安　聖人行行應如是
當知業如車輪轉　對一人說聖法時
一人思惟即證知　調伏諸根獨處坐
調伏諸根心成就　於後名聞徧十方
此行唯在空閑林　或坐山間及樹下
或在河岸池泉側　如是處所坐思惟
闕少智慧恒睡眠　滿足寂定常覺悟
如泉如池如大海　寂定之者亦復然
愚癡人如半瓶泔　智慧者猶滿池水
智人雖復多言語　言語雖多不失時
或有才辯語言多　復有少言而審諦
如是少言亦名智　是則名爲仙聖人
是名真實中道行　是名寂靜得解脫

爾時世尊說此偈已其那羅陀心意開解歡喜踴躍又有師言而此長老那羅陀者其本

種族姓迦旃延以本姓故衆人稱言大迦旃延又復長老大迦旃延佛曾記言汝等比丘今應當知我此聲聞大衆之中捷利取義聞有廣說而其聰敏悉能領悟或少聽受而能為他廣分別說最第一者所謂即此大迦旃延比丘是也爾時彼等諸比丘輩聞是語已生希有心各相謂言今此尊者大迦旃延甚為希有心生疑惑更無有人能決我疑解了一切諸結義者唯佛世尊即往佛所到佛所已共白佛言善哉世尊今此長老大迦旃延往昔曾種何等善根而今來詣佛世尊所即得出家受具足戒證羅漢果世尊復記聲聞衆中捷疾利智略說廣解廣言能略最第一者所謂即此大迦旃延比丘是也我等願聞爾時佛告諸比丘言汝諸比丘至心諦聽我念往昔此賢劫中衆生壽命二萬歲時有一如來出現於世名曰迦葉多陀阿伽度阿羅訶三藐三佛陀爾時彼佛迦葉如來轉法輪已竪法幢竟昔誓願滿具自在利辨大丈夫一切作事開化所化度諸衆生蓮華衆等八千億類令生天上是時彼佛入涅槃後幷及建立解脫法門悉皆在此波羅奈城鹿野苑中諸仙居處說法而住爾時彼處波羅奈城有一信行善優婆塞受持五戒彼優婆塞善解五明分別世論能解其義彼優婆塞至鹿苑林向諸比丘略而問義如是問已時諸比丘即為廣說彼優婆塞旣聞彼等諸比丘輩為其廣說如是之義心生欣羨發如是願善哉希有願我來世更得勝於如此之法亦能如是分別為他次第而說如此比丘等無有

異爾時佛告諸比丘言汝等當知彼時五戒優婆塞者即此摩訶迦旃延是以彼佛邊受持五戒爲優婆塞善解五明微細之義復能分別爲他解說於彼時發如是誓願願我來世成就是等一切諸法能廣爲他種種解說又復比丘汝等當知是迦旃延比丘往昔歡喜心種如是善根以是因緣至於我邊即得出家成羅漢果我今授記於我聲聞大衆之中略義能廣廣義能略第一之者所謂摩訶大迦旃延比丘是也是時世間即成九十二阿羅漢第一世尊後五比丘并及長老耶輸陀身又耶輸陀大富朋友諸長者等勝中復勝諸善男子所謂無垢善臂滿足并牛主等又耶輸陀復有五十商主朋友他方所來諸善男子又復長老富樓那彌多羅尼子及其朋友二十九人并及長老迦旃延等

娑毗耶出家品第四十二之一

爾時北天竺有一城名特叉尸羅(此言削石)時彼城內有於一家彼家婦女忽爾雙產男女二人時其父母即召明師令爲相之是時相師即爲占之云女薄相無有吉利彼女父母聞此言已作如是念此女今既無有好相則不吉祥若至長成當是誰取用其作婦父母如是共平章已即將彼女乞一學問外道之婦其外道名波黎婆闍(此言行行)作如是言我今乞汝此女養育教示道法令其增長若有所須調度供擬我當悉與爾時外道波黎婆闍即便攝受彼女養育如是看視其女漸漸隨時長大及至笄年女意智成時彼外道波黎婆闍婦見女大即教彼女種種呪術種種技能

悉皆成就意智明解種種諸論至齒成就端正少雙多人喜見身體柔輭面目勝他骨節成熟身體正等無所缺減爾時彼女身體上著一奢絺衣在於腰下一奢絺衣披置肩上手中執持三奇立拒擬澡洗時安瓶之所遊歷處處村城聚落國邑王門覓諸外道欲共論議欲折伏故而漸漸行值一波黎婆闍道人名曰最妙自在勝他處處遊歷從南天竺來往北天時彼道人亦復可喜端正少雙年又盛壯爲人樂見面目還爾勝於他人身體整頓支節可喜於諸論師最得名聞時彼道人見此波黎婆闍之女如是可喜端正容色爲他樂覩見巳於彼波黎婆闍女人之邊生愛著心時彼波黎婆闍之女亦復於彼波黎婆闍道人之邊亦生染心更相貪戀私感無巳爾時彼客波黎婆闍道人即語於彼波黎婆闍女如是言善女仁者我意今者甚願樂女共行世事是時彼女亦復報言我今心中亦貪樂仁欲得一處時彼波黎婆闍道人報彼女言我等二人俱是出家修道之者若在如是法行之中作世事者而諸人等若見我輩作如是事即便訶責毀辱我等我等今可於諸人前共相論議立要誓言若不如者即教承事爾時彼女即如是言若我得勝汝脫不如此事不善便成非理豈有丈夫事女人乎若女不如伏事丈夫此事乃善此是順理時彼波黎婆闍道人即報女言善哉德女汝此語義甚爲當理如汝所説爾時波黎婆闍道人即於衆中打論議鼓而告之言此處頗有人能共我問答以不若或波黎婆闍道人

若或波黎婆闍女人誰能共我問答語言能者為善如是至三時彼波黎婆闍女人在衆中聞如是語已即便唱言我今甚能共汝論議往來問答爾時彼女容儀詳序在大衆内發問其義時彼波黎婆闍道人為解得通而彼波黎婆闍道人反問彼女女解亦通如是再過各各相問各各相通至第三過而彼波黎婆闍道人問彼女義其女有力能為解通但護於彼波黎婆闍心相愛故現同不通默然不答時彼波黎婆闍道人即於衆中降伏彼女爾時彼女既被波黎婆闍道人所降伏已即便對衆從彼波黎婆闍道人身手之邊取其華鬘及三叉拒執持而行彼等二人既現相已如是穢亂各不相避共一處行以彼道人二和合故其女即便有於娠體女既有娠違本行故失於容色不復端正而彼波黎婆闍道人見彼女身失本顏色即生猒賤而告彼言我不復能共汝一處居住停止時彼女人報彼波黎婆闍道人作如是言我等二人既並修道兩俱失意今於汝邊已有此胎汝今見我無有華色忽棄捨我我當立死若其未死必受大苦時彼波黎婆闍道人離心既決與彼女人一金指環用以為記復告女言汝若生女用此指環貨易取財持以養育若生男者汝當與此指環為記令尋覔我付指環已捨彼女去背面還向南天竺行爾時波黎婆闍女人懷抱娠體遊歷處處經涉而行漸漸至於摩頭聚落時彼聚落有邊地州名曰白雲在於彼處寄一縣内産一男兒兒既生已時彼縣内所有居住男子婦人皆生

憐愛慈愍之心或與彼酥或與彼油自餘所
須皆亦布施而彼波黎婆闍女人如是思惟
我今此子在縣内生今可立名還依地諮是
故此子名婆毗耶(此言縣官)時彼女人波黎婆闍
如法養育子婆毗耶令其增長與於乳餔而
婆毗耶童子長大意智漸漸向欲長成而彼
波黎婆闍女人即教其子書畫筭數印記呪
術自餘諸論悉教使成而彼童子捷利聰明
所學之事皆得成就無不知者時婆毗耶曾
於一日問其母言阿孃阿孃我父是誰今在
何處是時彼母報其子言子婆毗耶汝父今
在南天竺國汝今宜應至彼尋求推覔汝父
是時彼母即與其子夫先所留指環爲記出
而付之而告之言汝將此記尋求汝父而婆
毗耶即報母言一如母教我當依行時婆毗
耶受取記已漸漸發向於南天竺從村至村
從一聚落至一聚落從城至城漸漸而向南
天竺地所至之處見論議人皆悉降伏漸到
父所既不識父亦不借問至已即打論議之
鼓作如是言此處頗有或復波黎婆闍道人
或復波黎婆闍之女有能共我問答論議如
是者不時婆毗耶童子之父既覩童子亦見
即便心裏自然生愛子想而彼波黎婆闍道
人問童子言汝善童子汝今是誰從何來也
是時童子即向波黎婆闍道人委曲而説其
來因縁出於指環而以示現時彼波黎婆闍
道人見指環已語童子言汝是我子時彼波
黎婆闍道人既得子已即更增進教示種種
呪術技能而彼波黎婆闍道人於先舊時已
曾修得於諸禪定如是次第即教童子禪定

之法時彼波黎婆闍道人其後不久遂便命終時婆毗耶父命終後漸漸行至向海岸邊既至彼處即便造作草庵而住彼處寂靜思惟而坐不久成就獲得四禪兼證五通既證獲已心如是念世間所有諸阿羅漢或復自稱我得羅漢阿羅漢道我於彼邊亦名羅漢一種無異時婆毗耶童子之母其命先終即得上生三十三天是時世尊既已證得阿耨多羅三藐三菩提在鹿野苑轉於無上法輪之後時彼地居諸天各各迭相唱告其聲轉轉相承上至三十三天爾時忉利童子母天聞此聲已內心思惟我子今日住在何處彼正念觀即見其子在海岸住爾時彼天身色過他正當夜半放天光明照子住處至婆毗耶波黎婆闍行行邊告婆毗耶言汝婆毗耶非是羅漢亦復未入阿羅漢道及羅漢法汝於羅漢求道之法未有次第而婆毗耶問彼天言天是阿誰天今復是羅漢以不有入羅漢道法以不頗復有知羅漢法教能令學習得羅漢不爾時彼天即便報於婆毗耶言汝婆毗耶今有世尊多陀阿伽度阿羅訶三藐三佛陀現在於彼波羅柰國鹿野苑中仙人居處而彼世尊自是羅漢入羅漢道自解知已復能教他得羅漢法時婆毗耶復問天言仁者大天我今無智作何方便乃能得知彼是多他阿伽度阿羅訶三藐三佛陀爾時彼天教婆毗耶作如是言波黎婆闍汝問義法應須如是汝受如是比丘名也云何調伏云何善行云何名佛云何比丘云何沙門及婆羅門云何清淨云何是智及智福田云何名

巧善解方便云何名仙云何名聞云何隨順云何精進云何名龍云何名受云何名聖云何行行云何求道汝娑毗耶若見有人汝問是義彼人一一爲汝解説令汝歡喜汝於彼邊行於梵行時娑毗耶波黎婆闍從彼天聞如是文句心憶持已即遊歷行一切國城村邑聚落處處打鼓求欲論議復口唱言若有沙門及婆羅門能解如是我問義不是時至處無有一人能解如是議論之者時娑毗耶所行之處或舊有人坐思惟法或論議者聞娑毗耶來到其邊各各散走終無人敢共彼論議言語談説時娑毗耶波黎婆闍次第而行漸漸至彼波羅柰城爾時彼城有六大師各各唱言我於世間最爲第一謂富蘭那并三迦葉尼乾子等時娑毗耶即便往詣彼富蘭那迦葉等邊到已即共彼富蘭那面相慰喻言語問訊言説訖已却住一面

佛本行集經卷第三十八

音釋

獷（古猛切惡也）齶（逆各切牙牀也）餔（蒲故切食也）孃（女良切）

佛本行集經卷第三十九

隋天竺三藏法師闍那崛多譯

娑毗耶出家品第四十二之二

時娑毗耶波黎婆闍問富蘭那迦葉等義如上所說云何比丘乃至云何名爲求道時娑毗耶如是諮問迦葉語已而迦葉等領受言義心意錯亂不能報答以不逮及彼之義意增復嚬皺眉額摵縮現爲三分心生怨恨瞋恚憤怒無事唱响時娑毗耶波黎婆闍作如是念此之長老我所諮問不解答對微塵等義又領我意倒錯參差不能得解文句謇澀更重慚恧而生瞋恨無事大呼時娑毗耶波黎婆闍於富蘭那迦葉之邊生猒離已而背捨去往摩娑迦黎劬奢黎及尼乾邊既到彼已乃至共於尼乾子面共相慰喻美言問訊事情訖了却住一面其娑毗耶波黎婆闍問尼乾等如上所說於義云何名爲比丘乃至求道其尼乾子得娑毗耶如是問已心意錯亂不能報答時娑毗耶作如是念此諸長老遂不能解微塵等義而我問已心意迷荒不能領解復增瞋恚叫喚如前時娑毗耶心如是念頗復世間更別有人或復沙門或婆羅門而世間稱是一切智真阿羅漢有如是者我往彼邊問心所疑若得領解我當承事供養頂禮長夕不離時娑毗耶復如是念大沙門今在波羅柰鹿野苑中諸仙居處世間人言智阿羅漢大有聰慧我今當至彼沙門邊問所疑義彼復更作如是思惟此處沙門或婆羅門老年宿德經多時來修行梵行各各堪作諸國王師世間各言聰明智慧大阿羅

漢所謂富蘭那迦葉等及尼乾子彼等我問尚自不知況此沙門年少已來出家未久我今所問云何得解復重思惟彼之沙門不可輕忽不可欺陵所以者何其有沙門雖復年少而或聰明有大智慧不可得知我今但當至於彼處大沙門邊問心所疑時婆毗耶波黎婆闍往詣佛所遥見世尊乃至猶如虛空之中衆星莊嚴在於衆中宣說法要見已心生信行之想此必是彼如前所聞如來世尊多陀阿伽度阿羅訶三藐三佛陀無有異也即詣佛所到佛所已即共世尊對面美言巧語慰喻種種談說言訖却坐退一面已其婆毗耶波黎婆闍即便以偈而白佛言

我是婆毗耶道人　故從他方遠來至
心有疑欲問大智　唯願爲我分別宣
若能斷我心所疑　一一思惟爲我說
依我義句次第解　分分開曉莫參差

時婆毗耶說此偈已默然而住但諸佛法既有三種神通門說若可化者即便化之何等爲三第一所謂出現神通第二名爲教示神通第三名爲教行神通而世尊爲彼婆毗耶波黎婆闍心有所疑知其心已向婆毗耶以偈答言

汝婆毗耶遠道來　欲問於我心疑惑
汝今可說我當解　隨汝所問我領之
一如問意不令差　汝婆毗耶宜早說
必心欲請莫疑惑　一一如問當廣宣

爾時世尊說是偈已其婆毗耶波黎婆闍作如是念我於已前諸處所有或復沙門或婆羅門年耆宿德久來出家堪作國師世間謂

言大阿羅漢智慧聰明我問彼等心所疑義然其彼等皆悉倒錯不能報我以不能答我所問義而其彼等心内懷慚面作三分顰眉皺額生於瞋恨無事唱呴時婆毗耶心生希有此大沙門我之所問不瞋不忿增上清淨容貌熈怡不作異色更益光顯我所諮問許爲我宣我於彼人諸根寂靜不見有錯知如此巳其婆毗耶波黎婆闍心大歡喜踴躍徧滿不能自勝得歡喜巳即以偈頌問佛義言

大聖云何名比丘　諸聖伏者何名伏
知見何事名爲覺　唯願世尊爲我宣

爾時世尊即以偈頌而答於彼波黎婆闍婆毗耶言

苦行無礙求菩提　度諸疑向涅槃岸
有有無有悉棄捨　梵行漏盡名比丘
一切捨處正念行　於不殺害世間内
能得清淨無濁體　免脫諸縛名爲調
若能内外攝諸根　如此降伏是名直
猒離此世及後世　待時涅槃名善行
於諸劫中勤苦修　生死二邊隨業受
其間無垢離諸縛　是名爲覺生死窮

時婆毗耶波黎婆闍聞說歡喜復更以偈而問佛言

何等名爲修梵行　沙門清淨復云何
佛說大智云何調　今問世尊爲我解

爾時世尊還以偈頌而答於彼波黎婆闍婆毗耶言

以捨諸罪無垢纒　善得禪定正住地
獨能超越煩惱海　是名爲聖梵行人
福德積聚捨諸非　此世彼世知無惱

一切生死除滅故　得此證者名沙門
諸有業報悉滅除　一切世間諸內外
一切天人不能穢　如是即名清淨形
諸縛皆盡無所拘　一切世間內外處
貪癡瞋恚悉免脫　佛說是名大智人
時娑毗耶波黎婆闍既聞說已復更以偈重
問佛言
諸佛以何爲福田　云何巧知善方便
云何名爲大仙聖　唯願世尊爲我宣
爾時世尊還以偈頌而答於彼波黎婆闍娑
毗耶言
諸剎一一分別知　諸梵諸天堪受供
果報執著解縛脫　如是乃名爲福田
業根報子所從生　諸梵諸天悉分別
能以諸忍斷根本　如是名爲巧智知

彼此選擇白淨因　一切世間內外有
無我不攝無處所　如是方便名善權
一切諸法有無知　一切世間無內外
此世天人得恭敬　無礙獨脫是名仙
時娑毗耶波黎婆闍既聞說已復更以偈重
問佛言
以何得故名爲聞　云何隨順及精進
云何名爲大龍者　唯願世尊爲說之
爾時世尊還以偈頌而答於彼波黎婆闍娑
毗耶言
一切諸法悉聞知　所有諸罪功德等
超越無復疑惑刺　一切不著是名聞
名色皆是虛妄因　內外根塵是患本
如是諸處解脫已　佛說名爲隨順心
捨離一切諸罪緣　離地獄苦須勇猛

解脫彼等不染著　如是名爲精進人
世間有愛皆遠之　繫縛解脫皆悉斷
諸漏已盡無復刺　如是體者名爲龍
時婆毗耶波黎婆闍既聞說已復更以偈重
問佛言
以何等故名爲受　云何說聖及行行
何緣名爲求道人　今問世尊爲我說
爾時世尊還以偈頌而答於彼波黎婆闍婆
毗耶言
所有韋陀一一選　或於沙門婆羅門
其邊領解既證知　於彼各各皆受取
截割邪見羅網斷　彼智不復受有胎
三種相想逕已除　不作分別是名聖
正得諸神通已盡　平等一切諸法知
能達善逝諸世間　如是解者名行行
諸法所有苦報者　若上若下若中間
名色境界能徧知　如是之人名求道
時婆毗耶波黎婆闍所有諮問世尊之義皆悉稱適於其本心既歡喜已頂禮佛足合十指掌瞻仰而歎佛世尊言善哉世尊世間所有六十二見皆無所用於世間中此等皆是虛妄之法我今歸依無上世尊唯世尊能悉分別知是大丈夫唯世尊能善解說法唯世尊能知一切道唯世尊能度諸苦海唯世尊能永盡諸漏唯世尊有最大威德唯世尊獨多有智慧唯世尊能得阿耨多羅三藐三菩提而說偈讚
我今頂禮大丈夫　實行放光明普照
能於天人世間內　善開甘露鼓之門
我前所有疑惑心　唯世尊能爲我解

世尊既是大仙覺　諸塵垢盡無有餘
其後更不受有身　一切生因皆散滅
世尊已得清涼處　知足淨心常實行
如是世尊猶若龍　最大丈夫金口說
帝釋一切諸天等　諸仙諸聖皆樂聞
世尊既是真覺人　世尊善能教導物
世尊能降伏魔衆　世尊能斷諸使纏
自以度脫復度他　於罪福中皆平等
超越不貪著一切　天人世間明了知
唯佛至真無上尊　已過一切諸邪道
諸漏有因皆滅盡　猶如十五夜月明
諸星圍遶徧滿空　如是照曜世間內
識及名色壽命等　王舍所住諸人民
有山名爲毗富羅　一切最勝最爲上
又如諸山雪山最　飛行之者空最高
諸流海水最爲深　又諸星中月爲最
若欲歸命調伏者　唯有歸命無上人
歸命世間最勝尊　歸命正馭人中勝
歸命無上尊善逝　歸命無等等至真
猶如祭祀火最尊　意論唯呪術爲最
人中王爲最自在　諸河大海最爲寬
諸星唯月最爲光　諸明唯日最爲盛
上下六道善惡趣　所謂三界諸世間
一切有形天及人　唯有世尊最爲首
是故我今合十指　頭面頂禮無上尊

時娑毗耶說如是偈讚如來已復白佛言善哉世尊唯願世尊慈悲憐愍聽我出家并乞與我受具足戒是時佛告娑毗耶言善來善來汝娑毗耶於我自說法行之中正盡諸苦得解脫故是時長者娑毗耶身即成比丘滿

具足戒其婆毗耶出家未久及受具足行住坐卧獨無伴侶不曾染著謹慎身口不敢放逸爲求道故如救頭然如是行時未久之間其善男子正信勇猛捨家出家欲求無上清淨梵行現見諸法自心證知言我已盡一切生死得梵行報不受後有所作已辦自如是知其婆毗耶既已證知如是之處得羅漢果心善解脫是時世間凡成九十三阿羅漢第一世尊乃至最後及婆毗耶爾時世尊成道之後在波羅柰鹿野苑内通及佛身合八人六月十六日安居至九月十五日合九十三人解夏

教化兵將品第四十三之一

爾時他方有諸人輩或從處處諸邑聚落及諸國土各各相喚意並願樂欲求出家乞具足戒來波羅柰到於佛邊白世尊言與我出家受具足戒以是因緣諸舊比丘應接勞乏彼等諸人求欲出家聲響喧閙以此因緣惱亂世尊不得閑靜爾時世尊於一時間獨坐靜室如是思惟今者諸人從於四遠他方聚落國土而來至於此處意如是念如來與我出家受具戒以是因緣其諸人等意欲規求遠來疲倦又復爲我作於擾亂我今可遣諸比丘等令其處處至於他方聚落城邑教化一切若有諸人欲求出家受具戒者。如法當與爾時世尊作是念已於晨朝時從房而出以此因緣集聚一切諸比丘衆既聚集已而告之言汝等比丘今應當知我在空閑靜寂之室作是思惟如上所説乃至汝等向於他方與其出家與受具足勿令其來既自勞苦

復妨亂他如是告已更重語言我今教勑汝諸比丘至於他方聚落城邑若有人來欲求出家受具戒者汝當與其出家受具復告比丘若彼來欲出家之時汝等應須作如是事先當爲其剃除鬚髮既剃落已即教令著袈裟色衣其著衣時齊整服飾偏袒右肩教在衆前右膝著地教令頂禮諸比丘足禮已還起在比丘前蹲坐教令合十指掌作如是語我某甲歸依佛歸依法歸依僧汝等比丘從今已後依我勑教若有人來求欲出家受戒三歸即得具足爾時世尊還在於彼波羅㮈城鹿苑坐夏告諸比丘作如是言汝諸比丘若當知我已得解脱應於一切諸天人中汝等行行爲令多人得利益故爲令多人得安樂故爲世間求當來利益及安樂故若欲行至他方聚落獨自得去不須二人又復比丘汝等若至他方聚落爲於多人生憐愍故攝受彼故當爲説法初中後善其義微妙具足無缺汝等比丘當説梵行有諸衆生少諸塵垢薄於結使諸根成熟恐畏不能得聞正法即不能得知於法相佛告比丘我從今日漸當移去行向優婁頻螺聚落詣兵將村而爲彼等説法教故爾時世尊即説偈言

比丘我今度諸苦　以作自利復益他
所有多人苦未除　今須爲其作憐愍
是故汝等比丘輩　各各宜應獨自行
我今亦復從此移　欲向頻螺聚落所

爾時魔王波旬密來往詣佛所到佛所已即便向佛而説偈言

汝爲諸縛之所縛　亦同諸天人等有

既被一切繩所繫　沙門汝不脫網羅
爾時世尊聞此偈已即便如是思惟念言此是魔王波旬語也如是知已還以偈報魔波旬言
我久以脫一切縛　天人所有我悉無
我此諸縛既離身　降汝波旬更何道
爾時世尊重更以偈毀辱於彼魔王波旬作如是言
一切色聲香味觸　此是五欲法染人
我今悉已一切除　降汝惡魔波旬訖
爾時波旬聞此偈已作是思惟沙門瞿曇已知我心生大苦惱深自悔恨從彼地方忽然不現時諸比丘同白佛言善哉世尊若有人來至於我所問我等言尊者比丘何名沙門及婆羅門我等比丘於彼聞已當作云何報答於彼爾時佛告諸比丘言若有人問云何沙門及婆羅門比丘出家有如是者汝等比丘若知是時應當正知知已應當正心觀察爾時世尊因此事緣因此言次爲諸比丘而說偈言
永除諂曲及我慢　貪恚欲盡無處貪
如是清淨體性常　彼者沙門比丘是
諸罪漏盡號梵志　精進苦行名沙門
彼等垢盡出塵勞　是真出家破諸惡
時諸比丘聞此偈已復白佛言善哉世尊我等比丘乞食之時復作何言或復言謂施於我食或復直言布施食也我等云何方便乞食爾時佛告諸比丘言汝諸比丘不應如是依汝所言所以者何須護物心是時世尊以偈報於諸比丘言

智人乞食無有言　亦不指點云與食
聖者默然側立念　是名乞食眞比丘
若有智者乞食時　但當諦視一邊住
彼人若見如此已　即知是乞食沙門
時諸比丘復問佛言若復有人生信心已乞
我等食恭敬我等我等比丘更作何言爲當
語彼汝大吉利爲當語彼汝大安隱爲當語
彼汝大功德爲當語彼我今受已汝得多福
爲當語言汝無有福我等比丘當云何言唯
願教導爾時佛告諸比丘言汝諸比丘不應
如是依汝所説我今方便教示汝等當作如
是以偈説言
布施增長大福德　忍辱一切怨讎無
善人棄捨於諸非　離欲自然得解脱
修福常得安隱樂　所求易辦多種饒
現世速得寂定心　然後證彼涅槃處
爾時世尊略説此偈教諸比丘如是受食呪
願法用爾時彼等諸比丘衆從佛受得如是
教誨從坐而起頂禮佛足圍繞三帀隨意而
行是時彼等諸比丘衆各隨去後是時彼處
有護林神護樹之神護經行神見林内空見
樹下空見經行空私心思慕諸比丘故往詣
佛所而説此偈諮問佛言
我等諸神大戀慕　見此林樹悉皆空
彼多聞衆比丘僧　瞿曇釋子今何去
爾時世尊還以偈頌而報於彼守護樹林諸
神等言
衆等調伏諸根訖　遊行教化彼衆生
或有往於憍薩羅　或向毗耶離城邑
或詣阿蹹闍國土　或趣金剛大地方

決斷於他疑惑心　隨機逐情爲說法

爾時世尊波羅柰城夏安居竟隨多少時然後重告諸比丘等使更遊方隨緣教化而世尊從波羅柰城遊行漸至優婁頻螺聚落之所是昔如來行苦行處其村有一大婆羅門名曰兵將達到彼村從舊往來道路而行爲教化故爾時世尊行舊路時於其道傍見一園林蓊鬱可愛是時世尊從路下僻深入彼林從樹至樹見有一樹端正可喜即坐其下一日消息時彼林內有諸丈夫伴侶朋友足三十人二十九人悉皆有妻唯獨一人隻身無婦時彼朋友二十九人共爲此一無妻之人求覓於婦而不能得稱可其意忽然顧得一箇婬女將來與其共相娛樂而彼婬女即共彼人隨意娛樂行於世事伺候彼等三十丈夫並皆眠睡所有好物皆選擇取即將逃走爾時彼人及諸朋友相共尋求彼之婬女徧歷彼林而不能得遥見世尊坐一樹下可喜端正衆人樂見調伏諸根心意寂靜已得最上最勝之法猶如象王最善最妙如彼大池滿於清淨涼冷之水有一尋光猶如金鋌身相具足如娑羅樹徧滿於華乃至猶如虛空星宿爾時彼等諸人見已往詣佛所到佛所已而白佛言尊者此處頗見如是婦女以不佛報問言汝諸人輩所問之者是何婦女此婦女者緣何而來是時彼等共答佛言大善尊者我等朋友合三十人皆是良善在於此林居停住止二十九人並皆有婦唯獨一人單身無妻而我等輩相共顧得一箇婬女與其作妻令暫娛樂而彼婬女見於我等歡

樂之極自恣睡眠彼婬女選我等好物即將逃走我等亦爲此朋友故亦復各爲自許物來此林之内求彼婬女爾時佛告彼等人言諸男子輩我今問汝於意云何汝等今者寧求自身寧欲求覔彼婬婦女二事之中何者爲勝彼等男子共報佛言善哉世尊我等今者若求自身此最爲勝寧可莫求彼之婦女爾時世尊復更告言諸善男子若如此者汝等安坐我今當爲汝等說法是時彼等三十男子朋友伴侶同白佛言唯然世尊一依聖教不敢有違是時彼等三十朋友頂禮佛足却坐一面爾時世尊爲其次第如應說法所謂布施持戒行忍乃至有法皆是滅相如實觀察既證知已猶如淨衣無有黑縷無有垢膩隨其所染即受彼色如是如是彼等三十男子朋友即於彼坐遠塵離垢即時滅盡一切煩惱於諸法中得法眼淨所有垢法悉是滅相如是觀知爾時彼等男子如是見諸法相得是法相證是法相入是法相度是法相除滅所疑無復惑著到無畏地不隨他行既知世尊聖教法已從坐而起頂禮佛足而白佛言善哉世尊願與我等出家受戒爾時佛告彼等男子作如是言來汝男子入我所說法教之中行於梵行正盡苦集滅於苦邊是時彼等諸長老輩即成出家具足戒品爾時世尊更爲彼等而說法要慇懃教誨是時彼等以佛更爲說於法教誨示之時不久之間彼善男子以其正信捨家出家求於最上梵行已訖現見自證神通之後口自唱言我今已得梵行之報所作已辦更不復受後世之

有如是知時彼等長老皆成羅漢心善解脫
爾時世尊教彼三十長老朋友得知證已遊
行履歷經白褺林到彼林已深入林中見有
一樹微妙可喜即坐其下一日消息爾時彼
處忽有六十雲種姓人從彼林路道便而過
彼等諸人遥見世尊坐在樹下端正可喜衆
人樂見乃至猶如虛空衆星之所莊嚴見已
心得清淨正信生大歡喜以歡喜故往詣佛
所到佛所已頂禮佛足却坐一面坐一面已
默然而住爾時佛爲彼等六十雲種姓人次
第說法所謂教行布施持戒乃至證知彼等
長老一切皆得阿羅漢果心善解脫是時世
尊教化彼等六十長老雲姓比丘令發心已
即捨而去更遊餘方

佛本行集經卷第三十九

音釋

赧乃版切面慚而赤也　哃音孔怒聲　謇澀謇紀偃切澀色入切　恧女六切慙也
鋋待鼎切金銀鋋也　褺徒協切

佛本行集經卷第四十

隋天竺三藏法師闍那崛多譯

教化兵將品第四十三之二

爾時世尊漸漸行到恒河岸邊至於彼已而恒河畔有一船師遥見世尊向已而來從坐速起急疾向前迎接世尊到佛邊已而白佛言善來世尊從何遠來而忽到此世尊若爲憐愍我故願上此船我度世尊到於彼岸不取其價爾時世尊即上船上坐船上已將如是偈教誨示導彼船師言

汝今善曝曬此船　如是當得艇輕利
若能捨此欲恚惱　必定速得至涅槃
汝以慈心曬此船　令其輕便早疾度
汝今若能捨欲恚　必定速得趣涅槃
汝以悲心曬此船　令其輕便早疾度
汝今若能捨欲恚　必定速得趣涅槃
汝以喜心曬此船　令其輕便早疾度
汝今若能捨欲恚　必定速得趣涅槃
汝以捨心曬此船　令其輕便早疾度
汝今若能捨欲恚　必定速得趣涅槃
若有比丘行慈心　能信世尊佛教法
速疾證於寂定處　不久得無動涅槃
若有比丘行悲心　能信世尊佛教法
速疾證於寂定處　不久得無動涅槃
若有比丘行喜心　能信世尊佛教法
速疾證於寂定處　不久得無動涅槃
若有比丘行捨心　能信世尊佛教法
速疾證於寂定處　不久得無動涅槃

爾時世尊說此偈已告船師言汝善男子將水灑船作是語已時彼船師所有俗形皆隱

不現左手自然執瓦器鉢頭鬚及髮猶如七日剃落比丘行步威儀猶如百夏上座無異如是成就即得出家受具足戒爾時世尊爲欲令彼生歡喜故復更爲彼增加說法而彼不久善男子以行梵行訖現自證法求得諸通欲捨生死修於淨行所作已辦自言我更不受後有而彼長老成阿羅漢心善解脫是時長老佛教誨已令行他方傳化衆生爾時世尊敎彼長老船師比丘令行去已獨一身在更無二伴漸漸至彼優婁頻螺聚落之所爾時忉利帝釋天王作如是念如來今者在於何處而自觀看見於如來獨自無人向彼優婁頻螺所去既觀見已是時帝釋即自隱身化作梵志摩那婆形可喜端正衆人樂見頭上螺髻用以爲冠身著黃衣左手執持純金澡瓶右手擎持雜寶之杖在如來前即從佛取三衣鉢盂於先而行時彼帝釋在前行路若值州縣聚落國城即以神通飛騰虛空圍繞州縣聚落村邑各各三帀三帀訖已停於彼上爾時彼化摩那婆身如是端正如是可喜爲人樂觀如是威德見已衆類百千萬衆雲雨集聚各問彼言汝摩那婆是何處人誰家種族兄弟姓字云何而來時摩那婆即以偈頌報答於彼諸人等言

世間丈夫知足者　自能覺悟世無雙
名阿羅漢善獨行　我今爲彼作弟子
衆生沒溺煩惱海　困苦不能出到邊
彼今爲作法船師　既已自度欲度彼
若其世間能度者　我爲侍者逐後行
彼既能盡欲貪癡　無明黑暗亦破裂

世間有漏盡除滅　我作弟子而供承
世間最妙無比雙　何況得有勝上者
如來世尊今出現　我爲親侍隨東西
世間如是無上尊　今日欲來至於此

時天帝釋說是偈已如來世尊即到其前而衆人見如來如是可喜殊特爲人樂覩乃至身體猶如虚空衆星莊嚴大衆見已各相謂言如此師者堪此弟子如是弟子堪如是師而世尊爲彼等諸人作於微妙善巧密教言說法義爾時彼諸一切人中或聞如來說此妙法或有發心求出家者或有得於須陀洹果斯陀含果阿那含果阿羅漢果或復有爲未來世作聲聞乘中種子因緣或復有爲未來世作緣覺乘中種子因緣或復有爲未來世作菩薩乘中種子因緣其中或有受三歸依及五戒者爾時世尊發遣天主帝釋云已乞食時至著衣持鉢獨自而行欲乞於食漸漸到彼大兵將村入彼邑已即詣兵將婆羅門家到其家已即便進入於其門内鋪座而坐爾時兵將大婆羅門有於二女一名難陀二名波羅時彼二女出向佛邊到佛所已頂禮佛足却住一面爾時世尊知於彼等心行所趣結使已薄知於諸界知諸入已說四諦法如是說已時彼二女聞佛說法破二十重諸見之山即時得證須陀洹果彼等女見法實相已隨佛乞受三歸五戒既得戒已即從佛手取於鉢器將好色香美味具足種種飲食滿盛鉢中以用奉佛爾時世尊受彼食已從村而出爾時提婆大婆羅門從他轉聞彼大沙門來至於此聞已即作如是思念我昔

曾請彼大沙門許施飲食我今薄財貧賤困乏當作何計而彼提婆大婆羅門聞此言已速疾而還向自已家到自家已語於其妻作如是言昔大沙門在於優婁頻螺聚落苦行之時我願施食彼大沙門今日至此當作何計而彼妻報夫提婆言乞聽所說未審爾不我憶往昔年少之時是時兵將大婆羅門曾弄於我欲求世事我時不聽彼暫指觸而今聖夫將我與彼行於世事從其隨索多少錢物得以而爲彼大沙門作食布施爾時提婆大婆羅門報其妻言此事不然我婆羅門理不合作如是之事然其提婆大婆羅門別思惟已即詣兵將婆羅門邊到彼所已即便白言善哉兵將唯願借貸我五百錢若我能償此事善哉脫不能償我之夫婦二人詳共悉入汝家爲汝作力爾時兵將大婆羅門即與提婆婆羅門錢足滿五百而語之言汝今將去隨意所用其事若訖更不得傳從他借貸持以償我如汝所要身自出力覓錢與我爾時提婆大婆羅門從兵將邊依法受取五百錢已至自已家付與其妻付已語言汝宜精好備辦飲食身即自詣於外林中而往佛邊到佛所已共佛對顏言語慰喻問訊起居訖已却坐於一面立欲請如來爾時提婆大婆羅門即白佛言善哉大德沙門瞿曇唯願受我明日飯食是時世尊默然受請爾時提婆大婆羅門知佛默然受其請已從坐而起繞佛三帀辭佛而去至自已家是時城内一切巷陌皆賣熟食爾時提婆大婆羅門即於彼夜嚴備多種甘美飯食如是齩噉唼嗽噂噍

其夜悉辦如是諸味過夜天明家内灑掃鋪牀座訖即至佛邊長跪諮白作如是言大善沙門若知時者飲食已辦願赴我家爾時世尊既至食時著衣持鉢漸漸而行至彼提婆婆羅門家到其家已隨鋪而坐爾時提婆見佛坐已夫婦自手擎持多種微妙清淨衆味飲食立於佛前以奉世尊唯願如來自恣而食是時提婆奉佛食訖別於佛邊鋪座而坐坐已世尊即爲提婆大婆羅門如應說法示現教誨令歡喜已從坐而起隨意而去爾時提婆大婆羅門送佛而出其提婆妻從他借衣著奉佛食供養佛已見佛出還即便解衣置於一處而掃除地時有一賊忽爾來偷其衣將去時提婆妻爲失衣故心大愁惱時其提婆送佛還家見於其婦心大擾亂即便問

言汝今何故如是煩惱妻報夫言聖夫當知我所借衣不知誰偷忽然失去是時提婆聞此語已心地迷悶不知所爲作如是言我以從他貸五百錢用爲供具汝今從他借衣而著忽復失去我家貧短以何備償當作何計爾時提婆欲求自死即便往至屍陀林中上大樹上欲自撲地而不能墮即復大愁然彼賊人執其衣裳至屍陀林忽爾還來在於提婆所上樹下掘地埋之以土覆上於上大便放訖而去時彼提婆在於樹上遥見此事賊去以後從樹而下掘取其衣還將向舍時提婆妻掃除舍内處處分除其屋一角忽然自陷低頭觀覩地下見有一赤銅瓶其中滿金乃至略說見第二瓶第三第四悉皆是瓶更復觀看其下更見一赤銅甕亦滿中金彼見

金已即大驚叫指示夫言聖夫聖夫速來速來我已得也爾時提婆聞婦聲已作是思惟此婦可憐何故失心如是誑語云我已得得於何物其前他處借衣失去我今已得衣現在此其何故唱言我已得是時提婆將衣入家問其妻言居家善者汝何所得彼婦即便指示其金語言聖夫我得此也是時提婆復語妻言汝所失衣我亦得也而彼婦女取其衣裳向所借處還歸其主爾時提婆大婆羅門作是思惟我今獨自不能淹消食多許金即便携將五百錢直還向兵將婆羅門邊而償其債到已語彼大兵將言我從仁者貸五百錢今以還汝是時兵將語提婆言我前語汝不得從他舉錢償我唯出自家身力償我提婆復言我不從他貸取此物兵將復問汝從何得提婆報言我從地得此之金藏彼不承信爾時提婆即將兵將到自已家示其金藏爾時兵將見其金藏是一聚炭語提婆言汝何狂也語我是炭用作金相是時提婆復更重語彼兵將言此實真金非是火炭如是再過三過以手觸彼金藏唱示言此是金非炭復作誓願如我善業供養力故得此金者乞示兵將婆羅門見如是願已炭即爲金爾時兵將見此地藏悉皆是金見已復問彼提婆言仁者汝今供養阿誰爲天爲仙并及善人而彼與汝如此顧報提婆報言我於今日家唯供養是大沙門來於宅内奉施飲食或應藉彼功德果報當成於此是時兵將報提婆言汝今所得此之金藏悉皆是彼善業因緣故生此報無人能奪無人能斷汝莫作疑

安隱而食爾時提婆作如是念我以布施大沙門食生於如是大功德報心生歡喜踴躍無量徧滿其體不能自勝復詣佛邊到已共佛對論美言慰喻問訊種種說已却坐一面爾時提婆重白佛言願大沙門受我明日更奉施食世尊默然還受其請是時提婆見佛默然受其請已從坐而起繞佛三帀辭退而還至自家已城內街巷一切悉有五熟而賣如上所說乃至施食飯佛以後夫妻二人在於佛前鋪座而坐欲聽法故佛知彼等心行體性諸使薄少爲說四等諸法相門彼等聞已却二十重我見之山即便證得須陀洹果彼等既見法實相已即受三歸奉持五戒爾時世尊從坐起已隨意而行於後一時諸比丘等心疑各念共相問言彼之提婆大婆羅門并及妻等先作何業而造業已得是果報至如來邊證諸聖法復作何業今世貧窮還卒大富時諸比丘如是語已即詣佛所到佛所已即諮問言善哉世尊彼之提婆大婆羅門并及妻等昔作何業而造業已得此果報復至佛邊得諸聖法更造何業先貧後富一旦如是爾時佛告諸比丘言汝諸比丘若欲聞者今應諦聽彼之提婆大婆羅門亦有過業亦有現業何等名爲過去之業諸比丘知我念往昔此賢劫中是時衆生壽二萬歲有佛出世號曰迦葉多陀阿伽度阿羅訶三藐三佛陀十號具足時迦葉佛已轉法輪度生死岸竪立法幢滿昔誓願成最丈夫開化衆生無量千億住於善道還居在此波羅柰城昔聖處所鹿野苑中爾時還彼波羅柰城有

於一人從佛邊受三歸五戒而其生中不行布施命終之時心發是願迦葉如來所授於彼菩薩記別名曰護明言是菩薩於當來世衆生百年壽命之中得成佛者號釋迦牟尼多陁阿伽度阿羅訶三藐三佛陁願我值遇於彼世尊以是因緣汝等當知爾時彼受三歸五戒不行布施優婆塞者今此提婆婆羅門是其於彼時受此三歸護持五戒爲優婆塞命終乞願願值於我以是因緣令得值我復以彼時不行布施令得貧報此是過去所造作業比丘當知何者名爲現在世業我昔六年苦行之時而彼提婆隨宜將食布施於我我今得成無上菩提其復請我至於已家布施我食以是因緣得現世報是故汝等諸比丘輩應常須向佛法僧邊生於恭敬希有之心當得如是功德果報猶如提婆婆羅門身現受其福不得報者似慳貪人不肯布施今受貧賤困苦之患汝等比丘當如是學世尊自從波羅柰國來至優婁頻螺聚落於其中間有八萬人受佛教化入諸法中

迦葉三兄弟品第四十四之一

爾時世尊作如是念我今先可教化一箇得通之人令其歡喜彼歡喜已應當次第廣化多人是時優婁頻螺聚落其中有三螺髻梵志仙人居止第一所謂優婁頻螺迦葉爲首教授五百螺髻弟子修學仙法爲匠爲導最在前行第二名爲那提迦葉復領三百螺髻弟子爲首爲導第三名爲伽耶迦葉復領二百螺髻弟子爲首爲導合有千人隨彼兄弟修學仙法爾時世尊作如是念令此優婁頻

螺迦葉其聲徧滿摩伽陀國彼處內外一切人民並謂言其是阿羅漢我今可先化彼優婁頻螺迦葉令其歡喜彼歡喜已當有多人受其教法佛復思念此等諸仙以何爲重彼行是何念已即知彼等唯用苦行爲尊其次則以領衆爲重爾時世尊隱本形相即便化作苦行之身頭上結髮螺髻爲冠兼復化作五百梵志摩那婆子以爲徒衆悉皆可喜端正無雙爲人樂見圍繞左右以神通飛到優婁頻螺迦葉所聞聲處下地而住爾時彼等一切諸仙見化衆已悉各忽遑東西馳走或有安置於鋪設者或有洗足或入草庵拂拭整頓或有將草作席鋪設或有取水以擬澡洗又復各各告彼等言汝等今者從何忽來而至於此不相告知汝等何不於先遣使道我欲來我若先知當預置設是設汝等當少時住我等辦具種種供擬世尊既知一切諸仙心生願樂悉知佛已爾時世尊還攝神通復於本形獨立而住時彼諸仙既見世尊剃除鬚髮身著袈裟染色之衣是時優婁頻螺迦葉作如是念此大沙門大有威神大有威德然其未得阿羅漢果如我今日在於此住此是如來最初於先出神通法爾時優婁頻螺迦葉即白佛言善大沙門仁今何遠來至於此善大沙門仁今若當願樂於此我住處者隨仁所須我當供給又仁意樂於何處所坐起眠卧此是草庵此是草堂任意選取作是語已佛告優婁頻螺迦葉作如是言善哉迦葉汝若不辭能見敬重我欲入汝祭祀火神處所安居爾時優婁頻螺迦葉有一弟子

於先舊患下痢之病以病下故糞穢草庵自餘一切諸弟子等見穢草庵瞋忿不淨驅遣令出是時彼患摩那婆身被驅出時作如是念此之庵舍爲於一切螺髻而造云何見我病患下痢驅遣我出願我捨命得是身體仰報彼等如是之事時彼患者作是念已即便命終命終已後即受如是大毒龍身生已在於彼草堂内或有人來或畜生來皆被螫殺以是因緣彼堂即空無有人住爾時優婁頻螺迦葉作如是念有何對治能伏毒龍唯應有火能相屈取作是念已即以火神安彼草堂恒常如法依時供養爾時優婁頻螺迦葉即白佛言善大沙門我實不辭亦不惜是此之草堂但彼草堂有大極惡嚴熾龍王居住彼中其龍甚有大神通力有大惡毒有猛厲毒非止害仁亦損我也爾時世尊如是再過語迦葉言汝若不辭不敬重彼但當與我草堂居住迦葉報言我意不願仁住火堂所以者何彼處今有一大毒龍猛惡嚴熾恐爲於仁并及我身作於毒害善大沙門此堂本來我等師徒久共捨之無人能入爾時世尊第三重告彼迦葉言仁者迦葉若有一切毒龍來滿此堂住者彼等不能損我一毛況一龍也仁者迦葉但汝意可我自當入願汝莫辭莫重彼堂其終不能損害於我是時優婁頻螺迦葉以佛三度慇懃求已即白佛言善大沙門我亦不辭亦不重彼我以相語若心不疑當隨意住常作方便莫令被害爾時世尊得於迦葉印可聽已手自執持一把之草入火神堂入已鋪草取僧伽黎襞作四牒以鋪

草上跏趺而坐僧伽黎上端身而住正念不動除捨一切外內怖畏身毛不竪寂然禪定爾時彼堂毒龍出外求覓食故處處經歷飽已迴還入於火堂遥見如來坐火堂內見已其心作如是念我身猶活今有何人忽入我堂其意既惡即興毒害口出烟燄如來復坐如是三昧身亦放烟爾時彼龍見是烟已增長更瞋放猛火燄如來爾時亦入如是火光三昧身出大火佛及毒龍各放猛火是時彼堂嚴熾猛燄以猛燄故草堂彤然如大火聚爾時世尊復如是念我今可作如是神通作神通已莫害於彼龍王命根但當燒其皮肉筋骨悉令淨盡爾時世尊即作如是神通變化以神通故令彼龍王命不傷害但使其餘身分然盡如是訖已又復從身出於諸種雜色光明所謂青黃赤白黑色出已唯照一尋地明示於彼龍爾時優婁頻螺迦葉去彼祭祀火堂不遠遥見堂內出大猛燄見已即作如是念言嗚呼嗚呼此大沙門今被毒龍之所燒害可惜可惜以其不取我等師徒好言善語時彼衆有一摩那婆名阿羅陀祇黎迦（此言濕樹皮衣）見彼火堂亦大懊惱自餘一切諸摩那婆各各稱名悉皆恐怖並相呼喚謂迦吒牟尼（此言苦行仙）謂耶摩其尼（此言雙火）謂阿唎尼毗奢耶那（此言立火）謂毗羅波羅婆（此言丈夫光）謂奢摩羅耶那（此言雜色眼）謂波羅耶那（此言能度彼岸）謂迦吒耶那（此言將愛行）謂瞿曇姓（此言暗作）謂目揵連種（此言白棒）謂婆私吒姓（此言化住）謂頻羅墮（此言重瞳）汝等汝等速來速來此大沙門今被毒龍吐火燒爇我等當往助其撲滅爾時彼等諸摩那婆闍

是聲已或將水瓶或復擔梯速疾走來來已著梯上彼火神大堂之上上已將水欲滅於火而彼火燄世尊力故更增熾盛時彼一切諸摩那婆即還下彼火神堂住在一邊立各相謂言此大沙門端正可喜而被毒龍之所惱害（梵本沙門來並再稱）爾時衆中濕樹皮衣摩那婆仙悲哀說偈以哭佛言

嗚呼微妙端正身　頭髮甚青指羅網
七處圓滿端正眼　被龍翳如日月昬

爾時更有一摩那婆還復悲哀哭泣於佛而說偈言

嗚呼諸王勝家生　甘蔗上種人中勝
世間無過此生處　今為毒龍火燒身

爾時更有一摩那婆還復悲哀哭泣於佛而說偈言

三十二相莊嚴體　自得解脫能脫他
瞋恚能伏不害身　今被毒龍毒火滅

爾時更有一摩那婆還復悲哀哭泣於佛而說偈言

支節長短正等身　甘蔗諸王種增益
體如閻浮檀金柱　今為毒龍火所焚

爾時更有一摩那婆還復悲哀哭泣於佛而說偈言

諸仙聞聲心歡喜　布施持戒最福田
身體柔輭大吉祥　嗚呼今被龍火殺

爾時優婁頻螺迦葉亦來集聚去彼火堂不遠立住爾時有一摩那婆來白於優婁頻螺迦葉作如是言和尚一過試觀占彼大沙門看其大沙門生宿之中更不為於諸餘惡星所犯觸也其所犯者何星逼是沙門生宿爾

時優婁頻螺迦葉即便仰瞻虚空星已還告於彼摩那婆言汝摩那婆今應當知此大沙門鬼宿日生而彼鬼宿不爲餘星之所逼觸謂摩那婆此大沙門星甚快明如我所見星宿相貌大沙門今共龍捔鬭決勝之狀此相必定是大沙門決降彼龍無有疑也

佛本行集經卷第四十

音釋

甕烏貢切罌也　螫施隻切蛆也　襞必益切疊衣也　彤徒冬切赤也　吒陟嫁切

佛本行集經卷第四十一

隋天竺三藏法師闍那崛多譯

迦葉三兄弟品第四十四之二

爾時毒龍見火神堂四面一時洞然熾盛唯有如來所坐之處其處寂靜不見火光見已漸詣向於佛所到佛所已即便踊身入佛鉢中而說是偈

若人百千億萬歲　一心祭祀此火神
彼輩不能斷去瞋　如今勝世尊忍辱
一切天人世界內　唯有世尊大丈夫
諸被瞋恚重病纒　世尊能與忍辱藥

爾時世尊過彼夜後至明清旦手擎於鉢將彼毒龍來至優婁頻螺迦葉所坐之處到已即告彼迦葉言仁者迦葉此是毒龍汝等所畏不能入於火神堂者此即是彼以我威火滅其毒火今故將來以示汝輩諸梵志等而有偈說

是時彼夜分已過　世尊來至迦葉所
鉢中盛於毒龍示　手擎安置著彼前

爾時優婁頻螺迦葉作如是念此大毒龍爲自入於大沙門鉢爲大沙門神通力故教其入中爾時世尊知彼優婁頻螺迦葉心之所念知已即便手所執鉢自然展向優婁頻螺迦葉之邊時彼毒龍九頭大項引頸欲向優婁頻螺迦葉身邊爾時優婁頻螺迦葉見龍舉頭欲向已邊心生驚怖却縮身住自以兩手掩覆其面爾時世尊告彼優婁頻螺迦葉作如是言仁者迦葉何故縮身如是驚怖汝心畏也迦葉報言如是如是大德沙門我實畏也爾時佛告彼迦葉言仁者迦葉汝莫怖

畏爾時世尊即以偈頌語迦葉言

我昨夜來教化彼　其更不能恐怖他
若其今欲螫於仁　世間終無有此法
假使天崩倒於地　大地破碎如微塵
須彌移離本處安　諸佛口終不妄語

爾時優婁頻螺迦葉作如是念此大沙門大威神力大有功能乃設如是神力之火滅彼毒龍毒惡熾火其事雖然而猶不得阿羅漢果如我今也爾時世尊取彼毒龍發遣安置彼大海水鐵圍山間是時優婁頻螺迦葉即白佛言大德沙門彼毒龍今安在何處爾時佛告彼迦葉言仁者迦葉彼之毒龍我今已遣安置於彼鐵圍山間爾時優婁頻螺迦葉見佛示現是神通已心生歡喜即白佛言大德沙門願恒住此我當常請供奉飯食爾時世尊默然受彼優婁頻螺迦葉等請或復有師作如是說佛告優婁頻螺迦葉作如是言仁者迦葉若汝等輩能依時節告我食時如是則我受仁者請時迦葉言我等當告爾是色界淨居諸天即說偈言

此是大慈世尊力　善能降伏大毒龍
其三迦葉事火神　所有精進力當滅

爾時世尊從彼優婁頻螺迦葉邊受食訖漸漸而行去於優婁頻螺迦葉處所不遠有一林名差梨尼迦(此言斫枝即出乳汁)在於彼林經行而住是時四鎮四大天王身出勝光當於夜半下來世間以天身光普照彼林向於佛所到佛所已頂禮佛足合掌而却各隨來方住立一面向佛曲躬低頭頂禮如猛火聚出大燄光照尼迦林爾時優婁頻螺迦葉過彼夜後

晨向佛所到佛所已而白佛言大德沙門食時將至飯食辦具未審昨夜四人是誰身出最勝微妙光明而於夜半照此林樹來到於此大沙門邊到已頂禮却住一面低頭合掌恭敬立住譬如火聚出大勝光爾時佛告彼迦葉言仁者迦葉彼四人者是四天王來詣我所從於我邊欲諮問法是時優婁頻螺迦葉心如是念此大沙門大有威神大有威德乃有四大天王下來詣於其邊欲請問法威力雖然但其不得阿羅漢果如我今也爾時世尊即至優婁頻螺迦葉所住之處飯食訖已後還向彼林內經行寂靜而住是時忉利帝釋天王放身最勝上妙光明於夜半時普照彼林來詣佛所到已頂禮佛世尊足却住一面合十指掌向佛而立譬如火聚出大燄光倍勝於前四天王身明照顯赫不可爲比爾時優婁頻螺迦葉過彼夜已往詣佛所到佛所已而白佛言大德沙門食時已至飯食辦具未審昨夜光明是誰於夜半時身出最勝大光明來到已頂禮合十指掌向一面立乃至猛燄倍四天光爾時佛告彼迦葉言仁者迦葉彼是忉利天主帝釋來詣我邊欲聽法故是時優婁頻螺迦葉作如是念此大沙門大有威德乃令帝釋來詣其邊欲聽於法威力雖然而猶不得阿羅漢果如我今也爾時世尊從彼優婁頻螺迦葉邊受食訖還向彼林經行而住時夜摩天於夜半時身出勝光來詣佛所到已合掌向佛頂禮却住一面乃至略說此大沙門大有威力大有威神乃令於彼須夜摩天來欲聽法威德雖然其猶

不得阿羅漢果如我今也爾時世尊從彼優婆頻螺迦葉邊受食訖還向彼林經行而住時兜率天於夜半時身出光明來詣佛所乃至略說此大沙門大有威力大有威神乃令於彼兜率陀天來欲聽法威德雖然其猶不得阿羅漢果如我今也爾時世尊從彼優婁頻螺迦葉邊受食訖還向彼林經行而住時化樂天於夜半時身出光明來詣佛所到已乃至此大沙門有大威神乃令化樂天子下來欲聽受法威德雖然其猶不得阿羅漢果如我今也爾時世尊從彼優婁頻螺迦葉邊受食訖還入彼林經行而住是時他化自在天子於夜半時身出光明來詣佛所乃至略說此大沙門大有威神大有威力乃有他化自在天子來欲聽法威德雖然其猶不得阿

羅漢果如我今也爾時世尊從彼優婁頻螺迦葉邊受食訖還向彼林經行而住是時娑婆世界之主大梵天王於夜半時放身光明普照彼林來詣佛所到佛所已合十指掌頂禮佛足却住一面向佛而立譬如火聚出大猛燄勝於已前欲界諸天光明百倍不可爲譬爾時優婁頻螺迦葉過彼夜後往詣佛所到佛所已即白佛言大德沙門食時已至飯食辦具未審昨夜出勝光明普照林內來至於此大沙門邊彼爲是誰合十指掌頂禮却住乃至勝前欲天光明爾時世尊即告優婁頻螺迦葉作如是言仁者迦葉彼所來者是此娑婆世界之主大梵天王來詣我所欲聽受法是時迦葉作如是念此大沙門大有威力大有威神乃令娑婆世界之主大梵天王

來至其邊欲聽於法威德雖然其猶不得阿羅漢果如我今也爾時世尊從彼優婁頻螺迦葉邊受食訖還向彼林經行而住是時優婁頻螺迦葉居處年常恒共豎立一祭祀法至其時節摩伽陀國一切人民將好種種上味飲食噉者食者舐者嗽者辦具已訖明日各各欲來向於優婁頻螺迦葉居處爾時優婁頻螺迦葉即於其夜在自室內作是思惟明日集聚摩伽陀國一切人民辦具種種無量飲食欲來我邊修祭祀法而此瞿曇大德沙門脫於是會大衆之前顯示神通勝上之法若如是者我之所有利養名聞即當著彼則於我邊或復減少唯願方便此大沙門明自莫來爾時世尊知彼優婁頻螺迦葉心所念已過彼夜後至鬱單越到彼乞食於阿耨達大池邊食食訖還在彼大池邊少時靜攝竟還本林經行而住爾時優婁頻螺迦葉過彼夜已食後往詣佛世尊所到佛所已即白佛言大德沙門於食至時辦具亦訖未審沙門何故不來其事雖然我猶不忘所有諸食上好味者我今爲仁猶留一分爾時佛告彼迦葉言仁者迦葉汝昨夜在靜室之中獨自而坐可不如是思惟念言我於明朝在所居處年常恒作祭祀之法摩伽陀國所有男女一切人民將好種種飲食而來向於我邊而此大德沙門瞿曇恐於彼會衆人之前出現神通示上人法則我所有利養名聞悉著於彼大沙門邊我則減少心私願我明日莫來仁者迦葉我於爾時知仁此心如是想念過於彼夜我即騰空至鬱單越向彼乞食得已

來到阿耨達池如法而食隨日多少在彼經行還向此林宿止而來是時優婁頻螺迦葉作如是念此大沙門大有神力大有威權威變雖然其猶不得阿羅漢果如我今也（尼沙塞說）爾時優婁頻螺迦葉居處年常有一大會名翼宿日彼會之日摩伽陀國數千萬人各來聚集然其彼會亦有市易隨諸人輩所須行買是時優婁頻螺迦葉作如是念明朝此處若沙門來所有人民皆觀看彼不爲我等造作齋食即作如是思惟念已往詣佛所即白佛言大德沙門明朝我林修道處所當作大會多有衆生百千聚集甚大喧鬧而大沙門愛樂寂靜恒行清淨空閑之處沙門可從此處移去別求靜處彼間而住（此僧祇說）爾時世尊從彼住處即便移至差梨迦林至彼林已心念彼四迦婁羅王王名可觸又四提頭賴吒龍王四水神龍四大天王帝釋天主及餘欲界一切諸天娑婆界主大梵天等並皆念之爾時彼等四可觸王迦婁羅等知佛內心如是念已出現大風從彼優婁頻螺迦葉所居住處飛騰虛空即時往詣差梨迦林到彼處已頂禮佛足合十指掌却住一面遙覲世尊向佛頂禮其四提頭賴吒龍王四水神王亦知佛心出大雲雨從彼優婁頻螺迦葉居處飛向差梨迦林到已頂禮佛世尊足合十指掌却住一面向佛遥敬是時四方四大天王亦知佛心作大端正可喜之身爲人樂見顯赫威光照曜自身悉乘白象從地涌出從彼優婁頻螺迦葉居處往詣差梨迦林到已頂禮佛世尊足乃至合掌遥敬於佛爾時忉利

帝釋天王及欲界天娑婆世主大梵天王知佛心念身出威光遍照其地從彼優婁頻螺迦葉居住之處飛騰虛空一時往詣差梨迦林到已頂禮佛世尊足乃至曲躬遥敬於佛爾時彼處一切人民見如是衆諸天龍等心生恐怖身毛皆竪即便問彼優婁頻螺迦葉等言大德和尚此何物神作斯變恠非是灾也或當有疫或大恐怖或大鬬諍或有迦吒富單那鬼及黒闇鬼而欲來乎爾時優婁頻螺迦葉作如是念此必是彼大德沙門威力作斯神通變也即便報彼諸大衆言汝等一切莫恐莫怖莫畏莫驚此非灾變亦非疫病及以鬬諍諸鬼魅來當有無畏當有豐熟當無恠異不須恐怖亦無疾病汝等但當安隱自慰此事無苦一切諸相盡皆大吉爾時優婁頻螺迦葉作如是念我今亦可往詣於彼大沙門邊度量此事自應當知何故何變致使如是彼作如是思惟念已即便往詣佛世尊所欲至佛邊如來忽以神通之力即於其前化作一箇高峻大山而彼欲來不能得過到彼山已即反迴還過彼夜後還詣佛所到佛所已而白佛言大德沙門昨日作何如是變恠我從昔來在此居停未曾覩見如斯之事爾時世尊即便爲彼廣說前事而彼優婁頻螺迦葉既聞說已生大希有奇特可恠我多年來在此恒常祭祀火神不曾有一旋風之氣至於我邊況復餘神然今此處沙門瞿曇有大威德一切諸天來向其邊作是念已即於佛邊生信向心希有之心即以心請佛世尊云願大沙門明日食時更於我邊受我

微供若佛實是一切智者應知我心作是念已如來即知優婁頻螺迦葉心念默然而受彼之心請爾時優婁頻螺迦葉還其居處告諸一切摩那婆言汝等詣向大沙門邊量度觀看其大沙門作於何事為當求食欲著衣行為當默然寂靜而坐爾時彼等諸摩那婆從於優婁頻螺迦葉聞此言已即便往詣差梨迦林到已見佛在彼林内樹下思惟寂然而坐身出光明照耀彼處於食知足不行乞求默然而住彼等見已詣向佛所到佛所已而白佛言大德沙門仁今何故不求食也爾時佛告彼諸一切摩那婆言諸摩那婆我已被請彼等問言大德沙門是誰所請佛即報言汝輩和尚已請我也爾時彼等摩那婆心生於希有甚奇可恠希有希有此大沙門然口不言遥知他心彼等即大歡喜踊躍遍滿其體不能自勝爾時彼等速疾迴還優婁頻螺迦葉之邊到已白言尊者和尚我決定知此大沙門是一切智和尚以心默請於彼彼即自知和尚之心亦向我言我以被汝和尚心請爾時優婁頻螺迦葉聞彼語已即便鋪設大價之座鋪設既訖心發是念沙門瞿曇若仁今是一切智者當應我念即現此座爾時世尊知彼優婁頻螺迦葉心所念已身應時現於彼座上爾時優婁頻螺迦葉既見世尊在其座上端然而坐見已歡喜即以自手將好種種餚饍飲食持用施佛所謂噉食噉啑舐啜豐足自恣復作是念希有希有此大沙門大有威神大有德力乃能知我心中所念威神雖然而猶不得阿羅漢果如我今也

爾時世尊於彼優婁頻螺迦葉邊受食訖還迴至於差梨迦林經行而住是時世尊身上所著袈裟之衣悉皆破壞而彼兵將婆羅門村有於一家人命既終即便林葬是時世尊於林見已即自收取彼糞掃衣取已世尊作是思念我今何處洗於如是糞掃之衣能使清淨爾時帝釋忉利天王既知世尊心意所念知已即於彼之處所以手掘地造作一池其水清淨作已即便詣白佛言善哉世尊願以此水洗糞掃衣是時世尊見池水已復如是念今雖得水當於何上洗浣是衣爾時帝釋知佛心已從鐵圍山將一大石安置佛前置已白佛作如是言唯願世尊於此石上洗蹋是衣是時世尊復如是念今雖得石復當攀何洗蹋此衣時彼池岸舊有一樹名迦拘婆（此言峯）時彼樹間有一樹神知佛意念按樹一枝令垂向下而白佛言唯願世尊攀此樹枝洗蹋於是糞掃之衣爾時世尊復如是念我洗衣已復於何上曝曬此衣爾時帝釋知佛心念知已即從鐵圍山間將一最大寬廣之石安置佛前既安置已即白佛言唯願世尊於是石上以用曬衣是時世尊即於石上曬糞掃衣爾時優婁頻螺迦葉過彼夜後往詣佛所到佛所已而白佛言大德沙門食時已至辦具訖了又復白佛大德沙門已前此處無有是池今日何故忽有此池此處已前無是二石又從何來其迦拘婆此樹已前枝不垂下今日何緣如是嚲垂不知何緣忽然如此作是語已默然不言佛告優婁頻螺迦葉作如是言仁者迦葉此處我得糞掃之衣

彼時我作如是心念以何浣此糞掃之衣爾時帝釋知我心念以手掘地出此池水而白我言世尊今可以此池水洗糞掃衣以如是故至今相傳名爲帝釋手掘之池得是水已我復更作如是思念我於何上蹹糞掃衣爾時帝釋知我心念從鐵圍山將一大石來置此地而白我言唯願世尊於此石上用洗浣衣是故此名非人擲石我於彼時作如是念我手攀何而蹹是衣爾時彼樹迦拘婆神知我心念以手按此樹枝令垂而白我言唯願世尊手攀此枝用脚蹹衣以是因緣此樹之枝如是懸垂得於枝已我如是念今於何上曬於此衣爾時帝釋知我心念從鐵圍山將此廣石擲置我前而白我言唯願世尊於此石上曬所浣衣以是因緣此石名爲非人所擲爾時優婁頻螺迦葉作如是念此大沙門大有威力大有神通乃能令彼天王帝釋而來供承變現雖然但大沙門理實未得阿羅漢果如我今也爾時世尊至於優婁頻螺迦葉居處食訖迴還至林經行而住爾時優婁頻螺迦葉過彼夜後往詣佛所到佛所已而白佛言大德沙門若知時者飯食已辦是時世尊告彼優婁頻螺迦葉作如是言仁者迦葉汝於前去我即隨來爾時世尊旣發遣彼優婁頻螺迦葉去已即乘神通向須彌山是時彼山有閻浮樹以彼閻浮樹因緣故所以得此閻浮提名於彼樹上取得果已於先來至優婁頻螺迦葉居處火神堂中端然而坐而彼優婁頻螺迦葉在後來見如來坐於火神堂内見已驚恠即白佛言大德沙門仁從

何道而來至此仁先在林於我後發即今何忽在我前到此火神堂其中安坐爾時佛告彼迦葉言迦葉我先發遣汝已至須彌山彼有一樹名曰閻浮因彼樹故此今得是閻浮提名彼樹上果我今將來在此堂内指示迦葉彼閻浮果即此是也顔色端正香味微妙食者甚美汝今可取此之甘果而噉食之爾時迦葉即白佛言大德沙門此事不然仁自合噉此之甘果我不應食爾時優婁頻螺迦葉心如是念此大沙門大有神通大有威力乃能於先發遣我已其身自到須彌山取閻浮果來此火神堂於前而坐雖然猶不得阿羅漢如我今也爾時世尊於彼優婁頻螺迦葉居處食訖速還向於林内經行是時優婁頻螺迦葉過彼夜後至明清旦往詣佛所而白佛言大德沙門若知時者飯食已辦爾時世尊告迦葉言迦葉汝今且於先行我隨後去爾時世尊於先發遣迦葉去已即復還自向須彌山離閻浮樹相去不遠更有一樹名菴婆羅從菴婆羅取得一果於先來到迦葉住處火神堂坐迦葉後來見於世尊在火神堂安然而坐見已白佛作如是言大德沙門從何道來在我前到此火神堂佛告迦葉我遣汝後至須彌山取得如是菴婆羅果將來在此乃至先勸迦葉令食迦葉白言我不合食爾時優婁頻螺迦葉心如是念此大沙門大有神通大有威力乃能於先發遣於我到須彌山取果將來於先而坐雖然猶不得阿羅漢如我今也爾時世尊於彼優婁頻螺迦葉居處食訖還迴至彼林内經行是時優婁

頻螺迦葉過彼夜後至明清旦往詣佛所而白佛言大德沙門若知時者飯食已辦乃至去彼閻浮提樹處所不遠有阿梨樹將彼果來先到迦葉火神堂内乃至沙門大有神通雖然猶不得阿羅漢如我今也爾時世尊食訖還至彼林經行乃至去彼閻浮提近更有一樹名毗醯勒彼樹上取一果將來先到堂内乃至如前此大沙門大有神通先遣我身其後取果雖然猶不得阿羅漢如我今也爾時世尊食訖還至彼林經行乃至去彼閻浮提近更有一樹名阿摩勒彼樹取果於先將來坐火神堂乃至沙門大有神通先發遣我身後將果來火神堂雖然猶不得阿羅漢如我今也爾時世尊食訖還至彼林經行是時優婁頻螺迦葉過彼夜後往詣佛所到佛所已而白佛言大德沙門若知時者飯食已辦佛告迦葉汝先且去我隨後來爾時世尊遣迦葉已至瞿耶尼到彼處已乞乳滿鉢在前來至火神堂内是時優婁頻螺迦葉見已白佛大德沙門從何道來在於我前到此堂内佛告迦葉我遣汝後到瞿耶尼乞得是乳滿此鉢中在是而坐迦葉是乳顔色微妙香氣甘美如意若樂取此乳飲迦葉白佛我不堪飲沙門自飲是時迦葉作如是念此大沙門大有威力大有神通乃先遣我其後身往瞿耶尼國乞乳滿鉢先來至此火神堂内雖然猶不得阿羅漢如我今也

佛本行集經卷第四十一

音釋

鬧奴教切不靜也　疫營隻切瘟也　唼子合切齧也　嗽雙角切含吸也　舐神帋切以舌取物也　叕昌悅切大飲也　蹹徒合切與踏同　曝曬曝蒲木切曬所責切曝曬日乾也　驒丁可切垂下貌

佛本行集經卷第四十二

隋天竺三藏法師闍那崛多譯

迦葉三兄弟品第四十四之三

爾時世尊食訖還至彼林經行是時優婁頻螺迦葉過彼夜後往至佛所到已白佛大德沙門若知時者飯食已辦佛告迦葉汝於先去我隨後來爾時世尊於先發遣迦葉去後即往到彼三十三天到彼天已取得一華其華名波梨闍多迦(此言彼岸生)取已於先來火神堂迦葉後來見佛已坐即白佛言大德沙門從何道來在於我前到火神堂佛告迦葉我先遣汝後至忉利天宮將此波梨闍華來此神堂然此波梨闍多迦華顏色可愛香氣甚好汝意若樂可取此華齅其香氣迦葉白佛大德沙門此華香氣微妙精好沙門自持我不合齅是時迦葉作如是念此大沙門大有威力大有神通乃能於先發遣我已後到天上取彼波梨闍多迦華於先來坐火神堂內雖然猶不得阿羅漢身心寂靜如我今也爾時迦葉居處螺髻諸梵志等欲破於柴而不能得若倚立者不能屈身若低腰時不能正直若斧著柴拔不能出爾時彼等螺髻梵志作如是念此之神通必當是彼大沙門作無有疑也乃令我等今日不能破此柴薪極甚勞苦爾時世尊告彼優婁頻螺迦葉一切等言螺髻迦葉汝等今欲破於薪也迦葉白佛大德沙門實欲破薪而不能得是時佛作如是語已彼等梵志即得自恣破其薪柴是時優婁頻螺迦葉作如是念此大沙門大有威力大有神通雖然猶不得阿羅漢如我今也

爾時世尊食訖還向彼林經行是時優婁頻螺迦葉所居住處欲然火燭而不能著是時彼等螺髻梵志作如是念此之神通必是彼大沙門所作無有疑也而令我等如是辛苦火不能然爾時世尊告彼優婁頻螺迦葉一切等言迦葉汝等欲然火耶是時彼等迦葉報言大德沙門我欲然火時佛問已彼火即然五百火聚是時優婁頻螺迦葉作如是念此大沙門大有威力大有神通乃能令彼可然之火不聽其然若欲令然方始即然雖爾猶不得阿羅漢如我今也爾時世尊食訖還向彼林經行爾時彼等螺髻梵志欲滅於火而不能得爾時彼等螺髻梵志作如是念此是沙門神通之力而令我等火炎欲滅不能得滅爾時世尊告迦葉言迦葉汝等今欲滅於此火炎也迦葉白佛大德沙門我今欲得滅此火炎而不能得時佛問已即得滅於五百火炎爾時迦葉作如是念此大沙門大有威力大有神通其力乃能滅火即滅欲然即然雖爾猶不得阿羅漢如我今也爾時世尊食訖已後還至彼林經行而住是時彼等螺髻梵志至極寒冬天正夜半或至後夜嚴酷凍冷多有風雪入於泥連禪河水中或没或出如是澡浴爾時世尊以神通力化作五百赤炭火聚在彼岸邊是時彼等螺髻梵志寒噤出水住在岸邊各各向火是時彼等螺髻梵志心如是念此必定是彼大沙門作是神變忽然有此五百火爐而無烟炎使於我等從冷水出向火炙煖是時優婁頻螺迦葉作如是念此大沙門大有威力大有神通乃能

化作五百鑪火無有烟炎令我螺髻五百弟子從冷水出向火煖坐雖然猶不得阿羅漢如我今也爾時世尊食訖已後還至彼林經行而住是時彼等螺髻梵志欲取於水各手持瓶或將軍持欲用取水而不能捉是時彼等螺髻梵志作如是念此必是彼大沙門作而令我等不能取瓶及以軍持爾時世尊告彼優婁頻螺迦葉并及五百螺髻梵志一切等言迦葉汝等各欲將瓶及軍持等欲取水乎迦葉白言善哉沙門此等五百螺髻梵志將瓶軍持欲取於水時佛問已而其五百螺髻梵志皆能將瓶及軍持等得取於水爾時優婁頻螺迦葉作如是念希有希有此大沙門大有威力大有神通乃能令此五百螺髻諸梵志等許其取水乃能得水不許不得雖然猶不得阿羅漢如我今也爾時世尊食訖已後還至彼林經行而住是時優婁頻螺迦葉其於已前祭祀火時恒常坐七多羅樹上於後祭祀還欲上七多羅樹上而不能上爾時優婁頻螺迦葉作如是念決定是彼大沙門作神通無疑令我不能上此多羅樹上祭火是時迦葉作如是念此大沙門大有威力大有神通乃能如是不許我等上於樹者則不能上雖然猶不得阿羅漢如我今也爾時世尊食訖已後還至彼林經行而住是時優婁頻螺迦葉上七多羅樹上祭祀上已不能安隱而住爾時優婁頻螺迦葉作如是念決定是彼大沙門作神通無疑令我上此七多羅樹舊住處坐不能得住復更欲上而白佛言善哉沙門願聽我等依舊住此七多羅樹

祭祀於火時佛語已其迦葉等即得依舊安住彼七多羅樹上爾時優婁頻螺迦葉作如是念此大沙門大有威力大有神通乃能許我住則得住不許不得雖然猶不得阿羅漢如我今也爾時世尊食訖已後還至彼林經行而住是時優婁頻螺迦葉祭祀火訖欲覆藏置即不能覆是時優婁頻螺迦葉作如是念決定是彼沙門瞿曇作此神通令我等輩不得覆火是時迦葉即白佛言善哉沙門願令我等得覆此火作是語已即得覆火爾時迦葉作如是念此大沙門大有威力大有神通乃能如是許覆得覆不許不得雖然猶不得阿羅漢如我今也爾時世尊食訖還至彼舊林中經行而住是時迦葉祭祀火時火及木頭東西馳走不能一住是時迦葉作如是念決定是彼沙門瞿曇作是神通令我祭祀火之器具東西馳走狀若人駈不能定住即白佛言善哉沙門願令我此祭祀火具得一定住爾時佛告彼迦葉言如汝等意其祭火具即得安定因此緣故其迦葉等作如是念此大沙門大有威力大有神通乃能許我祭祀火器住則得住不許不住雖然猶不得阿羅漢如我今也爾時世尊食訖已後還至彼林經行而住是時彼處忽爾非時其虚空中起大黑雲降大暴雨佛所居處無有雨水爾時世尊作如是念我今可令此水遍布而於水內復見乾地令有塵起現經行處於彼往來作是念已即現如前乾地塵坌來去經行爾時迦葉作如是念今既非時虛空之中云何忽爾非時起雲而降大雨此大沙門所住

之處亦一種有大水彌滿此之沙門或可爲水之所没溺或令不見作是念已多將螺髻諸梵志等坐於船中處處求覓漸至佛所到佛所已如是而住爾時迦葉既見世尊兩邊有水唯獨中間現於乾地塵土坌起來去經行見已白佛大德沙門今住在此大水中乎佛言住此作是語已飛騰虛空即便往詣迦葉船上爾時迦葉因此緣故作如是念此大沙門大有神通大有威力乃能在水作是道行雖然猶不得阿羅漢如我今也摩訶僧祇作如是說如來爲彼優婁頻螺迦葉等輩示現如是五百神通而彼優婁頻螺迦葉等於一切時作如是念此大沙門大有威力大有神通雖復變現德術如此而其唯不得阿羅漢如我今也爾時世尊作如是念此之癡人於無量時有如是念此大沙門有大威力有大神通雖然而不得阿羅漢如我今也而我今可爲此迦葉及諸弟子令開慧眼發猒離心爾時世尊告彼優婁頻螺迦葉作如是言迦葉汝今非阿羅漢亦復未入阿羅漢道而汝實無阿羅漢相況復得於阿羅漢果因於此言時其優婁頻螺迦葉心生羞慚身毛卓竪頂禮佛足而白佛言善哉世尊與我出家受具足戒爾時世尊告彼優婁頻螺迦葉作如是言汝大迦葉此諸五百螺髻梵志依汝住止順汝法行汝可共其平量好惡告語令知如於彼等意情所樂作如是事爾時優婁頻螺迦葉聞佛語已即便往詣五百螺髻梵志之邊到已告言汝等梵志摩那婆輩從我受此居處住止及奉火神所安堂室及祭祀

器各隨汝等意樂而用我今欲向大沙門邊當行梵行爾時彼等五百弟子螺髻梵志共白優婁頻螺迦葉作如是言和尚自從見彼瞿曇大沙門來我等多時意樂欲往大沙門邊行於梵行而爲敬惜和尚心故口不發言和尚今者若欲於彼大沙門邊行梵行者我等亦當隨從而往依彼教法爾時優婁頻螺迦葉及諸弟子往詣佛所到佛所已却住一面爾時佛告迦葉等言汝等梵志可棄於汝鹿皮之衣及軍持杖衆雜頭髮令諸螺髻祭祀火神諸器皿等種種調度向彼尼連禪河水中而皆擲却是時彼等即白佛言一如大德沙門教誨我等不遠時諸梵志即將所著鹿皮之衣乃至種種器皿調度向彼河岸悉擲水中彼等諸物擲水中已作種種聲或喞喞聲而逐水流彼等螺髻見於如是諸異事已心中復更增益歡喜頂禮佛足而白佛言唯願世尊與我等輩出家受戒爾時佛告彼等梵志作如是言汝等比丘來入於我所說法中行於梵行盡諸苦故是時彼等五百長老應聲出家即成具足于時那提螺髻迦葉在尼連禪河水下流岸邊修道見於彼等鹿皮之衣及祭火神器皿調度隨水沿流見已歘然心生恐怖而發此言咄咄異事我兄或能爲賊所破不著居處被他殺也我今可往至彼觀察是何災禍變恠所致忽然若斯爾時其弟那提迦葉作是念已先遣多人螺髻梵志詣彼逆看好惡當告汝等檢校彼有何恠其事云何弟子奉教往彼看已迴還報言並各平安事瞿曇氏那提迦葉然後自將三

百弟子左右圍繞往於長老優婁頻螺迦葉住處到已即見優婁頻螺迦葉師徒剃除鬚髮著袈裟衣見已內心不大歡喜向兄迦葉而說偈言

仁者虛祭祀火神　徒復空修於苦行
今日旣捨此苦行　猶如虵蛻於故皮

爾時那提螺髻迦葉即白長老優婁頻螺迦葉兄言此能勝也是時長老優婁頻螺迦葉報言此實勝也寧爲此行此行最妙爾時那提螺髻迦葉告其三百螺髻梵志諸弟子言汝等螺髻摩那婆輩我彼居處及泉池等并諸調度汝意自知作何處分我今欲在大沙門邊當修梵行爾時彼等三百螺髻梵志弟子白師那提螺髻迦葉作如是言和尚今若欲往於彼大沙門邊修梵行者我等亦當隨逐和尚同詣彼邊共修梵行爾時那提螺髻迦葉及諸弟子往詣佛所到佛所已却住一面爾時佛告彼等梵志作如是言汝等今者能將身上所著鹿皮及祭祀火器皿調度擲置尼連禪河水中棄去以不彼等梵志同白佛言如沙門教我不敢違而彼等將如前調度即擲水中作唧唧聲逐水而去爾時彼諸螺髻梵志見如是等希有之事復增歡喜乃至彼等長老比丘應時出家即成具戒爾時伽耶螺髻迦葉在河下流忽見鹿皮及祭祀火器皿調度隨水流下見已心復生大恐怖而發是言咄咄異事我兄或能被賊所破其居坐處被他煞也我今可往至彼觀察爲何災禍作是念已先遣多人螺髻梵志往彼逆看好惡當告汝等檢校彼有何恠其事云何

弟子還報如前所荅爾時伽耶螺髻迦葉然後自將二百弟子左右圍繞往於長老優婁頻螺并及那提二迦葉邊到巳即見二迦葉身剃除鬚髮著袈裟衣見巳內心不大歡喜向於二兄優婁那提兩迦葉邊而說偈言

兄等昔空祭火神　亦復徒修於苦行
今日既共捨此等　猶如虵蛻彼故皮

爾時優婁頻螺迦葉并及長老那提迦葉還共以偈報弟伽耶螺髻梵志作如是言

我等昔空祭火神　我等亦徒修苦行
我等今得捨此法　實如虵蛻彼故皮

爾時伽耶螺髻迦葉復問優婁頻螺迦葉并及那提迦葉等言兄今此處實能勝也是時長老二迦葉言此處實勝寧爲此行此行最妙爾時伽耶螺髻迦葉告其二百螺髻梵志諸弟子言汝等梵志摩那婆輩我彼居處所有泉池并諸調度汝意自知作何處分我今欲在大沙門邊修學梵行爾時彼等二百螺髻梵志弟子白師伽耶螺髻迦葉作如是言和尚今若欲往於彼大沙門邊行梵行者我等亦當隨逐和尚一時同詣大沙門邊共修梵行是時伽耶螺髻迦葉及其弟子往詣佛所到佛所巳却住一面而白佛言大德沙門我今及諸弟子欲入沙門法中是事一切當如是持爾時世尊即告彼等螺髻梵志作如是言汝等若能然是事者當取汝等鹿皮之衣及祭祀火器皿調度悉棄擲著尼連河中彼等報言如沙門教我不敢違是時彼等螺髻梵志即持鹿皮及諸調度祭祀火物悉擲河中擲河中巳其諸皮衣軍持瓶鑵出種種

聲唧唧唱响隨流而下爾時彼諸螺髻梵志見如是等希有之事復增歡喜而白佛言善哉世尊與我出家及具足戒佛即告言汝等比丘來入於我自說法中修行梵行盡於諸苦是時彼等諸長老輩應聲出家即成具戒爾時世尊在彼優婁頻螺迦葉聚落之內隨多少時意樂住已漸漸行向伽耶城邊如來在彼象頭山頂將是一千比丘徒衆停住即以三種神通教化彼等所謂身通口通意通而調習之爾時世尊欲顯身通所謂一身作於多身多身還復作於一身上没下現下没上現東没西現西没東現南没北現北没南現山崖石壁能過無礙入地如水履水如地從地跏趺昇陟虚空猶如飛鳥身出烟焰如大火聚滅火現水消水放火此之日月如是威德而能以手摩捫捉持乃至梵天自在行動此是如來現身神通現口通者汝等比丘今應當知如是分别應當如是莫生分别應當如是觀察思惟應當如是莫思惟觀汝等比丘應如是證莫如是證汝等比丘應如是行莫如是行此是如來現口神通現意通者汝等比丘今應當知此一切法藏皆悉熾然言熾然者眼亦熾然色亦熾然眼識熾然眼觸熾然眼觸所因生者有受若樂若苦非樂非苦彼亦熾然以何熾然以欲火故煩惱熾然以瞋恚火煩惱熾然以愚癡火煩惱熾然我如是説眼過如是其耳熾然聲響熾然略説乃至鼻香熾然舌味熾然身觸熾然意法熾然因於意觸所生受者若苦若樂非苦非樂彼亦熾然以何熾然以欲火故煩惱熾然

以瞋恚火煩惱熾然以愚癡火煩惱熾然我如是說耳鼻舌身根塵過患復次若有多聞之人能作如是深觀察者彼能猒眼猒離眼識猒離眼觸若因眼觸所生受者若苦若樂非苦非樂是中亦能如是猒離是猒離眼又復如是猒離於耳猒離於聲乃至略說猒離鼻香猒離舌味猒離身觸猒離意法若因意觸所生受者若樂若苦非樂非苦彼亦猒離既猒離訖即不染著既不染著即得解脫既得解脫即有如是內淨智現自知我今生死已斷梵行已立所作已辦不受後有此是如來意作神通爾時世尊作如是說三種神通教示之時彼諸一千比丘徒衆無爲漏盡於諸法中心得解脫而有偈說

已斷生死諸欲流　已得梵行自利益
所作悉已皆成辦　更不受於後有生

爾時彼諸一千比丘聞佛世尊如是說已於諸漏中無復有爲即得內心善好解脫捨梵志法名聲聞僧

優波斯那品第四十五之一

爾時彼三迦葉兄弟有一外甥螺髻梵志其梵志名優波斯那（此言最上征將）住在一山其所住山名阿修羅恒共二百五十螺髻梵志弟子修學僊道彼聞其舅迦葉三人及諸弟子往詣於彼大沙門邊悉皆出家剃除鬚髮聞已心驚大不歡喜而口發言希有舅等於若干年祭祀火神今日忽已入沙門中爲作弟子我今當往彼處訶責何故作是不善事也彼口中咽唧唧之聲而往詣彼三阿舅邊到已遥見其三阿舅剃除鬚髮著袈裟衣見已向

舅而說偈言

舅等虛祀火百年　亦復空修彼苦行
今日同捨於此法　猶如蚍蜕於故皮

爾時彼舅迦葉三人同共以偈報其外甥優波斯那作如是言

我等昔空祀火神　亦復徒修於苦行
我等今日捨此法　實如蚍蜕彼故皮

爾時兵將螺髻梵志聞說偈已復反問彼三阿舅言此能勝也是時彼三阿舅報言此實勝也寧爲此行此行最妙爾時兵將螺髻梵志告其二百五十螺髻梵志弟子作如是言汝等梵志摩那婆輩我彼居處所有泉池井諸調度汝意自知作何處分我今欲在大沙門邊修行梵行爾時彼等二百五十螺髻梵志即便共白優波斯那螺髻梵志作如是言和尚今若欲往於彼大沙門邊行梵行者我等亦當隨逐和尚同詣彼邊共修淨行爾時兵將螺髻梵志及諸弟子往詣佛所到佛所已而白佛言大德沙門我今願將諸弟子入沙門法中乃至是事當如是持爾時世尊告彼螺髻諸梵志言汝若然者當自取汝鹿皮之衣及祭火器擲棄一邊而其彼等諸梵志言如沙門教我等不遠即至居處將祭火具擲著一邊爾時梵志擲棄祭火器皿已後還至佛所到佛所已頂禮佛足而白佛言善哉世尊與我出家及具足戒佛告彼等作如是言汝等比丘來入於我自說法中修於梵行盡諸苦故而其彼等二百五十諸長老輩應聲出家即成具戒爾時世尊即爲彼等諸長老輩增更說法如前還以三種神通示教利

喜是時彼等於無爲法悉盡諸漏心得解脫爾時世尊最初集聚諸比丘衆所謂此等一千二百五十人俱並悉從於梵志出家皆阿羅漢即得自利隨侍世尊證會說法復次其後諸比丘等即白佛言善哉世尊彼等螺髻梵志師徒往昔之時種何善根今日並得出家受具皆證羅漢昔作何業今得是報又彼長老優婁頻螺迦葉一人共其五百螺髻梵志而得爲首最勝最妙最上最尊那提迦葉三百弟子爲首爲最爲勝爲妙伽耶迦葉二百弟子爲首爲勝爲妙爲尊又復長老優婁頻螺迦葉往昔造於何業今日世尊種種教示如是難化自餘一切諸梵志等易受於化作是語已默然而住爾時佛告諸比丘言汝諸比丘至心諦聽我念往昔還在於此閻浮提內具足而有一千商人彼商人中有三兄弟各爲商主其一還名優婁頻螺迦葉主領五百商人第二還名那提迦葉亦復主領三百商人第三還名伽耶迦葉亦然還領二百商人爾時彼等三大商主及諸商人相共欲往海內治生堪入海貨莊嚴已訖其物價數足直三百千萬金錢一百千萬擬自食粮一百千萬擬餘商人以爲本領一百千萬擬雜用度料理船舶彼等如是莊嚴竟已漸漸而行至彼海岸至海岸已供養祭祀大海之神辦具船舫其外倍價更顧五人所謂善解調治船者觀四方者泝水入者善浮水者張施帆者既如是得彼五人已其三商主大聲唱言誰能入海三稱如是三聲大唱告已即坐舶上相共入海爲求財故彼等既至大海之

中忽遇黑風彼風吹船擲海潬上僉然而住

佛本行集經卷第四十二

音釋

噤巨禁切寒厥口閉也　坌蒲悶切塵坌也　皿眉永切器皿也　喞子力切喞即聲也　㱇所力切小怖也　咄當沒切咄咄驚怪聲也　蛻輸芮切蛇解皮也　呴音吼虓呴也　摩捫捫音門摩捫以手摩抄捫搎也　舶傍陌切海中大船也　舫甫妄切方舟也　泝桑故切逆流而上曰泝　潬音但水中沙渚處也

佛本行集經卷第四十三

隋天竺三藏法師闍那崛多譯

優波斯那品第四十五之二

爾時商主及衆賈人至海洲已值於種種諸雜珍寶彼等收拾滿其船舶還至岸邊收斂寶貨欲向本國中間路上遇見一塔其塔乃是迦葉世尊多陀阿伽度阿羅訶三藐三佛陀舍利之塔其塔破壞基陛頹落處處墮墜如是見已而彼最長商主告於餘二商主及衆商言汝諸人輩若知我等不惜身命爲求財故入彼大海而今彼處得利迴還至於此間我等今者亦可共作來世利益善業因緣如舊智人所說偈言

福德之力成多利　人得利故放逸生
放逸則無持戒心　以是因緣墮地獄

爾時商主說是偈已復更告言汝等當知以是因緣我等今者應當運心共斂錢財隨意多少料理於此迦葉如來舍利之塔是時彼等諸商主輩及衆商人同共諮白長商主言大善商主汝若斂錢當自作主檢校營造我等隨心所出多少錢財與之時長商主如是辭言我不堪爲檢校之主所以者何我事緣多不能修理此之壞塔我若料理營此塔者則我家中妨廢生活彼等商人及二商主慇懃多時相共勸請遣令檢校是時彼等諸商人輩速疾隨出多少錢財而付與之爾時優婁頻螺迦葉修營彼塔即自別造第一覆盆安置其上其次即是那提迦葉第二覆盆其次復是伽耶迦葉第三覆盆如是次第通彼商人及商主等詳共料理迦葉如來舍利之

塔破壞崩落皆使端嚴還如初造料理訖已發如是願願我等輩未來世中還共值遇如是世尊既值遇已於彼世尊所說法教復願我等速疾證知願於未來世世生生莫墮三惡四趣之中佛告比丘汝等當知彼三迦葉千商人者今三長老并及一千比丘是也又諸比丘彼時優婁頻螺迦葉昔日以諸商人多時慇懃勸請始肯檢校以彼業故今於我前多時方始受於我化當於爾時那提迦葉伽耶迦葉二商主等及諸商人暫發一言隨心多少速出錢財以是業報今日速疾承受我化彼時優婁頻螺迦葉最長商主先於迦葉如來世尊舍利塔上第一覆盆以用供養因彼業報今日得於五百人中最爲其首最勝最妙最爲第一那提迦葉第二覆盆因彼

業報今爲三百梵志作首而得第一伽耶迦葉第三覆盆因彼業報今作二百螺髻梵首而得第一爾時彼等發如是願願我未來生生世世莫墮惡道及以地獄因彼業報不入惡道乃至地獄恒生人天受於快樂又其彼等共見迦葉佛舍利塔破壞料理還得如舊心發是願願於我等未來世中還得值遇如是世尊既值遇已彼世尊邊有所說法我等聞已速疾證知因彼業報今值遇我即得出家受具足戒得阿羅漢果時諸比丘復白佛言希有世尊云何世尊見是優婁頻螺迦葉墮於邪道世尊方便出五百種神通教化然後始得阿羅漢果作是語已默然而住爾時佛告諸比丘言汝諸比丘非但今日我見優婁頻螺迦葉墮於邪道勇猛精進出五百種

神通化得其過去世亦墮邪道我心勤劬化取亦得時諸比丘即白佛言善哉世尊此事云何願爲解說爾時佛告諸比丘言汝諸比丘至心諦聽我念往昔有一國土名毗提何（此言非正身）彼國內有一剎利王名鴦伽陀（此言與身分）灌頂爲王甚有大力多饒兵衆錢財穀米倉庫盈溢爾時國王心有邪見曾於一時十五日夜月盛圓滿光明照耀其王初夜喚諸大臣悉來集聚其第一臣名毗闍耶（此言難勝）第二大臣名蘇摩那（此言善意）第三名爲阿羅波多（此言前言）此三大臣最爲上首爾時彼王復更廣命召集無量諸大臣等而告之言汝諸臣等各各自說心意之中作何方便過此一夜共相娛樂而令不睡時前言臣即白王言大王當知如臣意見應須備辦四種兵衆未降國土當令降伏既降伏已治化而住時善意臣復白王言大王當知如臣意見今一切處所有怨敵皆悉降伏更無所畏今宜恣情受於五欲而自娛樂時難勝臣復白王言大王當知五欲恒常是可得事此有何奇有何希有但大王今若有沙門若婆羅門精進持戒具足多聞廣智慧者若得是人彼可供養彼可承事何以故開悟人故爾時國王報彼臣言卿此一言甚爲大善此言甚美是故卿今審諦觀察看何處邊最好沙門好婆羅門精進持戒多聞智慧我當至彼承事供養時前言臣即白王言大王若須如是人者臣今能知如是人處在於鹿苑有一精進多聞之人名曰躶形姓迦葉氏能說微妙多種言語大王今者可事彼人爾時彼王嚴駕駟馬賢善妙

車坐於其上身著白衣串白瓔珞左右皆悉著白衣裳張白繖蓋脚白革屣手執白拂以白摩尼而莊嚴之以大王威大王神力及彼諸臣前後道從往詣躶形迦葉師邊到已恭敬坐於一面諮受未聞爾時鴦伽陀王慰問迦葉躶形導師作如是言尊者四大安隱以不一切時節和順以不資身之物得具足不衣食易得無所乏少不擾亂也爾時躶形迦葉道人即報於彼鴦伽陀王作如是言大王我今無所乏少我身亦得安隱無患又復大王身體起動安和以不善事利益增長以不國内人民豐樂以不王之政治端平直不爾時鴦伽陀王共彼躶形迦葉道人相慰問已心有疑處即諮問言尊者世間有諸沙門及婆羅門各說法行是中所有至眞實者尊者爲我次第解說作是語已是時躶形迦葉道人即報王言大王善聽是中所有至眞實者此之眞義我今當說是中有偈而鈍根人不能了知

世間幽冥愚癡人　或實或虚或妄語
以彼無有智慧故　觸語不能辯了知
諸業一切雜種無　善惡果報亦不有
夜叉等身亦非實　況復得有上諸天
又復無有父母親　此世彼世悉皆絶
沙門及婆羅門等　而彼一切皆悉空
世間師等亦復無　更有誰能被調伏
愚癡人輩教他施　智人聞已心不隨
若有善誑取他財　彼實愚癡自言智
所應死者其自死　行施已後無果收
此身一切常相連　欲言斷者無有是

所有火風及地水　若苦不苦并樂時
第七即是壽命根　此等無有能殺者
諸身及命兩間内　器仗從中自運行
世間愚癡人不知　謂言此被傷害死
如是怖畏名無智　若受是名智慧人
一經八萬四千生　流轉之時方得脱
如是煩惱乃能淨　八萬四千生後周
流轉無有錯亂期　猶如海潮波依限
如是之法次第説　大王今者應當知

爾時前言大臣聞説偈已即白躶形迦葉師言如是如是迦葉道人如尊者説所以者何尊者迦葉我知宿命憶念昔在俱睒彌城曾作屠兒彼時我殺無量無邊牛羊水牛猪羖羊馬殺賣取錢以用活命我作如是惡業已後從彼捨命今來出此大將之家足有資財以是因緣我知無有善惡業報爾時鴦伽陀王第一大臣名難勝者在王後立彼大臣聞如是語已悲泣下淚嗚咽不言時鴦伽王告彼臣言汝今何故悲泣乃爾難勝報言大王當知迦葉道人所説之偈及前言臣如是義理無有違失大王當知我亦憶念往昔在於俱睒彌城曾作長者能大捨施作於檀主所有資財悉皆共他分張而用白月黑月八日十四及十五日恒常受持八關齋戒恒常精進守護身口我作如是清淨業已今墮如是下賤婢胎生而作奴大王當知以是因緣我聞躶形迦葉道人及前言臣二人等語是故悲涕泣哭不勝亦知世間無有善道時鴦伽王聞於躶形迦葉道人如是語已從坐而起還至本宮過彼夜後聚集百官一切大臣而

告之言卿等三人從今日去若有私竊善惡等事愼莫問我我今遣此難勝善意并及前言三大臣等此等三人聰明智慧代我判事時鴦伽王作是語已入於一殿名爲妙色在其中坐經於七日受五欲樂放逸自恣縱情而住過七日後時鴦伽王有於一女名曰意喜身著種種雜色之衣復以種種瓔珞七寶莊嚴身已向妙色殿至父王邊到已頂禮父王之足却坐一面默然而住時鴦伽王告其女言善意喜女汝曾至彼園樹林内遊戲以不其中多有種種樹木其樹木上有諸華果復有種種飛鳥作聲汝入彼中意樂以不汝貪何等向我道之求頗當與作是語已問女所須時意喜女白父王言善哉阿爺女今身資無所乏少唯欲啓白阿爺一言唯頗父王聽女諮諫而説偈言

父王我今欲布施　一切沙門婆羅門
恒至月生十五時　頗與我千金錢直

爾時鴦伽陀王聞其女説如是語已即還以偈報意喜女作如是言

善女汝今至心聽　我從智人如是聞
雖復欲施多種財　一切皆空無果報
汝今何故發此意　誑惑世間諸癡人
現在未來悉皆無　汝復何須過勞苦
癡女汝今不聞彼　迦葉説法正不差
實無造業及作人　一切人天善惡果
夜叉鬼神悉非有　父母眷屬亦復無
略説八萬四千生　如是煩惱乃能淨
若過八萬四千後　流轉方無錯亂心
猶如海潮依限期　間中未至不可預

但當任運待時到　何用強作世紛紜
迦葉所說汝當知　此事無有虛眞實
無現及以未來世　汝今莫自獨疲勞
爾時意喜女聞父王鴦伽說是語已心中不樂即復以偈更白父言
阿爺今是國之王　應以正法治天下
惡臣謟曲既無實　復勸王事愚癡師
迦葉及彼三大臣　其等所說非眞正
父王此是惡知識　今者詐現知識形
自行邪道復忤人　下賤愚癡何所別
其今不與王安樂　反教王作不善因
我昔曾聞是事來　現在我身親自見
愚癡故來生於此　後復還得愚癡身
幽冥出已入幽冥　其後復還受幽冥
迦葉既是愚癡者　稱其愚惑意所宣
王爲人主統四方　知理達解世間事
云何如彼小兒輩　入邪小道徑中行
隨逐意受親近人　相學即便生染著
如箭被血所汙已　入束展轉更相塗
智者交往深自防　不狎惡伴諸朋友
雖身不作於諸罪　而常習近作罪人
久昵習學自相成　其後自然得惡響
是故猶如彼射垛　智者畏著罪亦然
莫與諸惡知識交　常親智慧善知識
若諸衆生身業淨　經於八萬四千生
屠兒殺害衆命時　又如獵射釣魚者
迦葉既似彼等輩　彼輩亦如迦葉儔
格量彼二一種齊　無有差別勝不如
如是無體理迦葉　愚癡盲冥空出家
執此虛妄爲淨因　八萬四千生分畢

顛倒左轉行失度　無智愚癡心意迷
若諸衆生得淨時　不應八萬四千受
偷賊劫殺於人物　能與他作惡怨讎
迦葉共彼無有殊　彼與迦葉亦無異
衆生若得於彼淨　云何八萬四千生
如是數取善惡時　上下及中平等者
一切無勝復無劣　亦復無有分別生
若諸衆生得淨修　經歷八萬四千處
彼人愚癡無有智　猶彼迦葉空出家
譬如燄熾大火然　普燒盡諸所祭物
如是無智愚癡故　自燒一切功德山
大臣前言見未來　造作衆罪無果報
彼於先世修福業　故今得受快樂心
若人造作衆罪時　捨福自然受殃禍
如船在水中不出　以重沉没故不浮
更無有人能出之　即没水中常腐敗
如人數數造諸罪　以造不息罪過多
如是即没地獄中　王此前言臣即是
以其罪患未成熟　其罪不久熟即知
罪熟即隨彼泥犁　猶如船在水中没
被諸苦衣所覆蔽　草重自舉不能勝
船久如是益重牢　人造衆罪亦復爾
漸漸久沉體轉重　猶如人造善業因
速疾得向上界生　往昔造諸一切罪
今生如彼地種子　罪業盡已後漸生
若造諸善業報時　即自生於善果處

時意喜女說是偈已復更重白其父王言父王當知我自思惟亦識宿命所以者何我憶往昔七生在於摩伽陀國王舍城內以惡知識相牵挽故造多罪業行於邪欲侵他婦妾

受樂如天大王當知我於彼時所造惡業覆藏而住如灰覆火復次大王我於彼處捨身已後又復生於金剛聚落富貴家生彼處生已值善知識黑月白月八日十四及十五日清淨守護八禁齋法恒常持戒大王當知我於彼處既造善業譬如安置種種伏藏至於水界牢固封治即便停住復次大王我於彼處亦捨身命以昔遇緣造惡業故有餘未盡即便墮落叫喚地獄在於彼處經多千年受極苦厄復次大王我於彼處罪業畢盡捨身即生頻那俱吒國土內受白羝羊身彼處生已有諸王子或駕車乘或被鞍韉而騎我上復次大王我於彼處既捨身已復生於彼陀毗羅國亦作羊身彼處捨身復受牛身捨彼牛身在山林中受獼猴身復次大王我於彼處捨獼猴身還生於彼金剛國內復受非男非女等身彼處業盡捨身即生忉利天上歡喜園中與天帝釋以爲侍衛復次大王我於彼處捨身之後以昔護持月六齋戒得清淨故今日來生大王之家資財巨富無所乏少而大王今可不自觀此之因緣從何而得如是功德可不以昔造善業故今受此報如是以不爾時鴦伽陀王如是共女意喜對說言論之時有一天僊名不那羅陀(此言不叫喚)從天上下觀閻浮提正當於彼鴦伽陀王宮殿之上從虛空中漸漸而下爾時王女意喜見彼天僊如是自上而下即從座起更置高座請彼天僊坐於其上是時天僊安坐訖已意喜頂禮天僊之足合十指掌向於天僊而諮白言尊者天僊世間頗有善惡果報諸業以不

頗有夜叉諸天以不有父母不有此彼世有於沙門婆羅門不唯願天僊爲我解說我此父王不信是事爾時大天不那羅陀即便反問鴦伽陀王作如是言大王云何汝今意中實不信於此事以不王即白言此事實然天僊復言大王當知善惡果報一切皆有亦有夜叉及以諸天有父有母有此彼世有諸沙門及婆羅門大王須信我從天上下來至此爾時鴦伽陀王語天僊言尊者天僊若有彼世今日尊者可與於我五百金錢我未來世當償尊者滿足一千時那羅陀天僊向王而說偈言

我今與王五百錢　須知王身有禁戒
若王心中無善行　因何未來償一千
此世有人諂曲行　彼世相求何處得
智人不與彼等債　如是人輩責求難
墮於地獄猛火然　或有諸鳥周帀食
云何來世能償我　墮於地獄受苦時
利刀割截身不完　節節割時流膿血
苦惱暫時無歇息　云何還我一千錢
舉手把利斲斤時　斫剉其身如斬蕉
支節無有完全處　云何還我一倍錢
嚴惡黑狗䐗荼身　處處轉動割截食
在於地獄無身肉　云何未來與倍錢
彼處有大利鐵叉　獄隊數數鑽其上
在於地獄手向下　云何與我一千錢
地獄多有劒樹林　一一劒頭十六刃
貫穿其上不暫住　誰能與我一倍錢
灰河地獄熱沸流　速疾如風如箭射
入於其中受苦痛　云何與我一倍錢

吞熱鐵丸地獄中　或復融銷赤銅汁
在於如是苦逼內　云何與我一倍錢
地獄有手如霆霖　各出熱炎嚴熾火
割截支節無暫住　云何與我一倍錢
彼處可畏闇無明　日月光影所不照
在彼無智愚癡輩　云何與我一倍錢
大王捨此非法行　勸王行於如法事
王當作於如是習　後應不墮地獄中
東西南北所有來　沙門婆羅門乞索
王當充足與食飲　衣服湯藥卧具房
彼等精進梵行人　沙門婆羅門取語
彼能救護王苦厄　猶如熱雨織蓋遮
土作如是善業時　多有朋友相隨順
得至善路快樂處　神通中最得神通
如牛渡水直截流　若人把尾隨得濟
一切世間亦如是　逐直得直邪得邪
諸有人中行法行　凡人學行皆成勝

爾時鴦伽陀王既聞說已復還以偈白彼天僊那羅陀言

大梵天僊哀愍我　猶如父母愛嬌兒
唯願數爲我現來　若覩智人見善事
唯願尊者見度脫　我沒煩惱海甚深
我今無地可住行　唯尊作我歸依處
唯願大梵僊護我　我今覆面如墮坑
地獄無量苦衆多　我今一一依尊語

爾時大僊那羅陀天還更以偈告鴦伽陀王如是言

王今若造罪不息　憎嫉沙門婆羅門
斷見顛倒既不除　我汝各各不相見
王若能行正法行　承事沙門婆羅門

精進持戒布施禪　我汝恒常得相見

時那羅陀大天僊神爲鶩伽陀大王說法教令正見心既迴已王意喜歡頂禮天僊合十指掌右繞三帀時那羅陀即從座起別鶩伽王還本來處爾時佛告諸比丘言汝諸比丘今應當知爾時天僊那羅陀者今現我身釋迦文是爾時彼王鶩伽陀者現即今日優婁頻螺迦葉是爾時佛告諸比丘言汝諸比丘我於往昔見彼優婁頻螺迦葉邪見熾盛墮顛倒道發精進心教化令入於正道中今日亦然見其顛倒入邪道故我以是發大精進力爲其出現五百種變神通教化令其安住無上菩提盡生死際到無畏處至涅槃岸

佛本行集經卷第四十三

音釋

躶郎果切赤體也　駟音四一乘四馬也　繖蘇旱切織絲綾爲蓋也　屣所綺切履屬　羖音古牡羊也　睒失冉切　紛紜紛音芬紜音云紛紜擾亂也　忤五故切逆也　昵尼質切近也　羝都奚切牡羊也　韉則前切鞍韉具也　斵竹角切斫也　斫之若切刀斫也　剉千臥切剉斫也

佛本行集經卷第四十四

隋天竺三藏法師闍那崛多譯

布施竹園品第四十六之一

爾時世尊經於少時住象頭山次第漸欲向王舍城遊歷而行是時去彼優婁頻螺聚落未幾至王舍城其間有一舊僊人居林苑處所名曰法雨而其法雨林内有舊僊人草庵其中常有五百苦行道人而住悉得五通並皆年老久修梵行頭白少毛齒鈌背曲身體皮膚多有黑黶咽喉垂哆如牛頸頡容貌乾枯形骸朽敗仰杖方行喘氣嗽聲欲行即踣向前欲進一步不移羸瘦筋焦纔有皮骨皆悉百歲一切無堪以其往昔種諸善根唯今一生但值佛時即得信行以未聞法不入涅槃皆在窟中各各禪坐爾時世尊欲化彼諸苦行僊人爲憐愍故至彼居處在其窟門戶頰之外而說此偈語彼僊言

若人雖說百句義　其名味字不合文
寧說一句勝百千　當令聞者得寂定
若人說於百句偈　既無義理文句乖
說一句爲最勝尊　聞已自然得寂定
若人善巧解戰鬪　獨自伏得百萬人
今若能伏自己身　是名世間善鬪戰
一月之中千過鬪　一鬪百倍得勝他
若能歸信佛世尊　能勝於彼十六分
一月之中千過鬪　一鬪百倍得勝人
若能歸信法正眞　能勝於彼十六分
一月之中千過鬪　一鬪百倍得勝他
若能歸信一切僧　能勝於彼十六分
一月之中千過鬪　一鬪百倍得勝人

若能思惟法性空　能勝於彼十六分
猶如小兒月月學　所食如彼茅草頭
若人歸信佛如來　能勝於彼十六分
若有能信法僧寶　并及思惟法性如
如是歸者信難量　能勝於彼十六分
如彼世間祭祀火　具足滿於一百年
若一心歸三寶時　彼福百千萬倍勝
如是百數不可盡　口業不可說得窮
以彼質直牢固心　能得如是上福報
若人滿足一百歲　在林祭祀於火神
若見善調伏人來　能捨暫時供養者
是則勝彼祭祀火　多種具足極一生
若人壽命滿百年　破戒心無有寂定
有能堅持忍精進　一日活足勝彼長
若人壽命滿百年　愚癡心恒生散亂
有能智慧及禪定　一日活足勝彼長
若人壽命滿百年　盲聾惛憒無聞見
其有見佛及聞法　一日活足勝彼長
若人壽命滿百年　懵憒濁亂無覺察
有能諦觀生死趣　一日活足勝彼長
若人壽命滿百年　不觀世間無常句
其有能了身非實　一日活足勝彼長
若人壽命滿百年　不覩世間甘露處
其有能識甘露者　一日活足勝彼長

爾時世尊說於如是妙偈頌時時彼一切諸苦行人聞此偈已人人皆悉證得六通是時彼等諸苦行人從其窟出出已頂禮佛世尊足各各禮已從彼地方飛騰虛空捨於壽命入般涅槃身出水火以自焚燒既焚燒已彼諸舍利從虛空中各墮地上爾時世尊收彼

五百羅漢舍利持作一聚即起支提是時彼中有諸比丘佐助世尊供泥及石壘治爲塔世尊神手綱縵之指親自砌壘彼塔成就端正可喜世尊於彼舍利塔上作種種法作已次第與諸比丘行向於彼摩伽陀國徒衆弟子足滿千人皆是彼舊螺髻梵志所出家者如是漸往詣王舍城爾時世尊與諸比丘至王舍城居住於彼杖林之內是時彼林別有一塔名善安住而有偈說

是時大衆相圍繞　世尊漸至王舍城
在於微妙杖林中　如來向彼欲居住

爾時彼處摩伽陀國有粟散王其王名曰頻頭娑羅傳聞他說沙門瞿曇甘蔗苗裔從釋種姓捨而出家今日來在摩伽陀中遊行教化與比丘衆足滿千人一切皆是耆舊螺髻梵志出家今已至於王舍城側在杖林中善安住塔相與停止而彼沙門能於世間出大名聞彼婆伽婆阿羅訶三藐三佛陀善逝世間解無上士調御丈夫天人師佛世尊現今在彼教化有緣又復世尊能於天人魔梵沙門及婆羅門一切世間以自神通皆能證知知已能作如是宣說生死已斷梵行已立所作已辦永更不受於後世有而彼世尊說法初善中善後善其義微妙唯獨具足畢竟清淨如是說法而如是等阿羅訶三藐三佛陀若當有人欲得往見其人善哉我今亦可至於彼所大沙門邊見世尊故爾時摩伽陀國頻頭娑羅即遣嚴駕賢善好車而坐其上共於國內諸婆羅門長者居士前後圍繞足滿十二那由他人從王舍城導引而出往詣佛

所欲見如來爾時彼國王舍城中有一婬女其女名曰娑羅跋帝可喜端正人所樂見世無有雙歌舞作倡音樂洞解所有衆技六十四能皆悉具足時彼婬女傳聞人道此有沙門瞿曇釋子王種出家乃至彼作如是心念我今可至彼沙門邊爾時彼女如是示現欲出門已復如是思我今可於頻頭婆羅大王之前見於世尊復作是念又彼頻頭娑羅大王以多人力打道而行到沙門邊又復多人大衆雜閙恐其遮我不能得行我今可於崩墻空所無人行處速疾而往先見世尊爾時彼女作是念已顧取多人而告之言誰能多拔墻城甎塼即當與汝如許錢直是時彼等諸受顧人一念時間破彼墻已而得道除一切瓦石荆棘平正爾時婬女娑羅跋帝即遣莊束妙好車乘坐於其上從自已家出行端直平正好道欲詣杖林善安住塔見佛世尊頂禮恭敬爾時世尊知彼婬女娑羅跋帝心之所念知已即作如是念言若彼婬女於先而來見於我者其頻頭王既在後來見此婬女立於我前則生疑阻作是念已即作神通令彼婬女即更不能於王前來其頻頭王欲於先來其車一定即住不行爾時頻頭娑羅大王心生恐怖悵怏毛竪作如是念我今有何鬼神災禍爲我作礙致使如此是時彼處有一天神知於頻頭娑羅王心在虛空中隱身不現而告王言大王汝今莫生恐怖大王汝今亦無災禍亦無變恠雖然大王汝於某處瞻波城中禁繫一人名爲某甲速令解放車即得行爾時頻頭娑羅大王聞彼天神如

是語已速疾遣使教放彼人既散放已可通車處車即得行其不通處步入山林往詣佛所到佛所已頂禮佛足却坐一面爾時彼處摩伽陀國一切人民居士長者或頂禮已却住一面或有共佛對善語言各相慰喻記已各還却坐一面或復有在佛世尊前說已姓字既自說已却坐一面或復有人向佛合掌却坐一面或復有人對佛默然却坐一面爾時國中一切人民長者居士坐一面已作如是念今日此中有大沙門復有優婁頻螺迦葉我等國師未審今者為當是此瞿曇沙門從迦葉邊受學梵行為迦葉等從沙門邊學修梵行爾時世尊知摩伽陀一切人民長者居士心之所念以偈告彼長老優婁頻螺迦葉作如是言

迦葉汝見何事情　先在河邊修苦行
為我及衆說此意　棄彼祭祀事云何

爾時長老優婁頻螺梵志迦葉即還以偈奉答佛言

色聲香味及觸法　五欲世間人所求
如是染愛滿天中　為貪是事我祭祀

爾時彼處摩伽陀國一切人民長者居士及婆羅門作如是念此大沙門自說一偈而彼優婁頻螺迦葉復說一偈而是二人竟不知誰何者是師何是弟子是時世尊知諸人民作是念已還更以偈問彼優婁頻螺迦葉作如是言

色聲香味觸等法　迦葉是中汝樂何
或有天上人世中　汝心所貪答我問

爾時長老優婁頻螺梵志迦葉重還以偈奉

答是言
　我見寂靜無礙空　無相障礙不能著
　不變易處無有誑　是處祭祀樂我心
爾時彼處摩伽陀國一切人民長者居士心
如是念此大沙門自說二偈而彼優婁頻螺
迦葉亦說二偈我等今者猶自不知何者是
師何是弟子如是十方諸佛世尊皆有此法
若其不令一切大衆生歡喜心及希有想則
不說法爾時世尊欲教大衆生於歡喜希有
心故告彼優婁頻螺迦葉作如是言迦葉汝
今若知時者可爲於彼摩伽陀國一切人民
長者居士婆羅門等現上人法出於神通是
時優婁頻螺迦葉聞佛語已即白佛言如世
尊教我不敢違爾時優婁頻螺迦葉從坐而
起即出神通飛騰自在於虛空中或復經行
或住或坐或復眠卧身出烟炎或復隱身如
是等出種種神通徧顯示已從空而下住於
地上頂禮佛足而白佛言世尊實是我教授
師我今真是無上世尊聲聞弟子而說偈言
　攝受微妙神通已　頂禮世尊勝足趺
　我弟子事既已周　世尊眞是我師父
爾時摩伽陀國衆婆羅門長者居士及諸人
民心生是念今此優婁頻螺迦葉乃是沙門
瞿曇弟子從沙門邊行梵行耶作是知已向
世尊邊生信向心生希有想爾時世尊知諸
大衆生於歡喜希有之想即爲大衆次第說
法所謂教行布施持戒說於生天因緣業報
說於猒離五欲之事說漏盡因說盡煩惱讃
歎出家護助解脫而世尊知摩伽陀國婆羅
門等長者居士及諸大衆一切已生歡喜之

心生柔輭心無染著心爾時世尊知彼大衆應當得道又復一切諸佛世尊知諸衆生或有讚歎而得道法即爲大衆如應而說所謂苦集及於滅道世尊爲彼大衆宣說是法相時彼等大衆在於坐中頻頭娑羅而爲上首巳外十一那由他人一時領悟復有師言凡有十二那由他人遠塵離垢盡煩惱界心得清淨於諸法中生淨法眼可有集法皆是滅相如實證知譬如淨衣無垢無膩無有黒色隨其所染易受於色如是如是彼摩伽陀諸婆羅門長者居士及以人民坐於彼座遠塵離垢乃至一切苦集之法皆是滅相如是證知其中復有一那由他清信士受優婆塞戒爾時摩伽陀王頻頭娑羅巳見法相巳知法相巳入法相於法相中巳度諸疑徹過無礙於諸法中無復礙心巳得無畏世尊法中不復隨他不復問他一切法中得如是知自在無礙時頻頭王即白佛言如來世尊我昔在家作童子時發五種願我於今日悉得成就何等爲五一者我在少年之時早得王位世尊此是我之初願今巳得成第二又願得王位巳我治化內有佛出世此即是我第二心願今巳得成第三又願佛出世巳彼世尊邊我設供養令得歡喜此是我心第三之願今亦得成第四又願彼世尊邊歡喜心巳爲我說法此即是我第四心願今亦得成第五又願彼世尊所爲我說法願我一切悉得證知此即是我第五心願今亦得成又復世尊我昔在家童子之時發如是心願有所作我悉得成無上世尊我今遂也善修伽陀我今勝

也譬如有人身曲得舒有人逃避藏伏得出迷人得道闇地得明盲眼之人顯見諸色無上世尊我今亦然然今世尊種種方便爲我說法又復世尊我從今去歸依世尊歸依法寶歸依聖僧從今日去一切時行優婆塞行願世尊知我如是持如來世尊我從今去盡此形壽誓不殺生護衆生命猶如已命爲諸衆生作歸依處如是等持五戒十善唯願世尊及比丘衆受我明日飯食供養爾時世尊爲摩伽國頻頭大王默然受請時頻頭王知佛默然受其請已即白佛言善哉世尊坐此車上入王舍城我當自行牽於此車作是語已佛語王言善哉大王唯願大王常得安樂我不用車時頻頭王從坐而起頂禮佛足圍繞世尊三帀竟已辭佛而去其頻頭王去未

久間時諸比丘即白佛言希有世尊云何今日摩伽陀王布施世尊馬車令乘又乞自行此事云何作是語已默然而住爾時佛告諸比丘言汝諸比丘至心諦聽其摩伽陀頻頭大王非但今日布施於我馬車令乘爲我牽車往昔亦然已曾施我諸如是事時諸比丘重白佛言唯願世尊爲我等說其事云何爾時佛告諸比丘言我念往昔迦尸國內有一王名善意樂法如法王治時天帝釋欲見彼王告調御天摩多梨言此言無著處汝摩多梨至迦尸國將善意王來見於我爲我語彼作如是言仁者善意三十三天及天帝釋欲得見汝仁者莫辭要必須來時調御天摩多梨即白帝釋言如天主教不敢有違旣受教已嚴駕寶車其車控馭千疋馬牽莊嚴訖已即時

飛下閻浮提地詣迦尸國善意王邊既到彼
已住於虛空以偈白於善意王言
仁者今可來上車　天乘莊嚴無有上
諸天憶念於仁者　是彼三十三天王
爾時善意王既聞　即從東面登車上
此乘最勝無有譬　行詣向於尊勝天
諸天遥見彼王來　各起而迎告於彼
善來人中法王者　共天帝釋坐此處
是時帝釋大天王　遥見彼王來即起
迎逆而告王言曰　善來世間汝大王
於今此處自在天　可住此承天威力
意欲停時隨多少　任情所用終不違
爾時彼王在於忉利三十三天多時住已心
意不樂作是念言我今恐畏壽命減損作是
念已即便以偈白帝釋言
我昔初來樂天上　此處音樂微妙聲
我今恐畏壽命終　所以還不樂天果
爾時忉利帝釋天王即還以偈報答於彼善
意王言
王今年壽未虧減　命終之日猶尚遥
但以王今善業微　是故不樂於天上
仁者昔來乘自力　彼業今盡無有餘
既以罪業迷惑心　故令心不樂天上
今若欲受天威力　即受天樂如舊時
如於微妙車乘中　又如惑亂妙林苑
汝今若作如是想　即得心樂住此天
時善意王聞此偈已即便諮白天帝釋言大
善天王我從此處至人間當作多福業行於
布施行於苦行行於善事語言多實受於齋
戒我當作是諸善業已還更來上於此天上

時天帝釋告彼王言如是如是如仁者言汝今日從此處已去至於人間當作如是多種功德多作善業乃至布施受於齋戒汝造如是善業竟已還來天上時善意王住彼天上經歷多時然後還詣向閻浮提至其王宮宮內所有婇女妃后及諸王子大臣百官親眷屬等皆悉死亡無有一在而王不見彼等舊人心中不樂憂愁悵快而說偈言

此是彼之舊衣服　瓔珞臂釧及耳璫
生平護惜不施他　今死物留身何在
如是種種莊嚴具　牀褥被枕妙綩綖
園林池沼及香山　忽然而捨於此處
一切人民既不見　所有宮殿並虛空
婦兒眷屬悉皆無　我意云何樂於此
智慧尊豪甚富貴　如是威德大家生
司命惡鬼不護持　磨滅悉皆使離散
若富若貴若貧賤　若聰若慧若愚癡
或少或壯或老年　若至於此盡時節
其司命鬼不能護　一切捉撮使消亡
諸有剎利婆羅門　毗舍首陀貴賤等
或旃陀羅塗摩類　時至不簡擇彼留
一切摧折悉無遺　猶如山川疾流駛
拔諸險岸所生樹　老病死至亦復然
吞噉衆類身命根　我親自於彼處見
四埵所居四鎮主　忉利三十三天宮
一戲意喜遊歷行　七日七夜時不及
我住於彼帝釋處　面前恒對矚天王
彼邊所覩餘諸天　常見有於如是事
我今唯造作福業　行檀捨施及尸羅
精進忍辱智慧禪　誓更不求王位報

爾時佛告諸比丘言汝等比丘欲知彼時善意王者則我身是其摩多梨調御天者即此摩伽頻頭王是其於彼時將車請我爲我牽車今亦如是請我與車亦欲爲我躬自馭駕本誓願然爾時頻頭娑羅大王至巳宮殿到巳彼夜辦具種種甘美飲食悉皆豐足所謂噉食唼食嗽食舐食諸如是等一切並訖過彼夜後掃灑堂殿鋪設諸座即遣使人往詣佛所諮請時至作如是言善哉世尊時節欲至所營飯食巳辦具訖爾時世尊於晨朝時著衣持鉢與比丘衆左右圍繞足滿千人皆是宿舊螺髻梵志所出家者羽翼世尊詣王舍城爾時忉利帝釋天王即自變改化作天身爲摩那婆形端正可喜衆人樂見頭上還以螺髻爲冠身著黄衣其左手中執金澡瓶右手挾持雜寶之杖在佛比丘大衆前行行時其足離地四指不到塵土爾時帝釋摩那婆身說此偈言

如來自伏能調他　共此一千舊螺髻
如是金色妙身體　無上世尊今入城
自既寂靜能寂他　共此一千舊螺髻
如是金色妙身體　無上世尊今入城
自既得度能度他　共此一千舊螺髻
如是金色妙身體　無上世尊今入城
自既得脫能脫他　共此一千舊螺髻
如是金色妙身體　無上世尊今入城
其有能說十法門　十力具足十無勝
一千比丘左右繞　無上世尊今入城

爾時城內一切諸人見天帝釋作如是言希有希有此摩那婆極大端正可喜無雙人所

樂見此誰侍者此供承誰爾時忉利帝釋天
王即以偈報彼諸人言
諸佛善能伏一切　寂靜無上最勝尊
應供天人世間中　我今與彼爲侍者
最大丈夫能伏物　無有能勝佛世尊
應供天人世間中　我今與彼爲侍者
爾時世尊安詳行至頻頭娑羅王宮殿中入
已即便鋪座而坐爾時頻頭娑羅大王見佛
世尊及諸大衆安坐已訖自手執持種種餚
饍飲食之具施佛及僧并餘大衆一切充足
自恣噉食衆雜唼嗽悉皆訖了佛及衆僧飯
食竟已淨洗手足各將小座坐於佛前時頻
頭王坐佛前已作是思惟今日令佛於何處
住莫令去城過近過遠出家之人使得安心
如法行道時頻頭王復作是念此之竹園近
於城隍還往穩便來去不疲平坦易行衆人
所樂欲求利益易得不難兼少蚊䖟毒虵蝮
蠍晝日寂靜無人去來夜裏少聲蘭若亦得
欲近城池來去無礙堪爲善人修道之處我
今應用此之竹林奉施世尊以爲坐處時頻
頭王作是念已而白佛言大聖世尊此竹園
林去王舍城不近不遠乃至堪爲善人修道
唯願世尊教我何法以此竹林布施世尊以
爲坐處爾時佛告頻頭王言如是大王若欲
布施我竹林者聽當布施彼招提僧時頻頭
王即白佛言如世尊教時頻頭王從坐而起
手執金瓶與世尊水復白佛言善哉世尊此
竹林園去城側近乃至堪爲善人修道我今
捨施諸佛世尊招提僧等布施以後唯願世
尊納取受用哀愍我故爾時世尊即便受取

爲憐愍故因以此偈而呪願言

一切樹木雜園林　并及造作諸橋等
渠池井泉以充濟　船舫來去渡衆人
彼等恒於晝夜中　福報日增長無絶
行法持戒人亦爾　信敬牢固即生天

爾時世尊爲頻頭王呪願訖已從坐而起還至本處至本處已爲此事緣集諸大衆集已而告諸比丘言汝諸比丘從今已後許諸比丘自畜園林時尼沙塞師作如是說得竹園緣

佛本行集經卷第四十四

音釋

黶幺减切黑痕也　哆敕加切　頡音胡牛頷下皮垂也　喘昌兗切喘息也　嗽蘇奏切欬嗽也　踣蒲北切倒也　盲聾盲眉庚切目無童子也聾盧紅切耳無聞也　惛憒惛呼昆切心不明了也憒古對切心亂也　瞢憕瞢澄應切憕武亘切瞢憕不明也　壘力軌切壘也　[illegible]音禄塼也　駇牛倨切制馬也　釧尺絹切臂鐶也　璫音當耳珠也　綩綖綩於阮切綖夷然切　蝮蠍蝮芳六切虺也蠍音歇毒蟲也

佛本行集經卷第四十五

隋天竺三藏法師闍那崛多譯

布施竹園品第四十六之二

爾時王舍大城之中有一長者名迦蘭陀國中大富多有資財豐饒駈使乃至其家猶如北方毗沙門宮一種無異其迦蘭陀竹林處所是彼長者自已之物去城不遠乃至堪爲善人居處彼園中有諸求道人來去居住其道人名阿耆毗伽（此言邪命）迦葉遺師作如是説爾時四鎮四大天王告青色身夜叉等言汝輩速疾往迦蘭陀竹園之内掃灑除却一切沙礫礓石荆棘糞穢土堆皆令平正勿使坑坎仰其淨潔今日世尊欲於彼園安居坐夏是時青色夜叉等衆承彼四大天王之威如是敎已即便白言如天王勑疾至彼園掃灑清淨乃至悉皆平正嚴淨爾時有一阿耆毗伽學道之人於晨朝起明星將現見四青色夜叉而來掃灑竹園見已即至彼等邊問作如是言長者云何汝等是誰彼等報言仁者我輩青色夜叉被四天王駈遣我等來於此處掃灑竹園乃至平正如來今欲於此安居經一夏坐以是義故我等今來料理此處爾時阿耆毗伽道人見如是事過夜日出速疾往至迦蘭陀所大長者邊到已語彼迦蘭陀言汝大長者今若知時昨夜將盡明星現時我見有四青色夜叉掃灑料理於竹林園我既見已至彼等邊借問其言諸長者輩汝等是誰彼報我言我等是彼青色夜叉被四天王駈使而來至於此處遣於我等掃此竹園而語我言汝等至於竹林園内乃至修治使

令平正世尊今欲住此安居是故我等故來此處摒擋料理此竹園中爾時阿者毗伽道人語長者言汝今於先將竹林園奉施沙門瞿曇受用恐畏於後摩伽陀王頻頭娑羅奪彼園與沙門瞿曇汝之長者當於爾時恐不得施此之功德汝當不得徒自虛損時迦蘭陀大富長者從彼阿者毗伽道人聞是言已即詣佛所半由旬道逆逢世尊其迦蘭陀長者遙見世尊前來可喜端正衆人喜見乃至諸相莊嚴其身猶如衆星莊嚴虛空見已即便於世尊所心生清淨心生歡喜詣向佛邊到佛所已頂禮佛足手執金瓶以清淨水灌於佛手爾時長者口作是言善哉世尊我住王舍名迦蘭陀我有一園稱爲竹林去城不遠乃至堪爲善人安處我今將彼園奉世尊

世尊爲我受彼園用慈憐愍故爾時佛告彼長者言若當有人布施奉佛或復園林或復宅地或餘衣服或餘資財空施佛者然彼之物於天人中即成爲塔餘不得用佛告長者汝今若將彼之竹園布施招提現在未來一切大衆皆悉得用勸汝如是殷重布施時迦蘭陀長者聞佛如是語已即白佛言如世尊教我不敢違爾時長者重白佛言世尊我今將竹林園布施未來三世一切衆僧來者皆隨意用願爲於我受用彼園憐愍我故是時世尊從迦蘭陀長者之邊受彼竹園爲欲憐愍彼長者故即說偈頌而呪願言其偈初云樹木雜園乃至略說即得生天此是世尊最先受施竹園因緣爾時世尊在王舍城迦蘭陀鳥竹園之内與大比丘徒衆千人所謂悉

是舊僊螺髻梵志出家

大迦葉因緣品第四十七之一

爾時去彼王舍大城不近不遠有於一樹名雜竪立別有一師作如是言摩訶僧祇復作是說摩伽陀國王舍大城有一聚落其聚落名摩訶娑陀羅（此言大澤田）彼處有一婆羅門村其村還名摩訶娑陀羅而彼村內有一大富婆羅門名尼拘盧陀羯波（此言堪用樹）彼大長者巨富饒財多有駈使乃至其家猶如北方毗沙門天宮宅無異而彼長者大婆羅門領五百村處分駈使受其節度爾時摩伽陀國頻頭娑羅王有一千具犂牛耕地彼婆羅門止少一具不滿一千所以者何恐畏頻頭娑羅大王生嫉妬心所以故減其婆羅門所有六畜不可知數唯數烟火知其多少其金錢藏一切合有二十五窖而彼大富婆羅門婦至其園中遊戲觀看彼婦因在一畢鉢羅樹下而坐爾時彼婦先舊懷娠即便在彼樹下而産生一童子可喜端正衆人樂觀世間無比猶如金像而彼童子初生之時於彼樹上即自然出一妙天衣彼衣現已其父母見作是思惟此之天衣必是童子福德故生是故即因此之瑞相名畢鉢羅耶那（此言樹下生）而彼童子從生已來因樹爲名相傳即稱畢鉢羅耶那爾時父母與彼童子各別安置四種妳母謂抱持妳乳哺之妳將遊戲妳看養育妳而彼四妳養育洗浴抱持戲笑與乳飲飼令其增長時畢鉢羅耶那童子而其父母唯此一兒愛重之心暫不聽離若不見時父母心中即便不樂爾時童子福德因緣養育未幾漸

向增長不久之間成就智慧乃至稍大能行能走而其父母及胎年數至滿八歲即爲其受婆羅門戒既受戒已即便付囑父母家業諸雜技藝祭祀法式悉遣令教所謂書畫筭數刻印及四韋陀諸受記法世辯言談受持杖法大呪術法闡陀之論種種文章五行星宿度數陰陽滴漏知時一日一夜凡若干時如是則凶如是即吉又復童子知地動相雷鳴震吼鳥獸鳴呼飛走驚動候相盡知一切諸變又占相知諸技藝相知男女相知六畜相知人洗淨清淨之行知受水法受澡灌法知受灰法知唱唄歌舞明識吉祥盛衰之相禳災解除祭祀火神大人諸天悉皆備訖既自學已復能教他受他物時或施他物皆悉學得於世間中無所不達無處不知叡智捷疾黠慧聰明敏博辯才利根多巧而彼童子本性質直常猒世間知欲不淨心生捨離以昔曾見諸佛世尊於彼佛邊種諸善根修諸功德已得成就知諸食相心多欲入向涅槃門常欲求出捨諸煩惱不受一切世間有爲不受一切生老病死往昔修行以爛一切諸業繫縛因此智力至成熟地一生補處時畢鉢羅耶那童子父母見其年漸長成堪受世欲如是知已即告彼言耶那童子我欲爲兒娉取女子與兒爲侍作是語已時畢鉢羅耶那童子白父母言波波摩摩我心不樂取妻畜婦我意願樂欲修梵行爾時耶那童子父母告其子言我所愛子兒今先須生子立世然後任當修於梵行何以故此事相承傳聞說言若人無子無有繼後彼人終不得生天

上時彼童子報父母言波波摩摩我今不用立世相傳亦復不用繼續於後我當梵行如是父母再過三過告畢鉢羅耶那童子作如是言愛子要須立世取婦何以故畏我等家當絕嗣胤時畢鉢羅耶那童子乃至三過被其父母如是惱時即便捉取閻浮檀金教於工匠作婦女形作已將向其父母邊出以示現向其父母作如是言波波摩摩我不用受五欲之樂願修梵行若必波波摩摩要欲爲我取婦持立世者必當須覓如是顏色如閻浮檀金形狀者時畢鉢羅耶那童子父母既見如是事已心大憂愁悵怏不樂心作是念我等何處能得婦女如閻浮檀金色形者時拘盧陀大婆羅門坐於樓上心裏不歡默然而住爾時彼家有婆羅門爲其門師恒常來往至彼大富婆羅門家時彼門師婆羅門來入其家已而呪願彼富婆羅門作如是言大施檀主願汝增加一切財錢吉祥果報無所乏少妻妾子息願多增益復更問其家人言汝之大家今在何處家人報言大婆羅門我大家今在於樓上心大悵怏愁憂不樂默坐而住時彼門師婆羅門即至於大富婆羅門邊如是白言願大施主增長家計宿昔何如於夜臥時食消以不又復夜共愛人相戲受於快樂稱意以不而彼主人富婆羅門默然不報彼復問言汝今何故默然不報我今如是與汝小來同苦同樂汝今何故不共我語時拘盧陀大婆羅門向其門師婆羅門邊委說前事說已語彼婆羅門言我今何處得如是女如閻浮檀金色形者爾時門師婆羅

門報大婆羅門作如是言汝大施主富婆羅門莫愁莫苦汝既爲我作於施主我所須者衣食具度常從汝得我爲汝覓求於如是閻浮檀形金色之女汝心莫疑我覓決得我須道粮并及道伴汝覓與我我共彼等相隨而去四方求覓爾時大富婆羅門聞如是語已稱其所言皆悉辦具及徒伴與時彼門師婆羅門得種種資粮相發遣已即作四色神明繖蓋種種莊校立爲神明於其前作種種音樂前後圍繞或有繖蓋底打金作其神明面或以銀作或玻瓈作神明之面或瑠璃作神明之面作已別遣三繖蓋行向於餘方其一自隨告彼別道諸人等言汝輩所至村邑方處普告一切諸村女言此是神明阿誰女能施設供養若供養者稱彼女心所欲求願即得成就汝等當觀其諸女內若見有女作於金色汝等當問其姓氏族名字住處好惡宜速疾來還向我邊如是語已即便別去時彼門師大婆羅門即自將一繖蓋神明置於囊裹及食粮具詣於他方或至州村聚落城邑王宮巷陌所入之處即將音聲樂彼神明所至之處有諸女等聞彼音聲一切悉來聚集觀察爾時彼大婆羅門見諸女集聚即從囊中出神明形示現女輩口作是言汝等女輩各當供養此之神明若有女能供養於此神明之者其女所可有心求願即得成就爾時彼等一切女輩即將種種塗香末香華鬘散華從家將來欲用供養彼之神明如是方便漸漸行至毗耶離城爾時去彼毗耶離城不遠有於一大村名迦羅毗迦(此言赤黃色)時彼村

內有一巨富大婆羅門名迦毗羅此言黄赤彼婆羅門富足資財多饒駈使乃至彼家猶如北方毗沙門宫一種無異彼婆羅門有於一女名跋陀羅迦畢梨耶此言賢色黄女彼女可喜端正姝絶衆人樂見世無有雙不短不長不麤不細不白不黑不紫不青其在盛年堪爲天下玉女之寶爾時彼處毗耶離城有一節日名爲然火其節日內有五百女共來集聚跋陀羅女身亦來集在彼會中爾時彼將繖蓋神明大婆羅門詣向於彼諸女之邊到已從囊即出神明示現彼等一切諸女口作是言汝諸女輩此是天神最勝最妙汝等各當供養祭祀若有女人供養此神可有心願皆悉得成爾時彼等一切諸女各將種種末香塗香華鬘散華速走向彼神明之邊口作是言我今供養此天神明唯自有彼跋陀羅女獨不肯往近彼神明而彼一切諸女伴輩强抱其將往神明邊亦到彼處其威光力彼閻浮檀金色之形即無威光便失本色爾時彼處跋陀羅女於女伴邊出力挺身即便得脱走向自家白己父母作如是言波波摩摩願莫將我與於餘人何以故我今不用人作夫主我心中欲修行梵行爾時彼女所有兄弟語跋陀羅作如是言阿姊阿妹我等實亦不欲與汝暫時别離但我等輩若不嫁汝於道理中復不能得世人或言是女兄弟必於其邊有邪私意是故不肯嫁與他人恐涉此疑是時彼女兄弟復更作如是言汝但莫愁我等若當將汝欲許於他人者會當爲汝多索錢財而彼人求若不能辦多許錢物則汝自然不

離家居而彼兄弟可有人來求彼女者即作是言若人欲求我姊妹者還聚好金令如女大乃當相與爾時彼所求女門師大婆羅門將閻浮金女形行者既覩於彼跋陀羅女見已問彼諸別女言此女是誰誰家所生時彼諸女報於彼客婆羅門言此處有一最勝巨富大婆羅門名迦毗羅彼是其女爾時彼客婆羅門聞此因緣已日將欲没至黃昏時漸到於彼富婆羅門迦毗羅家到其家已從乞寄宿而彼家人即便許可借其宿處時彼寄宿客婆羅門過其夜已至彼後日於晨朝時詣迦毗羅婆羅門邊到其邊已即在其前而呪願言願此仁者婆羅門家常勝增長作於如是呪願畢已却坐一面其迦毗羅問於彼客婆羅門言仁者昨夜安隱以不宿昔何如

是時彼客婆羅門報作如是言我昨夜中甚大安隱快樂無惱爾時彼家跋陀羅女於晨朝時從眠卧起至其父邊到已頂禮於其父足却立一面時彼求女客婆羅門白迦毗羅富婆羅門作如是言善哉仁者此是誰女其迦毗羅報彼客言是我之女彼婆羅門復問仁者此女頗有與處以不迦毗羅言此女未有許與他處時彼求女客婆羅門即白主人迦毗羅言大富仁者摩伽陀國有一聚落名摩訶娑他羅彼聚落内有於一村其村還名摩訶娑他羅其中有一大婆羅門名尼拘盧陀羯波巨富饒財彼有一子名畢鉢羅耶那摩那婆諸義自解復能教他於三韋陀悉皆洞解復解一事十名之論及尼乹輸書論往事五明論等一句半句一偈半偈皆能分別

受記世辯六十種論解大丈夫諸要相等一切技藝無所乏少爾時彼客婆羅門説如是語已白主人言今勸仁者將此女與彼摩那婆持以爲妻是時彼大富婆羅門及諸兒子報於彼客婆羅門言大婆羅門此女若嫁索多錢財有誰能取客婆羅門問主人言索幾多財彼等報言稱此女形索若干金爾時彼客婆羅門聞即從袋出彼閻浮檀金女之形示現於彼父母兄弟訖作是言此閻浮檀金色之形應稱是女汝等當取與我此女爾時彼女父母兄弟作如是念應彼處人聞我此女如是端正集聚多許閻浮檀金造作女形使若干大爾時彼女父母兄弟共如是言我等今者若取此形閻浮檀金不觀彼家錢財多少又不諳悉其國禮儀法則高下我女脫若至於彼家當見苦惱今須密使私觀彼家作是念已告彼求女婆羅門言善使仁者大婆羅門我今欲遣使觀彼家法用云何然後思量可與以不是時彼客大婆羅門報言如是任意當觀爾時彼客大婆羅門作是語已即辭主人歸還本國到尼拘盧陀羯波婆羅門邊到已白言善勝仁者大婆羅門心應歡喜我求得女如閻浮檀金色形者彼甚可喜端正無雙衆人樂見時彼大富婆羅門問於彼求女婆羅門言大婆羅門仁者何處得見是女彼婆羅門即報之言彼女舍去毗耶離城其間不遠有於一村名迦毗羅其内有一富婆羅門名迦毗羅彼婆羅門有女名曰跋陀羅迦畢梨耶爾時畢鉢羅耶那父母聞是事已心大歡喜徧滿其體不能自勝是時尼

拘盧陀羯波大婆羅門即便置立從巳坐村連接乃至毗耶離城其間步地半由旬道安一牛群并造客舍如是處處安置訖了時迦毗羅大婆羅門告於彼等當牧牛人作如是言汝等各應如是備擬若其有人從毗耶離城來於此彼等所須一切諸物汝等迎接供奉彼人勿令乏短爾時跋陀羅畢梨耶女兄弟從其家出向摩伽陀至王舍城彼等值初第一牛群所居之處彼處諸人曲躬出迎口作是言善來仁輩從於何方遠來到此即引將入客舍之中以諸香湯與令澡浴復以種種香塗其身復將種種無價之衣與其令著復將種種雜好香華結用作鬘置其頭上然後別將種種甘美餚饍飲食與其令噉所謂唼唻嚼齧嘗啜種種味具皆悉充足自恣飽巳始告語言此中即是我等牛舍可停一宿後日早起隨意而行時彼等客問牛子言此誰牛舍牛子報言此是尼拘盧陀羯波富婆羅門牧牛之舍故為仁等客行安立恐畏仁等行來疲乏飢渴困極所須不得而彼客人一夜安卧後日起行如是次第值於第二牛群之舍如是第三第四第五第六第七悉皆如是出迎承接復口白言汝等仁輩從何遠來乃至令宿一夜安樂眠卧後日隨意而行時彼等客問主人言如是牛舍可有幾許牛子報言從彼摩訶娑他羅村巳來至於毗耶離城半由旬間置一牛舍爾時跋陀羅迦畢梨耶女兄弟共聞如此語巳即作是念彼人牛舍尚有若干其餘錢財更何須說我等從此應須迴反還向本家我等當以我之姊妹

嫁與彼家以爲其婦時彼兄弟即遣使人告彼大富婆羅門言汝來可取我之姊妹爲汝新婦作是語已從彼迴還時畢鉢羅耶摩那婆聞於使人以得稱其心意之女聞已即作如是念言我今應當自往觀看彼女實有如是德行智慧以不是時畢鉢羅耶童子即便至已父母之邊長跪白言奄婆多多我心實亦不用五欲願修梵行而尊長今既强爲我求於匹對是故我今自應往彼次第乞食觀看彼女實如使人言語以不時其父母即告子言若知時者汝當自行而彼童子即便辭行次第乞食漸漸至迦畢羅迦村時彼國内有如是法若有沙門若婆羅門來乞食者女手將食出與彼人爾時跋陀羅女即從其家自將食出授與彼客摩那婆手爾時畢鉢羅耶見彼女已作如是念此決定應是彼女也是時其女自手授與彼摩那婆飯食訖已頂禮其足却住一面時摩那婆問彼女言仁者善女有嫁處未爾時彼女即便報言仁者摩那婆摩伽陀國有一聚落其聚落名摩訶羯波彼處有一婆羅門村彼村有一富婆羅門名尼拘盧陀羯波彼有一子名畢鉢羅耶我之父母以將我許與彼爲妻爾時畢鉢羅耶即便報彼跋陀羅女作如是言善女我聞彼摩那婆内心不用行於五欲願修梵行是時彼女即便謟白摩那婆言大婆羅門我今得聞如是言者甚大歡喜我亦不用行於五欲願修梵行今日許他此是父母世間之意我實不用今强以我隨同世人適彼爲妻爾時畢鉢羅耶童子聞是語已問彼女言謂仁者

善女汝昔曾見畢鉢羅耶摩那婆不彼女報言善摩那婆我未曾見時摩那婆復更重語於彼女言謂汝善女即我是彼畢鉢羅耶摩那婆身我實不用行於五欲我今內心願行梵行此之事情是我父母眷屬之意眞是父母故强與我取汝爲妻爾時跋陀羅女聞是語已即便白彼摩那婆言善哉仁者大摩那婆我得是言甚大歡喜仁必不用世五欲者今莫久住速宜取我莫令於彼有無梵行世間之人而求索我爾時畢鉢羅耶得是語已即從彼處迴還向家至父母邊到已長跪白父母言菴婆多多我實不用行世五欲願修梵行二尊爲我欲取婦者但速疾爲我迎彼婦爾時畢鉢羅耶父母即共迎畢羅迦大婆羅門立於言契交關下財隨索多少辦具種種飲食雜味無價瓔珞妙寶衣等選求吉祥善好宿日多賫財寶往彼迎取跋陀羅迦畢羅之女與兒作妻迎入家已於一室內鋪二合櫁既安置已而彼二人在一室內各各收斂不相染觸爾時畢鉢羅耶父母聞此事已作如是念彼之二人在一室內不相染觸此事云何即更方便却一合櫁止留一櫁其旣同眠自應相合而彼二人猶不相觸若畢鉢羅耶著於眠睡其跋陀羅女即起經行若跋陀羅女著於睡眠其畢鉢羅耶即復經行如是更互周歷年載終不同寢

佛本行集經卷第四十五

音釋

礫郎擊切小石也　礓居良切礫石也　追都回切聚土也　摒擋摒音併擋丁浪切　窖古孝切土藏也　娠升人切孕也　娉匹正切娉問也　胤羊晉切　嗣續也　輈張流切　齧五結切噬也　揄吐盍切𣲌也

佛本行集經卷第四十六

隋天竺三藏法師闍那崛多譯

大迦葉因緣品第四十七之二

爾時跋陀羅身正著睡眠其夫起立經行之時彼地方所有一黑蛇欲得行過時跋陀羅既著睡眠而其一手懸垂牀陛畢鉢羅耶見於黑蛇欲從彼過跋陀羅手既垂下懸心作是念畏彼黑蛇螫其手即衣裹手擎跋陀羅臂安牀上爾時跋陀羅以觸臂故睡眠即覺心生恐怖愁憂不樂意中疑恠即便諮白畢鉢羅耶作如是言賢善聖子仁於前時可不與我有是要誓我意不喜行於五欲願修梵行今爲何故發如是心畢鉢羅耶報言如是我不行欲跋陀羅言聖子今若不行於欲何故向者忽觸我臂爾時畢鉢羅耶依實報言向有黑蛇從此而過我見汝臂懸在牀前我於彼時作如是念恐畏彼蛇吐毒螫汝我於彼時以衣裹手擎持汝臂安置牀上實不故觸如是次第彼之二人一處居止經十二年同在室內各不相觸過十二年後有一時畢鉢羅耶父母命終家業既廣即便經營畢鉢羅耶身自檢校家外田作其跋陀羅修葺家內所有一切生生之業爾時畢鉢羅耶曾於一時語跋陀羅作如是言賢善仁者汝處分教壓烏麻油今欲將與諸牛等飲其跋陀羅即報夫主如聖子教我不敢違聞是教已喚諸使女而告之言汝等速疾壓烏麻油聖子欲將飲於諸牛爾時使女聞跋陀羅如是言已即將烏麻置日中曬而見諸虫百千蠕動見已各各共相謂言我等當得無量諸罪

或復有言我等今者知有何罪此之罪過屬跋陀羅其使我等作如是事跋陀羅聞諸使女等作是言已即語之言若有如是衆罪過者汝等當更莫壓於油爾時跋陀羅遣人摒擋彼烏麻已入於宮内閉門思惟心中不樂低頭默然寂靜而坐其畢鉢羅檢校田地觀看迴還見諸衆生受彼種種無量苦惱復覩諸牛受於困厄作使駈逐暫不得停見已憂惱低頭默然作是思惟嗚呼一切諸衆生輩受是苦惱還至其家心大憂愁顏色不樂低頭念坐其跋陀羅見畢鉢羅如是憂惱低頭思惟見已到邊到已白言聖子何故如是憂愁心内不樂低頭而坐仁今可不作如是念我處分汝跋陀羅令使人壓油不爲我壓以此因緣心不樂也彼即報言賢善仁者我今不以如此因緣心中不樂低頭而住我於今朝從此而去檢校田作見諸衆生受種種苦來去行住不得暫安復見諸牛種種作事不曾停息我見是已作如是念嗚呼嗚呼諸衆生等乃受是苦我以是故心中不樂低頭而住時跋陀羅復報夫言善仁聖子我今亦見如是大患其夫問言賢善仁者汝見何患其跋陀羅次第即說如是因緣爾時畢鉢羅耶語跋陀羅女作如是言賢善仁者住在家内難行清淨無缺無犯無揁無害終不能盡一形一命可得稱心修行梵行其跋陀羅報言聖子是故我等二人詳共捨家出家是時畢鉢羅耶即便報彼跋陀羅言賢善仁者汝今且住我當求師若尋得已當告汝知汝於後時捨家出家爾時畢鉢羅耶即喚家内所有

作使諸男女等而告之言汝輩可有當我錢財或復穀米皆屬汝等皆放爲良我欲出家修行梵行爲猒離故爾時畢鉢羅耶取已白氎無價之衣即時用作彼僧伽梨即請一人剃其鬚髮而作是言世間可有大阿羅漢而出家者我今隨其出家修道當於彼時世間未有一阿羅漢唯除如來多陁阿伽度阿羅訶三藐三佛陁爾時世尊於晨朝時明相現已證阿耨多羅三藐三菩提爾時畢鉢羅耶迦葉當於是日夜分已過日始初出尋亦出家是畢鉢羅耶迦葉生於大迦葉種姓之内故於世間得迦葉名彼出家已於聚落内次第乞食漸次而行復一時間次第遊行到摩伽陀國摩伽陀聚落至那茶陀村王舍大城其間忽見如來在彼一神祇處爾時是神名曰多子在於彼坐甚大端正其身正直猶如虛空之内衆宿莊嚴迦葉見已即得清淨得無二想我於今者必見教師我於今者必見婆伽婆我於今者必見一切智我於今者必見世尊一切見者我見世尊我見無礙智見者我見世尊彼大迦葉如是得淨心已心心相續正念不散頂禮世尊足下已畢右膝著地在於佛前白佛言世尊我是世尊聲聞弟子唯願世尊與我爲師我是世尊聲聞弟子也是故論者而說偈言

彼見佛在多子樹　猶如金像光顯赫
其心内發一切智　合掌歡喜向世尊
於彼林處禮佛足　合掌尊前作是言
唯願世尊爲我師　猶如闇處然燈照

爾時世尊告迦葉言迦葉若有聲聞弟子如

是一心正念已訖言是我師如是之心尊重供養而彼教師不知言知不見言見彼人以此虛妄語故受是尊重供養之者彼人頭破作於七分然大迦葉我今知實言知見實言見我爲聲聞諸弟子等說法之時說於因緣非無因緣非無開遮非但開遮亦現神通非唯現通亦有開遮非無開遮復次迦葉我於彼時說於因緣乃至亦有開遮非無開遮如我所說應奉行之勿得違也隨順我言若如是者於當來世長夜獲得自利益事得大安樂也復次迦葉汝應如是學迦葉汝若欲學如是行者於梵行人內下中上所應起敬重慚愧之心迦葉汝應如是學也復次迦葉汝於彼時常起正念勿蹔捨離迦葉汝於此事復應當學復次迦葉汝於彼時於五陰中應觀生滅之相所謂此是色此是色生此是色滅此是受此是想此是行此是識此是識生此是識滅迦葉汝於是處應如是學於時長老摩訶迦葉既蒙世尊作是教已生是不淨常乞食食經於七日至於八日如教生智於時世尊如是教已從坐而起於是長老摩訶迦葉侍送世尊爾時世尊行路未久便在路側到一樹下到彼樹已然其長老摩訶迦葉取已身上僧伽梨衣四疊敷地而白佛言世尊是座爲世尊設憐愍我故佛坐是座作是語已於時世尊便坐彼座坐已佛告長老摩訶迦葉言迦葉如此僧伽梨極爲微妙最勝最輭時長老迦葉白佛言世尊善哉善哉世尊今者憐愍我故受我是座於時世尊告彼長老摩訶迦葉作如是言迦葉汝能持我所

著糞掃衣不於時長老摩訶迦葉白佛言唯然世尊我能持彼如來所著糞掃衣耳於時世尊即授長老摩訶迦葉麤糞掃衣世尊便受摩訶迦葉所著妙服於世間中有人作疑頗有世尊憐愍他故顯示大德福利之事至於富勢在先棄捨而受麤布糞掃之衣彼所疑者唯應說此摩訶迦葉聲聞弟子是也乃至能從如來受彼麤糞掃衣其長老迦葉乃至得阿羅漢果盡於形壽彼長老摩訶迦葉不捨此想是故世尊授於彼記汝等比丘若欲知我聲聞弟子少欲知足行於頭陀悉具足者所謂長老摩訶迦葉比丘是也

爾時世尊復一時間在舍衛城祇樹給孤獨園於時世尊告諸比丘言諸比丘我於昔時離諸欲惡不善之法有覺有觀離生喜樂入於初禪是時摩訶迦葉比丘亦復如是離諸欲惡不善之法有覺有觀離生喜樂入初禪行我於爾時滅於覺觀內清淨心一處無覺無觀定生喜樂入第二禪是時摩訶迦葉比丘亦復如是亦滅覺觀乃至入於第二禪行諸比丘我於爾時離喜行捨憶念正智受於身樂如賢聖所歎已捨諸事住於安樂入三禪行是摩訶迦葉比丘亦復如是離喜行捨憶念正智受於身樂如賢聖所歎已捨諸事住於安樂入三禪行諸比丘我於爾時欲斷諸苦斷捨諸樂先滅憂喜不苦不樂捨念清淨入四禪行是迦葉比丘亦復如是斷苦斷樂先滅憂喜不苦不樂捨念清淨入四禪行汝等比丘我於爾時正以慈心徧於一方入定安住如是第一第二第三至第四方如是

上下於一切處一切世間以於慈心徧滿一切入定安住廣大無量無有怨恨不生毒害是時摩訶迦葉比丘亦復如是乃至無有怨恨不生毒害悲喜之心亦復如是諸比丘我於爾時以其捨心徧滿一方入定安住如是第一第二第三至第四方如是上下滿一切處一切世間以於捨心悉皆徧滿入定安住廣大無量無有怨恨不生毒害是時迦葉比丘亦復如是乃至不害汝等比丘我於爾時過一切色相滅一切有對相不思不念一切別異相念無邊虛空處即入無邊虛空處行是時迦葉比丘亦復如是過一切色相乃至入無邊虛空處行諸比丘我於爾時過一切無邊虛空處念無邊識處即入無邊識處行是時摩訶迦葉比丘亦復如是乃至入無邊識處行諸比丘我於爾時過一切識相念一切無所有相即入一切無所有處行汝諸比丘是時摩訶迦葉比丘亦復如是乃至入於一切無所有處行諸比丘我於爾時過一切無所有相入非有想非無想處行是時摩訶迦葉比丘亦復如是乃至即入非有想非無想處行諸比丘我於爾時過一切非有想非無想處行是摩訶迦葉比丘亦復如是諸比丘我於爾時入八解脫行逆順出入入已還出出已還入是時摩訶迦葉比丘亦復如是乃至入已還出出已還入諸比丘我於爾時入八勝處行逆順出入入已還出出已還入是時摩訶迦葉比丘亦復如是乃至入已還出出已還入諸比丘我於爾時入十一切處行入已還出出已還入是摩訶迦葉比丘亦

復如是乃至入已還出出已還入諸比丘我於爾時遊戲種種神通境界所謂一身分作多身合於多身共作一身從外入內從內出外從上入下從下出上石壁山障徹過無礙入出於地如水不異譬如火炎現已尋滅日之與月有大威德有大威力而能以手上捫摸之身得自在乃至梵天汝諸比丘是時摩訶迦葉比丘亦復如是亦復遊戲種種神通能以一身分作多身復以多身共作一身乃至身得自在至於梵天諸比丘我於爾時以淨天耳過於人耳所聞衆聲或是天聲或是人聲皆悉了聞是時摩訶迦葉比丘亦復如是亦復能用清淨天耳過於人耳乃至一切皆悉了聞諸比丘我於爾時以他心智知他富伽羅等心行之事即如實知如是心念若願心即如實知願心若無願心即如實知無願心如是有瞋心如實知有瞋心無瞋心如實知無瞋心有癡心如實知有癡心無癡心如實知無癡心有愛心如實知有愛心無愛心如實知無愛心有爲心如實知有爲心無爲心如實知無爲心小心廣心大心狹心亂心不亂心無量心無邊心有上心無上心入定心不入定心住定心不住定心解脫心不解脫心如實即知是時摩訶迦葉比丘亦復如是亦以他心智知富伽羅等心行之事即如實知如是心念若有願心若無願心乃至如實知解脫心不解脫心如實能知諸比丘我於爾時憶知種種宿命之事或一生處或二或三或四或五或十二十三十五十或百或千或壞一刧或住一刧壞已住住已壞或

知無量壞劫成已壞壞已成我於彼處如是名字如是姓如是生如是食如是樂如是苦如是受若干時壽命我於彼處死於此處生我於此處死彼處生如是相如是形種種宿命皆悉念知是摩訶迦葉比丘亦復如是亦以清淨天眼過於天人見於宿命之事或一生乃至如是相貌如是形種種宿命皆悉念知諸比丘我於爾時以清淨天眼過於天人見諸衆生死此生彼或好或醜或生善道或生惡道隨其業報乃至實知此等衆生具足身惡行具足口惡行具足意惡行及謗賢聖邪見顛倒此業和合因緣成故身壞命終墮惡道中此等衆生具足身善行具足口善行具足意善行不謗賢聖正見業法因緣故身壞命終生於善道如是之事以淨天眼過於天人如實見於彼處死生於此處或勝或劣或好或醜善道惡道隨業受報皆悉知見是摩訶迦葉比丘亦復如是如實能知如實能見諸比丘我於爾時諸漏盡已於無漏中心得解脫慧得解脫於現法中神通自在證安樂行唱如是言生死已斷梵行成就所作已辦不受後有是摩訶迦葉比丘亦復如是諸漏盡已乃至所作已辦不受後有爾時諸比丘白佛言世尊是長老摩訶迦葉往昔之時作何善業生富貴家資財具足乃至所作已辦身相端正衆所樂觀世間無比最上最勝狀如金像作何業因復得出家具足衆戒證羅漢果又佛授記諸比丘中少欲知足頭陀第一摩訶迦葉比丘是也作是語已佛告諸比丘言諸比丘我憶往昔過去之時有一辟

支佛名曰多伽囉尸棄恒住在彼波羅柰城於彼時間波羅柰處穀貴飢儉白骨滿地人民多死乞食難得出家之人不能舉措爾時辟支佛日在東方於晨朝時著衣持鉢入波羅柰城次第乞食不得如先洗鉢空鉢而出爾時波羅柰城中有一人其家貧苦而少居積而彼貧人見辟支佛多伽羅尸棄漸進而前威儀詳序視地而行進止得所舒顏平視威儀具足心得正念於時貧人見辟支佛心得清淨漸到彼已白辟支佛作如是言善哉大僊於此城中求乞飲食可得以不尊者報言善哉仁者我於此城乞食不得時彼貧人白辟支佛言善哉大僊來詣我家於時彼人家內唯有稗飯一升成熟已訖遂將辟支來入家中敷設安坐以飯奉獻而諸辟支佛有如是法以神通力教化衆生不以餘通爾時多伽囉辟支佛於彼人所受得食已憐愍彼故從彼貧舍騰空而去時彼貧人見彼尊者辟支佛騰空而去彼既見已歡喜踊躍身心徧滿頂戴十指合掌恭敬頭面作禮乞如是願願於將來值遇如是辟支聖人或復勝者若彼聖人所說法要願得聞持速疾解悟又願生生世世不墮惡道之中汝等比丘欲知爾時波羅柰城貧苦之人請多伽囉辟支世尊到其家內而施食者摩訶迦葉比丘是也時彼貧人以少貯積能以好心施多伽囉辟支世尊一食緣故千返生於鬱單越處於無量世往返恒生剎利大姓婆羅門種居士大家藉是業報因緣力故於迦葉佛出世之時得為迦尸國王訖利尸子其迦尸國王訖利

尸子恭敬尊重迦葉如來阿羅訶三藐三佛陀盡於一世然後涅槃是迦尸國王爲佛舍利造七寶塔其七寶者所謂金銀玻瓈瑠璃琥珀碼碯及硨磲等其寶塔內七寶莊校外以石砌覆其寶塔其塔高妙極一由旬廣半由旬其王子名耆婆陵伽（此言攀緣）於其塔上造七寶蓋徧覆其塔又有師說造塔八分於比丘僧布施衣服飲食靴履施已作願願我將來值如是聖彼聖說法尋即領悟又願不生惡道之中所生之處得金色身作是事已遂從父王求乞出家其父不許時彼王子父命終後乃得出家既出家已讀誦經典成就禪定於彼命終往返恒生天人之內無量世中遊歷是已於最後身今得生於尼拘陀羯婆羅門家其家巨富具足財寶乃至所須皆無乏少而是摩訶迦葉於迦葉佛舍利塔上造七寶蓋供養尊重因緣力故得金色身以於彼時乞如是願願我不生惡道以是業報因緣力故從是以來不墮惡道常得生於天人之處受於無量無邊樂報而於彼時復乞願言願我將來值是聖人既得值已勿令背我或勝此聖彼若說法聞已即解以彼業報因緣力故得值於我如是教化即值我已即得出家具足衆戒證羅漢果我所授記諸比丘中少欲知足即此上座摩訶迦葉比丘是也諸比丘此是摩訶迦葉往昔所造功德業報因緣力故生於大富婆羅門家乃至無所乏少身相端正最妙最勝狀如金像復得出家具持衆戒證阿羅漢果故我授記少欲知足頭陀第一者即摩訶迦葉比丘是也爾時世

尊經於多時復一時間告大迦葉作如是言迦葉汝今將邁少年已過老年復至汝身所著糞掃奢那麤弊之服宜須捨棄今可取我上妙衣服迦葉汝來如是之服長者所施微細輕輭刀所割成縫治著身受他人請常在佛邊勿離於我作是語已時大迦葉白佛言世尊我於長夜在阿蘭若亦常讚歎阿蘭若法我於長夜乞食活命亦復讚歎乞食功德我於長夜著糞掃衣亦復常歎糞掃衣德我於長夜不非時食亦復讚歎不非時法我於長夜修一坐食亦復讚歎一坐食法我於長夜受一摶食節量飡噉亦復讚歎受一摶食及以讚歎節量食法我於長夜在於塚間亦復讚歎在塚間法我於長夜在於露地亦復讚歎在露地法我於長夜住在樹下亦復讚歎住樹下法我於長夜在於經行亦復讚歎在經行法我於長夜常坐不卧亦復讚歎常不卧法我於長夜唯畜三衣亦復讚歎畜三衣法我於長夜少欲知足亦復讚歎少欲知足我於長夜樂於寂靜亦復讚歎樂寂靜法我於長夜不曾樂說無益之語亦復讚歎不樂無益言語之法我於長夜常行精進亦復讚歎常精進法我於長夜成就正念亦復讚歎成正念法我於長夜成就正定亦復讚歎成正定法我於長夜成就智慧亦復讚歎成智慧法我於長夜常入禪定亦復讚歎入禪定法佛告迦葉作如是言迦葉汝見何利益故長夜自行阿蘭若法亦復讚歎行蘭若法乃至長夜自入禪定亦復讚歎入禪定法於是大迦葉白佛言世尊我見二種利故長夜

在阿蘭若處亦復讚歎行阿蘭若者乃至長夜常入禪定亦復讚歎常入定者何等爲二一者我今現得安樂行法二者爲後世衆生生憐愍故唯願將來人衆見我等故學我等行應作是言過去之世有老宿上座聲聞比丘彼等長夜樂阿蘭若共讚歎阿蘭若行乃至常入禪定亦復讚歎常入禪定者我等云何學於彼行乃至自入禪定讚歎常入禪定者世尊我見此二種利故長夜在於阿蘭若行亦復讚歎行蘭若者乃至常入禪定亦復讚歎常入禪定者佛告大迦葉善哉善哉大迦葉汝於來世爲多衆生作大利益作大安樂安隱無量諸天人民是故汝今隨意所樂住阿蘭若處汝於隨時欲見如來時時來見於時諸比丘問佛言曰希有世尊是長老摩訶迦葉何故乃能爲多衆生作大利益作是語已佛告彼等諸比丘言諸比丘是摩訶迦葉非但現今爲衆多人作大利益過去之世亦爲多人作大利益諸比丘白佛言世尊唯然世尊願說因緣佛告諸比丘言諸比丘我念往昔此摩訶迦葉曾作帝釋天王於彼時間無佛出世亦無辟支佛出世於彼時中一切人輩從人道中命終巳後捨人身巳多生惡道少生人天如是三十三天夜摩天兜率天化樂天他化自在天梵身天墮巳多生惡道少生人天於彼之時天處人處多有空曠

佛本行集經卷第四十六

音釋

蛰螫　蛰陟列切螫音釋蛰螫蟲行毒也　蠕　而兗切蟲動貌　稗　傍卦切稊稗也　摶　徒官切音團

佛本行集經卷第四十七

隋天竺三藏法師闍那崛多譯

大迦葉因緣品第四十七之三

爾時彼帝釋王作如是念我于今者亦可下生彼閻浮提人間受生教化彼等教誨成就作是思惟已喚四天王言善哉仁者汝於今者可就我所聽我教令我今意欲共汝等輩生於人間教化人故教誨彼等我於彼時當作師子王身汝等當作師子而守護之將多眷屬而圍繞之作是身已遊歷村舍城邑聚落遊行處時時彼人輩若問汝等我等應當與汝何物汝等應當報彼人言曰別與我一百數人若其彼等復問汝等須丈夫也須小兒也爲取婦人爲取男子汝等應報作如是言若有多殺生者如是等人日須一百用供給此師子王食如是偷盜人者行邪婬者行妄語者或兩舌者或惡口者或綺語者或多貪者或多瞋者或邪見者如是之等諸惡人輩日須一百供此師子若其有諸不殺生者汝等勿與如此之人師子不食如是不盜者乃至不邪見者汝等勿與如此師子悉皆不食復須是教家別一人決須出家爾時帝釋及四天王善教思惟作是念已下來閻浮爾時帝釋化作師子縱廣高下一俱盧舍猶如師子無有異也時彼人衆在師子後爲師子王索食而行如彼昔時帝釋所教無有異也爾時彼衆以怖師子悔心殺生無有偷盜亦無邪婬乃至無有邪見之心悉具足持修十善業家別一人出家學道行四梵行命終已後生於梵宮於其衆中若有人等唯持十善

不出家者彼等人輩多生人天流轉而行是摩訶迦葉於彼時中如是方便為衆多人作大利益以過去世因緣力故今亦復爾爲衆人民作大利益諸比丘是摩訶迦葉比丘於未來世彌勒世尊法教之中亦爲多人作大利益時諸比丘白佛言世尊是摩訶迦葉於彼云何當作利益佛告諸比丘言諸比丘是摩訶迦葉我涅槃後攝護我法及諸戒律令久住世當作法會盡其形壽將命終時入於山間以神通力住持此身起如此願願我比身勿令散壞乃至彌勒如來多陀阿伽度三藐三佛陀出見我身也作是思惟已遂捨身命入無餘涅槃彼涅槃後二山還合於後彌勒得阿耨多羅三藐三佛陀時廣顯法教於彼時間彌勒世尊憶念是大迦葉舍利生憶念已告諸比丘作如是言汝等比丘欲見釋迦牟尼多陀阿伽度三藐三佛陀聲聞弟子少欲知足頭陀第一者所謂摩訶迦葉以不彼等比丘白言唯然世尊我等樂見爾時彌勒如來阿羅訶帝三藐三佛陀與無量千衆左右圍繞至於彼所至彼處已時彼兩山即便兩開爾時彌勒多陀伽多三藐三佛陀見大迦葉比丘舍利不散不壞唯著僧伽梨見已告諸比丘言諸比丘比是釋迦多陀伽多三藐三佛陀聲聞弟子頭陀第一名大迦葉即其人也爾時彌勒多陀伽多三藐三佛陀在於彼處爲諸比丘而說其法作如是言諸比丘迦葉比丘所行如是我如是教汝等今者應如迦葉比丘所行爾時衆中多千比丘乘如是法行如是法如摩訶迦葉比丘所當

行也於彼衆中無量千數衆等於彼法中當得清淨法眼佛告諸比丘如是次第是大迦葉比丘爲當來時大利益也諸比丘我今戒勸汝等學大迦葉比丘願汝等行如迦葉比丘也

跋陀羅夫婦因緣品第四十八

爾時跋陀羅迦畢梨耶女以不得善師遂至外道波離婆闍迦所出家學道精勤修習成就彼法剋獲四禪具足五通於彼法中得大名稱成就威力爾時世尊已聞女人聽其出家于時摩訶波闍波提爲五百釋女皆悉出家光顯佛法建立比丘尼衆於彼時間長老大迦葉作是思惟我於往昔已許跋陀羅迦畢梨耶女得善教師要當相示必令汝得出家學道復作是念彼跋陀羅畢梨耶女今在何處即便入定觀察是女以清淨天眼過於人眼觀見是女在彼波離婆闍迦外道之處出家學道住在恒河河岸之處修外道行見已便喚一箇得通比丘尼來而告言曰善哉姊妹汝若知時其跋陀羅迦畢梨耶女於波離婆闍迦外道之所出家學道今在恒河河岸之所善哉姊妹汝應詣彼如實告言善哉姊妹汝夫迦葉我共同師出家學道汝今亦可往詣彼所於我師邊出家學道修行梵行時彼得通比丘尼聞長老摩訶迦葉如是語已譬如壯士屈伸臂頃彼比丘尼如風迅疾從舍衛城而沒其身相遂至於跋陀羅迦畢梨耶波離婆闍迦外道女前現身却住在於一面彼比丘尼即便慰問波離婆闍迦外道之女慰問已訖而復告言善哉姊妹汝應知

時汝夫迦葉與我同師出家學道修行梵行汝今亦可往詣彼所於我師邊出家學道修行梵行爾時跋陀羅迦畢梨耶波離婆闍迦外道之女問彼比丘尼言善哉姊妹汝等教師當何所似作是語已彼比丘尼報跋陀羅外道女言善哉姊妹我等教師以三十二大人之相莊嚴其身具足八十種好十八不共佛法十力四無所畏大慈大悲無邊戒衆具足無邊定衆具足無邊智慧衆具足無邊解脫衆具足無邊解脫知見衆具足我彼大師一切聲聞諸弟子等亦復如是戒衆具足定衆具足智慧衆具足解脫衆具足解脫知見衆具足時彼比丘尼於跋陀羅迦畢梨耶女前如是如是歎佛功德及聲聞弟子時彼跋陀羅迦畢梨耶外道之女聞已遂於如來及比丘僧所心得清淨得清淨已告彼比丘尼言善哉姊妹若如是者我當隨去時彼比丘尼語跋陀羅迦畢梨耶外道女言善哉姊妹乘我神通相隨而去爾時跋陀羅報彼比丘尼作如是言善哉姊妹然我身自有神通也爾時彼比丘尼共跋陀羅迦畢梨耶外道女於彼發引亦如壯士屈伸臂頃從恒河所即便沒身於祇陀林中忽然出現往詣佛所其跋陀羅迦畢梨耶外道之女遙見世尊端嚴殊妙乃至猶如虛空衆星莊嚴見已心得清淨即至佛前到已頂禮佛足而白佛言善哉世尊聽我出家授我具戒爾時世尊告阿難言長老阿難將此跋陀羅迦畢梨耶外道之女付囑摩訶波闍波提憍曇彌勑教言曰此跋陀羅迦畢梨耶外道之女放令出家授具

足戒是女當得神通具足威力並備爾時長老阿難奉佛勅命白佛言曰如世尊教不敢違也遂將彼女向於摩訶波闍波提憍曇彌比丘尼所到已具陳如上之事爾時摩訶波闍波提憍曇彌比丘尼度跋陀羅迦卑梨耶外道之女令得出家授具足戒具戒未久至空閑處獨自安靜遠離諸濁精勤苦行心不放逸思惟而住爾時跋陀羅迦卑梨耶外道之女既得出家授具足戒乃至心不放逸思惟而住不久彼衆諸善男子善女人等正信出家求無上梵行現得見法自得神通所作已辦得安樂住口自唱言生死已斷梵行已立所作已辦不受後有是長老女見知是已遂得阿羅漢果心得解脱世尊復記告諸比丘作如是言是比丘尼於聲聞比丘尼識宿命中是跋陀羅迦卑梨耶比丘尼最爲第一諸比丘尼凡所諮問皆能記别爾時彼等諸比丘尼衆大生希有想各各嗟歎希有希有是跋陀羅迦卑梨耶比丘尼而大衆中諸比丘尼久已出家修行梵行未得如是捷疾神通如跋陀羅迦卑梨耶比丘尼者爾時彼比丘尼衆有心疑故往詣如來能斷疑惑達解一切實義者之所到已頂禮佛足却住一面住一面已彼諸比丘尼衆白佛言世尊此跋陀羅迦卑梨耶比丘尼往昔之時作何善根而於今者生大富家資財具足乃至一切無所乏少身相端正衆人樂見觀者無猒世所希有具足衆相復以何緣而得出家具諸戒行疾得神通世尊授記於諸聲聞比丘尼衆弟子之中識宿命者是跋陀羅迦卑梨耶比

丘尼最爲第一作是語已佛告諸比丘尼作如是言諸比丘尼我念往昔波羅柰城中有二女共爲親友一者大富長者女二者大姓婆羅門女爾時彼婆羅門大種姓女請彼大富長者之女至其舍宅時迦葉如來多陀阿伽度三藐三佛陀詣大富長者家時彼大富長者女見迦葉如來詣於已舍即便出舍迎逆世尊時彼婆羅門女不肯出迎時彼大富長者女告大婆羅門女善哉姊妹汝以何故不迎世尊彼女報之言善哉姊妹我手無物云何空手往詣佛所令向佛邊以何等事自恣迎佛爾時大富長者之女報彼女言善哉姊妹汝但迎佛如來必入爾時彼大婆羅門女遂造一蓋衆寶莊嚴以細疊衣彌覆其上復以種種諸華鬘等四散垂下爾時迦葉如來阿羅訶三藐三佛陀於晨朝時日在東方愍彼女故著衣持鉢詣彼大富長者女家爾時婆羅門大姓女持彼寶蓋奉獻迦葉如來阿羅訶三藐三佛陀奉獻訖復以偈頌而說之曰

種種寶蓋金爲柄　微妙細衣華覆上
迎奉丈夫大威德　唯願世尊哀納受

爾時迦葉如來阿羅訶三藐三佛陀愍彼女故受其寶蓋汝等比丘尼勿作心疑彼時施寶蓋女豈異人乎即跋陀羅迦毘梨耶比丘尼是也諸比丘尼更有因緣我念往昔還此波羅柰城有一大富長者其彼長者有駈使女於彼時間有一辟支佛依波羅柰大城而住爾時辟支佛於晨朝時日在東方著衣持鉢詣大長者舍宅乞食爾時使女見辟支佛

漸進而來威儀詳序進止有方爾時彼女心得清淨得清淨已速詣家中向長者婦邊而白言曰善哉聖女有一比丘在門乞食時長者婦梳髮而坐以其左手舉髮遥看彼辟支佛是辟支佛形體醜陋身不正直時長者婦見已即告彼使女言我今不喜如是醜陋不正之人況與食耶是時使女復白彼言善哉聖女但與但與此僂人食如是之人何必端正但取心賢時長者婦復作是言我實不喜如是之人云何遣我布施食也使女復言聖女今者若不喜與僂人食者但願與我一日食料我自迴施時長者婦復作是言善哉妹汝今既是我家作使取汝自分隨意所與爾時使女於長者婦邊取自分食奉獻尊者辟支佛也諸辟支佛有如是法以神通力教

化衆生不以餘法時辟支佛於使女邊生憐愍故受所奉食即於彼前騰空而去時彼使女見辟支佛以神通力飛騰空行既見此已歡喜踊躍身心徧滿不能自勝合十指掌遥即頂禮向彼尊者辟支佛陀遂起是願口即唱言願我將來值是好師或勝是者彼所說法願速領悟生生世世不墮惡道勿令醜陋得不正身如此僂人所以者何以醜陋故乞食不得我所生處一切時中可喜端正衆所樂觀爾時彼長者婦見彼尊者辟支佛現大神通騰虛而去見已告彼使女言曰善哉妹汝可與我如此功德我於今者倍與汝食時彼使女白長者婦作如是言善哉聖女我不能與時長者婦復作是言善哉姊妹願汝與我如此功德我與汝食兩倍於前彼使女

言亦不能與如是三分四分五分十分二十分三十分四十分五十分悉不肯與時長者婦復告使女善哉姊妹汝今與我如此功德我今與汝一百分食使女言曰亦不能與爾時彼長者婦即生瞋恨便告之曰汝以何故違我勑遂捉使女苦加打縛時彼使女遂即高聲作大啼哭爾時彼大長者從外入來見彼使女啼哭如是而問之曰賢者何故如此啼哭時彼使女即向長者說前情狀爾時長者便生瞋恨即喚己婦令解衣服及諸瓔珞復告言曰我既遣汝檢校家資乃有沙門婆羅門者詣家乞食而汝不與以是因緣驅令出堂安置小室弊陋之處即召使女教令洗浴以婦瓔珞衣服之具悉授使女即令彼女開倉庫門顯示財寶而告之曰賢者如是錢財物中若有沙門婆羅門等若有乞者任隨施與莫爲限礙汝等比丘於意云何彼時長者家內使女豈異人乎勿作斯疑此即跋陀羅迦毕梨耶比丘尼是也時彼使女以於辟支佛所生清淨心故隨其終已生忉利天可喜端正衆所樂觀最勝最妙於忉利天宫殿之處於玉女中無有勝者而彼天上有四天子各各諍競求彼玉女欲以爲妻各各言曰是玉女者當與爲婦時天帝釋見四天子各各諍競即勑言曰仁者汝等各競欲取此女爲妻汝等宜各隨便說偈偈最勝者即便相與爾時彼四天子白天帝釋善哉天王唯願天王於前說偈我等當說時彼帝釋即說偈言

行坐恒思念　寢卧常無樂　我著睡眠時

爾乃心放捨
爾時彼四天子之內有一天子復說偈言
天王汝快樂　睡眠得安隱　猶如戰鼓聲
常恒攪亂我
于時第二天子復說偈言
如擊戰鼓聲　是聲互有無　如近耳摇酪
攪亂我不息
于時第三天子復說偈言
摇酪容有時　有急亦有疾　我爲欲所亂
狀如炎日光
于時第四天子復說偈言
汝等皆安樂　善巧能說偈　我今不自知
爲活爲當死
爾時天帝釋見第四天子心躭著欲即說偈
言

是人欲捨命　不久自當死　恐捨天處樂
宜速授彼女
時彼天衆更共評論遂授彼女時彼使女從
是已來不墮惡道周迴往返於天人處經無
量生於最後生生迦毗羅婆羅門家多饒財
寶資財無量是跋陀羅迦比丘尼由於往昔
生在彼大婆羅門家爲女之時於迦葉如來
三藐三佛陀所施雜寶蓋復以往昔在長者
家爲使女時因施彼尊者辟支佛食一飡飯
故而發願言願我所生可喜端正衆所樂見
以彼業果因緣力故生生之處可喜端正衆
人樂觀最勝最妙爲人所慕緣於彼時又復
願言令我將來勿墮惡道以是業報因緣力
故生生之處不落三塗於天人處周旋往返
常受快樂以於彼時更乞願言令我將來願

值如是教師或勝此者從彼聞法皆能領悟以是業報因緣力故今得值我復得出家具足衆戒亦復能得速疾神通我爲授記於聲聞衆比丘尼中得宿命通最第一者所謂跋陀羅迦卑梨耶比丘尼是也諸比丘尼是跋陀羅迦卑梨耶昔種善根以彼善根因緣力故是跋陀羅迦卑梨耶比丘尼今生富貴大婆羅門家端正可喜乃至於我聲聞之衆比丘尼中憶往宿命最爲第一爾時諸比丘白佛言世尊希有婆伽婆是跋陀羅迦卑梨耶比丘尼隨順長老摩訶迦葉得出家已善能隨順出家之法作是語已佛告諸比丘言諸比丘是跋陀羅迦卑梨耶比丘尼非但今世隨順摩訶迦葉出家過去之世亦復如是隨順出家諸比丘白佛言世尊此事云何願爲解說佛告諸比丘我念往昔有一貧人修營田業時貧人婦從家而出以食餉夫到一河邊見一尊者辟支跏趺樹下端身正念身心不動時彼貧婦見辟支佛心生清淨合十指掌頭頂禮足敬意在前其夫在田遥見其婦從家而出入河岸下不見渡處即起心念誰在彼邊共誰而住於即不來今我飢渴甚大疲頓思欲早至以是因緣彼夫即便生大瞋恚悵怏不樂執杖向彼至彼處已見辟支佛安坐禪定見已即作如是思惟我婦今者與彼沙門共爲世事決無疑也于時彼人生大瞋恨以杖打彼婆私瑟吒尊者辟支佛爾時辟支佛即從彼岸以神通力騰空飛行時彼貧婦即白夫言咄哉汝造如是大罪僊人無咎以何義故横生惱亂今此大僊戒德具足

行於妙法有大威德具大神通爾時貧人打辟支佛已尋即生悔既生悔已即告婦言善哉姊妹汝於今者可共出家同修梵行所以者何我今是罪不可以少因緣除滅婦即報夫作是言曰善哉聖子不敢違教今我二人捨家出家時彼二人齊心出家既出家已二人修行成就慈心捨身命終遂生梵處汝等比丘於意云何于彼昔時如是貧人營田業者豈異人乎摩訶迦葉比丘是也彼時貧人之婦供養辟支佛爲夫餉食乃至成就慈心捨身命終生梵宮者豈異人乎即跋陀羅迦毘梨耶比丘尼是也以於彼時隨夫出家故於今者亦復隨逐摩訶迦葉出家不違教也

舍利目連因緣品第四十九之一

爾時摩伽陀聚落去王舍城不遠有一村柵名那羅陀彼村之中有一巨富大婆羅門名曰檀孃耶那(此言吉至)住在彼村又有師說彼婆羅門名曰檀那達多(此言財與)彼婆羅門甚大巨富多有資財如毗沙門一種無異彼婆羅門具有八子其第一子名曰憂波低沙其第二子名曰大膝其第三子名曰純陀其第四子名曰姜叉頡唎拔多其第五子名曰闡陀第六名曰閻浮訶迦第七名曰憍陳尼第八名曰蘇達離舍那是名八子復有一女名曰蘇尸彌迦是女於彼波離婆闍外道法中出家修道摩訶僧祇師復言彼婆羅門有七子所謂第一名曰達摩其第二者名曰蘇達摩第三名曰憂波達摩其第四者名曰坻沙第五名曰憂波坻沙第六名曰頡唎拔多第七名曰憂波波離拔多是名七子其憂波坻沙摩

那婆於兄弟內最爲處大善能誦習亦教他人於四韋陀莫不曉悟誦習成就善能解釋自餘諸論所謂尼揵陀雞晝婆等及其名字一一能釋明宿世事巧能分別於五明處曉了無礙授記別論縷練在心六十四能具足成就善能曉達大丈夫相時摩那婆本性柔輭其心賢直常懷慈悲深猒世事悔昔先罪已於過去多值諸佛種諸善根成就衆事巧能熏習常樂精勤於食知足猒背煩惱向於涅槃順理無礙能惡諸有衆行成就朽壞結縛至成熟地唯一生在聰明妙巧細心思惟明了諸法童子父母營事家業皆悉諮問爾乃造作爾時王舍大城去城不遠有一聚落名拘離迦於彼村內有一種姓大婆羅門居士是大居士依彼村住大富饒財乃至彼家猶毗沙門天王宮殿無有異也彼婆羅門産生一子名拘離多顏容端正衆所樂觀一切書論皆悉通曉復能教他乃至能了丈夫之相其憂波坻沙童子共爲親友時彼二人互相愛念常懷歡喜和顏悅色若少時別大生愁惱彼等往昔千生之中愛戀相縛而有偈言

宿世因果相熏習　二心展轉互相親
以如是等愛心故　猶如蓮華生在水
憂波坻沙拘離多　彼二遞互相愛敬
若經少時不相見　腹中煩惋自懊惱

佛本行集經卷第四十七

音釋

攪古巧切攪動也 餉式亮切饋也 柵楚革切寨也 孃尼良切 頡唎頡古黠切利音剎 坻直尼切 縷縷力主切 練練郎甸切 惋烏貫切驚歎也

佛本行集經卷第四十八

隋天竺三藏法師闍那崛多譯

舍利目連因緣品第四十九之二

爾時王舍大城去城不遠有一山名祇離渠訶於彼山中常有一時施設大會其會即名祇離渠訶復有山名離師祇離亦常設會其會亦名離師祇離復有一山名倍訶羅如是般涂山如是毘富羅山各有一會其會亦名毘富羅等如是彼山祇離渠訶隨節設會於彼會處聚集大衆時有無量千數無量百千數乃至億數人民交集乘種種乘所謂象馬車步從八方來欲觀彼會其王舍城一切人民莫不皆出於彼時間去王舍城那羅陁村去拘離迦聚落可半由旬時低沙童子作是思惟我於今者可至祇離渠訶處詣彼觀看若至彼者令我必當剋獲一事謂心猒離於時憂波低沙童子乘四象車從那羅陁聚落而出至祇離渠訶設會之所爲觀看故其拘離多童子亦作是念我於今者可往詣彼祇離渠訶大會之處乃至心生猒離乘其象背漸進而行是童子前使諸人戲或歌或舞從拘離迦聚落而出至祇離渠訶設會之處爲觀看故時彼二人顔容端正能悦人心乃至技藝莫不了達堪爲衆首時彼會中敷諸高座彼人至已各昇高座是時憂波低沙童子見彼大衆以種種技作諸音樂或歌或舞嬉戲受樂既見此已即作是念此事希奇未曾有也今是人民乃能於此苦惱之中諸穢濁内衰老垢處受樂放逸如是病垢無有安隱如是死穢命非久長如是大衆而生樂想放

逸自恣種種歌舞作衆音樂受諸戲樂時憂波低沙觀大衆已作如是念過百年已如是大衆無一在者作是念時即生悔恨不生欣慕便從勝座安徐而起漸離會處至空閑林詣一樹下悵快而坐諸根閉塞思惟禪定時彼會中有一技人以戲弄故令大衆喜時拘離多童子見彼大衆訶訶大笑即作是念今此大衆於百年已頷車頰骨更可合不作是念已生大憂苦不生貪樂便從坐起覓憂波低沙童子即作念言憂波低沙童子今何所在四向顧覓遥見憂波低沙童子在彼林樹安坐思惟其心不樂諸根閉塞思惟念定顧瞻見已即便詣彼而白言曰汝今何故其心不悦於此之處獨坐思惟汝於今者得無災恠不祥之惱殃苦事也即説偈言

鼓瑟等音聲　男女歌詠聲　應聽是妙音
何故不生樂　此時應歡喜　勿得懷憂惱
此是受樂時　非應作啼哭　但聽是音聲
如天玉女作　此會如天會　何故情不欣

爾時憂波低沙童子告拘離多童子竒哉親友汝見如是大會事不以於種種音聲歌詠受大喜樂是大會衆於百年已無有一在即説偈答

衆人貪愛境　是境不能救　諸物不久固
愚癡輩何樂　此諸衆生等　染著五欲心
不久墮地獄　命終成灰土
我今心内無一欣　恐怖愁憂甚增長
汝等音樂雖有樂　如我意見樂法心
天人脩羅緊陀羅　多時心中受歡樂
不能猒離便命盡　是故我應修法行

爾時拘離多童子復白憂波低沙童子言憂波低沙我之心念亦復如是即說偈言

苦樂相同者　憂喜亦復同　智者所讚歎
今我亦同汝　汝欲心所好　我意亦當隨
寧可共汝死　不欲生離汝

爾時拘離多童子復問憂波低沙童子言我等今者欲何所作時憂波低沙童子報拘離多童子作如是言知友若爾今者我等應當出家求勝甘露時拘離多童子便報憂波低沙童子作如是言如汝意樂我亦隨喜憂波低沙我等今者既已捨家宜從此去求索出家時憂波低沙童子告拘離多童子言汝拘離多應當知時我等今者衆人識知若家不許誰度我等彼恐父母生留難心我等於今宜諮父母時二童子遂從衆會還至家中爾時憂波低沙童子詣父母所而白言曰善哉父母我今意者樂欲出家唯願聽許爾時父母私共評論今者家內誰爲繼嗣一切資生以誰爲主如是童子我等愛念將欲捨我出家求道我有何心而能別彼於時父母共評論已即告憂波低沙童子言童子我等今日雖有衆子於汝偏愛暫時不見生大憂惱常樂見汝不欲相離汝從生來未曾勤苦如我等意乃至絕命不欲相離況我現在而當相放若許出家終無是事如是二請乃至三請亦不聽許如是三請不蒙許已爾時憂波低沙童子既不蒙許遂於一日不飲不食乃至七日爾時父母一切親屬及諸知識各共集會白父母言善哉聖者汝等應許憂波低沙捨家出家其人若得捨家出家樂彼求道容

存活路身命若存汝等何憂而不見耶若不樂彼會自當歸勿令汝前取命終耳爾時童子父母即告言曰若必然者我今聽許爾時拘離多童子即詣父母而白言曰善哉父母我今將欲捨家出家惟願聽許是拘離多父母唯有一息愛之甚重不欲蹔捨若少不見生大憂愁時拘離多童子父母昔於家内先有要誓汝等家内大小於拘離多童子邊有所作者勿得違也凡所發言皆悉從命於時彼等善知時已告拘離多童子言隨汝意樂任情所作爾時王舍大城有一外道名波離闍婆刪闍耶住在彼城有五百眷屬爾時憂波低沙童子及俱離多童子未有歸依不知何去時二童子遂剃鬚髮於刪闍耶(此云彼勝)外道之所出家學道時彼二人念行捷利少欲知足智慧深遠其刪闍耶毘羅悉智(此云別異杖)之子遂向二人說已道術種種技藝醫方藥草非想禪定時二童子既聞是已於七日七夜皆悉通達時彼二人通達是已於波離婆闍迦外道之所及五百眷屬爲教授師時彼二人如是次第匡領大衆雖復如此而於内心未得安靖時憂波低沙童子告波離婆闍迦(此云遠離)拘離多曰善哉拘離多此刪闍耶波離婆闍迦法不究竟窮盡苦際拘離多汝應共我更求善師時拘離多波離婆闍迦童子告憂波低沙波離婆闍童子言如憂波低沙所言我不違也雖然此師亦復不得全棄捨之更餘別覓時彼二人同心立誓我等二人若復更得勝是師者爲我等說甘露勝道者必相啓悟爾時世尊頻婆娑羅等教化十二

那由他眾生已住王舍城迦蘭陀竹園之內與大比丘眾一千人俱皆悉剃髮捨家出家爾時有一長老比丘名憂婆斯那威儀詳序諸比丘中最爲第一於晨朝時著衣持鉢入王舍城於其城中次第乞食摩訶僧祇師作如是說自餘諸師又復說言時阿輸波踰祇多(此云馬星)於晨朝時日在東方著衣持鉢入城乞食於其城中次第乞食威儀詳序進止有方著僧伽梨及涅槃僧嚴持食器皆悉齊整巧攝諸根安心視外思惟諸法正念直行爾時王舍大城一切人民目所見者各共評論而說偈言

巧攝諸根識　進止恒靜定　含笑出美言
此必釋種子

爾時憂波低沙童子見彼長老阿濕波踰祇多比丘於王舍城次第乞食威儀詳序進止有方著僧伽梨及涅槃僧嚴持食器悉皆齊整巧攝諸根安心諦視思惟諸法正念直行而爲諸人說此偈故爾時憂波低沙波離婆闍迦即作是念世間所有諸阿羅漢一切聖人及成向道今是大德應在一數我當詣彼問其心疑爾時憂波低沙波離婆闍迦復作是念若往問者今非其時所以者何以乞食故夫求法者應捨我慢宜當隨逐詣何方所作是念已其憂波低沙波離婆闍迦即隨後行觀見去所爾時阿濕波踰祇多比丘從王舍大城乞食已持食出城時憂波低沙波離婆闍迦即詣大德阿濕波踰祇多比丘之所到已共彼長老阿濕波踰祇多比丘對自慰踰共談說已却住一面時憂波低沙波離婆

闍迦白大德阿濕波踰祇多比丘言仁者汝是正師爲當是他聲聞弟子也説是語已時長老阿濕波踰祇多告憂波低沙波離婆闍迦言別有大師我是餘尊聲聞弟子爾時憂波低沙波離婆闍迦問大德阿濕波踰祇多比丘言大德汝師是誰依誰出家樂誰法行爾時世尊初成正覺時諸人輩皆悉號佛爲大沙門是摩訶沙門也作是名號爾時阿濕波踰祇多大德比丘告優波低沙波離婆闍迦言善哉仁者有大沙門是釋種子於釋迦種類於彼出家彼是我師依彼出家喜樂彼法爾時憂波低沙波離婆闍迦復白大德阿濕波踰祇多言善哉仁者彼汝大師顏容端正於汝勝不所有德術亦勝汝也爾時長老阿濕波踰祇多即説偈言

如芥對須彌　牛跡比大海　蚊虻並金翅
我與彼亦然
假使聲聞度彼岸　成就諸地猶弟子
於彼佛邊不入數　與佛世尊威德別

然彼我師於三世法皆悉明了得無礙智仁者我師於一切法事皆成就爾時憂波低沙波離闍婆迦白大德阿濕波踰祇多言仁者汝師説何等法論何等事即説偈言

我見新威儀　身心甚寂定　是故我疑網
願爲説是事　汝今莫疲倦　我心懷疑網
汝師説何法　願爲解説之　見是婆羅門
恭敬起是問　報言我師者　甘蔗種大姓
一切智無勝　是我無上師

爾時大德阿濕波踰祇多比丘告憂波低沙言仁者我生年幼學法初淺少知少聞豈能

廣說今當爲汝略言之耳爾時憂波低沙白阿濕波踰祇多言善哉大德要略說之如我今者不好多語而說偈言

我唯取眞理　不好名與句　智者愛實義依義我修行

爾時長老阿濕波踰祇多告憂波低沙言仁者我彼大師說因緣法談解脫路我師偈說如是之法摩訶僧祇師作如是說迦葉惟師又復別說是義云何仁者我師說是法句

諸法從因生　諸法從因滅　如是滅與生沙門說如是

爾時憂波低沙波離婆闍善達文字之法時大德彼阿濕波踰祇多比丘能解文義又能攝彼義及文字是何多也

諸法因生者　彼法隨因滅　因緣滅即道大師說如是

時憂波低沙波離婆闍迦觀見如此法行之時即於是處遠塵離垢盡諸煩惱得法眼淨諸有爲法皆得滅相如實觀知譬如淨衣無有垢染遠離黑膩易受染色如是如是憂波低沙波離婆闍迦觀此行法即於是處遠塵離垢乃至如實觀知時巳彼憂波低沙波離婆闍迦如實觀見彼諸法巳得諸法巳觀諸法巳入諸法巳度諸法巳無復疑網是非之心皆悉滅沒得無畏地不隨他教自然能知如來法巳即說偈言

如是之法行　如我所得者　數劫那由他未曾得此法

爾時憂波低沙波離婆闍迦巳見諸法巳得諸法巳得生智捨三奇木整理衣服向大德

阿濕波踰祇多頂禮足下禮已還起右繞三
帀從是别去諸拘離多波離婆闍迦所到已
其拘離多波離婆闍迦遥見憂波低沙波離
婆闍迦面目清淨儀容光澤見已白言仁者
憂波低沙波離婆闍迦汝於今者諸根已淨
皮膚光澤面目清淨汝於今者頗證甘露不
頗得甘露道也時憂波低沙波離婆闍迦告
拘離多波離婆闍迦言仁者我已值遇甘露
勝法得甘露道時拘離多即報彼言仁者如
是甘露誰邊所得時憂波低沙波離婆闍迦
報言仁者我於彼大沙門邊所得拘離多波
離婆闍迦復言仁者彼大沙門說何等事論
何等法汝於今者云何而得甘露勝道爾時
憂波低沙波離婆闍迦向拘離多波離婆闍
迦而說偈言

諸法因生者　彼法隨因滅　因緣滅即道
大師說如是

爾時拘離多波離婆闍迦聞是偈已即於是
處遠塵離垢盡諸煩惱得法眼淨一切行法
皆得滅相如實能知如實能解譬如淨衣無
有垢染遠離黑膩易受染色乃至如實能觀
知已而說偈言

如是之行法　如我今所得　數劫那由他
未曾獲此法

時拘離多復以偈誦告憂波低沙波離婆闍
迦言

汝遇甘露故　面目淨光澤　汝讚說是法
聞已得淨眼

爾時拘離多告憂波低沙波離婆闍迦言善
哉仁者速往速往宜從此到大沙門所當行

梵行彼佛世尊是我教師爾時憂波低沙波離婆闍迦告拘離多言仁者我等今日不得失恩應詣本師删闍耶所何以故彼於我等多作利益先於我邊有大重恩救度我等令得出家應詣彼別又復五百眷屬徒黨依附我等修學行法須告彼知若彼印可我亦共行爾時憂波低沙波離婆闍迦共拘離多波離婆闍迦往詣彼師删闍耶波離婆闍迦邊到已白言善哉仁者我等今欲至大沙門佛世尊所行於梵行時删闍耶波離婆闍迦告憂波低沙波離婆闍迦等言仁者彼所莫往我共汝等教習此衆如是第二憂波低沙波離婆闍迦復告删闍耶波離婆闍迦言善哉仁者我等欲去至大沙門佛世尊所行於梵行時删闍耶波離婆闍迦再語憂波低沙波

離婆闍迦等言仁者莫至彼所是諸弟子付囑於汝我於今者獨到一邊縱情無預如是第三時憂波低沙波離婆闍迦共拘離多波離婆闍迦等語删闍耶波離婆闍迦言我等不欲是諸弟子但我唯願速詣彼師大沙門邊行於梵行彼大沙門是我世尊是我教師說是語已即於此處背删闍耶而去不還爾時彼五百波離婆闍迦外道之衆即作是念此憂波低沙拘離多是二人等多解多知聰明細意我等多年疲勞厲意讀誦技藝呪術等事然是二人於七日七夜一切通達此非凡庶此等應曉能求勝處若彼求處我亦隨求其所行法我亦當行所修梵行我亦隨修作是思惟已便即隨行時删闍耶波離婆闍迦復告於彼大衆言曰汝等人輩莫去莫去

雖復如是言說遮斷不能留礙遂爾而去時刪闍耶波離婆闍迦即作是念今此大衆必定捨我以此大衆捨離因緣故大愁惱即從口中吐大熱血而取命終爾時憂波低沙波離婆闍迦與拘離多波離婆闍迦將五百眷屬詣迦蘭陀竹林之處爾時佛告諸比丘言汝諸比丘應善知時於此院內須敷淨座彼諸比丘白佛言世尊唯然受教時諸比丘即爲世尊於其院內敷設淨座世尊於是坐彼座時長老憍陳如遙望見彼憂波低沙及拘離多二人與彼外道徒衆左右圍繞欲來至已即白佛言世尊今此二人憂波低沙波離婆闍迦拘離多波離婆闍迦等有大技藝多聞多知於諸道術無復疑網名聞流布徧至四方今若來至世尊前者如我意見量此二人決欲共佛論義來也作是語已佛告長老憍陳如言汝憍陳如我今知彼二人之心求勝故來不以論義爾時世尊遙見彼等憂波低沙波離婆闍迦拘離多波離婆闍迦等二人因緣而說偈言

見諸聖爲樂　共居亦復樂　不見群癡輩
是則名常樂

爾時世尊告諸比丘作如是言汝諸比丘見此二人波離婆闍迦一名憂婆低沙二名拘離多不時諸比丘而白佛言見也世尊佛復告彼諸比丘言汝諸比丘今此二人是我聲聞弟子之中各有第一一者智慧第一二者神通第一而說偈言

彼等遙見二人來　弟子圍繞及眷屬
雲雷尊音告比丘　如此二人外道生

今來詣我大眾處　汝等比丘應當知
一者智慧最為勝　二者神通復第一

時佛復告諸比丘言汝諸比丘一切過去所有諸佛多他伽多三藐三佛陀於此聲聞大眾之中更無勝也今此二人當亦如是諸比丘若未來世諸佛如來三藐三佛陀更無勝我今此一雙聲聞弟子汝等比丘亦可敷設宜令彼坐而有偈說

二人牛王得深智　已捨一切諸邪道
雖未至此大林中　世尊遙授彼人記

於時二人漸進而來欲到彼林遙見長老阿濕波踰祇多在一樹下視地經行即詣彼所到已頂禮却住一面時憍陳如而白佛言希有世尊云何今此憂波低沙波離婆闍迦等捨彼勝生放蕩之處及多閙處發最上心於長老阿濕波踰祇多所起最下心作是語已佛告長老慧命憍陳如夫有智者隨得智處常起報恩繫念不忘若少得恩常憶無失況多得也憍陳如是憂波低沙波離婆闍迦等於阿濕波踰祇多所得法眼淨以是因緣說此法句

諸佛所說法　誰邊聽解知　是處起恭敬
如梵志事火

爾時憂波低沙波離婆闍迦等與諸波離婆闍迦等詣向佛所頂禮佛足長跪白言善哉世尊我等今者欲世尊前出家修道唯願世尊聽我出家受具足戒佛告彼言善來比丘今來入我自證法中行於梵行盡諸苦故作是語已彼諸比丘自然即得三衣著身各執瓦鉢鬚髮自落狀如童兒初剃其髮始經七

日時諸長老即成出家具足衆戒爾時長老憂波低沙在佛右邊長老拘離多在佛左邊各坐一面而是長老憂波低沙從出家後始經半月盡諸結漏現神通力及得神通智波羅蜜證羅漢果時拘離多止經七日即盡結漏現神通力及得神通智波羅蜜證羅漢果時彼長老憂波低沙及拘離多等如是因緣漸次而有五百眷屬悉得出家成具足戒爾時長老憂波低沙母名舍利（此言鶖鴒）以是因緣世間號曰舍利弗多（弗多者此言子）其彼長老目揵連延是彼種姓以是義故世間號曰目揵連延又復世尊而記之言汝諸比丘於我聲聞弟子之中大智慧者舍利弗多最爲第一神通之內目揵連延最爲第一爾時諸比丘白佛言世尊其長老舍利弗目揵連等彼於往昔種何善根乘是因緣令得出家具足衆戒證羅漢果世尊復記於大智慧聲聞之中舍利弗勝神通之中目連爲最作是語已佛告比丘作如是言諸比丘我憶往昔於波羅柰城時有二人一者是兄二者是妹其兄名曰蘇畢利耶（此言善愛）其妹亦名蘇畢利耶時兄善愛捨家出家既出家已即得成其辟支佛道其妹善愛於波離婆闍迦外道之中出家學道其兄善愛辟支佛尊於一時間往詣外道妹善愛所既到彼已敷座而坐其妹善愛備辦百味飲食之具手自供設令食飽滿飯食已訖復持一刀及以一針奉施其兄辟支佛尊其辟支佛飯食已訖將妹善愛所施之物刀子及針於彼妹前飛騰而去其妹善愛眼自見彼尊者辟支佛騰空而去歡喜踊躍徧

滿身心不能自勝合十指掌遥敬禮彼辟支佛尊尋作是願願我將來值是教師及勝此者彼所說法速得解悟不生惡道如施利刀無不割者以此斷割因緣業故令我來世一切煩惱莫不斷壞又如此針徧能貫穿令我來世一切煩惱具足穿徹汝等比丘於彼時中善愛外道波離婆闍迦施辟支佛刀子及針豈異人乎即舍利弗比丘是也復次諸比丘我念往昔波羅柰城有一商人恒於大海捕螺而賣是時商人作如是念我今所作求財自活是大苦業今日應造將來世因功德之事時波羅柰有辟支佛依城而住時辟支佛日在東方於晨朝時著衣持鉢便往入於波羅柰城於其城内次第乞食賣螺商人遥見尊者辟支佛來威儀詳序進止安審舒顏平視既見此已心得清淨即爲作禮請辟支佛往詣其家尊重供養施諸餚饍供給所須時辟支佛受彼所施飯食已訖而辟支佛理無說法唯以神通而用化物不以餘法時辟支佛受彼商人供給所須飯食訖已憐愍彼故即從是處飛騰虛空時彼商人親自遥見辟支佛尊騰空飛已歡喜踊躍徧滿身心不能自勝合十指掌遥向頂禮彼辟支佛遂發是願願我將來值是教師或復勝者彼所說法速得領悟生生之處勿墮惡道如彼所得願我亦得同是聖者騰空飛行令我將來亦復如是汝等比丘於意云何彼時人捕螺而賣以自存活後時供養辟支佛者豈異人乎即目揵連比丘是也諸比丘比舍利弗目揵連延往昔種彼諸善根故今得出家證羅漢

果我復授記於我聲聞諸弟子中智慧勝者
舍利弗是神通勝者目揵連是

佛本行集經卷第四十八

音釋

鸜鵒 鸜音衢鵒音浴鸜鵒鳥名
餚饍 餚胡交切菹醢也饍時戰切具食也

佛本行集經卷第四十九

隋天竺三藏法師闍那崛多譯

五百比丘因縁品第五十

爾時諸比丘白佛言希有世尊云何舍利弗有五百波離婆闍迦删闍耶弟子已墮邪見曠野險道行顛倒行其舍利弗乃能教化將詣佛所佛見彼已教捨邪見曠野險難於諸苦中而得解脱作是語已佛告諸比丘汝諸比丘是舍利弗非但今日將五百删闍耶弟子波離婆闍迦墮大邪見曠野險路行虚妄行還復化令來至我所得免邪見虚妄顛倒於苦惱中而得解脱往昔亦當將領如此五百人等墮厄難中時舍利弗亦復將導來詣我所我於彼時亦救彼厄免諸苦惱諸比丘言唯然世尊願爲解説爾時佛告諸比丘言我念往昔有一馬王名雞尸形貌端正身體白淨猶如珂雪又若白銀如淨滿月如居陀華其頭紺色走疾如風聲如妙鼓於彼時間閻浮提有五百商人時諸商人欲入大海辦具資糧持三千萬種種貨物復持十萬以爲資糧擬於道路興販取利復有别財用擬船師如是具辦漸漸而行到大海際即祠海神備諸船舶復雇五人其五人者一者執船二者持棹三者抒漏四者善巧沉浮五者船師是諸人等又相告語所有罪過清淨懺悔又復教令入海之法然後始入求覓珍寶時諸人輩至其海内忽值惡風吹其船舫至羅刹國時羅刹國其國多有羅刹之女是時船舶欲到彼國大風飄博船悉破壞時諸商人各運手足截流浮去欲詣彼岸時羅刹女聞彼

大海有船破壞羅刹女等即往救接一時捉得五百商人共彼商人五欲自娛歡喜踊躍時羅刹女已共商人生男生女方始將彼諸商人輩置一鐵城既安置已變化本形令使端正可喜過人纔不及天或作童女或復化作不久嫁形化是身已香湯澡浴以香塗身著種種衣種種瓔珞莊嚴其身首戴種種妙華天冠一切身處垂諸華瓔以爲流蘇復以妙華莊校其身華爲瓔珞於華鬘處懸以寶鈴捷疾走行詣商人所到其所已語諸人言是諸聖子莫有恐也諸聖子等莫有愁也過汝手來過汝臂來過汝腕來是時商人窮極護命恐怖畏死遂於彼所起實女想與其手臂時羅刹女度諸商人於大海中既度之已慈言哀愍語諸商人善來聖子從何遠來汝等聖子來與我等可爲夫也憐愍我等爲我作主我等今者無人愛念汝爲我等作歸依處除滅我等憂煩愁惱爲我等輩當作家長我等依法承事汝輩不令虧失汝諸聖子可來我家以歡喜心受五欲樂汝等勿憂汝等勿怖一切家業我當備辦凡有所須我等皆有其海大神必於我所深生憐愍故將汝輩來我所耳爾時一切諸商人輩咸共告彼羅刹女言善哉姊妹汝等安心可少時住乃至令我當散愁憂時諸商人各住一廂其心惻愴舉聲啼哭或有人言嗚呼父母或有唱言嗚呼兄弟或復唱言嗚呼姊妹或復唱言嗚呼所愛諸親眷屬或復唱言嗚呼宗族我等今者已離親戚或復唱言我等今者離所愛戀或復唱言嗚呼妙地閻浮境界作如是等

悲號啼哭種種之聲又相告言嗚呼栽忍作是語已各吐熱氣共相慰喻迭互安心詣羅刹城漸漸而行未到彼城於其中路見有一所其地寬廣皆悉平正無有荆棘沙礫瓦石一切塵土皆悉無有生諸青草其草繁茂甚大膩直可愛可樂有好樹林其林華果枝葉扶踈狀若青雲靉靆垂布是大林處廣大無邊時彼林所一切樹木我今當說那迦多摩羅樹迦尼迦羅樹阿濕波他樹尼拘陀樹烏徒婆羅樹波羅叉樹可闍羅樹迦離囉等種種諸樹復有種種香華之樹彌滿彼林其華樹者所謂阿題目多迦華樹瞻波迦華樹阿輸迦華樹波多羅華樹波利師迦華樹拘蘭荼迦華樹拘毗陀羅華樹檀奴沙迦梨迦華樹目眞隣陀華樹蘇摩那等種種華樹波等諸樹或始出萠者或有已成萠者或復欲開敷者或已成華或華開已而萎落者有如是等香華雜樹復有種種諸果子樹所謂菴婆羅樹閻浮果樹俱闍果樹破那婆樹鎮頭迦樹訶黎勒樹毗醯勒樹菴婆勒樹有如是等種種果樹其諸果樹或生或熟或有成熟始可食者或有過熟已墮落者或始華者復有如是種種諸果復有諸鳥遊集其上所謂鸚鵡鸜鵒等鳥俱翅羅鳥孔雀王鳥迦陵頻伽鳥命命鳥等如是無量種種諸鳥復有種種雜華池沼所謂優鉢羅華鉢頭摩華拘勿頭華分陀利華如是等華彌覆池上於其池中復有諸鳥所謂鴻鵠鳧鴈昆崙鴛鴦等鳥遊戲池中光嚴彼池觀者欣悅能滅憂煩其羅刹城四壁潔白狀如珂雪又如冰山其城在

地若遥觀者乃見彼城如白雲𩃬從地涌出其諸城上復有樓閣種種却敵周帀如墻四廂隍塹其塹岸上欄楯圍繞或有樓閣其樓閣中有諸窻牖復有天宫臺殿堂閣欄楯齊整其諸閣道微妙端嚴寶帳幃蓋彌覆其上其城周帀建諸幢旛施設寶案於香爐中燒諸妙香爾時諸羅刹女將諸商人向彼城已教脱舊衣以諸香湯沐浴其體令坐種種妙勝之座以五欲具而娛樂之五音諸聲於前而作以如是等種種方便經於久時受大快樂歡喜悦豫迭相娛樂後時彼諸羅刹女等告諸商人善哉聖子是城南面不得從彼出向其處時諸商人有一商主智慧深細聰明利見即生疑念作是思惟以何等故此之諸女斷我等輩於南面處不聽行過詣於彼所

我應可伺諸女睡臥如是之時尋於此道往至其女所禁之處次第觀看欲知彼處善惡之事若其知已即當如事應行方便爾時商主作是念已即伺彼諸羅刹女等臥睡眠已遂從臥牀安詳而起不令有聲即執利刀從家而出尋逐意趣漸漸前進至於少地見一微徑恐怖之所無有草木甚可畏懼乃聞有人大叫唤聲狀如叫唤大地獄中苦痛之聲聞此聲已遂大怖畏身毛皆竪黙然而住良久喘定漸安身心氣力稍增還詣彼道漸漸復進其路未遠見一鐵城其城高峻乃是所聞聲出之處詣彼城已周帀巡行而不見門到於北面見有一樹名曰合歡近城而生其樹高大出於城上時彼商主見斯樹已即上其樹觀看城内見彼城中多有人死過百餘

數或有死者已被食半或命未斷半身支解或有飢渴逼惱而坐或復消瘦唯有筋骨眼目瞘陷如井底星迷悶在地頭髮蓬亂塵土坌身甚大羸瘦各相割肉而噉食之以是因緣作大叫喚如閻羅王所居之處見諸衆生受大苦惱是大商主見是事已亦復如是生大恐怖身毛皆豎時大商主復經少時安心定意恐怖稍除氣力漸生即以手捉合歡樹枝而搖動之一枝動已舉樹枝葉互相振觸而有聲出爾時受苦諸人等輩聞是聲已仰觀城上見彼商主在合歡樹見已悲呼而問之言汝是誰也爲是天也爲是龍也爲夜叉也爲乾闥婆爲阿脩羅爲迦樓羅爲緊那羅爲是摩睺羅伽爲是帝釋憍尸迦也爲是天尊大梵王也或能見我在於厄難憐愍我輩故來至此欲來救拔我等苦也時彼人輩合十指掌頭頂遥禮哀泣發聲仰面上觀作如是白善哉仁者當於我輩生大慈愍脱我此難我等皆是愛別離人汝今應當濟拔於我作是方便令我等輩還能到於親愛之所爾時商主從彼苦人聞是語已欝怏不樂身心悲惱而報彼言是諸人輩當知我今非是天也亦非龍也乃至我非大梵天也但我等輩從閻浮提興生至此爲求財故入於大海我等將欲至於陸地忽遇大風船舶破散值諸婦女來至我邊濟拔我等從爾已來我輩常共如是諸女歡娛受樂我今云何能濟汝苦是時商主復問彼言汝諸人等云何在此受如斯事彼苦人輩即答言曰善哉善人我等今者亦復如是從閻浮提興販商估爲財寶

故來入大海欲至彼岸遇值惡風吹壞船舶我等彼時亦遭如是羅剎之女濟度彼難亦復共我受五欲樂但聞汝等有如是聲是羅剎女即知大海有船破壞於彼之時將我等輩置鐵城中我等來日行人同伴亦五百人入此城來已被他食二百五十今唯二百五十人在我等亦共彼輩和合生於男女彼羅剎女語言微妙其聲婉媚但彼女等貪食肉故共生男女悉還食盡汝諸人輩愼莫共彼受樂娛樂何以故彼甚可畏無愛心故是時商主復問彼言諸人等輩頗有方便得脫如此羅剎難不彼即報言有一方便商主復問方便如何善哉爲說彼等報言十五日滿四月節會大喜樂日月與昴宿合會之時有一馬王名曰雞尸(此云多髮)形貌端正見者樂觀白如珂貝其頭紺黑行疾如風聲如妙鼓彼所停處乃有秔米自無糠檜甚大鮮白香美具足彼馬所食食是米已來詣海岸露現半身口出人聲而作是言誰欲度彼大鹹苦水如是三說我今當令安隱得度鹹水彼岸汝等若值如是馬者得免諸難唯有此事更無餘也汝等若欲脫諸難者勿泄此言商主復問汝等頗復曾見雞尸馬王如此已不汝若見者何不親近汝若親近何不度汝汝初得聞從誰而聞如此之事虛也實也彼等報言善哉仁者我從虛空聞如是聲閻浮提內諸商人輩愚癡無智所以者何不能至彼昴月交合十五日滿是大節會歡樂之時四月節中不能詣彼北道而行若行彼處應見馬王形貌端正觀者無猒食淨秔米從於彼處來詣

海岸露現半身日別三時唱如是言誰欲度彼大鹹苦水至於彼岸我能安隱度之令過從於此處得至彼岸衆人聞已而有信者尋虛空聲詣於北道馬王之所雖往其所不受彼言而復還歸我等皆由愛羅刹女是故如此今受是厄是諸商主復問彼言汝等去來可共詣彼馬王之所彼等報言我欲上城城即增長掘地欲出其孔還合我等是處無解脫期我輩必爲羅刹女食何當得見彼親眷屬汝等人輩愼莫放逸隨意所去速詣父母及自眷屬還歸本鄉唯願汝等心意和合我等人輩本生某處某城某邑善哉汝等若至彼處爲我等輩問訊父母及餘諸親朋友知識作是語已復告彼言汝等後時更莫發心向彼大海何以故於大海內有諸恐怖所謂海潮或時黑風水流旋迴低彌羅魚蛟龍等怖諸羅刹女如是等怖大海之中多種畏難汝等人輩但在彼處以諸方便隨宜活命乃至庸力亦可存濟以是方便得共父母妻子眷屬不復分離能行布施多造福業嚴持齋戒是時商主聞彼語已生大恐怖遂即從彼合歡樹下下彼樹時彼諸人輩一時發聲叫喚啼哭嗚呼大苦嗚呼極苦閻浮提内微妙之地何當復能得見彼處我若本知有是厄難寧住在彼食噉牛糞用爲活命不爲求財而來此也爾時商主既下樹已依著來道還向本處見彼等輩諸羅刹女猶故睡眠商主爾時還即眠臥至於天曉便作是念云何令彼諸商人輩得知此事而不令彼羅刹女覺我今若當輒出是言向彼說者是即漏泄若

其漏泄令彼羅剎諸女聞者恐將我等至厄難處我之此語應須隱默乃至四月臨當節會大歡樂時馬王來日乃可出言而告彼等所以者何昔有偈說

凡於知識處　輕陳心實者　其事當泄漏
聞者各各傳　是以怨所得　便受大苦惱
故有智慧者　輒不漏其言

爾時商主思惟是已隱默而住乃至四月歡樂會時方始告彼諸商人言善哉諸人汝等今者慎莫放逸莫生戀著勿生愛心或貪婦女或貪飲食及餘資財我於汝等極生憐愍我今密語欲相示告汝諸人輩若見諸女睡安隱時可共集會同向某處時諸商人聞彼商主說是語已猶如師子在於山林忽大哮吼有諸凡獸在彼山邊聞其吼聲生大驚怖各相謂言我等今者未脫大海可惡之事時彼商人過彼日已遂至夜內見彼羅剎一切諸女躭著睡眠安隱而卧私密盜竊從卧牀起各各咸共詣彼期處詣彼處已白商主言善哉商主所見之者願為我等說或從他聞憐愍我故利益我故願為說之是時商主報商人言汝等知時密於是事乃能為說彼等報言我等實語聞是事已皆悉密持爾時商主即告彼等說前見事諸商人等從大商主聞是事已憂愁不樂甚大悵怏恐懼戰慄白商主言善哉商主我等今當宜可速至彼馬王所願我等輩安置得達閻浮提內本生之處時諸商人并及商主皆共聚集詣彼雞尸馬王住所爾時馬王食彼無糠自然秔米清淨香美如是食已至於海岸露現半身以人

音聲而三唱告誰欲樂度醎水彼岸我當安隱負而度之令到彼岸時諸商人聞彼馬王如是語已歡喜踊躍身毛皆竪合十指掌頂禮馬王作如是言善哉馬王我等欲度樂至彼岸願濟我等從水此岸達到彼岸爾時馬王告諸商人汝等當知彼羅刹女不久應來或將男者或將女者顯示於汝慈悲哀哭受於苦惱汝等於時莫生染著愛戀之心汝等若起如此意言彼是我婦彼是我男彼是我女汝等假使乘我背上必當墮落爲彼羅刹之所噉食汝等若作如是意念彼非我許我非彼物非我男女於時汝等設使以手執我一毛而懸之者我於是時安隱將送汝諸人輩度彼醎水達到彼岸作是語已是大馬王告諸商人汝等今者可乘我背或執身分脚足肢節時諸商人或上背者或執肢節脚足分者爾時馬王負彼商人出哀愍聲飛騰空裏行疾如風爾時彼諸羅刹女輩聞彼馬王哀愍之聲復聞走聲狀如猛風忽從睡覺覓彼商人悉皆不見處處觀看乃遥見彼諸商人輩乘馬王上或執諸毛鬘鬣肢節乘空而去既見是已速將男女馳走奔赴至於海岸發慈愍聲哀號啼哭作大苦惱各作是言汝諸聖子今者捨我欲何所去令我無主汝是我主汝等於先墮在海難大恐怖中我等度汝唯願汝等與我爲夫汝等今者捨背於我欲諸何所汝等今者無恩無義何故相棄而不報恩我等若當於聖子邊有所違犯今乞懺謝從今已去不作諸惡汝諸聖子凡善男子不得懷抱結恨藴恚汝速迴還今何所詣

捨離我等諸聖子輩汝等知其不用我者今此男女可收將去時羅剎女雖作如是慈流言語雞尸馬王仍將彼輩五百商人安隱得度大海彼岸到閻浮提諸比丘於汝意云何若疑於時雞尸馬王豈異人乎勿生異念即我身是五百人中大商主者豈異人乎即舍利弗比丘是也五百商人豈異人乎即刪闍耶波離婆闍迦諸弟子等五百人是我於彼時以此五百諸商人等至厄難處墮於如是羅剎女邊後羅剎女復欲將彼隨意處分當於爾時是舍利弗將諸我所我於彼時救其苦厄得度鹹水達到彼岸今者還復至刪闍耶邪見曠野險難之中乘虛妄路舍利弗於彼之處示教化已將詣我所我於邪見曠野之中化令得脫度生死海諸比丘如來乃往未得佛時能作如是大利益事是故汝等當於佛所應生尊重恭敬之心生希有想汝等比丘應如是學

斷不信人行品第五十一

爾時婆伽婆度長老舍利弗及目揵連五百人等得出家已具足衆戒從摩伽陀國次第遊行從一聚落至一聚落歷諸村邑隨意而行漸漸歸還到王舍城摩訶僧祇師作如是說其迦葉惟師復作異說乃言如來至南方山處處遊行而復迴還至王舍城於時多有大威神者有大威力諸善男子於如來所行於梵行於時多人道說毀呰各各唱言沙門瞿曇當令我等無有子息令我等輩破家散宅絕我後胤沙門瞿曇已度髻髮一千人等令遺出家沙門瞿曇從刪闍耶波離婆闍迦

邊亦復劫奪五百弟子令使出家今者復有
摩伽陀國諸大威德大威力等諸善男子當
至其所行於梵行彼諸人輩見諸比丘來於
前者各各說偈而相謂言
是大沙門還　踰南山詣此　已度婆闍等
今復將誰去
爾時彼輩諸比丘等聞諸他人說如是偈心
生慚愧便至佛所竹園之內以所聞偈而向
佛說爾時世尊告諸比丘汝等當知如是音
聲不應多時唯至七日七日之後是聲自滅
於一切處無復更聞諸比丘雖復有人向於
汝等說如是偈
是大沙門還　踰南山詣此　已度婆闍等
今復將誰去
作是語者汝等應以如此偈答
世尊大丈夫　將人如法去　既有如法行
智者何得違
爾時彼等諸比丘輩於其晨朝日在東方著
衣持鉢入王舍城乞食之時衆人見者皆說
此偈而相告言
是大沙門還　踰南山詣此　已度婆闍等
今復將誰去
時諸比丘即以彼偈報諸人言時彼諸人聞
是偈已作是思惟沙門釋子凡所度人教行
如法非不如法是故此聲在於七日過七日
已一切皆滅於一切處不復聞也

佛本行集經卷第四十九

音釋

抒丈呂切挹出
腕烏貫切手腕也
⿰月庸丑容切圓直也
萎於爲切蔫也
霴徒對切靆霴雲貌
壍七豔切遶城水也
欄楯欄音闌楯食尹切檻也
⿰目咸苦洽切目陷也
棖直庚切觸揬也
秔古行切不黏稻也
糠糩糠音康糩苦會切糠糩穀皮也
昴莫飽切星名
慄力質切懼也
鬘鬣鬘正作騣子紅切馬鬘也鬣良涉切馬領毛也

佛本行集經卷第五十

隋天竺三藏法師闍那崛多譯

說法儀式品第五十二

爾時復有衆多外道波離婆闍迦五日五日恒常集聚爲人說法衆人大集詣彼聽受以是因緣諸外道輩波離婆闍迦等得大利養恭敬尊重於彼時間王舍大城摩伽國王頻婆娑羅於佛法中深生正信作如是念今者外道波離婆闍迦五日五日恒常集聚爲他說法多有人衆詣彼聽受以是因緣諸外道輩大得利養世人貴重供養恭敬我於今者亦集諸師五日五日勸令說法我應自往詣彼大會彼大會內若見我來時一切人民悉應來集如是因緣應令我師大得利養世間尊重思惟是已至於佛所具白斯事爾時世尊因此起發集比丘僧而告之言汝諸比丘我今已許五日五日令汝等輩集聚大會爲他說法談論法義時諸比丘白言世尊何法當說何法不說時諸比丘問此事已佛告大衆諸比丘言汝等比丘我今已許五日五日於其中間集聚衆已歎佛功德歎法功德歎僧功德歎信功德乃至略說讚歎戒行多聞功德歎行布施歎行智慧歎行知足歎行少欲歎說頭陀歎說遠離聚落城邑常在空閑歎行妙行讚歎利益歎行精進讚歎供養父母尊長供養沙門及婆羅門讚歎供養諸善知識歎說善言讚歎調伏諸根門者讚歎節量諸飮食者讚歎初夜及以後夜省睡眠者讚生正念讚相奉事讚相諮問讚聞領悟讚受師教而不違背聞已奉行讚聞法已而能

正知讚聞正法順法而行歎說念佛歎說念法歎說念僧歎說念天讚說念施歎念寂滅歎念阿那波那歎說念身讚歎恒念不淨觀想歎念死想歎念飲食作不淨想讚歎世間不可樂想讚無常想讚苦空想讚無我想讚歎斷想讚離欲想讚歎滅想及以讚歎觀白骨想讚歎骨離想讚歎膖脹想讚歎欲壞想讚歎半噉想讚歎散想讚半燒想讚燒赤想讚可惡想亦應讚歎念諸功德亦應讚歎四正勤四如意足五根五力七覺道分讚解脫門諸解脫分讚八勝處讚歎三明亦應讚說六通功德

爾時諸比丘作如是念如來已許聽我等輩五日五日聚集大會應當讚說諸佛功德乃至讚歎說六神通諸功德等彼諸比丘五日五日遂即集聚同發一聲讚佛功德乃至讚說六神通等功德之事於時諸人各來聽法是時即有談論毀呰作如是言我等諸師云何同出一音說法譬如初學諸童子輩合聲唱讚無有異也時諸比丘聞此諸人毀呰道說來詣佛所白如上事爾時世尊告諸比丘作如是言汝諸比丘從今已去制諸弟子不得同聲讚說法義唯請辯才堪說法者爾時諸比丘或復請彼諸根闇鈍及缺漏者不具諸戒而演說法乃至衆人更復毀呰種種道說情不喜樂而口唱言是諸師輩尚作如是況非師者時諸比丘聞是事已具往白佛爾時佛告諸比丘言汝諸比丘我從今日制諸弟子不得請於諸根闇鈍及以缺漏戒不具者而說其法從今以後若請說法應請妙行

具足之人於諸衆内勝行成就乃至佛復唱其制言應當簡擇辯才知法次第舊解阿含經等請令說法乃至衆中多解阿含佛復告彼諸比丘言非但唯解阿含經者須請說法復解修多羅及解摩登伽者應請是人爲衆說法若大衆中有諸比丘解修多羅及解毗尼解摩登伽又於是中應當選擇文字分明具足辯才又於衆中現在比丘多解文字分明辯才悉具足者我今當聽是等比丘得從下坐次第差遣爲衆說法若一人乏者更請第二第二疲乏應請第三第三疲乏應請第四第四疲乏應請第五乃至若干堪說法者次第應請爲衆說法有諸比丘或在露地說法之時或寒或熱我許造堂堂下說法若雖有堂露無四壁風吹塵草汙諸比丘我今當聽起四壁障遮諸塵草時諸比丘在說法堂若地不平應以種種若麻若草泥塗其地使令淨好爾時諸比丘起說法堂泥地已訖在說法堂誦習經行以塵汙足聽許比丘應須洗足是時比丘數數洗足脚足痛故乃至佛告諸比丘言應以香湯灑地滅去塵埃滅塵埃已其地亦乾還汙其脚乃至佛復告諸比丘我當聽許牛糞香水以塗堂地於時水乾牛糞散壞還復汙足佛復告諸比丘應取軟草或復麻等以敷地上爾時衆人見彼法師辯才具足能演說法即持香華而散其上時諸比丘不受其法而生猒離何以故以佛斷故出家之人不得將持塗香末香及諸香鬘時諸人輩聞見此事毁呰說言是等比丘如是供養尚不堪受況復勝者時諸比丘以如

是事具往白佛爾時佛告諸比丘言汝諸比丘若其有諸白衣檀越以歡喜心以吉祥故持種種香華塗香末香及諸華鬘散法師上者應當受之是時白衣諸檀越等遂將種種資財寶物及袈裟等供養法師是諸比丘恐懼慚愧不受彼物世諸人輩毀呰談說是輩沙門諸釋子等若干輕物尚不堪受況復勝者爾時諸比丘聞是事已具往白佛爾時佛告諸比丘言汝諸比丘若有俗人持諸財物及袈裟等奉施法師爲歡喜故我許捨施若有須者聽其受取若不須者我許送還爾時諸比丘於說法時取大部黨闇誦者多或復一月不能得竟正欲休罷恐怖慚愧正欲誦徹身心疲殆時諸比丘具白上事爾時佛告諸比丘言爲衆說法應當知時爾時諸比丘說法之時以微妙音演說法義時有比丘恐怖慚愧具白世尊爾時佛告諸比丘言我今聽許以微妙音而演說法於時比丘取諸經中要略義味而爲他說不依次第於時比丘慚愧恐怖慮違經律具以白佛於時佛告諸比丘言我許隨便於諸經中擇取要義安比文句爲人說法但取中義莫壞經本於是法師說法之時大衆集會其聲不顯不能令衆愛樂歡喜時諸比丘具白世尊佛告諸比丘我今已許於大衆中敷設高座應請法師昇座說法令衆悉聞又時聚會其衆更大說法諸師聲猶不徹時諸比丘復往白佛爾時世尊告諸比丘當須更倍敷設高座使說法者昇是座上爾時大衆倍更增多聲猶不徹時諸比丘復往白佛佛言我已聽許比丘或立

或行隨便說法時諸比丘集一堂內有二比丘演說經法是故相妨即造二堂二堂之內各別說法猶故相妨此堂之內將引比丘往詣彼堂彼堂之處有諸比丘迭相誘接令詣此堂往來交雜遂乃亂衆人或去來法事斷絕或有比丘於此法門不喜聞說時諸比丘具以白佛佛告諸比丘自今已去不得一堂二人說法亦復不得二堂相近使聲相接以相妨礙亦復不得彼詣此衆此詣彼衆亦復不得憎惡法門不喜聞說若憎惡者須如法治之是時衆中無有法師諸比丘等具以白佛佛告諸比丘若無法師應請誦者昇座誦之是時衆中無誦經者而諸比丘具以白佛佛告諸比丘我今聽許次第誦之或從上坐次第差誦或從下坐次第差誦乃至讀誦一

四句偈爾時諸法師讀誦經時猶如俗歌而說其法是故爲人毀呰譏論如是說法似我俗人歌詠無異剃頭沙門豈如歌詠而說法也時諸比丘聞是事已具將白佛佛告諸比丘若有比丘依世歌詠而說法者而有五失何等爲五一者自染歌聲二者他聞生染而不受義三者以聲出沒便失文句四者俗人聞時毀呰譏論五者將來世人聞此事已即依俗行以爲恒式若有比丘依附俗歌而說法者有此五失是故不得依俗歌詠而說法也汝諸比丘其有未解如上法者若所遊止應先諮問和尚阿闍黎等時有比丘欲詣他方城邑聚落爾時和尚阿闍黎等語彼比丘如是長老汝不須往時彼比丘遂不取語而詣彼去至於中路逢值劫賊執捉比丘以手

及脚打蹋甚困唯留殘命刼奪衣鉢然後放之時彼比丘既得迴還僧伽藍處告諸比丘具陳此事時諸比丘將此白佛爾時世尊因是事故召集衆僧而告之言汝等比丘和尚阿闍黎實不許汝詣遠聚落遊行以不時諸比丘白言如是實不許也佛復告諸比丘汝等當知此事不善和尚阿闍黎既不許可何故自專詣他聚落諸比丘此有因緣所以者何我念往昔此閻浮提內五百商人是商人中有一商主名曰慈者最爲導首時諸商人皆共集會各相議言我等今可辦具資粮入海之具詣彼大海爲求財故必應當獲種種珍寶來還其家所謂摩尼真珠珂玉珊瑚金銀如是等寶使我等輩七世已來家內大富住持資物養育眷屬多作基業爾時彼等五百商人具辦所須入海貨物有三千萬持一千萬擬道路中資用粮食又一千萬與彼商人以爲本貨第三千萬擬治舟船及船師價具辦是已各各安心受八關齋既受齋已各至已家辭別父母妻子眷屬於時慈者遂詣母所具諮是事其母是時在樓閣上新洗沐髮受八關齋持法安靖爾時慈者至於母前作如是言善哉父母我欲入海求諸財寶至於彼處持種種貨而來還歸所謂摩尼真珠玻瓈乃至金銀欲使我家如此財寶住持七世資用無窮富饒具足供養父母及諸妻子復用布施營諸功德爾時慈者商主之母告慈者言兒今何用入大海中汝今家內大富豐饒財物具足凡有所須皆應無缺七世以來堪得存濟以充供養兼得行檀作諸功德

愛子愛子大海之內有諸恐怖所謂潮波惡風之難低彌羅魚海神縛怖羅剎女怖愛子慈者大海多有如是等難我今年老衰暮已至愛子若去與汝相見此事實難我今雖復少有殘命死日至近如是再三慇懃切語是時慈者重白母言善哉阿母我必詣海為求財故至於彼所持種種寶必望歸還所謂摩尼真珠乃至金銀將來供養父母師長行檀布施廣修功德作是語已即欲進發爾時慈者商主之母從坐而起抱持慈者而告之曰愛子慈者我不許汝詣於大海而求財也何以故我今家內多有資財無所乏少爾時慈者作如是念我母今者不喜於我益當損敗而於今日更不許我入海求財我於今日必作禍敗以是因緣便生瞋恚遂撲其母置於地上打其母頭即從家出共諸商人行到海岸既到海已祭祀海神嚴整船舶別顧五人三倍與價其五人者所謂執尾執棹抒漏能沉能浮善行船者共量所宜遂乘船舶入於大海為求財故彼等諸人至於海內其船破壞五百商人悉皆沒水唯有慈者商主一人得活爾時慈者於彼破船捉得一板即依其板運手動足極盡筋力因其風勢從海濤波落於一渚其渚名曰毗尸波提婆(此云化渚)是時慈者在彼化渚食諸果子及以藥草少時活命於後慈者遊歷彼渚至於南畔見有一路遂從彼道行至少地便即遙望見一銀城其城可喜微妙希有觀者無厭樓櫓却敵隍塹圍繞天窻欄楯及諸寶閣臺殿宮舍偏梁閣道上覆寶帳以種種寶而莊嚴之懸雜旛蓋

豎立寶幢香案香爐燒衆妙香其城周帀有諸園林泉池渠流皆悉具足娛樂之處在彼城內正處中央有一寶殿名曰喜樂其殿微妙七寶所成所謂金銀瑠璃硨磲碼碯琥珀真珠等寶爾時彼城有四婦女從城而出端正可喜觀者無猒最勝最妙以諸瓔珞而莊嚴身詣慈者所而白言曰善來慈者何能冐涉來至此城此城無主衆物具足無所乏少於此城內有一寶殿名曰喜樂七寶所成我等四女居其殿內早起夜卧志意清潔言語貞良容儀婉媚聲氣和雅是故汝今可入此城昇於寶殿共相娛樂無男之處共受欲樂和合而行隨意止住我等於汝持一切物承事供養爾時慈者遂入彼城詣向寶殿無男之處共彼四女以五欲樂隨意歡娛經歷數年經數百年經數千年縱情受樂於彼後時其四婦人告慈者言善哉聖子汝可住此莫向餘城爾時慈者即生疑慮云何此女而語我言聖子今可在此城住勿向餘城我今竊可遠此婦人伺其睡卧乘依此路至於別所東西馳訪當自證知竟有何事若善若惡既覺知已應如法行爾時慈者伺彼婦人睡眠著時安徐而起從寶殿下巡歷而行從東門出圍繞是城周帀繞已至於南面見有一道即尋是道漸行而進遂復遙見有一金城端正可喜乃至周帀有諸泉池渠流盈滿於彼城中有一寶殿名曰常醉微妙可觀七寶所成所謂金銀乃至硨磲真珠等寶爾時彼城有八婦人從城而出可喜端正最勝最妙以諸瓔珞莊嚴其身來詣慈者商主之處到已

白言善哉慈者何能遠至復言慈者此城都是眞金所造一切衆物資財具足其城中央有一寶殿名曰常醉七寶所成我等八女早起晚眠乃至慈者亦入彼城昇於寶殿共彼八女無男之處以諸五欲具足受樂共相娛樂經於數年數百千年隨意而住後時彼女告慈者言聖子慈者汝莫從此去至餘城爾時慈者亦復驚疑尋即盜出處處遊觀乃復遥見一玻瓈城可喜端正觀者無猒彼城處中有一寶殿名曰意樂微妙可喜七寶所成金銀瑠璃乃至眞珠爾時彼城乃有婦女一十六人從城而出形容端正觀者無猒諸寶瓔珞莊嚴其身乃至亦復白慈者言善來慈者何能冐至又言慈者此城純是玻瓈所成衆物具足其城處中有一寶殿名曰意樂亦以七寶之所成立我等諸女一十六人早起晚卧如前請住爾時慈者即入彼城昇於寶殿共十六女無男之處具受欲樂以相娛樂經於數年數百千年爾時諸女又語慈者慎莫東西慈者亦疑即遠彼出遊歷漸進又復遥見一瑠璃城可喜端正四壁牢固乃至周帀泉池流水溝渠盈滿爾時彼處有一寶殿名曰梵德可喜微妙七寶所成城中復有三十二女從城而出端嚴可喜觀者無猒微妙殊特以諸瓔珞莊嚴其身語慈者曰善來聖者冐能遠至又言慈者此城皆是瑠璃所成衆物具有我是清潔行無違失常先啓白然後方爲心意和善言語風流今來詣汝願入此城昇於寶殿共相娛樂具足五欲和合受樂凡所須者我當諮奉爾時慈者入彼城中

昇於寶殿共於彼女三十二人無男之處具受欲樂經於數年經數百年數百千年意喜而住爾時彼諸三十二女復白慈者善哉聖子汝今慎莫從此城出諸於他城爾時慈者便復生疑如是籌量此等諸女云何語我作如是言聖子慎莫從此城出至餘城也我今可伺諸女睡時乘依此路安徐而去若善若惡到已應知既知見已如實應行爾時慈者伺彼諸女睡眠著時徐徐緩起下殿而去出城東門巡繞彼城詣到城南見一道路見已遂復乘彼而去須臾遥見有一鐵城其城四面皆各有門時彼城中無有一人若男若女童男童女出迎慈者唯聞是聲誰飢誰渴誰裸露者誰急走者誰遠行來疲乏之者我乘誰者爾時慈者便作是念我先已曾見於銀城於其城内有四女人迎接於我又詣金城時彼城内有八女人出迎於我又於一時詣玻瓈城有十六女出迎接我我後一時遇瑠璃城三十二女出迎接我而今此城無有一人或男或女童男童女迎接我者唯有聞彼意所不喜如是等聲言誰飢者言誰渴者誰裸露者誰急走者誰從遠道疲乏來者誰我乘者如我今者若入此城即知是聲誰所作也爾時慈者即入彼城入彼城已四門尋閉爾時慈者心懷恐懼身毛皆竪處處逃走作如是言我今敗也我今壞也而彼處處逃走之時見有一人頭戴鐵輪其輪赫赫狀如猛火其火炎熾甚可怖畏遂詣彼所問言仁者汝是誰也汝頭上輪誰所轉也何故炎赫熾然可畏猶如火聚時彼罪人報言仁者汝今

知不我是商主名瞿頻陀爾時慈者又問彼言汝於往昔作何罪業以彼造罪業因緣故有此鐵輪如是熾猛如是炎熱轉在頭上彼人報言我於昔日以瞋怒故打蹹母頭以如是業罪因緣故受大鐵輪如是猛熾如是赫炎轉在頭上爾時慈者聞此語已悲啼號哭悔過自責憶省自業口作是言今我被禁如鹿入檻爾時彼城有一夜叉業守彼城名婆流迦在彼城中時彼夜叉從彼商主瞿頻陀邊取其頭上熾然火輪取已串著慈者頭上爾時慈者頭上鐵輪甚大炎赫極受大苦極燒極然其苦難忍即時以偈問夜叉言

此城周市四門所　常有光炎恐怖人
我今已被如此縛　猶如諸鹿入深檻
善哉乞問夜叉王　是輪何故與我著
熾然猛炎如火聚　今將令我身命斷
我先經於喜樂殿　復入金城常醉宮
又經玻瓈意樂處　最後所遇名梵德
先入銀城有四女　後至金郭復遇八
玻瓈城女有十六　又至瑠璃三十二
如是值彼復值此　次第值已轉更勝
既得值遇如是者　云何今值恐怖輪
由我貪欲不知足　今逢如此苦厄難
我昔爲勇作何業　值此鐵輪頭上旋
熾然煇赫如火聚　今將令我身命斷
願夜叉王哀愍答　經幾歲數受斯輪

爾時夜叉業守城者即便以偈告慈者言

昔時汝母持淨戒　汝以脚足蹹其頭
以如是等業因緣　今爲鐵輪頭上轉
熾然猶如猛火聚　光煇炎赫甚可畏

輪轉在於汝頭上　今汝身命斷更斷
於斯滿足六萬年　終無歲數闕減者
此輪常在汝頭上　如是事實終不疑

爾時世尊即說偈言

若有知識與彼利　彼乃反更與其禍
彼則後受如是殃　猶如慈者懷瞋恨
不應與惡反與惡　不應與罪更與罪
彼則後受如是殃　猶如慈者懷瞋恨
若與慈心反覓便　於恩德處不報恩
彼則後受如是殃　猶如慈者懷瞋恨
業力從遠牽將來　業力自近牽將去
業力將人處處經　隨其作業受苦業
非地非空非海中　亦非山間巖石裏
一切無有地方處　能使脫之不受業

佛告諸比丘汝等比丘於意云何是時慈者豈異人乎勿作異見即我身是我以彼時欲入海故受八關齋戒以彼業報因緣力故得值如是四種寶城一切諸物皆悉具足無所乏少由於惡心瞋恨因緣蹹母頭故具足經由六萬年歲受大鐵輪熾然之苦汝諸比丘因業報應非虛空受但是衆生造善惡業隨業因緣而受是報是故諸比丘應須受業清淨身業清淨口業清淨意業諸比丘若有比丘身自愚癡不辨罪福善不善等應當諮問師長和尚阿闍黎等於後乃行城邑聚落若和尚阿闍黎而不許可自專去者應當如法治其不敬不孝順罪

佛本行集經卷第五十

音釋

呰音紫口毀也　瞋恚瞋昌真切怒視也恚於避切恨怒也